绿 宝 石

Fall into your light

舍不得星星

舍不得星星

上

画盏眠 著

北京联合出版公司
Beijing United Publishing Co.,Ltd.

Bright
sky light

他们共享昼夜、厨房、
雾霭、流岚，
走过明亮天光，

终在深夜结发依偎，
手足相抵。

Late
at night

上册

Contents 目录

下册

第1章
好友

如果非要讲道理，
那唐漾就是蒋时延的道理。

临近年关，周末等于无。

接到蒋时延的电话时，唐漾正在加班："喂？什么事儿？"

电话那头沉默。

一秒、两秒、三秒，唐漾一激灵，赶紧收东西："半个小时，就半个小时，我的哥，马上过去。"

电话那头不知说了什么，唐漾连连应允："行行行，请请请，请大佬。"

十分钟后，唐漾推门出去。

她走到一个办公桌前，把资料递过去："这是我复查过的，你录入一下，还有几份特殊件，我明天再看。

"周末大家都早点儿回去，要加班的话，晚饭记我账上，我先撤了，"说着，她轻声问同事，"新光天地是出门左转？"

唐漾是经济学博士毕业，二十七岁进汇商银行，在B市基层轮岗一年，直接空降A市信审处，坐上副处的位子，能力强，性格温柔，即便优秀成这样，还是被撞见过相亲。

女同事点头，促狭道："新光天地一楼有家造型做得不错，漾姐约会前可以顺道去。"

"做什么造型，唐副处颜值十分。"

"相亲顺利。"

…………

"不是，不是，我见这人连头都不想洗。"唐漾笑着，合掌向同事们讨饶。

蒋时延订的是一家网红日料店，人满为患。

唐漾进门不小心撞到服务员，两个人互相道完歉，唐漾问道："请问1001包厢在哪儿？"

服务员多看了她两眼，蹬着高跟鞋一路嗒嗒嗒把她引到了走廊尽头。

唐漾掀开门帘，里面的男人还在打游戏。

他们快一年没见，尴尬不可能，唐漾气愤倒是真的。

如果说别人是被命运扼住咽喉，那蒋时延绝对是被命运亲吻了好几口。

他高考超常发挥，创业成功，成为互联网时代第一批粉丝超千万的微博大V，自从前年开了传媒公司，名字更是经常出现在财富榜上。这些都不算，都是二十八岁，凭什么她勤勤恳恳护肤还要担心长皱纹，这人熬夜放纵，状态还能这么好？一身西装剪裁合度，压不住的倜傥。

蒋时延听到动静抬头，便看到唐漾戳在门口，小脸皱成一团。

蒋时延关了手机，在榻榻米旁找了双拖鞋，啪一声给她扔脚下："坦然接受自己一米五五不好吗？非得踩个高跷耍杂技，老阿姨表情不到位，马戏团并不会收你。"

唐漾一腔情绪顿时消散，气得发笑："老娘穿鞋一米六，一米六，银行要求穿鞋一米六以上。"

"行吧，反正腿短走得慢，"蒋时延探身吩咐服务员上菜，给唐漾拉开自己对面的椅子，"上周就开始约，唐副处现在才来，真真是日理万机、焚膏继晷、案牍劳形——"

得，这人又来了。

唐漾坐过去，没办法，解释道："是真忙啊，老铁，调回来两周，天天加班，上周日好不容易有空，还要去相亲——"

噗——蒋时延一口茶水喷出来，所幸"航程"不远。他忙不迭地放下杯子，扯餐巾纸擦嘴："你去相亲？"

唐漾没好气："怎么？不能？"

"不不，咯，"蒋时延笑出声，随即意识到自己笑得不厚道，想憋住又憋不住，"是谁以前说单着多快乐，将就没什么好结果？"

"你以为我想？"唐漾叹了口气，"回来之前我妈一天五个电话，回来了之后，每天晚上散步到我家唠叨两个小时。"

唐漾清清嗓子，端着姿态学老妈："糖糖啊，我和你爸爸不是逼你结婚，也没什么传宗接代的思想，只要你愿意，单一辈子也可以，但是你想想，"她话锋一转，"你现在二十八岁，有朋友，自由、开心，那等你六十八岁、七十八岁呢？朋友陆陆续续地老了走了，只剩你一个人。敬老院虐待老人的事儿出了那么多，请保姆，可人心隔肚皮，尤其过年、过节，人家儿孙虽然光顾着玩手机，但至少也有儿孙绕膝，你只能一个人对着墙壁孤苦伶仃。

"还有住院，人家家属嘘寒问暖，跑上跑下，你一个人病着去缴费办手续，护士不得空，你还要一个人挂着输液瓶吃饭、上厕所，病痛本就折磨人，你连个依靠都没有，”唐漾眉毛一耷，表情到位，“妈妈会心疼——”

“厉害，厉害，”蒋时延双手竖拇指，“周阿姨不愧是教语文的，逼人相亲都能说得这么感人肺腑，甚至有点儿道理。”

“对啊，”唐漾摊手，“而且给我介绍的还是一个大学教授，教量子物理，年龄三十三岁，身高一米八三，身份证照片都过得去。”

蒋时延不敢相信：“你还真去了？”

“我真是勇士。”

服务员上完菜，唐漾边吃边道：“刚见面还行，他戴眼镜，斯斯文文，开口第一句问我有房吗，我说有，他说他也有房，我想着相亲可能都是这样，就没在意。结果第二句，他希望我们把各自的房子卖了，然后全款买套大跃层。

“我一句‘我对房子没太大需求’还没出来，人家就道，希望房产证上写他姐姐的名字，因为他爸死得早，一路从大学读到博士都是他姐姐、姐夫供的，然后希望婚后把姐姐一家和他妈都接过来，我们住一楼，他们住二楼。”

唐漾越说越觉得好笑：“一日三餐要我做，家务要我做，我出门交朋友全部要汇报，工资要上交，婚后一年内要小孩，他妈喜欢孙子，所以一定要生男孩。如果和我的工作起冲突，希望我辞职，说什么女人工作稳定就行了，太上进不好。”

蒋时延“哇”一下捧场：“他好棒棒，要不要为他转圈圈，要不要为他鼓鼓掌？”下一秒，他“喊”一声，道，“唐漾，你别告诉我这种馊汤、馊饭你也吃。”

“吃什么吃，还馊汤、馊饭，”唐漾朝他碗里丢了块肉，“你威风八面，一个网红男神用词高雅一点儿，好不好？”

蒋时延学她：“你威风八面，语气不要这么冲，好不好？”

唐漾拿起桌下的杂志就朝他身上砸，没什么力道。

蒋时延配合地装吃痛：“轻点儿！”

唐漾又笑。

两人吃完快九点。

店里空调温度开得高，走出去时不冷，唐漾把衣服抱在手上。

蒋时延喝了二两小酒，叫人过来接。

挂完电话，他拍一下唐漾的外套，示意她穿上：“你回翡翠园还是去周阿姨那儿？送你？”

“回我妈那儿，别送了，待会儿我妈看到你得问东问西，”唐漾拉好拉链，做挥手状，“你出差时差还没倒过来，赶紧回去睡。”

两人又闲扯了一会儿，一辆越野车停在路旁。

冯蔚然是蒋时延的妹夫，也是两人的大学同学。三人打完招呼，冯蔚然催道：“快上来，有摄像头，三分钟。”

蒋时延想到什么，面向唐漾：“那你明天还去相亲？”

“去啊，下午刚好有空，你都说了我妈说得很有道理。”唐漾无奈，“你爸妈不催是你的福气，不遇到‘奇葩’算我的福气。”

蒋时延还没开口，冯蔚然便接话：“怎么不催？延哥听不得唠叨，都搬出来住了。”

唐漾还没来得及嘲笑，便见冯蔚然的目光在两人身上打转：“不过，亚男一直奇怪，这男大当婚，女大当嫁，延哥，你和漾姐高一就认识了，这么多年有没有——”

“别开这种玩笑。”唐漾打断冯蔚然。

“别开这种玩笑。”蒋时延皱眉。

唐漾笑着解释：“我就是一个俗人，每天朝九晚五，心中也没什么诗和远方，蒋大佬这样的钻石级窝边草还是留给牙口好的人吧。”

蒋时延微笑：“一米五五，身材一般，确实怕影响基因，不知道以前谁留短发被别人说是我弟。”

唐漾被踩到尾巴，睁大眼瞪着他：“蒋时延，你给我说清楚，谁一米五五了，谁身材一般了？大庭广众下，你这人会不会尊重女性——”

蒋时延：“是你说话声音大，还是我说话声音大——”

眼看着一场小学生水准的架要吵起来，冯蔚然赶紧拉住蒋时延：“哎哎，快上车，要被拍照了。漾姐，路上小心。”

面对冯蔚然，唐漾立即变得温顺：“我妈家就在后面那个小区，几步路就到，你们也注意安全。”

冯蔚然点头，车辆启动。

唐漾站在光源中心跟两人挥手，她个子不高，身段却极好，眉眼精致、秀气，小鼻梁、长睫毛，一双大眼睛水波盈盈……

回去的路上没什么车，他把手腕悬在开了一半的窗外，然后找了个舒服的姿势瘫在副驾驶座上，半合起眼。

安静间，冯蔚然说："妈之前还说好久没见漾姐了，讲真的，漾姐人很好——"

"我和她不可能，太熟了。"蒋时延淡淡道。

不知道冯蔚然听到没有，蒋时延睫毛抖了一下，重复道："真的太熟了——"

冯蔚然看了他好几眼，没忍住："漾姐以前和那谁不也是铁哥们儿，不也在一起了，大学时亚男一直跟我说他俩好甜好甜，后来不知道为什么就分手了，叫宋什么来着？宋璟——"

冯蔚然"吧"字还没出口，蒋时延突然按下敞篷键，车顶唰地收起，寒流扑进来。

冯蔚然呼吸困难："蒋哥！"

他听不清。

冯蔚然喊："延哥！"

他听不到。

一月，晚上的冷风和冰刀子一样，瞬间以六十公里的速度扑簌簌地朝人脸上吹。

冯蔚然快哭出来："蒋哥，蒋大佬，我的手都快没了——"

惨烈程度堪比冬天把人从被窝里直接拎到雪山山顶的酷刑持续了足足十秒，唰一下，车顶升起。

咔嗒，一切归于平静。

冯蔚然踩好刹车，伏在方向盘上喘气，喘着喘着，转过去劈头盖脸地一顿骂："你一个单身的，可我上有老下有小，求你为你大外甥想一想，我说什么干什么了，你这么激动？大冬天的，这么玩，你怎么不去拉斯维加斯赌一把——"

"不好意思，"顶着鸡窝头的蒋大佬靠坐在副驾位上，食指缓缓地摩挲着熄灭的烟头，"喝醉了。"

冯蔚然："……"

蒋时延："发酒疯。"

冯蔚然："……"

蒋时延鼻尖哼出一丝笑，漫不经心道："怎么，没见过？"

冯蔚然想说什么，见蒋时延一脸"你再多说一个字，我就继续作妖"的表情，又默默地把话咽下。

冯蔚然把大佬送到家，又回自己家，一进房间就对老婆大倒苦水。

蒋亚男敷着面膜，说话含混不清："漾姐知道我哥胃不好，哪儿能让他贪杯，二两低度的酒不能再多，能撂倒千杯不醉的他？"

"啊？"冯蔚然委委屈屈地把场景复述一遍，还没开始卖可怜——

蒋亚男拧眉："你提宋璟了？"

冯蔚然迷茫："不是延哥的高中室友嘛，为什么不能——"

话还没说完，蒋亚男骂了句"活该"，扯了面膜，朝他脑门上拍去。

与其说是冯蔚然踩雷，不如说是蒋时延护短。

是的，蒋时延把自己在车上那股莫名的情绪归结为——护短。毕竟，那个人是唐漾。

要说他和唐漾，可以追溯到高一。

开学伊始，两人就是同桌。

学生时代，好像每个班都有一个特别高、特别壮、体重两百斤以上的胖子，一身白皙的软肉，爱打游戏，头脑聪明，但粗心大意，见谁都笑得乐呵，比如蒋时延，同学们叫他"胖哥"。还有一个女生，个儿矮，微胖，名列前茅，是老师眼中的好学生，偏偏桌屉里堆着最新出的言情小说、游戏手卡、知音漫客，性格大大咧咧，很爱帮忙，人缘好到让人忽视性别，比如唐漾，同学们叫她"漾哥"。

两位"大哥"坐在一起，自然是班主任重点关注对象："唐漾、蒋时延，你俩上课说什么呢，说得这么起劲儿，要不要到办公室去说给我听听？

"零食不允许带到教室，强调了多少遍，蒋时延，你还在课上撕薯片，发出咔声？还有你，唐漾，笑什么笑，先把嘴给我擦干净。"

"……"

他们闹腾归闹腾，但终归是充满青春活力的年龄。

《恶作剧之吻》火遍大江南北的时候，刚好两人后面坐了个"一中江直树"宋璟以及"一中裴子瑜"常心怡。

班上大部分女生都喜欢宋璟，自然包括唐漾；大部分男生都喜欢常心怡，自然包括蒋时延。

巧合的是，蒋时延是宋璟的室友，也是宋璟为数不多的朋友。常心怡和唐漾是室友，对能在人堆里打转的唐漾极为依赖。

一发现彼此藏着的心思，蒋时延和唐漾就迅速成为革命战友，并击掌起誓——每晚去跑步，争取一个月内瘦下来。

奈何晚上食堂的饭菜总比白天的诱人。

没跑两步，蒋时延便扶着腰喘气："一碗面条太多，要不然买俩鸡腿吧？今晚吃夜宵，明晚我们多跑两圈。"

唐漾是干大事儿的人，她吞了吞口水，随即正色道："油炸的，多跑两圈减不下来。"

蒋时延累得不行："那汉堡，汉堡行不行？不补充能量，我会死在操场上，立刻，马上。"

唐漾跑不动，内心挣扎片刻："我们吃鸡肉卷吧，鸡肉卷里菜多，我妈说吃菜不长胖——"

这样的情形重复上百次，两人的减肥计划踩着高一的尾巴宣告失败。

如果说宋璟借着蒋时延的关系，真的和唐漾熟起来，甚至可以三人约电影，算安慰，那么分科考试中，宋璟和常心怡双双去了实验班，而唐漾发挥失常，和将时延留在平行班，绝对是噩耗。

十五六岁，女孩子的暗恋似乎比男孩子更坚韧一些。

蒋时延在网吧消化悲痛的高一暑假，唐漾却一个人在家闭关，刷了整整一摞教辅。

高二开学，蒋时延宣布自己对一个学姐一见钟情时，唐漾已经在摸底考试中从年级三百多名蹿到了第九名。

随着时间一天天过去，同学们惊奇地发现唐漾话少了，安静了，学习更认真，便慢慢地把称呼从"漾哥"改成"大神"。大家也发现她对胖哥似乎还和高一时一样。

别人问唐漾一道题，唐漾总是耐心地讲完。

蒋时延问唐漾一道题，唐漾耐心地讲完，嫌弃一次："求离心率这道题我昨天才跟你说过，就换了个条件，这是重点，标个星号会不会，让你做错题本你是在梦里做的吗？"

她嫌弃两次："选 A，A，'吭'是二声，不是四声啊。哥，我要是再跟你说第五遍我就是狗。"

可每当蒋时延偏过头笑呵呵地喊"漾哥"，都叫人了，还能怎么办？得！唐漾捂着发疼的脑袋叹了口气，接着嫌弃，接着讲……

到高三，蒋时延成绩已经稳在了前五名。

四月份，进入高考冲刺期。

一中是全寄宿制，不少家长在学校外面租了房子，专门给孩子做好饭，用保温桶拎到校门口。大中午人挤人的情形堪比春运。

唐漾的老爹是中铁工程师，经常项目一开就到深山老林，几个月甚至几年才能见一面。唐漾的老妈是 A 市语文教研组的特级教师，还没开年，就被中考命题组接走，扔给唐漾一笔生活费，就彻底断了联系。

高三，他们搬进独立校区，食堂的饭菜让人难以入口。

在别人吃着冒着热气的饭菜感受父母亲情的时候，唐漾则饥肠辘辘地对着蒋时延递到面前的一碗鸡汤为难：“这是你妈给你准备的，我喝不太好吧。”

“我这么胖，不会缺营养，你先吃，你吃剩了我扫尾。”蒋时延觉得女孩子很啰唆，“快吃快吃，待会儿就凉了，哪儿来那么多话。”

偶然有一次，蒋时延妈妈来学校，进教室时，唐漾正抱着蒋时延的保温桶咂嘴。

蒋时延和蒋妈妈是一个模子刻出来的，从脸到体形。

唐漾宛如被抓包的小动物，糊了一嘴油，望着面前漂亮的胖女人不知所措。

蒋时延反应很快：“妈，这就是我经常跟你说的唐漾。对，就是上次宋璟到我们家去说的那个铁哥们儿……

“哪儿是我麻烦人家讲题，是她主动给我讲好吧，以前漾哥是学霸，我是学霸之光附体，现在漾哥是考神，我就是考神之光附体……

“她爸妈不在家，我就分点儿给她喝……”

对于这种长得乖、学习好，并且对自己儿子成绩有巨大帮助的女同学，蒋妈妈毫无抵抗力，抬手给儿子一个栗暴：“糖糖（“漾”字做叠音有点儿拗口，蒋妈妈直接叫她昵称糖糖）爸妈不在家怎么不早说？你这么胖还好意思抢人家小姑娘的汤喝，肉都长脸上了吗？”

唐漾软声道：“阿姨，是我冒昧了。”

“你这样说阿姨可不高兴了，”蒋妈妈爱怜地看着唐漾，“看这小脸瘦得——”

体形仍旧微胖的唐漾赧然。

蒋时延憋笑。

然后，唐漾就靠着蒋妈妈的花式补汤和餐后水果度过了高考前最艰难的那个季节。

七月出成绩，宋璟高考失误，去了外省的理工大学，常心怡出国。

唐漾一切顺利，进了 A 市交大经济学学院。蒋妈妈很欣喜，蒋时延超常发挥，又和唐漾成了同学。

大一，蒋时延喜欢上中文系一个女生。

唐漾说不清自己还喜不喜欢宋璟，但依旧每天陪着蒋时延去健身房。

当蒋时延憋不住吃夜宵时，唐漾就露出一排被铁丝箍住的白牙微笑地看着他。

很自然地，蒋时延没瘦，唐漾倒先引起了男生的觊觎。

经济学学院的同学都知道他们俩是哥们儿。唐漾取牙套之前，隔三岔五就有本系的男生向蒋时延打听唐漾，等唐漾取牙套之后，连外系的男生都开始在风里雨里等候蒋时延了。

蒋时延得了唐漾的授意，“哦哦嗯嗯”地敷衍过去，便忍不住打量当事人，眉眼还是这眉眼，白是白了点儿，瘦是瘦了点儿，不嘴毒的时候是好看，可哪儿有大家说的眉目如画?

唐漾正在和蒋时延聊走出校门不断网的约饭计划，觉察到异样的目光，她下意识地朝后望:“在看什么？”

蒋时延清了清嗓子:“没，没什么。”

等到大一暑假高中同学聚会，蒋时延还是那个可爱的胖哥，唐漾却惊艳全场，而宋璟仍旧清雅、俊逸。

不过，宋璟性子孤僻，即便高三时常和唐漾、蒋时延出去玩，一年多没见，他也就只用眼神跟两人打了个招呼，然后便靠坐在 KTV 长沙发的另一头玩手机。

唐漾有意控制自己的目光，可面对自己喜欢过、此刻在同学们口中“拿奖学金的校草”、依然出众的男生，她努力装作不在意，却仍是频频侧头。

真心话大冒险轮到宋璟，别人不敢开男神的玩笑，蒋时延则瞥了一眼唐漾，带头吹起了流氓哨。

宋璟自唐漾进门，就有一口没一口地灌酒，此刻起身过来，他的身子逆着光，指节修长。

唐漾眼神闪烁，宋璟噙了点儿笑意，低唤一声“漾哥”，极为克制又亲近地把她按到了沙发上……

王菲的《暗涌》唱得低沉、缱绻，灯影暧昧至极……

等唐漾满脸绯红地从宋璟怀里抽身，才知道蒋时延提前退了场。

大二，唐漾和宋璟黏黏糊糊地谈着异地恋，蒋时延则去了台湾做交换生，遇到了缘分，有了符合他一贯的审美——身材高挑、眉目含情的女友。

大三开学，唐漾和宋璟分手，蒋时延结束交换回来，自然也分了手。

蒋时延减了快一百斤肉。

唐漾去机场接机时，一直没等到他，打他手机又关机。她左右看看，朝一个一直被搭讪，但不怎么理人，似乎也没等到人的小哥哥走去。

小哥哥是帅的，长手长脚，简单的卫衣搭配休闲裤，显得朝气蓬勃，一只手插兜，一只手按手机，明亮的光线顺着他的侧脸洒下。

饶是唐漾和宋璟谈过一年，靠近时也忍不住乱了心跳，随后稳住："你好，我看你也是在 BR 台北那趟航班的行李处拿的行李，请问你有没有看到一个男生，和你差不多高，"她比了差不多两个自己的宽度，"这么胖——"

她还没形容完，小哥哥便扑哧笑了一声，手从裤兜里伸出来，揉了揉她的头，忍笑又忍不住，道："小傻瓜。"然后，他越过她朝前走去。

简直就是大变活人，唐漾愣了足足半分钟，然后发出一声"天啊！"，笑了。她挠了两下头发，嗒嗒嗒几步跟了上去。

后面两年，蒋时延玩微博玩出热度，也有了创业的心思。

蒋家父母白手起家，拼杀到现在，对儿女没其他要求，就希望他们多读书，学历越高越好，尤其在宋璟、唐漾等同龄大部队都要考研的情况下。创业？还网上创业？家里的公司你都不管，你创什么业？你玩个电脑，打个游戏，能创什么业？

蒋时延骨子里有股傲气，父母停了他的副卡，他也不肯向他人伸手。和父母几场架吵下来，他身无分文，都快分不清自己是想创业，还是单纯赌气了。

唐漾发现他在校门口快餐店端盘子时气得手抖，把他拎了回来，劈头就是一顿训。

唐漾把问题看得很清楚，话也说得扎心。蒋时延扭过头，悄然间眼睛红了。

都是学生，唐漾也没多少钱，所幸唐爸、唐妈给的生活费充裕，唐漾喜欢的包不买了，口红也不买了，把奖学金、比赛奖金、科研奖金通通拿给蒋时延。

蒋时延不肯收，唐漾说："这都是你以后结婚、生孩子、孩子满月的份子钱，我算着账呢，你记得十倍还回来。"

更难的时候，有唐漾一口饭吃，就有蒋时延一口汤喝。

唐漾偶尔去他起居、办公于一体的小棚屋给他几个伙伴做饭时，她自己还跟着项目，就吃点儿青菜，说"减肥"。

蒋时延拨开自己的炒饭，下面全是肉。

大概天生幸运，蒋时延筚路蓝缕的状态并未持续太久，便拿到了 A 轮融资。

再之后，唐漾考去B市硕博连读，蒋时延留在A市，当初的小团队改组成了公司。

两人都很忙，但仍保持着联系。

唐漾博士毕业进汇商银行时，蒋时延送了辆她喜欢的车。唐漾毫无心理负担地收下，回送一块表。唐漾回家会第一时间给蒋时延打电话，蒋时延去B市也是如此。年底唐漾调回A市，蒋时延自然是推荐了好几个大客户，从两周前约到了今天。

两人和以往一样，什么都聊，唯独不聊宋璟和住棚屋创业期。

在唐漾的认知里，她不想谈宋璟，而接济蒋时延是小事儿，和蒋妈妈当年在自己大把大把掉头发的高考前期给的鸡汤和安抚差不多，甚至鸡汤的分量会更重。

然而，在蒋时延的认知里，唐漾是高中时选自己坐同桌、是陪自己跑操场的人，是把自己的成绩一分分提上去的人，是大学时一天天地陪自己等投资方电话的人……

是，宋璟是哥们儿，但他和唐漾分手，还让唐漾哭那么久，只要和唐漾搭上边，只要宋璟当初说了对“漾哥”好，不管是什么原因分手的，在蒋大佬的认知里，都是宋璟的锅，他就是一个渣男，不需要道理。

只要不是伤天害理、违法犯罪的事儿，沾上唐漾，蒋时延一向不讲道理。

如果非要讲道理，那唐漾就是蒋时延的道理。宋璟？提什么提？

蒋时延到家快十点了，洗漱完刚躺上床，微信里备注为“ty”的置顶便进了消息。

ty:“说好的我迟到我请呢，现在才想起是你付的钱。”

ty:“我不是贪小便宜的人，这样，这次你请我人均五百的日料，下次人均五块的炒饭我管饱，你敞开肚皮随便吃。”

蒋时延哧地笑了一声，顶着唐漾早就看熟的乱码回复。

t$efvbhu&:“你唐副处手起手落百万千万的，好意思说出口？”

t$efvbhu&:“怎么也得人均十块。”

唐漾是个有原则的人。

ty:“八块不能再多。”

t$efvbhu&:“感恩中国人的折中思想，鲁迅说过：‘屋子太暗，如果一个人想开窗，其他人定是不同意，但如果用拆掉屋顶来调和……’”

他隔着屏幕都感受到了唐漾的冷笑。趁她还没拉黑自己，他赶紧收敛了嬉笑。

t$efvbhu&:“老城那边翻新了好几条街，你得空叫我。”

对方还是没回复。

蒋时延拨语音过去:“听说有家美蛙鱼头……”话还没说完——

唐漾:“去去去！”天知道，她疯狂地迷恋美蛙鱼头，每年冬天都会在“下个冬天再也不吃这么多”的忏悔中度过。B 市没有这东西，天知道，她的思念早已登峰造极。

蒋时延懒懒地笑:“女孩子家家，矜持一些。”

唐漾打了个哈欠:“女孩子家家是谁？五字名，牛！”

第二天是周日。

不到九点，唐漾就到了银行，离她办公室最近的那个桌子旁已经坐了人。

女同事叫范琳琅，和唐漾同岁，本科毕业进了汇商，在支行待了三年，在信审处待了四年，算唐漾的直系下属。

唐漾的身影刚出现在门口，她就起了身，等唐漾过来，她便跟着唐漾进去，想帮唐漾拎包。

“不用，”唐漾道谢，一边脱外套一边问，“正常件录完了吗？特殊件就桌上这些？”她瞥了眼高度，有十厘米。

“我提前帮您把特殊件筛掉一些，有必要看的才给您留在了桌上，”范琳琅说，“有几份是每个月都被打回去，但每个月都送上来，一模一样的内容，肯定过不了审，我就直接给您剔除了。”

唐漾经手的贷款越少，负的责任就越少。

范琳琅是合理地帮唐漾减轻负担，话说得有点儿邀功的意思。

唐漾自然听出来了，她把外套挂到椅背上，面色没变:“我还是要看一下，麻烦你去下面给我截回来吧。”

范琳琅笑容僵了一瞬，随即恢复如常:“不知道他们返还给客户没……但我昨天退下去的话，支行应该会留到周一。”

“我不喜欢别人插手我的工作，”她顿了顿，柔声道，“不过还是谢谢你的好意。”

“漾姐，你这是什么话，是我擅作主张了。”范琳琅朝唐漾轻点一下头，立马回座位给支行打了电话。

抛开唐漾初来乍到时范琳琅给唐漾介绍了哪些外卖比较好吃，就工作而言，唐漾真的挺喜欢她这种经验丰富的同事的，甚至当她算半个朋友。

你说什么，一点她就懂。她偶尔越了位，你提，她也不会生气。

要换作一些刚出校门的实习生，就刚才那情况，估计得连发好几条朋友圈哭诉好心没好报，遭遇职场欺凌。

当然，唐漾并没有经历过这些。

文件范琳琅拿回得很快，唐漾却一反常态看得很慢。

批到其中一份时，唐漾无论如何都审不下去，中午随便啃了两口面包，又推了下午的相亲。

挂完老妈的电话回办公室，唐漾再看资料上的证件照，顿时恍然大悟——这是自己昨晚在日料店撞的那个服务员。

张志兰，二十九岁，两个小孩，一个七岁，一个三岁。之前她是全职主妇，一年前丧偶，变成单亲妈妈。

她每月固定工资三千八百元，加上她婆婆的工资，年收入不到五万。

她家里一套平房抵押值是七万，一辆面包车抵押值是两万。然后，她的贷款金额填的是一百八十万，用途是购买某知名小区的二手江景房。

就之前见的那一面来讲，唐漾觉得她精神没问题，至少看上去没问题，可仔细一想，年收入五万，除去生活开支和养两个孩子的费用，最多剩两万，哪怕不算利息，一百八十万都得还九十年。

即便汇商的贷款门槛低到尘埃，那也不能贷给她啊，银行又不是缺心眼。

信审处处长也是个管培生，三十一岁，已婚，叫甘一鸣。

大抵因为是校友，他对唐漾格外照顾。

甘一鸣让大家出去喝下午茶。

“唐副处呢？”他一推开唐漾办公室的门，便望见女人一脸严肃。

“怎么愁眉苦脸的？”甘一鸣道，“超市里只卖可爱多，不卖‘快乐多’怎么办？”

唐漾习惯了他的油嘴滑舌，敛了神色，起身道：“就是张志兰那个件，有点儿怪。”

“她呀，”甘一鸣跟唐漾解释，“她的件明显是本人有问题，然后支行为了充数量交上来的，但我们过不了，一次次打下去又递上来，从去年二月份到现在一月份，你算算递了多久……直接驳回就行了。”

唐漾问："深入了解过吗？"

甘一鸣道："没这个必要。"

唐漾道："越是这样越有必要啊。"

范琳琅接话："什么必要？"

唐漾半开玩笑道："了解一下人们能为买房疯狂到什么程度，还有就是每年全行不是都要各部门提供案例嘛，这样的案例放上去，就是出彩的反面素材啊，不然每年都照着去年的例子删删改改，多没意思。"

甘一鸣给自己的助理使个眼色："记下来没有？"他又转头道，"大家都学学，唐副处高瞻远瞩，是要干大事儿的人啊。"

唐漾做苦脸状："我穿鞋才一米五九，谎报一米六，能高什么瞻啊，'矮瞻''矮瞻'。"

大家登时笑作一团。

别人当唐漾是说着玩。

下午茶后，唐漾做完手里的事情，便在办公室浏览地图。

张志兰写的家庭住址是在老城南津街，唐漾没听过那条街，想到某人之前跟自己说老城几条街翻修过，就发了条短信过去："老城熟吗？南津街。"

蒋时延立即回道："熟啊，就对着北津街。"

唐漾又发："在加班？有空了陪我去一下。"

看到这条消息，蒋时延知道唐漾有空了，直接打电话过去："你不知道自己当老板的好处就是随时随地都有空吗？比如你大清早爬起来去上班，苦哈哈地对着电脑坐一天，我睡到自然醒，无聊得把微博刷到三天前……"说着，他还戏多地"哎呀"一声，"不好意思，我忘了，某人无论如何都不可能自己当老板啊，毕竟买银行还是有一定难度的。"

唐漾冷笑，准备挂电话。

对方像她肚子里的蛔虫般，立马停止嬉闹，低声问："现在四点……四点半，在汇商楼下等你？"

唐漾一句"等你个头"到了嘴边，转念想到自己和美貌成反比的方向感，再想到蹭车烧的是蒋大佬的油，用的是蒋大佬当司机，费的是蒋大佬的时间，求人服软，她捏住嗓子，声音矫揉又脆甜："好——"

蒋时延手一抖，差点儿扔了手机。

唐漾用左手压住右手手背，微笑着深呼吸，一下，两下。她默念："人生就像一场戏，你我有缘才相聚，不过是你玩游戏我努力。要淡定，淡定……”

蒋时延的一休传媒每年年初都会出一套专题纪录片。唐漾给他发短信时，他正在听各个制片人做选题报告。

蒋大佬中午确实无聊到刷《跳一跳》（游戏名）的排名，可下午忙得要死啊。而他提前撤退又吹了牛的后果就是——助理哭嚷着说今天一定要结果，要不然样片下不来。

蒋时延的耳朵上挂了一副蓝牙耳机，他一边开车，一边听大家激情澎湃地讨论。有从听评书切入的，有从国企切入的，有从卖白菜切入的，提得最多的是学术界的年轻化，大学教授们的王者峡谷和蹦迪。

蒋时延学生时代几乎没被老师表扬过，自然对这个职业不感兴趣。

他听到一个制片人念备选人物：“交大物理系教授，贾某某，三十三岁，主攻量子物理和——”

唐漾提过，她之前的相亲对象，年龄三十三岁，是大学教授，教量子物理。

“等等。”蒋时延道。

耳机那头，众人屏息。

良久，蒋时延助理在那头喊：“蒋总——”

蒋时延：“继续。”

唐漾四点半踩着点出楼，一眼便看到蒋时延正站在台阶上打电话。他的脚有一搭没一搭地逗弄着地上的凸雕。四个圈的跑车和冬日的阳光一道成为背景板，停在台阶下。

唐漾感受到包里手机的振动，朝他挥手。

蒋时延收了手机，走近。

唐漾：“到多久了？”

蒋时延：“刚到。”

蒋时延打量唐漾，半晌，道：“以后少穿粉色衣服吧。”

“中年少女都爱粉色，你不知道吗？”唐漾顺着他的目光看到自己中午不小心蹭在羽绒服衣摆上的奶油渍，徒劳地抹两下，“浅色是挺容易弄脏的——”

蒋时延认真道：“显胖。”

唐漾一口气堵在喉咙，她抬头直视他，微笑：“知道你到现在都还没有女朋友的原因吗？”

蒋时延不接她的话，又来一句：“看着都快九十斤了。”

九十二斤善于藏肉的唐副处立马笑弯了眼，拍着他的胳膊：“太——优——秀！”

双方的赞美都很真诚。

唐副处愿意忽略掉蒋大佬电话里的剑拔弩张，和同样愿意忽略掉唐副处乱七八糟相亲对象的蒋大佬达成短暂的和解。

蒋大佬眉间蓄了点笑意，然后他打开车门，弯腰，向一脸傲娇的“小朋友”伸手做邀请状。

唐副处清了清嗓子，起了点职场精英范儿，身姿袅娜并心情愉悦地上了对方的爱车。

路上，唐漾接到甘一鸣的电话，回答：“和朋友出去了，没找张志兰，我知道没必要……嗯，谢谢甘处，不用算在加班时间里。”

唐漾刚调回来的时候，蒋时延在汇商官网上看过信审处工作人员的照片。

等她挂了电话，蒋时延道：“甘一鸣给我的感觉像……切厚的脂肪。”

“直接说油腻不好吗？”唐漾在别人面前掩饰自己，在蒋时延面前不会。

“偶尔装一下，不会被雷劈，”蒋时延轻笑一声，“其他同事呢？相处还好吗？”

“还行，”唐漾道，“可能有背后说是非的，但表面上都还挺和气的。”

唐漾说了几件好玩的事儿。

蒋时延如常道：“你再厉害也才出来一年多，那些都是办公室混熟了的人精，反正你要知道自己在做什么，想要什么。”

唐漾“嗯”一声，偏头望见一张俊俏的侧脸。她还没来得及接话，下一秒，俊脸上的薄唇一本正经地一张一合：“身高、身材就不要贪图了，维持智商的话，每天早晚可以坚持喝旺仔或者未来星牛奶。”

唐漾不否认自己方才有一秒的动容，微笑道：“你正经说话的时候人模人样，格外帅气。”

蒋时延顿了一下，道：“我不说‘谢谢’没关系吧？”

唐漾很大度：“你随意。”

下车后，唐漾开了步行导航。

没走几步，她和蒋时延都凝了脸色。

南津街外街焕然一新，一路之隔的内街却是一片狼藉。七七八八的铝皮窝棚东倒西歪，这家房前的洗碗水流到下一家的锅炉边，路面漆黑，屋内时不时传来打骂声，一股鱼和家禽的腥臊味扑鼻而来。

内街尽头有片稍微整洁的楼房，唐漾看过路标：“应该是那儿。”

蒋时延瞥一眼超载的垃圾桶：“应该从车上拿把伞下来，万一待会儿遇见流浪猫、流浪狗什么的——”

唐漾走到步行道上，嘲笑道：“你一米八八是长着玩的吗？”

不等蒋时延回答，唐漾“哦”地拖长调子：“好像是呢。”她道，“不知道大三陪谁回学校，谁手上拎着俩卤翅，被一条流浪狗盯上，拔腿就开跑，结果越跑狗越追，最后扔了卤翅，双手抱臂，那声尖叫……啧啧。”

蒋时延冷笑：“说得好像你没跑一样。”他打量四周。

唐漾“嘁”了一声，道：“你不跑我能跑吗——”尾音淹没在三米外一条癞皮狗饥饿的眼神下。

蒋时延看了一眼，很确定这是一条疯狗。

他早已不是那个怂少年，现在的他不会害怕正常情况下正常的流浪狗，可这是一条疯狗，他不能拿唐漾和自己的生命安全开玩笑，真的。他想把唐漾朝后拉。

唐漾思考半秒，自己穿着高跟鞋，不能陪“蒋大壮”犯蠢。在他拉自己的同时，她唰的一下把他拽到自己身旁。

流浪狗“嗷”地低吠，一下一下用前爪刨地。

蒋大佬假装冷静，晓之以理：“跑吧，我现在是百米健将。”

唐漾和狗对峙。

蒋大佬吞了吞口水，动之以情：“它扑上来我们都得玩完，我用我曾经的那一百斤肉发誓，我可能大概或许愿意跑在你后面。”

唐漾没说话，坚持拉住他。

流浪狗背上流着脓，蒋大佬强忍住不适，倒吸口气：“唐漾，真的，我突然想起我家还有两个快递，我先走一步——”

流浪狗狂吠一声，蒋大佬浑身一震，蓄势待发的唐副处从包里摸出口红，弯腰做捡石子状，然后又快又狠地把口红掷了出去。

流浪狗吃痛，瞪着两人的眼睛红如浸血。

唐漾借着蒋时延的胳膊做支撑，侧抬一只脚，扯掉黑色高跟鞋，突地扬起来。流浪狗“汪”一下，夹着尾巴跑远。

一切发生在电光石火间。

等蒋时延回过神来，唐漾已经穿好了鞋，保持着挽他胳膊的姿势，松了口气，道：“蒋时延，你是不是有毒啊？说什么来什么，老娘新买的口红——”

其实以前两人也有过肢体接触——送别时的拥抱、酒醉后的搀扶、击掌、拉钩……大概现在在吹风，大概是很久没有被保护，所以蒋大佬显得格外不自在。

蒋时延想，唐漾是真的瘦了很多，比上次见面时的九十斤更瘦，现在八十斤，不能再多。她下意识地拉自己的时候，手搭过来，都没什么重量，细软、轻飘，像……

他有点儿强迫症，偏偏又找不到形容词，心里像搁了一只软猫爪，轻轻地挠。

蒋时延许久没有接话。

唐漾抬头看他：“我没叫你赔啊。”她忽地看到自己挽着他的手。

如果是两个女生，唐漾觉得很正常；如果是情侣，唐漾觉得很甜。但放在自己和蒋时延身上……世界突然变得安静，只剩下沙沙的风声以及急促的呼吸声。

双方在凛冽的寒风中装了好一会儿雕塑。

唐漾情绪复杂道：“你觉不觉得我俩这样特别像俩大老爷们儿挽在一起……奇奇怪怪？”

蒋时延喉咙动了一下：“是的。”

唐漾“嗯”一声：“那还是别挽了。”

蒋时延白了她一眼：“是你挽我的。”

唐漾有一瞬的尴尬，故意冷着脸：“你就不会把我的手拂下来？”

蒋时延同样冷着脸：“你不会自己放？”

唐漾深呼吸，想撤手，蒋时延却故意把她的手臂夹紧。

唐漾想抽抽不动，瞪他，他松开手臂，唐漾悻悻地收回来。

一秒、两秒、三秒，唐漾“嘁”的一声：“含羞草都没你缩得快，还大老爷们儿——”

唐漾一脚踩过去，他漆黑的鞋面立刻印上一个鞋印。

蒋时延：“五位数，微信转账，谢谢。”

唐漾朝他右脚再踩一下：“两清。”然后朝前走。

蒋时延脸色都没变一下，他跟上去：“以你这种逻辑做信审，汇商现在竟然还能保持综评第一，到底拜的是哪家大佛？这么灵光。”

唐漾停住，看他：“你觉得做银行业务靠的是运气吗？”

蒋时延回她一个眼神：难道不是？

唐漾微微一笑：“靠美貌。”

蒋时延“哦”一声：“幸好不是靠身高。”

唐漾一口气还没喘上来，又听见蒋时延感慨：“怪不得我们公司的发展如此蒸蒸日上、如日中天、繁荣昌盛……”

唐漾：“……”光天化日下，不要脸吗？

两人约等于小学三年级水平的对话持续一路，终止于写着“幸福花园”的简陋小区内。

张志兰不在家，婆婆和小孩也不在。

唐漾和蒋时延上下楼好几次，确定没错后，唐漾敲开一楼麻将馆的门：“请问 301 的张志兰还住在这儿吗？”

一个烫着大波浪头的大妈道：“在啊，只有周末不在，好像说是要回城郊看她妈。”

大妈又问：“你们是她朋友，还是亲戚啊？”

“不是，”唐漾礼貌道，“她朝我们单位递了资料，我过来看看。”

唐漾的长相清灵、秀气，带点儿乖巧，是极讨中老年人喜欢的，蒋时延五官明朗，加之两人气质、衣着都出众，一个短发老太太热情地把两人迎进去，大家顿时你一句我一句聊开了。

老太太说张志兰一家搬过来小半年，她婆婆每天早上在小区门口卖油条，白天带两个小孩。张志兰不知道做什么工作，反正每天花枝招展的，下午上班，半夜才回来。

“能是什么正经工作啊。”一群大妈挤眉弄眼。

一个大妈道：“上次我好心问她，她还挺不耐烦的，说了个店名，什么海道日本什么——”

唐漾：“北海道日本料理。”

“对对对，就是这个名，”大妈“嘁”了一声，露出一个意味深长的表情，“还说正经工作，沾上日本能是什么正经……”

前前后后聊得大妈们忘了做饭的时间，蒋时延和唐漾出小区时，黑透的夜色宛如浓墨泼洒在天空。

两人回到车上，唐漾又接到甘一鸣的电话，蒋时延还没来得及吐槽，自己的手机屏幕也亮了。

蒋妈妈易芳萍年龄越大，嗓门越大。唐漾坐在副驾位上，听得一清二楚。

“我唠叨你的电话都从每天半个小时变成二十分钟了，你这周还是不回来？”

“不回，”蒋时延戳穿她，“因为月底你的通话时长用完了。”

“你——”蒋妈妈捂着胸口吸气的声音从电话里传来，“你怎么可以用这种恶意揣测你老妈，你就不能体谅一下老母亲盼游子归家的那种迫切的心情吗？”

说着，她还格外逼真地抽噎两下：“我知道，你长大了，妈妈老了，你翅膀硬了，妈妈管不了你了，但你能想想妈妈的感受吗？每天面对你空荡荡的房间、饭桌旁空出来的位子，连你最喜欢的番茄炒蛋都不想做，因为害怕没有人吃——”

蒋时延：“我和唐漾在一起。”

“唐漾回来啦？！”蒋妈妈的忧郁登时一扫而空，她立马转换成欢快的大嗓门，“什么时候回的啊？是放假还是调回来啊？待多久啊？”

她噼里啪啦一通问，蒋时延还没来得及回答，她又飞快道：“怎么问你什么你都不知道，能不能行啊？快把手机给糖糖。”

蒋时延偏头看唐漾。

唐漾笑着接过手机：“易阿姨，您好……嗯，快半个月了……不走了，也方便照顾我爸妈……”

易芳萍问什么，唐漾答什么，声音又软又有耐心。偶尔易芳萍开一两个玩笑，唐漾也乐得不行。

车厢内气氛愉悦，面无表情的蒋大佬显得格格不入。

半个小时过去了，唐漾把手机还给蒋时延，听筒里还传来蒋妈妈的叮嘱：“说好了要过来玩，可别客气啊，阿姨给你做你喜欢的佛跳墙，如果你忙的话，阿姨做好了拿过去找你也行……哎呀，糖糖回来可太好了，太好了。”

蒋时延把手机放在耳边，真的没脾气了：“妈。”

蒋妈妈仿佛被人从美梦中叫醒般，愣了一下：“我刚刚给你打电话是要说什么来着？”

蒋时延：“你让——”

蒋妈妈没耐心听完：“好了，好了，我的广场舞马上就开始了，忙着出门呢，挂了啊。”

说罢，不待蒋时延开口，嘟嘟嘟，她已经挂了电话，利落又干脆。上一刻还温情、慈祥的母亲，这一瞬，留了个冷漠的忙音。

望见蒋时延一脸“我怕不是易芳萍的亲儿子”的表情，唐漾觉得自己作为兄弟，有必要安慰一下。

一个是番茄炒蛋懒得做，一个是佛跳墙送过来，隔着一个银河系的差距。

“没关系，”佛跳墙待遇的唐副处拍拍番茄炒蛋待遇的蒋大佬的头，甜甜道，“我也不是易阿姨的亲女儿啊。”她陈述的是事实。

蒋时延微笑：“并没有觉得好受一些。”

唐漾道：“假安慰，真炫耀。”

蒋时延：“还想吃美蛙鱼头吗？地图上没定位，但我去过。”他一句“不想带你去”还没说出来——

“今天不行呢，”唐漾故作遗憾道，“甘处长刚刚给我打电话，说晚上有部门聚会，不能缺席。”

本想拒绝人，结果被拒绝，蒋时延一口气堵在喉咙，手握着车钥匙，却点不着火。

一次，咔，熄灭。两次，熄灭。第三次，他方才启动。

蒋时延握着方向盘，面色阴沉。

明明是自己赶跑了狗，还被人嘲笑是含羞草，这时唐漾找回场子，玩个游戏都开心得不行。

游戏音乐太小，她把音量调大一些。她瞥一眼某人的神色，嗯，那就再大一些。

两人半个小时无言，抵达甘一鸣口中的悠然居。

蒋时延言简意赅：“滚下去。”

唐漾麻利地下车，眉眼弯弯地朝驾驶座挥手：“谢谢你。”

蒋大佬心塞一路，唐副处最后的笑容是绝交的催化剂。他“嗯”都懒得“嗯”了，换挡准备离开。

唐漾“哎哎”两声扶住车窗。

蒋时延转过头。

车窗上那张脸逆着路灯的光线，巴掌大小。一双眼睛大而黑亮，盈盈的，宛如蓄着水光。她“哇”的一声，眼睛像会说话般，楚楚可怜道：“蒋时延，你都不叫我少喝点儿酒吗？”

哪儿能不知道她这是戏精上身，但蒋时延心口还是蓦地一窒。随即，他挤出一个极似唐漾的刻薄笑容，学她之前那样，道：“今天不行呢……”尾音长长的。

唐漾扭头就走，蒋时延的油门轰得震天响。

自此，原因不明，双方恩断义绝，没有道别。

第2章 看你

谢谢遇见，谢谢美好，谢谢托底，谢谢虽千万人吾往矣。

悠然居是全国连锁老字号，队很难排。

唐漾进去时，大厅人满为患。

她远远望见自己的同事那一大桌，笑了笑，然后视线落在桌上唯一的空缺处，在甘一鸣座位旁。

“唐副处自罚三杯哟。”范琳琅起身过去接唐漾。

上一秒，唐副处还在门口和蒋时延撑得不亦乐乎，这一秒，她偏头轻咳了声，走过去，对一个男同事道：“我有点儿感冒，受不了空调热风口，可以麻烦你坐过去吗？我挨着琳琅坐。”

“唐副处怕不是嫌弃我吧？”甘一鸣笑得和煦。

“哪儿敢？”唐漾又扭头咳两声，坐下了，“中午还好，下午和朋友出去吹了风，脑袋真的重得跟铁一样，再吹会儿的话，”她学甘一鸣的语气，“甘处长怕不是想让我工伤住院，撺掇大家继承我桌子上的零食？”

甘一鸣面子没被拂，哈哈大笑。

大家跟着笑出声来。

饭局开始，陆续有人敬酒，唐漾统一用茶代替。

敬了两轮之后，她干脆摸了瓶没开的维C佯装感冒药，这下，没人再上来敬酒了。

悠然居门口的树下停着一辆跑车。车身漆黑，蛰如黑豹。

驾驶位窗外悬了一只手，皮肤白净，手指修长，手指间夹着一根烟，烟头忽明忽灭。按在烟上的手指时不时点一下，带落一串灰烬。

从下午甘一鸣打给唐漾的第一个电话开始，蒋时延就觉得奇怪。信审处有专门管生活事务的员工，为什么处长这么热心？唐漾外出行程要问，和谁出去要问，就连聚个餐都亲自通知……

把唐漾送到后，他本想回家，可车越开，他越觉得不对。他头昏脑涨地围着悠然居那栋楼绕了十圈，停回原点。作为哥们儿，自己应该打个电话提醒漾哥。

刚拿起手机，蒋时延又想起，自己下午才和她说过，她也是这么大的人了，心里肯定有数，自己一说再说，她会不会觉得自己很啰唆？可男人最了解男人，甘一鸣要是没有花花肠子，自己能用手指头给他做碗佛跳墙吃。

再说，自己不是阻止别的男人接触她，只是甘一鸣有家室还能这样，一看就不是什么好人。万一他给唐漾下点儿套，灌点儿酒，唐漾酒量本就限于二两……

烟头被摁灭在车门上。蒋时延拨出一个号码。

程斯然父母和蒋时延父母是旧交，如果不是程斯然中学出国，两人应该算发小。程斯然去年回来，和他、沈传、冯蔚然几个人时常约饭，建了个微信小群，倒也聊得来。

冯蔚然属于有家室的幼稚男人，沈传是荤素不忌浪上飞。蒋时延在程斯然的归类中属于嘴上美女、车子满天跑，若真有个“小花旦”凑过去，他拎得比谁都清。大晚上他给自己打电话，还真是头一遭。

“蒋大佬，何事？”程斯然给自己配了个川剧开场的特效。

“程斯然，”蒋时延脚搁在车头，眼睛盯着自己皮鞋尖上的两个浅印，拧着眉，“你在悠然居没？挨着汇商的这家，上次我记得程叔说让你在这儿锻炼一下。”

“在啊，不过今晚三轮都订满了，”程斯然道，“你一定要的话，我马上——”

“不是我去，”蒋时延打断，“你看看是不是有一桌是汇商订的。”

程斯然在电脑上找了一下：“窗户那边，信审处。”

蒋时延按着太阳穴：“帮我留意一个人。”

程斯然：“……”

蒋时延描述：“粉色羽绒服，黄色毛衣，头发及肩，鬈发，皮肤很白……”末了，说，“一个矮子。”挺漂亮的。

程斯然循着监控看到，这头吩咐下去，接着“哟”了一声：“是什么人啊？”

蒋时延一副“你在说废话”的语气脱口而出：“很重要的人啊。”

话音刚落，只设想“客户”“亲戚”两个答案的程斯然愣了：“女——”

与此同时，蒋时延也觉得自己这个回答不太对，抢先打断道：“是我一个关系特好的哥们儿，高一就认识了，是高中同学，大学同学，经济学学院的学霸……她才调回 A 市，人生地不熟，他们部门乱七八糟，我作为兄弟肯定要照拂……虽然她脾气不太好，但人特别好，典型的刀子嘴豆腐心……”

他噼里啪啦，不给程斯然还口的机会，夸了一大堆后，他好像也意识到自己说了很多。

“跟你说不清，”蒋时延颇为烦躁地扯了两下衬衫衣领，“反正你给我照看好，也不要太刻意，以后她过来你都看着点儿，她要是喝多了或者有什么事儿——”

程斯然：“我也是你哥们儿。”

蒋时延：“我活着的时候你若搞宣传就别来一休了。”

程斯然立正敬礼：“好的，祖宗，我一定把另一位祖宗照顾得妥妥帖帖。”

等程斯然跟经理确认了那桌点的都是啤酒，跟临近的服务员确定代号为“矮子”的粉色羽绒服女孩无恙，和两个女的坐在一起，并给蒋时延反馈后，蒋时延觉得自己尽到了做哥们儿的责任，跑车开得顺手了，看红绿灯也不花了，路也不岔了，再放点儿轻快的牛仔音乐，一路摇头晃脑哼哼着回了家。

而悠然居内，程斯然后知后觉，先不论悠然居的安全是业界标杆，顾客喝多少是顾客的自由，自己当老板总不可能去夺酒瓶吧，然后，什么叫跟自己说不清？刚刚不是他蒋时延一直在那儿叨叨，自己问过问题吗？真是的，这人完全不讲道理吗？！

不过……等等。

程斯然可不信男女之间有纯友谊，尤其放在时间用秒算的蒋大佬身上，能到这程度的异性就只有两种可能。

一种可能是女朋友。显然不是。那就只剩第二种可能。

“暗恋对象。”蒋时延把程斯然这条语音反复听了三次，砰一下关上房门。

他回拨过去，冷笑道：“只是让你留意一个朋友，又没打断你的好事儿，什么仇什么怨这么揣测我，你以前找我帮忙的时候我可没这么多话。”

“我找你帮忙可没涉及男女关系，”程斯然道，“我就说了四个字，是谁在那儿激动得嘚啵嘚啵——”

这时，蒋时延冷静下来，道：“真的是关系特别好的朋友，所以不要开玩笑，你这样我会很……”他没找到形容词。

程斯然不想和他废话：“那我问你，如果她站在你面前让你亲，你亲吗？”

蒋时延毫不犹豫：“亲。”

程斯然暗道“这不就得了”，他继续问：“怎么亲？”

蒋时延一副听从指挥的口吻：“她让我亲哪儿我就亲哪儿，她让我亲多久我就亲多久，她让我怎么亲我就怎么亲。”

程斯然:“……”这人怎么接个吻还能接出一股生死大义?!

程斯然想了想,更直接地说:“那如果她现在到你家,你一个人,她就穿了两件衣服,脱了一件,站在你面前,拉着你的手,放到她身上那件衣服领口处,你会——”

“赶紧穿好啊,”蒋时延脱口而出,“程斯然,你有病吧,看看天气预报,一只手都数得过来的温度,你让人家只穿两件,还脱一件,冻伤了住院,你想去照顾吗?”

程斯然一噎。

蒋时延察觉到自己的语气太冲,缓了缓,道:“别问东问西了,真没那心思,要有的话,高中那阵不就该有了?”

“谁知道呢?”程斯然哧地笑了一声。

蒋时延骂道:“有毒吧。”挂了电话。

即便抛开太熟这个壳,蒋时延想,唐漾重要归重要,但和自己的理想型迥然不同啊。

他骨子里有点儿大男子主义,曾经他还是毛头小伙的时候,就喜欢温柔、贤惠、有女人味的。现在他明明更具备保护未来老婆的条件了,反而会喜欢靠外卖和回妈妈家过活、遇到恶狗把他挡在身后的漾哥?真是的,这年头开玩笑都流行用脚开吗?

蒋时延吐槽完程斯然,手机还没放下,便收到了唐漾的消息。

ty:“今天这儿做活动,幸运顾客由年轻、帅气的老板送回家,本仙女第一个抽,结果抽中了,下面请蒋大佬分析原因。1. 漂亮; 2. 好人有好报。”

蒋时延下意识地敲下“你身边没镜子吗,怎么这么无聊”,但又像想证明程斯然是错的一般,逐字删完,然后无比冷漠地回了一个字。

t$efvbhu&:“1。”

他一下夸到了唐漾的心坎上。唐漾美滋滋地回复。

ty:“原谅你下午没让我少喝酒了,别回了,我要睡了,晚安。”

蒋大佬自认矜持并端住了,又回复一个字。

t$efvbhu&:“嗯。”

短暂的聊天相当愉悦。

两人破裂近三个小时的关系在黑夜里悄然破冰。

黎明破晓,周一总是来得必然而又不受人待见。

蒋时延出差去了休斯敦，唐漾在总行、分行到处开会。

隔着半个地球的时差，蒋时延深夜分享一首歌，唐漾白天点个赞。

唐漾晚上吐槽“每天微信步数登顶让人有种称霸天下的错觉”，蒋时延凌晨评论：“人家开后门都是偷偷摸摸，唐副处光明正大，让人害怕。”

唐漾瞬间懂了，想无视，可内心的倔强驱使她反驳：“计步器又不知道我腿长两米！”

蒋时延：“我以为相同的路长腿短步数多是小学的应用题。”

蒋时延可比困意厉害太多，唐漾毫无压力地表演一秒入睡。

大洋彼岸，蒋时延仿佛看到了唐漾灵活的小动作，哧地笑出声来。周围的高管们噤声看着他，他又迅速把笑容敛起来。

等昏天暗地的工作日忙过去，唐漾得空回了趟父母家，已经是周五了。

唐妈妈和蒋妈妈约了下午打麻将。

饭桌上，唐妈妈一直念叨一把可以做清一色却没做成的牌：“这人还是要勇敢一点儿，再勇敢一点儿，孟非那首歌是怎么唱的……‘往前一步是大和，退后一步是小和’。”

对于曾经看《走进科学》的周老师现在爱上《非诚勿扰》，唐漾深表无奈。

饭后，唐漾玩游戏玩得无聊了，很自然地给蒋时延打了个电话。

结果，她还没开口，对方先出声了：“我不给你打电话，你就不给我打吗？”

这一招先发制人太厉害了。奇怪的是，唐漾竟觉得逻辑没问题。

“说得像你在想我一样，”唐漾“喊”了声，解释道，“这周累得午饭都用灌的，这不是一停下来就呼唤你了嘛，回来了？”

“还在候机。”蒋时延走到一个专柜前，“那我给你带个漏斗，方便操作？”

唐漾懒得理他的调侃，调整了一下窝沙发的姿势：“之前给我爸买补水的，顺便买了一套寄到你家了，最近天气干得惊人，你的皮肤比我的还耐不得干，回来记得用。”

对面似乎撞到了人。

道了好一会儿歉后，蒋时延的声音才从手机里传来：“行啊，那周末我陪你去南津街？办好了吗？”

“没，”唐漾懒懒道，“文件放在那儿，没批也没驳回，年后她还不来我再去吧。你知道的，我就是要把到自己手上的事儿弄清楚。可我也忙，我不是什么好心人……哎，”她想到什么，“你不知道，前天有个贷款客户闹到信审处，说为什么浦西让她贷一百万，我们只让贷十万，结果，我一看资料，她给浦西押了个门面，给我们押了辆二手车。我说叫保安，范琳琅直接撑她‘你以为这是雷音寺，里面全都是活菩萨吗’。然后，你知道吗？快五十岁的一个大妈直接在地上撒泼打滚——”

“我不知道，”蒋时延揶揄，“但只要你在地上撒泼打滚，你要什么我都答应。”

唐漾：“这么感人吗？”

蒋时延认真道：“孩子是祖国的希望。”

唐漾乐着，知道他看不见，还是在空中挥了一拳，笑道：“望你个头。”

两人有一搭没一搭地扯了好一会儿。

蒋时延状似无意道：“你还去相亲吗？”

唐漾飞快地朝厨房望了一眼，倏地缩回脖子，很大声地抱怨：“真的到处是压力，头发一把一把掉，我知道婚姻重要，但都没命了，婚姻要如何安放……年后，真的必须年后，最早年后。”

这人戏太多，蒋时延嘴角抽搐着给她配画外音：“因为平时相亲只会遇到 A 市的‘奇葩’，过年相亲会遇到 A 市以及籍贯是 A 市回来过年的‘奇葩’。”

唐漾被戳中心思，手抹脖子，低声威胁：“咔。”

蒋时延逗她，在电话里大喊唐妈妈：“周阿姨，周阿姨在吗？”

唐漾做贼般火速遁走。

而一洋之隔，蒋时延嘴角的弧度从机场持续到上飞机，飞了整整十七个小时，中途睡一觉，到 A 市竟还在。

蒋时延也回了父母家。

易芳萍开门看到儿子，怔住了，打量他好一会儿，惊叹道：“你的微笑唇是在美国做的吗？”

“保持乐观是长寿的秘诀，”蒋时延把行李搁在旁边，递了个袋子给蒋妈妈，“礼物。”

蒋妈妈收下：“给唐漾带了吗？”

“带了。”蒋时延换好鞋，用鼻子嗅空中飘来的香味。

蒋妈妈福至心灵：“佛跳墙。”

蒋时延故意拉下脸，道：“你儿子出差刚回家，你不会真的要给唐漾送过去吧。”

“当然不，”蒋妈妈把蒋时延引到饭桌边，揭开虚掩的盖子，给他盛肉又盛汤，“你先尝尝。”

家里长期有保姆，好像自妹妹蒋亚男高考之后，蒋妈妈就没怎么动过手了。

这时蒋时延端着碗，鲜汤的热气透过碗壁传到手心，温度和唐漾说送补水套装时的暖意汇到一起，登时蔓延至四肢百骸……

“快试试。”蒋妈妈慈爱地催他。

蒋时延心口热乎，还没来得及喝，又听蒋妈妈说道：“上回我第一次动手，香菇没熟，你爸拉了三天肚子，这次我掐好了时间点，应该没问题。”她憧憬道，“等我多练几次，味道过关，啊，不，等到炉火纯青，我就做了送到汇商，给糖糖一个惊喜，女孩子讲究精细，不像你和你爸，皮糙肉厚……”

蒋时延心中顿时五味杂陈。

迎着蒋妈妈期待的眼神，他端起碗放到嘴边，小心地抿着嘴，没敢喝。

“对了，”蒋妈妈没留意儿子的表情，“糖糖调回A市了，那你搬回来吧，不催你相亲了。”

蒋时延放下碗，装模作样地扯了张纸：“唐漾回来和你不催我相亲有必然联系吗？”

“为什么没有？”蒋妈妈反问，“人家唐漾大龄单身，你大龄单身，等等，”蒋妈妈换了种问法，“你觉得唐漾怎么样？”

“特别好。”蒋时延诚实道。

蒋妈妈循循善诱：“所以呢？”

蒋时延以为妈妈是了解自己和唐漾的，没朝别的地方想：“所以我的朋友都很好，近朱者赤，近墨者黑，我也特别棒。”

蒋妈妈耐心地引导：“对啊，大家知根知底。”

蒋时延猜测：“广结益友吗？”

蒋妈妈打断：“你知道佛跳墙铺菜是先放冬笋，还是先放姜片，是先放海参，还是先放干贝吗？”

蒋时延迷茫：“我怎么会知道？”

蒋妈妈微笑：“没关系，我只是随便找个借口骂你，问什么什么不知道。”

蒋时延：“嗯？”

蒋妈妈捶他的脑袋：“蠢得没边！”

蒋时延下意识地躲，蒋妈妈恨铁不成钢地再拍两下：“蠢得要命！”

蒋妈妈想说什么没说出来，骂完，仍是不解气地在他的脚背上跺了两下，这才气鼓鼓地丢了汤匙上楼去。

下脚怎么这么重……

蒋时延痛得倒吸冷气。

他想到唐漾也喜欢这样拍自己的脑袋，这样踩自己的脚，虽然她的力道跟挠痒痒似的，但气他的本事和他妈简直一样！他想，自己上辈子肯定造了很多孽，具体是多少不知道，但肯定不是什么好人……

蒋妈妈养了一只荷兰猪，叫蔬菜。方才母子燃起战火的时候，它就坐在餐桌旁，睁着黑漆漆的大眼睛，一动不动地看着蒋时延。

蒋妈妈走了，留下蒋时延和它大眼瞪小眼。

蒋时延叹了口气，把那碗汤推到它面前："哎，吃吧，吃吧。"

蔬菜看看蒋时延，又看看汤，用圆滚滚的小胖爪把汤推还过去，然后朝他露出个类似怜悯的表情……

蒋时延的心态彻底崩了。

晚上十点，唐漾刚躺上床，就接到了蒋时延的电话。

对方的嗓音微哑，又带点儿颓然，唤道："唐漾。"

唐漾刚陪老妈看完泡沫剧，男主角公司破产，临跳楼前也是用这样的声音给女主角打电话。

"我在，我在。"听到这声名字，唐漾噌的一下从床上跳起来，一边手忙脚乱地穿衣服，一边道，"蒋时延，你稳住！稳住啊！你跟我说你在哪儿，我马上过去找你！千万别冲动！"

蒋时延声音飘忽："我心情不好——"

"我知道你心情不好，"唐漾后背一凉，"但无论发生什么事儿都给我缓一缓啊，蒋时延！"她加重语气，"我知道生意场上有很多事情，你不要想着一了百了，钱没了可以再赚，人没了就真的没了——"她慌里慌张，还没找到钥匙。

听筒里，蒋时延的声音传来："我和蔬菜发生了一点儿矛盾。"

"……"

蒋时延："它踩坏了我辛辛苦苦给你带回来的礼物。"

"……"

"所以作为补偿，"蒋时延小声了些，听上去很委屈，"你可以请我吃一个甜甜圈吗？"

吓到我，没保管好我的礼物，还要我请你吃甜甜圈？你怎么不绑个窜天猴，上天和烟花肩并肩呢？！

唐漾深吸一口气，道：“三秒之内挂断电话。”在我爆发之前。

蒋时延瞬间收好先前的戏份，低声道：“我到你家楼下了。”

唐漾：“我们之间的友谊并不足以让我下楼。”

蒋时延一副好说话的样子：“那我只能给周阿姨打电话，说唐漾手机是不是没在身边，可不可以请她——”

“算你狠！”唐漾重重地挂断电话。

路过梳妆台时，她捞起眉笔，思考一秒，懒得画，又放下。

五分钟后，翡翠园楼下。

唐漾推开单元门，便看到停在路旁的车。她走过去的同时，蒋时延也下车朝她走来，手里拎着一个透明的食品袋。

蒋时延递给她：“你不请我，我请你好了，喏，甜甜圈。”

唐漾瞥一眼，没接。她紧了紧抱在胸前的手臂，冷漠无比道：“我二十八岁，不是八岁，谢谢！你可以选择滚去黑名单或者马上变一桌满汉全席。”

“那有难度。”蒋时延还要说什么，手机振了一下，他接起电话。

唐漾跺着脚等在一旁。

对方说了什么，蒋时延应了两声“好”，戳唐漾：“快去车上帮我找份文件，就在后座上。”

唐漾听清他说什么后，当即炸了：“车就在你面前你让我去拿？你接个电话是没手吗？我的蒋大爷——”

蒋时延用食指碰了一下唇。唐漾瞪他归瞪他，但还是过去了。

她的手握上后排的车门把手，哼哼唧唧地拉开，看到车内情景的一刹那，瞳孔轻缩，她说不出话……

全套口红有整整三层，展开后，从座位那端伸到了她眼下。车顶开了盏小灯，暖黄色调，光线顺着卫兵般放置整齐的黑壳排排流淌，直戳心脏。

唐漾有些不敢相信地朝后看，蒋时延哪儿还在打什么电话？

他插兜走过来，伸手搭上车门，笑得格外得意。方才某人噤声时，他就明白，易女士想给惊喜的思路是对的，只是不好意思，自己“先用为敬”。

他低头迎上唐漾的眼睛，她眼睛里有水波，有柔光。他喉咙发痒，清了一下嗓子，道：“如果说什么可以让你难受的话，那就是我买了一整套只是因为不知道你最喜欢哪个色号、遇到狗那天扔的是哪个色号。”

这个时候的蒋时延怎么看怎么顺眼，就连捋她都显得尤其风趣。她温柔道：

“没关系，直男都这样。”

“如果说什么可以让你好受一点儿的话，”蒋时延道，“我知道你最喜欢哪个色号、扔的是哪个色号，全部买回来是因为年终奖调查的时候女员工说收到这个会很开心。”

蒋时延伸手越过唐漾，准确地挑出她最喜欢的色号。“Dangerous（口红色号，橘红色），”他声音低缓地念完，偏过头问她，“开心吗？”

蒋时延的五官生得极好，他敛起平常的玩世不恭，一抹月色洒在他的眉梢，莫名生出些勾人的味道。

唐漾心里悸动，小声“嗯”了一声，几乎是踩着他的尾音抢过他手里那支口红。她一边对着车门玻璃涂，一边转移话题：“我好像明白为什么你以前那么胖还能找到女朋友了。”

蒋时延笑：“攻击反弹。”

“看在你是第一个送我包包和口红的汉子的分儿上，我不计较。”唐漾用手指调了一下唇缘，仰脸问，“好看吗？”

唐漾是手残，左边嘴角的口红朝外漫了一点儿，艳色衬着她清秀的眉眼。

她看着蒋时延，蒋时延亦注视着她。

两人相距一尺左右，有风在吹，她的呼吸淹没在风里，伴着一丝沐浴露的香甜，好似甜在唇间……

蒋时延看着看着，忽然鬼使神差地说：“以前宋璟没送过？”

此话一落音，两人都安静了。

蒋时延后悔了。

唐漾：“你知道的，他的性格就那样。”

蒋时延抱歉。

唐漾道：“不过，在一起的时候他挺体贴、挺——”

“对不起。”蒋时延看着唐漾。

“说对不起做什么？”唐漾扯扯嘴角，“只剩感慨吧，当初关系都那么好。”如今她和宋璟已八年没联系。

蒋时延：“我——”

唐漾垂眸看鞋尖：“如果再给我一次机会，我一定会推开他，打破朋友的界限对两个人的伤害都很大。”

蒋时延嘴笨：“漾哥——”

“没……没什么。”唐漾吸了一下鼻子，朝车里看一眼。

蒋时延默契地探身把盒子收好，递给她。

关系再好，终究是异性，忽然而至的躯体带着和方才一样让人混乱的温热，唐漾敏感地朝后避了避:“那我先上去了，你早点儿睡。”

“你也是。”蒋时延说。

唐漾走了两步，倏地倒回来。

蒋时延举高袋子，故作夸张道:“哇，你还要你的甜甜圈啊。”

唐漾:“送给我的，我为什么不要？”

蒋时延逗她:“口红和甜甜圈只能选一个。”

唐漾毫不犹豫:“甜甜圈。”

蒋时延哧的一声笑了:“出息。”然后都递给了她。

唐漾瞪蒋时延一眼，像怕他后悔般，把两样都抱紧了，嗒嗒嗒几步就跑没了影。

蒋时延再想笑，唇却牵得费力。

他在原地站了好一会儿，坐上副驾位，关掉灯。四周昏暗，他从车头又摸了一个甜甜圈出来，扯开袋子，下嘴咬。

两道声音好像就在他耳畔。

“以前宋璟没送过吗？”

“如果再给我一次机会，我一定会推开他，打破朋友的界限对两个人的伤害都很大。”

所以不该提宋璟？所以为什么要提宋璟？所以自己为什么要鬼迷心窍地提宋璟？最后让两个人都这么难受和尴尬。

嘴里的东西越嚼越觉得不是滋味，蒋时延忍无可忍，看着包装拨号码。

“您好，这里是如景园人工服务——”

蒋时延:“你们做甜甜圈都不用白糖用黄连吗？”

接线员:“啊？先生，您好，我们每个甜甜圈都是经过严格——”

蒋时延扔下手机，一脚油门踩到底。

而十米之外，电梯里。

唐漾一直恍惚地站着，直到站到有其他人进来了，她才意识到自己没按楼层键。

嘀，电梯上行。

唐漾爱极了电梯攀爬楼层时稳定的状态。她想，朋友变恋人这种经历，一辈子在宋璟身上有过一次就已经足够。何况蒋时延就是这种会来事儿的性格，他喜欢什么样的女生，她难道不清楚吗？她一分钟便想明白先前想了一个小时的事儿。

唐漾到家后，随手把那盒口红放在门后，脱了鞋，倒床就睡。

一夜昏沉，第二天唐漾醒来，只觉得头很重。她浑浑噩噩地捞过手机，看到时间，吓得差点儿从床上蹦起来……下午两点了？！

唐漾工作日作息倒规律，可一到周末就颠三倒四。她偶尔十点醒，偶尔十一点。但她受到惊吓不是因为时间，而是因为做了一个梦，梦见蒋时延亲她，然后被吓醒了。

她被吓醒只需要一秒，而从昨晚十一点到现在两点，经过了十四个小时。所以在梦里，蒋时延亲了自己……十多个小时？！

已经把自己钉在朋友位置上的唐副处骂了一句，蒋时延的肺活量这么大吗？她不信!

蒋时延接到唐漾的电话时正在开车，旁边坐着程斯然。他挺意外的，本以为唐漾会因为某个名字躲自己一阵。

“漾妹做甚？”他把音乐调小些。

“妹你个头。”唐漾纠正他的称呼，“话说，你和你前女友接吻……喀喀，一般接多久啊？”

不待蒋时延回答，唐漾补充道：“我没别的意思，就是做梦梦到一堆乱七八糟的事儿，然后顺便梦到了，我正在网上算命，要问细节。”

蒋时延沉默了一阵，说：“你觉得多久算正常？”

唐漾思考了一下，道：“一两分钟……最多十分钟吧。”

她嘴里好像有什么东西，哽着不舒服。

“偶尔一两分钟，偶尔十分钟。”蒋时延答。

程斯然忍笑，蒋时延瞪了他一眼。

唐漾又问：“你们不常接吻吗？”

“记不太清了，”蒋时延说，“不常吧。”

好像嘴里卡着的东西被吞了下去，唐漾的声音轻快了些，她又胡扯两句道了“回见”。

车里，程斯然捂着肚子，笑得不能自已：“不知道是谁重度洁癖接不了吻，不知道是谁作为一个成年人谈恋爱就牵牵小手，承包了我们一年的笑点……你对你天天挂在嘴边的漾哥还撒谎，良心被猪吃了吗？”

“等等，蒋大佬，”程斯然思及什么，“我那天问你亲不亲唐漾，怎么亲，你明明说的是亲啊，还随她怎么亲。”

等红绿灯的空当儿，蒋时延敲敲太阳穴：“唐漾是兄弟。”

程斯然：“我也是兄弟。”

蒋时延解释：“亲兄弟和亲女人的性质不一样，女人是异性，兄弟之间就没那么多顾忌，关系好随便来一口并不会觉得有什么——”

蒋时延话还没说完，便看到程斯然比洗澡盆还大的脸搁在自己面前，格外风骚又挑衅：“那你要不要亲亲我啊？”

蒋时延伸手挡住程斯然的脸，嫌弃道：“傻帽儿。”

红灯变绿灯，程斯然坐回副驾驶位，同样吐出一个词：“傻帽儿。”

一个骂在明，一个骂在暗。两个人都懒得计较。

车子拐过几个路口，到一休传媒。

蒋时延带程斯然去拿广告投放合同的时候，唐漾也收到了工作邮件。

范琳琅：“漾姐，南津街那个特殊件贷款客户，就是张志兰，把电话打到办公室来，说您在她家门口留了名片，让她随时可以找您。”

唐漾想起自己和蒋时延去过的那次，腾出抹水乳的手：“你给她回电话，说我一个小时后过去，谢谢。”

范琳琅：“要不我带上资料到您家楼下等您？”

唐漾：“不用麻烦，我自己去就好。”

范琳琅：“没事儿，我刚好值完班。”

唐漾想了想，便答应了。

范琳琅本想提前去找唐漾，结果唐漾出发得更早，到汇商接她。

范琳琅在外面打量好一会儿，才上车，问：“您之前那辆车不是红色的吗，怎么换了黑色？”

唐漾笑：“我妈之前开出去过，后来扔在车库，忘了加油。”

“我以为老年人都喜欢稳重的颜色，没想到阿姨还挺洋气的。”范琳琅想到平时同事们在背后讨论唐漾的包包、衣服，玩笑道，“唐副处，您可别说您家放着‘彩虹糖’。”

唐漾随口道：“差不多。”

范琳琅想了解什么就问什么，止于隐私，又不阴阳怪气。

近半个小时的车程聊下来，唐漾在心里又对她亲近了些许。

两个人来到幸福花园，有老太太认出唐漾，热情地跟两人说上次看到张志兰穿裙子，大冬天的，大腿都露出来了，成何体统，到小区捡垃圾也比她那样强！

唐漾含混地点头。

“特殊职业吧。”范琳琅语气有了远离的意思，“我们小区的老太太也这样，但碎嘴归碎嘴，有什么消息都是最新的。”

唐漾：“先看看。”

两人上楼，敲门，门开。

唐漾认出张志兰的同时，好像也明白了老太太们为什么碎嘴。因为张志兰美，无关年龄和容貌，给人的冲击力远远强于证件照。

即便在家系着围裙做事，张志兰也化了淡妆，眉眼细长，带着一丝孤高。看见来人，她犹疑道：“唐副处？”

范琳琅指着唐漾，先道：“这位是唐副处，”再道，“我是范琳琅。”

张志兰在围裙上擦擦手，招呼两人进去坐。

唐漾和范琳琅礼貌地打量着。

张志兰的家很小，但很干净，墙角和窗户一尘不染。窗帘似乎是用很多块布拼在一起的，但有人在缝隙间绣了小碎花，把不和谐的色调进行了统一。

张志兰家有两个小孩，唐漾经受过亲戚家熊孩子的折磨，来之前已经给自己打了预防针，可见到后，心里生出妄加揣测的罪恶感。

大的那个孩子上了小学，坐在一张碎木条拼的书桌边写字。小的孩子坐在哥哥的书桌旁，乖巧地翻着连环画。

大部分小孩见到陌生人都会害怕或者露怯，而张志兰唤“闵木”“闵林”，介绍来人后，两个孩子站起来，声音清脆地喊：“唐阿姨，范阿姨。”

唐漾和范琳琅给母子三人拎了一袋龙眼，两个孩子想吃，看了看张志兰，得到张志兰的应允后才克制地拿了两个，吃完把壳和核儿放进垃圾桶，接着做自己的事儿。

“好乖。”唐漾打心底觉得他们可爱。

张志兰道：“都很懂事儿，爱看书，我忙不过来的时候会主动帮忙。”

她们又说了两句家常，范琳琅拿出了记录本。

张志兰给了两个孩子五块钱，让他们出去买糖，等他们关好门，这才叙述情况。

张志兰的父母是烈士，她从小在孤儿院长大，名字是孤儿院的院长取的："志"是父母，"以身殉志"；"兰"是自己，"空谷幽兰"。

她有个中学同学，叫闵智。

她十八岁那年，高考落榜，南下打工。闵智参军入伍。

她二十岁那年，回到A市。闵智考上军校，两人结婚。

她二十二岁那年，和闵智有了第一个孩子，修了平房。她二十七岁那年，两人收养了战友的孩子，买了面包车。她二十八岁那年，闵智的母亲生大病，同年，长江中段发生洪灾，闵智牺牲。

部队给的安葬费不多，张志兰掏空积蓄还清医院的欠款，然后举家搬到了这里，因为把平房短租出去的租金多于住在这里的租金。

唐漾偏头调整了一下情绪，询问她购买江景房的动机。

张志兰的声音和方才一样平静："说出来很好笑，那个地方是他以前说以后想买的，他喜欢那儿的位置、结构，我喜欢那儿能看到长江，他走的地方。"

她说："他们老家那边有种说法，生前有愿望没了，死了会停在奈何桥，孟婆不给汤，他入不了轮回道，时间久了就再也翻不了身。"

张志兰从侧边的抽屉里给两人拿了一本相册，笑道："他人很好，模样俊，我舍不得。"

她念"俊"念的是"zùn"的音，唐漾心里某根弦被轻轻拨了一下。

照片微微泛黄，敬军礼的男人一身橄榄绿，头顶鲜红的国徽，笑起来有颗小虎牙，和春风一样。

范琳琅嚅动着嘴唇，没发出声音。

唐漾心硬，柔声解释："但您的购买能力以及在贷款的偿还上确实存在很大的问题。"

"以后房价会更贵，"张志兰苦笑，"我现在每个月有烈属津贴抵开支，然后我每天两份做服务员的工资全部存着，周末我带闵木、闵林去孤儿院，他们和小朋友玩，我打扫卫生也有补贴。"她想到什么，"不过，我咨询银行的时候，她们说没签用工合同、没到上税线的话，补贴不能归到收入证明。"

"流水审核过不了，"唐漾思忖道，"如果您不介意，可以存一个我的私人电话。"

张志兰受宠若惊："唐副处，你这样我很——"

"没关系，就当是朋友。"唐漾执意道。

范琳琅哭得眼睛有点儿红，看张志兰存唐漾的电话时，眼神稍稍闪了一下。

三人前前后后聊了快两个小时。不知是谁，也不知怎的，提到了闵智牺牲的细节。

张志兰脸色略微凝滞，良久后才说：“他学的工程技术，专业我记不太全，洪灾发生时，他是过去做防汛设计的，没签生死状。

“然后好像是……在现场，一个孕妇想找东西失了足，他去拉孕妇，自己一脚踩在了青苔上，他不会水，一个浪刚好过来。”

张志兰说：“当时孕妇和他隔着一段距离，他明明可以不去，明明可以不去……”她终归是人，终归会有自私的想法。

唐漾抱着一沓访问资料，宛如抱着千斤重铁。

“节哀。”她犹豫着抚上张志兰的肩，缓缓地抚了抚。

“不哀，不哀，”张志兰扯了张纸，笑着擦眼泪，“使命罢了。”

出门时，张志兰送两人。

唐漾和她耳语：“情况我了解了，然后我会尽最大努力。”她顿了顿，“但你不要抱太大希望。”

张志兰：“我不懂理想，也没什么理想，我这辈子就想买这一套房，就一套。”

冬天的夕阳很短暂，远天的云朵如翅翼般缀在女人的身旁。

唐漾望着张志兰，很想从理性的角度告诉她：“你自己爱算命归算命，但人只有一辈子，走了就走了，一抔尘，一抔土，没有奈何桥，没有轮回道，没有孟婆，他更不会记得你。无论你做什么，做再多，都是徒劳。”

可话到嘴边，她终归没有说出口。

范琳琅要拍照存档，唐漾在单元楼下等她，眼神飘忽间，看到两个孩子坐在侧门的台阶上。

她走过去，两个小孩站起来，齐声喊：“姐姐。”

“为什么叫姐姐？”唐漾失笑，在楼上不是喊“阿姨”吗？

闵木抿了抿唇：“妈妈说严肃场合看到大人要叫阿姨，不严肃的场合看上去比她小的都叫姐姐。”

唐漾心里微暖，扶住衣摆和两个孩子坐在一起。

她问学习，问生活，小的闵林不太会表达，大的闵木回答清晰。

好一会儿后，唐漾问闵木：“你想过长大以后做什么吗？”

闵木赧然：“参军。”

唐漾微怔，然后轻声道：“可以跟姐姐说说原因吗？”

闵木沉默了好一阵，他很小声地说：“要为人民服务，这是爸爸爱说的，但每次我提到这句话，妈妈都会露出难过的表情。”

唐漾动容，摸了摸男孩的头，又问闵林：“你呢？”

闵林睫毛长，羽扇般闪烁：“唱歌。”

唐漾问：“唱什么歌？”

闵林站起来，小手笨拙地侧举到太阳穴，唱的调子细弱、模糊，唐漾没听清。她凑近了些，听到他唱：“起来，不愿做奴隶的人们，把我们的血肉筑成我们新的长城……”

他就像听过很多次，然后第一次唱，小心翼翼、生涩，声音淌到她心尖上。

唐漾揉揉他发顶的鬈发，嗓音微哑：“知道这是什么歌吗？”

闵林摇头。

这个小姐姐温暖又好看，大概是不愿让她失望，小男孩避开哥哥，踮脚凑到她耳边，轻轻说：“柜子里有带带，放……带着爸爸照片回家时唱的歌歌……

“给爸爸盖上国旗撒上花瓣时，爸爸被盖上国旗撒上花瓣时，唱的歌歌。”

回去的路上，唐漾跟范琳琅说：“烈士被销户了，但这条可以作为弹性参考因素。”

范琳琅又掉了眼泪：“我做了四年信审，从来都不知道那些件的背后是什么。”因为没有强制要求去弄清楚，因为大家享受清闲，因为大家习惯了把球踢来踢去。

唐漾玩笑道：“小区的老太太偶尔还是会不靠谱。”

是啊，又有谁能想到，那只是一个上班上到十一点仍然愿意换下工作装再回来、给孩子看最好状态的妈妈？

范琳琅扑哧笑了一声：“唐副处，你都不感动吗？铁石心肠。”

唐漾牵了牵嘴角。

到家快八点了，唐漾没开灯。

她把包扔在玄关处，看范琳琅给自己发的存档照片，看完后，又看张志兰的件，里面有他们现在的居所的内景照片。

唐漾之前看，只觉得整洁、普通，这时再看，那些用报纸包着的书皮、垃圾桶上的笑脸好像有了温度。

一张再一张，忽然，唐漾注意到那张木条书桌侧面刻着一行字，字迹歪歪扭扭，不明显。

她把图片拉大些，再大些，看到闵木模仿的书法，还用细笔描了边。

唐漾想笑，那一笔一画多笨拙，等她看清那四个字是什么，哧一下笑了，然后鼻尖酸了。

“三代将门”，一个贷款件不停地被驳回又不停地递的三代将门，一个妈妈被小区老太太非议，小孩在麻将声中低声唱“不愿做奴隶的人们”的三代将门，一个如果她不接电话，不想弄明白或者没去那一趟就根本不会知道的真正的三代将门。

朋友圈人太多，唐漾点进微博。

想说的话到了嘴边显得苍白，唐漾写了大段文字，又逐字删除，最后留了一句：“谢谢遇见，谢谢美好，谢谢托底，谢谢虽千万人吾往矣。”没什么文采，她也只能写出这一句。

她沉浸在昏暗里，发送成功，又怅然若失。

安静间，手机屏幕闪烁。唐漾挂断电话，蒋时延继续拨，唐漾再挂断，蒋时延再拨，唐漾接通。

蒋时延没开玩笑，也没嬉笑：“我没吃晚饭，陪我吧。”

同样没吃的唐漾声音嘶哑：“我不饿。”

电话里传来两个字：“下来。”

半个小时后，唐漾化了全套妆，气色依然不好。她没什么心情，下了楼也不想和蒋时延说话。

奇怪的是，“蒋话痨”也像被灌了哑药般，给她开车门，关车门，到美蛙鱼头店，给她开门，关门，一言未发。

进店后，蒋时延把唐漾安置在角落的位子，自己去称蛙，回来坐好，又摸出手机倒腾一阵，认真地念道：“屠夫把白雪公主绑去深山老林，磨刀、喝牛奶，喝完后，自己走了，为什么？因为他喝的是‘忘宰牛奶’。”

然后，他又念道：“女朋友接到男朋友电话，男朋友叮嘱，过马路记得走斑马线，女朋友很开心，问‘亲爱的，你为什么这么关心我’，男朋友说‘走斑马线被撞到赔得多一点儿’。”

他接着道：“走在路上，老婆问老公‘我和你妈掉水里，你先救谁’，老公还没说话，一个发传单的人走过来，‘哎，游泳健身了解一下’。”

“神经病。”唐漾绷不住笑了，抬手作势要打他。

“你每次不开心了，发动态末尾都不会打标点，”蒋时延盯着她发红的眼睛看了一会儿，确认她是真笑了，这才松一口气，轻声问，“怎么了？”

他在什么都不知道的时候把她哄好，再问怎么了。

店里人声鼎沸，唐漾仍旧看清了他眼里的柔软，心里某个不起眼的角落似乎塌了一小块。

唐漾没说贷款细节，只说了张志兰、闵木、闵林，和她那个很小的在市井中盛开着琉璃苣的家。

她说得很慢，蒋时延认真地听她说。

等她说完，蒋时延问：“还难过吗？”

“不是难过，”唐漾固执地不肯承认，“她只比我大一岁，是一种说不清的感觉——”

唐漾话没说完，服务员把红锅端了上来。

蒋时延一句“谁吃得少、吃得慢，谁是大笨蛋”说完，不顾服务员异样的眼神，夹一只蛙到自己碗里，飞快地下嘴。

唐漾哪儿还有心思伤感，也夹一只到碗里，上手掰骨头。

蒋时延嘴巴灵活，骨头吐得极快。

唐漾抬头瞄他一眼，加快速度！

别人在店里喝酒划拳，客套地给对方夹菜：“哎，张总，你吃。”“小王你吃。”“浩浩，多吃点儿，长个子。”……

唐副处和蒋大佬两位社会精英衣着光鲜地缩在角落——竞吃！

两人谁也不说话，时不时抬头看对方一眼，速度更快，骨头一根接一根地吐到盘子里。

眼看一锅蛙被风卷残云地扫到底，唐副处盘子里的“小山”比蒋大佬的略巍峨……

唐漾吃得专注。

蒋时延瞥她一眼，右手握着筷子啃自己的蛙，左手悄悄伸到她的位置，扯着她盘子的边缘朝自己这边带，带出她的视线范围，倏地，把她吐出来的骨头倒在自己吐的骨头上。

唐漾嘴里还叼着一口蛙，她啪地把筷子摔到碗上：“蒋时延，你几岁啊！”

唐漾想拿出山呼海啸的气势，一张嘴，嘴里的骨头掉到桌上，骨碌几下，滚到蒋时延手边。

喧嚣的人声交织出噪声，店里装潢复古，顶上的八角灯光线昏黄，刚好落在唐漾瞪大的眼里。她很生气，真的生气，气出生动而纯粹的表情。

好像也是这瞬间，蒋时延开始怀疑唐漾是不是偶尔会变成三岁。

从很早开始，唐漾在其他人面前是什么样呢？自信、淡定、脾气好。在他面前呢？嘴毒、撺人、斤斤计较，逗着逗着就炸了。

漾哥把她三岁的样子给了他。所以，他对她有宠爱、有疼爱，甚至怜爱，就像对亚男他们家儿子一样，但这能是男女之情的喜欢吗？呵呵。

和唐副处以不同的思路达成相同的结果，并把自己再次摁回朋友席钉牢后，蒋时延释然地叹了口气。

他把自己盘子里的骨头倒进唐漾的盘子里："好好好，都是你吐的，都是你的，我吃得少，我吃得慢，我是大笨蛋。"

唐漾确认："蒋时延是大笨蛋。"

蒋时延承认："蒋时延是大笨蛋。"

"这还差不多。"唐漾满意地哼哼两声，去捞锅里的菜。

蒋时延用漏勺舀起来任她挑，瞧着她心情转晴后的傲娇模样，心里也跟着发笑。

唐漾和蒋时延闹归闹，她答应了张志兰要尽力，也就把这件事情放在了心上。

第二天她到银行很早，做完自己的事情后，又打了几个电话帮张志兰问社保的事情。

一切弄完差不多十二点，唐漾出办公室时，同事们正热火朝天地讨论分行年度评优。一个部门五个名额，职位最高的甘一鸣和最勤快的范琳琅自然呼声高。

见唐漾出来，范琳琅问："漾姐要不要来一个？我们还有名额。"

"别了，别了。"唐漾连连摆手，"我才来多久，就算给我，我也不敢要啊。对了，你们吃午饭了吗？"她岔开话头，"没有的话，大家一起点吧，最近加班辛苦了。"

范琳琅和唐漾熟了，玩笑道："记部门还是唐副处啊？点贵的，还是更贵的？"

"我，我，我。"唐漾做小学生状举手，惹得同事们哈哈大笑。

餐送得很快，唐漾和大家一起吃。

有女同事边刷微博，边喝汤，刷着刷着，一口汤喷到桌子上，忙不迭地去找纸巾："唐副处，你上了热搜，你火了！"

"啥？"唐漾一脸迷茫，"我上了热搜？"

范琳琅三两下点开，把手机递到唐漾面前。唐漾顿时无话可说。

起因很简单，粉丝八位数的蒋大佬转发了唐漾昨晚发的那条微博，评论、点赞迅速过万。一休传媒下的营销号顺着老板的动态，点进这个关注 488 个、粉丝 108 个、名为"这漾啊"的博主的页面，瞬间嗅到了爆点的味道。

"这漾啊"的关注很多很杂，有朋友、明星、美妆博主……和大多数玩微博的网友一样。可关注她的第一个是蒋时延，第二个是中考教辅榜的名师周景妤，第三个是认证了的中铁总工的唐冲，然后是 TAXI 的冯蔚然、蒋亚男，还有国内一流的分析师和投资公司大咖，诸如周默、程斯然……

唐漾的微博内容不多，主要是一些不想发到朋友圈的个人感受。

流量最大的营销号循着蛛丝马迹丢出模板，"书香门第""女博士""汇商最年轻的副处长"的标签便如雨后春笋般冒出。

唐漾看范琳琅的手机时粉丝还是五千多，等她着急忙慌地找到自己的手机，粉丝已经涨到了一万。

唐漾平时和大家关系处得不错，这时，同事们纷纷调侃："是不是可以偷拍去投稿，像拍明星一样？"

唐漾一边把微博全部改成好友圈可见，一边道："别这样，明星会哭出来。"

范琳琅宽慰她："唐副处，你颜值可以，不用谦虚。"

"是气场，"唐漾弱弱道，"人家明星拍路透是千万人中一副盛世美颜，我要是拍路透，就是千万人中一个盛世鬈毛顶。"她模仿洗发店小哥，"嘿，Tony 老师了解一下。"

同事们捧腹大笑。

八卦一点儿的跟唐漾打探营销号内容的真实性。

唐漾避重就轻，聊了点儿趣事儿。比如，上中学时小孩听到她妈是谁都不会和她玩。再比如，她每年换个爸，因为去不同的地方，皮肤会晒成不一样的颜色，偶尔是亚洲人，偶尔是非洲人，偶尔是原始人……

大家乐不可支，嫉妒的心思还没起来，就被扼杀在了襁褓里。

和大家说了好一阵，唐漾回到办公室，直接给蒋时延打了视频，因为她觉得自己生气的表情比较直观，也比较有杀伤力。

蒋时延在吃饭，忽然看到某人气鼓鼓的一张脸，差点儿把萝卜丝塞进鼻子里。

唐漾微笑:“你脑子里最近在修路吗？智障会要命啊。”

“很开心你还活着,”蒋时延知道她为什么找自己，擦了擦嘴，道,“我是真不知道自己还有热度，毕竟快半年没发微博了，没想到会上热搜——”

“甩锅甩得这么溜，你上辈子是掷铅球的吗？”唐漾气笑了,“你知不知道随手改变别人的人生轨迹是很不负责的行为，你知不知道我在知道自己红了那一秒差点儿想辞职，然后四处旅旅游，拍拍照，年入百万——”

蒋时延:“网红大家庭欢迎你。”

唐漾深呼吸:“你要么删微博，要么怎么操作，反正我不想再看到我。”

蒋时延啧一声:“周阿姨听到你这个病句会气得脑仁疼吧。”看到唐漾沉下脸，他咳了一声,“……漾哥，我错了。”

唐漾没说话。

蒋时延㞞了:“漾哥，我马上安排，你原谅我，我当时真没想那么多，也是助理刚刚跟我说我才知道。”

唐漾目光平静地注视他。

要不是外面还有员工时不时向里面瞄一眼，蒋时延都想给唐漾跪下了:“真的，真的，马上，十分钟内我让你糊得彻底，求求你别一副真生气的表情，你一这样我就害怕……你就说你要月亮还是要星星吧。”

唐漾憋不住哧地笑了声，下一秒，敛好神色，一字没说便挂了视频。

蒋时延立即吩咐团队用其他新闻把热度顶下去，确认没有唐漾后，这才如释重负，把没擦干净的嘴先擦完，再起身离开。

见证全程的助理跟上去，小声说:“营销号那边问过我，我没怎么听您提过，以为就是您一个普通朋友。”

“不是。”蒋时延摇头。

助理松一口气:“不是就好——”

蒋时延停步，回眸，似是扯了个无奈的笑:“是我的祖宗。”

助理:“……”

第3章

遗珠

“你可以……抱我一下吗？”

虽然唐漾在热搜上只待了不到两个小时，但仍有制片团队以她的微博截图为基点，扩展到张志兰，再经过多方调查，在选题会最后一天补交了烈属的主题，定名为《遗珠》。

年初纪录片是一休传媒的重磅工作，选题会持续了快一个月，各方都很重视。

投资方认真考量，毙了这份选题，而蒋时延给了绿色通道。

投资方想改，蒋时延不让。

两边态度都很坚决，接下来就是一轮评估会、研讨会，二轮评估会、研讨会……

反反复复好几天，双方的耐心终于达到极限。

周五晚上十点，一休传媒顶楼会议室，灯火通明，安静得落针可闻。

一休传媒成立时间不长，但爆款产生量和话题覆盖量在整个行业都遥遥领先。

投资方在一休传媒前两年的纪录片项目中捞了个盆满钵满，第三年自然也想继续赚钱，语气间服了点儿软：“蒋总，可能是我们表达有误，我们不是说这个选题不惊艳，而是它确实和我们大数据指的方向有出入，我们可以在后续项目进行这个选题的合作，但用年初纪录片来做……确实还需要考虑。”

投资方小心翼翼地看了蒋时延一眼，重复理由：“其一，是烈属本人的职业和人设不具备亮点，明星开直播和超市收银员开直播是两个数量级。其二，烈属意味着烈士牺牲已经发生，观众可能没办法从纪录片里体会到壮烈和使命感。”

说完，他们看向蒋时延。

蒋时延之前还会听他们做数据报告，此刻，眼皮都没有动一下：“你们觉得不行，就干脆点儿，直接撤资，既然你们表明了不愿意撤资，那你们提的就是建议，”他抬指，一下一下敲着楠木桌面，“我做的才是决定。”

投资方面露难色："我们肯定相信蒋总您的判断，但这个选题实在勉强，我们不希望明明可以做成标杆的东西最后血本无归。"

什么是标杆？让人信服的就是标杆。

唐漾那天哭过吗？哭过。难受过吗？难受过。笑过吗？笑过……那这个选题就完全没问题。

蒋时延平常爱开玩笑，看起来很好相处，可当他敛了一身放肆坐在主位玩打火机时，在座的十个人没一个敢吭声。

好半晌，投资方道："蒋总——"

"《遗珠》不会动，我也不想再开这种毫无意义的会，给你们半天时间考虑是否撤资。"蒋时延站起来，对助理道，"周末辛苦一点儿，签合同或者开招标会，周一上班之前我要看到一份完整、确定的方案。"

"对了，"他走到门口，想起什么，扭头对屋内道，"当初一休传媒改组时也有挺多人说我会玩完，他们预测的是多久来着？"他偏头问助理。

助理小声回答："半年。"

蒋时延格外轻蔑地"哦"一声："半年。"然后，朝外走。

助理咳了一下，跟投资方又小声地强调一次："半年。"随即跟在蒋时延身后头也不回地走了。

投资方自然撤了资，而一休传媒几乎是无缝衔接地找到了下家。

周六下午，唐漾和蒋亚男约吃甜品，唐漾是听邻桌女生聊天才知蒋时延最近一直在忙这个选题，并且定的是自己曾经无意间参与过的《遗珠》。

唐漾和蒋亚男要了一个榴梿千层，两人只吃到一半。

唐漾叫来服务员打包，对蒋亚男道："别浪费，可以带回去给蔬菜吃。"

"蔬菜不吃剩的，"蒋亚男说，"漾姐，你可以顺路带给我哥，他在公司加班。"

唐漾想想，自己绕三个街区、四个岔口、八个红绿灯还真能顺路。她点点头："也行，我挺方便的。"她一脸娇俏、坦荡。

蒋亚男藏好笑意、分外自然地把甜品盒递给她。

唐漾到一休传媒楼下，停好车，才发现自己手机快没电了。

她给蒋时延打电话，蒋时延下来得很快，刷了掌纹带她进去，边走边道："你上次让我下来接，我就跟你说了在顶楼，怎么……没记住？"

"上次是两年前，而且总裁为什么都喜欢待在顶楼？"唐漾好奇，"你不觉得你之前转发我微博可能就是因为顶楼的雨漏进了脑子吗？”

“你知道那几天汇商挨着你的边多了多少流量吗？你知道那些流量值多少钱吗？”蒋时延拦住电梯门让唐漾进来。

唐漾“哦”一声：“那你下次直接折现转到我账上。”

蒋时延：“俗气。”

唐漾哼哼，把甜品盒递给他，跟着上电梯。

便捷、直达的电梯设计让唐漾感慨了一下。

到顶楼后，她循着方向标朝办公室刚走两步，便听到蒋时延问：“你研究生是不是辅修了金融随机过程？我记得有段时间你连签名都是马尔可夫链。”

蒋时延用正经的语气说正经事儿，唐漾同样正色道：“嗯，那段时间疯狂建模，看到数据就想往程序里塞。”

“这边，”蒋时延拉她一下，“那你应该可以帮我这个忙，大三学习随机基础的时候我没好好听，现在整个人被虐得体无完肤，心态快崩了。”

“你别吓我，”唐漾回头看他，“我的水平到不了专业级，我看一休微博公告说要研发 App，如果你们要做产品评估这块，我还是建议找专业人才——”

蒋时延轻咳一声：“玩五毛一把的干瞪眼，我一个小时输了快两百块。”

一秒、两秒、三秒，唐漾扭头想走。

蒋时延唰地闪身，呈大字状堵在门口：“漾哥。”

唐漾讲道理：“我只是来给你送个榴梿千层。”

蒋时延眨两下眼睛，发自肺腑地说：“沈传玩游戏很有大局观，程斯然学的是数学，冯蔚然专攻大数据，我差点儿被他们仨摁在地上——”

瞧唐漾一脸憋笑的表情，蒋时延站好，推她：“在休息室，快去快去。”

先前蒋时延下楼时，冯蔚然添油加醋地跟其他几个人说过唐漾，这时蒋时延把她带到休息室，大家互相介绍。

唐漾很自然地坐到蒋时延旁边的空位上，程斯然带头起哄。

唐漾笑着解释：“我很久没玩了，不能算救兵，大家手下留情。”

程斯然他们几个人纷纷捧场：“会留情，会留情。”

“你们先把内裤系好，行吗？”蒋时延朝对面露了个极为嘲讽的笑，转脸看向唐漾，有些讨好道，“赢了就算唐博士的，输了算我蒋时延的。”

这一本正经的阵仗。

“要不要给你摆个坛子，和我歃血为盟？”唐漾举起一张票子，啧了一声，道，“就为了五毛？”

几人笑得挤眉弄眼，唐漾眼睛也弯成了月亮，蒋时延给程斯然飞个眼刀，毫不在乎地朝唐漾靠近了些。

牌局开始。干瞪眼的规则是：每人开局摸五张牌，上把赢家摸六张，并第一个出牌，出牌每次可出单张、对、飞机、顺子，并且只能逐点出，比如 3 出了只能出 4，4 出了只能出 5，以此类推，王和 2 通吃。每轮最后一个出牌的人摸一张牌，进入下一轮，直到取胜或者把牌摸完。

第一把，唐漾手上一对王，程斯然出第一张牌，她直接炸掉，又摸一张凑顺子，赢了个开门红。

蒋时延像客车售票员一样，握着一把零钞，用售票员问“去哪儿”的口气逐个儿问：“服不服气？”

第二把，大家打到手上都剩一张牌，程斯然出个 3，唐漾放个 4。

蒋时延笑嘻嘻地又走一圈：“服不服气啊？”

第三把，沈传最先打到只剩一张牌，唐漾本来剩得最多，结果接了程斯然一个对，冯蔚然一炸，程斯然压死。

气氛如箭在弦上，程斯然屏住呼吸想摸牌，唐漾柔声道：“等等。”她轻描淡写地反炸，然后摸牌凑对，瞬间抛完。

“天啊！”冯蔚然丢牌，长舒一口气。

程斯然面朝唐漾跪下作揖。

蒋时延笑得得意：“哎呀，快快请起。”

唐漾抿嘴笑，让他收敛点儿。沈传替程斯然踹他一脚。

在不断地翻倍中把蒋时延的本钱赢回来之后，唐漾把牌朝他那边拿了一点儿：“这次出几？”

全程只负责撒花的蒋大佬思索一下：“最小的？”

唐漾循循善诱：“程斯然手里有 4 有 6，你一出他就溜了——”

程斯然握着牌朝后躺：“漾姐！”

“哎！”唐漾笑着应下，出了最大的 A，无人能吃。然后，她道：“出顺子还是单？”

蒋时延：“肯定出顺子啊，不能让人接。”

唐漾出单，顺利过去。再然后，唐漾耐心地引导：“这次出什么？”

蒋时延瞄唐漾一眼，小心翼翼地去抽一张牌，唐漾反手打在他的手背上。

蒋时延吃痛，“哎哟”，夸张地叫。

唐漾恨铁不成钢："船长上轮才过了这张，你打牌从来不记牌，不用脑袋吗？！"

程斯然劝架："他比较厉害，他用嘴。"

蒋时延不理程斯然，朝唐漾委屈地摇头。

唐漾这才注意到两个人的距离似乎有些……近了。她和他隔着不到半尺的距离，甚至可以数清楚他的睫毛，一、二、三……然后稍稍朝下，清晰地在他的眼中看到自己。自己太漂亮。

唐漾嗓子微微发干，撂了句"傻样"，抬手把蒋时延的脑袋推到一旁。

唐漾以为自己表达的是嫌弃，落在其他人眼里却是娇嗔。

蒋时延反应慢，不知道。他只觉得唐漾的手小、软、微凉。

她的手掌触感细腻，明明推的是额角，那股酥软感却是从他的脚底缓缓朝上，最后蔓延至头顶，酥酥麻麻的。

洗牌间，唐漾的耳根稍稍发热，全程聒噪的蒋时延没了声音。

剩下三人你看我，我看你，眉来眼去。

蒋时延清一下嗓子："你们要点儿脸，一局五毛还作弊。"

找帮手的蒋时延敢戗人？不好意思，他们只能更猖狂。

接下来没打两把，沈传要去机场，冯蔚然去送他。程斯然害怕两个加起来输了十块的人会难过得哭，顺了蒋时延一包旺仔牛奶糖跟出去。

之前还吵吵闹闹的房间一下子只剩下两个人。钟摆嘀嗒嘀嗒地走，空调轰隆隆地响，就连彼此呼吸的声音在微热的室内都大得震耳欲聋。

好几秒后，"嗯……那个，"唐漾压住怦怦怦的心跳，偏头装作找东西，"之前给你带的榴梿千层你吃了吗？"

理智如唐漾，竟完全忘了蒋时延一直在自己身边，他吃没吃自己能不知道？

更奇怪的是，蒋时延觉得她问得没有任何问题。

"在外面办公室。"蒋时延收起自己的钱，给唐漾，"你的。"

唐漾没接，两人并排站着，又陷入安静中。

唐漾头发微卷，及肩，发梢摩擦衣服，发出窸窣声。她偏头看蒋时延的鞋尖时，其中一缕头发散漫地垂在额前。

蒋时延借着身高优势肆无忌惮地看她，视线顺着她的额角落到白皙的鼻尖，再朝下，是微启的唇，唇珠分明，色泽莹润，熟悉的口红色号看得他喉咙一痒，手不自知地伸了过去……

“赏给你啦。”唐漾倏地抬头看他，翘起兰花指。

“啊？”蒋时延吓得止住动作，接着摁下自己快跳出嗓子眼的心脏。

他强撑淡定地拍拍西服的衣摆，弯腰，抬手将自己的手空悬在唐漾的手下面：“喏。”动作一气呵成，尾音细长。

“唐太后”满意地起了个范儿，和“小延子”一同朝外走去。

两个人都面红耳赤又极其做作，好像方才那丝若有若无的暧昧只是幻觉一般。

蒋时延的办公室宽敞、整洁，东西不多。

唐漾一边参观，一边评价：“好像我上次来还在装修。”

蒋时延配合道：“转眼墙角都开始掉漆了。”

两人以“小孩怎么长得这么快”的世俗口吻感叹一番，唐漾转到办公桌后那把大皮椅前：“我可以坐吗？”

蒋时延斜靠着桌角，看她：“椅子有点儿高。”

正在尝试的唐漾发现了。

蒋时延道：“你的脚挨不到地。”

尝试失败的唐漾发现并微笑。

蒋时延迎着她一双清澈的眸子，“唉，”叹了口气，“连你这么完美的比例脚都挨不到地，这些设计师真的是一届不如一届。”

他的赞美相当真诚，唐漾想把椅子让给他。

蒋时延说：“不用。”

唐漾也不客气，娇小的一团窝在黑色皮椅里。

蒋时延打开甜品盒子，开始吃榴梿千层。

唐漾随手翻他桌上没有加密的文件。

安静间，蒋时延问：“张志兰那个件现在怎么样了？ A 市这边贷款人情分比重大吗？”

“我这边已经处理了，就看上面批不批了，估计还要一段时间，”唐漾突然看到《遗珠》团队的创意原点那栏有自己的微博截图，她略微小心地指着，“这个最后定下来该不会和我有关吧？”

“你别搞笑了。”蒋时延一副听到天大笑话的语气，“一休传媒这块有专业的评估团队，投资方那边也要过审，人家对话题热度和市场占有率都有要求，选题会都开一个月，你以为是我想定就能定的？”

唐漾明显松一口气:“我听别人说《遗珠》换了投资人。”

蒋时延表情都没变一下:“合作条款出了问题。”

唐漾表扬:“不是昏君。”

蒋时延“嘁”了一声:“你觉得电视上演红颜祸水的演员哪个是清水小白菜?”

唐漾勾唇:“你知道你的榴梿千层是怎么来的吗?”

蒋时延敛了神色:“可不可以留点儿尊严?”

他自己撺别人,还要别人留尊严?唐漾心累:“你吃完我马上走。”在心脏病发作前。

“求之不得,”蒋时延举着叉子转过头,“两个人待在这里空调耗电都会多些,我会用我最快的速度吃。”

他的嘴角沾了一点儿奶油,配上严肃的表情显得格外滑稽。

唐漾噗地笑出声来。

半个榴梿千层,蒋大佬作为以前能和唐副处十分钟吃完五斤美蛙鱼头的竞吃选手,断断续续吃了一下午。

一份选题报告,唐副处作为平常半天看百份贷款件的业界精英,前前后后翻到标点符号都快记下来了。

墙上的复古钟一分一秒嘀嘀嗒嗒地走着,两人偶尔看看对方,又接着做自己的事儿,就像回到了在学校的时候。

快六点,蒋时延在平板上翻了一遍美食排行,又挑几个看看评价,状似无意地问唐漾:“你晚上去哪儿?”

唐漾翻到最后一页,用资料遮住脸:“我要请一个师兄吃饭。”

蒋时延愣神,叉子啪地掉到桌上。

“不好意思,手滑。”他控制住肢体失误引起的烦躁,“你为什么要请他吃饭?”

唐漾合上资料,抬腕看表:“我和他是一个博导,他之前在汇商做风险管理,我刚进去的时候帮过我不少忙,熟悉环境啊什么的。”

蒋时延不敢相信:“带你熟悉环境你就要请吃饭?”

“对啊,”唐漾解释,“我之前调回A市就说以后有机会请他吃饭,他今天刚好出差过来,我请一次便饭,就是周默,我以前跟你说过吧?”

蒋时延:“他约的你,还是你约的他?”

唐漾："他约的我。"

蒋时延："你们约的是几点？"

唐漾："六点半。"

蒋时延："你们吃什么？"

"滋味阁什么板栗白果乌鸡汤……"唐漾说着说着意识到不对，"你怎么比我爹妈问得还细？他们都不管。"

蒋时延不自在地"嗯"了声："顺嘴而已——"

思及什么，他"嘁"了一声，嘟囔："一个大男人让别人请喝乌鸡汤也不害臊。"

唐漾听出了他的阴阳怪气，没听清内容："你说什么？"

蒋时延冷淡地别过脸："没什么。"

唐漾摊手。

之后唐漾想和他说话，他一脸爱搭不理的表情。

又过了十分钟，唐漾起身拎包："那我走了，你一个人早点儿吃晚饭。"

蒋时延没吭声。

唐漾补口红，补得红艳艳的，然后就着墙壁的反光抿了抿唇，满意地离开。

她步伐婀娜，高跟鞋踩在地上发出清脆的嗒嗒声。声音越来越远，越来越小……

蒋时延的一颗心仿佛泡在了胡辣汤里，泡到四肢百骸都酸溜溜的了，这才起身去关门。

咔嗒，门合拢。他完全忘了自己办公室的门可以按遥控关，嫌弃唐漾的脚步"没轻没重，扰人办公"。

他路过方才唐漾描口红所对的那面墙壁，随手捞起茶几上的一支笔，笔尖对着唇做口红状学唐漾的动作描，描完后，又学她抿了抿唇，然后回头望着空荡荡的办公桌，捏着嗓子道："那我走了，你一个人早点儿吃晚饭……吃晚饭……"

他越学越气。谁一个人吃晚饭了，要请别人吃晚饭很了不起吗？！

蒋时延把笔扔到桌上，在平板上搜到那家店，立即给程斯然拨了一个电话。

程斯然和冯蔚然去机场送完沈传，正在和冯蔚然讨论蒋时延、漾姐现在进展到哪一步时，手机屏幕便亮了起来。

"看，说什么来什么。"

程斯然向冯蔚然啧啧两声，还没来得及开口，便听到蒋时延带着好莱坞大片里超级英雄消灭外来物种的强大气场，雄赳赳气昂昂道：“今天是滋味阁正宗美容养生白果板栗乌鸡汤的会员日，新会员只需要注册手机号、填写个人基本资料，再关注微信公众号，并在吃的过程中晒图到朋友圈，获得十人点赞，就可享受五折优惠。”

“节约是美德，”蒋时延深深吸气，呼气，“去不去？”

他噼里啪啦说得太快。

程斯然蒙了好一会儿，不敢相信：“我们几个人给你把二人世界都留出来了，你问我要不要去喝美容乌鸡汤？！”他“呀呀”两声，又用轻蔑的口吻道，“蒋时延，你行不行啊！”

“什么鬼，二人世界？”蒋时延“嘁”一声，“程斯然，你脑子里那些乱七八糟的东西不要用在我和唐漾身上，小心我去举报你毒害祖国的花朵——”

程斯然扭头跟冯蔚然嘘声道：“护花使者往往都是采花大盗，不得不感叹一下‘近水楼台’这个词。”

蒋时延不满：“你们叽叽歪歪说什么呢？”

“夸你好，夸你帅，夸你棒棒不作怪。”程斯然啧道，“把地址发过来。”

蒋时延：“嗯。”

程斯然：“漾姐去不——”

嘟嘟嘟，蒋时延挂断电话了。

程斯然和冯蔚然中午见蒋时延还穿着休闲西装，这时回到一休，见某人换了牛仔裤、运动鞋、黑色长款羽绒服，脖子上挂着耳机，脸上戴着口罩，墨镜是五边形，一顶藏青鸭舌帽帽檐压得快遮住眼睛了。

蒋总这是……嘻哈少年风？

程斯然惊了一下，配合地做出追星状，对准“嘻哈少年”狂拍照。

“嘻哈少年”摘掉口罩，一副霸道总裁的表情：“嘻哈是一种时尚。”然后弯腰上了车。

程斯然和冯蔚然想笑想说话，偏偏撞上蒋时延一张冷得掉冰碴儿的脸。

两人一路忍得五官都快变形了，到了地方，狂笑好一阵才恢复过来。

滋味阁装潢复古，每张桌子周围都围了三面栅栏和藤蔓为顾客留出私密空间。

在店门口时，蒋时延给两人一人发了一个口罩。

程斯然和冯蔚然都是上过热搜的大佬，瞥一眼，里面座无虚席，只当蒋时延是怕被狗仔拍，便乖乖地戴上。

等服务员把三人带到蒋时延预订的座位，程斯然进去，余光扫到斜对面的唐漾，登时了然地揶揄：“嘎嘎嘎！”

蒋时延落座，踹程斯然一脚：“有病吃药。”

唐漾对面坐了个精英，西装革履，戴黑框眼镜。两人似乎是在聊什么趣事儿，唐漾时不时露出笑容。

店里人多嘈杂，蒋时延完全听不清他们在说什么。他点菜点得心不在焉，圆珠笔都画到了手背上。

程斯然笑归笑，但还是心疼老铁。他从车上拿了一套直播装备下来，压低声音道：“我把摄像头放在栅栏上，话筒有收音效果，蒋时延，你待会儿去我小号那个直播间。”

蒋时延：“你这是做什么？”

程斯然摊摊手，十分无辜：“我就是想直播一下乌鸡汤店的热闹，全民养生的盛况。”

蒋时延愣了一下，随即由衷地竖起大拇指：“想法相当好。”

你穿成这样……不就是想偷窥又怕被认出来？程斯然腹诽，嘴上却没再撑这个白痴。

现在，实现直播想法，又不想让唐漾发现，成了三人思考的首要问题。

冯蔚然点开便笺，飞快地计算摄像头摆放的最优角度。程斯然核查各设备的电量。蒋时延状似无意又全神贯注地观察风吹草动，好像什么都能听见，又好像什么都听不见。

唐漾对面那个男人叫什么来着？周默，对吧？

蒋时延可以清楚地看见周默嘴皮子在动，唐漾笑盈盈地望着周默。他“哇”地感慨：“就他有嘴话多，叭叭叭一直说，真不知道有什么好说的。”

周默说了什么，唐漾扑哧一声笑了。

蒋时延又“哇”一声：“还准备了暖场笑话？一个大男人心眼怕不是跟满天星一样多。”

周默声音小了些，又说了什么，唐漾笑着点头。

蒋时延：“这人懂不懂聊天礼貌啊，就自己在那儿说，完全不给别人说话的机会，真是的！”

周默最后讲了句什么，唐漾笑出眼泪。周默扯了张纸递给唐漾，唐漾去接，眼看着两个人的手指差点儿就碰到一起了。

蒋时延抬头望着墙上的挂钟，气笑了：“老天爷，什么饭吃了十分钟还没吃完？！现在的人做事效率都这么低吗？他们老板知道了不会被气死吗——”

冯蔚然在旁边弱弱地举手：“人家连锅都还没端上去。”

蒋时延胸口憋着火气，正要发作，程斯然稳住他：“消气，消气，你看，快好了。”

“这么快？”蒋时延果然被哄好了，半信半疑地接过手机，“怎么只能看到人，听不到声音？”

程斯然：“有吗？”

店里人多信号差，蒋时延点了录播，程斯然帮忙调。

三人闹腾着站起来，又飞快地坐下，时不时掉个什么东西出去，“蒋时延”“程斯然”“我是你妹夫”地互相挤对，又从藤蔓里伸只手出去捡。

而相隔两米的餐桌旁，周默听到斜对方频频有动静。唐漾频频偏头看，等周默跟着转过头，又什么都没看到。

周默问：“你在看什么啊？”

唐漾哧地笑了声：“一个傻子。”

周默听得云里雾里：“啊？”

唐漾偏头轻咳，噙着笑意，回过头来已经敛好了神色：“没什么。”

其实，周默除了是唐漾的直系师兄，还同是一中校友，大三届。和唐漾见面后，他先说了说两个人大学的事儿，然后说起一中。

唐漾初中不是在一中读的，周默是。

周默说起，他高一的时候，初一有个小胖子，叫蒋时延，全校闻名。一是因为他可爱。二是因为“小胖子”顶名额参加运动会跑 1000 米，人家第一名都跑完了，他才刚跑完第一圈。倒数第二也跑完了，他还在吭哧吭哧地跑。别人都劝他别跑了，别占着场地，他用嘴呼气，累得边哭边跑，还不肯放弃，最后全校同学站起来给他加油，他过终点的刹那，掌声排山倒海，那叫一个壮观。

想到此，周默称赞：“不太了解他现在怎样，但我当时就觉得这种坚韧又乐观的人将来一定能干成大事儿。”

唐漾没说自己和蒋时延多熟，也没说蒋时延现在瘦了。周默只当她是想象出一个边哭边跑倔强的小胖子，忍不住发笑。

周默又说：“后来又在操场碰到过一次，他端着饭边吃边走，结果没注意台阶，啪一下，脸摔在饭盒里，手还朝上护着筷子。”

唐漾扑哧笑出声。

周默描述："当时大家都停下来看他，他左右看看，站起来，捋掉脸上的饭，没事儿人一样接着边走边吃。"

画面感太强，他吃的一定是他最喜欢的番茄炒饭和粉蒸肉。

唐漾哈哈大笑，彻底破功，特想伸手帮"蒋小胖子"擦擦脸上的肉末和番茄汁。

周默绅士地给她递了张纸。

两个人刚叙旧时气氛还有些尴尬，周默说到蒋时延后，唐漾整个人明显轻松许多。

周默投其所好，说得更多，全是唐漾不知道的蒋时延，笑得她快捂住肚子了。

"好像，我忽然想起来，"周默恍然大悟，"他是不是你高中同学啊？他上次转发了你的微博，你还火了一把。"

他突然想到什么似的："现在各大银行都挺重视新媒体这块的，尤其是流量和影响力。我以前在汇商的时候，高管层就制订了相应的奖励计划，你这波流量虽然时间短，但总行年度评优应该是稳的。"

"不至于，"唐漾小心地擦着眼角，"指标完成得比我好的可太多了。"

"不要妄自菲薄，"周默笑得温和，"当时我还翻了热门评论，像唐副处这样优秀又漂亮的女孩子真的不多。"

"折杀了。"唐漾不自在道。

"你受得起。"说着，周默从一旁的公文包里摸出一盒曲奇，"话说，你之前调回A市我都没给礼物，现在补上。"

他体贴道："再优秀的女孩子也会喜欢点心。"

"这不太好吧。"唐漾不想收。

唐漾属于宁可给别人东西，也害怕自己欠别人东西的人。周默帮过她小忙，她就一定要还回去，免得说不清。虽然曲奇不是什么贵重东西，但周默不是蒋时延，唐漾没给他带等价的礼物，便会介意收下他的礼物。

"没关系，这是我刚刚去糖小糖旗舰店排队买的，你可以趁新鲜吃一块，"周默推过去，"我不只给你带了，还给其他朋友也带了。"

唐漾依旧为难："这——"

周默笑："唐副处还是给个面子吧。"

周默在风控界也算个人物，而且，"唐副处"都叫出来了。唐漾没办法，接过来，一边掀着盒盖，一边道：“那我下次到 B 市给你带花生——”“酥”字说得几不可闻。

曲奇盒边缘放着五块小曲奇，正中央被严格隔开，搁着一把车钥匙和一张黑金卡。唐漾的视线落在车钥匙正中央的三叉戟标志上，她没了声音，凝了面色。

半晌，她抬眼，犹疑地看向周默：“这是……？”

“女孩子喜欢的小饰品和购物卡而已，”周默笑，“唐副处不必这么紧张。”

唐漾没出声。

服务员把锅端上来，开了火，问：“还有别的需要吗？”

唐漾、周默道：“没有。”

服务员朝两人点头，离开。

周默拉了下桌旁的绳索，竹席状的隔音帘瞬间从四面落下，其中一面好像碰到了栅栏上的东西，发出细微的响声。

店里嘈杂，唐漾和周默都没注意到。

安静的空间隔出来后，周默不再拐弯抹角：“我不在汇商了，六月份跳的槽，现在在九江集团负责房地产风控，我们公司年后要拿江边那块地皮，建‘临江城’商圈，商圈带动周围产业发展，把那片不毛之地打造成碾压新光天地和世纪广场的核心商务圈。”

唐漾淡淡地笑：“现在开发商用概念炒房价的说法都这么高端？”

“学妹，友好一点儿。”周默并不在意，他的眼镜只是起装饰作用，这时取下来，他漫不经心地擦着，“商品房放贷限制很多，我们想走建造生态园区的路线，得先把贷款批下来，所以到时候要麻烦唐副处高抬贵手。”

想到什么，周默又真诚地补充道：“‘曲奇’只是见面礼，我们的申贷金额是临江城估值的七成，在 20 亿到 25 亿间，贷款一到，我们这边立马给唐副处——”他把左手露出来，右手在左手掌心写了一个“2”、一个“7”，最后一个是“0”。不是 270 元的意思，是 2 后面 7 个 0。

唐漾的眉心不着痕迹地皱了皱，又松开：“不是我抬不抬手的问题，是条件够了，自然能过，条件不够，自然要调整。”她把曲奇推回去，“抱歉，这个我确实收不了。”

周默劝说：“我帮九江打工，你帮汇商打工，说穿了都是高级打工仔，不要为难彼此。”

唐漾的脸色微滞：“是我为难你，还是你为难我？”

“我送，是心意；你不收，自然是为难。”周默同样敛了神情，带着几分深意，“我说过，我给好几个朋友都带了。”

同样“丰盛”的“曲奇”，可能给甘一鸣，可能给 A 市分行的高层，可能还有更多的人。

这个圈子进去吃牢饭的很多，打擦边球的很多，一辈子起不来、从管培生变成金融民工的更多……

唐漾的视线落在面前的曲奇盒上，她缓缓地盖好方才虚掩的盖子：“我不喜欢。”

周默：“大家都不是小孩了，敬酒不吃吃罚酒怕是不太好。”

唐漾：“我不喝酒。”

周默：“酒可以不喝，但我不信唐副处没参加过推托不了的酒局。”

唐漾转身拎包：“对不起，我身体不舒服，先走一步。”

周默拉绳索，其中一面隔音帘升起：“让女士独自回家有失礼貌，我可以叫朋友送送你。”

周默话音落下，唐漾的动作停住。

从没有被遮挡的一角，唐漾清楚地看见门口站着四个黑衣男人，状似闲散地在聊天。但周默把隔音帘拉起时，四人身后好像长了眼睛般，鹰隼般的眼神与唐漾相撞。唐漾的后背霎时一凛。

“唐副处多坐会儿？”周默漫不经心地把蔬菜放入锅中。

周遭人声鼎沸，唐漾却像只身处在这家店里。她的喉咙咽了咽，攥着包带的指尖捏得发白，然后，她坐下。

而几米外，蒋时延面前的屏幕断断续续地闪着，他没听清也没看清两人在说什么，这时却像有感应般，蹙着眉想过去。程斯然伸手拉住他：“你什么都听不到，妄动个鬼，回去看录像。”

这边，唐漾深呼吸，调整好情绪：“我将你当过学长。”

周默：“我也将你当学妹。”

唐漾：“彼此之间留一线，可以吗？”

“你跟我提了个比登天还难的要求。”见唐漾没吱声，周默再次把曲奇盒子推过去，语气舒缓不少，“同批管培生中你走得最快，前途大好，但你也要明白，如果一锅汤都是浑的，那一滴清水在里面就会显得毫无意义——”

“你应该知道我爸爸。”唐漾打断周默，换了闲聊的口吻。

周默没懂唐漾的意思。

唐漾不紧不慢道:“我十一二岁的时候，有个叔叔来家里做客，当时我爸负责一个工程，那个叔叔想承包建材，给我爸送了一块从缅甸带回来的玛瑙。我爸不肯收，叔叔执意要送，双方争执时不知道是谁失手摔碎了。”

她继续道:“十几年前，那块玛瑙值五十多万，我爸想赔给人家，我害怕变成莫泊桑笔下一辈子做苦力只为了赔偿一条项链的女主角，哭着说当没发生过不好吗，我妈异常坚决地卖了房子，赔了全款，而且把我狠揍一顿。”

唐漾轻笑:“那是我这辈子第一次挨打，也是唯一一次，当时我妈就跟我说，自戒自律不能破。”她思及什么，“对了，我妈跟你一个姓，周景妤、周默，都姓周。”

周默的眼睫合了一半，他再次把曲奇盒朝唐漾推:“天知地知，就是朋友见面，装盒点心到包里，很简单。”

“你送给别人，别人收，那是别人的事儿，但我实在没办法接受。”唐漾推回去，用特别讲道理的语气道，“如果你拿回去，我这人怕惹麻烦，不会多事儿；如果你执意要送……”她顿了一下，“初审现在是我全权负责，我向你保证，你们的件过不了信审处第一道门槛。”她语气平淡，态度却很坚定。

周默把曲奇盒推向她，她推回去，两个人的视线在空中撞上。

你来我往地施力间，曲奇盒直直朝着唐漾那个方向滑去。

“周默。”唐漾出口，喊了他的全名。

一秒、两秒、三秒。

“再会。”周默把曲奇盒收回公文包，起身离开。

唐漾点头，目送他脚步如飞地出店门，和四个黑衣男人上了一辆车，车启动，入转角，离开。尾气好似卷着风，吹进滋味阁。

唐漾这才发现，不知什么时候自己冒了一后背的汗。

她苦笑，哪儿有什么玛瑙，哪儿有什么卖房子五十万？她鲜少说起家境，没想到工作后第一次提竟然是在这样的情况下。

这件事儿最怕的就是半推半就，磨不开面子。

周默软硬兼施来得蹊跷。

不知道哪些人半推半就收了“曲奇”，哪些人又半推半就和除爱人以外的人滚了床单，哪些人有了第一次就有第二次，宛如无底深渊。

斜对面那张桌子空了。

唐漾平静地收回视线，把周默给自己盛的鸡汤倒进垃圾桶，再面对着一个空座位，自己从锅里盛半碗，小口小口细细地啜着。

滤过油的乌鸡汤鲜香味美，入口伴有蔬菜的清冽。唐漾平时会觉得好喝，现在越喝越喝不出滋味……

汤滚了，冷掉，再滚，关火。

与此同时，蒋时延他们几个人在车上恢复录屏，反复卡，又反复重启。

半个小时后，唐漾叫了服务员过来结账。服务员问她“办会员卡吗”，她说“不用”，接着收拾了一会儿。

她出店时七点多，天已经黑透。

程斯然眼尖看到，把一脸不善的蒋时延直接拽下车。

唐漾有轻微的夜盲症，借着昏暗的路灯在停车场找车时，忽然有个人以被别人推的姿势从旁边撞出来，踉跄两步，停到自己跟前。

唐漾一抬头，就看到一身嘻哈装扮的蒋时延。

她还没来得及消化他这个形象，便见他朝后指：“是程斯然他们。”车里没人，他支支吾吾地解释，“是程斯然他们听到这家店会员日打折，就说过来吃，没想到你也在这儿，刚巧碰上——”

唐漾直直地盯着蒋时延，没反应。

蒋时延恍然想起她跟自己说过要在这儿吃晚饭，顿时恨不得扇自己大耳刮子，面上仍是赔笑，讪讪道：“我就说听着这店名怎么这么耳熟，原来你跟我说过要在这儿吃，滋味阁生意这么好，和名字好还是有很大关系的……”

四周暗沉，唐漾抿嘴，眼里缀着一点儿细碎的光。

蒋时延的声音越来越小，最后意识到什么，他面色一凛，“嘁”一声，眉毛登时拧成一个“川”字：“那个周默说什么了，让你这么不开心？嗯？说你胖了，还是说你矮了？你平时在我面前那股磨人劲儿去哪儿了？他说你，你不会撑回去吗？撑不过不会叫我过去骂吗？就任由自己受欺负？！”

唐漾仍是没反应，直直地望着他。

蒋时延越想越气，又舍不得冲唐漾发火，他抬脚踹一下路旁的灌木，故作凶狠道：“和你说话你听不见吗，装木头人给谁看呢？真的是平常抖机灵厉害得要命，在外人面前怎么这么笨……”

他絮絮叨叨的，唐漾先前迷茫的一颗心却跟着他的调子奇迹般安定下来。

“蒋时延。”唐漾轻轻唤他。

蒋时延转过身来：“怎么？”

唐漾轻轻牵着他的衣摆，就用那双柔光潋滟的眼睛巴巴地望着他。然后，她咬了咬唇，轻软又小心翼翼地问：“你可以……抱我一下吗？”

一刹那，蒋时延的一颗心软得不成样子。他还能发什么脾气，还能有什么脾气？他看着唐漾，极其无奈地反问：“我可以拒绝吗？”

唐漾脸上的表情僵了一下：“可以。”随即想松开他的衣角。

蒋时延嗤笑：“但我不会。”

“啊？”唐漾没反应过来。

“过来。”蒋时延拉开羽绒服的拉链，把手分别揣进两个衣兜，然后张开手臂，用敞开的、裹着体温的羽绒服包住唐漾，把她抱进了怀里。

蒋时延平常看上去高、瘦，等唐漾真的被他拥到怀里，侧脸贴着他的心口，才知道这副胸膛……久违而宽阔。

唐漾的后背覆着温热的羽绒服，隔着一层薄薄的羊绒衫，她可以更加清晰地感受他的体温、线条以及卷在风里的那股好闻的若有若无的木质香。

唐漾的鼻尖蹭着蒋时延的羊绒衫，轻轻地嗅。她嗅得方才那股不安彻底消散，四肢百骸都浸了暖流，才轻声开口，讲周默那盒曲奇，曲奇里让人不愉快的夹心——一辆跑车、一张黑金卡。

说没有诱惑力是假的，可唐漾历经全程，感受更多的是后怕。只有被蒋时延抱着，她才敢吐露真心：“万一我没把持住怎么办，万一我顺水推舟怎么办？”她撇撇嘴，更难过了，“明明我才从学校毕业一年多，明明我还是个宝宝，为什么要让我经历这么多……”她装着可怜。

蒋时延知道她有夸张的成分，但一颗心还是拧了起来，眉头蹙紧又舒展。最后，他摸了摸唐漾柔软的发顶，温柔地说道：“你上次让我抱好像是前年了。”

唐漾露出个疑问的神情。

蒋时延出声提醒：“当时你跟项目，写了一篇关于人性与供需关系的论文。”然后论文在国内一个顶尖的金融期刊过审了。

唐漾把论文拿给导师看，想让他帮忙润色和提意见，之后唐漾去了休斯敦。等她跟项目回来，论文已经发表，但第一顺位作者是她的导师，第二顺位是助教，第三顺位才是唐漾。

对学生来说，考试成绩就是全部，对当时临近博士毕业、急需第二篇 A 级论文以待拿理想 offer（录取通知书）的唐大佬来说，那篇论文就是一切。

看到署名时瞬间茫然，茫然之后的那种透心凉，唐漾现在都能回想起来。

“你这算往伤口上撒盐？”唐漾抓着蒋时延的衣领，不高兴地看着他。

“不是，”蒋时延解释，“我想说，如果你觉得这件事儿的难受程度低于论文的事儿，那论文的事儿过去了，这件事儿睡一觉也会过去。

“如果这件事儿的难受程度高于论文的事儿，我想说，”他顿了顿，“我还在你旁边。”以前在，现在也在。

简单、客观的一句话，大概是嗓音微哑，也大概是唐漾开头理解错了，蒋时延说得微微别扭。

低头撞上唐漾水光潋滟的眸子，蒋时延咳一声，补充道：“唐小漾。”

这次，唐漾没接话。她用一种极其温柔的眼神安安静静地注视着他。

两个人的身体隔着不到两拳的距离，蒋时延可以闻到她发间的香。发香和视线交织在一起，更能让人心猿意马。

蒋时延不敢“逗猿”，也不敢“遛马”，他左看右看，喉结起伏着，一颗心越跳越快。

自己刚刚很煽情吗？没有吧。漾哥现在很感动吗？好像有点儿。女孩子都容易冲动，万一漾哥头脑发热表个白，万一漾哥头脑发热亲上来……

蒋时延在心里默念：“两人桃园结义，情比金坚，绝对不可能有这样的情况。”视线却止不住地掠过她的唇，她的唇微红、微润、微启。

表个白，不可能，亲上来，不可能。表个白，亲上来，亲上来……

就在蒋时延快把自己逼疯的前一秒，唐漾终于含着点儿笑意道：“我们之间的友谊好像没有想象中脆弱。”

一秒、两秒、三秒，一盆冷水朝着蒋时延迎头浇下。

什么叫友谊没有想象中脆弱？难道他们的友谊在唐漾心里就这般脆弱？等价推导成功，上刀山下火海标配的蒋大佬气得发笑：“唐漾。”

唐漾：“动容是真的有。”

蒋时延面色稍稍缓和些。

唐漾思考片刻，殷勤地凑近：“我愿意把家里的藤椒牛肉方便面分一半给你。”

上一秒的柔和烟消云散，蒋时延微笑：“我以为你记得我喜欢番茄鸡蛋味。”

唐漾：“当然。”

蒋时延无话可说。

“可我更喜欢藤椒牛肉啊，”唐漾不假思索道，“虽然忍痛割爱达到的结果不一定有投其所好理想，但前者包含的真心明显更多。所以，我的意思明明是我愿意把我喜欢的分给你呀。”她尾音微微上扬，宛如糯米团子裹糖霜。

唐漾觉得这个结论有些不对劲儿，但又说不上哪儿不对劲儿，秀气的眉头拧成一团。

蒋时延就看着她脸上的表情从被冤枉到思考，分外生动。

能让他生气的是她，让他没脾气的也是她。她也知道自己磨人？

蒋时延内心笑着，目光朝下一点儿，是她小巧的下巴、白皙的脖颈，平素被他嘲笑、实则玲珑有致的曲线，然后是清浅的鼻息。

蒋时延不自然地咳了声，想偏头避一点儿，那丝温热的气息却像长了眼睛般，直往他鼻尖钻。偶尔有一丝钻到心坎，附上她方才的软音，化出形状，棉花糖般在他的胸腔充盈膨胀。

他的喉结起伏，唐漾看得耳根子发热，垂下眼。

唐漾悄悄舔嘴角，蒋时延喉咙发干，感觉有什么东西快要控制不住……

安静间，蒋时延嗓音微哑道："好些了吗？"

"嗯。"唐漾想从他怀里起来。

蒋时延放开她。

唐漾整理着衣领，没看到相隔一米远的跑车，问："你开车了吗？我送你吧。"

"没。"蒋时延站在自己的爱车旁，脸色都没变一下，"好。"

唐漾耳郭绯红，她去开驾驶座的门。

蒋时延忽然抬手，鬼使神差、又温柔缓慢地帮她将额前的一缕碎发撩到耳后。指尖微热，皮肤微凉，碰过的地方红红的。

"有风。"蒋时延一只手插在裤兜里，一只手随便指了个方向。

唐漾声音细若蚊蚋地"嗯"一声，兔子般蹿上了车。

两个人各怀心思。

去蒋家老宅的路上，"蒋多动症儿童"在副驾位上，坐得像等待领三好学生奖状的小学生。而拥有十年驾龄的唐副处方向错了无数次。

出滋味阁的第一个转角，树下停着辆黑色轿车，车顶上开着照明灯。

周默作为这个拥抱的始作俑者，安静地坐在后排，平静地注视着两人搂在一起。他的腿上放着打开的曲奇盒，手里拿着一块在吃。

曲奇鲜香，入口酥脆，一块接一块，直到唐漾和蒋时延上车离开，周默才把曲奇盒中间的车钥匙和黑金卡拿出来，放进自己的公文包，然后盖上盖子，把没吃完的曲奇连盒扔到窗外。

啪嗒，落地声音清脆。

车辆启动。

周默拨通九江集团顶楼的电话，声音毫无波澜:“告诉魏总，就说滋味阁的乌鸡汤唐副处很爱喝，点心，她也收下了。”

对方问了后续。

周默胡诌的细节湮没在浩瀚的夜色中。

第 4 章
心思

“我和唐漾之间的友谊好像出现了一丝罅隙。”

还有两天就是除夕，A 市道路上张灯结彩。唐漾开了二十来分钟，便看到目的地。

蒋家老宅是个类似四合院的建筑，围墙上贴着剪纸，门楹上有对联，红火又喜庆。

前几年，唐漾和蒋时延会轮着去对方家拜年，这两年都忙，倒疏忽了。

到门口，唐漾停车：“我初五过来可以吗？你家好像每年都是初五请客人。”

“可以，希望你到时候穿破一点儿，不懂礼数一点儿，不然我妈很可能会直接跟别人介绍，”蒋时延终于说话了，捏着嗓子学，“哎呀，这是我大女儿唐漾。”

唐漾扑哧笑了：“谢谢夸奖。”

蒋时延做了个免礼的手势：“还有就是不用拎东西，太麻烦，你能来，他们就很开心。”

唐漾左耳朵进，右耳朵出。

蒋时延说着下了车，绕到驾驶座旁：“不过，唐副处有时间的话，可以考虑换车或者开我的车。”他打量着粉色的车身，神色复杂，“每次从你的 MINI 上下来，我都会怀疑自己霸道总裁的身份。”

“那我下次换辆摩托车？”唐漾啧道，“从粉色 MINI 上下去，或者在摩托车后座上小鸟依人地抱住我的腰，”她挑眉，“蒋总觉得哪个画面感更强？”

“那人家会以为我是摩托车王子，小孩坐在前面。”蒋时延不以为然，从路旁的蜡梅枝上扯了朵小花砸她。

“你幼不幼稚，”唐漾气笑了，“早知道，今晚那锅鸡汤就该全部灌给你，里面的核桃、白果都补脑，扔了多可惜。”

蒋时延回身指着里面：“那要不要我进去给你搬个小板凳？你站上小板凳好撬开我的嘴。”

唐漾拈起衣服上鲜嫩的花瓣，瞋着砸他。

一个在车里，一个在车外，两人你一句我一句地聊着漫长而无意义的天。

唐漾喜欢戗蒋时延，然后看着他生气又不敢朝自己发火的样子。蒋时延喜欢把唐漾逗得面红耳赤想挠人，然后她一出手自己就躲，乐此不疲。

直到快十点，张志兰给唐漾打来了电话。

蒋时延用眼神问是谁，唐漾用口型提示他南津街，蒋时延了然，唐漾接通。

大抵是四下静谧，也大抵是唐漾手机音量大，蒋时延可以听到内容。

在年关，女人小心翼翼地道了句“唐副处，您好”。

唐漾回：“您好。”

张志兰怕打扰唐漾，简明扼要地描述情况，说一休传媒外联部的人找到她，想让她做主人公，参演《遗珠》这部纪录片。专业的词她听不懂，但片酬不菲，她搜了一下，有一休这家公司，口碑也特别好。但她无德无能，这样的事情就像天上掉馅饼，她吃不准对方的意图，不知道可信不可信，唯一有文化又靠得住的朋友就是唐漾。

唐漾没给意见，先问：“你有这个想法吗？两个孩子呢？”她不觉得张志兰是见钱眼开的人，如果他们害怕生活被打扰而不愿意，那真实性如何也就不重要了。

唐漾考虑得很周全。

张志兰亦是，她想答应，出于纪念：“我带着两个孩子，也没准备再嫁人，偶尔一个人的时候，都会怀疑自己是不是就是做了一场梦……”她笑，“他才走了不到两年，我想十年、二十年，老了以后，还能记得他。”

想到一休的工作人员说的什么，张志兰问：“他们说 CEO 叫蒋什么，那名字我抄在纸上，忘记了，和您是认识还是怎样，他们还说……”

她说了很多重复的内容，唐漾没有不耐烦，跟她把大致情况分析清楚了，这才“嗯”一声。

“蒋时延。”唐漾握着方向盘，看着前方。

蒋时延望着唐漾一字一顿地说出自己的名字，心弦微动。

然后张志兰压低声音，说自己在网上看到这位大佬好像很会撑人，有的评价好，有的评价不好。

蒋时延没听清，只看到唐漾笑得眉眼弯弯：“哈哈，是的。”她顿了顿，轻声道，“你可以信任他，和信任我一样。”她说得很自然，说完接着跟张志兰说贷款的问题。

而蒋时延心里那团先前在滋味阁积攒的棉花糖被加了气压般，嘭一下炸开。她让别人信任他，和信任她一样。一股甜丝丝的暖流从心口流到四肢百骸，流着流着，他说不清是痒还是甜。

蒋时延不想盯着唐漾看，偏偏眼睛不听使唤，看着她叩两下方向盘，她抿嘴笑，她咬嘴唇……

好像之前要抱抱的时候，她也是这个动作。仿佛被下了蛊般，蒋时延也轻轻咬一下自己的嘴唇。

恰好唐漾转过头来，蒋时延宛如做坏事儿险些被抓包，耳根热着，喉咙滚动着……他觉得自己今天太累了，需要静一下。

唐漾舍不得让蒋时延久站，聊完该聊的就挂了电话。她笑吟吟地望着他，想说什么。

“很晚了，你到家记得给我发消息，”蒋时延语速飞快，“晚安。”

唐漾的话卡在喉咙:“晚安，你早点儿休息——”

蒋时延忽然把手探到车里，将唐漾身前滑到中间的外套拉链一拉到顶:“晚安。”

唐漾诧异，蒋时延飞也似的走进门，蜡梅的花瓣撒落一地。

门后，蒋时延忘了和大家打招呼，匆忙上楼。他在寒冬腊月冲了个冷水澡，然后把自己埋进被子里，滚两下，静一静，再滚两下，再静一静……

门前，蒋时延方才拉拉链的时候，不小心碰到了唐漾锁骨处的皮肤，有微微的酥麻感。

她红着脸，小心地抬手，刚碰到就被烫得缩回去:“好险——”

唐漾吞了吞口水，蒋时延的手是打火机做的吗？她扶住车门，一直等那阵悸动过去了，气血平复了，才驱车离开。

到家后，唐漾正常地和父母唠完嗑，才上二楼。她忘记自己上楼前想做什么，又愣了好一会儿，才给蒋亚男打电话。

唐漾的房间是卧室、书房一体的设计，大而空旷，落地钟的嘀嗒声和等待音混在一起。

没几秒，电话接通了。

唐漾的语气有点儿轻飘:“以前总感觉自己会单身一辈子，相亲也不会遇到合适的，可现在，好像被人抱一下就有点儿，”她把玩着一根眉笔，“控制不了……”

蒋亚男和唐漾交心多年，默契地猜到接下来的话，朝楼上瞥了一眼。

听筒里，唐漾想不通:“你说，是我单身太久想谈恋爱，还是有别的什么啊……”声音小得快听不见。

蒋亚男第一反应是那个人是蒋时延，可自己老哥不是和程斯然他们在一起吗？随后想到什么，她问：“你今晚是和周默约的饭？”

唐漾：“对啊。”

两个字一下让蒋亚男的心提到了嗓子眼。

蒋时延是她哥，他对唐漾的心思自己意识不到，全家人可都看得一清二楚。

唐漾是她闺密没错，唐漾做什么都门儿清没错，唐漾说了蒋时延是朋友，不可能成为恋人，没错，可她对周默的印象并不好，她也不知道自己从哪里得来一个“周默暗恋漾姐”的印象，她不是阻挠闺密寻找幸福，只是帮自己老哥争取一把，合理地开导闺密，没问题吧？

思量片刻，蒋亚男小心翼翼地措辞：“从已婚人士的角度分析的话，是你单身太久想谈恋爱，不是对那个人有想法。就是换个人抱你，也是一样的。”比如我哥。

换个人抱？不是蒋时延？唐漾皱了眉。

蒋亚男接着说：“你的年龄不算大，但多少都有结婚的压力，之前不是还去相亲了吗？越是这样，你越要清醒，人都是会变的，尤其是同学，如果你和他在学校就不熟，那步入社会，更不知道这人会变成什么样。”

唐漾心虚地小声道：“不是的——”

蒋亚男针对周默的意思很明显：“如果你和他在学校就很熟，那朋友朝前没走成，朝后退一步……”

蒋时延还没突破这关，蒋亚男自然不想让别人捷足先登。结果这句话恰恰戳了唐漾的痛处。

安静间，蒋亚男明了，愧疚道：“漾姐，我没有别的意思，就是感情的事儿还是要慎重，等开年忙起来，这样的心思估计就淡了。”她举例，“我和冯蔚然虽然整天吵来吵去，但感情还行，所以知根知底很重要，这样说的话……”她仰头又看一眼蒋时延的房间，深谋远虑道，“你可以尝试一下相亲，父母和亲朋介绍的，根底上至少会稳妥一些，当然会遇到性格‘奇葩’的，但也有很多相亲认识恩爱、幸福的。”

这可不是自己想要的开导结果啊。唐漾叹气：“我先去洗漱了，你去带程程吧，我改天去给小不点儿压岁钱。”

“好，”蒋亚男叮嘱，“真的不要因为有压力就急，很可能好的缘分在后面……”她又唠叨了好一阵。

挂断电话后，唐漾肩膀一耷，略微颓然地趴在梳妆台前碎碎念：“是因为有结婚压力，太急了，太急了，要冷静，要冷静……”

她越念心里越乱，越念越想起蒋时延碰过的耳后、碰过的脖子，那些小块的皮肤又跟着呼吸开始发烫。

两根细白的食指快绞成麻花了，唐漾丧气地嘟囔：“道理大家都懂，但……但……”

蒋时延说“但我不会”，他笑着说“给你搬个小板凳”，他说有风，所以撩了她的头发，她打他他还躲，但又乖乖地给她拉了拉链……

空调好像有点儿热。唐漾用手背拍拍发烫的面颊，调低了温度。

轰轰响了一阵后，还是热，唐漾一头栽到床上，拉了被子盖过头顶，“啊啊啊”喊着滚来滚去。

她显然忘了家里才换了中央空调，随便哪儿调一下，上下两层都会变温。

楼下，唐爸爸工地上的工人给他送了只农村养的鸭子拜年，唐妈妈正准备煲老鸭汤。

唐漾第一次调空调温度的时候，唐妈妈当闺女热，没在意。第二次调温度，唐妈妈也忍了。第三次，自己在厨房辛苦地给她煲汤，她还鬼哭狼嚎地打乱自己的切菜节奏？

唐妈妈刀一顿，冲楼上吼：“叫什么叫！信不信我把你拎下来和鸭子一起炖了！”

唐漾积了一肚子郁闷，瞬间偶像剧女主附体，很大声且天不怕地不怕地撒娇：“妈妈，你来啊！来啊！”

唐妈妈捂着额角，一阵脑仁疼。

唐漾辗转反侧，一夜不得安眠。

第二天早晨，她一觉醒来，看到镜中女人脸上恐怖的黑眼圈，瞬间什么心思都没了。

时间是个老巫婆，对蒋时延那样的坏人宽容得不行，对她这样的小可爱无比残忍。尤其后来，她刷微博刷到某人的动态，这个结论越发坚定。

蒋时延说自己一晚上没睡着，干脆早起给家里人做早饭，然后配了厨房料理台的图和露半张脸的自拍。下面各方红人评论，不少“小花旦”卖萌打滚地说“大佬仍旧帅”“跪求护肤秘籍”……

蒋时延一个都没回复。

唐漾还是没忍住，皱了眉，隔着屏幕小心地戳了一下他的脸。

哼。

之后几天过年走亲访友，唐漾从化全妆变成裸妆，脱下“恨天高”，穿上小高跟鞋，卸下在汇商的精明干练，乖顺又讨巧。

不少亲戚家的小孩读书时借过唐漾妈妈周景好的名头，这时大家看到唐漾自然是一边想叨叨，一边闭眼吹。

“在银行上班？女孩子在银行可好了。”

“副处？唐漾真是从小到大都优秀，不让父母操心。”

“现在还单着？不急不急，好的会在后面。”

亲戚们努力搜罗着人脉里的“顶配”，热情道：“我们单位新来一个副局长，才三十岁，是人大博士，也单身！”

“我们副机长，一年得挣百来万吧，人家都说长得像吴彦祖，唐漾有没有兴趣啊？”

“飞来飞去，异地不好，”又有亲戚反驳，“我们公司那个总监，三十四岁吧，富二代，家里有上市公司……其他姑娘剩下是被动剩，我们家唐漾就是太出色，是‘黄金圣斗士’。”

唐漾嘴角抽搐，讪讪地笑着应下。

以往过年，唐漾特别怕熊孩子。去年，蒋时延的一休跟其他公司合作完成的几款手游大爆，她给小孩一部手机，小孩就能安静一下午。

唐漾本想发条微信表扬蒋时延，一个姨婆把她拉去麻将桌，一来二去，就忙忘了。

转眼到初五。

初四晚上，唐漾搓麻将搓了通宵，早上十一点还没醒。

唐妈妈过来敲门：“你不是要去蒋时延那儿吗？你看看现在几点了！还是觉得人家家里的洗碗水比菜好吃？”

唐漾用被子蒙住头，瓮声瓮气道：“他家中午请亲戚，我晚上再过去。”

唐妈妈拽她的被子：“晚上去，你也要起来准备啊，不挑身衣服、不化妆吗？”

唐漾的腿压着被子，她嘤嘤着反驳：“去蒋时延家又不是去男朋友家，再说，我美若天仙……”她拗不过唐妈妈，快哭了，“妈！你让我再睡两分钟！就两分钟，周老师，求求您，求您了——”

“你呀。”唐妈妈戳她的脑门，懒得再说。

唐漾这两分钟睡得有点儿久，等她起床吃饭收拾好自己已经快四点了。

在衣服的搭配上，她为难道：“我想穿粉色，但感觉粉色偏嫩，不符合我成熟稳重的性格，穿黑色又太老气。”

唐妈妈在一旁嗑瓜子，扬眉学她：“又不是去见男朋友家长，你就穿睡衣啊，洋气！”

唐漾做心虚地擦汗状：“出于礼貌。”

唐漾最后选了驼色绒裙搭条纹大衣，及肩黑发烫成长辈喜欢的梨花头，包包是经典款，甚至连车都换成了唐爸爸的沃尔沃。

她到了地方，敲门。

蒋妈妈在阳台上看到是唐漾，赶紧推了麻将来开门。蒋时延和蒋亚男跟在后面。

“大家都新年好！”“糖糖新年好！”大家道得热闹。

唐漾眉眼弯弯地把自己带的礼物递过去：“这盒茶叶是给爷爷的。”

武夷山大红袍，老爷子掀开一闻气味，高兴便写在了脸上。

“这是人参酒，我爸爸他们自己泡的，度数不高，蒋叔可以喝。”

长白山野山参，螺纹都有二十圈，蒋爸爸也收得开心。

然后羊绒披肩给蒋妈妈，入手柔和。

一个大红包给了蒋亚男的儿子冯元程——程程小朋友。

蔬菜也拥有了一个新蝴蝶结。

蒋亚男抱着儿子，问：“要说什么？”

程程找唐漾要抱抱：“糖糖阿姨心想事成，越来越年轻！”

唐漾“哎哟”一声，接过这宝贝疙瘩，逗道：“都说我年轻了，怎么还叫阿姨？叫糖糖姐姐呀。”

程程一双大眼睛滴溜溜地转，然后他皱着小眉毛，脆生生道：“糖糖阿姨叫外公蒋叔叔，叫舅舅蒋时延，我如果叫糖糖阿姨为糖糖姐姐的话，糖糖姐姐就要叫外公蒋爷爷，叫舅舅蒋叔叔。”

蒋时延举手：“我愿意！我愿意！我愿意！”

众人哄笑。

“你走。”唐漾笑着，本想捶蒋时延一下，当着这么多长辈的面，只好变成轻轻地拍他的背。

没什么力道，蒋时延被拍得痒酥酥的，身体动了动。

晚上摆了两桌，其他亲戚一桌，唐漾挨着蒋时延坐主桌。

唐漾和蒋时延关系好了不是一两年，和他家亲戚也认识，互相打过招呼后，晚饭渐入佳境。

蒋妈妈说起两人高中时的事儿，开始揭儿子老底："要是你瘦得早一点儿，估计现在孩子都能打酱油了。"

唐漾笑："他说减肥是说了挺多年，不过胖的时候也挺好的。"

蒋妈妈："他第一次暗恋你们班那个谁，和你关系很好。"

唐漾："常心怡。"

蒋时延想阻止两人："妈！"

蒋妈妈根本不理他："对，对，常心怡，暗恋常心怡没减下来，去台湾谈恋爱才减下来了，你说明明爱情对他的影响很大，怎么现在搞得像个什么……无欲无求的'佛系青年'？"

暗恋也算恋情，蒋时延也是个有两段恋情的人，啧。

唐漾夹了一筷子凉拌菜，醋放多了，她面色轻拧一下。

蒋妈妈问："糖糖，你现在和常心怡关系还好吗？我以前给你们送鸡汤好像看到过她一次，蛮窈窕的一个小美女。"

蒋时延又叫了一声"妈"。

哟，这是在护自己的"白月光"？

唐漾喝了点儿水，酸味还是没散去："挺好的，不过，她在西雅图，有时差，电话联系少，但挺贴心的，上次她儿子满周岁，我刚好有事儿在那边，她还专门开车接我去住了两晚。"

唐漾牵了牵唇，莫名其妙地，没说常心怡过几天可能要回来。

蒋妈妈还想说什么，蒋时延又叫一声"妈"，这次她将话锋转了，说起自己屡试屡败的佛跳墙，她说话好玩，一桌人捧腹大笑。都不是外人，没什么戒备心。

唐漾喝一口红酒，想压下在内心翻涌的"常心怡"，蒋时延就喝一杯白酒，想掩盖老妈莫名其妙提常心怡的尴尬。

两人都怀着小九九。

酒过三巡，唐漾杯里只剩了一口，微醺。

蒋时延醉了，眼角发红，和冯蔚然划完拳，突然问："这是上次唐漾带过来的酒？"

蒋妈妈："对啊。"

蒋时延愤然："怎么我一口没喝就见了底？"

唐漾开玩笑："我这儿还有一口。"她摇杯子，猩红的液体衬着颊上的绯色摇摇晃晃。

蒋时延拿起她的酒杯一饮而尽。

蒋妈妈怕亲戚对唐漾有误解，斥责蒋时延："抢人家糖糖的酒喝，你也没个顾忌。"

唐漾抿嘴笑："没事儿，都习惯了。"

"就是，我喝她剩的，又没让她喝我剩的。"蒋时延辩驳。

蒋妈妈笑着走过来打蒋时延，附耳和他说了什么。

蒋时延点头，轻拍一下唐漾的肩。唐漾不知道有什么事儿，但还是默契地离了桌。

蒋时延把唐漾带到了二楼书房，关好门，去开保险箱："我妈给你订了一条珍珠项链，害怕待会儿忘了，让我现在给你。"

蒋家的书房有三个落地书架，汗牛充栋，但除了几本小说，其他看上去都没动过。

窗外有盏灯，蒋时延微弓着身。光线从窗外照进来，刚好勾出他宽肩、长臂、窄腰的身影。

咔嗒，锁开了。他把礼盒取出来，递给唐漾："还有就是我妈他们开春要去碧水湾那个温泉酒店度假，问你要一起吗，就三月去。"

"应该不行，"唐漾打开礼盒，珍珠白润剔透，她爱不释手，解释说，"信审处开年忙，和浦西银行那边有一个大型精英会，然后我还答应了两场相亲。"

蒋时延倚着书桌，听到最后一句，脸色变了："你又要去相亲？"

唐漾离他半米远，站在书架边："我跟你说过啊，年后去。"

蒋时延语气不善："就这么急着嫁人？"

唐漾讲道理："是有结婚的压力。"

蒋时延嗤笑："有压力就把自己朝'直男癌'堆里送？"

"什么叫'直男癌'堆？歧视？"唐漾吃顿饭心里酸酸涩涩，一下也来了脾气，"你这样和我家那些说我是'黄金圣斗士'的亲戚有什么区别？"

"那你看看你相亲第一个相的是什么鬼，还有那些营销号投稿，乌七八糟，没把你吓到？"蒋时延点了根烟，想降火，结果越抽越喘不上气。

唐漾深呼吸："那你单着你也是'直男癌'吗？"

蒋时延："我单着那是愿意单着，喜欢我的人多了去了——"

"但没人喜欢我啊！"

唐漾想到之前他微博下那些搔首弄姿的十七八线小明星，气得手抖，面上却泛起了笑意："蒋总，您身边妹子多，这里一个，那里一个，想结束单身快得很，但平心而论，我朝九晚五，每天开车路都只走那一条，要是不去相亲，好男人会自己跑到我跟前来？"

"所以你就愿意放低姿态去认识那些衣冠禽兽？"蒋时延讥讽道，"万一他要你洗衣服、洗碗，万一他要你给他家买房子，万一他要你在房产证上写他妈的名字——"

他越是气唐漾，唐漾越是笑给他看："万一我遇上一个正常的、合适的呢，万一他长得又高又帅，温柔、体贴且自律呢？说不定我们隔天就领证，隔周就办结婚酒席。"

蒋时延："说不定他还要你裹脚、剪头发，出门蒙面巾——"

"说不定他什么都依着我，"唐漾笑得更灿烂，一字一顿地对蒋时延说，"这么说的话，我是不是明天就要去把婚纱看好，你还记得我跟你说我特喜欢那个苏绣款吗？至少得提前一个月去联系呢，我跟你说，那个大摆特别长，估计我和他走红毯的时候，他得照顾我走慢一些……"

蒋时延喝了两种酒，喝杂了，也喝醉了。他看过那款婚纱，唐漾说的时候，他眼前就真的浮现出唐漾穿婚纱挽着其他男人手臂的模样。典礼现场有彩带、气球，草坪上铺满了她喜欢的香槟玫瑰。

唐漾说："不对，万一他更喜欢中式呢……"

蒋时延闭眼，睁开，眼前又是书房，唐漾面颊酡红地站在自己身前。

唐漾说："中式也挺好，我可以接受。"

蒋时延脑子嗡嗡嗡的，一个字也听不清。感官少了一项时，他手里的烟异常烫，眼神异常深邃，他就这样直直地注视着她唇启唇合的每个细节，喉咙跟着吞咽……

唐漾为让他哑口而得意："你记得随份子呀，虽然中式婚礼没有宣誓，可洞房花烛——"

烟头蓦地被摁在墙上。蒋时延醉得红了眼，无法思考又无法忍耐地低头覆上她的唇。

唐漾完完全全愣在原地。

而蒋时延在两人唇瓣相贴的刹那，脑子一激灵。他的头朝旁边偏，奈何动作太慢，唇反而以更暧昧的方式落在唐漾嘴角。

蒋时延的唇滚烫，混着酒的味道和木质香。

唐漾只觉得他的鼻息纠缠着自己，经由血液循环漫延到全身，手无意识地就没了力气。

她指尖一松，珍珠项链顺势滑到了地上。噼里啪啦，清脆的响声砸进蒋时延的脑子里。

他撞进唐漾一双满是错愕的眼眸，顿时觉得自己是个不折不扣的浑蛋。他倏地松开唐漾，一边被那抹柔软甜得不知所措，一边道歉："对不起，对不起。"

他吞着口水，带着酒气："漾哥，真的对不起，真的——"

见唐漾没反应，蒋时延双手合十："漾哥，对不起，我喝醉了，脑子不清醒，真的。"说着，他想去捡地上的珍珠项链，又觉得天价珍珠项链没有哄唐漾重要，上一秒把唐漾手里的项链线拿过来，下一秒手足无措地看着她……

亲了自己，蒋时延第一反应是……对不起？！唐漾本想拉住他的手，这会儿却不着痕迹地收到了身侧。

也是在这时候，唐漾后知后觉地意识到常心怡的婚礼就是在苏州老家办的，婚纱一共两种样式，西式刺绣款和中式凤冠霞帔，她和蒋时延还送了一样的礼。

大概是珍珠项链坏了，难受，唐漾牵了牵唇："我需要说'没关系'吗？"

蒋时延哪里还有半分醉意，一颗心拧巴得要命。"漾哥，真的对不起，真的……"害怕诚意不够，他一边说着，一边下足了力道抬手朝自己脸上扇。

他一巴掌还没下去，唐漾就攥住他的手，既觉得好笑又好气："你不要这样，亲一下又不会少块肉，我又不要你负责。"

唐漾在笑，是的，嘴角有弧度。

蒋时延看着她，却莫名觉得她心情不好。

"漾哥。"他缓缓地垂手，唤她。

唐漾没看他："怎么了？"

蒋时延刚想说什么，门便被推开了。

"这是怎么了？在楼下听到又是吵又是砸东西的，"蒋妈妈走近，视线停在两人之间，看到蒋时延手上那根项链线，登时用手掌朝他的后背拍去，"叫你给糖糖拿一条项链你都能摔了，有病吗？"

唐漾实事求是："易阿姨，不好意思，是我没拿稳。"

"啊？"蒋妈妈怔了一下，随即笑容可掬地安慰唐漾，"那个，糖糖，别在意，阿姨也没看清，估计是这条项链工艺不好，没关系，阿姨下次再给你买一条。”

说着，蒋妈妈视线掠过墙面，微笑着又捶蒋时延：“烟头总归是你烫的吧，一个大男人闹什么，闹成这样。”

蒋时延看着唐漾，嘴唇动了动。

唐漾依旧护着蒋时延，对蒋妈妈道：“是我不小心撞到了他。”

蒋妈妈看了蒋时延好一会儿。“没关系，这墙纸该换了。”她拉着唐漾，“楼下炖了莲藕羹，刚好饭后解解油腻，糖糖要不要去尝尝？”

“好啊，好久都没尝过易阿姨的手艺了。”唐漾甜甜地应下，顺势挽起蒋妈妈的胳膊。

唐漾越过蒋时延时，他下意识地想伸手拉唐漾。

不知道是有意还是无意，唐漾的手恰恰避开了他。

莲藕羹是蒋家人的最爱，口感细滑，加点儿糖，热腾腾、甜丝丝的。

饭桌上，唐漾用勺子搅着，小口小口地喝。

蒋时延望着唐漾，想说什么没敢说。

蒋妈妈的目光再次在两个孩子身上打着转，有深意，又很快掩饰好。

大概吃了半个小时，唐漾起身跟大家打招呼：“我明天还有事儿，就先走一步了。”

蒋妈妈看出唐漾在强颜欢笑，也不挽留：“亚男，送送糖糖，喝了酒不能开车。”

唐漾推辞：“送了我，她还要打车回来，太麻烦了，我叫个代驾就好。”

蒋亚男：“大晚上的，你叫代驾我不放心，没事儿，我可以送你回去后再把你的车开回来……”

两人推推搡搡地到了门口。

蒋时延今晚第无数次想开口，最后也只是食指动了动。

蒋家老宅离翡翠园不远，平常开车只用半个小时，而蒋亚男回家是在两个小时后。

客人已经走完，留下还没收的麻将桌和一屋狼藉。

蒋爸爸在逗程程，蒋妈妈拉着蒋亚男，吩咐道：“上楼去看看你哥，一晚上一句话都没说，让他凑个数，结果打得乱七八糟，一副鬼样……”

蒋亚男笑老妈形容得太生动，抱着程程，带着蔬菜一起上了楼。

到门口，程程用小手敲门：“舅舅。”

门虚掩着，蒋亚男推开。

蒋时延坐在沙发上，面前的茶几上有张被撕过的报纸，他胡乱折着报纸一角，神色半明半暗，隐在昏暗的光线里。

听到响动，他抬眼，见到程程，把手里扭成麻花的报纸递给小孩。

小孩眼睛灵，见舅舅难过，程程接了东西，放了蔬菜，自己也下到地上。他从小棉袄里摸出唐漾给的大红包，把里面的钱取出来，有一千。

他一张一张数到十，然后分出五张，叠在一起，用白饭团一样的小手小心翼翼地推到蒋时延面前，软软道：“给你。”他黑漆漆的大眼睛眨啊眨，“妈妈说，分享可以让人心情愉悦。”

蒋时延觉得好笑。

蔬菜见程程这样，抓了抓自己头上那个粉色蝴蝶结，蝴蝶结只有一个，没办法分，荷兰猪小脸皱成一团。它看着蒋时延，想了想，很舍不得，但还是很讲义气地把蝴蝶结取下来，温暾又笨拙地学程程的样子把它推到蒋时延面前。

蒋亚男扑哧笑了一声。蒋时延哭笑不得。

蒋亚男摸摸儿子的头，让他带着蔬菜先洗漱。

程程出去带上了房门。

忽然而至的安静中，蒋亚男坐到蒋时延对面：“哥，怎么了？”

蒋时延目光闪了闪：“没什么。”

蒋亚男：“刚刚漾姐也是心不在焉，路过一个岔路口，导航显示不了，她指反了方向，我们多绕了两个街区。”

蒋时延应了声。

蒋亚男不再追问：“妈说摔碎的东西不能送重复的，让你改天陪她去逛逛，再给漾姐挑一条。”

蒋时延睫毛颤了颤，他仍旧没出声。

“还有就是去温泉酒店度假的事儿，”蒋亚男说，“刚刚漾姐的情绪不对，我就没问，她跟你说她要去吗——”

蒋时延的眼睛没什么焦距，他半合着眼，忽然出声：“我和唐漾之间的友谊好像出现了一丝罅隙。”

蒋亚男心口一闷，不知道该接什么。

蒋时延认真地想，他们之间好像有什么东西和以前不一样了，但仔细想想，又说不清……

蒋亚男悄悄瞄蒋时延一眼，状似无意道：“哦，对了，漾姐好像去不了，她要去相亲。”

蒋时延：“不知道。”

蒋亚男引导：“你不想让她去相亲？”

蒋时延反问：“相亲有什么好？”

蒋亚男说：“漾姐——”

蒋时延打断她：“我想一个人待会儿。”

蒋亚男故意装不懂，说：“哥，漾姐就是妈半个女儿，你也知道，问你喜不喜欢人家，你说不可能。既然你不喜欢人家，人家也不喜欢你，那人家相个亲你就大大方方地祝福，像个爷们儿。之前你们在书房——”

“对啊，我不喜欢她，我大大方方地祝福，我像个爷们儿。在书房没发生什么，就是我没站稳，摔到她身上，她扶了我一把。我自己心里有数，你们不用多管。”他叽哩哇啦。

果然是个小霸王，一惹就炸。蒋亚男心里啧了声，嘴上却是顺着他说话：“好好，你不喜欢，你祝福，你们没发生什么……”

蒋时延的脸色转晴一些。

“对了，”蒋亚男走两步又倒回来，“妈还让我提醒你。Dangerous，”她准确地念了个口红色号，扯了张纸巾，塞到蒋时延的手上，她咳一声，“下次记得把口红擦干净。”

蒋时延不信邪地用纸巾擦了一下唇。

淡淡的红色，带点儿果香。他看着，目光黯着，乱了一晚上的一颗心更加如麻。

很多事情是别人看着清明，但当事双方都很难受。

蒋时延为自己亲了唐漾之后她脸上疑似难过的表情而难过。自己大概是越了一下她的朋友线吧？能越吗？答案很明显。

唐漾则是因为那声“对不起”难过。自己喜欢蒋时延吗？不，不吧。蒋时延喜欢自己吗？不，不吧。

双方都体验着这种如鲠在喉的感觉，持续着，并用上了十几年的默契。

蒋时延无数次想跟唐漾把话说清楚，看到两人停留在“新年快乐”的微信界面，又不知该说什么，也不知道她当时生气了没，现在还在生气吗。

唐漾是个冷静的人，蒋时延不找她说话，她自然不可能找蒋时延。很可能人家蒋大佬都没把这个吻当回事儿，自己这么耿耿于怀，就显得矫情，并像个笑话，对吧？

开年假期结束，两人都忙得脚不沾地。

二月底，《遗珠》宣布主创团队和定档时间，主题引起热议，原型人物的细节也被营销号分析了个底朝天。

“张志兰、眉毛”“张志兰、南津街”“烈属群体”一连上了好几天热搜，就连汇商银行都跟着张志兰的贷款之路再次红了一把。

年前，范琳琅邀请过唐漾填分行评优的表，唐漾嫌麻烦推托了。

等《遗珠》宣传过去，汇商官网上挂出评优结果。既在意料之中，又在意料之外，唐漾因“张志兰件”给汇商带来的新媒体流量，空降到了年度总行优秀榜。

之前，同事们的关注点是甘处长新换了一辆玛莎拉蒂，豪气冲天，这下好了，全部改成唐漾了。

“我们勤勤恳恳地努力拿分行优秀，唐副处一步登天，”范琳琅取笑，“现在大老板们评优、评先进都是直接看证件照给结果吗？”

另一个同事说：“今天中午吃饭，零售科一个小姐姐还跟我八卦，说她和一休的总助约饭，聊到他们总裁转发过唐副处的微博，不知怎么就删了，还说蒋总和唐副处有私交……”

大家“啊呀”着挤眉弄眼。

唐漾心念微动，面色平常：“一个朋友，和我有私交的人挺多的啊。”

上次她上热搜被起过底，大家追问两句便换了话题。

唐漾听着笑着，然后折身把加湿器的挡位调小了些。调大了不舒服，她话没说几句，汗倒是起了一手心。

同事们吃饭吃热了，纷纷打趣这位“优秀员工”。唐漾赧然，讨饶……

初春，下午总是让人困倦。

五点半，范琳琅过来敲办公室的门，唐漾才想起晚上银行开年的精英会。

唐漾给唐妈妈打完电话说不回去，同事们都已经准备出发。

范琳琅想蹭甘一鸣的玛莎拉蒂，眼睛眨得和过电一样：“甘处怎么就不能满足市井小民坐豪车的愿望？”

“都说香车美人，香车美人，香车自然要配美人。”甘一鸣手里抛着三叉戟钥匙，说话间转到唐漾办公室门口，绅士地弯腰做邀请状，“唐副处，我载你。”

“香车美人，香车美人，那我属于香车，”唐漾收拾着包包，“我妈这周末要手动洗车，我待会儿开车过去，明天开回家。”她回甘一鸣一个鞠躬，“谢谢甘处的好意。”

她说着，拉过范琳琅:“我载范美人。”

甘一鸣收了钥匙:“那我坐副驾位，减少二氧化碳的排放量。”

唐漾半玩笑半插科打诨:“我副驾位是坏的，坐不了人，甘处，你最好自力更生。”

一群同事说说笑笑分别上车。

碧水湾正中央有道湾，左边是别墅群，右边是以温泉为噱头的度假酒店。一路山明水秀，欧洲田园风的植物景观让人心旷神怡。

唐漾一行到的时候，人差不多齐了。两百多人把精致的宴会厅填得密密麻麻。

在四大国有银行主导市场的前提下，汇商和浦西算股份制银行的两座高峰。汇商主攻个人存贷款业务，浦西的对公业务在行业内一马当先。

双方既是竞争对手，又是兄弟银行。自二〇〇〇年年初，每年开春，汇商和浦西都会联名举办一场精英会，邀请各大银行优秀的管理层和员工参加聚会。一是交流经验，二是交换资源。

信审处在每个银行都是重要部门，遑论唐漾这样年龄小、学历高、爬得快、长得还漂亮的人，几乎是她刚签完到，就陆续有人过来碰杯。

汇商和浦西两家分行行长先后到主席台发言，唐漾找到范琳琅，和她一同在旁边稍作休息。

会场的氛围逐渐热闹，唐漾放下酒杯补底妆:“我总觉得这个地名熟悉，但又想不起来。”

“寸土寸金碧水湾，怎么会不熟？”宴会厅是一分为二的设计，范琳琅朝旁边看了眼，凑到唐漾耳边，小声道，“隔壁一休在开定档庆祝会，我们是一年来一次，听说人家是每次有活动都在这儿办，简直是烧钱。”

唐漾这才想起，蒋时延之前邀请过她，他家里人这个周末会来这里度假。

所以他在隔壁宴会厅，还是在度假？如果他在宴会厅，她怎么没有听到他的声音？他怎么没来找她？

唐漾摸出手机想问他，看到自己和他仍旧停留在除夕那晚的祝福，酒醒般意识到……他在哪儿是他的工作和私事儿，和自己有什么关系？范琳琅提到他，自己才想到他；范琳琅不提，自己就不会想。这样的状态不正是自己想要的？

唐漾弯了弯嘴角，甘一鸣过来了。范琳琅和他打招呼，唐漾也和他打招呼。唐漾打完招呼目光垂下，便看到宴会厅门口的帘子被掀开，一道久违又熟悉的身影在簇拥下朝里面走来。

蒋时延走在最中间，唐漾一眼就看到了他。如果他不是走在最中间，唐漾耳根微热，自己应……应该还是会一眼就看到他吧……

虽然会场上的人已算翘楚，但蒋时延对很多翘楚来说仍旧是大佬——那种平常只能在热搜和新闻上看到、离娱乐圈超级近的大佬。

蒋时延进来后，不少人拉着同伴窃窃私语。

唐漾目光呆滞了一瞬。范琳琅戳她，使眼色："打个招呼啊。"

"没必要吧。"这是工作场合，唐漾分得清。

可情况摆在面前，范琳琅循循善诱："人家打招呼叫抱大腿，你打招呼就是打招呼，说个'你好'又不会胖五斤。"

唐漾犹豫："可——"

蒋时延和几个行长在一起。他嘴上应承着客套的话，余光却是紧紧追随着唐漾，看到唐漾和一个女人，是她同事吧，她提过，好像叫范琳琅，聊得正欢。甘一鸣还在她旁边，她这里一瞥那里一瞥，完全没看到自己。

蒋时延心下冷笑。

一个行长离得近，被吓到："蒋总——"

蒋时延面不改色地转过脸："陈行长说得对，违规操作确实应该杜绝，毒瘤不会自己变成良性，尤其是文化影视这个新兴产业……"

他侃侃而谈，滔滔不绝。大家不由得觉得蒋总一身正气。

唐漾还在纠结。于理，她不应该在工作场合和蒋时延有过多牵扯；于情，太久没见没联系，她想过去，就是那种心绪不平，不该见又特别想见他的矛盾状态……

蒋时延和那一行人转身时，唐漾刚好捏着裙摆起身。

唐漾隔着人潮看到蒋时延时，蒋时延也正好看到她。

两个人的目光在空中相撞。周遭的喧嚣瞬间沦为背景，偌大的空间好像只剩下两人。

唐漾心跳有些快，她定定地看着他，不自知地弯了一下唇。而蒋时延朝她稍微一颔首，然后，和一众行长接着朝外走去。

唐漾看到有人问蒋时延问题，他面色冷淡，唐漾读出了他的唇语："一个朋友。"

一个朋友……朋友……

一行人的身影越来越小，然后消失不见。剩下酒杯相撞，吵吵嚷嚷。

明明自己也是这样跟别人说的，明明没有问题。不懂为什么，唐漾感觉一桶冰水混合物劈头砸下，说不清是冷，还是清醒。她愣愣地戳在原地，连甘一鸣什么时候坐到身边的都未曾发觉。

两个会客厅中间那个门廊不大，门帘未拉上的话，可以看到对面。

大概是巧合，蒋时延过去周旋一番，再次出现时，刚好就坐在那边的门旁，和唐漾隔着一条短对角线的距离。

蒋时延面前的高桌上放着个酒瓶，他看着唐漾坐在甘一鸣和范琳琅中间，和两人说说笑笑，端了七次红酒杯，拿了十二次手机整理头发……她的头发很顺、很软。等等，她好像……再一次……根本没注意到自己坐在这里。

而唐漾看着蒋时延和别人碰杯、谈笑，自始至终都没有偏头看自己一眼。

偶尔范琳琅问"漾姐，你在看什么"，唐漾便掩耳盗铃般拿起手机捋头发，然后，借着手机遮挡，眼神更加肆无忌惮……

等到八点，灯光闪烁，宴会的气氛达到高潮。

会场里跳舞的跳舞，玩牌的玩牌，一休和精英会的人开始走动。

范琳琅不知道什么时候离开了，角落的沙发上就剩唐漾和甘一鸣。

唐漾喝了点儿酒，面色微醺，但人清醒，她避嫌地朝远离甘一鸣的方向靠了靠。谁知，甘一鸣喝了一口酒，又朝她的方向靠了靠。

唐漾皱眉，再朝边上挪一点儿。

甘一鸣跟着唐漾的轨迹凑过来，小指碰到了她的小指："唐副处状态好像不对，嗯——"

唐漾触电般弹开，低声喝止："甘处！"她想起身离开，却发现面前挡了对跳交谊舞的人……

她是汇商总行的年度优秀，甘一鸣是分行的年度优秀；她是分行信审处的副处，甘一鸣是处长。要换她以前的脾气，早就站起来上脚踹人了，可这里不止汇商一家银行……

大抵看出唐漾不可能做什么，甘一鸣越发放肆地靠近她。

唐漾一避再避，知道没用，但眼神仍旧下意识地向蒋时延求助。

先前那对跳舞的人转开，蒋时延真的像背后长了眼睛一样，立马起了身。他的步伐很快，西装笔挺，一只手端着红酒杯，一只手轻轻盖在西服中间的那颗纽扣上，灯光顺着他的墨眉邃目洒在肩上，洒了一点儿在杯里，乱撞的酒液流光溢彩。

“麻烦让一让……谢谢……请让一让。”他含着笑意越走越急，每个细节都风度翩翩。

不少女士一边说着“不用”，一边红了脸。

蒋时延熟视无睹，就在甘一鸣想把手搭在唐漾的手背上，她一脸忍无可忍时……她先看到一双锃亮的皮鞋、仿佛无尽头的长腿，然后是蒋时延笑得如同白日和煦的春风。

唐漾顿时松一口气：“蒋——”

蒋时延没看唐漾，反而朝甘一鸣扬了扬酒杯：“有幸请甘处到阳台喝一杯吗？”

蒋时延是和行长说得上话的人物，但甘一鸣自认权力不小，都是精英，他整理了一下衬衫的衣领，起身颔首：“当然。”

蒋时延对甘一鸣做了一个请的手势，甘一鸣和他一同出去。

迎着同事们打量的目光，甘一鸣悄然把背挺直。

阳台在宴会厅后端，无人，静谧。里面有一个长秋千，可以坐在上面，晃荡着眺望夜色中的碧水湾。

厅中的热闹被一堵墙隔开，晚风习习，吹来有节奏的脚步声。

甘一鸣笑着，姿态谦和；蒋时延也笑，温润有礼。两人一前一后抵达，站定。

甘一鸣右手握酒杯，左手单手取出自己的名片夹，打开：“蒋总，您好，我是汇商银行 A 市分行信审处的甘一鸣。”

蒋时延淡笑着，把酒杯搁到秋千上，一颗一颗地解开西服的纽扣。

甘一鸣抽出自己那张名片：“很早之前就听说过您。”

蒋时延把西服外套脱下来，平整地放到秋千上的酒杯旁，然后解开衬衫两边的腕扣，卷起衬衫袖口，覆到手腕上。

甘一鸣把名片递上，笑道：“很荣幸能和——”

蒋时延反手一拳直冲甘一鸣脸上抡去。他在台湾的时候，是请私教用军队的训练规格瘦下来的，肌肉爆发力惊人。这时他一下重手，甘一鸣整个人便踉跄着朝后倒。

甘一鸣扶住秋千，还没站稳，又一拳迎面而来。接着，第三拳、第四拳、第五拳。

他越是抱头捂脸，蒋时延下手越重。

蒋时延每一拳下去，眼前都是唐漾刚刚皱眉，唐漾不舒服的表情，唐漾用求助的眼神看自己……

他不敢想象，如果当时自己面前那个酒杯反光效果不好，如果那几对跳交谊舞的人没走开，唐漾会遭遇什么样的事儿。尤其甘一鸣的小指还碰了唐漾的小指……

蒋时延手起拳落，甘一鸣被打得蜷在秋千旁求饶。

明明力的作用是相互的，蒋时延却连眉头都没皱一下，最后一拳打在甘一鸣的眼镜框上，他面上的表情才松动分毫。

下一秒，眼镜落地，发出啪的一声脆响。

第5章
花期

他是蒋时延……那个舍不得让她受委屈的蒋时延，那个把她保护得很好的蒋时延。

方才蒋时延叫甘一鸣出去时，唐漾以为他们要谈事情，不找自己是为了避嫌。

等她压着翻涌的情绪又喝一杯酒，才反应过来，蒋时延之前明明和汇商行长在一起，有什么事情会找甘一鸣说？

唐漾一路喊着“借过”，出了宴会厅。她刚到转角，看到眼前这一幕，脚步顿住，彻底没了声音。

甘一鸣缩在阳台一角，小心地向后退。蒋时延出拳又狠又辣，落在对方早已红肿的脸上……

晚风轻轻吹，秋千轻轻摇。

蒋时延的黑西服外套和盛红酒的高脚杯在她的视野尽头忽上忽下，后院的藤蔓哗哗响，好像唱着不知名的歌谣。

好像也是在这一刻，唐漾忽然意识到，那个突兀且双方都不曾预料到的吻不重要，这些天的情绪不重要，两人的关系、相处、所有的一切都不重要了。

她是唐漾，他是蒋时延，还是那个为她打甘一鸣的蒋时延，那个舍不得让她受委屈的蒋时延，那个把她保护得很好的蒋时延……就足够了。真的，就足够了。

唐漾站了五分钟，蒋时延和甘一鸣都没发现她。她就安安静静地看着蒋时延打人，目光柔和。

蒋时延打了最后一拳，准备收手。

唐漾倒退着进了宴会厅，恰逢音乐响起，她端着酒杯，在舞场里转了一个轻巧而漂亮的圈，然后噙着不自知的笑意回到角落。

唐漾转圈时翩跹的衣摆刚好落进宴会厅二楼的两个人眼里。

周自省是汇商分行行长，快满六十岁了，小平头，啤酒肚，笑起来像弥勒佛。汇商想抢在其他银行之前和一休传媒推联名信用卡，方才和蒋时延走得最近的就是他。

“明天上午我要去医院吊水，你把唐漾和甘一鸣的档案送到我的病房。”周自省把视线从唐漾身上收回来，对一旁的秘书道。

秘书多问一句：“蒋总不是说就是一个朋友吗？”

周自省反问：“蒋时延刚刚是怎么说的一个朋友？”

秘书回忆道：“蒋总的特助小声说了声‘漾姐’，蒋总朝那边看一眼，您问‘什么人’，蒋总说‘一个朋友’。”

事实没错，周自省却笑着摇头。

秘书不解。

周自省道：“他的助理说了之后，他立马看过去，我问之后，他至少犹豫了三秒，而且语气很不确定。”

秘书仿佛懂了：“所以——”

周自省没几年就要退居二线了，秘书是他一手培养出来的心腹，他自然愿意提点：“这种说一个字都可能被拿去做阅读分析的场合，一般回答熟人，就是普通朋友。一般回答朋友，还是在我们和一休有合作意向的前提下，犹犹豫豫回答朋友的……年轻男女，你想想看。”

秘书钦佩：“周行。”

周自省拍着他的肩：“银行业、传媒业，你看这个‘业’字反过来其实就是人和人的事儿。”他唇边露出一丝高深的笑意，“多学学。”

楼下宴会厅，服务员先前端银耳汤时，把盖子暂时放在了茶几上。盖子被拿走后，茶几的玻璃板上留下一片有轮廓的水雾。

唐漾坐下不到两分钟，常心怡的电话就打来了，她让唐漾去酒吧。

之前，常心怡说要回来，唐漾就答应了陪她玩。听她说完时间、地点，唐漾抬头望一眼大厅，道：“行，我这边马上就要结束了，结束不了提前撤也没事儿。”

常心怡软软地应道：“亚男说他们一家最近也在碧水湾度假，你把蒋时延一起叫过来吧。”

唐漾又应一声：“行。”

常心怡揶揄：“哟哟哟，答应得这么快。”

“你常小怡说话，我怎么敢不听？”唐漾不承认自己有一瞬的心虚，一边在茶几的那团水雾上胡写乱画，一边和老友插科打诨。

两人再说几句，唐漾挂断电话，无比自然地去观赏自己的作品。她目光触及歪歪扭扭的“蒋时延”，顿了顿，几秒后，左顾右盼，假装随意实则做贼心虚地擦掉。

擦完后，唐漾回过神来。慌什么慌？别人又不知道是自己写的。再说，即便知道了，可全世界也不止他一个蒋时延啊。

唐漾舔了舔唇，悄然把背挺直了些。

她在里面等蒋时延收尾时，蒋时延揍完人又在外面扒人的衣服。他把甘一鸣的西装外套、针织衫、衬衫全部扒了，扔进泔水桶，这才回到那只上身青紫的劣质“白斩鸡”旁。

甘一鸣没了眼镜，看不清东西，没了衣服，冷得哆哆嗦嗦。

蒋时延弯腰捡起地上变形的眼镜框，蹲到甘一鸣跟前，他慢条斯理地用眼镜腿戳一下甘一鸣额角肿着的大包，压着低缓的嗓音：“有的人是你动不得的，明白吗？”

甘一鸣吞唾沫，大口大口地出气。

蒋时延细致又温和地给他戴上眼镜，接着道：“大庭广众的，甘处裸奔怕是不好，这样——”蒋时延宽容地给他留退路，“今晚你先回去，要是有下次，我们再另行商榷，可以吗？”

一墙之隔的宴会厅灯火璀璨，笑语盈堂。这边，甘一鸣像躺在一堆倒刺上，痛得浑身发抖。

刚刚唐漾顾及大局喊不了人，有多困苦、难受，现在甘一鸣狼狈不堪，还赤着上身，就有多困苦、难受。不对，蒋时延睚眦必报，一向是百倍千倍地奉还。

这一通教训持续近半个小时，甘一鸣不敢还手，也没办法还手。他想过是因为唐漾，可不就是朋友吗，唐漾值得蒋时延这么大动干戈？

蒋时延说完，在甘一鸣裤子上拭了一下手。

甘一鸣嚅动着有血污的唇：“蒋总，您是不是误会——”

“滚！”蒋时延一眼瞪过去。

一直等甘一鸣跌跌撞撞地跑上玛莎拉蒂，蒋时延这才穿上外套，有条不紊地把纽扣一颗颗扣好，袖子放下去，袖扣也扣好。然后，他端起酒杯，轻抿一口，没咽下去，任凭那股醇香在口腔中蔓延，这才进入大厅，又一路风度翩翩，笑得迷人，找到唐漾。

将近十点，大家陆陆续续地准备离开。

唐漾早就处理完水雾这份“罪证”，即便蒋某人就在旁边，她也气定神闲：“你们去哪儿了？”她故意朝外看一眼，“甘处呢？你们刚刚在说什么？”

蒋大佬的谎言精美而完整："刚刚在和甘处讨论时事政治，他那人没什么主见，只知道'哦哦啊嗯'。"他分外轻蔑，"他提前撤了，估计要回家补课。"

唐漾并不戳穿，"嘁"了一声，道："现在知道过来了？刚刚都不和我打招呼？"

蒋时延"哇"一声："都是文明人，怎么动不动就开打？人家招呼做错了什么，被打就算了，你还要拉上我一起？"

唐漾噗地笑出声，不想和他贫了。

"去不去小酒吧？"她收拾着东西问。

蒋时延想着唐漾累一天了，便道："不去。"

唐漾："常心怡也在。"

那就是常心怡约的唐漾，唐漾和常心怡一起肯定会喝醉，蒋时延干脆道："去！"

唐漾学他"哇"一下："你想去见女神的企图都不掩饰吗？人家已婚，小孩都会打酱油了啊，蒋时延！"

蒋时延一脸理所当然："我陪你，为什么要掩饰？"

唐漾一口红酒差点儿呛喉咙里，蒋时延忙不迭地给她扯了张纸巾。

唐漾边擦边道："蒋时延，你醒醒，不是高中了，还拿老娘当借口。"唐漾嘲笑他，"那你要不要挽着我的胳膊？还是要牵我的手？"

"也不是不可以。"蒋时延笑着，当真去牵唐漾的手。

唐漾在挽胳膊和牵手的选项中预判正确，等他的小指碰上她的小指，她反手就开打。

蒋时延任由她带着小孩脾气啪啪几下打痛快，倏地反手攥一下她的手，又飞快放开。

一刹那，温热的感觉包围又撤离，唐漾怔住，周围退场的人群像被按下暂停键般，她回神，人群又继续走。

"白痴吗，你？"唐漾轻轻推一下蒋时延的胳膊。

大概包太重，她拎着起身时，耳根热得红红的。

"除了白痴，你还会骂什么？"蒋时延一脸坦荡地帮她拿过包。

唐漾："傻子。"

蒋时延："你再说一次试试。"

唐漾："傻子。"

蒋时延："你再说一次试试。"

唐漾:“傻子。”

蒋时延:“哎哟，谁家小孩这么听话？”

“滚。”唐漾笑着搡蒋时延一下。

蒋时延反搡唐漾一下，两人顾忌别人的眼光，偷摸地你搡我，我搡你，跟着大部队离开。

碧水湾到小酒吧有一段距离，常心怡果汁都喝完三杯了，两人还没到。

百无聊赖间，她想到什么:“糖糖和蒋时延还没在一起吗？”

“什么叫还没？”蒋亚男诧异，“我哥以前不是喜欢你吗？你怎么会觉得他和漾姐早就该在一起？”

常心怡从高中开始就是蒋亚男的女神学姐，身材纤细、高挑，性子温柔得能掐出水来。

听到蒋亚男的话，她“呀”一下轻呼，声音甜到化开:“老朋友许久不见，亚男，你的见面礼就是让我背锅吗？”

“啥？”蒋亚男的脑子晕晕乎乎，“我说的不是后来啊，是漾姐暗恋宋璟那阵，高一吧。”

常心怡脱口而出:“蒋时延高一喜欢的也是唐漾啊。”

蒋时延高一喜欢的也是唐漾？什么叫……蒋时延高一喜欢的……也是唐漾？

蒋亚男一脸喝了假酒的表情看着常心怡。而常心怡意识到自己语破天惊，目光飘忽地望向四方。

常心怡订的小隔间有两张沙发。蒋亚男离开自己的那张沙发和常心怡坐到一起，一边去搂女神的胳膊，一边眨着星星眼:“看我，看我——”

“我——”常心怡觉得在当事人双方不在的情况下深入讨论这个话题显得不厚道，但蒋亚男的眼睛真的很漂亮，她心软，出口语气颇为感慨，“其实我当时对蒋时延还蛮有好感的，因为他说话好玩，特别开朗，他们当年玩那个什么游戏，就是打枪——”

蒋亚男动作停住:“穿越火线？”

“好像是这个，”常心怡记不太清，“你哥在我们全年级都特出名，他和宋璟关系最好，宋璟是‘菜鸟’，你哥是‘移动狙神’，枪枪爆头。”

女神高中时的喜欢也这么简单？蒋亚男怀疑道：“可我哥那时候胖得没骨头，脸上还有痘，你怎么会——”

“要好看，我看自己就可以了啊，长相真的不重要。”常心怡格外理所当然道，说完，她想起自己老公的国民度，扭头又撞见蒋亚男促狭的神色，她脸红了红，“哎呀”一声，推了一下蒋亚男，接着道，“反正就是你哥那时候还有记日记的习惯，我坐在他后面，无意间看到过一次，他日记里很多夸我、喜欢我的句子，但有眼睛的人一看就看得出他喜欢的是唐漾。”

蒋亚男发蒙：“这是什么操作？”

“怎么形容呢？”常心怡想了想，抿一口果汁，道，“就像我以前觉得青椒皮蛋好吃，我以为我喜欢的是皮蛋的味道，我觉得青椒肉丝好吃，我觉得自己喜欢的是肉的味道，后来我觉得青椒炒土豆也好吃，我以为自己喜欢的是土豆的味道，最终却发现，我喜欢的其实是青椒的味道。”

蒋亚男听得一愣一愣的。

常心怡说：“我比较聪明，我发现了你哥算我的皮蛋，就是不知道你哥有没有发现唐漾是他的青椒，但麻烦你不要把锅都朝我身上甩，可以吗？”

这个比喻让蒋亚男觉得神奇又有道理：“那日记本呢？”

常心怡说话留一半：“我不知道他俩现在怎么样，但你哥当时肯定喜欢或者说喜欢过唐漾。”

蒋亚男肩膀耷拉下来：“你这样让我很难受。”

常心怡心善，扶着蒋亚男的手背：“那我跟你说个让你不难受的吧。”

蒋亚男眼睛发亮。

常心怡：“漾哥肯定喜欢过宋璟。”

这能算安慰？

“宋璟那样的人间极品，搁谁谁都把持不住啊，”蒋亚男更难受了，“不瞒你说，宋璟读研时在762部队那张军装照，就是站在树下低头整理袖扣的那张，简直帅死了。那手、那脸，不是我说，我哥的颜值和宋璟最多不相上下，唯一的优势可能就是没什么脸。”

常心怡哧地掩面笑道：“你哥知道你这么说他吗？”

“啊，不不不，”蒋亚男纠正，“是超级有钱，超级有钱……”

两人聊了好多，蒋亚男又追问常心怡日记本的内容，常心怡点到为止，最后举起右手格外诚恳地发誓：“要是我有半句谎言，我就洗澡打不开热水，开车被追尾，买口红口红断，唇釉、精华、乳液全摔碎——”

这比天打五雷轰狠毒太多，蒋亚男一边制止她说下去，一边搂着她“心肝”“女神”地叫。

接着，两人又面对面打起电话，东拉西扯了会儿，侧边的小门终于被推开，唐漾和蒋时延风尘仆仆地从外面进来。

“大晚上堵车真的醉人。”唐漾从蒋时延手里拿过包，扔到沙发上。

常心怡站起来抱唐漾，温柔又开心地说：“待会儿罚你自夸三句。”

唐副处是个办实事的人，立马开口：“水平太高，眼光太好，太喜欢常小怡同学。”

常心怡被撩拨得“嘤”一声在唐漾怀里蹭了好几下。

蒋亚男也探身抱唐漾，故作难过道：“漾姐，你不喜欢我吗？”

“我喜欢你，也喜欢易阿姨。”唐漾弯着眉眼道。

前面两个人都抱了唐漾，蒋时延顺理成章地朝唐漾张开双臂：“漾姐，我呢？”

唐漾用手拍他的胳膊一下：“你怕是找错人了。”明明是常心怡大老远回来啊。

常心怡“哎”一声，讲道理：“我是有夫之妇，有夫之妇，本人授权唐小漾同学谨代表本人接受蒋大佬的拥抱。”

唐漾瞥常心怡一眼，拿她没办法，抬手做接受蒋时延的拥抱状。

蒋时延反而收了手：“我也是有包袱的，好吗？过时不候！”

唐漾放下手：“那我也是有包袱的，好吗？过时不——”

她话还没说完，蒋时延就飞快地抱了她一下，又飞快地放开，然后拉她坐到沙发上，自己坐在了外侧。

唐漾和蒋时延中间隔了一段距离，两位后到的点酒时，常心怡的视线在两人之间来回打转。

蒋时延把菜单递还给服务员时，常心怡忽然指着说：“漾姐，你旁边的窗户上趴着什么——”

“啊！在哪儿？在哪儿？”唐漾大惊失色地朝蒋时延身边挪。

“别怕，哪儿？”蒋时延自然而然地将她朝怀里拉了拉，结果什么都没看到。

这时，常心怡忍笑道：“坐近点儿好说话。”

唐漾松一口气，小酒吧灯光昏暗，她并没有注意到自己和某人挨得有多近。

蒋时延观察着窗户，确定真的没有小昆虫、小动物，这才收回视线。外面的舞池有一堆闹腾的小年轻，他不喜欢，亦朝唐漾身边靠了靠。

唐漾在外人面前留有防备，遇上常心怡灌酒，完全没有戒心。

常心怡做事很有分寸，即便酒吧的氛围很适合做点儿出格的事儿，她在蒋亚男身上东倒西歪，跟唐漾打打闹闹，但始终和蒋时延保持着距离，蒋时延也是。

两人越是这样，唐漾仿佛越能在两人之间看到一种“白月光”和守望之感，酒越是喝得痛快。

“你还要不要你的胃了？”蒋时延看着唐漾一杯接一杯地喝，眉头紧皱。

唐漾嘟囔：“我没醉。”

蒋时延看不过去，要抢她手里的杯子。

唐漾急忙躲过去，看到什么，她动作顿住，眼睛睁得大大的：“你……你的手那儿怎么了？”

“走路不小心摔了。”蒋时延敷衍道，“你别喝了。”

“走路都能摔的人有什么资格啰唆？”常心怡嫌弃道，“漾姐喝醉了，你不送吗？”

唐漾微醺着有样学样：“漾姐喝醉了，你不送吗？”

蒋时延无奈：“送送送！”

常心怡：“你不背吗？”

唐漾学：“你不背吗？”

蒋时延利落地回答：“背背背。”

常心怡和蒋亚男挤眉弄眼：“要不要抱？”

唐漾：“要不要抱？”

蒋时延一个头两个大，他一下一下敲着太阳穴：“抱抱抱！”

常心怡“噫”地拉长调子。唐漾晕晕乎乎地朝蒋时延伸手要抱抱。

中场休息时，唐漾酒醒了些。

常心怡和儿子 James 视频，把摄像头转过来对着唐漾，教道：“叫干妈。”

混血小孩软软地喊：“干妈。”

唐漾的心化成一团，她“嗷”一声，夸得天花乱坠，又发自肺腑。

常心怡听不下去了，捂着她的嘴，把摄像头对准蒋时延，教道：“叫干爸。”

小孩乖巧地喊：“干爸。”

将近十二点，酒吧的气氛吹气球一般逼近一个即将爆开的临界点，明明暗暗的灯光忽远忽近。

温度有些高，蒋时延一边脱外套，一边寻思这叫法略有不对，提了问。

常心怡并不接受：“漾姐是女的，叫干妈，你是男的，叫干爸，有什么错？”

说着，她把镜头对准蒋时延，笑得和花一样，“不然你让James叫你干妈，叫漾姐干爸，我也是OK的！”

James在视频里吓得朝后一跌。屏幕外，几个大人笑成一团。

四人出酒吧时，蒋时延滴酒未沾，三个女人醉得差不多了。

常心怡的妈妈开车过来接她，把顺路的蒋亚男一起捎走了。

小酒吧离唐漾住的地方很近，蒋时延搀扶着东倒西歪不会走路的小醉鬼回家。他问:“要不要背？”

唐漾挣扎着甩开他的手:“我会走路！”

蒋时延问:“要不要抱？”

唐漾坚持:“我会走路！”

路过药店，蒋时延问:“家里备醒酒药了吗？”

唐漾一脸倔强:“我会走路！”

蒋时延的手臂从唐漾的胳膊下穿过去，他把她单手抱到药店，对店员道:“麻烦给我拿一下醒酒药。”

唐漾偏着脑袋，脆生生道:“我会走路！”

蒋时延一阵脑袋疼。

“好好好，你会走路。”他先哄着。

出了药店，唐漾还在念经一样嚷嚷“我会走路”，蒋时延真的就松手了:“好好好，你会走路，走走看？”

唐漾像学走路的小孩一样，双手朝前，平衡重心。

只是，她朝哪个方向走，蒋时延就走到她身前，手臂悬空地护着她。

唐漾换了三个方向，咽了咽口水，像在给自己打气一般:“我会走路——”她声音弱了些。

蒋时延哄小孩格外有耐心:“我知道你会，你朝前走，我在。”

唐漾的睫毛颤了颤，她朝前走两步，闷头撞进了蒋时延的怀里。

蒋时延闷笑着，顺势将她背在背上。

大抵是男人的背太宽阔，大抵也是蒋时延走得平稳，小醉鬼安静了一路。

唐漾家装修的时候，蒋时延来过她家一次，这会儿循着记忆找到门口，蒋时延从她包里摸出钥匙，开锁，进门，关门，然后把她先放在沙发上。

他正想去玄关给她拿拖鞋，她忽然牵住了他的手。

蒋时延回头看唐漾。

唐漾大而黑亮的眼睛直勾勾地盯着他，她的睫毛纤长，轻轻颤动时，在眼窝落下一片扇子般的阴影。

“常心怡是你的‘白月光’吗？”她出声，有几分楚楚可怜的味道。

蒋时延想也没想，道：“我哪儿有什么‘白月光’？”

唐漾抿抿嘴：“你有，你骗人。”

蒋时延觉得莫名其妙：“我没有。”

唐漾委屈道：“你有！”

蒋时延不知道她怎么扯到这里来了：“我真的没有。”

唐漾大声道：“你有。”

蒋时延：“我没——”

他的话还没完，就见唐漾嘴一撇，下一秒就要哭的样子，哪儿还能坚持下去，他轻拍着唐漾的手背：“好好好，我有，我有，你说我没有就没有，你说我有我就有。”

这下，唐漾是真哭了：“呜呜呜，我就说你有‘白月光’。”

蒋时延心口一紧，又忙不迭地扯纸给她擦眼泪：“我告诉你我没有——”

“你有‘白月光’，你还欺骗我的感情！”唐漾“哇”地哭出声，更加撕心裂肺地控诉，“你明明就在乎我！你还假装不看我！你明明因为我打了甘一鸣！你还说你手上的伤是走路摔的！你明明就关心我！”她又抽抽噎噎道，“为兄弟两肋插刀有这么难以启齿吗？呜呜呜呜。”

蒋时延不知道她是怎么从“白月光”绕到兄弟情的，也不知道“欺骗感情”这样的词她是从哪部电视剧里学的。他颇为心虚地扭了扭脖子：“你都看到了啊——”

唐漾抽了抽鼻子，红着眼睛可怜巴巴地望着他的手。

蒋时延不知道唐漾酒醒了几分，小心翼翼地解释：“你知道我平时不暴力的，打甘一鸣是特殊情况，真的。我善良、温柔、很有爱心，平常我加班的时候蔬菜来滚我的键盘我都不会打它——”只会抢它的蝴蝶结，拿把剪刀威胁说要把它剃成全裸，拿了它正在吃的罐头搁在电视柜最上面……

蒋时延还没来得及说，唐漾忽然出声：“蒋时延。”

“嗯？”

她很心疼很心疼地说：“你痛不痛啊——”尾音软绵。

蒋时延一头撞进唐漾那双迷茫的眼眸，呼吸停窒了。

“我拿药给你。”唐漾说着，翻身从沙发上下来。

她路都走不稳。

蒋时延回神，担心她："我是皮外伤，不痛。你能找到药吗？"

唐漾没接话，固执地扶着墙走到酒水架旁，她从架子上取下一个袖珍医疗箱，揉了揉眼睛，从里面拿了一瓶喷雾和一根棉签，忘了关箱子就回到沙发旁。

她一只手拿喷雾，一只手握蒋时延的手："我给你喷，把皮上的瘀血洗掉。"她很认真地对蒋时延道，"你痛的话一定要说啊。"她一副哄小孩的口吻。

蒋时延藏着小心思点头。

唐漾盘腿坐上沙发。蒋时延侧坐在沙发上，离她近些。

唐漾的眼睛里有光，蒋时延刚好看到。唐漾的发梢微卷，刚好拂在蒋时延的小臂上。他的喉咙微微发干。

唐漾试探着找位置，她还没喷，蒋时延就开始叫："痛——"

"啊！"唐漾猛地闭了眼睛，比他叫得更大声。

第一波叫完，她调整了一下情绪，即将按下喷嘴的前一秒，蒋时延喊："痛——"

"啊！"唐副处开始了第二波条件反射。

第二波叫完，蒋时延又趁她要喷的时候嗞地倒吸一口冷气。

唐漾学他缩脖子、吸冷气，只是吸着吸着，她的眼皮便合上了，有了均匀而绵长的呼吸。

这是……睡着了？

一番走路、买药折腾下来，已经是凌晨了。

唐漾睡着，小脑袋一点一点，眼看着要朝前栽下，蒋时延蓦地伸手托住她的脸。她的皮肤如上乘的羊脂般白皙、细腻。

从蒋时延的角度，只能看到她饱满的额头、偏棕色的头发。

放在墙角的落地钟嘀嗒嘀嗒地响，衬得房子里更加安静，蒋时延想看唐漾睡着的脸，又害怕吵醒某个小醉鬼。他想了想，手没动，身体顺着她脸的方向缓缓俯下，然后偏头和她面对面。

唐漾鲜少醉酒，在蒋时延的记忆里，一只手都能数过来。

她醉着的时候吵吵嚷嚷，睡着之后却分外乖巧，不乱动，不乱挣扎，像个柔软、精致的洋娃娃。她的眉毛画过，细长似柳叶，眼睛很大，睫毛纤长。

在唐漾身上，蒋时延深刻地体会到了相对论——以前唐漾微胖，他觉得唐漾眉眼小，用蒋妈妈的话来形容自己，就是"眼睛胖眯了"。真等唐漾现在瘦得身姿窈窕了，蒋时延才觉得唐漾五官大，大到每一寸的细节他都可以看得一清二楚，看得仔细、缓慢，看得他可以在脑海里清晰地勾勒出她高中时的样子。

那时候她不懂化妆，素面朝天，大概会抹大宝，SOD 蜜的香味和自己脸上的一样。她特别爱笑，有一个酒窝，有时候看不见，有时候看得见，她每次笑，眼睛都弯得像月牙。

然后，是秀气的鼻子，她现在喝醉了，鼻尖红红的。再然后是唇，小巧精致，唇珠明显，她的口红早已七零八落，唇微启时，暖黄的壁灯灯光修饰在她的唇间，清莹润泽……他想亲。

他没有喝醉，没有借口，没有控制不住的愤怒或者其他动机，就只是简简单单、真真切切发自内心地……想亲，想亲她。

蒋时延这么想着，也这么做了。

他一只手托着她的脸，一只手撑住背后的沙发，有意识、有理性，偏偏有点儿克制不住地轻轻碰了一下她的唇。有残留的果香和酒香，触感如云朵般软得近乎不真实……

刚刚那一下时间太短，蒋时延觉得自己什么都没感受到。他望着唐漾安睡的模样，喉结起伏，然后，特别没底气、胆大包天地……又偷偷亲了一下。

这次，他触碰的时间比上次久一些。

蒋时延以为自己会满足，可心里那股隐约的火气越发恣肆。

她的唇真的软、甜，像小学换牙时伴着心跳偷吃的糖。而意犹未尽就像一只手，顺着蒋时延的脚心缓缓上抚，摸过他每一寸皮肤，从足到顶，酥痒发麻……

蒋时延闭眼深呼吸，一下，两下。他强迫自己冷静下来，然后，以电影慢镜头的速度脱掉皮鞋，轻手轻脚地把唐漾抱到她卧室的床上，像搁置易碎物品般放下。

他的动作格外小心，但唐漾头挨着枕头时，还是不可避免地嘤咛一声。

蒋时延整个人像被按了开关般暂停。他屏住呼吸，一直等唐漾又睡过去，这才小心翼翼地帮她脱了外套，踮着脚去卫生间给她拿卸妆的东西。

是的，蒋时延有卸妆的概念，但仅限于概念。幸好唐漾的妆上得不厚，一张卸妆湿巾就可以搞定。

初春半夜温度低，蒋时延怕湿纸巾凉到她，先去一尘不染的厨房烧了半壶水，用热蒸汽把几张湿巾熏得和体温差不多了，这才拿着东西回到她身边，点开一个美妆博主的视频，开着静音。

蒋时延一边看，一边跟着博主仔细又温柔地给她卸妆，先是额头，接着眉眼，她的鼻侧画了阴影，蒋时延擦得稍微久些，然后是唇、小巧的下巴，再朝下……

唐漾的脖子修长、细白，擦前和擦后的色差几不可察。

蒋时延蹲在床边，顺着她脖子的弧度再往下一点儿。他的手指停了，目光顿住，呼吸却重了……

唐漾冬天没有穿文胸的习惯，她认为把自己的冷手伸到热衣服里解暗扣是一种可以避免的酷刑。所以，胸贴成了她出席重要场合的心头好。

蒋时延平常总埣唐漾“飞机场”，可真当唐漾侧睡时，胸前仍有一抹起伏的弧度，白皙、柔软，若隐若现地……挤在一起。

蒋时延的指尖离得很近，近得他稍稍朝下一伸，就可以碰到。

他的喉咙重重一滚，告诉自己不能碰，可他的视线上抬至唐漾唇间的同时，手却不可控制地探到了她的领口。

唐漾穿的是小 V 领仿衬衫，蒋时延的手指灵活地解开了第一颗纽扣。嗒一声轻响，领口敞大了些。

蒋时延的左手轻轻捏住唐漾的下巴，拇指指腹缓缓摩挲着她的唇，右手不受控制地解开第二颗纽扣。

嗒，他的指尖离那抹柔软好似更近了些。

深夜两点多，城市的夜生活落下了帷幕。唐漾的卧室是简欧风格，饱满的色调在安静间宛如催化剂，驱使着蒋时延内心那股和她靠近的渴望越膨越大。尤其她的呼吸轻浅，萦绕着他的喉结，他俯身再朝下些，便和她交换了鼻息。

蒋时延想，再解开一颗吧。他不知道自己要做什么，也不知道自己想做什么，就听见心底有个声音告诉他，再解开一颗。

纽扣是冷的，肌肤是冷的，指尖是烫的。

好像又有一个声音告诉他，不能解开，这是漾姐，这是漾哥，这是唐漾啊……不能不顾及她的感受，不能，不能，真的不能解开。

蒋时延的视线在那抹柔软和她的唇间移动，好看的指节徘徊在她第二颗纽扣的位置。

他给她把衣服合拢了些，又忍不住敞开，若朝下一些，又像触碰了什么禁忌般倏地收回来。

一次一次的肌肤接触，他的眸色愈深，鼻息愈重，一股乱窜的躁动伴着这一次次循环往复就快压抑不住时，唐漾的鼻子动了动，仿佛有什么知觉般伸出舌尖，蒋时延覆在她唇间的手指没来得及躲……

湿热温软稍稍一触。

唐漾的舌尖舔到蒋时延手指的瞬间，蒋时延倏地手握成拳，狠狠朝墙上砸去。

伤口扯疼的瞬间，蒋时延彻底清醒了。

蒋时延指关节的位置出了血，留了一点儿在墙面上。

他起身，无比淡定地回到客厅，用唐漾方才找出来的药草草地包扎了伤口，把墙面处理干净，又给唐漾把被角掖了掖，确定她重新入睡了，这才转身去了阳台。

唐漾住 28 楼，视野宽阔。蒋时延站在护栏边，俯瞰半城霓虹明灭，似河似海。

以前高一时，唐漾喜欢看乱七八糟的故事，蒋时延上课上得无聊，就听她讲。

卿卿我我的爱情故事听腻了，唐漾就给他讲奇闻逸事。

比如，灵异故事。比如，某个偏远农村有个人被疯狗咬了，没打疫苗，狂犬病的潜伏期是二十年，然后等病发时，那个人在家疯狂地咬东西，眼睛猩红，见到什么咬什么。家里人把他锁在房间里，结果他用头撞墙，用嘴啃墙，最后吃穿了一面墙，暴毙。

夜风徐徐，蒋时延点了根烟，回忆唐漾当时的描述。

他心情躁乱，情绪不可控。就像在一休办公室的那个下午，他听到她和周默要约饭；就像在老宅的那个晚上，她喋喋不休地说她要和别人相亲，要和别人结婚；就像刚刚在她房间，她明明什么都没说，什么都没做……

如果刚刚那次可以归结为成年男女的生理躁动，那之前那些呢？听到甘一鸣给她打电话，看到甘一鸣碰她，他根本就压抑不住，便动了手……

蒋时延半眯着眼，吸一口烟，然后拨通了冯蔚然的电话，开口语气平静："你们 TAXI 那家最好的，就是什么全国首家构建了病历图谱的医院，周末上班吗？"

那可是治疑难病症的地儿啊。

"上。"冯蔚然声音都变了，"延哥，你怎么了？"

蒋时延淡淡地说："那我明天去打一针狂犬疫苗。"

"被狗咬了？"冯蔚然松一口气，"打疫苗好像要二十四小时内，怎么这么晚打电话？你什么时候被咬的，有什么症状？"

蒋时延不着痕迹地皱了眉："没有被咬，就是和一条疯狗对视过，然后现在不太能控制住手脚，也不太能控制眼睛，情绪波动很大，有点儿像狂犬病。"明明以前他和唐漾之间不是这样的，明明以前面对"小花""大花"，他也可以很理智。

这话显得没什么说服力，蒋时延补充道："我当时离那条疯狗特别近，不是说很多病毒打个喷嚏就能传播吗？"

您这哪儿是传播？您这分明是甩锅。

冯蔚然知道蒋亚男今晚和哪些人在一起，他啧一声："延哥，我可以很负责地告诉你，你可能是和常心怡对视了一眼。"然后意难平，这句话他没说。

"关常心怡什么事儿？"蒋时延觉得莫名其妙，"狗是唐漾回来第一周我和她去南津街就遇到的，而且之后好多次都这样……"他不知道该怎么形容。

冯蔚然不想和白痴废话，问："你喜欢常心怡吗？"

蒋时延："以前喜欢过吧。"

冯蔚然又问："你喜欢你那个前女友吗？"

蒋时延已经不太记得了："以前喜欢过吧。"

"前面都是铺垫和废话，"冯蔚然直截了当地说，"你喜欢唐漾。"

烟头抖下一缕烟灰。蒋时延缓缓地吐烟圈："我记得我们以前说过这个问题——"

冯蔚然压制语速："那你能接受漾哥在别的男人面前醉酒，被别的男人送回家吗？你知道男人都是下半身动物，说不定那人还趁着漾哥喝醉了半推半就亲一下，亲两下，亲着亲着——"

烟掉下 28 楼，坠入湿润的草地。蒋时延喉咙发紧，挂断电话。

回到卧室，他坐在地上，安安静静地看了唐漾许久，然后去了厨房，再然后，随手找了条毛毯，披着窝到唐漾床旁的小沙发上。

唐漾做了一个梦。她梦见蒋时延把自己送回家，自己给他上药，男人的肌肉紧绷而美好，自己上着上着药，忽然鬼迷心窍，拽着他的衣领胡乱吻他。

他很为难，但终究血气方刚，没抵过自己的软磨硬泡。

两人纠缠一路，去了卧室，她脱了他的西服外套，然后脱他的衬衫。

两个人都很急，可越是急越是脱不掉，她卡在他衬衫第二颗纽扣的位置，反复牵扯，反复纠缠，轻轻重重抵死缠绵，就像衬衫扯落之后……梦的后半段一样。

蒋时延昨晚忘了拉窗帘，唐漾被早晨的第一缕阳光唤醒。她身上的痛是真的，脑袋重是真的，但也是在睁眼之后她意识到这是一个梦。

她的外套和袜子脱了，妆卸得七七八八，而梦里的男人此刻正窝在沙发上，本分得不像话。

沙发很短，一米五。蒋时延很高，一米八八。他的腿难受地收在身前，薄毯盖住了他精致的下半张脸。

很多人愿意用气质高于长相来形容高级感，但不可否认，长得好看的人气质大多出众。蒋时延的脸形立体，眼角狭长，他勾唇时，常有眼带桃花的意味，吊儿郎当一说话，又是玩世不恭的姿态。

高中之后，唐漾就鲜少见他的睡颜，他睡着也是面如白玉，鼻梁挺拔，两扇又长又密的睫毛柔软地覆在眼窝上，阳光顺着他的睫毛落下，他的睫毛轻轻地颤动，唐漾半靠着床头，心口微微痒。

大概是唐漾的目光太炙热，大概也是这样的睡姿太磨人，没一会儿，蒋时延的眼皮动了动，睁开眼，唐漾的眼神没来得及躲，撞了个结结实实。

“你醒了？”蒋时延没注意。

“嗯。”唐漾应一声，心虚地躲开目光。

蒋时延揉揉眼睛坐起来，一边叠毯子，一边微哑着嗓音道：“锅里给你熬了小米粥，你眯一会儿起来估计刚好，醒酒药在茶几上，记得吃。”说着，他打了个哈欠，下地找拖鞋，“我太困了，我要先回去了。”

唐漾看他走路都走不稳，哪儿还有半分浮想联翩的心思？她一边暗骂自己，一边不好意思道：“我昨晚应该没闹很久吧，我醉了会困……你几点睡的啊？”

蒋时延：“三点多吧，五点多起了一次。”

唐漾下床：“要不然你在我床上睡一下吧。”

蒋时延：“别，我想回去洗个澡。”

唐漾：“我送你。”

蒋时延扬扬手机：“我给助理发短信了。”

两人一起出卧室，唐漾送他到电梯口，耳后微红着：“昨晚，那个……谢谢你。”

蒋时延本来要进电梯，听到这话，他俯身偏头，俊脸和噙着笑意的低音忽然而至：“要怎么谢啊？”

“哈？”唐漾就是说个顺嘴话，结果撞上他满眼温柔和认真，登时红了耳根，愧疚得舌头都捋不清，“你……你想让我怎么谢啊……”

昨晚舔我手指的时候不是挺灵活的吗?

蒋时延心里发笑，不逗她了，他伸手轻捏一下她的耳垂，又揉了揉她的头发，第无数次打哈欠:“再说。”

长得高就了不起，可以又摸又挠吗？可以。

“那你路上注意安全。”唐漾小声叮咛着，耳朵顿时红透了。

“那你进门注意安全。”蒋时延学她。

奇怪的是，唐漾没有回撑，反而分外愧疚地点了点头。蒋时延瞧她难得乖顺，一颗心软得不成样子。

电梯门徐徐合上。

电梯里，蒋时延暗笑，要是她知道自己昨晚偷偷亲了她，是会吓到奓毛，大声呵斥他哪儿来的胆子，还是气冲冲地扑上来挠他?

电梯外，唐漾拖着沉重的步伐进门，关门，然后蓦地蹲到地上，懊恼得直抓头发。

蒋时延送你回家，给你熬粥，给你脱外套、脱袜子，睡沙发，人家拿你当兄弟，一丁点儿邪念都没有。唐漾，你在想些什么，怎么可以，可以……

可她转念一想，梦又不是自己可以控制的，梦不代表本人，梦和现实相反。

老祖宗一句“食色，性也”如山压顶，她唐漾一介凡人，加之过年长胖到九十九斤，想躲也躲不过啊……

蒋时延很少彻夜不归，大早上叫自己去接这种事儿还是头一遭。助理见他这副模样，略有担心，路过医院时，问:“要去看看吗？”

蒋时延:“不用。”

“可我看你——”助理犹豫。

蒋时延半合着眼:“要死了？”

助理噤声。

蒋时延又问:“你觉得唐漾会舍得让我死吗？”

助理完全不敢说话。

蒋时延双臂舒展地瘫在后座，他不知想到什么，眼神闪了闪，嘴角的笑意勾得懒散又得意:“她舍不得。”

“……”

蒋时延的笑意愈深，薄唇一字一顿道:“但她会……像昨晚一样磨人地磨死我……”

他话说得沉声静气，可眼尾勾着若有若无的缱绻……

助理好像听了一场云雨般，后背发紧，将油门踩到底冲过医院。

医院住院大楼，某个单间病房内安静得可以听见楼下的车水马龙。病房里有一床一桌一人，小方桌上摆着几份档案和一个蓝色曲奇盒。

周自省打着点滴，一边翻一份档案，一边从曲奇盒里拿葡萄干吃："唐漾是主动申请调回 A 市的？不是轮岗？"

"不是，我问过，"秘书道，"B 市信审处当时也有空缺，但唐副处是 A 市人，所以我想可能是因为方便照顾父母。"

"你我又不是唐漾。"周自省笑笑，换了另一份档案。

秘书瞧着周自省的动作，眼神闪了闪。他朝门外看了一眼，确定门锁好了，这才上前一步，低声道："甘处请了半个月假，说出了荨麻疹。"

"昨晚甘一鸣给我打了电话请假。"周自省道。

"可我刚刚路过急诊，看到甘处在……"秘书附在周自省耳边低语几句。

周自省噗地笑出声，随即收住，淡淡道："包扎几个伤口算什么，就他做的那些腌臜事儿，即便有人把他扒光了绑在公交车上绕城一圈也不足为过。"不过，这样的可能性几乎为零。首先，公交车并没有做错什么；其次，谁让他有那么厉害的老丈人呢。

秘书想笑又没笑。

"对了，"周自省想到什么，"联系碧水湾，报我的名字，把蒋时延和甘一鸣在阳台一起看风景的监控视频删掉。"

秘书记下："需要知会蒋总一声吗？"毕竟算个人情。

周自省道："施恩都是为了图报就没意思了。"

秘书自觉失言。

两人又说了好一会儿话，太阳出来，窗外却吹着点儿风。

"阿默还是不接我电话吗？"周自省脸上难得出现类似长辈的慈爱。

一个答案显而易见的问题，秘书没吭声。

周自省叹了口气，视线落在其中一份档案的卷封处。证件照上，女子是讨人喜欢的恬美长相，唇边有笑，笑容温柔而坚定。

"你说，"周自省若有所思，"阿默会不会和蒋时延喜欢同一个人——"唐漾很像某个人，而阿默喜欢唐漾就像喜欢最好的阳光。

唐漾完全不知道自己被行长在背后这么亲切地慰问过。

她本以为自己会有一个休养生息的周末，结果范琳琅一个电话通知，早上还穿着睡衣、喝着小白粥准备在家窝一天的唐漾，下午就穿着西装、衬裙站到了汇商顶楼的办公室。

周自省也是经济学出身，业务能力强，为人和蔼，作风简朴，属于在整个汇商都有口皆碑的人物。

唐漾进门，恭谨地唤："周行。"

"坐，别客气。"

唐漾坐到一旁的沙发上，周自省过来给她倒茶。唐漾不好意思地推托，周自省把纸杯推到她面前，温和地问："唐副处知道甘处请假的事儿了吧？"

唐漾应道："知道。"

周自省道："你来分行之后绩效不错，南津街张志兰那个案子也处理得很漂亮，转挂社保，缩减贷款金额，然后重新提交资料，批下。"

他表扬得相当走心，唐漾心里生出一种被认可的熨帖。

察觉到唐漾的微表情，周自省又道："然后分行这边希望提拔你做代理处长，通知到了吗？"

唐漾诧异一下，随后道："我会抓紧时间熟悉甘处的工作和流程，争取尽快进入状态。"

"其实今天找你过来还有一件更重要的事儿，"周自省给秘书递了个眼色，秘书把资料递过来，周自省道，"九江和汇商合作十几年了，他们每年贷款进件，信审处这边都会成立专案组跟进。"

唐漾表示知道，专案组正在组织中，不出意外，甘一鸣应该是组长，她是副组长。

周自省道："如果唐副处没有问题，我和其他几位行长希望唐副处能挑起这个案子。"他顿了顿，"我的意思是，即便甘一鸣回来，信审处处长的位子交还给他，这个项目的组长仍旧是你。"主要负责人，也是负主要责任。

接下来，周自省又夸了唐漾几句，唐漾面上平淡，心里却如坐针毡。

快到饭点了，她微笑着告辞离开。

如果之前周默没有约唐漾吃饭，加上九江在汇商贷了十几年，上面肯定会照顾一些，唐漾觉得这是一份加官晋爵的美差。可周默在滋味阁说的那些话表明，九江这个案子明显需要人为取巧，自己明明拒绝了周默，行长为什么还要钦点自己负责？

出楼时，黄昏的风裹着寒意，朝她扑面卷来。

傍晚六点，夕阳流光溢彩洒了一车。唐漾坐在驾驶座上，左思右想。她并没有想蒋时延，只觉得唯一一个不在同一领域但又可以和她讨论这个问题的人只有蒋时延。

理由充分了，唐漾的微信发得顺理成章。

ty:“出来吃饭吗？我还饿着。”

十分钟过去了，蒋时延没回。

ty:“遇到了一件事儿，想和你说说。”

又过了十分钟，蒋时延还没回复。

唐漾接着敲手机——你在做什么啊，难道我昨晚真的很过分吗，明明今早走的时候还好好的，怎么突然不回复了……

他以前不都是会马上回自己吗？等等，人家马上回是脾气好，人家并没有义务马上回啊，孤男寡女一晚上什么都没发生，意思难道还不明显？

想到这里，唐漾扯扯嘴角，逐字删掉输入栏里还没发出去的话。她浑身的力气也随着越来越短的字条被抽出，删完最后一个字，她整个人伏在方向盘上，宛如一棵被晒蔫了的小白菜。

唐漾默念：“蒋时延是朋友，又不是男朋友。蒋时延是朋友，又不是男朋友。蒋时延是男朋友，又不是朋友……”

唐副处倏地推开车门，攥着 U 盘，风驰电掣地去往办公室。

路遇值班的同事偏头问，唐漾高跟鞋踩得嗒嗒嗒响：“资料忘了拿。”

同事们纷纷表示唐副处敬业。

唐副处回到办公室，打开电脑插上 U 盘，格外具有精英范儿地下载了一首世界名曲——《清心咒》。

唐漾以为蒋时延待会儿会回，即便补觉也该补好了。但她没想到，蒋时延这个待会儿持续到了第二天。

第6章
笨拙

“别人又不是你，我只相信你啊。”

蒋时延之前忙了一周，从唐漾那儿回去后，他倒头就睡，一觉就从周六中午睡到周日早上。手机早就没电了。

他起床冲了个澡，刚换上衣服，还没找到充电器，助理就敲门叫他去公司处理几个加急的案子。

蒋时延前脚刚到办公室，后脚，程斯然就带着硬盘推门进来：“你还记得年前那个视频吗？就是漾姐和周默，滋味阁，曲奇。”他提醒关键词，“我们在直播间录的视频，后来做的复原。”

“嗯，”蒋时延说，“她告诉我了啊。”所以他没再看，就只留了个底。

蒋时延看着程斯然，欲言又止：“你怎么一副被噩梦支配的表情？”

程斯然不想和他多说，接好硬盘，几下点开存储内容：“滋味阁旁边有一家悠然居分店，悠然居外面装的都是360度无死角监控，开年我去那家店抽查监控，那个经理献宝说看到我了，你猜我看到什么了？”

蒋时延看着他。

程斯然点到视频文件，按了快进。

只见屏幕中，周默上了一辆黑色轿车，车上还坐了四个男人，周默坐在后排中间，车辆驶到一个路口停下。然后蒋时延和唐漾拥抱，蒋时延上了唐漾的车，唐漾驾车离开。

程斯然把镜头朝后拉一点儿。

周默坐在黑色轿车里吃曲奇。周默把黑金卡和车钥匙收到了自己的公文包。周默拨了一个电话，好像在汇报情况，监控离得太远，只能看到模糊的口型。

蒋时延的眸色黯了些许，他把周默说话那段视频截了，拖进一个软件。

程斯然说：“我帮你拿去TAXI那边做了唇语识别。”他说的话和蒋时延电脑上显示的结果一字不差，“告诉魏总，就说滋味阁的鸡汤唐副处很爱喝，点心，她也收下了。”

点心，她也收下了？！

程斯然说：“我不知道该不该跟唐漾说，但我肯定得跟你说。”

蒋时延没出声，他从抽屉里拿了颗牛奶糖扔给程斯然，自己也撕了一颗，慢慢嚼着道：“周自省膝下无子，和两个人关系最近，一个是他的秘书许可，一个是他的侄子周默。”他坐在转椅上，漫不经心道，“周默以前在交大就是经济学院的风云人物，在汇商也是前途大好。结果去年六月，忽然就离职了，和亲叔叔也决裂了。”

程斯然斜倚在办公桌桌角，舌头轻舔牙缝的糖：“昨儿和我玩的那几个哥们儿有认识周默的，说他是走一步看三步的人，一辆车、一张卡说少不少，说多不多，他真那么厉害的话，想中饱私囊的可能性就不大，所以——”

“把监控视频传给我，谢了。”蒋时延忽然道。

程斯然：“告诉漾姐吗？”

蒋时延：“看情况。”

程斯然：“漾姐做事是稳的，我觉得可以说。”

这次，蒋时延没接话。

沉默好一会儿，蒋时延抬眸。他懒洋洋地望着屏幕，半是玩笑半是认真道：“比起她知不知道，我更在乎，在我能庇荫的范围内不能有人动她。”

蒋时延这人怕麻烦，因为怕麻烦，甚至给人留下过随和的印象。

他鲜少表露出计较和在意的态度，除了两次。一次是唐漾第一次和同事在悠然居聚餐，不知是偶然还是意外，别人把她的座位留在了甘一鸣座位旁。一次是唐漾自己不知道，她被周默一句“点心，她也收下了”摆了一道。都是关于唐漾……

程斯然愣了片刻，哧地笑出声。

蒋时延自然听懂了她笑里的意味，却没再否认，只是伸脚一踹：“滚。”

程斯然走后，偌大的办公室只剩蒋时延一人。

他保存了监控文件，然后搜索周默的详细资料。从交大优秀毕业生看到一中优秀毕业生，他看到周默照片上每一处一中的背景，都可以想到和自己一起走过那些地方的某人。

冯蔚然第一次提出“是不是喜欢唐漾”时，蒋时延的内心是否认的。原因很简单——他是一个相信一见钟情多过日久生情的人，比如常心怡，比如高二暗恋的学姐，比如台湾的女友，都如出一辙地和唐漾迥然不同。

承认喜欢唐漾，承认喜欢一个陪在他身边很久很久的人，无异于承认他蒋时延过去十几年就是个傻帽儿。所以他曾经很排斥，排斥地说太熟，排斥地矢口否认，排斥地挂了电话，排斥地……

蒋时延顺着一中优秀毕业生的名单点出常心怡的照片，朝上一届，搜到学姐的照片，再搜台大，找到台湾女友的照片。最后，他从一个本地隐藏文件夹里翻出唐漾博士毕业戴帽仪式的照片。

四个框，四个人。

常心怡很漂亮，是所有男孩子都喜欢的漂亮。学姐很漂亮，是所有男孩子都喜欢的漂亮。台湾女友也很漂亮，是所有男孩子都喜欢的漂亮。她们都是杏眼、罥烟眉，性子温柔似水。

而某人呢?

唐漾一直是别人家的孩子，上进而优秀。高中时她大大咧咧，被人叫漾哥，一边当老师的乖乖班委，一边包庇他的游戏机；一边骂他蠢，骂他笨，一边用笔戳着他的脑门给他讲题。大学时，她年年拿奖学金，说话做事稳重、笃定。背着人时，她经常对他发小脾气，撑他，嘲讽他，还喜欢双脚跳起来踩他。

对对对，就是照片上这样的笑。

蒋时延想看另外三个人，眼睛却总是不听使唤地看唐漾。她撑他时会笑，嘲讽他时也会笑，踩他时笑得尤其灿烂，就和照片上一样，眉眼弯弯像月牙……

啊……蒋时延瘫在转椅上，双手捂住眼睛，不能再看了。

手遮住了唐漾的笑，他长舒一口气，呼——

一休顶楼这把转椅皮质结实，金属锃亮，瘫在上面的男人西服合身，身姿卓越。

他面前的屏幕上只留了一张女孩子的照片，博士服，博士帽，笑容清澈。他以一种慵懒的姿态双手捂眼睛，不想看了，不想看了，不能再看她了……

他的心跳好像平缓了些。

一片安静中，落地钟嘀嗒嘀嗒地响。

蒋时延捂着捂着，左手无名指和中指之间悄然打开了一条缝隙。

他在办公室逗留的空当儿，助理把手机给他送了过来，道:“程总提醒您周五聚餐。”

蒋时延随口应下，一边敲太阳穴，一边开机。

助理又和他说了三月份的安排，然后退出办公室。

蒋时延连上网，看到微信置顶的两条消息，又抬腕瞥了一眼表，十点整，他直接回了一个电话过去。

唐漾昨晚和蒋亚男几个人玩游戏玩晚了，早上睡得正香，床头响起嗡嗡嗡的声音。她扯过被子蒙住脑袋，可振动音就像催命符般挥之不去。

一秒、两秒、三秒，唐漾深呼吸，从被窝里探了只手出去，眯眼看到备注为“蒋时延”，她微哑的嗓音带点儿不耐烦：“喂。”

“我昨天回去一觉睡到了今儿早上，”蒋时延先解释，然后问，“所以你昨晚吃饭了吗？”他嗓音低沉，含着熨帖的笑意。

唐漾心里那股烦躁忽然消散了些。

“嗯。”她声若蚊蚋，小脸皱巴着，“你都不关心一下是什么事儿吗？”她的尾音带着儿化音，瓮声瓮气，绵绵软软。

蒋时延的喉咙动了动，他耐心道：“什么事儿啊？”

唐漾没出声，蒋时延就安静地等着。

几秒后，唐漾打了一个秀气的哈欠，慢条斯理地跟他说自己现在成了“唐处”以及她不太懂周自省把九江集团临江城那个贷款案给自己的意思。是周自省也没收曲奇，然后知道她也没收，周自省赏识她，干干净净、公事公办，还是周自省收了，不知道她收没收，误打误撞给了她？

蒋时延听着，目光深了些许。

他没跟唐漾说周自省和周默是亲叔侄的关系，也没说周默跟魏总说她收了“曲奇”。他道：“如果安排是误打误撞，周自省不会在行长的位子坐几十年。”

“可我不收‘曲奇’有一个概率，周自省不收‘曲奇’也有一个概率。信审处优秀员工有五个，还有一个总在外面飞的秦月也是副处级别，所以周自省赏识我不赏识秦月还有一个概率。三个概率本来都够小了，还要同时撞在一起——”唐漾的脑子像装了团糨糊一样，理不清，她索性懒得理，揉了两下鼻尖，道，“我准备把九江这个案子朝后压一压，很多隐藏的东西大概会慢慢出来。”

蒋时延不着痕迹地拧了眉：“这些想法你不要跟别人说。”几十亿的商圈贷款案背后不知道牵扯了多少利益关系，她就这么轻描淡写地说朝后压。

大概意识到自己刚刚那句话语气略重，蒋时延解释说：“甘一鸣请了假，你又正巧遇上这个案子，你处在这个位置……说话做事会很敏感，也很危险。”

“我跟别人说什么？”唐漾觉得莫名其妙。

蒋时延：“……”

唐漾理所当然地接着说：“别人又不是你，我只相信你啊。”

隔着手机听筒，蒋时延都能想象出她微微蹙着的眉毛，带着不满、抱怨。她没睡醒，鼻尖大抵是红的。

蒋时延的心尖如同垂了根羽毛似的痒，他很想伸手揉揉她的鼻尖。

接下来几天，唐漾真的以一种肉眼不可察的速度放慢了工作节奏。

之前，蒋时延一天没回她消息，她本来有点儿脾气，可听到蒋时延第一句就问她吃饭没，她好像什么脾气都没了。

她看到什么好玩的就分享给蒋时延，比如外卖小哥进厨房炒菜的新闻。

蒋时延发现什么有趣，也分享给她。比如在《遗珠》预告片准备阶段工作人员剪的花絮里，张志兰家两个小孩被导演撺掇着念绕口令，小的闵林分不清“娜可露露拿不拿蓝”，纠结出两道稚嫩的波浪眉。

工作了一天，唐漾在家敷完面膜正喝着牛奶，点开蒋时延发的动图，她噗的一下把牛奶喷到了手机屏幕上。她手忙脚乱地擦完。

ty:“还有吗？还有吗！终于发现了你贵为一休扛把子至高无上的地位。”

蒋时延难得被唐漾夸一次，心里美滋滋的，面上故作淡定。

t$efvbhu&:“嗯？”

唐漾想也没想。

ty:“给我发第一手表情包！”

蒋时延一口气噎在喉咙。

t$efvbhu&:“你知道天是怎么聊死的吗？”

唐漾后知后觉意识到自己说了什么，也不急。她慢条斯理地再喝一口牛奶润了喉咙，然后用平板翻出蒋时延最近的几条热搜，按下语音，用温软又认真的语气开始念:“二十八岁坐拥百亿帝国，走进一休创始人的传奇世界。

“记者碰到蒋时延是在电视台节目备案中心，蒋总与王主任在商谈《遗珠》案题。当天有小雨，蒋总穿一件藏青色针织衫、深色牛仔裤，踩一双马丁靴，戴一副平光镜，笑容温和、谦雅……”

这篇文章上热搜时，助理跟蒋时延吐槽过文笔烂得似小学生水平。

蒋大佬瞟一眼，心情复杂:“很多小学生也很厉害的。”他转手嫌弃地撤了热搜。

这时，他听唐漾一句一句朗读课文般念出来，一句一句夸过来……如果名不副实，他会觉得羞耻，可这文笔烂归烂，但每个字写的都是他本人。

蒋时延听着，只感觉心里放了台制棉花糖机，又是呜呜呜地震动，又是冒甜丝丝的烟，烟雾丝丝缕缕地漫到四肢百骸，一种又软又飘如夏日傍晚的融融暖意充满全身……

唐漾念了几句，蒋时延哪儿还有闷气？他也按住语音："好啦，好啦，你快睡，明天还要上班，要不然起不来。"

唐漾知道他被哄好了。

ty："那我睡了？"

t$efvbhu&："晚安。"

ty："晚安。"

t$efvbhu&："安。"

每次蒋时延说了"晚安"，唐漾回个"晚安"，他还会再回一个"安"。

唐漾想起这茬儿，觉得好笑地又按了语音："你有强迫症吗？一直这样。"

"一点点吧，"蒋时延放轻了声音，"只是不想让你下次找我说话的时候看到的是你自己说的话。"会有一些失落，他体会过，所以不想让她体会到。

唐漾想想，好像真的是这样，每次自己想找他，看到的都是他说的话。一股暖流不自知地从心里淌出来，淌着淌着，她余光瞥到平板上"温和、谦雅"四个字，笑意缓缓地停在了原处。她沉默了好一会儿。

唐漾心里揣着个疙瘩，面上状似无意："蒋总对所有人都这么周到吗？"她咀嚼着"温和、谦雅"四个字。

这次，轮到蒋时延没了声音。

又过了好一会儿，"你说呢？"他的声音压得极低，一半是无奈，一半是笑。

两人再道"晚安"后，唐漾点开这句话。

"你说呢？你说呢？你说呢？"她把这句话反反复复听了好几遍，听得耳根子又红又烫，最后，端起牛奶一饮而尽。

唐漾咂咂嘴。牛奶改版了？怎么有点儿甜？她翻到牛奶盒侧面，配料表上只有生牛乳，没有甜味剂啊……

唐漾抿了抿唇，这就有点儿奇怪了吧。

周三熬过去，周四、周五就很快了。

唐漾坚持两周没回爹妈家，感恩难吃的外卖，让她的体重从年后的直逼三位数降到了九十斤。

周五下午，唐漾本想用白水煮萝卜为自己两周的减肥生涯画上圆满的句号，结果蒋时延来了电话，说程斯然组了个局，让自己和他一起去。

唐漾为难："你们几个玩得那么熟，我都没见过几次，我去不太好吧？"

蒋时延道："这局大，有程斯然一个新朋友，九江的法律顾问秦皎，你不是要忙九江的案子嘛，所以——"

唐漾被戳了心坎，开始犹豫。

"没关系，人真的多，就是去程斯然那个度假山庄，吃满汉全席，吃烧烤，然后玩两天，周日下午回来。你收拾两件贴身衣服就行，"蒋时延换了种语气，"程斯然请了你的，我半个小时后到你家楼下，行吗？"

这下，唐漾再没有理由拒绝。

悠然居度假山庄是为了平碧水湾一家独大的局面而建的，依山傍水，风光绮丽，在三环边上，开车要一个小时。

唐漾和蒋时延到的时候已经晚上七点，天黑透了。

程斯然给两人分了个标间，两人以前大学时出去玩也这样住过，到地方，很自然地把东西放到了一起，然后去吃饭的厅。

走到门廊，唐漾想去厕所。

蒋时延给她指了指包厢号："记住是1001，不要走错了，要是你待会儿出来忘了就给我打电话。"

唐漾："我又不是白痴。"

蒋时延觉得好笑，等她从包里把纸拿出来，这才拎着她的包进门。

程斯然说请吃满汉全席，那一定是108道大菜的满汉全席，十米长的木环桌堆得琳琅满目。他推开门，一屋子男男女女。

瞧着蒋时延一个人进来，程斯然骂了句"垃圾"，吐了烟头，起身迎上来："带家属，带家属，带家属了吗？"

"没。"蒋时延见一旁的冯蔚然点了根烟，顺手从他指间拿了，叼在自己嘴里，"带了唐漾。"

程斯然挑眉："好意思进？"

"为什么不好意思？"蒋时延理直气壮，"我带的是喜欢的人啊。"

在场十几对，有老公老婆、男女朋友，也有女伴关系，蒋大佬这句话显得分外纯情。

程斯然"哎哟"一声，笑得不行："不知道是谁以前给我打电话，让我照顾一个矮子，我说是暗恋对象，那人还差点儿把我挤对成一个手抓饼。什么不可能，什么不可能，蒋时延，你现在脸肿得就像一条狗。”

一米八八的蒋大佬毫不害臊：“狗就狗，”他将嘴里的烟抖了抖，一只手拎着“唐处长”小巧的坤包，一只手摘下程斯然挂在下巴上的墨镜，啧了一下，“可我好歹有喜欢的人啊。”他用眼镜腿一下一下点着程斯然的心口，笑得轻蔑又挑衅，一字一顿道，“你有吗？啊，你有吗？”

就在这时，咔嗒一声脆响，门再次被推开。

“好热闹啊，你们在说什么有没有啊？”唐漾轻轻地做擦手状，笑吟吟地走进来。

众目睽睽下，蒋大佬前一秒还得意地要上天，这一秒，清了清嗓子，又㞞又温柔地对唐漾道：“在说你可爱。”

他把唐漾带到身前，毫不心虚地跟大家介绍：“这是我哥们儿，唐漾。”

唐漾没听到他之前说什么，用眼神瞋他：别把“可爱”挂在嘴边，都是职场人士了。

蒋时延不置可否地笑。

他介绍的人，大家不能不重视，坐在最边上的沈传撑场子，率先朝唐漾点头：“漾姐，好久不见。”

唐漾回：“好久不见。”

然后几个微博刷出来的“小花旦”和唐漾抱了一下。再然后是九江集团的法律顾问秦皎——一个高挑、干练的女人，戴着耳钉，留着小平头。

唐漾觉得眼熟：“您是不是有弟弟妹妹啊？我感觉见过——”

“我妹妹秦月，汇商信审处副处，就在唐处隔壁办公室，不过，她好像一直在出差，也不知道是真出差还是假出差。”秦皎道。

“哦，”唐漾恍然，笑道，“是真出差。”她和秦月照面不多，但对彼此印象都很好，这时见到秦皎，也觉得亲切。

“叫我唐漾就好啦，”唐漾自黑，“总感觉‘唐处’这个称呼带着味道。”

众人捧腹大笑。

唐漾风平浪静地走一圈，还剩最后一个做东的没寒暄。

蒋时延已经把唐漾的椅子给她拉了出来，唐漾端了座位上的一杯茶，朝程斯然举杯。

程斯然朝唐漾回举，用聊天气的清淡口吻道：“蒋时延刚刚说他喜欢你。”

此话一出，唐漾举杯的动作和唇边的笑意一起停在原处。

蒋时延瞥了程斯然一眼，众人纷纷在心里为程家这个小少爷点蜡烛。

忽然而至的安静中，蒋时延正想开口给唐漾解围，唐漾又重新笑了起来：“刚刚他还夸我可爱，他喜欢我不是很正常吗？”

程斯然啧啧两声，不留退路：“那你喜欢他吗？”

唐漾毫不犹豫：“当然喜欢啊。”

唐漾这干脆利落的态度赢得了不少好感，秦皎和程斯然起哄：“抱一个，抱一个。”

唐漾也不拖泥带水，转过身，弯着眉眼，朝蒋时延伸手。

知道她是在为自己撑面子，但蒋时延的耳根还是红了红。

“也就你好脾气，任他们闹。”蒋时延低声在她耳边说着，抱了她一下。

唐漾做出一个回抱的动作。她嗅着蒋时延身上熟悉的木质香，舔了舔唇。

唐漾微垂下眼帘，才发现自己紧张得连杯子都忘了放……

之后有人敬酒，蒋时延和唐漾都喝得少。

别人走来走去推杯换盏，蒋时延就坐在唐漾旁边。唐漾不好意思夹远处的菜，蒋时延一瞅准机会就把她喜欢吃的转过来，给她递纸巾，给她剥虾、挑虾线，还仔细蘸了酱。

唐漾有包袱，仍旧吃得少。

蒋时延知道她七点才吃晚饭，肯定还没饱，索性用自己的筷子给她夹。

平常唐漾不在的局，蒋时延就和程斯然几个人喝酒、打牌、荤话连篇，偶尔有妹子敬酒，蒋总一饮而尽，但笑意不达眼底。

今天蒋时延一来就和程斯然“喜欢不喜欢”地闹了一波，这时，他不和几个大佬玩，反而一脸自得地给唐漾布菜斟水，明明出了名地洁癖，还用自己的筷子给唐漾夹菜……

大家不由得多看了两人几眼。

唐漾脸皮薄，在桌下用胳膊肘悄悄捣他的腰，这人知不知道这样算间接接吻啊，也不避讳一下。

蒋时延假装没感觉。

他再给唐漾夹过去，唐漾脸热归脸热，但还是乖乖地吃了。

酒过三巡，秦皎组织小姐姐们去泡温泉。

程斯然把唐漾任命为温泉小组副组长，唐漾也只能去了。

女人们一走，包厢里只剩一群大老爷们儿，喝酒的喝酒，打牌的打牌。

大家起哄让蒋时延点歌，他一副“我先唱就我先唱”的姿态，点了一首歌。

“苍茫的天涯是我的爱，绵延的青山脚下花正开……”蒋时延拿腔拿调地唱了一通，最后三个“最自在”吼得又土又浪，把大家都吼嗨了，他潇洒地捋了两把头发，功成身退，窝到角落打游戏。

程斯然在舞池里舞了一圈，缩到蒋时延身旁。

吊顶上五光十色的灯光伴着节奏放肆地旋转，明灭变换间，给角落留下一隅私密的空间。

“是不是觉得听她说了喜欢比她不说喜欢还难受？”程斯然戳了戳他的胳膊。

唐漾明显是给自己面子，可谁要她给面子啊？蒋时延心里叹了口气，面色如常：“还好啊，她总是为我着想。”

他手上飞快地操作着躲枪子。程斯然一边观战，一边分析：“要换一般的喜欢人、追个人那就放心追，大不了分手了老死不相往来，但你和唐漾明显不可能，算你十四岁遇到她的话，今年二十八岁，刚好半辈子。你们俩的起点本来就比别人奇怪，而且漾姐明显不喜欢你啊，”他觉得唐漾抱蒋时延的样子不像动了心，他同情道，“所以你更得下些功夫。”

蒋时延没出声。

程斯然想了想，道：“那种熟着熟着忽然冷落一两天的套路在你俩身上肯定不管用。”因为会很自然地觉得对方在忙，“但万变不离其宗。”

程斯然看蒋时延的三个队友全部挂掉，他自己被一群人包围在高地。他的手搭着蒋时延的肩膀语重心长道：“嘘寒问暖必不可少，除此之外，你得经常在友谊的边缘试探，时不时过过界撩撩火，漾姐再理智、再清醒也终归是个妹子，你有空还可以去逛逛论坛、贴吧做好攻略。”

连狙六个，“十杀吃鸡”，蒋时延终于回归正常次元。他偏头问程斯然：“追人是用攻略追吗？”

程斯然倚仗自己十几段失败的感情经历，道：“虽然攻略翻车的多，但有用的也多。”

蒋时延露出一个极其蔑视的笑，然后，用手机缓缓地拂开程斯然搭在自己肩上的那只手，一字一顿道：“用——心——追。”说罢，他“嘁”一声，施施然起身。

程斯然吐血欲亡。

另一边，温泉池旁。

唐漾不喜欢硫黄的味道，没下去，裹着浴袍和秦皎在岸边喝茶。

唐漾以为秦皎帅成这样还单着，因为肉眼看上去她不像凡夫俗子能收服的。

“你这是在夸我吗？”秦皎觉得好笑，“我闺女都好大了，她很喜欢‘谢耳朵’，她也会弹特雷门琴。你下次去做客可以让她给你表演。”

“好啊。”

两人说话间，蒋亚男回来了，对唐漾道：“漾哥，今晚挨着我睡，可以吗？”

“怎么了？”唐漾看她之前还好好的，出去拿个饮料脸色就差了。

蒋亚男冷笑：“让某人冷静冷静。”

“嗯。”唐漾先应下，然后轻声问，“吵架了？”

蒋亚男：“他态度有问题，没意识到自己哪儿做错了，就会疯狂地甩锅，我说他一句他听着不就好了，他还要回一句。”她越说越气，“那他的意思就是我错，他没错了。”她气炸了。

唐漾一下一下帮她顺气：“你们为什么吵？”

蒋亚男：“就是因为……因为钥匙还是程程……忘了为什么吵，反正就是吵了。”

她极其嘴硬，唐漾依着她：“我东西还在房间里，我们住的地方离得远不远？那我现在回去拿？”

“上下层，你再泡会儿，我去帮你拿，顺便把冯蔚然的行李扔过去。”蒋亚男道。

“也行。”唐漾和蒋亚男交换了房间锁的密码。

蒋亚男是个行动派。

这边，她把冯蔚然黑色的行李包扔到唐漾的房间，把唐漾的黑色行李包拎着刚上一侧电梯，另一侧电梯门打开，提前撤退的蒋某人从里面出来。

他对程斯然撑归撑，却也觉得有些字眼戳到了心坎。

蒋时延一路思索着到门口，按下密码锁。进门后，他脱掉西服外套，解开衬衫最上面两颗纽扣，瘫在沙发上看了好一会儿手机，然后叫了一份夜宵。

夜宵送上来快十点了，唐漾还没回来。蒋时延也不急，洗了个漫长的澡，干干净净地出来，又吹了个头发，他站到镜子前。

男人脸如白玉，狭长的桃花眼里好似蒙着一层水雾。他赤脚踩在地毯上，腿极长，黑色浴袍在腰间松垮垮地系了个结，露出一片肌肉线条流畅的胸膛。

蒋时延把浴袍领口稍微拉低了些，但还是觉得哪里不对。他环视四周，视线落到一处。

他过去翻出香水，在领口和腕部喷了两下，又解开浴袍带子，以更宽松、诱人的方式系上，左看右看，这才满意。

夜宵点的是鲜虾培根比萨，唐漾很爱吃。蒋时延还特地嘱咐厨师多放一点儿芝士。

接下来的环节，蒋时延想得很清楚——

他听到外面有脚步声，就把红酒倒上。外面的人走近，他就把主灯关了，只留两盏夜灯。外面的人站在门口输密码，他就走到门边。

要双手抱臂吗？蒋时延试了试，没办法显出身材，他又换成斜倚墙面托脸的姿势，好像有点儿弱弱的。他左动右扭，最后选择了双手抱臂，再斜倚着墙。

然后唐漾推门，他要问什么呢？

“漾哥，你回来了？”“漾哥，玩得怎么样？”“漾哥，你怎么回这么晚？”……

这些不重要。

重要的是，唐漾说一个字，自己就捂住她的眼睛，抱着她轻巧又浪漫地转一个圈，然后把她搁到沙发上，放下捂她眼睛的手。

虽然漾哥不排斥自己的拥抱和亲近，但这样做肯定越过了友谊的边界。如果漾哥生气了，蒋时延想，自己就有无穷无尽的理由去哄她，她愿意让自己哄一天就一天，一年就一年，一辈子就一辈子；如果她没生气的话，自己就……等等。

蒋时延转念一想，如果她没生气，那是不是就说明……他喉咙咽了咽，还没有想明白，便听到外面传来人字拖曳地的声音。

他们的房间在最边上，所以一定是，是的。蒋时延飞快地倒好红酒。

脚步声停在门口。蒋时延啪啪地关掉主灯，打开壁灯。

外面响起嘀嘀按密码的声音。蒋时延站在镜子前把头发弄乱了些，飞也似的跨到门旁，倚墙站好了不动，又仿佛淡然自若。

融融的暖光笼罩在房内，玄关一片黑暗。

咔嗒一声，门被推开了。

“玩得怎么样？”蒋时延压低了嗓音问。

大概温泉泡久了，对方嗓子有点儿哑。

对方“啊”的疑问词刚发出来，小小的一团刚进门，蒋时延便捂住来人的眼睛，一把将他打横抱起。

冯蔚然被老婆撵去和大舅子睡。刚输了密码推开门就听见大舅子问话，他“啊”一声还没发完，便双脚腾空，陷入一个温暖的、有淡淡木质香的怀抱……他彻底蒙在当场。

光线实在昏暗。蒋时延抱起来人时，眉头不着痕迹地皱了皱。漾哥怕是有点儿重啊！

蒋时延被压得手抖，仍旧倔强又艰难地抱着来人转了个笨拙的圈，然后把人放到沙发所在的光亮里，累得呼吸略重：“漾——”看清来人，他没了声音。

冯蔚然不高，被蒋时延抱在怀里。从冯蔚然的角度，刚好可以看到男人修长的颈项，喉结起伏，视线朝下看，是浴袍修饰下半露的胸膛、隐约的人鱼线，空气中弥漫着他欲语还休的性感味道……当然，这得忽略掉男人凝滞的神色。

男人背后的桌上是红酒、夜宵。夜宵旁边，一朵不知道从哪儿变出来的粉玫瑰好似在冲人笑。

冯蔚然吞了吞口水，害怕地朝后缩：“延……延……延哥——”

一秒、两秒、三秒，蒋时延腾地直起身，捂住额头：“天啊！”他叉着腰，在房间里转来转去。

冯蔚然看他忍气，下一秒好像要炸掉的样子，心里明白个七八分。他弱弱地解释道：“我和亚男因为程程的一点儿事儿吵架了，她听说秦皎的女儿小学就会三门语言了，便想给程程请个老师学德语，不想让程程输在起跑线上。我觉得孩子年龄小，可以多玩两年。”

蒋时延深呼吸：“所以亚男就把你轰过来了？”

冯蔚然缩了缩脖子，有些委屈：“她说她不想看到我——”

蒋时延气不过：“你堂堂正正七尺，啊不，五尺男儿，亚男叫你朝东你就朝东，亚男叫你朝西你就朝西，亚男叫你过来你就滚过来。”他越说越气，“你有没有一点儿大男人的尊严和脸面！”

大舅子劈头盖脸一通说。

冯蔚然小声道：“你也知道亚男那脾气——”

蒋时延懒得和冯蔚然废话，他坐到冯蔚然对面，窸窸窣窣地戴起塑料手套开始动比萨。

比萨盒是铝箔材质，保温性极好。几乎是蒋时延一掀盖子，培根、虾仁和芝士的香味便混着热气弥散开来。

蒋时延的手指修长、白净，摁住比萨边缘，撕起其中一块时，暖黄喷香的芝士被连丝拔起，又长又绵软。

冯蔚然咽了咽口水。

蒋时延把那块比萨放进自己嘴里，以美食消气。

冯蔚然瞧着他吃的动作，第二次吞口水："延哥……我有点儿饿。"

蒋时延喝一口红酒："那就饿着。"

冯蔚然伸手想拿比萨，蒋时延不动声色地把盒子朝左边转。冯蔚然顺着他转的方向再探手，他又把盒子朝右转去。

冯蔚然晚上没吃饱，馋得不行，偏偏他一想拿，蒋时延就转开。

"延哥。"冯蔚然叫。

被叫的人假装听不到。

冯蔚然没办法，去端另一杯红酒。结果蒋时延手一晃，把红酒也端走了，就是不给他。

冯蔚然忍无可忍地站起来："好好好，你有大男人的尊严和脸面，你冲我摆什么脸色，你有本事你就冲到楼下去叫漾姐，说'唐漾，你和冯蔚然换回来，唐漾，我蒋时延喜欢你，唐漾，我蒋时延想和你在一起'，我二话不说，睡垃圾桶都行。"

蒋时延的动作停在原处。

冯蔚然指着门，哧地笑一声："你去啊，你倒是去啊。"

这次，轮到蒋大佬没了声音。

第二天的安排是草坪烧烤。

大家看天气："太阴了，会不会下雨？"

"下雨拉大棚就行，悠然居烤的兔腿和腊肠可是一绝。"程斯然说着，便组织大家做准备工作。

热热闹闹的草坪上，有人搭架子，有人挑菜。冯蔚然在向蒋亚男求和，蒋亚男嘴上说着不想理，面上却松动了些。

唐漾很会看人眼色，不动声色地离开。她去拿菜时，看到蒋时延站在边上数蚂蚁，脸色比阴天还忧郁。

"他们都开始选东西了，你怎么不去？"唐漾灵巧地从侧方蹦到他跟前，"你怎么啦？看上去心情不好。"

蒋时延被突然过来的身影吓得朝后避了避。看清来人，他面上有一闪而逝的不自然："没睡够。"

"那你要不要去补觉啊？"唐漾摇了摇手里的篮子，"我帮你拿菜，待会儿烤好了给你送过来。"

蒋时延咳了声："不用。"她可是厨艺黑洞，真要吃了她烤的东西，估计就真有事儿了。

唐漾也不为难他，朝前走了两步，想到什么，又倒回来，把篮子放在身旁，手伸进裤兜里摸啊摸。

蒋时延看她一脸专注，以为她要摸出个什么宝贝。

唐漾摸了好一会儿，仰头笑盈盈地望着他："摊手。"

蒋时延做好了迎接钻石的准备。

唐漾手握成拳，悬到他掌心。她把手放开，他手上多了一颗……大白兔奶糖。

"没有甜甜圈，就吃这个吧。"唐漾安慰他，声音软软的。

蒋时延迎着她一双满是认真的眸子，顿时失笑："你当我是你吗？"

"那你还给我啊。"唐漾作势去抢。

蒋时延飞快地剥下糖纸，把糖塞进嘴里，然后放慢速度，慢条斯理地把长方形的小蓝纸对折三次，放进自己的衬衫衣兜，朝唐漾露出一个"就不还，这下怎么还"的得意笑容。

这人几岁啊？

唐漾又好气又觉得好笑，推搡了他一把。

蒋时延随手从桌上拿了个兜，噙着笑意和她一起去往内厅挑菜。

早晨七八点，天边还有云。等到中午，云开雾散，早春暖融融的阳光透过叶隙落下。

几十个男女围坐成一圈，中间几个厨师不断地把菜烤好，端到旋转桌上。大家聊天的聊天，玩牌的玩牌，说说笑笑，好不惬意。

唐漾坐在蒋时延旁边，和蒋亚男几个人开黑玩游戏，蒋时延则和程斯然他们在斗地主。

桌上转了盘烤腊肠过来，程斯然嚷嚷着"让漾姐尝尝"，叫蒋时延递给唐漾。

"对二。"蒋时延嘴里叼着的草根抖了抖，他丢下两张牌。

唐漾关掉游戏，刚准备去端腊肠，便见蒋时延把盘子端到他自己身前，用牙签把里面的花椒挨个儿挑了出来，挑干净后，他顺手把盘子推给她，然后继续出牌。

自始至终，蒋时延都在和别人说话，没看唐漾一眼。他做这些事情就像呼吸，抑或本能，自然得让程斯然都没有发觉并起哄。

这一刻，好像一切都慢了下来。唐漾接过盘子，看到黑漆漆的花椒堆在一边，腊肠在一边。她挑了片腊肠，入口有熏香味、酒香味，鼻尖似乎还萦绕着一抹淡淡的木质香。

蒋时延的笑闹声一句句从耳边传来："大王，程斯然垃圾""冯蔚然菜得我都不想说""我就说术业有专攻。上次'干瞪眼'你们怎么虐的我，这次我原封不动地虐回来"……

旁人的回应和喧哗退去，独留四下风声，沙沙沙。

唐漾吃着挑干净花椒的腊肠，看着蒋时延举手投足，他似是朝自己望了一下。她飞快地别过脸，耳根早已烧得绯红。心跳怦怦怦，一下一下，她听得很清楚。

她告诉过自己无数次，蒋时延是哥们儿……可动心这件小事儿又怎么逃得过？

唐漾的心荡漾着，她轻轻地叹了一口气。

吃完烧烤后，蒋时延想问唐漾要不要把房间换回来，话还没出口，蒋亚男就挽着唐漾的胳膊走了。

蒋时延想撑蒋亚男，看唐漾被蒋亚男挽着在笑，只能和冯蔚然"相看两厌"地回了房间。

之前，蒋时延跟唐漾说的是周日下午就回去，一行人玩熟了，愣是拖到周日晚上吃过饭了才动身。

唐漾在房间收拾衣服，忽然接到唐妈妈的电话。

唐妈妈本想去看看女儿过得有多惨，结果发现她不在家。

唐漾："在悠然居这边玩了两天。"

唐妈妈不满："之前让你去相亲，你说年后，年后让你去，你又说忙，拖到三月份了，出去玩有时间，去相亲就没时间。"

换作以前，唐漾随口再约个时间也就罢了，可现在心里装着人，她无论如何都没办法开口。

"妈，"唐漾笑着，有些无奈，"你说，我都快三十岁了还幻想爱情，"她顿了顿，"是不是显得很愚蠢？"

对方沉默了好一阵。

“甘一鸣吗？”唐妈妈问。

唐漾没来得及回答——

唐妈妈心直口快道：“你们那个甘处长一看就不是什么好人，更别说他还有老婆，唐漾，我跟你讲，你要是喜欢甘一鸣，我就马上拿把剪刀冲过去，把你剪成‘唐秃子’，你信不信？！”

对掉发严重的“中年少女”来说，这个威胁很吓人。唐漾夙夙地摸了摸自己的头顶：“不是。”

“那，”唐妈妈思忖一阵，“宋璟？”

唐妈妈回忆宋璟照片上的样子，道：“那个小男生当初没长开就跟仙似的，现在不知道好看成什么样了。但你要注意，估计他眼睛是瞎的，以前你那么丑他喜欢你，后来你好看了怎么还分了？”她停了一会儿，“你要是喜欢他，我没什么话说，但我直觉认为那个宋璟城府挺深的，不适合你这种……‘傻白甜’。”

职场精英唐处长：“喵喵喵？”

唐处长还没来得及接话，唐妈妈“啊呀”一声：“我和蒋时延他妈约了广场舞，我先挂了。”

唐漾面无表情道：“别说脏话。”

唐妈妈嘟囔着“懒得和你贫”挂了电话。

同时，当当两下清脆的叩门声响起。

门虚掩着，蒋时延站在门口问唐漾：“你收拾好了吗？”

“你进来吧，马上。”唐漾关了手机，加快速度。

蒋时延进屋：“要我帮你吗，不是很早之前就进来收拾了吗？”

他站得有点儿近，唐漾紧张地屏了一下呼吸：“刚刚在和我妈通电话。”

蒋时延：“问你周末怎么没回家？”

唐漾看着蒋时延：“催我相亲。”

蒋时延的脸色立马变了。他胸口的火气堪比火箭的火药，但又怕自己吓到唐漾，他吸气、呼气，努力让自己看上去平静，甚至他还扯了扯嘴角，落在唐漾眼里，就是尴尬的皮笑肉不笑。

唐漾轻声道：“我没去。”

蒋时延心里的火药装配完毕，升到空中，愉快地放起了烟花。他“嗯”一声，面上仍是淡定。

唐漾也没话了。

蒋时延帮她检查有没有落下的东西。

待收拾完，蒋时延问:“昨天你说要开车，你开还是我开？”

“我开吧。”唐漾道。

蒋时延关门。

明明以前蒋时延也会帮自己关门，可唐漾看着他此刻关门，两个人从酒店的房间里出来，床还乱着，蒋时延关门……唐漾脸热了热。

门关好，蒋时延把两个行李包合到一只手拎，腾手给她摸钥匙。

走廊的灯光顺着他的眼帘落下，映衬出他的睫毛如扇，俊脸隐在半明半暗之间，加之以花纹繁复的地毯为背景，无端生出些旖旎之色来。

“蒋时延。”唐漾垂在身侧的手指抬了抬，她轻声唤他。

“嗯？”蒋时延把车钥匙递到她面前。

唐漾咬唇，声音也软软的:“你都不想知道我不去相亲的理由吗？”

蒋时延抬眸，蓦地撞进她溢满温柔的眼波，她望着自己，颊上有绯色，白皙的耳郭上也浮着一层浅浅的粉色。

蒋时延仿佛预料到什么，有些不敢相信，是因为……自己吗？他喉结动了动，却难以发出声音。

一秒、两秒、三秒，过了好一会儿，他状似无意地问:“为……什么啊？”其实他忐忑得要命，一颗心扑腾扑腾。

蒋时延的脚尖快抵着她的脚尖，她耳根子跟发烧一样，她强撑着最后的理智，弯了眉眼，甜甜地对他道:“因为我忙啊。”叫你前天突然跟别人说喜欢我，叫程斯然说出来让我没准备，叫你让我当众出糗。

大仇得报，唐漾踮脚轻轻地刮了一下蒋时延的鼻尖，笑眯眯地从他手里拿过车钥匙，越过他走在前面。她的背影纤瘦，口中哼着小曲。

蒋时延在原地愣了好一会儿，回过神来。他脑海里浮现出某人嘚瑟的小模样，抬手摸了摸鼻尖，痒痒的，酥酥的。

蒋时延的喉咙发干地动了动……他特别……想把……某人……拽回怀里……狠狠揉两下！！

这个小没良心的！

大灰狼把牙磨得霍霍响，最后还是乖乖地藏好自己的大尾巴，一脸无奈又纵容地跟在恶作剧成功后浑身舒畅、蹦蹦跳跳超级开心的小白兔身后。

第7章
保护

他会不会有那么一点点动心？

聚会之后，两人还是保持着每天聊两句的状态。

唐漾会跟蒋时延说外卖好不好吃，自己差点儿又迟到了，邻居装修太吵。蒋时延偶尔会撑唐漾两句，惹得她面红耳赤，想隔着屏幕挠他，又失笑地哄回来。

两人好像和从前一样，好像又有什么东西在不知不觉中发生了变化。

之后一周，蒋时延虽然人到了北京出差，但时不时会闪送一个蛋糕、新鲜的西柚，或者空运的车厘子过来。礼物不重，刚好可以安抚唐漾疲惫的工作心态。

蒋时延叫闪送也不匿名，几乎每天快递员都会喊“唐漾在吗，蒋时延给你叫的什么什么”，唐漾最开始还会红着脸和快递小哥商量：“能不能不念出来？”

快递小哥一脸正直：“不念出来，我怎么知道谁是唐漾？”

唐漾一边深呼吸，一边觉得这个逻辑没问题。

三五天后，她也就作罢，甚至会把越送越多的东西大大方方地分给同事。

都是在办公室混这么多年的人了，午休时间，一个女同事趁唐漾被周行长叫上楼拿东西的空隙，低声和其他人议论：“蒋总是不是在追唐处，之前不是说是朋友吗？”她挤眉道，“爱情都是先从朋友发展的嘛——”

“不会吧，”另一个女同事说，“他们不是做朋友好多年了吗？而且唐处优秀归优秀，但和蒋家那种上财富榜的大佬不在一个咖位啊。我觉得蒋总找女明星的可能性比较大，那个沈言曦不就是含着金汤匙出生的影后嘛……可能蒋总和唐处最近在打什么赌吧。”

她这么一说，大家又觉得很有道理。

非议丛生。

“唐处哪里差了，高知、高能、高双商，能把买MINI买成彩虹糖的家境能不好？”范琳琅颇有一些护短的意味，“都说吃人嘴软，你们都吃了人家的还在这儿非议。”她半开玩笑地挨个儿敲头，“活该人家没到三十岁就年薪百万，你我混一辈子都是小办事员。”

几个女同事笑着做扎心状。

唐漾在门口站了好一会儿，听她们讨论完了，才重新上电梯。然后，她从楼梯出来，把高跟鞋踩得很重。

最开始提她的女同事诧异："唐处是走下来的？"

唐漾叹了口气："一切为了长高。"

同事们忍俊不禁。

唐漾回到办公室，关上门，隔绝了外面的声音。

之前几天唐漾还没什么感觉，这时听同事一提，她恍然，这都周四了，蒋时延怎么还不回来？她转念一想，蒋时延才出差四天，四天不过九十六个小时，五千七百六十分钟，三十四万五千六百秒……也不是很长啊。

唐漾上一秒自己想通了，下一秒，她把电脑解锁密码输成了"蒋时延"的拼音。她想喝茶，茶是蒋时延送的碧潭飘雪；她想吃糖，糖是蒋时延送的旺仔；左边是西柚，右边是车厘子；就连桌角那个优秀奖杯的获得原因都是南津街张志兰，南津街，他陪自己去的……

每一个细节都像一个节点，不知什么时候结成了一张网，如呼吸般，让人无处可逃。

这天下午，一向工作极其认真的唐处长第一次摸鱼，给蒋总打了个电话。

接通后，唐处长捏着嗓子道："你好，这里是贵州联合酒厂——"她编不下去了。

对面沉默了一阵，声音带着微微的笑意："想我了？"

唐处长的小尾巴被轻轻地戳了一下，她下意识地小声反驳："谁在想你啊——"

蒋时延也不揭穿。他大概在会场，噙笑的嗓音压得更低："那我在想你。"

想你，我也在想你。这下，唐处长的脸彻底红了。

双方听了好一会儿彼此的呼吸。

唐漾柔声道："刚刚周行叫我上去，说你和他在精英会上谈了一休跟汇商出联合信用卡的事情，他想让我跟进这个案子，我推托了。"她顿了顿，"感觉我来做有点儿越权。"

蒋时延依旧笑："我可能周末回去。"

唐漾："能不能好好说话——"

两人以一人说工作一人汇报行程的模式完成了交流，双方都没获得什么有效信息，但听到对方的声音就莫名愉悦。

这样的心情持续到周五，唐漾加完班，已经是六点了。她想着城里拥堵，索性把车搁在单位去坐地铁。

唐漾走到楼下，听到有人在旁边轻声叫她。她转过去，是一个久违的人——张志兰。

《遗珠》经由一休运作未播先火后，张志兰一家也成了网络红人。不少网友和慈善机构听说了她家的事迹，自发筹款送到她家门口，她一一谢绝。就连《遗珠》团队给他们娘儿仨的五十万片酬，她也一分没留，全部捐给了基金会。

他们穷，但没被穷怕。在张志兰的认知里，那些不属于自己的自己就不能拿。

唐漾听到这些后没说什么，但也没再主动联系过她。

这时看到她，唐漾脸上挂着舒心的笑容。

张志兰手里攥着一个包裹，走上前来："本来想请唐副处吃饭，但怕唐副处没时间，江边的房子没装修好，现在住的家也比较小，所以就把自己做的腊肉拿了一块。唐副处可以拿回去切成片，蒸到饭上，不肥的。"

他们自己做这些不容易，唐漾推辞，张志兰执意要给。双方你来我往好一会儿，唐漾实在没办法，便收下，问："吃饭了吗？没吃的话一起吧，两个孩子呢？"

"吃过了，他们在家做作业。"张志兰道。

唐漾又简单地问了两句，便让她早些回家。

张志兰欲言又止。

"兰姐，你不用客气。"唐漾觉得好笑。

张志兰眼神闪了闪："其实来找唐副处是因为我家楼下的张叔，他是个残疾工人，之前和老婆卖菜把儿子养大，儿子跑货车，去年出了事儿，一家人砸锅卖铁把儿子从鬼门关边上拉回来。"她组织语言，"他们要买个什么得贷款，但他儿子买货车的贷款还没还，那些银行连资料都没让他们递，我也是没想到这一点，现在只能拿出七百九十几块——"

"兰姐，这个事情怎么说呢，"唐漾脸色没变，"我不是做贷款的，做贷款交资料是下面各个支行的事儿，我负责的是审贷款资料。他连资料都递不了，我自然也审不了，即便递上来，我也是满足条件就过，不满足条件就驳回。"

张志兰局促道："可我之前的件也递了很久，也是到您手上才过的。"

"银行不是慈善机构，银行有自己的规章制度。"唐漾语气稍稍严肃了些，"兰姐，我将你当朋友，所以愿意对你倾注一定的时间和精力，但你说你邻居这些，我就很难做。”

唐漾一身正装，高跟鞋，红唇，精致得每根头发丝都熨帖。

张志兰倏地察觉到自己和唐漾的距离好像一下被拉远，她低垂着头，不停地绞手指：“对不起，是我没考虑那么多。”她嗫嚅着唇，不停地道歉，“我们一家才搬过去的时候，他们一家帮了我挺多的，我耳根子太软，让您为难了——”

太阳落下山头，天色逐渐转暗。张志兰头上有未干的细汗，唐漾不知道她是怎么到这里的。

坐地铁吗？她会不会买地铁票？坐公交吗？没有这条线路。打车她肯定是舍不得的。来了之后，也不知道她站了多久，她都不知道打个电话吗？

唐漾心生不忍。她很想问张志兰你楼下那个人叫什么名字，属于哪个支行，她去打个招呼，件肯定能递上来。可话到了嘴边，她只有一句：“我送你回去吧，刚好开了车。”

张志兰攥着衣角，讪讪道：“这不太好，不能再麻烦唐副处了。”

“没事儿，反正我下了班也是一个人。”

“……”

张志兰家两个孩子依然乖顺，张志兰想给唐漾做饭，唐漾推拒说自己不怎么吃晚饭，她抱了抱两个孩子，说了些鼓励的话便离开了。

往返一个小时，加上逗留的时间，唐漾到家将近八点。

她冲个澡出来，发现冰箱里空荡荡的，囤泡面和零食的柜子也空了。所幸，唐妈妈之前来看她，留了把挂面。她烧开水，撒了一小把挂面。锅里热气腾腾。

唐漾用筷子搅面，搅着搅着，心情忽地低落起来。一方面，她觉得自己之前在汇商楼下那一瞬间的语气有点儿冲，好像吓到张志兰了；一方面，她又觉得自己说那些没有错，她不是大慈大悲的观世音，有些事情做一次就够了，她胆子很小，她会害怕和很多人的人生扯上关系……如果她跟蒋时延说，蒋时延肯定也这样想。

蒋时延说他周末回来，今天是周五，也不知道他是明天到还是后天到，他照顾酒醉的她，她还欠他一顿饭。

她思绪徜徉间，面好了。没蔬菜打底可以忍，但没味道……她吃了口，差点儿吐出来。

她再次翻箱倒柜。一个好消息，她找到一瓶酱油，还没拆封的；一个坏消息，她并不想看到，结果还是看到正前方的数字……酱油过期了。

唐漾叹了口气，沮丧地放下筷子和碗。她去客厅拿了钥匙，披了外套，没关门，去敲响了对面的房门。对面之前两周在搞装修，但刚刚她在厨房好像看到里面亮着灯。

唐家父母住翡翠园二期，唐漾住四期，翡翠园户型虽小，但设施和物业都是一流的。购买主力军是唐漾这样的金领阶层以及买给父母养老的有钱人。

蒋时延中午下了飞机就搬家过来。不到一点钟，他遇上了同单元一群麻将还没组织好、正在唠嗑的老头和老太太。

唐漾平时忙，和他们说不了几句话。这时，他们遇上高高帅帅、笑起来开朗、看上去有钱、嘴还贼甜的蒋大佬，老头、老太太们连牌都不打了，跟蒋时延介绍这介绍那。蒋时延上楼去了，老太太们送东西的送东西，打探消息的打探消息，蒋时延开门开得一个头两个大。

好不容易到饭点，他清净一阵。得，又来了。听到敲门声，他给自己做了很长时间的心理建设。

唐漾等了好一会儿没等到人，她踮脚朝猫眼瞟了瞟，正要转身离开，咔嗒，门倏地打开。

下一秒，“我叫蒋时延，今年二十九岁，工作是发电线杆小广告，有钱是因为爹妈有钱，我不做饭，也不需要白菜、萝卜、土豆，我也找得到物业、游泳池、小花园，我单身，但我不相亲，不喜欢您家侄女、堂妹、表外甥女，谢谢。您是张阿姨、李奶奶、王婆婆、孙大娘，还是陈伯伯——”蒋时延心里堵着一口气，闭着眼睛噼里啪啦一阵还没说完。

扑哧，唐漾忍不住笑出了声。

蒋时延听到声音，意识到什么，睁开眼。

唐漾看着这个无比熟悉、说好周末回 A 市，却在周五晚上出现在自己家对面的人。

蒋时延撞上一双含着盈盈水波的眸子，两个人都没了声音，好像突然入定。

唐漾望着蒋时延，蒋时延也望着唐漾。一分一秒，他们看对方的心情好像和从前一样，好像心跳又悄悄快了些……

半晌，唐漾耳根发烫，别开视线：“你怎么住到这儿了？不是和易阿姨他们住一起吗？”

蒋时延亦别开视线，不自然地清了清嗓子：“离一休近些。”

唐漾：“易阿姨那儿更近啊。”

蒋时延：“这个小区景观设计好一些。”

唐漾朝他家里面望一眼：“可我这边才是对着小区里面，你那边临街啊。”

蒋时延："那我可以到你家去看啊。"不能再问了，他快撑不住了，再问就要露馅了。

唐漾觉得他的理由怪怪的："可你——"

"唐漾，"蒋时延打断她，委委屈屈道，"你知道我被楼上楼下的大爷大妈唠叨了一下午，都不会主动安慰我吗？"

唐漾："……"首先，肯定是你应了他们的搭话；其次，是你自己太好说话，他们本来就寂寞。

首先，他们是唐漾的邻居，蒋时延想想就觉得很亲近；其次，蒋时延喜欢听他们说唐漾，说有个大龄未婚女青年和他一样，但比他优秀，是个博士，在汇商当领导，笑起来很甜。

蒋时延可怜兮兮的：你知道我被楼上楼下的大爷大妈唠叨了一下午，都不会主动安慰我吗……

算了算了，唐漾迎上他可怜巴巴的模样，"唉"了一声，正想踮脚去摸摸他的头。

"算了算了，"没得到回应，蒋时延格外自然又乖巧道，"那我主动求安慰好了。"

唐漾还没反应过来，便被蒋时延抱在了怀里。周遭是温热的怀抱，睽违已久的木质香，还有他清晰而有力的心跳……

唐漾的脸红得不成样子，她垂在身侧的手想偷偷地环上他的腰。

蒋时延的喉咙咽了咽，他微微低头，一个轻若羽毛的吻克制又怜惜地落在唐漾的额角。

像一个开关，唐漾做小动作的手停了，呼吸停了，心快跳出嗓子眼。

蒋时延告诉过自己无数次不能急，不要急，会吓到她，可快一周没见，她现在就在自己怀里，他克制不住地亲了一下，亲了之后，他一边懊恼地骂自己，一边又忍不住回味。

唐漾舔了舔唇："我好久没上网了，"她浑身烧得和熟虾一般，红得要命，她很小声地问，"现在大家求安慰都是这样亲的吗——"

"不是，"蒋时延低声道，"只有我，只对你。"

他抱着唐漾，他温热的鼻息混着她发间的香。心口相贴间，两个人好像都有点儿控制不住自己。

一秒、两秒、三秒，蒋时延的目光深邃了些，喉结起伏着，他想说什么："唐漾——"

“你今天搬家忙来忙去吃晚饭了吗？没吃的话，我那边下了点儿面，一起过去吃。”唐漾听出他的犹豫，手轻轻抵着他的胸膛离开他的怀抱，转移话题道。

蒋时延盯着她绯红的耳郭，手在她纤细的肩头缓缓抚摸。

他的薄唇启了合，合了启，最终还是顺从她的意思，没把话说出口。他应了一个“好”字，无奈地笑。

两人回到唐漾家后，唐漾才想起自己忘了借酱油。

想着蒋时延家大概也没有这些东西，唐漾索性切了一小块腊肉，煮熟了，切成片，放到两碗面上。

腊肉咸，有熏香味。一层薄薄的油星刚好把面的味道提了起来。

蒋时延是真饿了，虽然吃得斯文，但也吃得大口。他时不时眯眼吹吹气，时不时喝口汤。

唐漾本来饿着，她没吃两口，看到他吃得舒服的样子，好像自己也不饿了。

蒋时延刚刚……是真的亲了自己吗？唐漾端着碗喝汤，借着碗的遮挡悄悄看他。

蒋时延以前好像也会摸她的头，会挠她的耳朵，但亲吻好像还是第一次。他们不是在国外，对朋友来说，亲吻大抵是过了界。那个吻虽然很快，但触感很真实。

唐漾禁不住自恋，蒋时延是不是……也喜欢自己？即便说不上喜欢，他会不会有那么一点点动心？

就一点点，唐漾心里有个小人儿，把拇指放到小指中间的位置，对，就这么一点点，一点点就好了。

唐漾给蒋时延盛了一锅面的三分之二，她自己留了三分之一。蒋时延放筷子的时候，她也差不多解决完。

“好吃吗？”唐漾小心地问。对不进厨房的唐处长来说，下面已经算一项声势浩大的工程。

“好吃。”蒋时延肯定，接着问，“你是怎么下的啊？”

他都问“怎么下的”了，那一定是好吃。唐漾自己也觉得不错，颇有兴致地跟他分享说：“开火，把水烧开，把面放进去，盖上锅盖。不过，我放了一点儿腊肉，可能这就是玄妙所在。腊肉是张志兰给的，我就切了一小半，洗了，煮熟，切片……”

蒋时延听着，仿佛看到她身后有条无形的小尾巴翘啊翘，快翘上天。偏偏她又真的很走心地在跟自己介绍，声音也软软细细的。

蒋时延单手托脸，姿态懒散又纵容地注视着某人的一双小手挥啊挥，摇啊摇。他想，就算她念一百遍一加一等于二，他大概也不会觉得重复，听不腻……

蒋时延开始还会“嗯嗯”两下，后来就没了声音。唐漾停下动作，刚好撞进他满是温柔的眼波里，唇边噙着笑意，不是嘲笑，也不是揶揄。

唐漾看得心一动，脸莫名就红了。她推碗，拿出一点儿强势的作风：“我做的饭，所以你洗碗。”

蒋时延仍旧笑：“我不喜欢洗碗。”

唐漾：“我也不喜欢洗碗。”

蒋时延的眼睛朝厨房瞟去：“所以你买了洗碗机啊。”

洗碗机是柜式的，唐漾年前用过一次。刚刚她说话时显然忘记了这个大家伙，这时只觉得脸肿得不行。

“那我拿过去就好了。”她窘迫地想收碗。

蒋时延先一步拿了她的碗叠到自己的碗上，笑道：“我虽不喜欢洗碗，但既然你想让我洗，那我就洗。”

唐漾走到他面前，难为情地阻止：“你别这样。”

蒋时延仍是笑：“己所不欲。”

唐漾已经知道自己错了，懊悔得快跪下：“我拿过去就好。”

蒋时延和她相对而站，笑意愈深，嗓音低缓，一字一顿道：“你‘施’我愿意。”

“己所不欲”真正的下一句是什么？唐漾的手抬到一半，脑子短路般停滞在空中。她的眼睛睁得大大的，眼神清澈又无辜。

蒋时延的一颗心软得不成样子，他上前两步，顺势把下巴搁在唐漾头顶，带点儿恶作剧味道般把她的头发揉得乱蓬蓬的，这才一脸得逞地越过她，迈进厨房。

唐漾后知后觉地反应过来，追到厨房，蹦起来用双脚踩他的脚。

蒋时延连声“哎哎”地喊：“我在洗碗，唐处你……这这是欺负劳动人民啊——”

唐漾恨恨道：“就是欺负你！”

“那你欺负吧。”蒋时延一边服软，一边作势用沾了泡沫的手去摸她的脸。

唐漾大惊失色地逃到门口，瞋视某人。蒋时延吃了一记可爱的瞪眼，转过脸去，闷声狂笑。

把碗洗完放好，蒋时延扯了张纸擦手："那我回去了。"

"你要我帮忙收拾吗？"唐处长巡视着干净的厨房，宰相肚里能撑船，她不计前嫌。

蒋时延想让她陪自己，话到嘴边，目光触及她眼窝下淡淡的青色，道："我都弄得差不多了，回去洗洗就睡，折腾一天也累了。"

唐漾点点头，把他送到门口："晚安。"

蒋时延不走，笑着偏头看她。

唐漾的脸皮确实薄，她推搡他："你快过去啊。"

"这种不用在微信上说'晚安'，可以直接对你说'晚安'的感觉，很神奇。"蒋时延的手指钩了一缕她的头发，虚虚地朝她的耳朵上绕了一圈，然后垂下手。

"晚安。"唐漾的耳根子彻底红了。

她大概是动心的？至少不排斥自己这样的接触。她的耳垂小、软、白皙，蒋时延又碰了碰。

"晚安。"蒋时延屈指捂嘴，他碰过唐漾耳垂的食指碰着自己的薄唇，然后侧头抿嘴笑……四舍五入，今天好像……亲了她两下。

周末两天，唐漾都瘫在家里。

蒋时延成为邻居的第一个好处是——楼下有门禁，唐漾家里的呼号器坏了，她也一直没去物业报修，之前她每次点外卖都要坐电梯下去拿。虽然蒋时延也不愿意走那么远帮她报修，但她可以留蒋时延家的门牌号，让外卖小哥打他家电话，顺便在他家吃，不用收拾桌子。第二个好处是蒋时延可以和她坐在一起打游戏。

唐漾不笨，蒋时延是大佬。两人玩四个人的游戏，一边戏多地问彼此"东西怎么丢""跳跃是哪个键"，一边顶着队友们的冷嘲热讽枪枪爆头，乐此不疲。

偶尔唐漾网卡翻不过墙，蒋时延就用讳莫如深的眼神看她。惹得唐漾扑到他身上挠他的头发，他一边夸张地嚷嚷着要避开，一边用手虚圈着她的后背护住她。

大抵是游戏跌宕起伏，几把下来，两个人面红耳赤。

周日晚上，唐漾拒绝了蒋时延的邀约。

蒋时延看她耷拉着小脸抱怨“睡晚了会长痘，明天不好上妆”。他又是心疼又是觉得好笑地问：“那现在就过去？要不要我唱个《摇篮曲》，拍拍背，哄着小朋友快入睡？”

“懒得和你贫。”唐漾被逗笑，投桃报李地拍一下他的背。

唐漾走两步刚到自己家，便收到张志兰的微信。

张志兰的大儿子闵木的声音清甜：“姐姐，我得了作文比赛第一名。”

唐漾心情大好，笑吟吟地夸了好一阵。

闵木担得起，也不害臊，落落大方地拍了个小视频。镜头中先是他今天得的那一张奖状，然后是他之前得过的一墙奖状，最后收尾时，镜头不小心扫到了阳台。

唐漾那天去时，张志兰家里拉着窗帘，今天没拉。唐漾恰好就看到竹竿上稀疏的腊肠、腊肉。张志兰给自己的那块不大，大概是最好的。

闵木跟唐漾道“再见”，唐漾道“晚安”，状若平常又温柔。只有她自己知道，心里某根弦好似被轻轻拨动了一下。

唐漾回卧室洗漱完，躺在床上，越想睡越是睡不着。

她翻看订阅号，随手转了一篇文章到朋友圈，一是文章好玩，二是为蒋时延扩大阅读量。几乎是她前脚刚转，后脚某人的电话就打来了。

对方第一句：“你知道国家在提倡节能减排吗？”

唐漾被吓一跳：“难道以后不允许每家每户自己做饭，全市统一吃大锅饭？”

蒋时延噗一下破功，随后语气平常道：“我开车去一休要经过汇商，你以后可以坐我的车上下班，开一辆车总比一人开一辆要少排些。”

唐漾仔细想了想：“那我下班怎么办？”

蒋时延：“我去接你啊。”

“不方便吧，”唐漾为难，“万一我下班了你还没下班，或者你下班了我还没下班，岂不是很麻烦？”

“你中午可以提前给我打电话，而且我下班时间应该和你差不多。”蒋时延知道唐漾在犹豫，格外语重心长道，“我们都是遵纪守法的好公民，对吧？就保护环境、可持续发展战略这一块……”他一本正经地胡说八道。

“国家兴亡，匹夫有责”这样一座大山放在眼前，唐漾的耳朵微微发烫。她咬咬唇，把手机拿远一些：“那……明天试试吧。”她想说的是明天先坐他的车试试，可为什么话说出来这么不对劲儿？顿时一颗心扑腾扑腾直跳。

而一墙之隔，蒋时延明白她的意思，却也觉得这话不对劲儿。他格外淡定又正直地“嗯”一声，道了声“好梦”，挂断电话后，反复默念这几个字。

“那明天试试吧。四舍五入，就是试试吧。试试吧。她说，试试吧。”蒋时延念着念着不自觉地笑出了声。

他给程斯然打电话，程斯然问他什么事儿。

蒋时延不说话，一直不说话。就在程斯然的耐心即将消磨殆尽时，他忽然笑出声，轻描淡写地解释一句“没什么”便挂了电话。

程斯然:“……”

就在他告诉自己不能骂脏话时，蒋时延一个电话又打到了冯蔚然那里，无比殷勤地问“家里晚上吃了什么”“程程乖不乖”“蔬菜听不听话”“易女士有没有唠叨自己”。他每个字都问得无比亢奋。

冯蔚然和蒋亚男交换着蒋时延是不是喝了假酒的眼神，战战兢兢地回答。

两人还没来得及反问蒋大佬是公司 KPI（业绩）超了 TAXI，还是发了什么横财，蒋时延支支吾吾地说一句“很晚了”，又挂了电话。

第三个，他拨给沈传……

全世界都知道蒋时延很开心，可谁都不知道他开心的原因。

他搬到了漾漾的隔壁，成了漾漾的邻居，他说送漾漾去上班，他家漾漾说……试试吧。

墙另一边的卧室内，唐漾真的要睡了，可她一闭上眼，耳边就响起蒋时延方才国家战略一大堆乱忽悠的话。都是语文及了格的人，所以他是不是“唐漾，我想送你上班”的意思，所以应该是？所以就是？

唐漾越想耳朵越烫，最后，她一把扯过被子蒙住红得快滴血的脸。蒋时延对她是不是“或许大概也许可能真的喜欢啊”……

虽然唐漾睡得晚，但她醒得早。

第二天，她不到七点就起了，然后慢条斯理地化妆、挑衣服、挑包包。她本着对工作的尊重把头发都捯饬得一丝不苟了，这才换鞋，准备出门。

她想着蒋时延要是没醒，她就自己开车去，把某人昨晚的话当成一个笑话，还能顺便嘲笑他。结果，她刚推开门，便见一道熟悉的身形倚在门口，手里拎着热腾腾的包子和豆浆。

“早。”蒋时延朝她勾了勾唇。

灌汤包是老字号，队很难排，对唐处这样的早餐外卖选手来说，无疑是个惊喜。她反手指自己，用眼神询问。

蒋时延笑着点头。

唐漾接过来，边走边问："我妈上次六点半去，人就排到了马路对面，你是起得有多早？"她想到什么，"你以前不是要睡到十点吗？然后下午两点去公司，五点就下班。"他还曾经用这份自由攻击她。

"分淡季和旺季啊。"蒋时延毫不心虚。

唐漾又问："你吃了吗？"

"当然。"

两人下到车库，蒋时延的车位上停着辆路虎。他给唐漾拉开副驾驶门，绅士地做邀请状。唐漾抱着早饭开心地坐了进去。

就像唐漾饭后玩游戏归玩游戏，每天睡前都会坚持看金融专著一样，蒋时延看着不靠谱归不靠谱，他的车载播放器里收藏的几个广播却是财经、文化、要闻、华尔街一类。

蒋时延车开得平稳，八点钟，道路也不吵闹。

车窗开了条缝，清风吹得人心旷神怡。唐漾一边吃早饭，一边听广播。偶尔听到有话题性的新闻，她会和蒋时延讨论两句。唐漾逻辑思维能力强，她对一个事件的思考主要在可行性和执行力上。而蒋时延开拓思维能力出众，他更倾向于一些先导性和上层建筑的东西。

双方有讨论有争议，唐漾伴着愉悦的心情吃完早饭，蒋时延刚好把车停到汇商大楼旁边的小路上。

现在八点半，比平常早到二十分钟，唐漾并不急着下车，蒋时延自然也不急。

唐漾先把豆浆袋子装进搁包子的牛皮纸袋，再把牛皮纸袋从中间对折，直至变成一小块。

"谢谢蒋大佬，"她弯着眉眼，手放上开关，"那我先下去了？"

蒋时延看着她，嘴动了动，忽然出声："漾漾——"

两个字成功地把唐漾变成一座姿势奇怪的雕塑。很多人的名字都是这样，你把其中一个字叫叠音很正常，比如唐唐、糖糖，但把另一个字叫叠音，就陌生又奇怪，比如漾漾。

唐漾第一次听到，觉得神奇又诡异。她慢慢放下手，以这样的表情回头望蒋时延。

蒋时延的脸上出现了一瞬的不自然。随后，他别开视线，解释道："我昨晚和程程通电话，他最近喜欢说叠音，很可爱。”他学道，“看书书，睡觉觉，吃饭饭，要抱抱——”

唐漾想象出程程小朋友甜甜的奶音，心都快化掉了。她无奈地对“蒋小朋友”道：“那你可以叫我糖糖啊。”很多人叫，听着习惯。

蒋时延十分倔强：“我要和别人不一样。”

“你哪儿来这么多弯弯绕绕？”车门外有个垃圾桶，唐漾“投篮”成功，笑说，“别人叫你蒋时延，我也叫你蒋时延，我也没要求自己和别人不一样啊。”

“你可以要求和别人不一样啊，”蒋时延认真道，“你可以叫我蒋蒋、时时、延延。如果都觉得拗口，叫我时延也可以。”

“时延。”唐漾轻轻念一声，心口被烫到。

“我不要，”她的腮红遮住了脸红，她格外理直气壮道，“拗口又矫情。”她嫌弃，“也不是很亲近。”

“那你可以叫我一个不拗口又不矫情的。”某人一心虚，蒋时延就大胆了，他偏头望着自家小姑娘，脸上挂出大灰狼诱骗小白兔的纯良笑容，“还要亲近的话，”他循循善诱，“叫老公，好不好？”

唐漾不肯吃亏：“那你怎么不叫我老婆——”

蒋时延脱口而出：“好啊！”

后知后觉意识到自己说了什么，唐漾的脸腾地红透了。

“连哥们儿的便宜都要占，你是不是人？”唐漾嗔怪着，用食指轻戳一下他的脑门。

她的手指软，点一下宛如施了法，蒋时延浑身的骨头都酥了。“漾漾。”他又唤她，不再嬉闹。

唐漾撞进他的眼波里，咬着唇别开脸：“你要说什么——”

“漾漾。”蒋时延唤第二次。

“嗯。”唐漾应得很轻。

蒋时延又没了声音。

再过一会儿，“漾漾。”蒋时延凝视她，轻缓地唤了第三次。

之前是蒋时延想说，唐漾打断他，这次，唐漾给了他机会，小声道：“你到底要说什么啊——”

借着身高优势，蒋时延可以看见她红透的脖子、眼里的百转千回，他话到嘴边，转了又转，喉结滚动着，最后失笑：“没什么，就是叫叫你。”

唐漾抬手去捏蒋时延的脸。

蒋时延伸手想握住她的手。

“注意安全。”唐漾抽手下了车。

蒋时延抓到一缕空气，双手缓缓地蒙上自己的脸。他瘫在驾驶座上，如溺水之人被捞上岸的第一刻，胸口起起伏伏。

蒋时延知道，他知道他的漾漾也喜欢自己。可漾漾知道她喜欢自己吗？她对他的喜欢是比朋友多一点点的喜欢，还是真正的男女之情？如果自己没忍住说出口了，她会红着脸但又无比清醒地拒绝，还是半推半就地答应……

他蒋时延一辈子可能有很多任女朋友，可能结婚离婚，再结婚，有很多任太太。可唐漾，他只有一个。

大抵是受家庭影响，蒋时延前二十九年做事从来都是果断又冒险。唯独一声“漾漾”，他唤出来又说不出来，小心得不像样。

唐漾猜得到蒋时延要说什么。如果他真的说出来了，自己要怎么回答？试试吗，试试吧，真的试试吗……

唐漾的脑子嗡嗡嗡，一片空白，她进了电梯，陆续有人进来。

旁人说的话好像被屏蔽了，唐漾站在角落，只能听到自己的心跳，扑腾，扑腾，扑腾。

叮咚，到楼层了。唐漾深呼吸，面带笑容地进去。

“唐处早。”“早。”

“唐处长早。”“张阿姨早。”

“漾姐早。”“琳琅早。”

…………

唐漾踩着高跟鞋，背挺得笔直。她对同事们逐一颔首，带着一米七五的气场，进了办公室。

门关上后，门外的人窸窸窣窣地议论。

“你去问唐处腮红的色号。”“你去。”“你去。”

“刚刚驾驶座上的男人是蒋大佬吗？”

“蒋大佬不是开跑车吗？”

“哇，你觉得人家家里只有一辆车吗？”

…………

唐漾放下包，出办公室洗杯子，先前凑在一起的同事们倏地散开，又各自做各自的事儿。

上午，顶楼周行长派秘书下来催九江集团贷款专案的进度，唐漾翻出九江集团的资料慢慢看，“员工福利待遇优”“福利保障”等词组出现的频率极高。

唐漾懂对方想要自己加人情分的意思，她转念想到周默想给自己，但自己拒绝的那盒曲奇，毫无心理负担地装成一个瞎子。

快十二点，范琳琅敲门进来，跟唐漾核对行程。

三月底，各项指标基本完成，唐漾只剩一个和九江财务高层的会还没开。

“九江那边负责人今晚要出差，希望会议今天下午三点举行，在九江大厦会议厅，”范琳琅问，“您看可以吗？”

“可以。”唐漾思及张志兰，思及闵木，思及那块腊肉，她并没有泛滥的好心，只是单纯吃人嘴软，道，“我中午有事儿出去一趟，下午你直接在九江等我。”

范琳琅应“好”。

唐漾今天没开车，午饭时间，她直接打车去了南津街支行。

唐漾的级别和支行行长一样，可她是管培生，过了年才二十九岁，前途无可限量。加上之前对张志兰案子的处理让整个南津街支行得了全行嘉奖，南津街支行把唐漾看作贵人。才到支行工作的大堂经理不认识唐漾，想跟唐漾说二楼是办公区，不能随便乱上，支行行长一行便出现在楼梯口，热情地把她迎了上去。

唐漾带了分成盒的水果给他们当小点心吃，笑盈盈地给了大堂经理一盒，大堂经理受宠若惊。

上去后，双方聊了好一阵有的没的。

支行行长闪烁其词地打探分行的政策动向，唐漾说得含糊。支行行长拿出支行贷款的记录，希望唐处给个指导，唐漾推辞两下推托不过，便翻开了。

甘一鸣请病假、唐漾做代理处长后，整个信审处的效率明显提高了不少。

支行行长之前觉得唐漾处理张志兰案是误打误撞，信审处效率高是因为开年大家才开始工作，可这时听娇娇小小一个姑娘言简意赅地说不足和优点，支行行长不由得感叹后生可畏，名校博士还真有两把刷子。

唐漾翻完了过审的件，开始翻没过审的件。翻到一页，她状似无意道：“陈张刚这份怎么没有具体资料？”

“他？”支行行长解释说，“他住在张志兰楼下，是个残疾工人，有个儿子，以前在幸福花园有套房。他们两口子之前在菜市口卖菜糊口，儿子跑货车。后来儿子出了车祸，两口子卖了房子把儿子救回来，可高位截瘫救回来有什么用，每个月医药费和流水一样。陈张刚白天还是在卖菜，老婆做保洁工，晚上他在夜市洗碗。他老婆想贷款买辆摩托改装成三轮车到火车站拉客。

“张志兰是偿还能力有问题，抵押金额过少。陈张刚是根本没有抵押物，而且他儿子买货车是在浦西贷的款，还没还清。”行长想到一茬儿，“他儿子的货车投了保，保险公司给了个什么赔偿合同，但唐处你知道，去年九月规定一下来，保险也难做，就一直拖着没赔。”

唐漾轻轻地敲桌面：“在特殊情况下，有估值的合同也可以作为抵押物。”

支行行长不明白唐漾是随口提，还是意有所指。

唐漾也不遮掩：“您有时间的话，我们可以过去看看。”

支行行长吩咐助理打电话询问当事人，并做了安排。

唐漾起身，视线扫过行长办公桌上的汇商标语，发音标准地念出声：“You do life，we do banking。”（你们经营生活，我们经营银行。）她笑，“有的话说虚又虚，说实又实。”

年轻人轻描淡写，一向得过且过的支行行长竟莫名生出一份行业使命感。一想到唐漾是偶然翻到这份件，还肯纡尊降贵地过去，他心里又默默地对唐漾多了点儿好感。

一点多，午休时间，四下安静。唐漾在一行人的簇拥下，从南津街支行步行去往幸福花园。支行行长跟唐漾叙述具体情况，唐漾听着，时不时点头。

而幸福花园内，蒋时延和一休高层在张志兰家做客，专业团队跟拍，作为《遗珠》后续回访。

支行行长给唐漾递了份陈张刚的来访记录，唐漾翻阅，一行人抵达幸福花园的门口。

蒋时延给了张志兰一个印有一休标志的红包，张志兰不肯收，两人僵持，摄像机拍着，蒋时延忽然笑着用口型说了个名字，张志兰收下，送蒋时延一行下楼。

蒋时延一行刚出单元楼，唐漾一行刚好过转角走到单元楼门口。两队人马浩浩荡荡地正面相迎，他家漾漾一眼就看到了他。

蒋时延走在最前面，双手插兜，朝唐漾笑得懒散又温柔。

这么多人看着呢，这人真是……唐漾的耳根一热，随即恢复如常，她强行压住心跳，用平静的口吻道：“你们在？”

蒋时延想收住唇边的笑意，可怎么收都收不住。他每个字的尾音都微微上扬："在做《遗珠》后续，你们呢？"

唐漾："去看一个贷款户。"

张志兰眼里闪过惊喜，一瞬间又压下去。

蒋时延没动，唐漾没动。双方人马见两个大老板没动，自然都不好意思动。

几秒后，"那我先上去了，"唐漾指了指楼上，朝蒋时延轻轻颔首，"蒋总，回见。"

"唐处，回见。"蒋时延点头。

唐漾微低着头，想越过蒋时延，蒋时延不着痕迹地朝她那边靠了靠。唐漾的肩膀不小心撞了一下蒋时延的肩膀。

唐漾羞得脖子都红了，蒋时延无声又得意地笑。

蒋时延目送唐漾上楼，直到她的背影消失不见，他这才屈指放在唇边咳一声，恢复平淡："走吧。"

一休员工好奇得眼睛在发光。

作为半个知情人的蒋时延的助理回头用眼神控场，转过头来，他腹诽，大庭广众下自家总裁都能这么放肆地调情，背地里指不定怎么对唐处使坏呢。他一边默默地骂自家总裁，一边暗自对唐处表达了同情。

唐漾和张志兰打招呼，张志兰说两个小孩在家洗碗，特别乖，说话的工夫，到了陈张刚家。

五楼略高，陈张刚是从菜市场匆匆赶回来的，儿子在最里面的卧室午休。

唐漾嘱咐支行的同事们小声点儿。

大家刚坐下，支行做贷款的同事还没开始例行访问，唐漾便闻到一股淡淡的烟味萦绕在客厅。

唐漾微微蹙眉，支行行长和陈张刚同时灭了烟。

而蒋时延一行刚走到小区门口，便听见有人大声吼："一栋着火了。"

小区门口的保安、看热闹的老头和老太太们嚷嚷着"报火警，报火警"，也匆匆朝里跑。

蒋时延皱眉，拉住其中一个保安："一栋在哪儿？"

保安要救人，急得一指："你没长眼睛，不会看——"

保安的手指着张志兰家那栋楼，"吗"字还没说出口，蒋时延的助理还没反应过来，蒋时延目光凛冽，他反身就直冲火源——五楼的陈张刚家奔去。

支行做贷款的同事刚开始例行询问，唐漾便听到嘭的爆炸声。

唐漾循着声源望去，支行行长附在她耳边说：“可能是楼下的小孩放炮玩。”

唐漾收回视线。

等浓烟扑到客厅，大家意识到着火时，猩红的火舌已经蹿到了电视墙上。

与此同时，外面有邻居惊慌地吼：“着火了！五楼着火了！没听到吗？快跑啊！”

“陈强！”陈张刚几乎是下意识地朝儿子的卧室跑去，几个年轻的男同事跟着陈张刚进去救人。

唐漾有点儿怕，但胆子也不小。她跑到玄关开门，语速飞快地对同事们道：“到楼下发微信确认安全，下午我准假。”

“唐处先走。”

唐漾朝陈张刚的房子里面看：“你们先撤。”

同事们不再犹疑。

幸福花园是老小区，消防栓没有检修，早已锈死。房子外面有枯萎如瀑的爬山虎，火苗稍稍蹿到梢头，倏一下便引燃了整面外墙。

幸福花园每层八户，楼梯口狭窄。偏偏现在是午休时间，家家户户基本满员。

浓烟卷进楼梯，大家嚷着、呛着跑下去，跌跌撞撞、你推我搡间好像有人摔倒，有人扶起，又有人踩上去。

保安在一楼打着强光手电筒，重复喊：“老人和小孩先走！老人和小孩先走！”

陈张刚和几个银行员工推着昏过去的陈强出来，唐漾给他们一人发一张湿纸巾，跟在后面。

一行人走到三楼，队伍忽然不动了。

喧嚣、吵闹中有人开骂。原来，在这种时刻，竟然还有人想着把家里新买的冰箱搬下去，冰箱卡在了门口，他们不愿放弃。

“先出去！下面在做什么！”唐漾开口吸了一大口浓烟，瞥见楼下堵住路的几个人，她抬手就把成卷的资料朝下面砸，“不走不要挡路，上面还有两层楼的人！”

搬冰箱那人为了躲资料身体朝后一缩，瞬间让出一条一人宽的通道。支行行长他们来不及感叹唐处惊人的爆发力，赶紧把那人强硬地挤到一边，恢复秩序……

陈张刚他们出楼后，唐漾因为陆续让人还被挤在二楼的露天平台上。

她看楼下人头密密麻麻，如顺风奔腾的河水，河水中，她不敢相信但又确实看到了蒋时延从很远的地方跑过来，一路喊着“让一让”“麻烦让一让”逆着人流而来。

到一楼，他消失不见了，不到一分钟，又满脸急色地出现在她面前。

“你上来做什么？”唐漾推他，“有文件忘拿了？文件能有人重要——”

唐漾话没说完，蒋时延一把拉起她的手，转头跑向平台另一边，远离了大部队，也远离了嘈杂。

天花板上的白灰扑簌簌地朝下落，伴着碎木头、断钢筋。唐漾的心跳得很快，蒋时延的心跳得也很快。他牵着唐漾的手，牵得很紧很紧，不松开。

蒋时延把唐漾带到二楼平台边缘，他顺着管道跃下去。唐漾跟着他的步伐踩到管道上，见最后一格的高度离地面超过了两米，她动作一顿。

蒋时延落地，朝唐漾伸出双手，唐漾小声说“九十一斤”，他喘着气点头，唐漾毫不犹豫地朝下跳，他因惯性朝后仰了一下，而后稳稳地把她接在怀里。

周遭沸反盈天，唐漾耳里却只有两个人的心跳、两个人的呼吸，此起彼伏，比赛般交织在一起。

消防车来得很快，架云梯，开水枪，高压水瀑直冲火海。

撤退进入尾声，不少人将视线投向墙角的两人。

“你刚刚是来找我的？”唐漾微微用手撑起蒋时延的胸膛，将两人的距离拉开点儿。

蒋时延的目光扫视她全身，确认她没伤到，他笑了：“不然呢？”他用食指轻轻刮落她鼻尖的灰。

唐漾的鼻尖发痒：“这么感人吗？”

蒋时延：“换作我在里面，你不会过来？”

唐漾：“你刚刚不都出去了吗？”

蒋时延坚持：“换我在里面，你不会过来？”

爬山虎上有残留的火光，映出唐漾绯色的脸庞。“会。”她声若蚊蚋地应了声。

蒋时延满意地摸了摸唐漾的头，发消息让助理带其他同事先回公司。

唐漾的头顶稍稍发麻，她确认所有银行的同事都安全了，轻度烧伤的陈强也被送到了医院。

她转过头，正想和蒋时延说话，余光瞟见张志兰带着两个孩子想从侧门出来，一根断裂的横木挡在他们跟前。

楼里的浓烟穷寇般追上母子三人，唐漾蓦地蹬掉高跟鞋赤脚跑过去，蒋时延看到她的动作，更快地跑到她身前。

哐当、啪嗒，木头掉落、断裂声不绝于耳。

蒋时延把闵木、闵林抱出来，闵林噙着眼泪说要妈妈。

唐漾跨到楼里去拉张志兰，她推着张志兰出楼，刚要出去，在她正上方，一根细长的灯管摇来晃去，眼看着要坠落，她闪避不及，蒋时延冲过去反身把她护在怀里。

啪，灯管砸下。蒋时延闷哼一声。

消防员冲到楼内彻底灭了火，保安们辅助消防大队排查伤亡情况。

那根灯管砸下来痛是痛，但绝对到不了伤人的程度。而唐漾就眼睁睁地看着蒋时延受了那一下击打，唇色骤然发白，大颗大颗的汗珠从他的额角冒出。接着，他扶自己的手臂失去力气般朝下滑，整个人极为痛苦，缓缓地蹲下去。

“蒋时延，你怎么了？你怎么了？”唐漾急了，一边询问蒋时延，一边焦急地喊，“来人！这里要救人！来人啊！”残烟呛人，她喊破了音。

救护车是先前跟着消防车一起来的，医生和消防员几下把蒋时延抬了上去。

唐漾跟上去，看着医生、护士给他做检查，仪器嘀嘀嗒嗒地响。

突发心脏病？但蒋时延没有心脏病。被砸到了脊柱，还是其他……

唐漾看着那些指示灯，心里怕得要死，她面上却强装淡定，不知道是在安慰他，还是在说服自己：“不会有事儿的……蒋时延，你不会有事儿的——”

蒋时延喊了一声“疼”，手动了动。唐漾默契地把手伸上前。

蒋时延握住她的手。他望着她急迫又帮不上忙的纠结模样，想说很多话。可他动了动嘴唇，虚弱得一个字也说不出。

蒋时延想，说不出话，摸摸她的手也是极好的。

唐漾的手小、白、软，摸着和没骨头一样。他翻来覆去地摸，越摸越忍不住心疼，他的漾漾在意他，他的漾漾担心他，他的漾漾很急……可该死的，他竟然觉得她方寸大乱又强装镇定的样子都这么漂亮又可爱。

蒋时延说不出话。这样的动作落在唐漾眼里，就是大病当头的无助。她不禁捋着他的头发安慰他：“没事儿，不会死，不会死……”

蒋时延并不觉得这是安慰。

唐漾顺势又自然地亲了一下蒋时延的眉心。

她嘴唇柔软又一触即离。这下，蒋时延的呼吸一滞，才是真的要死了。

救护车风驰电掣地到了医院，医生和护士把蒋时延推往手术室。唐漾跟着一路快跑，手术室的门合拢的瞬间，她扶着墙壁徐徐地蹲下……

大火蔓延，蒋时延逆着人流过来；她帮助张志兰母子三人逃出来，蒋时延护住她。一切来得太快，让人躲避不及。

“你是来找我的吗”“不然呢”“这么感人吗”“换作我在里面，你不会过来”“会”……

唐漾想起曾经有一次和他在校门口吃饭，遇到几个混混，吹着口哨，出言不逊。那时候他正在准备去台湾做交换生的资料，一言一行都很关键。可也是在那时候，他把她护在身后，腾地站起来冲几个混混摔了啤酒瓶，不管不顾，像个疯子……

良久，唐漾深深地吸了一口气，去洗手间处理完一身狼狈。

出来后，她给蒋时延的家人打了电话，和医生沟通好，又接了范琳琅的电话。

“还去开会吗？”范琳琅关心道，“刚刚刷微博看到南津街发生了火灾，您不是在南津街吗？”

唐漾想着蒋时延的手术还要做几个小时。

“去。”她给了范琳琅肯定的回答，又交代两句，上了电梯。

唐漾出了医院，遇到记者采访，她随口说了点儿，便匆匆离开。

第8章 如约

蒋时延没说话，他很轻很轻地将她的手握住……告诉她，自己在。

这起火灾没有人员死亡，财物损失也不多。

失火原因是陈张刚的儿子抽烟没舍得抽完，剩一半忘记灭掉。然后，他午睡不小心把烟碰到了地上，引燃了地上的报纸。

这样的事故，网友们仅能得出一条“烟没抽完记得灭掉”的经验便兴味索然，甚至热搜都没上。

被波及的邻居平常吵归吵，骂归骂，见陈强家赔不出什么钱，自家也确实没烧毁什么，到医院蹭着量了一下血压、身高、体重，纷纷作罢。

晚上七点，远天的云彩将日夜交替的城市涂成一幅水墨画。唐漾开会出来，回了趟汇商，这才到医院来看蒋时延。

蒋时延住的是单间，蒋妈妈他们回去吃晚饭了，留冯蔚然一人守着。

蒋时延的麻药劲儿还没过，他就举着手机和冯蔚然玩游戏。

唐漾的嘴角抽搐两下，她反手合上门。

咔嗒，见进来的人是唐漾，冯蔚然遁走，关门离开，蒋时延把头偏向旁边。

唐漾把东西放到茶几上，走过去，失笑道：“在和我闹别扭？”

怎么可能不别扭？之前痛着不觉得，蒋时延醒了后才知道自己只是被灯管砸了一下，就在漾漾面前㞞成那样，还吓到她了。这和英雄救美后在美人面前打了一个充满蒜味的嗝儿有什么区别？再想到自己刚刚不小心瞥见镜子里自己呼痛时狰狞的五官，他一阵窒息。

偏偏唐漾看出他在想什么，忍着笑意：“没关系，依旧帅。”

唉……

蒋时延在闹别扭和看唐漾之间犹豫半秒，哼哼唧唧地转过头来，迎上唐漾盈盈的笑脸。

一秒、两秒、三秒，蒋时延唤：“漾漾。”

“嗯？”唐漾挑眉。

蒋时延：“如果我瘫痪了，你会照顾我一辈子吗？”

唐漾正色道：“会。”

蒋时延："如果我是绝症，你会陪我走到最后一天吗？"

唐漾依旧道："会。"

蒋时延再问："那如果我是——"

唐漾终于绷不住，屈指朝他的脑门弹去，又是气又是笑："你一个急性阑尾炎，要是再啰唆就别喝粥了。"

蒋时延眼前一亮："你带了粥？"

"蔬菜粥，你没拆线不能吃其他的。"唐漾打开保温桶，香味和热气一起蹿到蒋时延的鼻尖。

他没忍住嗅了嗅。

唐漾抿嘴笑，给他把病床摇起来，然后盛好粥，用勺子搅拌散些热气，端到他面前。

粥太烫，蒋时延问了火灾的处理进度和情况。

唐漾一边给他装白灼青菜，一边跟他慢慢说。她的音调又软又细，比窗外傍晚的天色更让人熨帖。

她看他的眼神一温柔，他险些生出错觉，自己和漾漾有了孩子，孩子在上小学……

说话间，粥凉得差不多了。蒋时延半眯着眼喝了一口。大概炖得太久，粥有点儿烂，小白菜的根蒂没掐，嚼不动，盐放多了点儿，咸味中还有丝丝诡异的……她放了白糖？！

蒋时延仅用一秒就判断出了厨师是谁。他迎上某人期待的眼色，听她问道："怎么样？还可以吗？"

蒋时延敛好表情，道："是在滋味阁买的，还是悠然居买的？这两家味道差不多，我分辨不出来。"但都是以粥闻名。

唐漾高兴："是我自己熬的。"

"啊？"蒋时延露出不敢相信的表情，"你下午不是去九江开会了吗？"

唐漾："对。"

蒋时延："你在九江熬的，还是办公室有电饭煲？"

唐漾很得意："没有，都不是。"

蒋时延顺着她的话："那——"

唐漾背后无形的小尾巴快翘到天上，尾音却只是稍微上扬："我从医院出去先回了趟汇商，在汇商楼下买的米和菜，找琳琅借的电饭煲，定好时间去九江开会，开完会回去，粥差不多好，我在汇商吃了饭就给你拎过来了。"她柔声道，“你不知道，琳琅都不肯借我，软磨硬泡好一会儿她才给的。”

唐处从事的是颇具保密性质的信审工作，她说话的加密意识也很强。

乍一听是她软磨硬泡好一会儿，范琳琅把电饭锅借给她。事实上，是范琳琅软磨硬泡好一会儿，问她给谁熬，她和蒋时延是什么关系，她被磨得没办法，红着脸推人：“别问了别问了。”范琳琅从她的表情中得到了答案，一脸揶揄地把锅借给了她。

蒋时延喝着粥，只觉得粥的热气又柔又暖。他的人浸在唐漾的目光下，一颗心仿佛浸在温泉里。

他喝完一口，抬头看她，小心又装作自然地试探：“突然觉得漾漾特别爱我。”

唐漾伸手碰了一下他的勺子：“废话！”

蒋时延猝不及防地被塞了一颗糖，心里甜蜜蜜的。

大概觉得自己答得太快太肯定，唐漾有些不好意思。

“粥真的好喝吗？”她忘记自己问过这个问题，企图找回些气场，故作凶巴巴道，“不准说不好喝。”

蒋时延学她说话：“全宇宙无敌最好喝。”好喝得……我想用自己报答你。

快看，这人撒谎不打草稿！

唐漾心里暖暖的，嘴上还是想搾两句。她把青菜端到隔板上，坐到蒋时延床边，她笑着一抬头，便撞上他一双深邃的噙笑的眸子。齐肩发滑了一些到脖子里，她痒得缩了缩脖子。

蒋时延慢条斯理地帮她把头发撩出来：“唐处长——”

“蒋时延——”唐处长不敢直视他的眼睛，搾人的气势如皮球泄气般登时泄得一干二净，她偏偏头，声音小得听不见。

蒋时延凝视她，指尖掠过她细腻的脖子，低声唤：“唐漾——”

嗡嗡嗡，桌面上的手机振动。

“电话。”唐漾小声提醒。

“唐小漾——”蒋时延不想放弃。

嗡嗡嗡，振动声不断。

蒋时延坚持：“漾漾——”

“电话。”唐漾轻轻搡他。

咚咚咚！这下，敲门声也响了起来。

还能怎么办？还能怎么办？！蒋时延深吸一口气，直起身来。

唐漾看他黑脸的样子，有点儿想笑。出于给某人面子的考虑，她只是嘴角抽搐了两下，然后把手机递给他，去开门。

方才唐漾给他小声念了一个名字，他没听清。他把手机放到耳边，冯蔚然邀功的声音立马从里面传出来:“才想起你还没吃饭，我给你们把饭叫好了，放在护士台。”冯蔚然说话弯弯绕绕，调侃道，“你们要是中途累了或者——”

蒋时延铁青着脸挂断电话。

门口，护士把手里的东西递给唐漾:“我换班看到这饭放在护士台没人拿，写的是蒋时延的名字，这天冷得快，就给你们送过来了。”

“麻烦你了。”唐漾礼貌地道谢。

“不用，”护士道，“有什么需要按铃就行。”

唐漾倚在门边和护士聊了两句，然后关门进来。

“没想到冯蔚然也给你点了粥，我给你放到小冰箱里，明早用微波炉热一下就能吃了，”唐漾把餐盒挨个儿拿出来放进去，又习惯性地把塑料袋折成方块扔到垃圾桶，这才问，“对了，你刚刚要说什么？喊个不停又不说话。”她大概能猜出他想说什么，所以揣着小心思提了这茬儿。

漾漾都这么光明正大地问出来了，自己还能说什么？蒋时延用勺子一下一下地搅拌着粥，越搅心里越不是滋味。“没什么。”他闷闷地答，甚至耍性子地用勺子重重地敲了敲碗底。

唐漾被他这个动作逗笑:“幼儿园毕业证还没拿到吧。”

“幼儿园哪儿有什么毕业证？”蒋时延说着说着手停了，“你说谁是幼儿园小朋友？”

唐漾扯了张餐巾纸递给他，眨着眼睛笑:“你看我在看谁。”

所以我还应该感到荣幸吗？哎……等等。

蒋时延不动声色地把勺子从碗里拿出来，同样微笑着看唐漾。

唐漾心里警觉:“你要做什么？”

“幼儿园小朋友可不会好好吃饭，”蒋时延噙着笑意，一字一顿地跟唐漾讲道理，“你得用勺子舀着喂我。”

这人笑得一脸得意又欠扁。

唐漾的耳根发烫，她学他笑着，一字一顿地反问:“要不要我用嘴喂你啊？”

蒋时延“好”字差点儿出口，心里奔跑着一万个举着“我愿意”的小人儿。可瞧着唐大人笑里藏着的小刀子，蒋小朋友清了一下嗓子，㞞㞞地自己拿起了小勺子。

前后各种折腾，蒋时延吃完饭，差不多快八点。

唐漾询问过医生，然后在护工的帮助下把蒋时延放到轮椅上，推他到楼下去散步。

急诊大楼有四层，电梯里却人满为患，楼梯是角度极小的斜坡，唐漾推着蒋时延一步一停地下楼。

唐漾说：“身体饱受禁锢，思想一骑绝尘的感觉怎么样？”

蒋时延回头看了看两人的身高差，笑问：“你觉得怎么样？”

“什么怎么样——”唐漾比轮椅上的蒋时延高不了多少，她花了一秒才想明白这点，很有民主精神地征求意见，“想让我先放左手，还是右手？”

蒋时延指着窗外：“我是说今晚的天，灰蒙蒙的，也没有云，一两颗星星隐没在树梢间，就像——”

唐漾失笑地挠了一下他的耳垂。

蒋大佬靠自己的诗情画意成功地避免了一起事故的发生，内心不禁一阵得意。

两人说笑间，下到一楼，两个行色匆匆的人从侧边撞上蒋时延。

见到唐漾，陈张刚问：“唐处，你看到陈强了吗？”

“没，怎么了——”

唐漾的话还没说完，陈张刚扭头就走。

蒋时延的脸色有些复杂：“这人挺——”不太好形容。

唐漾明白他的感觉，道：“中午几个同事帮他把陈强送到楼下，他也没说声谢，支行的申行长在他家撕餐巾纸撕了两张都被瞪了一眼，款还没贷下来，一直问坏账。”她回忆道，“奇怪的是，他挂在墙上的那幅毛笔字写得挺好的，就是内容稍微偏激了些。”

“棱角被磨了一半的市井愤青。”蒋时延概括得很准确。

唐漾想想也是，张志兰母子在邻里间属于被议论的边缘人物，陈张刚一家也是，所以两家关系稍近。但唐漾对陈张刚一家没什么了解，所以评价仅限于自己所知的事实。

晚饭后，医院的花园非常热闹，孩童的笑声、大人的谈论以及轮椅轧在青石路面的声音构成交响乐。夜色好似为楼房和灌木勾了层薄边。

唐漾和蒋时延还没出楼时就看到一个角落围满了人。出去后，两人都没声音。

唐漾中午才见过一次的消防员再次出现，在楼下铺开绿色的软垫。

四楼天台上，一个高位截瘫的独臂青年坐在轮椅上，转着轮子缓缓地朝天台边缘靠近。

唐漾见陈强之前以为货车司机都是五大三粗，见到陈强，才知道有文质彬彬这个选项。

此刻，陈强取下了长期戴着的黑框眼镜，他大概半眯着眼，也大概没眯，周围“有人跳楼”的喧哗好似不是在说他，他以一种极为平静而果决的态度转着轮椅接近天台边缘，三米、两米、一米……

陈强在天台上，消防员登到了楼顶平台上，但不敢贸然上前。

“陈强！”带着哭腔的女人的吼声从天台入口传来，“陈强！强子！”

消防员给她递了喇叭，一声声恸哭在夜色中放大。

“你回头看看妈妈，你回来——”

大抵是妈妈喊的“妈妈”太熟悉，陈强的手顿在原处，然后，他慢慢地把轮椅转向后面。

陈妈妈被消防员拉住，眼泪和鼻涕一起出来了：“陈强，你回来，乖，你先回来，楼顶风大——”

风吹得衣摆簌簌响。

“回去？”陈强宛如听到不好笑的笑话，他僵硬地牵了一下嘴角，“回去好让你们接着救我？救一个废人？”

陈妈妈不知道儿子在说什么话：“我们怎么可以不救，爸妈就你一个孩子！”

“你们应该多看点儿书，了解一下理性经济人。”陈强淡淡道，“第一次不救我，你们有一套房子、一个商铺、一份天价赔偿合同和一笔养老储蓄；第一次救我，你们欠了一屁股债，还有了一个花医药费跟烧钱一样的废物儿子。”

“你不是废物。”陈妈妈快要站不稳，靠陈张刚扶着，“陈强，乖，你先回来——”

“对，我不是废物，”陈强想到什么，又笑，“废物还能回收利用，可我能做什么呢？”他说着，撑着拐杖、用假肢歪歪扭扭地站起来，“你看，我没有腿。”

陈张刚想趁儿子站起来的空当冲过去。

陈强朝后面猛退一步，把自己和天台边缘的距离缩为半米。

陈张刚和一旁的消防员通通停滞在原地。

陈强又笑，举了举自己空荡荡的左边袖管：“我也没有手。”

陈妈妈双手合十举过头顶：“你是好孩子，爸妈的好孩子，爸妈做一切都是为了你，妈妈知道治烧伤很痛，你坚强一点儿，坚持一下，不要怕，我们忍忍就过去了，真的，忍一忍。”

楼下，唐漾和蒋时延站在警戒线边缘。

周遭的喧嚣早已沉寂，楼上陈妈妈每句话都好似随风灌到耳里。

唐漾紧张得手心起汗，蒋时延反手轻轻握住她的手。

陈强似乎有些动容，他把拐杖放到了轮椅上，自己站在轮椅后面，轮椅后面是没有护栏的边缘。

陈妈妈蹲在地上，一小步一小步试探着挪过去：“爸妈这辈子就你一个孩子，妈妈喜欢孩子。”

三米、两米、一米，越来越近，陈妈妈说：“妈妈贪心，你让妈妈做妈妈的时间久一点儿，你行行好，成全妈妈。”

陈强望着妈妈，继续笑：“我想自私一点儿。”我受够了残缺，受够了破败，受够了日复一日，所以自私地想让你们好过一点儿，就一点点……

陈妈妈忍痛劝道：“你不要自私，乖，你先回来——”

陈强把轮椅朝前推，整个人蹒跚着朝后。

陈妈妈说：“乖——”

陈强的脚离开天台，整个人如断翅的飞鸟直直地坠下去。

楼上，陈妈妈当场昏厥。

楼下，消防员在电光石火间判断好落点，迅速冲向软垫。

唐漾和蒋时延就看着陈强以背朝地的姿势直直地跌进面前的软垫。

一声闷响宛如解脱的蛩音。

陈强跌进软垫后，医生、护士迅速围上去，有脑震荡，但没见血，他们飞快地检查，核对着各项体征，把陈强推进急诊楼。

吃瓜群众你一言我一语，作鸟兽状散开。

唐漾戳在原地，脑海里一遍遍地闪现着陈强坠落那一幕，小指不自知地颤抖。

蒋时延没说话，他很轻很轻地将她的手握住，松开，再握住，再松开，以这样的动作安抚她，告诉她，自己在。

后脑勺部位是脑干，是调节呼吸、心跳的生命中枢。到底有多决绝，他才能笑着用背朝地面的姿势跳下。

蒋时延的体温通过皮肤传进手背，唐漾的心跳和情绪逐渐平缓下来。夜色如墨，她垂着眼帘，徐徐推着蒋时延往回走。

“我很小的时候，我妈学校有个老师就是跳楼走的，那个老师第一次被人劝下了，可第二次还是跳了，”唐漾说，“我特别不理解，为什么都被人劝下了第二次还会站上去。

“我妈那时候就告诉我，不以外物为转移的自杀就和贪欲一样，一旦有了苗头，就会像疯草一样滋长，到最后整个人无法控制，也无法承受。”

路灯昏暗，以瘦长的光柱撑开天与地。

唐漾和蒋时延进楼的身影在空旷中微如小点。

唐漾没说话，蒋时延也没说话。

安静中，唐漾心里乱成一团。为什么有人想救救不了，就像闵木、闵林以身殉志的父亲？为什么有人寻死寻不得，譬如刚刚……

回到病房，唐漾先把蒋时延推进去，再转身合上门。

咔嗒，感应灯亮了。

“你说活着是为了什么？”唐漾忽然问，问出来之后，她大概也觉得这个问题很空，很像十八九岁看天气都看情绪的敏感小姑娘，她讪讪地笑了笑，“有点儿超纲，我好像到了应该考虑中年危机的阶段，掉发啊，抗衰啊，升职啊，将来孩子的学区房啊——”

“唐漾。”连名带姓，蒋时延很认真地唤她。

“嗯？”唐漾偏头，想躲开他回望时深邃的眼眸。

蒋时延的手覆上她搁在轮椅上的手。他一边给她驱散着手上的寒意，一边以平稳的嗓音缓缓道：“你年龄不小了，我年龄也不小了，你有相亲、恋爱、结婚各种压力，我也有。你对我有好感，我对你也有好感。我们认识十五年，彼此了解，彼此扶持，彼此信任。我在想，”他顿了顿，“我们可不可以朝前迈一小步。”

唐漾有过无数次心理准备，可真当蒋时延说出口时，她还是蒙在了原地。

蒋时延不急，以沉静的眼神注视着她。

“就一小步，”蒋时延说，“一旦发现任何不对，一旦谁有其他任何喜欢的人，对别人一见钟情或者任何特殊情况，我们就分开，大大方方地祝福彼此。唐漾，”他第二次唤了她的名字，望着她茫然的脸庞、红红的脸颊，无比清晰又平缓道，“我想以更合理的身份陪你经历一切。我不想在你敏感、难受的时候只是给你讲笑话或者送东西。”像无数个诸如方才的时刻。

唐漾没出声。

蒋时延没退缩，也没含混，他拉着唐漾的手，轻轻地把她带到自己身前，温柔而认真地望着她的眼睛，说："我想抱紧你。"漾漾，可以吗？

他眼睛深邃，压低的声音宛如黎明前的海洋，海浪层层卷起，扑上来，唐漾的脑子嗡嗡作响。

"你现在也可以抱紧我啊。"唐漾咬了一下唇，愣愣地睁着黑白分明的大眼睛。

她可爱得让蒋时延心口一窒。

"唐漾，"他又好气又觉得好笑，用小指钩住她的小指，"我在表白。我们认识十五年，我想在任何你需要拥抱的时候给你拥抱。"他表明诚意。

"一旦发现任何不对，一旦谁有其他任何喜欢的人，对别人一见钟情或者任何特殊情况，我们就分开，大大方方地祝福彼此。"这句话给她留了退路，但凡她对自己有一点点动心，都不可能拒绝。

上一秒，蒋时延还信心满满。这一秒，唐漾仍旧没有回答，他微微移开视线，手心开始出汗。

漾漾了解自己吗？了解。自己在想什么，漾漾会知道吗？会。

如果，他是说如果，漾漾之前的动心是错觉……他越是不敢朝下想，这样的念头越是和气球一样，膨胀变大。是错觉，不是错觉；她答应，她不答应……

与此同时，唐漾也在慢慢回神，和自己做着思想斗争。

她喜欢蒋时延，也喜欢他的表白，可她不喜欢他那些乱七八糟"一旦喜欢其他人"的假设。可如果她拒绝了，她和他这辈子大概再不会有第二次这样的机会。就试一试，踩着那些条件试一试……

唐漾的思绪百转千回，就在蒋时延要把自己逼疯的前一秒，她开口了。

"我们需要起草一份合同吗？把条件和后续列在上面，对发展进度也做一个详细规划？"唐漾用小指指腹蹭了蹭他的小指，很小声地问。

蒋时延的一颗心瞬间落地。

"比如，牵手、接吻，"唐漾声音更小了，"还有其他。"不可描述的事情。

签了合同列了步骤，他大概就没机会反悔了吧。

"顺其自然吧。"蒋时延状似无意道。要是什么都按照步骤来，自己一定会急死。

想到什么，他也问了个问题："我们需要告诉父母和冯蔚然他们几个人吗？"告诉的话，各层关系牵扯着，漾漾想反悔可没那么容易了。

唐漾深知蒋妈妈喜欢自己，自己的妈妈也喜欢蒋时延，如果有一天有意外情况，这就是她的底牌：“我觉得可以先试一试，等到关系稳定了再告诉他们，万一有个什么——”她打住。事情才开始，不用去想最坏的结果。

唐漾和蒋时延很有默契。

两人结束一场温柔的“钩心斗角”，忽然从朋友变成情侣，只经历了一瞬的缓冲便觉得顺理成章。

病房门口的灯光昏黄，沿着唐漾的后背洒下影影绰绰的长影。

蒋时延的轮椅抵着门，唐漾站在蒋时延跟前，伸手轻轻捏着他两边的耳垂：“我们需要一点儿有仪式感的东西吗？”她的脖子稍微泛着红，“不然……亲一下？”说着，她借着难得的身高优势朝他俯身。

“不要。”蒋时延拒绝。

唐漾和蒋时延隔着一拳的距离，停在原地。

“我要亲两下。”蒋时延笑着向上仰头，在唐漾的唇上亲了一下，又亲了一下。

蒋时延轻声唤：“女朋友。”

唐漾也笑了，有样学样地亲了他一下：“蒋时延。”

两人的鼻息温热，交织在一起。

蒋时延又亲她一下，鼻尖抵着她白皙的鼻尖，微微蹭着：“女朋友。”

唐漾礼尚往来又亲一下，鼻尖被他抵着，整张脸都热热的：“蒋时延。”

蒋时延的喉结起伏一下，他第三次亲她。他的手搭着她纤细的肩膀，鼻尖抵得更紧些，笑声低低的：“女朋友啊——”好似有魔力。

唐漾的小脸烧得绯红，她再亲他一下，和他鼻尖抵着鼻尖，娇声唤：“男朋友——”话音一落，她自己把自己的脸羞红了。

蒋时延笑得得意。

唐漾捏住他的耳朵朝外拉：“你在笑什么！”

蒋时延也没脾气：“没什么。”就是想笑。

唐漾微微弯着腰，蒋时延微微仰着头，唐漾霸道总裁式抚着蒋时延的脸，蒋时延坐在轮椅上，格外温柔地搂着唐漾的脖子。

两人的姿势都很别扭，可在这样亲密的距离下，两个人的呼吸纠缠在一起，喉咙发干，谁也不愿意先动。

明明病房里只有两个人，唐漾和蒋时延却害怕打扰别人般，很小声地说着话。

两人亲昵间，病房的门被人从外面推了一下。接着，护士的声音从门外传来:“1 号床蒋时延做检查了，做检查了，挡在门口做什么？”

唐漾惊醒般松开蒋时延，看他一眼，她去床头拿纸，蒋时延心领神会地锁上房门。

唐漾做贼销赃般把蒋时延嘴唇上的口红擦干净，又擦自己的嘴唇。两个人都收拾得差不多了，唐漾把蒋时延推到床上躺好，这才清了清嗓子去开门。

“实在不好意思，刚刚轮椅卡在门口了。”

唐漾连连抱歉，护士也不好意思再说什么，动作麻利地给蒋时延量了体温、血压，又给他听了心跳。

检查完，护士阿姨瞥见唐漾的模样，蹙眉道:“你要我顺便给你量一下体温吗？小姑娘脸烧得这么红。”

唐漾心虚地摆手:“不用麻烦了，谢谢你。”

“三月份是流感多发季节，照顾病人也要注意自己的健康，勤喝水，勤洗手——”护士体贴地唠叨了好一阵。

唐漾面红耳赤地应着，到门口送人。

病房里，蒋时延躺在床上闷声狂笑。

唐漾转过身来，蒋时延宛如提线木偶，一秒收住笑意。

护士走后，唐漾给蒋时延核对接下来几天要输的液，她一边写备忘录，一边道:“那我下班之后再过来，到楼下给你取第二天要吃的药，以此类推。”

“你手机还有电吗？”

“有啊。”唐漾看到他手机在充电，把自己的手机解了锁，递过去，“易阿姨他们待会儿过来，他们过来了我再回去吧。”

蒋时延点开通讯录，长按“蒋时延”进入修改栏。

“你要改什么？”唐漾想，不是太离谱的话，自己作为新上任的女朋友还是可以接受的。

蒋时延清空备注，把坐在床边的某人朝自己怀里拉了拉，低声问:“喜欢亲爱的、宝贝儿，还是老公？”

“只能在这三个里面选吗？”唐漾热着脸嫌弃道，“都很肉麻啊。”

蒋时延俯身吻了吻她的脸:“选一个。”

唐漾思考好一会儿，中规中矩道:“那老公——”

“哎！”蒋时延眉梢一压，几乎是脱口而出。

唐漾见某人得逞般笑，立马反应过来。她顶着红透的小脸坐起来，瞪着他一字一顿道:“蒋——时——延！”

“别气，别气。”蒋时延心里乐开了花，一边好脾气地举手做投降状，一边逗她，“唐处长都是处长了，也得学会大度一点儿吧，叫一两声又有什么关系？”他挑眉，“不然我叫你一声老婆，你看着心情应？”

唐漾一口气堵在胸口。

偏偏蒋时延做出一副“我吃亏就吃亏”的表情，摸着她的手:“老婆，老婆，老婆，老婆——”

这次，唐漾没动。

一秒、两秒、三秒，唐漾微笑着扑上去敲蒋时延的脑袋，又羞又气:“你一天到晚到底在想些什么，少点儿花花肠子会活不下去吗——”

“冤枉，冤枉，”蒋时延嘴里喊着，却没躲，“不许说我是花花肠子，我满脑子想的都是你。”

唐漾被撩拨得心口一痒，手上施力更重。

蒋时延索性用双手擒住她的双手，然后把她的手放到自己脸上:“我脑袋太硬，你打着手疼，来来来，打我脸，打我脸。”他一副没脸没皮的样。

唐漾笑得不行，推他一把，没动手。

“在想我脸皮也厚？那来来来，打我的嘴。”蒋时延完全不害臊，他把唐漾的手拉到自己嘴边，带着她的手一下一下做打状，胡乱碰着他自己的嘴，实则是他一下一下亲着唐漾的手心，“对对对，就是这样，哎哟，你力气太小了！”

他号一声，带着唐漾的手一下一下拍得更重了。他也一下一下更重、更没章法地亲着唐漾的手心。

这人怎么可以耍贱成这样……唐漾又是笑又是羞又是气愤，只想找块豆腐一头撞死自己！

晚上十点，蒋妈妈过来了。

唐漾从病床上起来时，整个人都烧得热热的，衬衫上面的扣子不知道什么时候开了一颗，衣襟也揉得皱皱巴巴的。明明刚刚两人只是在床上小打小闹啊。

蒋时延就爱逗唐漾，一声一声叫着“老婆”去臊她。

唐漾以为他要挠自己痒痒的时候，他就亲亲她的脸蛋，以为他要亲自己脸蛋的时候，他又挠她痒痒。好几次她想反抗，想想他才动了手术，身上还有伤口，又格外善良地把气咽下，小媳妇一样任由他欺负。

蒋时延搂着娇娇小小的一团，鼻尖嗅着她发间若有若无的香气，想进一步又怕吓到她，局限于这儿亲亲那儿亲亲，自己把自己折磨得快要爆炸。

蒋妈妈进病房时，蒋时延一直咳嗽，而唐漾根本不管他，低着头打了个招呼便匆匆离开。

“糖糖，注意安全，怎么走这么快？”蒋妈妈嘀咕着给蒋时延倒了杯水。

蒋时延想到自己最后亲到她耳后，稍稍一吹气，她忍不住的那声嘤咛，嘴角都快翘到天上了，面上却神情自若：“她可能想去上厕所。”

蒋妈妈“哦”一声，也没想起病房里有洗手间。

唐漾正在关门，听到这话，差点儿把手夹进门里。上个头啊上，她后怕地甩甩手！

回去的路上，唐漾忍不住想，自己真的善良，就是善良，顾及他的伤口才会让他把自己身为一个职场女战士的形象和气场碾压得渣都不剩。等他恢复了，能随便折腾了，自己一定把他……把他……剃成一个小平头！哼。

蒋时延的头发发质好，乌黑，不长不短。他喜欢他自己的头发，也经常去做护理。

想到某人那头黑发被剪成板寸，再配上他的黑脸，唐漾等红灯，等着等着，扑哧笑出声来。

之后几天，唐漾每天五点半准时下班，去医院陪他待到晚上十点再回家。

有时候，蒋妈妈十点过去。十点之前，唐漾就和蒋时延躺在一起黏黏腻腻地说着话。有时候，蒋妈妈提前过去，唐漾就坐在床边一边削苹果，一边陪蒋妈妈唠嗑。

唐漾喂蒋时延什么东西，他会当着蒋妈妈的面拉住唐漾拿东西的手，不动。蒋妈妈觉得朋友之间开开玩笑很正常。

唐漾的眼神和蒋时延戏谑的眼神一碰撞，脸红得快要烧起来。

唐漾和蒋时延说什么话，他会当着蒋妈妈的面用喊老婆的眼神无声地望着她笑。

偶尔唐漾和蒋妈妈分坐在床的两侧，蒋时延就更过分。他面上淡定地和她们讨论一休旗下某部电视剧的八卦，手却是垂在床侧，拉着唐漾的手又是捏又是揉又是摸。更多时候，他喜欢和她十指相扣，然后稍微收拢手指，用不重的力道夹她的手。

唐漾的手白皙、柔软，蒋时延的手上有一层薄薄的茧子，皮肤摩挲间，彼此的温热真实地传遍全身。

偏偏蒋时延还要故意挑起话题："我觉得开着空调有点儿热，可以开窗透透气。"

倒春寒还没过去，热什么热？蒋妈妈腹诽，但瞧着唐漾面色也绯红，她问："糖糖也热吗，要不然把窗打开？"

窗户就在唐漾身后，可某人会放开她的手就怪了。

唐漾整个人陷入进退两难的羞臊，还要解释："不用，可能是因为才吃晚饭没多久。"说着，她还装模作样地咳两声，"这个天就是容易感冒。"

蒋时延的嘴角忍不住抽搐。

唐漾愤愤地挠他的手心，笑什么笑，笑什么笑！

蒋时延任由这只奓毛的小猫作乱，倏地把她的手整个包紧在自己手里。

蒋妈妈不知道两人的手在床侧的动作。唐漾又恼又羞，可话是自己说的，自己作死要求"关系稳定了再告诉家长、朋友"，现在除了打掉牙朝肚子里吞，还有其他办法吗？

而蒋时延很享受和唐漾装朋友的过程，把她逗窘、逗炸，逗得她想双脚跳起来踩他了，又趁旁人不注意，偷偷摸摸把她哄好。

这种感觉怎么形容呢？隐秘又……刺激！

等到周五，同事们经观察确定唐处最近的状态像自带美颜滤镜，而且笑容多了起来，左颊一个小酒窝若隐若现，漂亮得不像话。

午休时间，范琳琅在同事们的撺掇下去问口红色号。

范琳琅嘴上无奈地应着好，待转身进到唐漾办公室，她关上门，第一句就石破天惊："在一起了？"

唐漾一口茶差点儿喷出来，她忙不迭地放下杯子，用纸擦着："我……我什么时候告诉你了？"她明明跟谁都没说啊。

这话就相当于肯定。

"你每根头发丝都在说，瞧瞧范琳琅这个单身的。而且你一紧张就结巴，一个字说两次，"范琳琅举证，"周行长之前开会说一休联名信用卡那个案子，你读个写好的稿子都能读成一……一……一休……"

她学得惟妙惟肖，唐漾弯腰做找地缝状。

"好了好了，不逗你了。"范琳琅透过半透明的玻璃朝外看一眼，走到唐漾的办公椅旁，戳戳她的胳膊，"说说，你们谈恋爱是什么样子？"

在范琳琅的印象里，蒋时延就是霸道总裁本人，做事沉稳，做人高冷，是商海征战的胜利者，走路都走出千军万马的气场。

唐漾亦然，大龄女博士，最年轻的代理处长，做事果决、睿智，就是说一不二的掌舵人。当然，她休息时间会犯点儿小迷糊，但这样的细节早已淹没在范琳琅一脑子的小说情节里。

“先婚后爱？”范琳琅无比八卦道，“你们会不会两个人都特别理智，就跟做朋友没什么两样，打打闹闹，嘻嘻笑笑。然后到时间了，蒋总问可以牵手吗，你说可以，然后你们牵十分钟的手。然后又到一个时间，你问可以接吻吗，蒋总说可以，然后你们亲了半个小时。”

咯咯！唐漾吸口气都能被呛到，脸憋得通红。

范琳琅瞧着她那模样，越想越觉得可能：“然后到一个约定时间，你们到超市买——”

“出去，出去，你给我出去！”一直维持着亲和形象的唐处长臊得动手轰人。

范琳琅就当自己说中了，扶着门把挣扎：“大家都是成年人，唐处，你——”

“再在工作的地方闲聊，就把档案库里去年所有的件都拿出来核查一遍！”

唐漾开玩笑地把她搡到门外，带上门，然后，分外有气场地整理一下衣领。

门外，同事们一窝蜂地围上范琳琅：“是哪款哪个牌子，问出来了吗？”

门内，唐漾坐在办公椅上转圈圈，都怪蒋时延，也不知道怪他什么，反正怪他就好了。

唐漾觉得自己好像有一段时间没和他说话了，结果她拿起手机点开微信，看到两人的聊天停留在十分钟前，他要去做CT。

啊——手机放在桌上，唐漾的下巴搁在手机上，她的手臂沿着桌沿彻底伸开，然后叹一口气。现在才一点半，到五点半还有四个小时，可怎么熬啊？她全然忘记自己曾经是个不折不扣的加班狂魔。

唐漾知道他的手机没带在身上，但还是没忍住发了一个小孩要亲亲的表情包。看到小孩子旋转着扑到屏幕前方要亲亲，她的心情好得不得了。

她笑着给自己制订了做完一阶段工作就可以想他一次的计划。她有过那么一两次失误，但效率仍比之前高了不少。

下午五点，唐漾把其他件审完了，让范琳琅抱出去，然后她翻开九江专案的资料，一个电话拨给南津街支行行长。

九江集团架构庞大，盘根错节。唐漾自之前接手专案，就把九江集团在A市的产业划片区下分给各个支行，让他们做隐匿性质的实地调查，用来作为后续审核的补充材料。经过上次火灾，南津街支行的申行长和她关系近了不少，她自然第一个拨给他，以便调查过程中出现任何问题可以及时调整。

支行行长简单地汇报了一下进度，似是起身关了门，然后才接着道：“唐处还记得陈张刚吗？就是上次您过来我们一起去的那家见的人。”

“嗯。”唐漾没有做事做一半的习惯，不管陈张刚那份保险赔偿合同能不能做抵押、能不能贷到款，她都会跟进。只是陈强还在住院，她把这事儿暂时搁在了一边。

“我这次调查的九江钢铁厂就是陈张刚以前工作过的厂，”支行行长说，“我去拜访了几个老工人，他们无意间和我聊起，二十几年前，陈张刚是高级技工、车间主任，然后他带了个徒弟，几年时间，徒弟跟着他成了车间副主任。

“有一年大年三十，他们还没放假，中午陈张刚还是在食堂吃的，徒弟悄悄去女朋友家吃了团年饭。那个徒弟违规喝了二两酒，下午来上班，出现了致命的操作失误，不是致车间的命，而是致他自己的命。陈张刚眼明手快去拉他的徒弟，结果自己的手臂被卷到了机床下。”

陈张刚手臂断掉的地方包着布，唐漾没见过。这时听支行行长这么说，她隐约猜到点儿什么。

“血流得满机床都是，大家把他送去医院，他被抢救回来，做了截肢，然后回钢铁厂报销医疗费，”支行行长自己说着都觉得匪夷所思，“他回厂后发现，半个月不见，徒弟顶替他的位置成了车间主任，他的医药费能报是能报，但要写一份检讨，还要背一个操作失误的终身处分。

“他去找领导理论，找徒弟理论，可出事儿的时候车间里只有他和徒弟两个人，那时候又没有监控，送他去医院的那些工友心里向着他，可没看到事实，也没办法说话。

“前一秒，徒弟跪着跟陈张刚说虽然自己有女朋友，好不容易要结婚了，但他对不起师父，他马上去跟领导们认错，引咎辞职。陈张刚安慰他一会儿先回了家。下一秒，徒弟就找到领导，说当时是陈张刚的表不小心卷到了机床里，表值一百多块，陈张刚舍不得丢，就冒险去拿，而且徒弟带领导们去出事儿的机床看了那块依然卡在里面的表。”

善有恶报，百口莫辩。

唐漾心里宛如放了块石头，又重又堵。

“陈张刚的手是齐腕断的，他本来接了个假肢，辞职的时候也扔了。后来那个徒弟一路往上爬，现在在九江位高权重。”想到什么，支行行长补充道，

“当然，在看到九江内部档案之前，那些工人可能是空口乱说。”他又补充道，“但我问了将近十个老工人，他们的部门不同，退休时间不同，自陈张刚离厂后彼此都没联系过。”

一个人可能造谣，但十个人说辞都一样的话……

二十世纪七八十年代的工人就是镶着金边的铁饭碗。如果陈张刚当时没救徒弟，如果没有那场意外……可是，没有如果。

支行行长说完这段，电话陷入短暂的沉默。半晌，他又开口道：“我不是个重情义的人，我也快到退休年龄了，一直都是得过且过，不求进步，不求退步，这次很冒昧，但我还是想说如果可以的话，我这边把陈张刚的件递过去，唐处长，你能不能稍微，”他顿了顿，“关照一下？”

唐漾办公室的电话会自动录音。

她屏了一下呼吸，又吐气。她点开汇商 A 市春季信审相关条例修正建议，把陈张刚持有的保险赔偿合同那个大项“特殊抵押物有明确估值或定价的票据合同”的优先度提前三行，并加粗表明自己改动的这一处。

唐漾的动作很快，话说得很冷淡：“工作中少谈个人感情，条件符合我自然过，条件不符合我自然不过。申行长以民为本固然好，但还是要考虑大局，当然，我这话也冒昧了。”

支行行长发觉唐漾用的是座机，后背冒着汗，连连应下。

又说了两句，唐漾挂了电话。

五点半下班，唐漾没动。

同时，递件一向要半个月的支行行长花了半个小时把自己这几天整理的陈张刚具体的贷款资料递了上来。

唐漾这边很快根据条例写下意见。她翻到后面逐页签章时，视线落至写着“陈强”的某一处，面上的表情渐渐凝住……

汇商大楼，一盏盏灯逐渐熄灭。到最后，只剩唐漾那一盏。她看完资料到车库已经晚上七点多了。

好久没这么加班，她先到邻近的新光天地买了东西，再开到医院。她没去找蒋时延，反而去了楼下的病房。

那扇门虚掩着。唐漾推开时，陈强正坐在床上，面朝着窗外。

窗户开了一半，雨飘到他脸上、身上，他迎着细雨吹着曲调婉转的口哨——长亭外，古道边，芳草碧连天。

“你会吹口琴吗？”唐漾放轻脚步，进去。之前她照顾蒋时延，在电梯里碰到过陈强父子，陈张刚跟陈强介绍了她。

陈强口哨停下，人却没转过去。

唐漾把东西放到他的床头，解释说：“好像能哼‘长亭外，古道边’的人都会吹口琴。”

陈强觉得这是歪理，但仔细想想，自己会，自己以前认识的口琴社团的人也会。大学时代的记忆太模糊，他扯了扯嘴角，缓缓地转过身，对唐漾道：“坐。”

唐漾礼貌地颔首。坐下后，她没说贷款，也没说陈张刚的事儿。她无比平淡地复述之前在办公室看到的那份材料：“陈强，二十五岁，曾就读于南津中学，高三参加数学竞赛，获环亚太地区铜奖，保送交大金融专业，大二因成绩优异转到经济学实验班，同年暑假，因故意伤人罪被开除学籍，并入狱两年，出狱后，在南津煤厂跑货车。你打的那个人是当时九江钢铁厂的厂长——魏长春。”

以前，陈强听到这些会很崩溃。现在，他笑笑：“你想表达什么？”

唐漾变换了一下双腿交叠的姿势。都是聪明人，她直接道：“你自学过多门编程语言，建模能力也很强。投行很少收大四以下的实习生，你当时大二，是个例外。”

投行的两大特点：做牛做马以及走在时代最前面，在热点变成热点之前发现热点。

唐漾看问题很透彻：“开除学籍意味着你要重新参加高考，从零开始才能得到很多人随便混四年就能拿的文凭，所以你出狱后一直很抗拒自己的过去，也很抗拒自己的专业，宁可开货车也不愿意重新拾起。但其实你选择开货车也有讲究，煤厂利润高，但深夜开货车经常会遇到抢劫的，你的出狱证明在其他地方是减分项，在这里是加分项。”

“随意点评别人的选择特别鲁莽。”陈强笑。

“我陈述的是客观事实，”唐漾很平静，“陈强，你已经死过一次了。”

陈强的笑意僵住。

唐漾一字一顿地说：“陈强，你上周从楼顶跳下的那一刻，你就已经死过一次了。”

这次，陈强没出声。

唐漾用眼神示意了一下床头，语气极淡地说：“我给你带了一台电脑和一张欠条，你愿意收就收，你愿意欠就欠。如果你拒绝，待会儿可以叫保洁阿姨把电脑扔到楼下。”

沉默一秒、两秒，陈强哂笑：“活菩萨？”

唐漾笑着反问：“我像会做好事儿的人？”

陈强没回答。

“共享、节能、直播，现在的热点很多，我知道，你不知道。未来热点是什么，你知道，我不知道，”唐漾说，“我不是风投，我不会给你钱，我也不会给你渠道、资源。电脑里有份合同，一旦你决定要做什么，我都要求持有 30% 的原始股份，作为拎这台重死人的电脑上三楼的报酬。”

唐漾这话说得相当明白，陈强却没回复。

双方第三次陷入沉默。

良久后，陈强偏头瞥一眼电脑，电脑对她来说确实很重，但能重到要 30% 的原始股份？“你学会计的吧，算得这么精。”他笑。

“不好意思，特招经济学班。”唐漾年龄不小了，既然男朋友都有了，结婚、生子自然在考虑之内。如果陈强没成功，一台电脑值不了几个钱；如果他成功了，那这些股份就是留给孩子的成长基金。名字没想好，姑且叫蒋小宝？

唐漾越想越觉得未来可期，她语气轻快，笑道：“要是你当初拿到了毕业证，大概可以叫我一声‘学姐’。”

陈强哧哧地笑，用自己仅剩的那只手推了一下眼镜，不急不缓道：“今天下午我看到四组阿姨带着二十岁出头的女人，大概是女儿或者侄女一类，去了你男朋友病房。第一组待了二十分钟；第二组三十五分钟；第三组十分钟；第四组在你来我这儿之前五分钟到的，那两人的豪车现在还停在楼下，你立马上去，大概能看到人。”

唐漾拎着包包起身就走。

病房里，陈强望着她小跑的背影，作为旁观者，好像第一次明白了为什么有人从枪林弹雨里出来眉头都不皱，铁骨铮铮，唯独说起那个快十年不见的初恋时满腔温柔。被她喜欢大抵真的很好。

病房外，唐漾急匆匆地上电梯。她站定后才意识到，自己什么时候告诉过陈强自己有男朋友？范琳琅知道就算了，为什么陈强也知道？她是把“蒋时延”这三个字写在脸上了吗？！

等等，唐漾想到什么。她抬腕瞄了一下表，距离自己到医院已经过去了五十分钟……

唐漾注视着金属镜面中的自己，嘴角缓慢且用力地勾起一抹弧度。有什么事情能说五十分钟？还是和二十岁出头花枝招展嫩得能掐出水的年轻小姑娘！

唐漾越想心头那股无名火烧得越旺：蒋时延，你很棒哟！要不要亲亲你？要不要抱抱你？要不要举高高？

唐漾心下冷笑，边出电梯边咬牙：举——高——高！！

第 9 章
爱意

两人宛如两艘漂泊的船，你来我往，在浪潮中紧密依靠。

唐漾和陈强在楼下说话时，蒋妈妈和客人在楼上聊天，蒋时延则是一直看表。他下午四点做完 CT 出来，看到唐漾发的要亲亲的表情包，搁在屏幕上的手指好像真的被那个小孩亲到了一样，又酥又痒。

他回复。

老公:“就知道你会想我！”

过了十分钟，唐漾没回。

蒋时延再发一条。

老公:“我也想你！”

又过了半个小时，唐漾还是没回。

蒋时延有些坐不住了。

老公:“怎么人不见了？在开会吗？上午不是才开过？”

老公:“那你好好开会吧，我也回病房处理工作。”

蒋时延住院的这一周多，助理也来回奔波。通常是他上午把文件送过去，蒋时延下午看完，他第二天到医院拿。可今天，他下午才把文件送过去，不到一个小时，就接到了做事高效的蒋总的电话。

助理过去，询问细节，蒋时延一边应，一边接着给唐漾发微信。

老公:“我文件批完啦，马上五点半了，我妈说她待会儿回去做了饭带过来，你要一起吃吗？想吃什么？要一起的话，我让她多做点儿你喜欢的。”

她还是没有回复。

之后，蒋妈妈回家，做好饭，又带过来和蒋时延一起吃了，开始迎接今天第四拨朋友，唐漾还没过来，也没回消息。

蒋时延看着表从四点走到七点，望着手机上一连串同方向的聊天框，他嘴上“嗯”“是”应着客人的话，心里却忍不住失落。

老公:“都过七点了，你怎么还没过来啊？”

老公:“我没有催你和要求你一定要过来的意思，我只是……只是……有点儿想你。”

老公:“我是不是发太多消息，打扰你了，漾漾……”

消息全部石沉大海。

蒋时延不敢想，可越不敢想，这样的念头越是压不住，漾漾是不是不爱他了，是不是当时说试一试就是没认真，她是不是在外面有别的人了……

蒋时延心思百转千回的时候，唐漾到了他病房门口。

唐漾上午开会把手机调成了静音，断了网便一直没管，这时她摸出来想给蒋时延发个什么，刚连上无线网，一条条消息便接连蹦出。

她逐条看着，想象出他一边敲字一边委屈巴巴的模样，心软得不像样。她正想回复，转念思及那四个年轻小姑娘，最后一个还待在他的病房……

心软能值几毛钱？她冷哼一声，折身去走廊尽头的洗手间补妆，她卸了偏哑光的口红，换了正一点儿、亮一点儿的色号。

唐漾生气归生气，出来时，想到他没等到自己回复，还是没忍住去楼下给小可怜买了一份钵仔糕。他最喜欢吃这个。

而楼上，蒋时延看到聊天框顶上闪现“对方正在输入中”，然后变回“老婆”，没了后续。有过希望，然后破灭，大概比没有过希望更让人难过。

咚咚咚，敲门声打断了蒋时延翻涌的情绪。

蒋妈妈起身去开门，唐漾拎着东西进来。

“吃饭了吗，糖糖？”蒋妈妈问。

“吃啦。”唐漾看到病房里坐着另外两个人，露出一个诧异的表情，然后笑说，“我这是赶上了吗？难得热闹。”

蒋妈妈拉着唐漾给她介绍其中一位:“这是我一个朋友，之前一直在新西兰，去年年底回了国，听说时延病了，她带女儿过来看看，倪萍波倪总，”蒋妈妈说，“糖糖，你跟着时延喊倪阿姨就可以。”

唐漾乖巧地喊人。

倪萍波和蔼地应下，拉着身旁的年轻女子道:“这是我女儿，盛倪娜。”

蒋妈妈跟着补充道:“这是我女儿，唐漾。”说着说着，她发现不对，“啊，不不不，不是我女儿，糖糖是时延的好朋友，好多年了。”

大家都被蒋妈妈逗笑。

两位长辈让盛倪娜和唐漾比年龄。

说话间，盛倪娜思忖道:“我好像在悠然居见过漾姐。”

唐漾看了盛倪娜几秒，也想起来:“对，就是程斯然那次聚会，草坪烧烤。”

倪萍波:“真是缘分啊。”

几人又是说笑。

从唐漾进门开始，蒋时延的视线便紧紧追着唐漾。她说话，他就笑；她笑，他也笑。说不清笑什么，可能因为她来了，可能因为她没有别的人，也可能因为她今天好漂亮。

唐漾和她们聊了几句，便到床边，把热气腾腾的钵仔糕递给蒋时延。

蒋时延自愿当背景板几个小时，这下出声找存在感："你专门去买的？"他做惊喜状。

明明就在楼下。

唐漾心里还闷着气，一口应下："对啊。"

蒋时延看她咬了一下唇，满眼的温柔快溢出来："要我说谢谢吗？"

唐漾撞进他的眼波，差点儿稳不住，她偏头清了一下嗓子："你……你随意——"

蒋时延无声地笑着，打开袋子开始吃软糕。

蒋妈妈把唐漾拉到自己身边坐下，对倪萍波母女道："这孩子就是有心，每天都过来。"

倪萍波腹诽，蒋家在A市是什么地位，能有那么多简单的情谊？倪娜带的礼盒，母子俩看都不多看一眼，几块钱的钵仔糕稀罕成这样？

蒋时延吃得斯文又愉悦。

倪萍波笑着道："其实倪娜很早之前就想过来，就是不知道时延方不方便，而且倪娜也忙，这里剧本才拍完，那里广告又送过来了，经常跑通告跑到半夜，不管怎么说，女孩子还是要有自己的事业。"

盛倪娜是当红"花旦"，被粉丝吹成盛世美颜。这时她化着淡妆坐在唐漾对面，蒋妈妈仔细对比：盛倪娜是混血，五官妩媚；糖糖是典型的江南女子的长相，娇俏可人。两人属于不同类型，客观来说各有千秋。

"就是，糖糖也这样，"蒋妈妈拉着唐漾的手，特别认同地接话，"你说她漂亮吧，从小成绩就好，一声不吭念了个博士出来。你说她书读多了会不会死板，人家管培生，二十八岁就是汇商分行副处长。"

蒋时延插话："现在是代理处长。"

"对对，处长了，"蒋妈妈对倪萍波道，"你想想我俩二十八岁在做什么，字不识两个，饱一顿饿一顿到处跑——"

长辈说话时，唐漾和盛倪娜都没插嘴。唐漾给大家剥橙子，盛倪娜就剥点儿坚果；唐漾倒水，盛倪娜就去关透风的窗户。

蒋时延好几次想让唐漾坐到自己旁边，见唐漾没看自己，便作罢。

倪萍波说倪娜怎么优秀，蒋妈妈就拿相同的方面说唐漾，越说越觉得唐漾哪儿都好，怎么看怎么好，除了不是自己儿媳妇这一条，唉。

聊到后来，倪萍波忽然问："唐处长有男朋友吗？这么优秀。"

唐漾和蒋时延装朋友装归装，置气归置气，她做不到矢口否认伤害蒋时延。但不否认的话，不知道某人能乐成什么样。

蒋时延了解唐漾，就在他一脸深情地望着唐漾，唐漾想开口时——

"还没有呢，宁缺毋滥，眼光高。"蒋妈妈抢先回答。

蒋时延脸上的笑容如贴纸般瞬间凝固。漾漾大概会说没有吧，大大咧咧地反驳别人不像她的性格。何况那人是自己老妈，何况两人说好了关系稳定之前不告诉别人……

蒋时延嘴里像塞着一块布般，堵得难受。

而唐漾没有犹疑，弯着眉眼，柔声道："有喜欢的人了。"

她没回答有没有男朋友，但说有喜欢的人。有喜欢的人啊。蒋时延嘴里的布变成棉花糖，软软绵绵，丝丝缕缕的甜味直朝他心尖蹿。

有喜欢的人啊。蒋妈妈怅然若失，但仍和蔼道："好好加油，确定了可以带到家里来，阿姨给你参考参考。"

倪萍波庆幸："我本来想说程斯然还不错，都是乖性子，和唐漾合得来。"

蒋妈妈半开玩笑道："我家时延也不错啊，性子野，就得糖糖这种乖性子的人管。"

倪萍波："倪娜也乖，文静。"

蒋妈妈打哈哈："年轻人的事儿年轻人自己操心。"

进病房之前，唐漾想象的是——来见蒋时延的都是名媛，打算商业联姻一类，蒋妈妈很喜欢对方，蒋时延不喜欢，但也没办法甩脸。这时她就应该拿出稍微强势的气场，凭着曾经积攒的好感引领蒋妈妈把心朝自己这边偏。可全程下来……剧本似乎拿反了……

蒋妈妈说完"时延要糖糖管"，唐漾陷入羞愧："我去一下洗手间。"她的耳根热热的，起身。

蒋妈妈温和地提醒："病房里这个门坏了，打不开，糖糖要去外面。"

唐漾前脚刚走，盛倪娜也站起来："我也去一下洗手间。"

盛倪娜明显揣着企图，但她和她妈没说到那一步，蒋时延自然懒得理，这时见她跟着唐漾出去，他也坐起来："我也去一趟洗手间。"

“凑什么热闹？”蒋妈妈打了蒋时延一下，但还是弯身给他找拖鞋。

不是凑热闹，是他知道盛倪娜肯定是冲着唐漾去的，肯定会拦住唐漾。但他不知道唐漾知不知道盛倪娜不好对付。

万一盛倪娜说个什么，万一漾漾毫无准备，什么都说不出，万一盛倪娜扯两家的合作关系等乱七八糟的，万一漾漾听进去了……不知道会发生什么，所以他得过去看看。

蒋时延以前就护着唐漾，这时成了女朋友，他自己疼着爱着都来不及，哪舍得让她受丁点儿委屈？

唐漾进女厕所，盛倪娜进女厕所，蒋时延在门口那个公共洗手台洗手。

唐漾出来，碰到盛倪娜从旁边的隔间出来，唐漾挑眉。

早在程斯然那场聚会上，盛倪娜就开始关注蒋时延。她知道蒋时延喜欢唐漾，不确定唐漾喜不喜欢蒋时延，但两人肯定没在一起。趁他们还没在一起，她得把蒋时延抢到手。

唐漾在女厕所里面的洗手台洗手。盛倪娜走到她旁边洗手。“漾姐，”她礼貌地叫人，“你和时延关系好了这么多年，应该清楚他的一些习惯，比如喜欢吃什么菜啊？”

唐漾抬头看了眼镜子：“不清楚。”

盛倪娜换个话题：“那喜欢什么电影、喜欢什么花应该知道吧，方便告诉我吗？”

唐漾淡淡道：“不方便。”

盛倪娜的表情有些僵了，随即想到唐漾可能觉得说了这些蒋时延会生气，她讪笑着让步：“那时延平时喜欢去什么餐厅、什么会所，应该方便说吧？”

这次，唐漾干脆不回答。

气氛一时陷入尴尬。

盛倪娜垂在身侧的手紧了紧：“我曾经不相信男女之间有纯友谊，但你和时延这么多年，我好像又信了，不瞒你说，我喜欢时延。”她顿了顿，“我本来以为你作为朋友，比谁都希望看到他幸福，现在看来……”

她在娱乐圈见惯了这样的事儿：“谁没点儿花花肠子呢，明人不说暗话，时延对你那么好，你将他当备胎还是长期饭票，我管不着，但你将他当过朋友吗？”尾音极尽嘲讽。

唐漾置若罔闻，她保持着自己的动作洗手，关水，扯纸擦手，待擦完后，才不紧不慢地转过来，仰脸望着盛倪娜。她眉眼弯弯，态度轻软又客气地笑道：

“不好意思啊，我现在是他的女朋友。”

唐漾也是有头有脸的人物，盛倪娜并不认为她会为了面子凭空捏造。除非她真的和蒋时延在一起了，并且悄无声息……

盛倪娜没预料到这点，整个人愣在原处。

“对了，”唐漾想到什么，“叫时延太亲密，我没听时延说过和您关系好，我本人心眼小，花花肠子也多，”她无比坦荡地用盛倪娜方才的话形容自己，“所以希望盛小姐以后可以懂得避嫌。”

唐漾好心地给盛倪娜扯了张纸，盛倪娜没接。唐漾轻轻地把纸放到她手上。

“以及，”唐漾礼貌地朝盛倪娜颔首，“很高兴遇见您。”说罢，她越过盛倪娜，头也不回地离开。

门外，蒋时延先唐漾一步躲到楼梯口。待唐漾走后，他才走。

蒋时延耳畔回响着唐漾细细软软的调子，嘴角忍不住上扬。瞧瞧，瞧瞧，这就是自家的漾漾，什么叫淡定，什么叫大气，什么叫四两拨千斤……

大概蒋时延自己也感觉到嘴要咧到天上了，他一边走，一边把拇指和食指放在两边嘴角上，用力把嘴角拉平，结果不到一秒，又翘成了微笑唇。他又伸手拉平，嘴角又朝上翘。

反复几次之后，蒋时延发现一个问题，自己应该从楼梯口出去啊，怎么在朝下走？于是，他像一个被程序控制的机器人般，先是以拉平嘴角又忍不住笑的循环走向通往三楼的斜梯，走到一半后，他转身，一边以相同的频率扯唇、笑，一边稳步朝上走。

三楼楼梯口，地上坐着个吃盒饭的清洁工大叔，他目睹这人下到一半又上去，默默地把盒饭护在怀里，有些害怕地朝墙根缩了缩。

唐漾出洗手间后，到走廊尽头的阳台吹了会儿风。

早春夜色薄，空气中好像泛着一层湿润的泥土清香。楼下，老人们在聊天喝茶，小孩子在追逐打闹。

叽叽喳喳的声响构成噪声，唐漾听着，目光放得有些空。自己是蒋时延的女朋友，说那些话也没错，可不知道为什么，她还是感觉心上像搭着一只手，一下一下收紧，捏出莫名的酸涩……

大约站了半个小时，唐漾收拾好情绪，回病房。

倪萍波母女已经走了，蒋时延脱掉了病号服，换上了黑色厚卫衣和浅色长裤，蒋妈妈在收东西。温水瓶、餐巾纸一类的她没要，主要是把蒋时延的平板啊键盘啊给他装进包里。

唐漾看看蒋妈妈，又看看蒋时延，疑惑道：“这是要出院？”

“嗯，”蒋妈妈转过头来，“我明天要和小姐妹去扫货，等会儿就麻烦糖糖你把他载回去。”

“可以呀，”唐漾奇怪，“不过，我之前好像听说要周日才出院。”

蒋时延一只脚踩在床沿上，边系鞋带，边道：“反正之后那几组水没什么用，输不输都一样。”

唐漾：“医生开了就有医生的道理，你这样——”

“懒得和他说，”蒋妈妈过来拉唐漾，“他上个厕所回来人就傻了，说要回去陪他家的‘小月亮’。”

唐漾蒙了：“他家有什么‘小月亮’？”

“不知道是谁以前最讨厌那些毛茸茸、爱掉毛的小可爱，别人家小孩是哭着闹着求爸妈养宠物，我养蔬菜的时候，不知道是谁甩脸子说看到他卧室有一根毛就把蔬菜拎出去扔到垃圾桶，”蒋妈妈嫌弃完，一字一顿回答唐漾，“他说是一只猫。”蒋妈妈嘲讽的意图很明显。

唐漾意识到什么，她望一眼蒋时延，手上帮着蒋妈妈收东西，耳根没来由地就是一热。

果然，下一秒，蒋时延眼眸含笑地望着唐漾，话却是对着蒋妈妈讲的：“我的猫乖巧、懂事儿、可爱又漂亮，你以为是你那只会到处乱窜、只会啃书的蠢荷兰猪吗？”

蒋妈妈“嘁”一声，懒得和他贫。

唐漾夹在母子之间，低下头时，耳根泛着一层微微的红色。

不一会儿，唐漾帮忙收好东西，问他需要办出院手续吗，把他的包递给他。

蒋时延把包接过来，顺势牵住唐漾的手：“不用，明天助理过来。”

蒋妈妈就走在前面呢，这人怎么可以……

唐漾想挣开，蒋时延不松手，一直到上电梯，蒋妈妈回头和两人说话，蒋时延才轻咳一声，不情不愿地放开自家很爱脸红的小女朋友。

电梯里人不多，但也不好说话。下到一楼，唐漾去开车，蒋妈妈在门口等蒋爸爸，蒋时延等唐漾。

医院临街的门口车都是成群结队的，可自己儿子还是单身。蒋妈妈看着看着，不由得叹了口气。

“明天就周六了，人家糖糖平常上班就够累了，周末好不容易休息一下，你反正闲着也是闲着，有空就做做饭什么的，让她到你家去吃，也就一个对门的距离，”蒋妈妈说，“糖糖长期吃外卖对身体不好。”

自己给漾漾做自己愿意做，可这话经由老妈说出来，蒋时延不敢相信地指自己：“我是个病号。”

蒋妈妈：“糖糖不会做饭。”

蒋时延：“我是你儿子。”

蒋妈妈理直气壮道：“我喜欢糖糖。”

我也喜欢漾漾！蒋时延在嘴皮子上暂居下风，心里却有一万个小人儿在挥舞花束：“不好意思啊，易女士，不好意思啊，我的妈。我现在是你家糖糖的男朋友，明媒正娶，啊，不，名正言顺——”

蒋妈妈狐疑：“你叽里咕噜在说些什么？”

“没什么。”蒋时延捂嘴咳一声，偏头抿嘴笑。

蒋妈妈不想和他说话。

从医院出发时差不多九点半，路上没什么车。

唐漾的 MINI 没加油，她最近一周开的都是唐妈妈新买的轿跑车，提速快。她飙到限速上限，开得专注。

蒋时延不敢打扰她，乖乖地坐在副驾驶位上，一只手抓把手，一只手在大腿上打节拍，嘴上跟着 Westlife（西城男孩）轻轻哼唱。他的嗓音醇厚，糅杂在悠扬的旋律中，好似抹了一层时间的味道。

以前高中时，唐漾的衣襟上夹着最新款的 MP3，她分一个耳机给蒋时延，蒋时延就把自己桌屉里那个同款 MP3 藏好，凑近了和她一起听。

蒋时延望着前方的道路，调子越哼越温柔。

唐漾和他想到相同的地方，心里某根弦好似被悄悄拨了一下。

下车后，唐漾面色缓和了些：“有空吗？”

“有啊。”蒋时延按电梯键。

唐漾淡淡道：“我们谈一谈？”

“好啊。”蒋时延侧身让唐漾先进去。

唐漾抬手按楼层键：“去你家，还是我家？”

蒋时延仍旧用又甜又开心的调子答：“都可以啊！”

“正经点儿！”唐漾用胳膊肘戳了一下他的腰，忍俊不禁。

蒋时延不动声色地揽住唐漾的肩膀。

电梯上到一半，侧面的滚动广告从九江集团的招聘换成盛倪娜。画面中，穿着公主裙的美人历经艰险找到王子，两人在月色下相拥，盛倪娜甜笑着说出“倾情时刻，纵享柔滑”。

唐漾的脑海里适时地浮现出盛倪娜在洗手间拦住自己说“不瞒你说，我喜欢时延”，她嘴角的弧度渐渐凝在原地。

蒋时延观察着她，一颗心渐渐提起。

叮咚，到达楼层。

唐漾出电梯，蒋时延跟着唐漾出电梯，他知道唐漾有话说，就没有先开口，默默地跟在她身后。

唐漾沉默着走到两道门中间的位置，停下脚步。感应灯亮出对称的小点，她站在两团黄色光晕交界的地方。

她抿了一下嘴，然后抬头看着蒋时延，出声轻柔：“虽然我们当初确定关系时说好了感情出现特殊变故可以分开，但我不认为我们现在出现了特殊变故。即便出现变故，在事情来临前以及其他一些时候，我也希望可以和你进行有效的沟通。”她顿了一下，努力让自己看上去客观又冷静，“比如今天，除了盛倪娜她们，还有其他人去看过你吗？”

蒋时延老老实实地回答：“还有三拨，一个是沈言曦，她是被她妈押着过去的，你见过。一个是方舒，她舅妈是我妈的一个合作伙伴。一个是田瑶，她是和她姑姑一起去的，也是合作伙伴。”

唐漾“嗯”一声：“分别待了多久？”

蒋时延说：“十分钟、三十五分钟左右、二十分钟。”

和陈强跟自己说的几乎一样。唐漾再问：“说了什么？”

“说了什么？”蒋时延重复她的问题，伸手摸出自己的手机，解锁，东滑西点，就是不回答。

唐漾自然把他的态度理解为对合作伙伴的回避和保护。一秒、两秒、三秒，她的手插进裤兜。

“不回答——”她很轻地笑了一声，“是不是如果我今儿晚上没撞见盛倪娜，你就不会告诉我？”

蒋时延没反应过来，唐漾接着笑。“是不是我不问，你就不会主动说其他三个？还是说你觉得一边谈恋爱，一边见其他小姑娘是很正常的事儿？反正你表白的时候很聪明地给自己留了退路。”她接二连三地质问。

蒋时延回神，也笑：“漾漾，你不能这么猜测我。”

“我在猜测你？”唐漾笑，“你知道我这人最不喜欢猜测，有话说话，有事儿说事儿，坦坦荡荡，明明白白，而事实就是盛倪娜确实很优秀，对吧！”

“漾漾——”

“等我先说完，”唐漾深吸一口气，调整了一下情绪，自认为冷静地接着道，“二十四岁，门当户对，360 度无死角的脸，虽然门当户对在我眼里不构成可比条件，但人家年轻、漂亮是真的吧？哦，对了，人家是混娱乐圈的大明星，你是影视公司的霸道总裁，共同领域、共同话题轻而易举就能擦出火花，说不定还能发展成红颜知己。”

“漾漾。”蒋时延想抱她。

唐漾轻轻地别开他的手：“对啊，我和你之前不就是朋友，要碍于我，你们擦不出火花，说不定人家还能提着裙摆翻山越岭地来见你，牵牵小手，抱抱小腰——”她知道自己说这些话是没凭没据借题发挥，可就是控制不住多想，控制不住难过。她知道这样不好，但就是控制不住。

蒋时延心疼地唤“漾漾”，一次次想去抱她。

“你们还能在月光下互诉衷肠，像盛倪娜刚刚念的那什么台词，”唐漾一次次躲开他，“倾情时刻，纵享柔滑。”她五脏六腑好似浸在酸汤里。

蒋时延借着男女间力道悬殊直接抱紧她。

“漾漾，漾漾，漾漾。”他一遍遍低声唤她的名字，一遍遍吻她的额角。

唐漾想挣扎，想推开，蒋时延紧紧地抱住她，就是不放手。

慢慢地，唐漾的情绪稳定下来。

蒋时延的唇轻柔地覆在她的眉心，好一会儿才松开。他解释：“她们是抱着心思来，但她们没挑明，我就懒得理，我想跟易女士说我们在一起了。”他把所有锅都朝自己身上揽，“但我是个笨蛋，不知道你愿不愿意。”

鼻尖是他身上熟悉的木质香，唐漾的侧脸贴着他宽阔的胸膛。

蒋时延说话时，唐漾感受着他的温热从四面八方包裹着自己，他的心跳扑腾扑腾，跳得有力。唐漾吸吸鼻子，睫毛微微颤了颤。

蒋时延把手机拿到她面前：“我刚刚没有不回答的意思，只是想拿手机给你看，沈言曦她们第一次来的时候，我就录了音，录了快五个小时。”

唐漾不敢相信自己的耳朵。

蒋时延点开音频，沈言曦礼貌中夹杂着不耐烦的声音响在听筒里。

唐漾仰脸，睁大眼望着蒋时延。

蒋时延说：“我不好的地方很多，所以不愿意再有误会，让你难过。你也有错的地方，”他格外耐心，低头撞进小朋友清澈、灵动的眼眸，他没忍住，轻吻一下，“你在医院的时候就该指着我鼻子问，”他学她，“‘蒋时延，盛倪娜是谁，蒋时延，你在做什么，蒋时延，你怎么可以这样’，你千不该万不该，就不该考虑这么多——”他的声音低缓，如山涧潺潺的溪水。

唐漾只感觉之前那只搁在心上的手由紧攥变为抚摩，一下一下，好似有暖流缓缓流入。

“不过，”蒋时延想到什么，笑了，“你在洗手间和盛倪娜说的话，我不小心听到了。”

好了，安慰结束。

唐漾只觉得在这个前提下自己刚刚发那通火真的像个傻子。她只想从蒋时延怀里起来，然后马上回家。

“漾漾，”蒋时延用深邃的眼眸看着她笑，“我很开心。”开心你为了我吃醋。

“滚！”唐漾一脚踩上他的脚，趁他松力，她和兔子一样蹿到自家门前，忙乱地开锁。

蒋时延不紧不慢地跟上去，噙着低低的笑意：“你吃醋的样子——”

“我很客观、很清醒、很理智地在分析事实，我没有吃醋！”偏偏钥匙插不进锁眼，唐漾脸红得要死，人也要疯了。

她背后伸出两只手，一只手圈住她的腰，一只手握住她的手。蒋时延贴在她身后，把她稍稍朝后抱了抱，然后带着她的手，不急不缓地把钥匙插进锁眼，咔嗒，门开了。

蒋时延说：“特别可爱。”

他的呼吸灼热，漫上唐漾的脸颊、脖子、耳后，又似江南六月的晚风，带着燥热，一寸寸把她白皙的肌肤吹拂得更红。

“谁……谁吃醋的样子特别可……可爱了——”唐漾说话都结巴了，稍稍朝后退了一步，拉开门，进去。

“就你有嘴，叭叭叭，”唐漾很小声地说，“你晚上还说你家那只猫特别可爱呢。”她嘀咕，“谁知道你说的是真话，还是假话。”

蒋时延跟着进去，不着痕迹地站在唐漾跟前，挡住她进去的路，手朝后关上门。

“真的，我都快死了。”他诚恳地说。

逼仄的玄关昏暗，没开灯。唐漾感受着他的拥抱，好闻的木质香包围着她。他滚烫的唇落在她的头发上，沿着额角、眼睛、脸颊一寸一寸往下吻到了耳根……

“真的，我都快死了。”蒋时延的喉结起伏着，他又说一次。

唐漾小心地环上他的腰，顶着红透的小脸更小声地说：“怎……怎——”

蒋时延的笑意愈深，他抬手缓缓地摩挲她的唇瓣，嗓音微哑：“被你迷死了——”

他的唇伴着鼻息覆上唐漾的耳垂，热热的，撩拨得她后背一颤，耳朵更是红得快滴出血来。

蒋时延的唇偏偏覆上她耳朵最红的地方，嗓音压得更低、更缓：“迷得死死的——”

唐漾浑身酥软，偏偏蒋时延滚热的手掌若即若离地摩挲着她的腰窝，然后，格外坏心思地、缓缓地、轻轻地朝她的耳朵里吹了一口气。这下，她细腻的耳根如被火烤过般，腿也软得站不住。

她的睫毛轻颤着，偏头去寻蒋时延的唇，寻到他的嘴角，她微微踮脚，含住他的下唇，松开一点儿距离，再含住。几下之后，两人的鼻息交换并熟悉，她轻缓又生涩地伸出舌尖。

最开始，两人的嘴皮都稍微有些发干。唇舌交缠间，湿润和热意一起交换。

既然主导权是唐漾拿的，那她便是进攻的一方。她小心翼翼地朝里面探，蒋时延和她触碰着，纵容地朝里退，或者说是躲。

唐漾朝左，他朝右；唐漾向前，他向后。那缕温热就在前面，就差一丝一毫近在咫尺的距离，偶尔都能相贴擦过，她偏偏就是够不到。

唐漾的脖子上像搁了只毛茸茸的猫爪，一下一下轻轻地挠，挠得她心尖痒，浑身酥，求而不得，心中略微躁动起来，蒋时延倏地控制住力道反攻她。

严格意义上来说，这是两人第一次深吻，气息灼热，意乱情迷，难舍难分。

蒋时延背倚着墙，两腿前伸，降低身高及重心。

唐漾环在他腰上的手不知什么时候改为攥着他的衣领，她换气、喘气，再吻，手缓缓下垂，变成扯住他衣服的下摆做支撑，缓缓地稳住软得不成样子的身子。又一次，她的脸憋得通红，她停下，大口大口地换气。

蒋时延的鼻尖抵着她发红的鼻尖，微微磨蹭。“你高一特皮的时候，喜欢捏我的肚子，现在还要捏吗？”他的嗓音低缓。

唐漾一愣，神色赧然，垂下眼帘。她细声细气地辩解：“你……你当初那小肚子真的超级可爱啊，又特别软，朝下一戳，它就会自己弹起来。”

唐漾那时微胖归微胖，但小腹是平坦的。

“所以还要捏吗？”蒋时延捧着她的脸，一路吻到她的喉咙，再顺着她喉咙的线条细致缱绻地吻回她的嘴角。

唐漾克制不住地接过话茬儿：“现……现在还有吗——”

将近半个小时没开灯，两人都适应了黑暗。蒋时延似是笑了声，又似是没笑，他一只手的手背抵着墙面，手心托着唐漾的脑袋，另一只手将她的两只小手腕握住。

唐漾舔了舔唇，不挣扎。

蒋时延半合的眼眸如黎明前的海水，嘴角的笑意却懒散、勾人。他的卫衣上方有一半的拉链，他带着浅浅的笑，带着唐漾的手握住拉链，以轻微引导的意味，带着她徐徐拉下上衣拉链，露出精瘦的胸膛。

蒋时延的肌肉每一个线条都恰到好处，若隐若现，唐漾再次舔了舔唇。

拉链拉到底，蒋时延笑着，一边吻她的嘴角，一边带着她的手伸进自己衣服的下摆，缓缓朝上。她微屈着手指摩挲他，蒋时延的手覆上她胸前的柔软，更深更重地吻她。

唐漾的脑海早已一片混沌，呼吸乱了，遵循着本能去描绘他的腹部肌肉轮廓，一块、两块……七块、八块，再朝下。

蒋时延捧住唐漾的脑袋的手蓦地收紧，手指陷进她的发间。

唇瓣贴着唇瓣，两个人的喘息都很重。

“漾漾，”蒋时延闭着眼，“我在你这儿没什么自制力——”

唐漾的手停在人鱼线交接的上方。

“所以——”她吞了吞口水，眼里好似蒙着一层雾。

“别朝下了。”蒋时延感受着周身火气乱窜。

唐漾懂他的意思，水眸里闪过一丝光亮。她的脸早已羞红，手却环在他的腰上。她笑着，报复他方才吹气般，手指弹琴一样顺着他的脊柱一节一节朝下轻敲：“你让我别朝下，我就不朝下……这么不要面子吗？”她的小指坏心思地按上蒋时延的尾骨。

蒋时延倏地将她摁在墙上，身体紧紧贴住她，电光石火间，他滚烫的呼吸喷洒在她的耳边，窄腰更是威胁地朝前顶了顶，恰恰好，又刚刚好。

唐漾的双腿软着，眼睫毛扑闪扑闪，她不知所措。她和宋璟谈过恋爱，可尺度远没到“十八禁”，更别说像这样真切、可感，带着危险的荷尔蒙气息。但如果真的要发生什么，真的有什么，她想，自己，应该……肯定是不会拒绝的吧。

“蒋时延——”她试探着出声。

蒋时延偏头，再次准确而直接地吻住她的唇。这次的吻裹了情迷，两人宛如两艘漂泊的船，你来我往，在浪潮中紧密依靠。

唐漾碰到蒋时延腰侧的伤口，蒋时延轻轻抽了口冷气，唐漾避开他的伤口。她的衣服早已被揉得皱皱巴巴。

唐漾家客厅外面有个露天阳台，夜晚格外静谧。

蒋时延因为她躁动不已，又抱着她，伏在她身上，慢慢把火气平息下去。

唐漾知道他的伤口没好全，不敢再乱撩拨。

蒋时延想发生什么，他也知道唐漾会愿意，可他舍不得。他喜欢他的漾漾，他把他的漾漾捧在手心，他想和他的漾漾长相厮守，他一下一下吻着她，舍不得在两人现在这个阶段，在醋意之后，稍显唐突、鲁莽。

情人缠绵，缠绵地吻着。

唐漾脸红红的，鼻尖红红的，耳朵也红红的，整个人宛如从水里捞出来的一样，她浸着薄汗，一双眼眸灵动、明亮。

蒋时延的下巴搁在她的头顶，他听小姑娘说话软声软气，和猫叫似的。

“蒋时延，”她说，“我之前是不是有点儿无理取闹啊？”

蒋时延：“我喜欢。”

唐漾乖巧地反省：“明明是我没回你消息，你什么都没瞒我，你还在解释，我就莫名其妙地冲你发火，还胡思乱想那么多。”

“我喜欢。”蒋时延声音低沉地笑。

唐漾咬了一下唇，更加诚恳：“那些话不好听，你别往心里去，我跟你道歉，好不好？”

蒋时延还是三个字：“我喜欢。”

摊上不讲理的蒋时延，吵架吵不了，连反思都反思不了。唐漾故作羞恼地举拳捶他，嘴角却悄悄扬起笑意。

“那你明天有空吗？刚好周六，我们出去玩？”她问。

“可以。”蒋时延终于换了台词。

“你这样抱着我会累吗？”唐漾见他俯着身，接着问。

“站着会，”蒋时延抱着软绵的一团，看着她莹润的樱桃唇，“但抱你不会。”他的声音压低，性感中带着餍足。

唐漾把又红又热的小脸埋进他怀里蹭了蹭，又问：“为什么是‘小月亮’？”蒋时延之前在病房跟蒋妈妈说家里有个“小月亮”。

蒋时延:“因为你笑起来眼睛弯弯、眉毛弯弯，就像月亮，弯弯的。”

唐漾又羞又甜道:“那为什么是小猫？”

因为你可爱、傲娇，自以为成熟、知性、高冷，但其实很爱撒娇，比兔子更活泼，更有灵气，又软又可人。蒋时延的心里百回千转，他出声哄小孩:“漾漾漂亮。”

一下子夸到唐漾的心坎里，她感觉甜丝丝的。

唐漾偶尔会上网，她记得那些猫博主家的“小可爱”真的很漂亮，蒋时延总是说真话。

她再一想，秀气的眉头皱了皱。她双手抱起蒋时延一只手，搭到自己的头顶。

“蒋时延，你不喜欢掉毛生物，猫会掉毛，”唐漾抬头望着蒋时延，慢吞吞又分外认真道，“但你可以摸摸看，我只掉头发。”她极小声极小声地说，“我不掉毛。”她的语气无辜又委屈。

蒋时延被萌得心都化了:“是你我就喜欢。”他没忍住，又亲了亲小可怜的头顶。

快两个小时过去了，两人的鞋还没脱，就倚在门旁小声地说着无意义的话。

蒋时延在医院很无聊，唐漾说了上班的一些事儿，说到后面，连吹风、天气、彼此的眼睛和嘴巴都觉得好玩又有趣，这里亲一亲，那里捏一捏。

窃窃私语了良久，两人起身。

“你上了一天班，早点儿洗洗睡吧，明早醒了叫我。”蒋时延轻轻刮一下唐漾小巧的鼻尖。

“为什么不是你醒了叫我，为什么是我先醒，不是你先醒？”唐漾娇声抗议。

“你多睡会儿，我也有可能没醒啊，”蒋时延跟小朋友解释，“只是你所有的铃声我都设的是特别关心、特别的铃声。”所以可能是你先醒，我听闹钟或听其他铃声都有可能不会醒，但听到你的铃声肯定会醒。

唐漾轻轻“嗯”一声，小指钩着他的小指玩:“晚安。”

蒋时延开灯，开门:“好梦。”

唐漾扶着门把:“我看你进去了我再关门。”

“嗯，”蒋时延走出去一步，想到什么，转头对唐漾道，“明天那种，朋友出去才叫玩，情侣单独出去不能叫玩。”

唐漾脸上的绯红本来褪了不少，她听到这话，脸又隐约烧起来:“那——”

蒋时延噙着笑意，倾身到她耳边："记得明天的，"他顿一下，声音沉缓又清晰地吐字，"约会。"所以，以前和他出去叫玩，现在叫约……约会。

蒋时延起身的时候顺势吻了一下唐漾红红的耳尖，又揉了揉她柔软的头发。

"嗯——"唐漾声若蚊蚋地应一声。她乖乖地任他揉，目送他进门了，耳根还是烫得要命。

唐漾关门，蒋时延关门。

一户之隔，蒋时延倚在玄关，眼前仿佛浮现出自家漾漾面红耳赤的娇俏模样，他学她咬一下嘴角，无声地笑开。

蒋时延当面说了晚安觉得不够，在微信上又说了一次，唐漾回复。两人黏黏腻腻地说了好一会儿话，蒋时延哄着她去睡了，这才退到微信主界面。

一休传媒中，高层有个两百来人的微信群。一休属于做事认真但私下气氛很轻松的公司。蒋时延点开微信群时，有人在发段子，有人在唱歌，然后从明星聊到女神。

有人说："漂亮、声音好听算什么？我昨天还是前天去汇商跑联名信用卡的进度，汇商那个代理处长和我们一起开的会，她好像是蒋总的高中同学，就是之前上过一次热搜的那位。

"当时刷微博没觉得，见到真人觉得是真好看，个儿不高，脸很小，完全没有杀伤力的长相，但说话和做事极有条理、极果断。前年我们和浦西做联名信用卡，开了整整一天会，上次去是唐处主持，三个小时搞定。"

一波"666"刷屏，又有人接着说："之前蒋总加班，我好像见过唐处来送东西，当时就见她笑起来温柔又坚定，润物无声的那种。"

"是做大事儿的人。"

…………

同事们在夸唐漾，蒋时延看得美滋滋的。

就在他们聊得火热时，备注为一团乱码的头像弹出个写着"ZSWJYY"的红包。

生病潜水快半个月的总裁出现，下属们第一反应自然是……抢红包！

两万块，包了一百个？

手快的人目瞪口呆，手慢的人还没来得及懊恼，蒋时延又发了一个相同的红包。

一个，又一个，再一个……

大家生怕打字错过红包，一个个不敢发信息。于是，"ZSWJYY"以格外强迫症的队形在方才大家聊唐漾的话题下刷了整整一屏。

蒋时延的卡没有限额，他发了足足五十二万，然后格外高冷。

t$efvbhu&:“没有了。”

下方一片沉默。

一秒、两秒、三秒，确定真的没有了，有人弱弱地出声:“老大……这串字母是什么意思？”

蒋时延继续高冷。

t$efvbhu&:“随便敲的。”

大老板的心思不能猜，大家这才想起老大是个病号，欢呼着让老大注意身体。

蒋时延“嗯”“哦”几声，便不再说话。

不公开恋情，他发发红包体恤下属并没有什么错。

蒋时延的助理目睹全程，只想挥手——老板，你等等，这里还有一个知道真相的人。

ZSWJYY，这是我家漾漾。

你家的，你家的，知道这是你家漾漾。单身的助理流着“面条泪”。

蒋大佬和唐处长睡在一墙之隔，无比默契地在床上滚了几圈，想着彼此，更默契地微翘着嘴角，进入梦乡。

如一休那些人所夸，唐漾确实是个执行力很强的人。既然这次约会是为了弥补自己向蒋时延发火的愧疚，那自然由她来安排。

在唐漾的规划里，她要早上六点半起床，然后七点出门，去排队给蒋时延买老字号灌汤包。买回来差不多八点，她把东西盛好，叫蒋时延过来吃。

吃完之后呢？唐漾在逛街、看电影和去游乐场之间权衡了一下，想到老妈说男人都是长不大的孩子，她很照顾蒋时延，在备注上敲定去游乐场。

她和他在游乐场玩的时候，顺便在外卖软件上买好菜，送到家门口。下午玩完，他问去哪儿吃，她说“回家”。到家后，他问想吃什么外卖，这时候，她就把他推到客厅，给他一台游戏机，让他等着就好。然后她去厨房，先炒他最爱吃的番茄炒蛋，再做个宫保鸡丁，然后煨个排骨汤，做条跳水鱼，炒个小时蔬，简直完美得不行。

她做菜时，让他不能看厨房，然后要把厨房门关好，等他快要不耐烦的时候，她去客厅蒙着他的眼睛，把他带到一桌色香味俱全的美味面前，松开他的眼睛，并配乐“当当当”。

虽然唐漾下厨经历少，并且都以失败告终，但她把那些都归结为意外。加上范琳琅最近给她安利了一个美食博主，她看博主做菜又快又简单，那她到时候照着视频也一定可以做好。

对了，去游乐场记得把相机背上，为他拍下帅帅的瞬间。

然而，很多事情都是想象丰满，现实骨感——

第二天早上，唐漾关了六点半的闹钟，关了六点三十五的，再关了六点三十七的。等她从迷糊中惊醒，已经七点半了。

天色灰蒙蒙，一层薄薄的雾轻纱般笼罩着小区的绿化带。唐漾没化妆，随便穿着一身家居服一路狂奔到包子店，过转角，她一声“天啊”脱口而出，大家晚上都不睡觉吗？

长长的队伍已经从店门口排到了马路上，唐漾跳了好几下，都没看到头。她抓了抓头发，飞快地启动应急预案……

上午九点，蒋时延难得睡个好觉，他前一秒刚醒，后一秒就收到了唐漾让他过去的消息。

给她买早饭肯定来不及了，待会儿自己带她出去吃吧。蒋时延简单地捯饬好自己，敲响了唐漾家的门，唐漾开门，把他带到饭厅。

餐桌相对的两个位置上分别放着一杯牛奶和一个拱盖，唐漾把他带到其中一方，给他揭开盖子。里面是一块热气腾腾的小牛排、一块火腿帕尼尼，一小份意面边上是青翠欲滴的白灼花椰菜。

“你自己做的？”蒋时延惊喜，又不敢相信。

唐漾走到他对面，坐下，表情复杂又诚实地挤出两个字：“买的。”

“买的也是你挑的啊，”蒋时延把东西挪到她身旁和她并排坐，格外理直气壮道，“说明漾漾起得早，居家、贤惠又有情调。看看花椰菜这摆法多讨巧，看看这帕尼尼放得多好看，看看这黑胡椒酱撒得多均匀——”

“蒋时延——”唐漾本来挺害臊的，结果蒋时延这么一表扬，她被逗得又气又笑，“你夸夸自己？”

蒋时延想了想，道：“我喜欢你。”

唐漾脸红，轻轻地搡他一下：“好好的，表什么白，让你夸自己。”

蒋时延笑着说：“我眼光好。”

唐漾扑哧笑了一声，嘴里嫌弃他“胡说八道”，低下头时，她耳根红红的，心里乐开了花。

早饭后，蒋时延去楼下开车，唐漾把披肩发烫成梨花烫，换了撞色 T 恤衫和浅蓝背带裤。嗯……和他的是情侣色系。

唐漾钻进副驾驶时，明显有些害羞。她把包搁在腿上，手忙脚乱地去拉安全带。

蒋时延眼里噙笑，从她微红的耳尖游移至脖子，然后缓缓地俯身过去，手覆在她的手上拉过安全带。

“好看。”安全带随着他表扬“小朋友”的温柔低音拉长。

咔嗒，安全带发出清脆的扣合声。

唐漾小声说“谢谢”，脸红得不成样子。

A 市大型游乐场有两家——国色天香和欢乐谷。

欢乐谷今天是会员日，全部消费半价，所以唐漾把导航目的地输成国色天香，因为人少，节约排队的时间。

蒋时延觉得漾漾想得非常周到。

二十分钟到目的地，两人停车，在门口下车。

唐漾掏出提前买好的通票递给蒋时延，一边倒腾挂在脖子上的相机，一边认真道：“我心脏挺好的，你想玩什么就大大方方去玩，不要害羞，我都可以玩的。”

敢情她是以为自己喜欢？“好。”蒋时延挑眉，配合地朝她的镜头比“V”。

咔咔，两下快门闪过。唐漾满怀期待地调出照片，看到没拍全的帅哥，脸上的笑容凝固了。

蒋时延凑过去一看，切着膝盖宛如残疾人的构图确实没法夸，再看看小姑娘一脸沮丧的样子，他捏捏她的软耳朵：“给我吧，我给你拍。”

唐漾一边摘相机，一边难过：“我记得大学时会拍啊——”

蒋时延忍着笑意向她伸出手。

唐漾“嗷”一下，心态略崩，但又乖乖地把手递了上去。

蒋时延的手大，温热，掌心有薄茧。

唐漾被暖意包裹着，默默地想，为他拍照遇滑铁卢了，待会儿进去自己一定好好陪他玩。

“在嘟囔什么？”蒋时延偏头问小姑娘。

唐漾耳根红了红：“没……没什么。”

国色天香在唐漾上高中时就已经动工了，她去 B 市读研了才竣工。蒋时延忙一休的初创腾不出时间，所以两人都是第一次来。

游乐场依山靠水，春景融融，大型游乐设施点缀其中。

上周有“女生节”特别活动，游乐场里，摩天轮是粉色，旋转木马是粉色，路边的栏杆是粉色，就连海盗船上都系着一个庞大的粉色蝴蝶结。

唐漾十七八岁爱黑白，年近三十岁对这些粉粉嫩嫩的东西毫无抵抗力。

进园时还宛如大人带小孩的某人瞬间变成出笼的鸟，这里看看，那里瞅瞅，小手拉着蒋时延的手脱缰般朝里奔：“蒋时延，你拍一下那个凯蒂猫的花盆，好好看，呜——想买同款。”

“蒋时延，我想开那个粉色碰碰车。”

“蒋时延，我猜你一定很想坐旋转木马。”

“……”

游乐场里的姑娘大多抵抗不了这满目的粉色，唐漾只是其中一个。

唐漾的单反不大，蒋时延一只手牵着她，一只手举相机拍她想要的，传媒界大佬的水准总是让唐处长满意。

唐漾从一处出来，很快便看到另一处。她走在前面把蒋时延朝前面拉，娇气道：“天哪，鬼屋那个骷髅头标志都是粉色，怎么可以这么丧心病狂？呜呜——”

蒋时延控制着力道任由她牵着自己走。

“前面有坎儿，”他一边提醒，一边噙着无奈又纵容的笑，“宝贝儿，你慢一点儿——”

蒋时延“宝贝儿”叫得自然，唐漾也没觉得突兀。她小跑两步绕到蒋时延身后推着他走：“快一点儿，快一点儿，你看门口都排好些人了。”

“好好好。”蒋时延笑着加快脚步。

两人刷了票还没进去，便听到尖叫连连。前面有女孩子害怕，男孩子牵住女孩子。

唐漾进去前说“我不怕这些”，进去后灯光昏暗，横棺遍布，她没忍住朝后缩了缩。

蒋时延给她配了句“保护我方水晶”的游戏音，抿着笑意把她揽在怀里。

唐漾脸热，嘀咕一句。

两人的手本来是牵着的，牵着牵着，唐漾动了点儿小心思，蒋时延默契地陪她玩手指。

在“嘿”“哐”“吼”的肃杀背景音中，两人手指玩着玩着偷偷变成十指相扣的姿势，两人相视一笑，又飞快地把视线别开……

他们在鬼屋走了二十分钟，出来刚好是饭点。

游乐场里小吃很多，正儿八经的餐厅就只有一个，人不多，菜难吃。

“说明吃小食当饭的消费者是理性的，游乐场这个市场有效。”唐漾收拾好东西起身，小声跟蒋时延吐槽。

“别人是正儿八经十七八岁的小年轻，肠胃好，你是，”蒋时延说着说着，见唐漾微笑着看自己，他毫无心理压力地把话锋一转，“你是需要注意肠胃的小可爱。”他给唐漾撑住玻璃门。

唐漾心里美，嘴上嗔怪着“你怎么不说自己肠胃不好”，悄悄用胳膊肘捣了一下蒋时延。

这边，唐漾和蒋时延出餐厅。另一边，甘一鸣被一个年轻女子挽着进餐厅。

四人毫无防备地正面相迎，唐漾想勾蒋时延的手停住，甘一鸣飞也似的甩开年轻女子的胳膊，不自然地咳了声。

第 10 章 奔赴

只要蒋时延在，她就是可以扛起大刀去屠龙的勇士，巾帼气概，壮怀激烈。

对于唐漾和蒋时延走在一起，甘一鸣并不意外。看到两人没牵的手，他眉头微动……还没在一起?

一个是现在威胁到自己位置的人，一个是拿拳头砸过自己的人，甘一鸣并不能做到完全自然。

“唐副处。”他朝唐漾颔首，“副”字加得很有意味。

“甘处。”唐漾点头。

“这是我表妹，倩倩。”甘一鸣先一步介绍身边的人，一是解释自己和这个二十岁出头、看上去像女大学生的人的关系，二是试探唐漾和蒋时延的关系。

一休和汇商的信用卡合作案正在推进。一方面，唐漾需要对自己和蒋时延的关系做避嫌处理，但另一方面，她更在意蒋时延会不开心。

唐漾一句“这是我男朋友蒋时延”还没说出来，蒋时延同样考虑到这点，率先点头:“蒋时延。”淡淡三个字，没加前缀。

甘一鸣身旁的女子眼睛亮了一下，然后敛好表情。

沉默中，唐漾出声:“甘处准备什么时候回去上班? ”

甘一鸣:“下周一，后天。”想到什么，他又道，“周行跟我说了，其他工作你转交给我，九江的案子还是由你主要负责。”

唐漾“嗯”一声。

氛围尴尬。

唐漾指了指前方:“如果没事儿的话，我和时延就先走了，您和您表妹先去吃饭? ”

“回见。”甘一鸣侧身让人。

唐漾经过甘一鸣的表妹身边时，视线停了一瞬。

甘一鸣屏住呼吸。

唐漾目送甘一鸣和年轻女子进餐厅后，挽住蒋时延的胳膊，边走边啧了声:“我一直以为金屋藏娇的‘娇’是被养在高档小区里，大门不出二门不迈的那种，甘一鸣竟然还敢把她带来游乐场? ”

"他大概没想到会碰到我们，"蒋时延"嘁"了声，"他吓得不行。"

"害怕我乱说吧。"唐漾接触九江高层时存过甘一鸣太太的电话，但她不是多管闲事儿的人，最多和蒋时延说说，"还表妹，表妹，你见过哪个成年表哥搂成年表妹的腰——"

唐漾还没嘲讽完，蒋时延的手便从她背后钩过去环住她的腰。

唐漾不明所以，望着蒋时延。

蒋时延轻笑，凑到她身边低声唤："漾妹。"

正午时分，春光正好。他的鼻息温热，拂在唐漾白皙的脖子上。

唐漾瞧着他眼里那抹痞痞的笑，脖子蓦地红了，鼓着腮帮子一脚踩上他的脚背。谁要和这坏人玩啊！哼！

蒋时延看着自家"小月亮"气炸的模样，心里宛如化开一汪春水。要不是周围有人在看，他一定会把她抱过来，狠狠……捏两下她的软耳朵。

唐漾先蒋时延一步朝前走，蒋时延跟上她，捏捏她的耳朵。

唐漾红着耳郭批评："大庭广众，朗朗乾坤——"

蒋时延忍笑："要不要吃糖画？看上去不错，在那边——"

"要要要！"

和甘一鸣的相遇并未影响唐漾和蒋时延的心情。两人走走停停，遇到好吃的好玩的，唐漾蹦过去，弯着眉眼看蒋时延，蒋时延跟过去买买买、拍拍拍、玩玩玩。

偶尔唐漾买个什么吃不完，蒋时延就扫尾。偶尔两人手上都拿满了东西，蒋时延就会教育"小朋友""真的拿不下了"。唐漾再遇到什么喜欢的，眼睛巴巴地望着，蒋时延立马没辙，扔掉大概不会再吃再玩的，把手腾出来。

两人套圈套了两瓶矿泉水，又坐了大摆锤，还画了彩陶，不知不觉走到国色天香那只熊猫脚下。

蒋时延示意唐漾："你站到熊猫下面那团阴影中去，我给你拍。"

唐漾过去："会不会显脸黑啊？我看别人都是在亮的地方拍，自带打光。"

蒋时延："朝左站一点点。"他几下拍好。

唐漾过去看。照片上，小姑娘头顶熊猫发夹，眯着同款月亮眼，姣好的五官在光下半明半暗，立体、明艳。最关键的是，那腿，那腿……

周围的女孩子很绝望地看自家男朋友。

唐漾抱着蒋时延的胳膊，感动得快哭了："我是不是有一米七，我得有一米七才对得起我的腿——"

“礼尚往来，礼尚往来，”蒋时延谦虚，“你最开始也把我拍成了一米七。”

可她不到一米六，他过了一米八。

唐漾：“两个选项，一是你在嫌弃我，二是我们一样高。”

蒋时延：“你一米五五，我一米八八。”

唐漾快步走着：“你一米八五，我一米五八。”

蒋时延跟着：“你一米五五，我一米八八。”

“亚男以前撑冯蔚然说什么？”唐漾回忆道，“睁眼说瞎话的本事都没有，还要什么女朋友？”

蒋时延认真道：“我一向坚持真理，说的话都发自肺腑，比如你一米五五，但你聪明、漂亮、知性、贤惠——”

路人向两人投以八卦的目光。

唐漾恼他“不正经”，额角的薄汗都羞答答的。

两人玩了一下午，从游乐场这头走到那头，手上基本也空了。

最后有家打气球的店，有一对男女坐在里面。男生大概给女生夸下海口又没实现，就站在那儿一直打，女生坐在旁边，不耐烦地玩手机。

这家店和其他地方稍有不同。它不是打中多少气球对应什么礼物，而是有十个难度系数不同的简笔图案。顾客选择图案，气球墙上亮出对应图案的气球，不同图案对应不同价位的礼物，打中十发拿礼物，失误了送棒棒糖。

里面那个男生沮丧地从最难的图案选到最简单的，拿走了一包小薯片。

唐漾和蒋时延过去。

店老板是个老大叔，小声对蒋时延说：“选第四个，不是最简单的，但最好打。”

蒋时延谦让：“不是我打，是她打。”

说话间，唐漾已经挑了最难的图案，对应礼物是几乎和她等高的棕色毛绒熊。

“这个？”店老板不相信。

唐漾：“嗯。”

咔嗒，店老板扶着快脱臼的下巴按亮灯，说规则：“所有枪里都有二十发子弹，中十发，也就是把亮灯的十个气球全部打爆就能拿走礼物，不然——”店老板于心不忍，“小姑娘，你打中八发我就把熊给你，不用十发。”

唐漾挑了把连发手枪，试着准星：“不用。”

“这些图案都是看着简单，真打起来很难的，好多年轻小伙子都会翻车，不然我怎么赚钱？”店老板苦口婆心，“换个简单点儿的，你打开心了，男朋友也开——”

店老板话未说完，唐漾便抬手扣扳机，乓乓乓，声如迅雷。

十下后，“KO！”系统提示音撞破安静。

店老板望着气球板顶上“10/10”的标志，蒙在原处。自己怕不是……开了个假店?

唐漾爷爷军功等身，六十几岁还泡在部队。高三之前，也就是老爷子去世之前，唐漾每年暑假都会回去看他，玩的就是这些生猛、刚硬的玩意儿。虽说现在她手生不少，但让自家男朋友开心还是绰绰有余的。

店老板不明内情，一脸茫然地扶着木柜爬上椅子去取熊。

蒋时延揶揄:“唐处长百步穿杨的功力——”

说时迟，那时快！唐漾倏地转身，举枪对着蒋时延。枪口黑洞洞的，冒着热烟，和蒋时延身体相隔两尺。

“要钱还是要命？”唐处长利落、飒爽，台词老套。

蒋时延愣了一秒，似是不可思议地笑了。然后，他笑着将双手举到身前，左手向上，并着食指和中指轻点两下自己的眉心，向下，点两下自己心口，再然后，左手和右手以相同的速度缓缓地朝身体斜上方做懒散的投降状，定住。

“我愿意——”他低缓的嗓音把尾字拖长。

蒋时延就这样坐在凳子上，以沉溺于月色般的眼眸直视唐漾，他跷着二郎腿，肩膀歪着，唇斜勾着，一脸牡丹花下死的放荡不羁。

唐漾神色严肃，无声地抬了抬枪口。

蒋时延纵容她，笑着偏了一下头。

外面没人经过，店老板在取熊。

橙色的夕阳洒进店里，烘托出剑拔弩张的对峙局面。

一秒、两秒，一触即发的前一秒——唐漾手腕一转，把枪收到背后，跳到蒋时延跟前。她左看看右看看，没看到人，紧接着俯身低头，飞也似的亲了一下他的唇，又轻又快，像羽毛划过一般。

蒋时延完全没料到她会这么做，整个人傻在原地。

唐漾第一次做这样的坏事儿，直起身，脸早就红得不成样子。她没看蒋时延，垂着扑闪的眼睫毛，把枪放回桌上，声音小小的，轻轻地说:“我才舍不得打你呢——”

假设你有一只猫，你看它扬起爪子，以为它会扑过来挠你。结果它到你面前将爪子一收，用粉粉的肉垫扶住你的下巴，娇俏地……亲了你一下。

不对，不是假设，蒋时延有猫。听听，听听，他家“小月亮”说舍不得呢。舍不得做什么？舍不得打他呢。喵喵喵。

蒋时延一颗心被一枚粉色的傲娇炮弹轰得稀巴烂。他伸手钩钩唐漾的小指：“再说一次，我没听清。”

刚刚那句已经突破极限，“唐月亮”的鼻子哼了哼：“治耳鼻喉，就到东大肛肠医院……啊，不。”广告词背错了，唐漾窘迫地纠正，“到耳鼻喉医院。”

怎么可以萌成这样！蒋时延彻底忍不住了，把她拉到自己怀里，亲亲她的额角，又揉揉她的软发。

唐漾不服气也想揉他的头发，蒋时延站起来不让她揉。

唐漾举着手跳起来，蒋时延跟着跳起来。

几次之后，“不揉就不揉，”唐漾假装无所谓地撇撇嘴，“几岁啊。”

蒋时延笑着低头：“来来来，你揉你揉。”

唐漾：“不要。”

蒋时延把脑袋凑到她面前：“你揉。”

唐漾别开脸：“不要。”

蒋时延抓她的手：“你揉一下嘛——”

“是你说的啊。”唐漾强调并满意地伸出小爪子。

U 形玻璃柜将气球店分隔成两块。玻璃柜前，两人以为没人看，你戳我一下，我挠你一下。玻璃柜后，老大叔扶着柜子欲哭无泪——大爷、女侠，这墙反光啊！他不是单身啊！

“这熊都没人赢过，好难拿。”店老板一边自言自语，一边把熊拉出来，塞进去，拉出来，又塞进去。

他拽着熊腿快做完一套广播体操了，这才真的把熊拉出来给两人，说不清是肉疼还是心累地看着两人道谢离开。

熊有一米六，不好抱。唐漾主动接过蒋时延手上的袋子，蒋时延把熊扛在肩上，一条熊腿搭在唐漾肩上，有路人悄悄拍了两人的背影。

蒋时延今天开的是越野车，熊刚好可以躺在后座上。

唐漾喜欢熊身上那方苏格兰纹小领巾，一路上偷偷朝后看了好多次。

下车后，蒋时延把熊拎给她：“你抱。”

“那你帮我看着路？”唐漾问。

蒋时延挑眉。

他牵着唐漾，唐漾跌跌撞撞地抱着熊，上电梯，下电梯。

这是唐漾送给蒋时延的礼物，她自然抱到了他家门口。

蒋时延找钥匙。

唐漾让熊踩在自己的脚背上，然后假装自己是熊，加粗嗓音拖长调子："蒋时延，蒋时延，请问你欢迎我住到你家吗？"

蒋时延配合她演戏，笑着附到她耳边："欢迎小漾熊住到我家。"尾音勾得缠绵……

什么鬼，小漾熊？这人到底是在对熊说，还是在对自己说啊……

唐漾偏头撞进他含笑的眼眸，嗔他："好好说话。"

"双手开门以示清白。"蒋时延连人带熊一起环住，然后打开门。

"不和你贫。"唐漾红着耳根进了他家。

约会进行到现在，除了早上，似乎都很顺利。按照计划上这个点，唐漾要为蒋时延做一顿大餐。可她明显高估了自己的战斗力。

等她回家冲个澡出来，别说做番茄炒蛋当头菜了，她脚酸，手也痛，连拿番茄的力气都没有。不过，幸好她没和他说这步。

蒋时延洗好澡过来，看到她家一堆菜："你这是？"

"估计是我妈给我囤的。"唐处长把锅甩好，然后飞快地溜到厨房，给两人煮了一大锅……藤椒牛肉方便面，还加了两个卤蛋，热气腾腾的。

方便面就那样，不知是有段时间没吃了，还是因为蒋时延抢了唐漾碗里的蛋，唐漾去抢蒋时延碗里的，最后两碗面吃混了，倒有些出奇的美味。

周日唐漾不加班，蒋时延要加班。

唐漾就把吃的、玩的带到隔壁陪蒋时延。

蒋时延竖躺在沙发上，把脚搁在茶几上，电脑搁在腿上。唐漾横躺在沙发上，脑袋枕在他腿上电脑朝上一点儿的位置。

蒋时延手圈着唐漾的脑袋敲键盘，唐漾举着手机打游戏。

唐漾时不时抓把葡萄干，自己吃一半，喂一半到蒋时延嘴里。

偶尔唐漾咯咯笑。蒋时延看了眼她的屏幕："怎么输了都这么开心？"

唐漾眨着无辜的大眼睛："看着你加班我很闲，有种一雪前耻的开心。"

自家这个小姑娘可真记仇，蒋时延挠了挠她的下巴逗她："那你把心开给我看看。"

唐漾果真放下手机，并着双手做剖心状，然后假意从里面取出小心脏呈上。蒋时延配合地接过她的小心脏，然后放入嘴里，一下一下嚼了，还故意做了个吞咽的动作。

自己掏心掏肺，这人就这样吃了？唐漾不敢相信地瞪大眼，蒋时延朝她笑。

唐漾放下手机扑到他身上，蒋时延扭住她的双腕把她压在沙发上。

两个人扭来绕去，玩起了火气，又平了火气。

两个人一下一下喘着气，亲彼此的眼睛、眉毛、鼻子、嘴巴，浑身都热烘烘的。

周末两天过得像两秒。

之前，唐漾在游乐场碰到甘一鸣，他说周一回来，唐漾周一看到他也不意外。

周自省把两人叫到顶楼办公室说了几句无关痛痒的话，下来后，唐漾把除九江专案以外的工作交接给甘一鸣。

哪些陈年旧账她做过清理，哪些案子她组织了讨论，不过半个月的时间，她甚至参与并通过了汇商分行信审细则的修改。她做事有条理，跟甘一鸣把每个板块都解释得很清晰。

甘一鸣心不在焉地应着，眼里闪过一丝复杂和忌讳的神色。

唐漾跟甘一鸣说完，还在午休时间。她收拾东西想抽空去给蒋时延打电话，这时，会议室虚掩的门被推开。

范琳琅翻着文件走到唐漾面前："唐处，总行那边有个'新雷'管理层培养计划，报名表需要在今天下午五点之前提交，然后季度优秀我也给您报了名，另外……"

她一条一条汇报，说罢，发觉气氛不对。她看看甘一鸣，再看看唐漾。

唐漾在背后不着痕迹地拍了一下范琳琅的肩。

范琳琅回忆自己进来后说的每句话，回忆到最前面，她讪讪地纠正："甘处，唐副处。"

"拖出去砍了。"唐漾开玩笑做了抹脖子的手势。

甘一鸣倒大度地挥挥手："小事儿。"

至于这事儿到底小不小，也只有当事人自己知道。

唐漾回办公室休息，跟蒋时延聊到这个细节。

蒋时延在电话那头忽然问："你会想要爬得更高、更快一点儿吗？"他很了解唐漾，了解到从她叙述的语气看到她的心，了解到知道她在听到这个问题后会愣一下。

好几秒后，唐漾轻声道："我想爬到你头上。"

"那今晚试试？"蒋时延微压嗓音，配合她把话题转移。

唐漾知道他看不到，但手还是在空中挥了一下："不正经。"

蒋时延就爱对唐漾说不正经的话，唐漾嘴上嫌弃，心里却是喜欢的。

这几天，蒋时延每天早上送她上班，下午接她下班。随着一休和汇商联名信用卡上市发行，两人也没有刻意遮掩，但其他同事不好问，唐漾也不主动说。

唐漾偶尔会请一休顶楼秘书室的人喝下午茶，蒋时延偶尔会把水果亲自送到汇商楼下，陪唐漾聊无意义的天，把她逗得咯咯直笑。

唐漾不喜欢把工作上的情绪带入感情中，没跟他说。但唐漾知道他知道自己的处境，所以贴心成这般……

一个行事中庸的处长请半个月假回来，一个颇有能力的代理处长刚刚卸任。有时同事会像范琳琅一样喊"唐处"并且没纠正，有时领导习惯性地叫唐漾去说工作，还有些时候，甘一鸣弄不清楚什么东西，唐漾给他阐述，两个人都很尴尬。尤其九江这个本该一并还到甘一鸣手上的案子，周自省再次并亲自点名留给了唐漾。

职场更新换代速度有多快，大家都知道。尤其唐漾手上还有甘一鸣的把柄，唐漾想不想"篡位"不重要，甘一鸣看她早已不是看学妹或者后起之秀，而是看一个……威胁。

两人之间的关系微妙又紧绷。

直到周五下午，唐漾在电梯里遇到甘一鸣。只有两个人，电梯要从一楼到三十八楼。

安静间，甘一鸣半开玩笑道："唐副处以前可是工作狂，现在都会在上班时间摸鱼去看蒋总，感情不错。"

唐漾淡淡回道："去了趟九江，和您太太聊了几句。"甘一鸣的太太魏长秋三句不离甘一鸣，"我家一鸣""我家一鸣"的，照理说，唐漾应该礼尚往来，"您和您太太的感情——"

唐漾打住话头，狭窄的空间再次陷入沉寂。

唐漾撞破过自己和倩倩，还说这样的话。甘一鸣的脸色阴晴不定："唐副处，"他略带警告的意味道，"希望您知道哪些事情该做，哪些事情不该做，哪些事情该说，哪些事情不该说。"

唐漾不是个胆小的人，语气没变："天下哪儿有不透风的墙？而且常在河边走——"

甘一鸣怔了一瞬，随即冷笑："彼此彼此。"

唐漾凝了脸色："甘处这是什么意思？"

"周自省为了从蒋时延手里拿到一休信用卡合作案，把九江这个专案给你，你抱着九江这个香饽饽，和老同学暧昧不清，蒋时延身份放在那儿，顶楼那些人自然也多看你几眼，这些小九九，我甘一鸣不是瞎子，看得到。"甘一鸣啧了声，"我和倩倩以后结束关系，好歹双方愉悦，互不相欠，不得不说唐副处为了事业还真舍得十几年的友情。不过也对，"想到什么，他又说，"蒋时延也不是什么好人，一休这两年不知捧红了多少花旦，资源、渠道不在乎地砸……蒋总财大气粗，偶尔女明星玩腻了，玩玩女同学也不错。"

电梯里有监控，没监听。甘一鸣什么都敢说。

唐漾之前冷着脸，听到这话，反而笑起来。

甘一鸣见唐漾这反应，哂笑："怎么？你该不会觉得蒋时延会娶你吧？"

唐漾笑，没答。

"唐副处，大家关系好，有些话我就直说了，"甘一鸣摆出好人姿态，"就算蒋时延不联姻，不管家里，你再优秀也快三十岁了，哪个三十岁的男人不爱二十岁的小姑娘？女同学新鲜感一过——"

"他玩我也好，怎么也好，我心甘情愿啊。"唐漾弯着眉眼，笑着说，"还有，别拿你和他比较，他很好，你是渣男。"她的话很直白，字字诛心。

叮咚，电梯到了。

唐漾朝甘一鸣颔首，挂着标准的笑容下电梯。

电梯里，甘一鸣气得脸色发青。

不对啊，唐漾走着走着反应过来，明明是这人包小三被同事撞见，同事去见他正妻，他不心虚就算了，还阴阳怪气。但想想他最后那张锅底脸，唐漾忍不住打电话向蒋时延邀功。

甘一鸣竟然说蒋时延不是好人，还说他"玩女同学"，但她战斗力卓越，把甘一鸣气到爆炸。

唐漾翘着无形的小尾巴："你猜我说了什么？"

蒋时延在电话里好奇："你说了什么？"

唐漾柔声地一字一顿道："我不告诉你！"

蒋时延一口气噎在喉咙。

“哎呀呀，上班时间，我先挂啦。”唐漾撩拨完就跑。

要是她在自己面前，蒋时延肯定会把她拉到怀里狠狠……挠两下她的手心！

“小调皮。”他只能无奈地笑，揉了揉眉心。

电脑里还在开视频会议，外国朋友别扭地发出“校跳劈（小调皮）”的音，问:“这是什么意思？”

“这个方案不错的意思。”蒋时延面不改色。

一旁的助理本来想告诉蒋时延蒋妈妈待会儿要过来，结果被自家总裁这不要脸地糊弄的样子硬生生地吓忘了。

蒋时延的会议结束，出办公室差不多四点半。

秘书室大家在窸窸窣窣地讨论:“昨天热搜两个爆点，一个身高差，一个同居，身高差那张热评背影我看着像老大，帅裂苍穹，担得起流量；至于同居，恕我直言，我没有女朋友。”

一个女同事道:“我看好多评论小细节被说甜，完全无法理解。我和男朋友同居前简直是神仙眷侣，又是想又是念，巴不得二十四小时黏在一起；同居后就是两条咸鱼，家里扫把倒了，从上面跨过去无数次都不会扶。”

又一个男同事道:“我觉得挺好啊，可能我和我女朋友还处在那个刚刚好的同居时刻，她树起了贤妻良母的形象，早上正儿八经地给我做早饭，叫老公起来吃，晚上回去还有爱心夜宵；我肩膀酸了，她给我揉揉肩，我胳膊累，她给我捶捶；还有就是，大家都懂……”

蒋时延心情不错，端着杯咖啡，走到那个男同事身后，他状似无意地问:“你和女朋友谈了多长时间的恋爱？”

唐漾之前凭着信用卡合作案的接触就在一休圈了不少粉，最近一段时间，唐漾频频请秘书室吃的下午茶还是蒋总端上来的，加上蒋总的助理说话爱漏风，整个秘书室都知道蒋总和唐处好甜好甜，唐处好大方、好可爱，就差蒋时延把她带过来介绍:“这是我女朋友。”

即便这样，上班时间被老大抓包，那个男同事还是不好意思:“哈？”

蒋时延倚在墙边啜了口咖啡，随和地重复一次:“我说你和你女朋友什么时候谈的恋爱，什么时候同居的，说说吧，什么时候同居比较合适——”

嗒嗒嗒，高跟鞋声响起。蒋妈妈拎着东西，蹙紧眉头走进:“蒋时延，你班不好好上，说什么恋不恋爱、同不同居，你要和谁恋爱，你要和谁同居？！”

蒋妈妈脾气好归好，但年轻时也是叱咤风云的人物。她一挑眉，一把气势拿出来，顶楼的秘书们大气都不敢出。

蒋时延不怕，又抿了一口咖啡。

“妈,”他气定神闲地唤道，“我有女朋友。”

蒋妈妈走到他旁边:“充气的？”

噗——有秘书破了功。

蒋时延一口咖啡差点儿呛出来。

蒋妈妈越过他朝里面走:“你跟我进来一下。”

蒋时延扯张纸巾边擦边咳嗽:“妈，我是说真的，我女朋友漂亮可爱、知性大方，绝对满足您的所有审美。我今早还送漾漾，啊，唐漾去上班——”

“送糖糖上班难道不是你应该做的，这还要我表扬？”蒋妈妈早就知道自己儿子喜欢唐漾，可也知道两人关系放在那儿，自己的儿子也怂，哪儿能那么容易走到一起，她心下叹了口气，说正事儿，“你几个叔叔下午过来看老爷子了，老爷子让我叫你过去吃晚饭。你这周末就待在老宅吧，你前阵子住院，上周又没空，自己算算多久没回去了。”

蒋时延没回去是一回事儿，关心老爷子是另一回事儿。他前天早上把唐漾送到汇商后，还陪着老爷子逛了新光天地。

就是因为蒋时延和老爷子感情好，那几个叔叔才要打着孝顺的名头时不时回老宅，就害怕老爷子一不留神把财产全部留给他。

蒋时延对这种披着亲情外皮的饭局并不感兴趣:“我周末忙，我得陪我女朋友。”要不然真的带给您瞧瞧?

蒋妈妈乐得陪儿子演戏:“感情在于细水长流，不在一时半会儿。”她想到什么，“对了，我过年送给糖糖的那条珍珠项链不是在书房摔了嘛，我又给她订了一条，老宅那里刚刚说送到了，你回老宅正好拿走。”

蒋时延不再犹豫:“好。”

蒋妈妈差点儿笑出声，说好的周末忙呢？说好的陪女朋友呢？还说什么有女朋友?

蒋时延给蒋妈妈倒了杯茶，接着到外面和秘书唠嗑。

蒋妈妈就静静地看儿子吹牛，想着要不要改天叫亚男约糖糖做做头发、做做指甲什么的。终归是自己儿子，她该帮还得帮，不然她要何年何月才能抱上孙女……她想着想着“唉”了一声，可怜天下父母心。

蒋妈妈在蒋时延的办公室待到了五点半，和秘书们打了招呼，跟蒋时延一起下楼。

蒋时延给唐漾发消息汇报行程。

老公："几个叔叔去老宅了，爷爷叫我回去吃饭，估计明天下午回来，你忙吗？不然和我一起过去？"

唐漾直接回了电话："我这儿有点儿事儿走不开，你开车慢点儿，一休到老宅那边这会儿估计正堵着。"

蒋时延听唐漾语速快，交代她两句记得吃晚饭。

唐漾挂断电话，脸色并不好看。她是真的有事儿。

明明一个小时前她还在和蒋时延撒娇说自己气到了甘一鸣，还想着周末要和蒋时延做什么，下周换她送他去上班，结果快下班了，范琳琅送来这份文件。

唐漾的视线落在自己的名字上，微垂着眼皮掩盖情绪，过了一会儿，她调整好情绪，才抱着文件到顶楼敲开周自省办公室的门。

咚咚咚——

"进来。"

"周行。"

"唐漾？坐。"周自省也在加班，和蔼地招呼她，"什么事儿？"

唐漾斟酌着措辞："总行这个'新雷'管理层培养计划——"

"范琳琅之前没跟你说？"周自省已经知道唐漾为什么上来了。

"她周一跟我提过，我象征性地报了名，"唐漾不自然地笑了笑，"甘处没回来我应该去，甘处回来了，我以为是甘处去。之前没听到什么风声，挺突然的——"

汇商"新雷"管理层培养计划第二期在 B 市分行举行，下周一就要走，整整四十天。而今天是周五，确实仓促。

周自省坐到唐漾对面的沙发上，给她倒了一杯茶，推过去："本来上面安排的是甘一鸣，照理说也该他去，但甘一鸣主动放弃了这次机会，向我们举荐了你。

"一方面，唐副处年轻、能力强，去的话，能学到更多的东西，为分行带来新鲜元素；另一方面，他说他的身体还在恢复期，确实心有余而力不足。怎么？唐副处不方便？"周自省反问。

"不，不是，"唐漾的喉咙卡了一下，随后，她语气如常道，"因为我手里的九江专案只做了一半——”

“这个不冲突，”周自省摆摆手，“九江征地那一块也要走程序，案子在六月之前做下来就可以，即便你去 B 市学习，时间也是充裕的。”

唐漾没出声。

周自省问：“还有其他问题吗？”

唐漾牵牵唇：“没有。”

周自省的办公室古香古色，宽敞明亮。

唐漾穿着米色春裙，并腿坐得端庄。她人瘦瘦小小，五官也温和，意外地，好像撑住了办公室这股气场。

如果说周自省最开始让唐漾做代理处长，又把九江的案子给她，是出于自己侄子周默和蒋时延的考虑，那么之后，他把唐漾说的、做的都看在了眼里。

他有意和唐漾亲近些，话也聊了不少。

临末，周自省抬指轻轻敲着桌面。伴着咚咚咚咚的声响，他说：“你上来之前，我和甘处长也聊了一阵。他和你一样，也是管培生轮岗，然后便停在了信审处。我问他对你做代理处长期间的表现怎么看，他说你观察细致入微，以人情治信审处，要向你学习。比如张志兰那个《遗珠》、南津街火灾。陈张刚那个几千块的贷款件也批下去了吧？”

唐漾和陈强交流是她的私事儿。陈强父亲陈张刚的贷款，她走的合规步骤、合规审核，和她手里成千上万其他件一样，就连过了审批她也没多看一眼。

乍一听周自省说起，唐漾的眼皮跳了跳，面上却不动声色：“是批了，比较特殊，所以有印象。”

“嗯，”周自省应下，“现在六点，是下班时间，我也说点儿题外话。”他抬头瞥了一眼挂钟，然后看向唐漾的眼神夹杂着几分深意，“甘一鸣是不是因为能力限制被留在信审处，你我不清楚，但唐漾你的实力肯定没问题。”

唐漾没出声，也不能出声。

周自省道：“你不是普招进来做柜员或者做部门管理的，你是博士管培生，你年轻、业绩好，你是汇商重金招的高管储备军，将来要来到顶楼，甚至是要坐上我这把交椅的。”

唐漾的眼睫毛颤了一下，她轻声唤：“周行——”

周自省望着唐漾，语速渐渐放慢：“做事细腻、有人情味是好事儿，尤其在你尝过偶然的甜头之后。但你要明白，”他停了几秒，“你越朝上走，沾上这些东西就越危险。无数双眼睛在盯着你，就等着你犯错，你出了纰漏，拉你下来。”

唐漾抿抿嘴：“周行，我明白。”

两人又说了一会儿。唐漾起身告辞。

周自省送她到门口：“你现在看这次培训可能觉得鸡肋，但可以认识很多人，趁年轻积攒人脉不是坏事儿。”

唐漾：“谢谢周行。”

“说什么谢，”周自省笑，“你和我侄子是校友，以后不介意可以来我家做客，私下叫我周叔也可以。”

唐漾失笑：“叨扰周行了。”

说话间，电梯到了。周自省目送唐漾进电梯。

电梯门缓缓合上，唐漾嘘一口气，后背浸了一层薄汗。

唐漾下到信审处，已经快七点了，灰蒙蒙的办公层只有两盏灯亮着，是长期在外出差的秦月回来了。

之前在程斯然的聚会上蒋时延带唐漾认识过秦月的姐姐秦皎，秦皎便把她和秦月拉到了讨论组，时不时地讨论化妆品啊八卦啊，一来二去，关系倒熟了。

秦月洗杯子出来，瞟见唐漾手里的文件，心直口快地“哇”一声：“这‘新雷’培训不是给那些野路子非科班出身的管理层上课吗？教点儿市场啊模型啊的基本功，四十天纯属浪费时间，反正一个部门只要象征性去一个，你去找周行让他换成甘一鸣啊。就像小学广播里叫班长去领书、学习，班长在，哪儿有副班长去的道理？”

这也是唐漾之前上楼的目的。结果呢？

唐漾跟秦月说了两句，略微颓然地摊手：“周行说甘处说身体在恢复期，向上面推荐了我。”

“甘一鸣就是自己不行，然后有了危机感，把你支出去一段时间，他重新刷脸刷存在感。哦，对了，”秦月思及什么，“四月还有个季度评优，你在信审处，十有八九是你，你出去学习，那一切就说不准了，他算盘打得啪啪响，还要赚一个谦让新人的名声。要是放我身上，我非得……非得……”她“非得”不出来。

“给他套个麻袋一顿暴揍？”唐漾开玩笑。

秦月：“偶尔藏锋是应该的，但——”

唐漾正在上升期，谁也不知道那些细枝末节会产生什么影响。

唐漾无奈："顺其自然吧。"

秦月心疼地摸摸唐漾的脑袋："走，姐姐带你去夜店喝两杯，换个心情？"

蒋时延大概正在陪家里人玩，唐漾犹豫一下，道："好。"

秦月等她收东西。

"你们怎么都喜欢摸我的头啊？"唐漾问。

秦月："蒋时延也喜欢摸你的脑袋？"

唐漾耳根热了热，她小声应道："嗯。"

"我也不知道，我不喜欢碰别人，但看你偏着小脑袋有点儿丧，就忍不住想揉揉你。哈哈哈——"秦月爽朗地笑着，揽着唐漾离开。

城市的生活压力宛如一张网，白天编织着体面、工整，到了晚上收纳着喧嚣。

灯红酒绿，男男女女，邂逅攀谈。重金属音乐和大声喊话好似能让人忘记一切烦恼。

秦月是夜店的常客。

唐漾以前去过几次，还都是蒋时延陪着。

进店后，秦月问唐漾喝什么，唐漾想着自己酒量不行，便道："我喝茶。"

秦月嫌弃："要不要给你点一碗养牛小米粥啊？"

唐漾摸了摸肚子："我还真饿了——"

秦月拉唐漾："你别这样，开心点儿——"

唐漾眉眼弯弯："你陪我，我就很开心啊。"一个不常聚，却一直向着我、为着我、性格也合得来的朋友。

夜店的灯光昏暗，但绚烂，唐漾笑得干净、清澈。

秦月久经情场，竟被一句示弱的话撩拨得神魂颠倒。

"甘一呜！"秦月骂了句，坐下来陪唐漾。

唐漾面生，有帅哥过来搭讪，她没理，安安静静地窝在角落喝粥、喝茶，在强劲的节奏中舒缓神经。

八点多，唐漾想回家。

秦月把唐漾送到楼下，唐漾道谢。

秦月担心她："真没事儿了？不然，你打电话让蒋时延回来陪陪你？谁突然摊上这事儿心里都会堵。"

唐漾生龙活虎地做出大力水手秀肱二头肌的姿势：“我像那么脆弱的小姑娘？”她又跷了一下脚，“你见过踩 8 厘米恨天高的小姑娘？”

“上去早点儿休息。”秦月被逗乐了，笑着推她。

唐漾亦笑着上楼、开门、关门，面对一室的黑暗与安静，她好像有些……笑不出来了。

她开灯，慢吞吞地换鞋，然后把疲惫的身体慢慢地挪到沙发上，瘫倒。她的视线没有焦距地散在偌大的空间里，这里停停，那里看看。

蒋时延不在，好像又在。

虽然唐漾和蒋时延还没同居，但就住对门，平常两人不是一起窝在她家，就是窝在蒋时延家，和同居相差无几。

餐桌上那束粉玫瑰是他今早才放上去的，茶几上的电竞杂志是他看的，酒水架上的半瓶红酒是她和他喝着玩的，还有阳台上，他忘记买衣架，蹭她的衣架晾的衣服。

蒋时延的衬衫外套是助理拿到洗衣店洗，他自己洗最贴身的短裤，大大咧咧地晾在唐漾粉色的一小块旁边，他晾的时候还故意朝她那边挪了挪。

唐漾红着脸骂他不要脸。

蒋时延一脸坦荡：“大家都要穿，还是——”他挤眉促狭道，“漾漾不穿？”

唐漾的小脸顿时红透了，她举起手要挠他。

“哎哟，恼羞成怒了。”蒋时延仗着身高优势没脸没皮地亲她的手背，“我就喜欢漾漾恼羞成怒，瞧瞧这小手多白，多软。来来来，想挠哪儿，哥哥都给挠。”

唐漾当时羞愤欲绝。

一来二去，她也就习惯了……

还有就是，他今天中午大概回来过，沙发上放了件西服外套，是他喜欢穿的那件黑色外套，有蓝金暗纹。他好像一直这样，喜欢在正经的外壳下藏点儿骚气。

唐漾费力地扯扯唇，缓缓地躺向那件西服外套，躺下了，后背硌着个东西，她从旁侧摸出他的鼠标，嘴角的弧度渐渐凝在原处。鼠标硌着的后背似一个节点，酸痛经由那个节点蔓延到穿高跟鞋的脚，再蔓延到脊柱，最后蔓延至四肢百骸，浸透了全身……酸痛，难受，真的很难受。可是，他不在。

唐漾知道他可能在陪蒋妈妈看电视或者和老爷子说话，但还是克制不住地拿起手机，拨了他的电话。

嘟嘟响了两声，接通了。

对面似乎先是一个嘈杂的大环境，然后是稍微安静一些的小环境，再是蒋时延低缓含笑的声音："漾漾。"

唐漾好像溺水之人抓到一根稻草。她嚅动嘴唇，努力让自己的声音听上去平静如常："蒋时延，你在做什么啊？"

"在楼上陪程程搭积木，"蒋时延说着把手机递到程程面前，"叫人。"

程程甜甜地叫："糖糖阿姨。"

蒋时延纠正："叫舅妈。"

程程睁大眼睛："漾漾不是糖糖阿姨吗？"

蒋时延点头："对啊，所以叫舅妈。"

糖糖阿姨是舅舅的好朋友，为什么又是舅妈？好朋友可以是舅妈吗？程程被绕糊涂了。

蒋时延从钱夹里摸出一枚一元的硬币在程程面前晃。

程程脆生生地喊："舅妈。"

"嗯，程程好乖——"唐漾在电话那头温温柔柔地应道。

"乖，自己玩。"蒋时延笑着把硬币给程程，拍拍小不点儿的肩膀，起身去了更安静的阳台。

唐漾问他："蒋时延，你晚上吃了什么？"

"没换保姆，还是那九道菜，"蒋时延一一念出来，"有你喜欢的糖醋排骨，我多吃了两块。"

"那我谢谢你啊。"

唐漾又问有哪些人，说了什么，做了什么，准备做什么。

蒋时延认真又耐心地逐个儿回答完。

他刚想问问她，她便说："那你先洗澡吧，待会儿还要陪他们玩牌，我也准备睡了。"

蒋时延话头打住，叮嘱她："关好门窗，要是觉得冷，就开会儿空调，空调房里要记得放杯水……"

两人互道晚安，唐漾先挂电话。

重回一片安静，唐漾垂下手机，轻轻舐着唇。

没有告诉他呢……要怎么告诉他？告诉他什么？说她没注意被人摆了一道？如果她提前知道，就可以给自己安排一堆推托不掉的工作……明明可以不去的。说她要去出一趟为期四十天且毫无意义的差？尤其"新雷"培训的地点是 B 市分行，B 市行长之前就想留她，她好不容易调回来。这种中长期且大型的学习培训往往伴随着人事借调，万一她又被调回 B 市……

她忍不住胡思乱想，偏偏他有事儿，偏偏他不在。

唐漾转念一想，这些事情自己应该习惯的。即便调动，自己也应该习惯。不是说喜欢一个人会像有了盔甲吗？为什么她现在有了蒋时延反而这么瞻前顾后、优柔寡断又敏感……一点儿都不潇洒。她“啊”一声捂住脸，然后一把扯过他的外套蒙住自己的上半身。

时钟嘀嗒地走着，唐漾又躺了一会儿，然后起身去冲澡。

出来后，她摘下绑在头发上的橡皮筋，去门口准备锁门。她的手扶上门把时，锁芯传来钥匙转动的声音。

有自己家备用钥匙的只有父母和蒋时延，唐漾愣了一下，放手。

门从外面拉开，一个本不该出现在这里的人站在唐漾面前。他套了件羽绒服外套，大概出门急，外套拉链没拉好，隐约露出里面睡衣的轮廓。

唐漾的脑海瞬间一片空白，她眨了眨眼睛。

那人笑着，歪着脑袋看唐漾，跟着她眨了眨眼睛。

“你，”唐漾还是不敢相信，舌头哆哆嗦嗦的，“你……你不是要陪他们玩牌吗？”

“你你你，”蒋时延模仿她软软的调子，“你不想我吗？”

唐漾被他学得脸热，不确定地反问：“我说过想你吗？”虽然很想很想，可知道你不方便回来，所以一个“想”字都没说。

蒋时延“哦”了一声，从她给他打电话的第一句话开始重复：“蒋时延，你在做什么啊，嗯，程程好乖，蒋时延，你晚上吃了什么，那我谢谢你啊——”他重复她说的每一句，连语气词都不差。

唐漾怀疑自己听到的，咬着嘴角揉耳朵，把细软、白皙的耳郭都揉红了。

“我以为你每个字都在说想我，”蒋时延见她微启着唇，但不出声，逗她，“既然你不想我，那我回去好了——”说着，他还作势朝门外退一步。

唐漾蓦地伸手扑进他的怀里，一把抱住他。

蒋时延在电话里听出她的语气好像不对，但不知道她情绪这么大。他稳住微微后闪的身形，带着安抚性质地把手落在她的后背上。他依旧没问怎么了，只是温柔地、无声地将她朝怀里又带了带，然后抱紧她……

“漾漾——”他心疼了。

“想。”唐漾的鼻尖在蒋时延的胸口微微蹭着，细软的调子带着点儿鼻音，像走丢后刚找回主人的小奶猫。

蒋时延的心里一软，手掌轻轻覆上她的头发。

唐漾吸了吸鼻子，很小声地说："我们都这么久没见了，想你不是很正常吗——"

对啊，自己上次见漾漾还是在早晨。蒋时延想到什么，跟她说："你知道吗？我妈下午来一休，撞见秘书室的人在讨论热搜，然后说到女朋友和同居的问题，我跟我妈说我有女朋友，我早上还送你上班，结果你猜易女士第一反应是什么——"

蒋时延的嗓音低缓而有磁性，宛如夜色下的潺潺流水，他才洗过澡，身上有沐浴香波味。唐漾轻轻把脸贴到他的心口，听他说着话，动荡不安一晚上的心好像忽然就安宁了。

"蒋时延。"她唤。

"嗯。"蒋时延应得很轻。

"蒋时延。"她再唤，尾音稍微拉长了些。

"嗯。"蒋时延的手停在她的头发上。

"蒋时延。"唐漾唤了第三次。

蒋时延低头吻了一下她的头顶："我在。"

是的，他在。就像她读博被人黑掉论文时，也像那次和周默会面，抑或上次在医院的表白，他好像总是会在她最想他的时候大变活人般出现，抱着她，说他在。

好像蒋时延一在，唐漾总能重新得到力量。甘一鸣不算什么，四十天不算什么，周自省的提醒也不算什么，所有的一切好似都成了天光云影。只要蒋时延在，她就是可以扛起大刀去屠龙的勇士，巾帼气概，壮怀激烈。不过，在自己上战场之前把他稍微抱紧一点点应该没问题吧？就那么一点点。

唐漾抱着他腰的手不着痕迹地紧了紧，蒋时延关门，站进来。

玄关上方的壁灯映出一团昏黄，两个人安安静静地相拥。

良久，蒋时延察觉她的情绪好些了，便柔声试探道："今晚我住在你家吧。我睡沙发、睡地板都可以，我想陪陪你。"

"可我不想睡沙发，也不想睡地板啊。"唐漾在他身前微微撑起一段距离。

蒋时延一时半会儿没明白唐漾的意思。

唐漾攥着他的衣摆仰脸望着他。她的鼻尖微红，眼睛大而清澈，她轻轻眨眼，纤长如羽的睫毛扑闪扑闪："难道你不想抱着我睡吗？"

这句话如同咒语，念得蒋时延的脑袋嗡嗡作响。

想啊，想啊，想啊，我想抱着你。蒋时延每根头发丝都在叫嚣，偏偏他的唇动了动，不敢相信一般，没有发出一个字。

唐漾松开他：“你不想抱着我睡的话，那你就别在这儿睡了。”她学他刚刚的表情把他轻轻朝外搡，“你回去吧，你回去吧，反正你不想抱着我睡——”

她手上没用力气，蒋时延将她拦腰抱起：“你个小没良心的。”他气得牙痒痒。

唐漾偷笑：“明明是你不说话嘛——”

两个人的声音越来越小，消失在尽头的卧室。

唐漾和蒋时延平常在沙发上亲昵归亲昵，正儿八经地同床倒没有过。

两人都洗过澡了，简单收拾一下，便躺到了床上。

两人先是并排躺着，蒋时延起身关灯，唐漾朝中间靠了靠。蒋时延关完灯，极为自然地就把他家漾漾搂在了怀里。

睡衣料子薄，肌肤磨蹭间，两个人都痒酥酥的。

黑暗中，唐漾枕着蒋时延的胳膊，柔声说：“我的房间我爸都没进来过，就你进来过，上次好像是我喝醉了，对了，”她用胳膊肘轻轻捣一下他，“你那时候喜欢我吗？”

女孩子好像都喜欢翻点儿陈年旧账。她喝醉那次，他送她回来，没确定关系，但没忍住偷偷亲了她……

“不太记得了。”蒋时延清了清嗓子，玩着她的手指。

唐漾：“那你睡在哪儿？”

蒋时延的喉咙咽了一下：“沙……沙发吧。”

“这么自觉吗？”唐漾轻轻笑了一声，明明是她梦见自己强吻蒋时延，说出口的却是，“可我那天梦见你亲我了——”

小姑娘香香软软的，蒋时延抱着她，本来就有点儿心猿意马，偏偏小姑娘还喋喋不休地说着“亲”“梦见你亲我”，他的眸子眯了眯，把她抱紧了些：“是怎么亲的？”

唐漾轻轻咬了一下唇，扶住他的肩膀稍稍昂头，接着，柔软的唇瓣试探着落在他的唇上。

蒋时延启唇衔住她的唇，唐漾动不了，耳根发烫。

“记不太清的话，我可以勉为其难帮漾漾回忆一下——”蒋时延嘴上占着她的便宜，舌尖缓缓地描绘着她的唇，一下一下，细致又温柔地从她左嘴角舔到右边。

唐漾不自知地伸手去钩他的脖子。

蒋时延揽着她的后背微微一带，将她放在了身下。

周遭是安静的夜色，蒋时延一只手撑在她身侧，一只手抚着她的脸，他的额头抵着她的额头微微摩挲。两个人的呼吸都有些重，隐隐约约，好像会发生些什么。

“漾漾，”蒋时延想到她之前的样子，薄唇轻轻在她的眼皮上贴了一下，“我是你男朋友。”他嗓音低哑着说，“你有什么想说的，有什么话都可以告诉我，开心的，不开心的。”

唐漾轻轻“嗯”了声，仰头回亲他。

“如果我有事儿，我自己可以权衡轻重缓急，但我不想在你需要我的时候不在你身边。”

蒋时延的唇顺着她的眉心落到她的脸颊、鼻尖、唇、下巴，然后是脖子。但他的轻重缓急都与她相关。

热气拂过唐漾的皮肤，皮肤上泛起一层淡淡的粉色。她声若蚊蚋地又“嗯”一声，纤细的手指嵌进他的头发里。

蒋时延得了鼓励，薄唇游移向下，至颈窝，至锁骨，他亲吻一阵，伏在她的肩窝喘气：“漾漾——”

无人应答。

蒋时延稍稍抬身，入目是唐漾的睡颜。似乎有什么事情没做完，她睡得并不安稳，鼻翼舒缩的同时睫毛轻轻颤动。

这是……亲着亲着睡着了？漾漾被自己亲得……睡着了？蒋时延脸上的表情渐渐敛住。

唐漾很有危机意识，二十岁之后就开始勤勤恳恳地护肤，一身皮肤白皙、滑嫩，如上好的白玉。她的手腕儿还钩着他的脖子，皱巴巴的睡裙下露出大片白嫩的肌肤，她之前微微屈了腿，光洁的腿部皮肤不自知地蹭在他腰下……

有点儿要命。蒋时延深深地吸了一口气，收回愈深的视线。

他想把她狠狠抱到怀里揉一通，手却轻轻将她的手带到被子里。他给她掖被角的时候没忍住，愤愤地做了个老虎要吃人的表情吓她，然后蹑手蹑脚地起了身，去了厕所。

厕所里，唐漾洗好的贴身衣物还没来得及晾出去，挂在莲蓬头旁边，蒋时延担心冲澡的时候给她弄湿了，想帮她挪到外面去。

他的左手落在那方狭窄的布料上，停住了。温水兜头而下，他满脑子都是她，左手寻找依托般抓着布料，没给她弄湿，却给她揉皱了。

开启“贤者模式”的蒋大佬觉得自己有点儿变态。他转念想，自己是有女朋友的人，自己就想和自家小女朋友做羞羞坏坏的事儿，自己有错吗！没有错！

蒋时延临睡前冲了一次澡，半夜起来冲了一次澡，早上六点多又起来冲了一次。

第二天上午九点，唐漾醒来时，撞入眼帘的是一张熟睡的俊脸。

蒋时延长着副标准的美人骨。他醒着时，眼光流转，倜傥、恣肆，睡着了，五官温软，面似白玉般动人心魄。

唐漾抬起手指悄悄描画他的脸部轮廓，落至他的薄唇，她轻轻亲一下：“早安。”

蒋时延的眉心动了动。

唐漾轻手轻脚地下床，去了卫生间。她看到垃圾桶里一大堆卫生纸，愣了好一会儿，然后慢慢烧红了脸。这人，这人真是……

唐漾收拾好自己，给他留了张便笺，便到楼下去买菜。她周一就要走，她想在临走前把上次没完成的约会完成，做顿饭给他吃，顺便在饭桌上告诉他自己要走的事儿。

唐漾是个很容易满足的人，比如一个有他的早上，比如出门遇见阳光。

她在菜市场问“这个菜是什么”“这个菜怎么做”，认真挑拣了好些他喜欢的，然后哼着不知名的小曲重回电梯。

每一个攀升的数字都像简笔画小人儿在跳舞。

叮咚，到达楼层。

她看到等在电梯外的人，怔了一瞬：“易阿姨。”

“糖糖，你要自己做饭吗？”蒋妈妈看见唐漾手上的东西，热情地邀请，“要不然到阿姨家去玩？你一个人做饭很麻烦。”

“还好，还好，下次再过去吧。”唐漾颇心虚，“易阿姨，你是来找——”

“哦哦，”蒋妈妈解释，“时延昨晚在老宅澡都洗了，却突然出门，我问他去哪儿，他说他家‘小月亮’想他了，他得回去陪。刚刚我和你蒋叔叔路过这儿，我就想着上来看一眼，到底是什么猫这么金贵让他不管不顾的。结果呢——”蒋妈妈“嘁”一声，“人没在家，家里连根猫毛都没有。”

那是因为他还……还在我家睡着……唐漾脸一热，不知道该怎么说。

蒋妈妈把她的表情理解为帮蒋时延隐瞒：“糖糖，你也知道蒋家的情况，虽说时延年纪也不小了，但我也不能放任他和外面那些不三不四的女人乱来。今天是这个‘小月亮’，说不定明天又是个‘小星星’，后天还能给我来个‘小银河’，”蒋妈妈拍着她的手背，低声说，“糖糖，你以后看到哪个女人去了时延家，记得告诉阿姨，阿姨和你亲。”

蒋妈妈又交代了两句，要帮唐漾把东西拎进家。

唐漾推托不过，只能道“太麻烦了”。

她开门，蒋妈妈将袋子放在门口，接到蒋爸爸的电话，又匆匆进电梯。

唐漾看着购物袋下黑色的男士鞋，长长地舒了一口气。她昨天见周自省大概都没有这么提心吊胆。

第 11 章
执着

无论现在你跟我说什么，我都觉得幸福。

蒋时延醒来已经十一点，他下意识地揽了一下身旁，没人？

他打着哈欠翻身起来，一眼便看到唐漾留在床头的便笺：“饭桌上有牛奶，吐司在微波炉里，你醒了自己先热热吃，我在你家做饭，做好了叫你，你先别过来。”

在蒋时延与唐漾相识的十四年里，他从未听她提过有成功做饭的经历。这样的便笺，在他眼里大概等同于——蒋时延，我要和你的家同归于尽。

蒋时延知道自己打电话她会不开心，但还是拨了过去。

“你在哪儿？在做什么？”他状似无意道。

“你家啊，”唐漾喜欢切菜，咔嚓咔嚓的声音让她心情愉悦，“我已经打好了鸡蛋，正在切番茄。”

“你真的要做饭？”蒋时延到唐漾住了小半年仍旧整洁如新的厨房热了早饭，边吃边道，“我过去做吧，我会做饭，不然我们出去吃也可以，你之前不是还说——”

“你不相信我？”唐漾抓重点。

蒋时延一噎：“没有，没有，只是我可以过去帮你啊。”他晓之以理，“一般主厨都会有副手，我切菜、洗菜、倒垃圾都可以，或者你看你身边缺不缺一个人肉背景板，我来当背景板也可以。”

“不用啦，你可以玩会儿游戏，”唐漾甜甜道，“就几个简单的小菜，我很快就弄好啦，你也不要抱着吃满汉全席的期待。”

软的不吃，蒋时延来硬的：“漾漾，那是我家厨房，我回我家都不可以吗？我想家了，我想回去——”

“蒋时延！”唐漾拖长调子喊他的名字。

“好好好，你做，你做，我等，我等。”蒋时延无奈地对小祖宗投降，他再三强调，“炒熟就行，安全第一，一定要安全第一。”

“你很啰唆啊。”唐漾心情颇好地挂了电话，不和他计较。

这边，唐漾在蒋时延家的厨房叮叮咚咚。那边，蒋时延在唐漾家的客厅坐立难安，眼睛一个劲儿地瞟手机。

快二十分钟了，还没动静。蒋时延悬在嗓子眼的一颗心渐渐放下来。

漾漾是个很有分寸的人，她一向知道什么该做，什么不该做。做饭这种事儿说大也大，说不大也不大，电视剧里不是也有黑暗料理女主嘛，不就是盐、糖放混了或者味精巨多嘛，只要菜熟了，人没事儿就行。

而且家常菜步骤就那几步，凭着漾漾的智商和能力，可能就是味道上有偏差，其他应该都还好，无论她做得多难吃，自己到时候都转圈圈，摇尾巴，捧场说“好吃”，并且一口气吃完就可以了。

蒋时延自我安慰着，又朝隔壁那扇窗户瞄一眼。

嗯，没有异常。他点点头，收身回来，正想找个理由过去，忽然嘭一声，如惊雷爆破。紧接着，滚滚的浓烟从隔壁厨房那扇窗户喷涌而来。

蒋时延抓起钥匙转身冲过去。

他开了门还没进屋，便有焦味呛进他的鼻子。他挥开浓烟朝厨房奔去，一眼便看到厨房门被关得严严实实，系着围裙的小姑娘站在厨房外面死死地拉住门把，乌烟瘴气被隔绝在内。

“蒋时延！蒋时延！

“蒋时延，你在不在？”唐漾一边盯着厨房里的情况，一边偏着脑袋朝外喊。

蒋时延三两步走到她面前，心跳仍然很快。

唐漾见熟悉的人立在身旁，终于舒了一口气，但她还是不敢松开门把，嘴皮哆嗦着解释：“我刚放下番茄，锅就炸了。不，不是，是我想炒番茄鸡蛋，把食材准备好了，油也放了，结果我忘了该先放番茄，还是先放鸡蛋。我……我去看视频，视频里正在放番茄，结果我刚把番茄放进去就起了烟，火噌的一下就蹿上了抽油烟机——”

她的脸上落了一层灰，大而黑亮的眼里好似蒙着水汽，她的额角有细汗，顺着脸部轮廓滑过脸颊，汇到小巧的下巴上。

蒋时延的视线跟着她的汗朝下，落至她的脖子，然后是两只手、腿、脚。确认她身上没有任何伤痕，他这才松一口气。

唐漾回忆方才的情形，心有余悸地接着念念叨叨：“我第一反应是关火，想把锅盖盖到锅上，结果锅盖把锅砸翻了，滚油泼到料理台，整个料理台都在烧。我害怕烧到身上，就扔了东西冲出来关好门。”说着，她腾出一只手拍拍胸口，“幸好我反应快，要不然就会被烫到——”

“怎么，还要我表扬你？”蒋时延居高临下地看着唐漾，面上没什么表情。

“啊？”唐漾听出他语气不对，愣了。

厨房里抽油烟机没关，嗡嗡地响着，吸着浓烟。

她看着自己，睁着无辜的鹿眼。蒋时延的心里已经软了，面色却没缓和。他说：“所以这就是你要到我家做饭的原因？知道自己能炸厨房，准备给我做个爆炸糖？”

唐漾小声辩解：“我不是，我没有，我是按照步骤来的——”

蒋时延的手覆上她的手，带着她打开厨房门。

唐漾被呛得轻咳一声，蒋时延进去，面无表情地环视四周，从黑了一角的吊顶、抽油烟机，到台子上烧了一半的食材、洗碗巾……

蒋时延一言未发地挽起衣袖，把没被破坏的食材一样一样拎到手上。

唐漾拽着他的衣摆，跟在他身后。蒋时延走一步，她走一步；蒋时延退一步，她退一步。

蒋时延收拾得差不多了，转身出厨房。唐漾以为他生气了，要和自己冷战，嗓音细软，带着鼻音：“蒋时延，你别这样，我知道错了，我下次不做饭了。你要去哪儿？你不要走——”

“去你家，”蒋时延摁了摁发涨的太阳穴，“你中午不吃饭？”

唐漾“哦”一声，怂怂地跟在他身后。

“你好像会做饭。”她想奉承他。

“你以为我是你？”蒋时延说，“直接烧厨房。”

“蒋——”唐漾噘嘴想反驳他，转念想到烧厨房确实是自己造成的，话到嘴边又一转，“这样子啊——”她一副受气小媳妇的乖顺模样。

自己欺负她了？蒋时延又是心疼又是笑，伸手揉了一下她的头发。

二十分钟后，唐漾家厨房。

高大、挺拔的男人系着粉色围裙在热锅，系着灰扑扑围裙的小女人站在他身旁切菜，料理台上已经放了一排准备好的食材。

锅底水干了，蒋时延放油：“花椒。”

唐漾递过去。

蒋时延：“鸡蛋。”

唐漾递过去。

蒋时延：“盐。”

唐漾递过去。

蒋时延飞快地把炒好的鸡蛋拨到一旁，将沥了水的番茄倒进去。色泽明亮，馥郁的香气伴着热雾腾起，他几下利落地炒好："盘子。"

唐漾乖乖地把盘子递过去。

蒋时延把番茄鸡蛋铲进去，撒葱花。

"好香啊。"唐漾端出去前，没忍住嗅了嗅。

蒋时延"嗯"一声，极尽大厨的高冷，偏过头时，没忍住偷偷笑了一下。然后是蘑菇肉片汤、炝炒凤尾、鱼香茄子。他手上生风，锅里生香。

唐漾一边感慨都是运作柴米油盐，怎么人与人之间的差距这么大，一边又悄悄用余光打量他，他时而皱眉，时而舒眉，俊美的侧脸在热雾中若隐若现，修长、白净的手指握在木质锅铲柄上……

做饭很厉害的蒋时延是她男朋友啊！

蒋时延将茄子起锅，转头撞进唐漾缀着碎光的眼里。喉结微微一动："端出去，还有一道。"

"哦哦。"唐漾赶紧递盘子，耳根微热。

最后一道菜是跳水鱼。蒋时延先在鳜鱼表面打了花刀，然后放泡椒、姜、蒜一起翻炒，再将炒锅洗净，放水放鱼。

他的语速很快。唐漾配合熟练了，动作也快。

蒋时延："小葱，切段。"

唐漾切段递过去。

蒋时延放了葱："十年料酒。"

唐漾拿了那瓶十年料酒，掀开盖子递过去。

蒋时延放了料酒："砂糖橘，去皮。"

厨房没有砂糖橘，唐漾迈着小短腿嗒嗒嗒地跑到客厅拿了一个。

她知道过年炒软粑的时候要放橘子皮，但不知道做跳水鱼要放去皮的橘子。但她是厨房黑洞，蒋大厨说什么就是什么，她格外听从指挥地把砂糖橘剥了皮，递到蒋时延跟前。

锅里的水咕嘟咕嘟冒着些微泡泡。蒋时延手上拿着锅铲翻鱼，他的头稍微一偏，把唐漾捏着的那个去了皮的小砂糖橘含进嘴里，腮帮子动两下，咽下去。

唐漾整个人像被施了魔法般滞在原地。橘子……橘子不是放到鱼里的吗？这不是重点，重点是这人怎么可以……

蒋时延刚刚咬橘子时故意放慢了速度，他湿热的舌尖缓缓地舔过她白嫩的指尖。

唐漾回想方才那一瞬的触感，彻底烧成了一只熟虾。舔手指什么的，这人怎么可以做得这么……这么……她的脸红着，手掐了一下他的腰。

蒋时延一本正经地看她："怎么，你吃橘子都不剥皮吗？"

唐漾又羞又气，拿脚踩他。蒋时延吓她："油！油！"

唐漾吓得眼睛瞪大想躲，蒋时延绷不住笑了，把某只小小的"树袋熊"搂在身前。

"啊，漾漾，你轻点儿……对对，就是那儿。"

"是这样吗？保持这样可以吗——"

"嗯，嗯——"蒋时延发了个舒服的音节，"你什么时候学会这些的——"

"我妈也是久坐，我有假在家的时候就帮她捏一捏。"

饭后，蒋时延瘫在沙发上，唐漾主动给他按摩。蒋时延当她是闹着玩，等她真下手了，发觉她手法还不错。

蒋时延改为趴姿，唐漾跨坐在他背上。

唐漾捏得温柔又认真，蒋时延一边看她之前想学的做菜视频，一边舒爽得直哼哼。

"你先前放了多少油？"蒋时延问。

"和视频差不多高，就是刚好可以没过番茄。"唐漾说。

蒋时延："博主的锅是圆底的，我家锅是平底的，博主是炒番茄鸡蛋，你是炸番茄鸡蛋，还有水，滚油可不喜欢多汁。"

唐漾："那我下次是不是不要弄水，油尽量少就可以？"

"不一定，"蒋大厨施教，"油少了可能会煳，最后炒出来比你的发色还黑。"

唐漾不撑他，神情又乖又柔和："那你怎么知道放多少，在什么时候放呢？"

"你知不知道有种东西叫天分，有种东西叫熟能生巧，还有种东西叫会做饭的男朋友——"蒋时延坐起来把唐漾揽在怀里。

他说什么唐漾听什么，她纤长的睫毛在眼窝落下剪影，时不时点点小脑袋的模样可爱得不像话。

蒋时延很得意，跟她说完做菜，又用状若平常的语气接着道："我家厨房被炸了，要重新收拾，装吊顶这些天，住着人不方便，我住到你家吧。"

下午五点，夕阳落在窗边。唐漾窝在他怀里，懒洋洋地打了个哈欠："好。"

蒋时延心念微动："我是受害者，我不可能睡沙发，我得抱着你睡。"

“好。”唐漾依旧应下。

连续两次递进成功，蒋时延吃了熊心豹子胆：“那我顺便要求每天的早安吻、晚安吻——”

“我现在就可以给你啊。”唐漾柔声说着，小手抓住他的衣领，微微昂头用唇去探他的唇。

唐漾换了家居服，米色布料质地柔软。她在家没有穿内衣的习惯，蒋时延稍一垂眸，幽深的视线便顺着她颀长的颈项落至大片白嫩的肌肤。他视野之中的柔白收于两道弧度，然后，蒋时延敏感地察觉，那两点儿细微的凸起，抵在自己的胸膛上。

唐漾的手探至蒋时延的腰线时，蒋时延把她反压在沙发上。

唐漾用水光潋滟的眼眸望着他，蒋时延在她的嘴角亲一下，笑着唤“漾漾”，然后吻了下去。

两个人吻得缠绵，如贪玩的小孩。蒋时延早就忘了自己有止于牵手的洁癖，唐漾也忘了自己去年年底还在跟蒋时延说相亲，说不追求爱情，觉得合适就嫁了。

两个人只是反复且长久地交换着鼻息，一遍又一遍，细致耐心，不知疲倦。

两人隐隐生出些躁动，但在这样的下午，更多的是相互依偎的缱绻。

直到唐漾肚子发出咕咕声，蒋时延看表，两人才意识到已经晚上八点了。

唐漾伸手想拿手机点外卖，蒋时延擒住她的手：“亲我。”

唐漾笑着亲他。

蒋时延：“再亲。”

唐漾笑着再亲一次，起身点外卖。

蒋时延把她拥在怀里，有一下没一下吻着她的手，吻着吻着，他扑哧一下不自禁地笑出声。

唐漾用眼神回望他：怎么了？

因为漾漾今天特别乖。“没什么，”蒋时延眼眸含笑地摇头，“只是觉得自己现在特别幸福。”他一脸坦荡道，“有一份自己喜欢的事业，父母健在，喜欢的人是我女朋友。”他发了一个餍足的笑音，“做人还是要狂一点儿，那就全世界最幸福。”

“这么夸张吗？”唐漾根据两人的口味飞快地点好东西，然后问他，“全世界最幸福大概是什么程度？”

蒋时延想了想，道：“无论现在你跟我说什么，我都觉得幸福，哪怕天塌下来啊，一休周一股票要跌停啊，都不会对我的心情产生任何影响。”

“真的？”唐漾看着他。

蒋时延懒懒地钩着她又白又软的小耳朵：“当然。”

唐漾咳一下，柔声开口道：“我今早碰到了你妈妈，她让我去你家吃午饭，我没去；她让我看见你带女人回家就告诉她。”她脸红了红，“我没把自己告诉她。”

“易女士自己的锅让她自己背稳。”蒋时延觉得这不算事儿。

唐漾轻轻“嗯”了声，两手抱着他一只手：“我觉得我们的关系可以更进一步，”唐漾略显羞涩，但还是说了出来，说完，她的脸更热了，“但我中午来了‘姨妈’。”

我也觉得可以更进一步！听听！听听！他家漾漾就是这样温柔、可爱、善解人意……

蒋时延知道唐漾以前痛经，现在不痛了，但他还是起身去给她倒了杯温水，隔着衣服揉着她平坦的小腹，笑声低沉：“我像那么急色的人？”

他是个成年男人，血气方刚，食，色，性也。既然漾漾愿意……“姨妈”？蒋时延在心里哧地笑了声，三五天而已。

唐漾没接他的话，酝酿一会儿后，想牵他的手：“我周五那天拿到文件，要去B市参加一个管理层培养计划，为期四十天。”

蒋时延嘴角的笑容慢慢凝固。

唐漾：“半封闭。”

蒋时延缓缓地拂开她的手。

唐漾：“而且伴随人事调动，很可能我又会调回B市——”

蒋时延起身就走。

唐漾拉住他：“你说你心情很好，你说你全世界最幸福，你说无论我说什么都不会对你产生影响。”她委屈。

“天哪，”蒋时延不敢相信地喊出声，“我单身这么多年，好不容易有个女朋友，好不容易在一起，揣在心口还没焐热乎，她就跟我说她要走，恋爱十来天，分开四十天，反向上分都不带这么陡！”

唐漾本来还有点儿离愁别绪，结果被他这么一说给逗乐了。她忍笑：“我还以为你会比我冷静。”

“冷静？”蒋时延像听到天大的笑话般，“要是好事儿，你昨晚会那样？用脚指头想都知道是甘一鸣那个龟孙子给你找了一件破事儿，摊在你身上还不允许我嚷嚷两句？难不成我要说——”他故意端起老干部的姿态，“漾漾，你去吧，漾漾，你应该有自己的事业，漾漾，我希望我们彼此扶持，变成更好的人——”

蒋时延气得快窒息：“难道我还要吐泡泡、拍巴掌给你来一万字的心灵鸡汤？”他微笑，“我脑子没包。”

唐漾笑得不行，但也记得安慰“蒋小朋友”：“我可以中途请假回来看你，或者你去看我——”

“我——难——受！”蒋时延一字一顿说完，戳在原地，面如死灰。

唐漾站在沙发上摸摸他的脑袋。

“亲亲。”她说着，安慰小孩般亲了亲他的脸。

“抱抱。”她说着，抱了一下他的腰。

“举高高。”唐漾抱着他的腰举不动他，她跳下沙发，试了两下，他纹丝不动。

嘴上说的安慰明显没效果，唐漾抿唇想了一会儿，白皙的耳郭泛上一层绯红，她偏头望蒋时延一眼，趿拉着拖鞋跑进卧室，咔嗒，关了门。

小姑娘这是要做什么？蒋时延不动声色地挑了挑眉，人没动。

五分钟后，卧室门响了。蒋时延赶紧收回视线，假装还在闹脾气。

门开了，唐漾裹着蒋时延的西服外套出来了。

蒋时延穿 190 的码，剪裁合度的布料盖在她的大腿上，朝下是粉色蕾丝裙摆，再朝下是两截纤细、笔直的小腿，腿肚有流畅的弧度，肤色白得和藕段一样。他的目光变得幽深。

唐漾走到他面前，小脸烧得红通通的。她深吸一口气，脱掉了他的外套，然后露出吊带及膝睡裙。

蒋时延以前嘲笑她的身材，但只有他知道那包裹在睡裙下的身段是如何娇小玲珑，绕着甜香贴近自己身体时……他的喉咙克制不住地重重一滚。

唐漾也紧张，没察觉。

她弯腰拿起蒋时延放在茶几上的手机，熟练地输入“0901”解锁，然后点开相机，旋转摄像头，她捋了一下头发，把手机朝前举，咔咔连拍几张。她浏览，这张不满意，那张也不满意。她翻了一会儿，选了张看得见吊带、自己笑得很自然的，然后找出修图软件。

蒋时延手机是定制的，内存大，游戏多，随便唐漾翻。唐漾用他的手机比用自己的手机还熟，这里调调光，那里磨磨皮，折腾好一会儿后，蒋时延看着和原图没什么区别。唐漾满意地删了原图，把手机递给他：“一张自拍，你可以——”她羞赧着，嗓音轻软，安抚意味明显。

蒋时延没接手机，一只手插在裤兜里，一只手缓缓地抚上她又红又烫的耳尖。

蒋时延的指尖滚热，覆上唐漾耳后敏感的皮肤时，唐漾整个人烧得像烤炉里红红的小木炭。

“你觉得……一张自拍就够了？”蒋时延似是在笑，又似是没笑，高大的身形笼罩着她，缓慢地靠近她。

“小红炭”朝后退一步，蒋时延朝前进一步，“小红炭”再退，蒋时延再进。

墙壁触感冰凉，她身前是他宽阔的胸膛，他的手指缓缓地摩挲她的耳垂。

他这是喜欢，还是不喜欢？是恼了，还是没恼？唐漾不敢看他，脑子里嗡嗡响，耳朵在他的手下烫得快化掉。

一张自拍不够的话……唐漾想到今早在厕所看到的，她抓着他的衣角，小心翼翼地瞥他一眼，体贴道：“那……那我再送你一提卫生纸？”

蒋时延嘴角的笑容在半个小时内第二次慢慢凝固。

“一提不够的话，”睫毛如羽翼般颤着，唐漾顶着红透的小脸很小声地说，“那……那就两提吧。”

唐漾到 B 市的机票是“新雷”组委会买的，在周一早上七点。

五点，闹钟第一次响时，唐漾扯过被子蒙住脑袋，蒋时延抬手越过她关掉闹钟。五点十分，闹钟第二次响，蒋时延再关。五点十五，闹钟第三次响，唐漾迷糊又难受地叫“蒋时延”，蒋时延直接关了她的手机。

唐漾从混沌中惊醒时已经六点了！

“我——”唐漾压住要骂的冲动，飞快地翻身坐起来，搡蒋时延一把。

蒋时延皱眉揽住她。

唐漾一把掐在他的腰上。

唐漾小陀螺一样在房间转来转去，洗漱，蒋时延懒洋洋地打哈欠，坐起来穿睡衣。六点十分，唐漾捯饬好自己，换上高跟鞋，蒋时延去厕所冲了把脸，捞起车钥匙陪她出了门。

蒋时延将油门踩到底，加上清晨车少，平常开半个小时的路程十五分钟就到了。

早班机排队的人很多。车停稳，蒋时延还没来得及交代两句，唐漾便拎着包直接冲出去。

她穿着墨绿缎面衬裙，肤色白皙，宛如一株蹦蹦跳跳的小植物，一路说着“让一让”“请问可以让一下吗”“确实来不及了”“真的不好意思，对不起，谢谢”，变成小点，然后消失不见。

电视剧里男女主在机场分别不是都要依依不舍、你侬我侬吗？这……

“哎，前面那辆 Y999 的奥迪走不走，这里只能停两分钟！”交通疏导员拿着喇叭喊话。

蒋时延抬头瞟一眼斜上方的摄像头，再瞥一眼自己身上的睡衣，宛如被学校广播点名批评的小学生，讪讪又忍不住笑地发动车子离开。

在唐漾昨晚的想象中，他们应该提前一个小时到机场，然后蒋时延像老父亲一样唠唠叨叨一大堆，再来个离别吻，她拖着行李箱渐行渐远，蒋时延在原地目送。进安检口前，她会回头，然后撞进蒋时延不舍但含笑的眼眸。

事实上，唐漾一路风驰电掣，踩点奔上飞机，挨到座位的刹那，脑海里只有一句“谢天谢地”。她方才跑得很快，呼吸从急促变为平缓时，困意也渐渐消失。

唐漾坐的是小型机，舱内人不多，有人在打瞌睡，也有人时不时转过头来看她。

她顺着那人的视线看向自己，不着痕迹地把脖子上的丝巾朝上拉了拉。那人还在看，她从坤包里摸出小镜子，一边照，一边小心地调整丝巾……

很明显吗？不明显吧，自己专门涂了遮瑕膏。但自己涂得匆忙，万一没遮到呢。唐漾把丝巾的一角稍稍一转，果然看到颈窝那块淡淡的嫣红，她耳根一热，忙不迭地遮住，结果又看到了锁骨上的红痕……这人，这人……

飞机冲上云霄有一瞬的失重感，唐漾不可避免地想到昨晚，自己好心好意自拍安慰他，他把自己摁在墙上，又抱到了床上。

“做不了坏事儿，但可以做点儿和坏事儿差不多的事儿。”他含着自己的耳朵喘息，一路向下吻。

他舔弄两抹漂亮的瑰红，然后迎着满口甜香伏在她颈窝啃、咬、呼气……

唐漾浑身泛起一层淡淡的粉，嘤嘤着被撩拨得不知天南海北。

偏偏蒋时延在她耳边唤“宝宝”，极尽诱哄意味，温热的手掌贴着她的手背，然后带着她的手不加阻隔地覆上他滚热的……

空姐小声询问乘客需要什么早饭，唐漾小脸热热的：“皮蛋瘦肉粥。”

“不好意思，女士您要？”空姐自然多看了唐漾一眼。

唐漾重复一次，脸烧得红通通的，整理了一下丝巾。

一个半小时后下飞机，唐漾出了机场，站在路边等人接。

她打开手机，想到之前在飞机上的窘迫，顶着又烫又红的耳尖发怒。

老婆:“蒋——时——延！”

蒋时延昨天就把自己所有的东西都搬到了唐漾家。从机场回去后，他陆陆续续地整理。

收到微信，他笑了一下，格外干脆地回了一个“在”，然后给她发了一张照片。

蒋时延:“我看你衣柜内格里有一堆和粉扑差不多样子的海绵垫，只不过比粉扑要薄一些，是什么啊？需要我给你放到梳妆台吗？”

挨着内衣放的，你会不知道是什么？！知道那是什么，你还问得出来？！唐漾气得想把某人塞嘴里嘎巴嘎巴嚼碎，结果她的目光触及照片上半部分，看到自己那些窄小的贴身衣服旁放着某人最贴身的短裤，一根粉色的内衣带子甚至缠绕在那黑色布料上面……她的脸腾一下又烧红了。

她格外有脾气。

老婆:“我——不——告——诉——你！”

屏幕那端，蒋时延笑了。

屏幕这端。

“唐副处？请问是唐副处吗？”一个二十岁出头的女人轻轻戳了一下唐漾的背。

唐漾看到女人胸前的汇商标徽，扯出一个自认亲和的笑:“是。”

女人接过她手里的东西:“唐副处，您身体不舒服吗？脸看上去很红。”

唐漾轻声道:“没事儿，飞机上空调温度开得有点儿高。”

女人“哦哦”两声，把唐漾带上车，热情地给她介绍 B 市的概况。

唐漾没说自己研究生、博士都是在 B 市读的，她很礼貌地听着，然后拍了一张路边的风景，发了条 B 市变样的朋友圈。

半个小时后，车停在商圈南门，两人下车。

女人拿着唐漾的身份证去酒店帮她放置行李，周遭人来人往，有大厦高耸入云，楼侧挂着烫金的“汇商银行”标牌。

唐漾将手遮在额头上，微微眯着眼睛，走进去。

“新雷”计划第二期共一百五十一人参加，分三个班，每个班都有带班指导员，为期六周，包括体能训练，共八门课。

周一上午在汇商礼堂进行开学典礼，下午开始上课。

来参加的管理层平均年龄在四十岁左右。唐漾在一班，个子最矮，年龄最小，毫无疑问被安排到了第一排。

唐漾去之前特别不爽加抱怨，真到了上课时，她笔记倒记得认真。虽然商业银行的专业课程对她来说比较浅显，但其他诸如法律一类的知识，她知道自己急需补充。

下午三点，第一节课课间休息结束，第二节上课铃声响起。

春天的阳光暖融融的，不少大叔大妈在后排悄悄打瞌睡，唐漾坐在窗边，一边用笔在阳光下转出各种形状的阴影，一边微微出神。

高中的时候，蒋时延上课爱睡觉。那时她年少，性子皮，喜欢捉弄他，偶尔拿张餐巾纸当被子给他盖脸上，偶尔用纸轻轻去碰他的鼻尖，他的鼻子动啊动，没忍住阿嚏一下，基本就会被老师叫起来回答问题……

“唐漾，A 市分行信审处唐漾，唐漾。”讲台上，老师叫了三声。

唐漾赧然地站起来：“不好意思。”

“没事儿，”大腹便便的教授用眼神示意幻灯片，“你来回答一下这个问题。”

教授已经抽了三个人，都死要面子地乱扯一堆。

唐漾跟着教授慢吞吞的语速看材料：“二〇一七年，银行业金融机构房地产贷款以审慎为原则，不良率降不到 1%……B 市房地产贷款增长率与 A 市相近，增长起点和增长速度慢于 A 市，两组数据 GARCH（广义自回归条件异方差）检验结果为——”

问题：这种情况产生的原因。

唐漾思考了几秒，先从定理层面进行回答，然后顿了顿，补充道：“在考虑到 A 市和 B 市具体差异的话，A 市临江，B 市四面环山，A 市的发展和建设速度快于 B 市，A 市房地产贷款率必然早于 B 市抵达峰值，可以提供佐证的是上一页报告里 A 市外来人口的数量变化趋势图以及 B 市留守儿童、人口老龄化的时间序列表，B 市青年劳动力向 A 市迁移、定居，A 市房产市场近饱和，B 市才刚刚开始……”

教授没喊停，唐漾接着道：“汇商去年的年鉴中，信用卡反面实例部分提到的‘三六镇’就在 B 市，说的是去发信用卡，然后在山路开了三个小时，发现镇上大多是年龄不符合条件的老年人，每三个人里面就有一个年龄大于六十岁……”她声音清悦，语速适中，将自己的答案完整地阐述完后坐下。

教授眼露赞赏：“思考问题全面，切入点也不错……你是 B 市人？”

唐漾礼貌道："以前在 B 市轮过岗。"

是管培生啊。

"新雷"计划班的上课氛围相对轻松，唐漾所在的一班的指导员刚好是 B 市分行行长，以识才之能闻名。

教授问行长："怎么没留在 B 市？"不应当啊。

B 市行长半开玩笑道："想留啊，没留住。"

B 市行长当初对唐漾挺好的，唐漾不好意思地跟行长合掌："确实是个人原因——"

大家笑着进入下一个话题。

食堂包三餐。

下午放学，有人在收拾东西约熟人一起去吃饭，有人在认识新朋友，不少人和唐漾互加了微信，听说她不到三十岁，直呼后生可畏。唐漾本想去食堂寻找熟悉的味道，结果陈强赞了她朋友圈，又发私信跟她说自己在 B 市。

这算他乡遇故知？唐漾爽利地和陈强约了晚饭的时间、地点，然后给蒋时延发微信。

蒋时延给她发了一大串文字，她一边打车，一边回语音。

唐漾订的是悠然居。她到时，陈强已经到了。

男人仅剩一只手，坐在轮椅上，引得不少人注目，但陈强状若平常。

唐漾落座，服务员上菜很快，唐漾帮陈强把饭和汤盛了，递过去："怎么到了 B 市？"

"到这边来做一项融资，"陈强调侃，"有些资本家要 30% 的原始股，贫民不努力一点儿就捞不着什么油水了。"

陈强比唐漾上次见他时气色好了很多，也健谈了。

唐漾不提他的过去害怕伤他。陈强倒很坦然，跟她说自己上个月写了个小程序，被"鹅厂"工作室发掘买断，改进了，推到插件，成了爆款。工作室开百万年薪招他，他没去，给他爹妈换了套房子，来了 B 市。

陈强说，以前是真的过不去心里那道坎儿。名校学霸当着当着，前途大好的时候被开除，让他再也不想碰学的那些东西。跑货车出事儿后，他患上重度抑郁……他在医院跳楼那次大概算解脱。

唐漾过来说的那些话好像有用又好像没用。

陈强回顾自己曾经那些暗无天日的日子，哂笑："怎么说呢，就像看一场别人的云烟。

“对了，”陈强问她，“你和蒋时延怎么样了？他怎么样？我看微博上说他的性子挺放肆、毒舌的。”他觉得这样的词对应实力算褒义，很自然就说出了口。

唐漾想了想，道：“他做饭超级好吃，他会做很多菜，就是有时候喜欢啰唆，喜欢念叨，偶尔闹闹小脾气，耍耍宝——”思及什么，她的目光变得温柔，“刚刚我说我和你出来吃晚饭，他还一个劲儿问我吃什么，去哪儿吃——”他千叮咛万嘱咐让她忌口，不要吃日料，她来着“姨妈”，别碰生冷的东西。

说蒋时延的时候，唐漾笑得眼睛弯弯的，宛如缀着细碎的星光，而她自己浑然不觉。

陈强吃了一嘴糖，啧啧两声，从包里拿了一个硬盘，推给她。

唐漾：“这是？”

陈强：“合法拿到的，就当这次见面的小礼物，不用急，你回 A 市再看都可以。”

唐漾还想说什么，陈强说自己还有事儿，便匆匆道了别。

唐漾给悠然居打电话订座位时，经理就把她的账单挂在了蒋时延名字上。这是少爷老铁蒋总的女朋友，他们见人吃完了也不会上去暗示让其早点儿离开。

唐漾也是在这时候明白陈强叫自己出来应该就是为了给自己这个东西。

里面是什么？唐漾掂了一下，身后忽然传来一道熟悉的声音：“唐副处菩萨心肠，和贷款客户的家属都能从 A 市约到 B 市。”

唐漾倏地把硬盘塞进衣袖，转脸，看到周默似是从洗手间那边过来。

“周总说话很有攻击性。”唐漾淡淡地说。

“还好，”周默坐到唐漾对面，“‘新雷’来了那么多人，我就忍不住想提醒你，高处不胜寒，善良在很多事情面前就是摆在明面的软肋，最害怕的是白眼狼喂不熟。有一个张志兰，还会有第二个；帮了陈强一次，就会有第二次。”

确认周默没听到自己和陈强的对话，也不知道硬盘的事儿，唐漾心下松了一口气：“境遇又不是本人可以决定的。”

周默：“但你可以对这些人敬而远之。”

周自省跟她说过，周默也说，饶是一个人脾气再好，被人连着说两次也会不舒服。

唐漾心里压着火，面上却笑了：“我做什么工作是我的事儿，我不喜欢别人指摘。既然周总提到，那我还觉得如果可以的话我甚至想做一款产品，直接服务特殊群体，毕竟——”她缓缓勾唇，将周默的话还他，“女孩子大多善良。”

周默听出她话里的火药味，避开这个话题：“那你觉得如果周自省和B市这边沟通，你培训结束留在B市的可能性有多大？”

这算威胁？唐漾不惧：“我当初是怎么从B市调回A市的，我现在还能怎么调回去。”

她当初调回A市时，和周默的关系还没僵，周默作为引领过她的学长，偶尔还能和她聊两句。

唐漾调回A市是私人原因，他知道一点儿。

周默交换双腿叠放顺序，轻轻用筷子敲碗：“所以你那时候就喜欢蒋时延，费尽心思调回去就是为了和他在一起？”

“我那时候没想过和他在一起，”唐漾面色缓和了些，极为自然道，“但因为是蒋时延，所以我在意。”

唐漾说完这话，周默沉默了。

半晌，他放下筷子：“如果没有‘曲奇’的事儿，你说我们能是……朋友……”做“朋友”太过奢侈，他换了个说法，“熟人吗？”

唐漾笑：“没有如果。”

周默不知道该和唐漾聊什么，唐漾也不想和他聊，但出于礼貌没离开。

尴尬的气氛持续一会儿，周默告辞，转身进了一个包厢。

唐漾整理包包，亦起身离开。

不知道是有人刻意安排，还是巧合，唐漾进电梯，站好，恰好看到周默和九江一众高层从包厢出来，迎面过来。

九江集团盘根错节，因为上市而查得到的管理层、唐漾之前接触的，只有甘一鸣的老婆魏长秋领导的九江地产。而这一照面，唐漾看到了甘一鸣的老婆魏长秋，也看到了和魏长秋模样相似的几个人。

魏长秋在和旁边几个人说话，手很亲昵地搭在周默肩上，周默抬眸和唐漾对视，表情淡得几乎没有。

唐漾屏息，电梯门徐徐合拢。咔，轻微的合门声响在只有唐漾一个人的空间宛如一道光。

唐漾想起陈强的父亲陈张刚出事儿的工厂隶属九江，陈张刚救的白眼狼徒弟姓魏，陈强大学时打的那个人姓魏，周自省和很多人提到甘一鸣的“后台”“老丈人”时讳莫如深的表情。她隐隐察觉到好像有什么东西牵扯在一起。

唐漾的心跳得很快。

“新雷”计划的成员每人都有一个高级单间，之前来接唐漾的女人是大家的生活助理。

唐漾回到酒店时，允许助理收拾的东西已经收拾好了。

唐漾的电脑放在教室，没带回来，想着陈强说可以回 A 市再看硬盘，便没急，她把硬盘收到包里，冲了个澡，窝到床上，开始搜“九江”。

九江早年宣传很多，后来似乎做过隐藏处理，七七八八的新闻不少，但都无关紧要。内容稍微翔实一点儿的是九江地产，但这些唐漾都看过，甚至她有更内部的数据。可她想知道的是九江集团除了九江地产的部分。

唐漾翻到一百多页，终于看到一个几年前的访谈视频——“东方罗斯柴尔德，九江背后的魏氏家族”。她舒了一口气，点进去，屏幕忽地显示雪花，内容出错？

唐漾看到视频下方某个早年营销号的水标，给蒋时延发了微信。

蒋时延上线陪他家漾漾玩游戏。

两人开着语音聊“吃了什么”“B 市悠然居的食物竟然没有 A 市的好吃，程斯然那个小垃圾”“碰到周默很扫兴”“漾漾，你来这儿，这里有好东西”“漾漾，你平底锅轻点儿砸，我没犯错，为什么家暴？呜呜呜”……

唐漾声音软软的：“喜欢你才打你，别人我都不打。”

上一秒还委屈的某人这一秒乖巧地趴在了地上：“来吧！”

唐漾扑哧笑了一声，游戏里的人物变成和他并排趴下，她把耳机朝唇边拉了拉，很轻很柔地说：“‘么么哒’。”她羞羞的，红了脸。

蒋时延之前在游戏里这里一浪，那里一浪，还因为追着他家漾漾玩，不留神被人打，直到被亲这一口，他宛如打鸡血般腾地蹦起来，拿着一把狙击枪隐蔽到高地，这里瞄一下，击败，那里瞄一下，击败。

等到算上他和唐漾还剩三人时，他收了枪，开始疯狂地放烟幕弹，唐漾不解：“你做什么？”

“假装我和漾漾在看烟花。”蒋时延刚说完，那人就死于跑毒（游戏中，遇到毒气圈的一种处理方式）。

唐漾望着胜利的字样一阵狂笑。

嗡嗡，刚好蒋时延的助理把原始视频传到唐漾的邮箱。

唐漾点开，还真可以看。她拨蒋时延的电话，通了，她细声问："在做什么？"

"老爷子他们要出去玩，我下午回老宅把蔬菜带过来了，之前在给那只猪洗澡，刚刚在陪我家'小月亮'玩游戏，"蒋时延低声笑了声，"现在在和漾漾打电话。"

出场人物还挺多，蒋大佬日理万机。

两人腻腻乎乎地聊了好一会儿琐事儿和树间的云，唐漾跟蒋时延说在电梯里遇见的那一幕，蒋时延问："那视频可以看吧？"

"可以，可以，"唐漾想起上课时的情景，便跟他说自己想起以前捉弄他让他被老师叫起来，结果今天自己被老师叫起来的糗事儿，她起了玩心，客客气气道，"谢谢老同学啊，你帮我这么大一个忙，我下次回去请你吃饭吧，毕竟认识这么多年了。"

同学情可以说是十分深厚。

"都这么多年老同学了，我帮你这么大一个忙，请吃饭多没诚意，"蒋时延心痒得只想把"小调皮漾"捞进怀里狠狠揉两下，嘴上却学她，用有话好说的平常语气道，"不然你陪我睡一晚吧。"

什么叫请吃饭多没诚意，不如陪他睡一晚？这人怎么一天到晚都在想那样的事情啊……

唐漾只觉得颈间的红痕又在隐隐发烫，她开了盒牛奶，喝了一大口降温，然后才道："我昨晚不是陪你睡过了吗？"她补充道，"前晚也陪你睡了。"

"哦哦，"蒋时延是个讲道理的人，"既然你陪我多睡了一晚，那换我陪你睡？"

这道理……唐漾脸热。

蒋时延："各种姿势。"

唐漾脑补了一些，脸颊控制不住地泛红。

蒋时延压着低而磁性的声音："上天入地。"

唐漾以前看过一些"教育片"，听到这四个字，整个人隐约有烧起来的趋势。

偏偏蒋时延嗓音愈沉，隔着屏幕款款笑着，一字一顿道："包君满意。"

四个字。

脸红透的"唐月亮"嘭一下炸了，仗着山高水长不怕死地嚷："你来啊，你来啊！你来陪我睡啊！嘴上叨叨算什么英雄好汉！只说不来算什么真本事！"

对面沉默，接着传来窸窸窣窣的声音。

唐漾一通发泄完，心虚地吞了吞口水：“你在做什么？”

“穿衣服，订机票。”蒋时延很冷静。

“蒋时延。”唐漾开始怕了。

蒋时延：“嗯？”

唐漾啜了口牛奶，讪讪道：“我们……我们冷静一点儿——”

“我女朋友让我过去，我没办法冷静。”蒋时延说。

“你女朋友在耍脾气呢，”唐漾和事佬般劝道，“你女朋友明天一大早还得上课，明天开始还要上晚课，你也要上班，爱情不在一时半会儿，在于细水长流——”她声音柔软，和唐僧一样碎碎念。

蒋时延听着这话觉得耳熟，再一想，这不是之前易女士嘲讽他说的嘛……漾漾怕是易女士亲生的。

蒋时延是真的动了过去的心思，但也知道不现实，听到这话，他退而求其次：“那我们开视频，我想看看你。”

唐漾为难：“我没化妆，没梳头，而且——”抵不过蒋时延沉默，她咬咬唇，“好。”

两人工作时，言语都不多，简明扼要，面对彼此，话好像永远说不完。

转眼就到十二点，唐漾想多看看他，不想挂视频。

蒋时延瞧她眼皮子一耷一耷下一秒就要合上的困样，又是觉得好笑又是怜惜：“你把平板放远一点儿，我不挂，我看着你睡。”

唐漾照做，伸手揉了揉眼睛：“万一你看到我打嗝、放屁、说梦话，你还会爱我吗？”

蒋时延状似无意道：“你之前说梦话我听到过啊。”

“……”

唐漾一下就清醒了：“我说了什么？”天哪，她快喘不过气了。

“你说，”某人故意卖了个关子，然后学她的语气，“蒋时延好帅，超级帅，无敌帅！漾漾最爱蒋时延！”

唐漾扑哧笑了一声，想打他：“你走开！”

蒋时延当真在屏幕里起身走了两步，然后又躺回床上，跟她说“宝宝晚安”。

唐漾伴着他的笑，连梦都是甜丝丝的。

第12章
温柔

“我想和她在一起，想把她想要的、我能给的全都给她。”

第二天早晨，视频没断，唐漾起来，蒋时延还睡着。

她想给他发“早安”，但害怕铃声吵到他。

清晨的阳光落在她家棕色的木地板上，灰色软被遮住他的半张脸，他的鼻翼和眼窝印着淡淡的阴影，侧脸的轮廓好看得不像样。

唐漾捧脸笑着看了他好一会儿，用口型跟他说了“早安”，又在自己的床头贴了张他醒来可以一眼看到的便笺，这才轻手轻脚地下床洗漱，去上课。

虽然昨天陈强把硬盘给唐漾时让她不用急，可以回A市再看，但好奇心属于人的本能。她到教室时，人不多，她把硬盘接到电脑上，左右看看，见没人注意自己，便悄然点开文件。

资料加载出来时，唐漾就明白陈强说的“合法”是在解释什么。

资料上显示的是甘一鸣和不同女人的开房记录，附了时间、地点，甚至监控截图，涉事酒店大多数是前段时间爆过恶意泄露顾客资料丑闻的那个集团旗下的。从三年前甘一鸣到A市至上个月，整整一百页。

唐漾知道甘一鸣好色，还在游乐场撞见过他和所谓的“表妹”。她对他婚内出轨这些事儿并不意外，只是越朝后翻，尤其从去年开始，她搁在鼠标滚轮上的手滑得越慢，最后停下。

视频中有范琳琅。不是范琳琅和甘一鸣去开房，而是她开好房，离开酒店，甘一鸣和其他女人进了她开好的房间。

唐漾没听范琳琅提过有男朋友或者老公，难道范琳琅喜欢甘一鸣？帮他瞒天过海？

这个念头一起，唐漾想起年初开精英会时，范琳琅开玩笑说想坐甘一鸣的玛莎拉蒂，甘一鸣拒绝了范琳琅，反而邀请她坐，她拒绝甘一鸣载了范琳琅，以及很多下午茶的小细节，范琳琅和甘一鸣不经意间的玩笑。

唐漾当时把原因归结于他们认识时间久，所以熟稔。但换个角度，范琳琅喜欢甘一鸣的话，为什么可以那么自然地帮他和其他女人开房？唐漾再想想无意中听到的范琳琅维护自己那几次，范琳琅和其他同事也开玩笑，唐漾不由得推翻上一种可能。

范琳琅可能就是出于帮同事的忙，或者甘一鸣给她多少钱。她没男朋友，也没结婚，所以不在意这些，十分合理。

叮叮叮，上课铃响起，同学们陆续进来。

唐漾飞快地保存并关闭文件，然后给陈强发微信："谢谢。"

不一会儿，陈强回复："不客气。"

唐漾上了一整天课，蒋时延也没闲着。

A 市，一休大厦顶楼。蒋时延一边开会听各部门主管总结工作，一边看昨晚发给唐漾的那条访谈。

九江集团主要由魏贤勇家族控股，魏贤勇任董事局主席。

魏贤勇膝下四个子女，长子魏长春曾经担任九江钢铁厂厂长，现任九江集团执行总裁；二子魏长夏领导九江实业；三女魏长秋，也就是甘一鸣的太太，管理九江地产；四女魏长冬供职于 A 市中国银行业监督管理委员会（银监会）。魏长冬与家族的关系虽然不如前面三人密切，但也足以让周自省忌惮甘一鸣。

甘一鸣出身于偏远小县城，在汇商实习时，经由一个偶然的机会搭上大他十岁的魏长秋，从此平步青云。

虽然魏长秋和甘一鸣在外面都各自养人，但在这个访谈中，魏长秋仍旧通过"我家一鸣""我家一鸣"表现出了极强的占有欲，而甘一鸣在旁边点头赔笑的模样让蒋时延想起了一部古装剧的男宠。

漾漾前晚还拉着他看了几分钟……她喜欢里面骑马射箭的公主……漾漾现在在做什么……应该在上课吧……

蒋时延想起今早一睁眼看到的她床头那张便笺，字迹清秀的"早安"加简笔微笑脸，就像上学时吃到的她给他带的食堂第一笼馒头，软软的，甜甜的，入嘴蓬松酥软，心里暖乎乎的。

那时候他吃得欢快，满嘴"谢谢漾哥，漾哥万岁万万岁"。唐漾坐在他旁边，单词背着背着忍不住停下笔来嫌弃他："你早起半个小时背背古文会怎样啊，每次诗词填空都要错，你也不心疼，活该语文拖后腿——"

蒋时延那时胖胖的，一笑就眯了眼："我漾哥是第一就好了啊！"

唐漾气得用笔敲他的手背："你这人。"说着说着，她又懊恼地抓一下头发，"算了，算了，懒得说你。"

…………

"蒋总，蒋总。"助理连续唤了两声。

蒋时延回神："嗯？"

助理俯身提醒："您开会前说四月需要一个话题。"

蒋时延："悠然居上季度定的宣传文案是什么？"

助理调出来："'用美食将胃娇藏'，副标题是'不见天日，千般宠爱'。北区那边的策划之前提了个包养的点，出发点是涉及'三观'，很容易撕上热搜。之前《遗珠》把氛围弄得太严肃，风向一边倒，没办法制造话题冲突，正好用这个暖暖流量……"

蒋时延一边听，一边用笔一下一下敲着楠木桌面。忽然，笔停下了。"做征集吧。"他说。

大会议桌旁没人出声。

坐在主位的男人双腿交叠，灯光好似顺着他懒散的姿态勾勒出长影，又好似在他长而密的眼睫处缀了一点儿碎光。

"吐槽，'奇葩'，逸事，星闻 A 批营销号分阶段做征集，就顺着悠然居'娇藏'的主题下去，噱头就打准备拍特殊题材电影，符合条件的投稿维持在热搜，"蒋时延想了想，道，"筛选投稿的隐藏要求是女方年龄十八至二十五岁，地点 A 市，今年三月和男方一起去过国色天香游乐场。"

虽然条件苛刻，但符合条件的投稿数量估计还是不少。

蒋时延补充道："要有图，可以打码。"

如果是网友投稿自然爆上热搜，那等于增加营销号流量。可如果违背市场定律送指定条件的投稿上热搜，那等于烧钱捧人……

会议桌上一片安静。

助理斗胆提出异议："四月挺多电视台有新剧要上，到时候肯定要营销号宣传，如果 A 批号空出一个月档期专门做征集，那盈利这块——"

"少一个月盈利一休会垮？一休只有营销号？"蒋时延反问。

助理："不会，不是。"

"嗯，"蒋时延轻描淡写地加码，"可以拉上悠然居的文案当幌子。如果投稿符合电影选题，会谈版权费问题，甚至主人公客串出镜，当然，电影只是说说。"

蒋时延又说了两句，便解散会议。

乱来！真的是乱来！助理扼腕。

但蒋时延乱来惯了，财务倒是小事儿，助理吃过唐漾请的那么多下午茶，自然是向着唐漾的。唐副处这才去 A 市两天，蒋总就开始变相大海捞针地找一个女人，还十八到二十五岁，金屋藏娇那种。这是想做什么！蒋总这是想做什么？！

助理双手双脚都想给唐漾打小报告，但考虑到自己的工资还是蒋时延发，他选择闭嘴，又深感对不起唐漾。跟着蒋时延出会议室时，助理很有私心地汇报：“一休影视和汤普逊有个联合冠名活动，在周五，B 市和 C 市，您选一个去一次就可以了，我更倾向于 B 市。”

“B 市。”蒋时延言简意赅。

助理：“还有就是程斯然程总刚刚来电话，让您今晚一定要去悠然居，他家狗过生日，您不去的话，他就……他就——”他说不出口。

蒋时延：“他就什么？”

助理碰了碰鼻子：“少收一份份子钱。”

蒋时延哧地笑一声，然后西装笔挺，携着一身朗月清风进了办公室。

助理又说了几句，然后关门离开。

蒋时延等了一会儿，等到五点半唐漾下课，他一个电话拨过去。

上一秒，男人还散漫、恣肆地转着转椅，下一秒，电话接通，他俊脸一耷：“漾漾，我心情不好。”

唐漾才从洗手间出来。“怎么啦？”她甜声问。他的声音听起来真的不怎么明朗。

“程斯然家的狗过生日，我得去，可我不想见程斯然。”蒋时延格外认真道。

唐漾耐心道：“你和他怎么了？你们之前关系不是还挺好吗？我们昨晚还聊了悠然居。”她又忖度，“不过，你好像确实很久没见他了。”

蒋时延故意大声地吸了吸鼻子，委屈巴巴地抱怨说：“因为上次啊，那个什么娜，她妈居然说程斯然和漾漾配，还说程斯然和漾漾有夫妻相，她凭什么这么说啊，凭什么不是我和漾漾，还夫妻相，夫妻相，夫妻相——”

知道他难过是装的，但唐漾还是心疼得不行：“她乱说，她乱说，我们不要理她。”她轻声细语地安慰，“明明是我和延延合得来，我和延延有夫妻相——”

“你叫我什么？”蒋时延沉默一瞬，随后起了笑意。

唐漾一怔，后知后觉地脸发热：“蒋时延！”

蒋时延轻易想象出漾漾现在的神态，想伸手揉揉她的头发。可异地恋就是如此残酷。他心里感慨，唇边却忍笑，逗她：“再叫一次。”

唐漾小脸一偏：“不要。”

“就是延延，”蒋时延低声裹着点儿诱哄意味，“再叫一次。”

唐副处躲在洗手台角落和男朋友打电话，脸热漫到耳根，烫得不行：“不要。”

她尾音细软，像猫爪一样挠。蒋时延的心里酥痒难耐，嘴上却换了个话题：“你说我待会儿过去送什么比较好？”

唐漾也认真起来，回答：“送衣服？或者玩的？”

蒋时延：“你晚上什么时候放学？我给你打电话。”

唐漾：“九点多。嗯。”

蒋时延抿嘴笑：“你觉不觉得我们这样很像以前——”

唐漾：“你要投桃报李来帮我记笔记吗？”

两人有一句没一句地扯了好一会儿，蒋时延的助理敲门，让蒋时延准备走了。

唐漾听见了。

蒋时延人没动，手上假装弄出收拾东西的声音：“那你再叫一次延延，还是亲我一下？”

厕所人来人往，都是名字后面加头衔的女领导，亲一下好羞耻……唐漾前后看了看，然后顶着绯红的小脸，伸手捂嘴，带点儿唤小孩的温柔：“延延。”

对面沉默几秒，道：“宝宝记得吃晚饭。”

唐漾乖巧地应道：“嗯。”

她先挂了电话。脸好热……她反手拍拍脸颊，在洗手台前喷喷雾。

先前她躲的那角落旁边的小格门被推开，一个四十岁出头的女同学从里面出来：“唐副处这么年轻就结婚有小孩了？”

唐漾略微诧异：“没。”

“哈？”女同学不好意思地笑道，“我刚刚在里面不小心听了点儿，还以为你在哄小孩呢，我小儿子今年四岁，也是吃饭特别不乖，每次都要哄。”见唐漾面露迷茫，女同学提示，“就是……延延？”

唐漾才降过温的脸又是一热：“没……没，不是。”

女同学：“那——”

唐漾思考一秒，说电话那头是一休传媒总裁，他又是耍赖又是无赖地缠着她要她叫“延延”，以及被人当神经病的概率，她轻咳一声：“我家狗狗。”也对，他本来就咬人！哼。

“我家也养狗，”女同学眼睛一亮，“你家是什么品种啊？”

“啊？”唐漾的脸更烫了，她紧张道，“金……金毛。”

“金毛就是温驯、忠厚又善解人意，你叫它，它听得懂吗？”

女同学兴致勃勃地拉着唐漾讨论了五分钟，终于离开。

唐漾一边感叹撒一次慌果然要用更多的谎言去弥补，一边松一口气。

“温驯、忠厚又善解人意”……女同学的话仿佛还萦绕在耳边。唐漾不是个黏人的人，但周末了，都整整一周了，她一个有男朋友的人回 A 市看看她男朋友不过分吧。

行长好像说周六上午有集体活动，唐漾选了中午的票。她握着手机，在支付的间隙想到什么……等等。

“再叫一次”“不要”“再叫一次”“不要”，然后为什么是“那你再叫一次延延，还是亲我一下”？为什么不叫延延的退后选项是亲他一下？

真的，现在大家退后一步海阔天空都这么简单、残忍、粗暴、不讲道理？

延延……延延……这是唐漾第一次喊蒋时延除“蒋时延”“蒋总”等以外的称呼。

蒋时延坐在悠然居的包厢角落，想着唐漾先前嘴上说“不要，不要”，最后咬着唇、羞红脸喊“延延”的模样。他啧了声，嘴角不自觉地笑了：可真是个小笨蛋。

程斯然是个会组局的人，他把外套一脱，劲歌一放，随着动感节奏摇摆及尖叫，立马把氛围炒热。

昏暗的灯光顺着呜呜的电音胡乱扫射，蒋时延抱着杯菊花茶坐在沙发尾，满脸闲适、慵懒。

沈传在沙发另一端喊山歌：“延狗，过来灌一灌！尿着算什么英雄好汉！”

他们那边人够了，蒋时延也吊儿郎当：“叫狗又叫英雄，船长，你拿了小学毕业证再和我说。”

不一会儿，又一个朋友叫蒋时延玩牌，蒋时延摇头：“我过一会儿就得走，你们不要送人头。”

再过一会儿，冯蔚然帮一个当红“小花旦”邀请蒋时延对唱，蒋时延直接扔了话筒。

放在以前，就算是个十八线小明星来给蒋大佬敬酒，蒋时延都会怜香惜玉地一饮而尽，更别提对唱了，那自是压着低音眉眼含笑，满身风情又拒人于千里之外。

之前，程斯然几个人就知道蒋时延和唐漾在黏糊。最近，程程拖着小奶音不小心说漏了“舅妈”，冯蔚然大嘴巴不小心说漏了“同居”，大家更是默契地留了二人世界。

可今晚好不容易约出来玩一次……

程斯然从舞池出来：“不就是谈个恋爱嘛，唱个歌嗨一嗨都不行？唐漾又不在。”他把一罐啤酒砸在蒋时延身上，“你怕是要得道成仙。”

蒋时延在空中抓住易拉罐放在旁边，眉梢微挑：“虽然我女朋友不在，但我得帮她管住我自己啊。”他说得一脸自然又得意。

周围有人扑哧笑出声，程斯然抓了把枸杞扔到他的茶里，竖拇指：“服气，服气。”

包厢里大家推杯换盏，渐入佳境。

蒋时延先撤，程斯然送他。

咔嗒落锁，木门隔开里面的喧哗。走廊空旷、安静，壁灯拉出两道颀长的影子。

程斯然下午听秘书提了一句蒋时延顺着悠然居广告砸钱捧人的事儿，想到之前蒋时延在群里吐槽甘一鸣的“表妹”，再想到蒋时延今晚片叶不沾身，两人进电梯，他倚着电梯壁，出声：“你觉得唐漾是因为喜欢你才和你在一起吗？”

问题很突然，蒋时延没回答。

“你有没有考虑过唐漾是因为感动一类才和你在一起？”程斯然腮帮子动了一下，还是接着说了，“你做营销号出身，应该比我清楚，女孩子大多数会做选择题，和自己喜欢的人在一起，还是和喜欢自己的人在一起。

“你和唐漾关系好了多少年，十四还是十五年？每年送礼物送多少万，约饭约多少顿，电话打多少次？

“平常嫌你归嫌你，”程斯然抓了抓头发，接着散漫道，“但讲道理，你有钱，个儿高，长得帅，温柔体贴，随叫随到，你一表白一站到喜欢她的选项里，哪个女人拒绝得了？况且唐漾出了名地理智、会权衡。”

电梯里只有两个人，镜面上下反光。

蒋时延手插裤兜站在中央，一身黑西装，身形挺拔，表情平淡。

程斯然无声地瞥他一眼，斟酌片刻，继续道：“上次请你和唐漾去吃烧烤之后，我又和秦月、秦皎几个人约了一次，你知道唐漾是怎么调回 A 市的吗，就去年？

“十月份一休出事儿，你忙得脚不沾地，估计没注意这么多。秦月跟我讲，唐漾在 B 市分行轮岗的时候提过一个 B 什么 B 模型，好像是关于风控那块，拿过界内奖项，然后弯弯绕绕，我记不太清楚了。反正她就是靠那个模型直接跟总行提的要求，说要回 A 市。”

程斯然道：“秦月说，当时和唐漾一起在 B 市轮岗的那个管培生现在还是不温不火。A 市机遇多，你看唐漾回来就上热搜，小火，拿优秀，做代理处长，然后负责九江专案。”

哥们儿和喜欢的人走到一起了，那人还很优秀，程斯然自然祝福。可旁观者清，蒋时延就谈过一段恋爱，那段恋爱蒋时延闹着玩，无所谓，唐漾不一样，她是蒋时延陪了十几年的人。她不是用包包、跑车就可以打发的“傻白甜”，蒋时延看上去又很投入……程斯然借着酒意没忍住开了口。

蒋时延安静地听他说完，又沉默了一阵，才淡淡道：“没关系。”

程斯然表示疑问。

蒋时延眼睑微垂：“没关系的。”他的睫毛动了动，“只要她没有喜欢的人，只要她单着，只要我可以作为她的选择之一，她是因为什么和我在一起并不重要。

“程斯然，你不懂，”蒋时延说着说着，思及什么，不自觉地勾起嘴角，“我和她高中同桌三年，大学同学四年，一起经历过太多太多。我知道她的好，知道她的坏，也知道她不是非我不可。

“但是我喜欢她，我想对她好。

“既然我是喜欢她的人里面最好的，我就会想和她在一起，想把她想要的、我能给的全都给她。”

他单身这么多年，从来不近女色，从来不去相亲，不过是因为非她不可，也幸好她单着，和他走到一起。

再次沉默间，电梯运行的摩擦声响得清晰。

程斯然盯着蒋时延看了一会儿，露出一个豁然又有点儿不敢相信的表情：“难道真的是爱情让人盲目？”

“不知道爱情会不会，”蒋时延同样扯了个懒散的笑意，“但爱她会。”

程斯然点头，接着笑道：“真的就是关系特别好的朋友，别问东问西了，要有那心思，早在高中不就该有了——”

等等，这话有点儿耳熟。等蒋时延想起自己什么时候说过，嘴角的笑意慢慢凝在原处。他想撑程斯然“你连女朋友都没有，还好意思说这些”，转念一想，自己为什么要和一个单身的人计较?

叮咚，电梯跟着他的思绪抵达目的地。

蒋时延瞥程斯然一眼，一字未发，然后露出极其轻蔑又有优越感的笑，背脊笔直地出了电梯。

程斯然：“……”

夜色宛如浓墨泼入灯火霓虹。

城市这端，蒋时延驱车回去，他的心情并没有受到程斯然的影响，到家后，一边整理自己和唐漾的小家，一边美滋滋地在购物网站上浏览东西。

城市另一端，出租屋内。

茶几上摆着摊开的礼物盒，一套粉钻首饰摊在盒内。沙发上，范琳琅和甘一鸣相拥而吻。

一阵声响之后，范琳琅衣衫凌乱，甘一鸣抚着她的脸颊：“唐漾在的时候都没和你好好亲近。”

范琳琅把头埋在甘一鸣怀里：“嗯。”沉默片刻，她试探着说，“其实你不用对她怀有那么大敌意，她人蛮好的，也没有争抢的意思。”

“她不争抢，周自省会把九江的案子给她？”甘一鸣哂笑。

范琳琅拉着甘一鸣的领口：“即便不是给她，也是给秦月。魏长秋和你的关系放在那儿，你本来就不方便接触。”

甘一鸣不着痕迹地拂下范琳琅的手：“该我接触，但我因为和魏长秋的关系不能接触，然后给唐漾，和完全没考虑我直接给唐漾不一样。”

范琳琅：“差不多。”

“琳琅，你不懂。”甘一鸣轻轻地帮范琳琅拉好领口，准备离开。

他和以往一样抱她、吻她，但绝不碰她。他看范琳琅的眼神幽深，像极了隐忍而克制的深爱。

从唐漾到 B 市的第一天起，甘一鸣几乎每天都去范琳琅家。

甘一鸣和范琳琅说唐漾的时候，唐漾和蒋时延偶尔也会在临睡前的通话里提到甘一鸣。

一休员工做事效率很高，蒋时延周二把事情安排下去，营销号周三开始征集，周三晚上，助理就找到甘一鸣“表妹”的投稿截图，发过来。

蒋时延跟唐漾说前后的关联。

唐漾小声惊叹：“你怎么知道那个倩倩会投稿？她那天不就是多看了你一眼？”

蒋时延："说明她认出我了，她关注营销号。"一个被包养的女人终日无聊，瞌睡来了遇到枕头怎么可能不抱住？

两人又聊了一会儿，唐漾想到什么，声音软软的："我跟你讲，二中门口有个卖桂圆莲子羹的摊，超级好吃，我读研的时候超级爱吃，没想到现在还在营业，你来一定要试试，以前你过来光顾着请你吃好的，但是那才是人间绝味。"

舌尖仿佛残留着香味，唐漾幸福得想挠墙："我这几天都在喝这羹，每次喝完都感觉自己重返二十岁，还有另外一家卖丸子的……"

蒋时延笑着听他家漾漾叽叽喳喳。等她激动完了，他咳一声："胖了吗？"

唐漾："……"

蒋时延："你走的时候九十一斤。"

唐漾："……"

蒋时延："去上上秤？"

唐漾把手机举远了一些，微笑道："蒋——时——延！"

蒋时延爽利地"哎"一声："胖瘦都好，健康就好。"他一本正经道，"你多少斤我就喜欢多少斤，你九十一斤我就喜欢九十一斤，你九十二斤我喜欢九十二斤，你称出来八十九斤我就喜欢八十九斤——"

这人永远没个正经。唐漾心里美，嘴上却嫌弃："懒得和你贫。"

蒋时延："我看你这两天一直开着空调，给你买了个加湿器，快递估计明天到，你明晚回去记得到前台收一下。"

"好。"唐漾趴在床上，上下晃动着纤细的小腿。她一边和他有一搭没一搭地说话，一边在平板上删掉了购物车里的加湿器。

接下来两天，B 市下了小雨，连绵不断。

唐漾把窗户稍微开了个缝，小雨仿佛长了眼睛般悄无声息地润湿了窗棂。

加湿器没开，用途却很大。唐漾每天护肤半个小时，都会皱着眉头怀疑，蒋时延是不是故意的，故意买个东西搁在这儿，让她早上看着，晚上看着，看着看着就好想他。

周五上午上完课，分行行长匆匆赶到班上："总行那边的领导周六上午有事儿要走，所以我们这儿周六上午的活动挪到今天晚上六点到八点举行，时间压缩了一个小时，不允许出错，所以今天下午的课也取消，三个班联合起来彩排一下。"

语音刚落，教室里顿时欢呼一片。

其他同学是因为少上七节课，唐漾身为学霸就比较淡定了，悄然拿出手机把周六的机票直接改签到今晚九点。

中午吃过饭，唐漾便和其他同学到了酒店宴会厅彩排，厅里网络信号不好。

蒋时延想给唐漾一个惊喜，中午照常问她：“在做什么？”

唐漾答了句“要彩排”便没了消息。

下午一点，蒋时延给唐漾发微信，唐漾没回。

下午三点，蒋时延到机场，给唐漾发微信，唐漾没回。

下午五点，蒋时延上飞机，唐漾还是没回。

“先生，请您确认手机处于关机状态。”空姐第三次过来提醒。

蒋时延关机，嘴巴动了动：“如果一个人一直给你发消息，你以前会立即回，但这次没回，是不是因为你觉得那人啰唆或者——”他扯唇，“觉得他打扰了你工作，他有点儿烦？”

助理跟了蒋时延一路，看着他脸上的表情从欢欣到期待到难掩失落，于心不忍，道：“还好。”

真的还好？蒋时延握着手机，拇指指腹缓缓地摩挲着关闭的屏幕……有些不太确定。

下午五点半，飞机冲上云霄，蒋时延合眼小憩。

唐漾和其他同事终于完成N次彩排，一边捶着酸胀的肩膀，一边朝吃饭的地方走，大家都闷了一肚子气，但都说说笑笑，没敢抱怨。

嗡嗡、嗡嗡、嗡嗡……唐漾打好饭刚坐下，蒋时延的消息就进来了。

他说他终于把蔬菜送回老宅了，他说他把头发挑染了点儿棕色，程程说他帅，问唐漾要不要他的自拍，唐漾没回复。他先说他不给，然后说知道她想要，勉为其难给，再然后，他发了一张只有一个“帅”字的表情包，问怎么样，就没了……

唐漾咬着筷子，忍不住咧开嘴角。

老婆：“下午在宴会厅彩排，手机没信号，我之前跟你说周六进行的那个活动提前啦——”

老婆：“你发啊，你发啊，你倒是发啊，只说不发，你就是块没用的小饼干！”

老婆：“我在吃晚饭，这个萝卜超级甜，就是有点儿老。”

老婆：“你也记得吃晚饭啊，我晚上估计不怎么看手机，忙完给你回电话。”

…………

他大概在忙吧，还没回。唐漾擦了擦嘴，吃完晚饭再次奔赴宴会厅。

活动开始，镁光灯高悬，长枪大炮密密麻麻地架在厅后。开始是总行领导致辞，“新雷”全体同学上台朗诵汇商长诗，然后总行领导和同学们在台上互动，进程逐渐走向尾声，唐漾数着秒数准备撤退……

同一时间，B 市机场，蒋时延下飞机。

合作方早就等在出口，见到蒋时延，赶紧迎上去：“蒋总。”

“Leo。”

一阵寒暄后，Leo 跟蒋时延做请状，一边朝车子走，一边道：“我们的活动是今晚九点在圣爵菲斯 A 厅举行，汇商银行的活动本来是明早九点在 A 厅举行，但他们那边总行的领导明天有事儿，所以和我们沟通了一下，他们今晚六点到八点用厅。”

Leo 犹疑：“汇商那边听说您今晚会到，他们行长就想问问您方不方便，方便的话，您可以提前过去，然后大家见一下，之前一休和汇商好像签过信用卡合作案。”

自己想见人家，还要让人家提前过去。Leo 和汇商沟通的时候腹诽了无数次。这时见蒋时延没回答，想到传言中蒋时延不怎么好的脾气，Leo 赶紧道：“当然，不方便也没事儿，您可以先到酒店休息一下——”

漾漾大概在忙活动，不是烦他。如果漾漾烦他，他装装可怜，她一定会心软。无论如何自己都得先见到她，快点儿见到她。

“方便。”蒋时延收回思绪，弓身上车。

Leo 跟在后面，不由得给蒋时延狂加印象分。传言不可信，分明是敬业又好脾气！

这边，蒋时延和 Leo 一行从机场赶往圣爵菲斯。

圣爵菲斯 A 厅，活动结束，工作人员赶紧布置下一轮活动要用的场设。汤普逊集团 Leo 的人得了蒋时延的准话，过来邀请汇商这边的人待会儿小叙。B 市分行行长留了脸熟和表现好的几个同学，自然包括唐漾。

汤普逊集团是跨国公司，蜚声中外。即便只是 B 市分公司负责人，能力也不容小觑。

B 市分行行长此举目的是帮忙引荐大佬、拉动人脉，其他同学纷纷应好，感谢声连天。

唐漾走到分行行长身边，合掌，压低声音：“真的不好意思，樊行长，我要提前一步撤。”

“就几分钟，你好歹见一面，”分行行长小声对唐漾道，“见一面留个印象，以后做什么都要方便一些。”

可她是晚上九点的机票啊！现在都八点零五了！

“谢谢樊行长，心意我领了，但真的没办法，”唐漾急忙道，“我那边赶时间，马上得走了。”

Leo 的人在旁边听到，说：“我们总裁马上就到了，就几分钟。”

“实在感谢，但也真的没办法，”唐漾一边向 Leo 的人合掌，一边朝出口退，退到门口，她再次颔首抱歉，“我就先走一步，真的是家里有急事儿要回 A 市，下回有机会——”

“既然现在就在，何必下回？”舞台后面的小门被人打开，传出一道熟悉的声音。

唐漾的脚步猛地一顿。她不可置信地抬眸，便看到一行人从小门进来，蒋时延被簇拥在中间……真的是蒋时延，他朝她走过来。

一瞬间，唐漾忘记了自己要进门还是要出门，忘记了手怎么放，脚怎么放。她睁着眼睛望着正中央那个光彩夺目的男人，脑子嗡嗡发蒙。他……他怎么……

蒋时延停在分行行长面前。

Leo 给蒋时延和分行行长介绍对方，蒋时延客气地点头。

待 Leo 介绍完，分行行长准备介绍汇商的人时，蒋时延走到唐漾面前，极为绅士地朝她浅鞠一躬。

“现在顾家的人不多，”蒋时延保持着鞠躬的姿势，礼貌地将手伸到她面前，声音低缓道，“不知道蒋某是否能认识一下这位年轻的急着回家的女士？”他背对别人，不符合社交常理地在“女士”前面连加两个形容词，语气却恪守而礼貌。

安静间，所有人都看向唐漾。

“可……可以。”唐漾的耳根热了热，面上强撑着淡定朝蒋时延伸手。

“荣幸之至。”蒋时延唇边噙着正人君子的笑，他看着漾漾假装淡然的小模样，状若礼貌地握住她的手，然后仗着自己的身形挡住了其他人的视线，格外不安分地……捏了一把。

“……”唐漾蓦地瞪大眼睛，结果抬头正好撞见某人眉眼含笑，一脸“小伙伴要不要玩潜规则，我陪你啊”的轻佻样，她立马……认尿地收回视线。

圣爵菲斯A厅装潢繁复、奢华，琉璃灯光芒流转。

众目睽睽下，蒋时延在笑，唐漾红透了小脸，蒋时延本来一只手握着唐漾，出于教养，他很自然地把另一只手也覆上去，变为双手尊重地握住她的手，然后笑着，隐秘地、缓缓地上下摸了起来……

唐漾隐隐有把自己煮熟的趋势，她低着头，但没挣扎。

之前和唐漾在厕所讨论过“金毛”的女人离两人近一些，自然瞟到了蒋时延。她嘴上不敢出声，心里不免同情唐漾。

其他人只当两人握手握得稍久些，蒋时延瞥着漾漾的红耳尖，摸得更加肆无忌惮。

直到几分钟后，蒋时延的助理上前来，轻咳一声，打圆场：“这位是A市分行的唐漾唐副处。”

蒋时延终于忍着笑松开唐漾：“唐副处。”

唐漾声若蚊蚋地“嗯”一声：“蒋总。”

蒋时延走到下一位面前，助理告诉他：“这位是C市分行的纪捷纪副行长。”

蒋时延：“纪副行长。”

“这位是……”

助理挨个儿介绍，蒋时延挨个儿颔首。

其他人见蒋时延没有握手的意思，也都点头示意。

唐漾抽空出去退了机票，然后返回宴会厅。

B市分行的樊行长表扬她：“这才对嘛，年轻人还是要以事业为重。”他又唠叨了一堆鸡汤。

唐漾心虚地一一应下。

九点，一休和汤普逊的宴会开始。

蒋时延和Leo在台上签署协议，签完后，蒋时延到舞台旁边和樊行长交谈。

台下，音乐轻轻响起，人影幢幢。

唐漾站在角落和汤普逊集团一位女高管相谈甚欢。她着白色刺绣衬衫，黑色一步裙包裹着玲珑有致的身段，她露出来的小腿纤细、笔直，高脚杯乖顺地立在她的指间。她盈盈笑，举杯碰，杯中猩红的酒液随着眼波乱撞。

蒋时延频频看她，樊行长注意到了这个细节。

男未婚，女未嫁，加上樊行长赏识唐漾，待正事儿说罢，樊行长道：“方才太匆忙，不知蒋总是否介意鄙人引荐再认识一下唐副处？”

蒋时延笑着起身：“劳烦。”

“言重了，”樊行长亦起来，一边把蒋时延朝唐漾那儿带，一边忍不住夸道，“唐副处似乎和蒋总是一年的，今年二十九岁，交大经济学博士，汇商特招管培生。

“很多名校毕业生进单位容易眼高手低，唐副处没有，她做事踏实、认真，专业素养也特别高。现在整个汇商都在用的BKB模型就是根据她做的雏形改进的，真的。”

像是怕蒋时延不信，樊行长举例说：“我以前给别人安排事儿，别人就只会做事，有时候还不一定做得完。给唐漾安排什么，她会思考你为什么要安排，会把关联的一些东西提前备好，滴水不漏——”他夸唐漾像在夸自家待嫁的闺女。

蒋时延认真听着，耐心应着，随着他穿越会场。

蒋时延看唐漾的时候，唐漾也借着酒杯的反光时不时偷看蒋时延，看他和樊行长交流，朝周围人颔首，携着一身朗月清风。

男服务员差点儿撞到他，他还扶了服务员一下，风度翩翩道：“小心。”

唐漾看着蒋时延朝自己走来，蓦地想到什么。

“不好意思，有事儿先走一步。”她向汤普逊女高管举杯表示抱歉。

女高管点头。

蒋时延以为唐漾会走向自己，唇边勾起了笑意。

结果，唐漾看也没看蒋时延一眼，她把酒杯放到路过的服务员托盘上，径直朝外走。快到门口时，她甚至按住裙摆小步跑起来。

蒋时延嘴角的笑意慢慢凝固。

樊行长尴尬：“唐副处之前就说家里有事儿——”

“没关系，下次吧。”恰逢有人过来敬酒，蒋时延转头和那人交流。

樊行长见蒋时延一脸泰然，心里悄然松了口气。

蒋时延嘴里吐着流利的英文，思绪却飘得很远。

她是去厕所了吗，不舒服吗？怎么十分钟了还没回来，该不会是生气了吧？为什么生气？因为自己刚刚在很多人面前没忍住摸了她的手，还是因为下午没给她发自拍？可自己在路上看到她回自己了啊。所以她为什么走，自己要不要给她打电话，会不会让她觉得烦……

晚上九点半，宴会气氛渐酣。厅中的人起舞的起舞，玩牌的玩牌。

蒋时延懒散地靠坐在角落的沙发上，阴影将他的身形完全湮没，他有一下没一下地转着手上的手机，合眼盖住情绪。

忽然，他听到很小的一声“蒋时延”。猫猫在叫。他蓦地睁眼，寻找声源。

虚掩的厅门开了一条缝，唐漾从外面探了个脑袋进来，一只手扶厅门，一只手朝他招手：“你悄悄出来。”

不知道漾漾要做什么，但她明显没生气，也没有不理自己。蒋时延悬了一晚上的心放进肚子里，漾漾叫他“悄悄出来”，他便真的左右看看，趁没人注意闪身到了门外。

当，当，厅门晃了两下，合拢。

外面，唐漾把蒋时延拉到了一旁的楼梯间。

唐漾坐在第二个台阶上，腿放在第一个台阶上，蒋时延和她并排坐在第二个台阶上，长腿搁在地上。

一墙之隔，宴会的喧嚣好似远去。相对安静的空间，唐漾扭身从旁边拿过来一个黑色塑料袋，搁在腿上。

她扒开最外层的袋子，露出里面的黑色塑料袋，再扒一层，露出个食品袋，再扒一层，露出一个和牛奶盒差不多高的一次性圆食盒。下面大概有填充物，食盒立在她膝盖上。

唐漾从袋子里摸出一个塑料勺，然后掀开盖子，小心翼翼地把东西端到蒋时延面前：“桂圆莲子羹，就是我之前跟你说超级好喝的那个。”

桂圆、莲子、红枣浮在半透明的藕粉羹上，醇香伴着袅袅的热气四处飘散。

蒋时延接过桂圆莲子羹，没接勺子：“你刚刚去买这个了？”

“对啊。”唐漾露出个不自然的表情，想到什么，她庆幸道，“你不知道，这个摊的老板特别会做‘饥饿营销’，早上两百碗，晚上两百碗，卖完就走人。我刚刚赶过去的时候，前面排了好多学生，到我刚好是最后一碗，这运气简直好极了。”

蒋时延看见唐漾微微汗湿的后背，不知道她车开得多快，也不知道她排了多久的队。

“你怎么愣了？快吃啊，我专门到旁边的便利店找了黑色塑料袋。”唐漾把勺子插进羹里，“你快尝尝，看好不好喝。”

热雾弥散在两人中间，唐漾的五官变得模糊。

蒋时延说不清心里那股暖暖的滋味是什么，他闭眼，再睁开，正好撞进唐漾满怀期待、盈着清澈水波的眼里，如质地纯粹的琥珀，抑或宝石。

蒋时延舀一勺，喝下，认真地看着她的眼睛：“好喝。”

“我就说超级好喝，”见蒋时延舀了一勺喂自己，唐漾推让，“我喝了好多，你喝，你喝——”推托不过，她把着他的手腕喝下。

蒋时延又舀了一勺，喝下：“好喝。”

他又喂唐漾一勺，唐漾眉眼弯弯：“好喝。”

羹有热量，她在笑。

两人明明坐在昏暗、逼仄的楼梯间，甚至身下的地面都是冰凉的，蒋时延却仿若泡着温泉，周遭是融融的暖意。再喝一口，他把羹递给唐漾。

唐漾不知道他要做什么，但还是伸手接住。

蒋时延起身把摄像头扳向天花板，唐漾埋头偷偷喝一口羹。

蒋时延坐下，唐漾没底气地擦嘴：“我——”

蒋时延伸手捧着她的脸，满眼温柔却也无法忍耐地吻了上去。

唐漾膝盖上的羹被一只手拿到了第四个台阶上，那只手将唐漾推向墙壁，也是那只手托住她的后脑勺，托住唇齿交织、缠绵到极致的声音……

忽然，外面有人过来。

“后半场马上就开始了，蒋总要发言，但没看到蒋总人啊，你看到了吗？”

“我不知道，之前还看到他坐在沙发上，难道去洗手间了？”

“有可能。”

…………

蒋时延的助理和另外几人交流的声音越来越近。

楼梯间，两人的身体相贴，唇相贴，屏住了呼吸。

蒋时延的助理走近：“这里有个楼梯间。”

漾姐提前撤了，蒋总可能是在里面给漾姐打电话。

助理走近的刹那，楼梯间虚掩的门霍地合拢。

门外，几人停住，看向这扇门。

门内，蒋时延手拉住门把，脚抵在门上。

助理拉了一下，门没动，他轻推一下，门还是没动。

有人说：“可能锁住了，晚上楼梯间会上锁。”

助理晃了晃门把。

唐漾睁大眼睛，蒋时延给她递了一个安心的眼神。

呼吸间，“哦。”助理应了声，离开。

蒋时延不介意公开，但漾漾被压在楼梯间亲到现在的样子，他不想让第三个人看到。

门外，脚步声越来越远。

唐漾想起："你是不是还有活动，你要不要去致辞——"

蒋时延低头，又吻了下来。

十分钟后，Leo 收到蒋时延的消息："确实抱歉，身体受不了，先撤一步，下次我做东。"

怪不得，之前蒋时延的脸色就不太好！ Leo 把消息带到，樊行长发消息让他好好休息，助理问他"怎么了，在哪儿"，还有很多客套的关心……

嗡嗡嗡，太吵，蒋时延直接关机。

圣爵菲斯后门，唐漾在租自行车："既然你没有去处了，那就和我回酒店吧。"

"好啊。"蒋时延答得干脆。

唐漾抬头看见蒋时延一脸嘚瑟和开心，举拳作势要打他："我不是那个意思。"

蒋时延握住她的拳头，把她拉上自行车的后座。

唐漾抱住他的腰，他的唇边泛起笑。

刚刚唐漾买羹的时候看到有小男生载小女生，她很羡慕。

两人从宴会上偷跑后，她突发奇想说要骑自行车回酒店，蒋时延说"好"。她说"从 B 大绕一绕"，蒋时延说"好"，她"直走""前方左转"地指路，蒋时延跟着她的口头导航骑。

他弓着后背，拉出来的肌肉线条流畅、漂亮。唐漾坐在自行车后座，路过熟悉的母校，没想到自己快三十岁了还能当一把校园言情小说女主角。

自行车驶入一条平直的道路。唐漾道："我可以松一只手在车上拍个照吗？"

"不行，"蒋时延为她的安全考虑，"我技术不好。"

唐漾知道他在逗自己，真的准备松手。

蒋时延的车立马左偏右偏，唐漾双手猛地抱紧他的腰，开掐："蒋时延！"

"宝贝儿，我错了。"蒋时延腰上发痒，一边扶着车把，一边连声讨饶。

唐漾声音细软地威胁，他轻轻地笑。

车身东倒西歪，却能保持不摔地在校园里穿梭。

四月正值春招尾声，学校里有不少学生西装革履，但他们大都辛苦地奔劳，脸上生怨，自行车上这样开心笑的还是少数。

两个散步的女研究生议论："大概是他们俩都拿到 offer 了吧。"
"估计是，年轻就是好，二十一二岁，无忧无虑。"
…………

一刻钟后，两人到了住的酒店楼下，蒋时延牵着脸红红的小姑娘去买了套。

叮咚，电梯到了。

蒋时延握住她的手，将其带到唇边，自然而然，满是风情地吻了一下她的指尖。

"我先去洗澡。"进房间后，唐漾顶着快化了的小脸瓮声瓮气道。

蒋时延："好。"

唐漾兔子般抱着浴巾、浴袍蹿到浴室。蒋时延笑着帮她整理房间，也整理助理从圣爵菲斯送过来的行李。

唐漾洗完出来后，房间整洁如新。

"你去吧。"她对蒋时延说。

"好。"蒋时延进去。

唐漾坐在梳妆台前反思，这是自己的房间，自己为什么要这么紧张，自己在紧张什么？

偏偏蒋时延在浴室里喊："漾漾，我忘了拿毛巾，用你的，好不好？"

唐漾："嗯。"

蒋时延："漾漾，我忘了拿浴巾，用你的，好不好？"

唐漾："嗯——"

蒋时延："漾漾，你的浴巾好香。"

"……"漾漾并不想和某人说话。

蒋时延出来，关了大灯，留了夜灯，先躺到床上。

唐漾完成护肤，也过来，她掀开自己这边的被子，视线触及枕头上一片薄薄的铝制包装，想起之前在电梯里的事儿，假意生气："蒋时延，你目的性好强！"她一条腿站直，一条腿屈在床上。

蒋时延裹着被子趴到她身前，伸手解开她浴袍的带子，抬手搂住她纤细的腰肢："既然唐处长这般诚恳地邀请蒋某来酒店，那蒋某定当竭尽全力——"

丝质睡裙流水般淌过他的手背，他隔着睡裙吻唐漾的小腹、心口、脖子，唐漾的呼吸急促起来，他没注意般滚热的嘴唇沿着她的下颌线落至她的耳侧、耳垂，然后贴着她的软耳用小得几乎听不清的声音道："取悦你。"

什么叫取悦？取悦是什么？

他温热的鼻息长着眼睛般钻到唐漾的耳里，接着，过电的酥麻感传遍四肢百骸。

唐漾的手慢吞吞地抚上蒋时延的后背，蒋时延的唇挪至她的唇前，零距离和她交换气息。

唐漾的睫毛颤着，她试探着去吻他的唇。蒋时延将她的身体压向自己，更重地吮吸她的唇舌。

接下来的一切理所当然又顺其自然。

睡裙在肌肤上徘徊着，坠落。然后是男人的浴袍……

蒋时延的额上布满了汗，仍极尽温柔、一遍一遍地抚摩她，直至热流在指尖漫延。

隔壁似乎在放音乐，轻柔的旋律模糊不清。

唐漾有一瞬的痛感，紧蹙的眉心淹没在他怜惜的唇下。

“宝宝，你放松，放松些。”

唐漾同样胀得难受，每一寸清晰的触感都让她无法思考：“我，我。”

一阵天旋地转。

蒋时延失去力气般，伏在唐漾肩上喘息。

唐漾的胸口起起伏伏。

隔壁那首歌到了高潮，旋律激昂奋进。

这边，唐漾和蒋时延的呼吸慢慢平复下来。

空气尴尬得仿若凝固。

安静间，蒋时延双手并着抹了一把脸，然后捞起浴袍，披上，起身到柜子前开了一罐啤酒。

唐漾窝在被子里，露出两只眼睛，偷偷看他的黑脸。

唐漾想起之前程斯然几个人说蒋时延以前和他们玩就是嘴上厉害，唐漾想安慰一下蒋时延，她看到他喉咙滚动，咕嘟地灌啤酒，看到他面无表情，当目光触及他通红的耳朵，忍不住扑哧笑了一声。

“你在笑我。”蒋时延陈述。

“我不是，我没有，我没笑。”唐漾想忍，可每个字都好似在笑。

蒋时延背对她：“我不知道会这样。”他烦躁地抓了抓头发，语气更加不善，“我怎么知道会这样？”

唐漾大学时就见过周围好多情侣开房，有的甚至同居。

她有点儿不相信，但也福至心灵地小声问："你刚刚是……第一次？"

"我不是第一次我会这样？！"蒋时延愤怒，腾地站起来。

唐漾不小心嗑到一颗糖，控制不住地弯起眉眼。

蒋时延转过头看到唐漾笑，简直不敢相信："老子第一次抱的人是你，第一次牵手是和你，第一次接吻是和你，第一次做爱是和你，你怎么可以这么没良心！你竟然笑我？！你刚刚笑我？！你现在还在笑我？！"

唐漾不是这个意思，可憋不住笑："我我我——"

"你你你！怎么可以笑我！！"蒋时延又气又难过，整个人快要爆炸，"为什么这么残酷？为什么都在嘲笑？为什么不讲道理？"他心碎地控诉，"这个世界能不能对纯情男性多点儿包容，多点儿友好！"呜呜呜……心快哭出声来。

先前那丝尴尬早已随着蒋时延的咆哮消失不见。他委屈得快哭了，唐漾收住笑意，慢吞吞地挪到他身边。

唐漾想摸他的脑袋，够不着，他难过得不肯低头。她裹着被子腾起身，小手摸摸他的头，甜甜道："没关系，我也是第一次啊。"

蒋时延的目光黯了黯，人还是没动。

"不要急，不用急，"她一下一下顺着他头顶的头发，又乖又软地安慰说，"我们慢慢来。"

蒋时延仰头将啤酒一饮而尽。

唐漾跪立着抱住他，生涩又主动地学他之前的动作，去吮吸他口中的酒。她近乎安抚地吻着他……

蒋时延的情绪早在她主动献吻的时候就烟消云散，待知道她想做什么，他非但没表现出释怀，反而将"我愿意第二次尝试，但我很难受，我经不起任何打击"的心灰意冷表现得更加生动。

唐漾这辈子从来没做过这么大胆的事，她把自己烧红成一块暖气片，但为了蒋时延，即便暖气片的温度到了爆炸边缘，她也愿意，可关键是："蒋时延，我，我要怎么配合啊——"

唐漾是真的不知道，也是真的臊到不行："这样吗？"

"这样？"声音更细更软，猫爪一样挠人。

男人对于很多事情，只要过了第一关，剩下的都能无师自通。

尤其蒋时延这种从来都是被命运眷顾的人。

蒋时延口中有酒，唐漾口中亦有酒。啤酒酒味不浓，唇齿与肌肤交织的声音宛如平野上窸窣的风声，草地旁边有淙淙的溪流淌过。酿这酒的人手艺必定极好。

他的指节白净、修长，滚热的掌心掠过大片顺滑的白嫩肌肤，他思路清晰，动作不紧不慢。泡米、蒸饭，待饭熟后，摊凉、打散。蒋时延拉住唐漾的脚踝朝两边打开，细腻的酒曲碾落在潺湲的热烫间。

后方大抵是山林，有小动物循着香味想要探寻，靠近那丝危险，又尿尿地躲开。

酿酒人不动声色地笑，压着低缓如魅的声音引诱，他的手在酒曲间细致研磨，试探着深度与温热。

最后，唐漾的眼角都红了。

唐漾好似踩着冲浪板倏然冲到浪尖，天光云影一瞬入眼。

然后，她没了支撑，整个人如浮萍般飘飘荡荡跌落入海。

蒋时延合眼扣紧她的肩，踏浪人唱着遥远而缠绵的曲调归来。

第13章

圈定

“我是唐漾的男朋友蒋时延。”

凌晨四点，天边泛起淡淡的鱼肚白。

酒店大楼隐于黎明的迷蒙间，有一抹亮色孤零零地缀在其间。

唐漾从沉溺中上岸，如鱼般一下一下细弱地喘气。

蒋时延靠在床头搂着她，他一只手摩挲着她光洁、细腻的肩头，一只手衔着烟，火星明灭，他半眯着眼，懒散又餍足。

“你还好吗？”蒋时延偏头吻唐漾的额角。

唐漾不想回答，也不想微笑。

这个人之前的咆哮是真的，但那副“要我第二次还这样我就不活了”的样子绝对在装！更气的是，自己当时怎么就心软了？怎么就上当了？

唐漾窝在被子里，有一下没一下地捏自己的腰，真的够了。她这辈子不会再有第二次主动，绝对不会！

蒋时延一根烟没抽完，唐漾有的难受。她拂开蒋时延揽过来的手，穿上浴袍走向洗手间。

烟头被摁在床头柜上。

“漾漾去洗澡吗？”蒋时延跟着起身，“我帮你？”

唐漾恼他先前没轻没重，耍小脾气：“我不要！”

蒋时延紧紧跟着，巴巴道：“那我陪你一起洗，你要是站不稳也好扶——”

唐漾转过头，皱着秀气的眉毛瞪他。

蒋时延看着她“你再敢多说一个字”的小模样，举双手做投降状：“好，好，好——”脚步也听话地停在了原处。

唐漾满意地转过头，然后慢吞吞地将身体挪进洗手间。

洗手间和浴室是一体的，没有间隔，吊顶上的浴霸暖热、明亮，好似可以驱散疲惫。唐漾打开莲蓬头冲了冲脚，再把莲蓬头放到膝盖高度的架子上，她一边等水温稳定，一边伸手解开浴袍系带。

忽然，嗒嗒两声响起。

“怎么了？”唐漾在里面问。

“你忘了拿缓释药膏进去，待会儿洗了涂一点儿会好些。”蒋时延关切的声音隔着门响起。

唐漾的衣服脱到一半，她自然不可能出去。

“门没锁，你把手伸进来，把药膏放到洗手台上。”唐漾指挥。

“好。”蒋时延把门推开一道缝，从外面伸只手进来，然后把药膏放到洗手台。

唐漾很小声地说：“谢谢。”

“嗯。”蒋时延再应一次，然后顺着那道缝隙将门推开，进来，反手关门，咔嚓落锁，一气呵成。

“……”唐漾蓦地瞪大眼睛。

蒋时延注视着她半遮半露、微微泛粉的肌肤上留下的深深浅浅的痕迹，他的目光幽微，慢慢地举起双手：“我没想帮你或者陪你一起洗，你说的我都听，”他用让人信任的语气分外无害地笑道，“你洗你的，我看我的，互不干扰。”

见唐漾顿在原地，胸口起伏，他甚至出声指导：“别站着啊，容易着凉。”他嘴角勾着越来越深的弧度，“你现在应该把左手抬起来，脱掉浴袍左边，然后把右手抬起来，把浴袍全部——”

“啊——”唐漾小脸红透，她低声尖叫着把莲蓬头对准蒋时延，“臭流氓！”

“这是你说的。”莲蓬头强劲的水流瞬间冲湿蒋时延，他一边解自己的浴袍，一边迎着冲刷，带着笑意，眼睛都不眨地缓步迈向她身边……

第二天早上十点，两个人都还睡得迷迷糊糊。

唐漾在蒋时延怀里动了动，嘟囔说想喝水。

大早上喝冷水伤胃。

“等几分钟。”蒋时延温柔地亲亲她的嘴角，翻身起来找水壶。五分钟烧好，水又太烫，他找了两个杯子出来，左右互倒着散热。

叮咚、叮咚，两声门铃声响起。

“来了，来了。”蒋时延打了个哈欠，放下杯子，他一边把睡衣穿好，一边走向门口，“谁啊？”

他一打开门，便看到快递员抱着一束精致的玫瑰站在跟前。99朵蓝色妖姬，娇嫩的花瓣上还有晶莹的露珠。

“这是？”蒋时延蹙眉。他没给唐漾订花啊，唐漾也不喜欢蓝色妖姬，她喜欢粉玫瑰。

“请问唐漾女士是住这儿吗？”快递员问。

蒋时延：“嗯。”

快递员清了清嗓子，背诵：“我与你相逢伊始，便是盛放，愿你愉悦，肖勤谨上。”

蒋时延：“可以退吗？”

“不可以。”

“好的。”蒋时延签收道谢，把花拎进去，先把水端给唐漾喝了。

水温刚刚好，唐漾抱着杯子咕嘟咕嘟地喝。喝完后，她舒一口气，把杯子推给蒋时延时察觉出某人的脸色不太好。

“你不想给我倒水，我可以自己倒啊，”她去拉他的手，“怎么一大早就不开心？嗯？”

蒋时延一声不吭地放下水杯，转身捧起花走到唐漾床边。

唐漾脸色复杂：“你——”

“我与你相逢伊始，便……乱七八糟，不念了，‘肖琴’谨上，”床上的小姑娘歪着脑袋看自己，蒋时延也偏着脑袋看她，“你这才来一周就有人送花，‘肖琴’——”他念了一遍，嗤笑，“还是个女同学，你说我心情怎样？”

“嗯，这个……”唐漾咬了一下嘴角，小学生一样举手，“我可以申请自由陈述吗？”

“你说。”“蒋老师”略微心累。

唐漾声音小小的：“肖勤是总行战略分析师，他每周三给我们上课，周四给二班上课，周五给三班上课。”

蒋时延“嗯”一声。

“我和他就是挺凑巧的，”唐漾接着解释，“上次，我跟你说过，我和秦月去酒吧，然后有人搭讪，是他和他哥们儿。后来我从A市飞往B市的飞机上总感觉有人在看我，也是他，后来过来打招呼。然后就是周四，我们在食堂碰到，随口聊了几句，他说想约我周末去看电影，我拒绝了。”她弱弱道，“我不知道他会送花过来。”

“还有吗？”蒋时延面上没什么表情。

唐漾把自己说过的话捋了一遍，偷看蒋时延，试探着补充说：“‘肖勤’的‘勤’是‘勤奋’的‘勤’，不是‘琴声’的‘琴’。他跳过很多级，博士毕业才二十二岁，今年二十三岁，是个小男生。”

蒋时延：“没有了？”

唐漾明明什么都没做，瞥见蒋时延的脸色就是莫名心虚：“没有了。”

唐漾以为蒋时延会生气，会发火，甚至摔东西，她做好了抱住他哄他的准备。可他“哦”了一声，便没了下文，甚至他淡定地摸出手机，询问：“中午想吃什么——”

“你心情好了？你不计较？你不捽我？”唐漾怀疑面前这个蒋时延是假的。

“我捽你做什么？和你计较什么？他喜欢你，除了说明你优秀、我眼光好，没有任何意义，而且，”蒋时延反问，“我像那么小气的人？”

唐漾双手双脚都想举起来说“是的”。但她理亏，只能乖乖地朝他怀里钻，软软地抱好他：“不像，不像，一点儿都不像。”真的！她家蒋时延宰相肚里能撑船！！

蒋时延来B市本就是出差，周六、周日这两天，他赶着行程，不停地和汤普逊的人见面、开会。

他在外面的时候，唐漾就在酒店做自己的事儿。他在酒店的时候，唐漾就乖巧地陪着他，偶尔和他聊点儿工作上的事儿，偶尔亲亲抱抱，然后……

唐漾依着蒋时延，蒋时延也只是轻微过分，正常得好似真的不在意肖勤的玫瑰。

直到周一中午下课后，唐漾的模型出了个bug（问题），她始终调不对，就不肯走。

蒋时延逆着人流出现在教室门旁，一身黑西装，双手插裤兜。

屏幕上，程序似乎跑对了。唐漾知道蒋时延要下周一才走，脑子晕乎间，也没多想，她用口型对他道：“等我收一下东西。”

蒋时延微微颔首。

教室里还有一大半人，说着话陆陆续续地出教室。

大部分人都认识蒋时延，见他站在门口，纷纷过去：“蒋总，您怎么在这儿？要不要进去坐一下？”

蒋时延礼貌道：“不用，我来接我女朋友放学。”

又一个人问：“蒋总，幸会啊。您一走进来，气场都不一样了，您来是？”

蒋时延含笑：“来接女朋友放学。”

再一个人问：“蒋总，您怎么这个点过来？”

蒋时延耐心地回答第三次：“来接女朋友放学。”

“……”一休传媒董事局主席、“钻石男神”的女朋友和我们在一个班，那是……谁啊?

大家都问到了“来接女朋友”，都没敢问“是谁”，大龄同学们平常放学去食堂跑得飞快，今天好像都有事儿，在走廊和各自的助理打起了电话。

唐漾背对着蒋时延收包包，小脸慢慢发起烫来。她就知道这人没那么容易放过玫瑰！她就知道这人的“大度”都是屁话！

她就是蒋时延肚子里的蛔虫，她真的什么都知道！她从镜子的反光里看他笑得一脸得意就知道！他在等着她出去！！等着她走到他面前！等着她特别不想，特别烦这些形式还是要跟一堆老大叔、老大妈介绍“哎哎，这是我男朋友蒋时延”。

蒋时延怎么可以这么坏！！！唐漾心里流着“面条泪”，手上的动作迟钝。

蒋时延则是很开心自己被围观。他心里美滋滋地想着可以再等半个小时，面上却露出了一丝等了很久的不耐烦。

他从裤兜里抽出左手，看表，垂手，然后用不轻不重的嗓音朝里面喊:“唐漾，你能不能快点儿啊?”

吃瓜群众:“……”

唐漾:“……”

教室外，吃瓜群众纷纷朝里看。

教室里，吃瓜群众笑着问唐漾:“唐副处是什么时候和蒋总在一起的啊，怎么一点儿消息都没听到?”

唐漾心里只想把蒋时延揉成一团:“才在一起没多久。”

蒋时延听到这话，双手插进裤兜，偏头偷偷笑。

唐漾瞥见他的笑意，一阵心累。

她是真的没想到蒋时延会来这一出，出其不意又理直气壮。这样的感觉就像被自家小狗卖萌挠了一下，她要怎么办?她能怎么办?

唐漾回答完同学们的问题，收好包包出教室，伸手挽住蒋时延。

蒋时延舔了一下唇。

唐漾没看他，无奈又纵容地跟外面的同学介绍:“这是我男朋友蒋时延。”

这里是汇商的教室，蒋时延也很有外来人口的自觉，嗓音温和道:“我是唐漾的男朋友蒋时延。”

唐漾穿着高跟鞋，刚刚到蒋时延肩下的位置。蒋时延说话时身体很自然地朝唐漾倾了一些。

唐漾长相水灵，讨人喜欢，蒋时延面如白玉，眉梢眼尾蕴含着倜傥。不知是有意还是无意，唐漾的裙摆下面缀着一抹蓝色，和蒋时延衬衫领口的刺绣遥相呼应。

不少老头、老阿姨称赞："唐副处和蒋总郎才女貌。"

唐漾羞赧地颔首，蒋时延倒大大方方："谢谢。"

又一人夸道："蒋总赚钱，唐副处管钱，分工明确，家庭和谐。"

蒋时延再次应下："谢谢。"

再来一人道："要百年好合，三年抱俩。"

"谢谢。"蒋时延笑得发自内心，唐漾高贵、冷艳的学霸形象早就崩溃成了一只耳尖微红的小动物。

又一阵寒暄后。

"真的，谢谢大家，中午休息愉快。"唐漾的手挽着蒋时延的胳膊绕到身前，一边合掌讨饶，一边朝电梯口退，瞟见他嘴角压不住的弧度，她又羞又恼，忍不住掐他的腰。

B 市地理位置偏僻，特产美食倒是琳琅满目。

唐漾和蒋时延从汇商出来后去了小吃街。唐漾给蒋妈妈和自己妈妈买了两份一样的礼盒，寄出去后，把蒋时延带到了一家老字号中餐馆。

周一中午，用餐的人不多，两人选了一个僻静的包厢。

唐漾以为自己班上那些中老年同学不会玩微博，大家都是位高权重的人，想必也不会大嘴巴，结果，菜还没上，她就收到了蒋亚男和秦月她们的祝贺。

唐漾翻开微博热搜，整个人愣在原地——

最开始是 B 市分行樊行长喜滋滋地发了条微博："还以为自己可以当媒人，这要当了，怕也是个假媒人。"

樊行长有十几万粉丝，但他平常转锦鲤、转新闻几乎没人点赞。结果这条微博出来，好多同事评论，甚至汇商官博都转发凑热闹："听说今天遇见了好事儿（偷笑）。"

一休几百万粉的官微又转了汇商官博。

之前，蒋时延转唐漾那条关于张志兰的微博就在网友那儿留了案底。这时，不知道是两人共同好友里的谁用小号发了截图。

唐漾看到什么攻略或者推荐就用微博发好友圈，蒋时延转唐漾微博发好友圈说"陪她去"。偶尔唐漾发条正常的微博，蒋时延就评论，内容很普通，可两人每句话后面的波浪号和感叹号让无数网友隔着屏幕都吃了一嘴糖。

此外，更有人找出了先前身高差的热搜图片，游乐场里抱着熊的一高一矮两个人明显是蒋时延和唐漾。

还有网友在国色天香拍自己，照片里，一个小个子女生站在树下啃糖画，高个子男生手举在小个子女生头顶上，给她挡太阳。虽然两人的侧脸很模糊，但男生手上那块七位数的表是蒋时延出镜参加访谈的常客。

“汇商女高层”“一休总裁恋情”这些字样刚冲上热搜，便被一休的营销号温和地朝下压。可越是这样越是欲盖弥彰。

唐漾和蒋时延是高中同学，是大学同学，唐漾去蒋时延家里，两人一同进出商场，蒋时延接唐漾下班……越来越多的细节顺着时间线被扒出。

越来越多的网友拥入。

大部分人都在说“好甜”“朋友变成情人，好有爱”“我也有一个这么多年的好朋友，可是不敢表白”。

也有质疑的声音：“啧，啧，啧，都是成年人，谁相信男女之间有纯友谊，第一次听人把包养说得这么好听。”

“总算明白一休为什么长盛不衰，想要什么热搜就编什么料，编不出来了连总裁都得顶上。按照一休炒话题的手法，这个时候出现在这个位置的应该是包养，结果是蒋时延、唐漾，等价替换一下，楼上正解。”

…………

老字号的服务员训练有素。即便前一秒她们还在门口哇哇叫着刷微博，这一秒端菜进来，脸上也只有微笑。

唐漾刷微博，刷着刷着，“嗷”一下，不开心地钻到蒋时延怀里。

“盛倪娜和程斯然的堂哥闪婚了，定的是今天中午一点十四分发微博，到时候热度会盖上去。”蒋时延知道唐漾不喜欢这种被曝光的感觉，尤其是一些话还不好听。

他把娇娇小小的一团朝怀里搂了搂，偏头吻她的头发：“键盘侠都没脑子，和他们计较你就输了。好听的话咱听，不好听的话你就当放屁。漾漾，咱们宽容点儿，别往心里去。”

热度确实慢慢在降，估计等会儿就没了。

除了消气还有其他办法吗？唐漾叹气：“难不成我还要用小号跟他们像小学生一样对骂吗——”

漾漾声音软得像棉花。蒋时延忍不住亲亲她的嘴角：“宝宝真懂事儿。”

“谁是宝宝，”唐漾嘟囔，“我是‘中年少女’。”

暖色的八角琉璃灯光线映照，勾勒出蒋时延流畅的侧脸。他听到这话，低低笑了声，压住微哑的声音在她耳旁说了什么。

唐漾不肯回答。

“好啦，”蒋时延包住她的拳头，小声哄，“快吃饭，再不吃就要凉了，吃完了你还要回去上课。”

唐漾哼哼着放过他。

蒋时延给她把汤盛好，自己吃两口便放下筷子拿起手机。

唐漾以为他公司有事儿，不催也不问，只是看到他喜欢的先给他夹到碗里。

而蒋时延就顶着一张大概在谈上亿合作案的严肃脸切换到微博小号。他点开那几条黑子的评论，下面已经有一休的人在控场，回道：“不了解实情乱说是诽谤”“需要负法律责任”“女方需要被包养？自己洗洗脑子”……

蒋时延跟在回复后面回复，手起键落一句句回击。

黑子回骂，蒋时延毒舌回撑。

唐漾戳戳蒋时延的胳膊：“菜快凉了，先吃。”

“马上，这边还有细节在敲。”蒋时延说着把嘴凑过去。

唐漾故作嫌弃地拍拍他的脸，还是把东西喂到了他嘴里。

与此同时，A 市新光天地某咖啡厅。

光影斑驳，音乐如泉，角落里，两个女人相对而坐。一个穿黑白职业装，衣着干练，一个穿浅绿吊带短裙，青春洋溢。

“大概的，我们在电话里已经聊过了，如果您觉得没问题，就可以在这份保密授权书上签字了。”职业装女子从包里拿出一份文件和一支笔，推到短裙女子跟前。

如果唐漾和蒋时延看到，大概会认出这个短裙女子叫倩倩，是甘[illegible]鸣的“表妹”。

“是一休考虑得太周到，还是现在给营销号投稿都需要签这样的东西？”倩倩拿过东西。

“不是，”职业装女子爽快地承认，“一休这次做这么大批量的征集就是想寻找素材，拍边缘题材的电影，素材被选上后有一系列的营销和推广。”她解释，“如果素材通过了选题会，那么您会获得合同上相应金额的版权费；如果素材没通过选题会，那么您也会获得合同上相应金额的采集费。

“当然，”职业装女子想到什么，“这份合同不友好的地方在于如果曝光量上去，虽然人像会打码，但您的亲戚、朋友仍然可能从衣服或者其他细节认出您来，然而有些投稿人只是想分享经历，并不想因为曝光影响正常生活。”

倩倩明显不是。她故作淡定地瞥了一眼合同上的金额，立马不淡定了，她的目光闪了闪，指指外面：“我可以出去和我先生商量一下吗？”

一休征集的主题是“藏娇”，不是“包养”。即便知道倩倩说的先生是谁，职业装女子面上仍旧没有丝毫异样：“请便。”

咖啡厅外面有个露天阳台，天光大好。

倩倩站到伞下的阴影里，按下快捷键。

第一次被人挂了，她拨第二次，接通。她小心地唤：“一鸣——”

“这个月的生活费打到你卡上了，我这周不过去。”电话里，男人极为不耐烦。

倩倩不知道自己哪里做错了：“一鸣——”

“我记得我们当时说得很清楚，”男人似是在一个幽闭的空间，嗓音阴冷，“你做什么是你的义务，我去不去是我的自由。”

“一鸣——”倩倩还想说什么，甘一鸣直接挂了电话。

他已经快半个月没来找自己了。倩倩垂在身侧的手攥了攥，垂眸掩盖情绪，她在原地戳了好一会儿，才重新睁开眼，转身朝里走。

而甘一鸣挂断电话后又打开了洗手台的水龙头，冲了下脸，才回到客厅。

他进洗手间之前，魏长秋笑着在玩手机；他出来后，魏长秋把手机砸到他身上。

甘一鸣吃痛，却没皱眉。他捡起手机，坐到沙发上，揽过臃肿的女人，语气讨巧道：“手机不听话？”

“我记得你之前给我带过一个糖画回来，你说是在路边买的，想到小女生可能喜欢吃，就给我买了。”魏长秋从他手里拿过手机，滑到一处，“刚刚唐漾和蒋时延在热搜上，有人发了这张图，唐漾手里也拿着一个糖画，和我那个一样，下面有条直线。”她指着，“这里的评论说，这是在国色天香，只有国色天香那家的糖画师父才习惯在下面画一条直线。

“你那天跟我说你周末回去是办复职，又加了一会儿班。”魏长秋冷笑，“加班加到了国色天香？”

甘一鸣脸上的笑容缓缓僵住：“秋秋——”

“还有，”魏长秋点了一根烟，“我没回来这些天，管家说你也不在家。”

“秋秋——”甘一鸣脸上露出着急想解释的表情。

“说吧。”魏长秋取下耳环，漫不经心地抖着烟灰。

甘一鸣把手伸过去接住滚烫的烟灰：“我生病的时候，周自省安排唐漾做代理处长，唐漾才进汇商一年能有什么能力？她表面功夫做得很好，结果内里给我弄得一团糟，她自己拍拍屁股去出差，给我留了一个烂摊子。”他说顺了嘴，脸上有了愤懑之意，“我每天都超级忙，能有什么精力去国色天香？秋秋，我真的是在加班。”

魏长秋烟抽到一半，给了甘一鸣：“男人撒谎全靠一张嘴。”

甘一鸣猛吸一口烟，眼神似是涣散在烟雾里。他想到什么，苦笑：“虽然你对我没有太多要求，但我有时候也想努力一点儿，和你站得近一点儿，夫妻之间——”

“行了。”事业对男人来说就像肋骨，魏长秋对甘一鸣有感情，每每甘一鸣拔出这根肋骨，她都无法计较。

魏长秋见过唐漾，唐漾办事能力如何，她自然清楚。

甘一鸣说唐漾，魏长秋也没说甘一鸣什么，她攥着耳环寻了拖鞋起身上楼。甘一鸣跟上去，她背对甘一鸣道：“你中午别上来了，我想一个人休息。”说着，她又对一直候在楼梯口的管家道，“两点半叫我。”

甘一鸣温顺地应“好”。

管家颔首应“好”。

魏长秋拖着笨重的身体上楼，脚步声响了一会儿，停下，然后是开门声，咔嗒的关门声。

卧室隔音效果好。一片安静中，甘一鸣松了一口气，斜睨着管家：“说她不在这些天我也不在？会告状了？自己告的，还是周默教的？”

管家淡淡道：“魏总付我薪水——”

甘一鸣一巴掌直接甩在管家脸上。他下手很重，管家的身体朝旁边偏倒。

楼上，本该进到卧室里的魏长秋站在房门外，她听着这声响，动了动嘴唇，眸子里有一闪而逝的幽深。

而咖啡厅内，倩倩回去的时候，职业装女子在和网红朋友打电话，语气十分轻快：“你去的是仙本那？我还以为是普吉岛呢，海景真的漂亮……杨树林（圣罗兰）这么便宜？行啊，年中盛宴去看看。鳄鱼皮就算了，你敢送我还不敢收呢……对对对，你 VV 就是我的女神，行了吧，二十五岁，微博粉丝五百万，网店流水额八位数，单身‘白富美’，自由到处飞……可真不能收——”

职业装女子察觉倩倩从外面回来，简单地说了两句便挂了电话，道：“考虑得怎么样？”

“不打码的话，”倩倩犹疑道，“合同上的金额可以稍微高一点儿吗？”

职业装女子神情顿住：“这个我需要和上面商量一下。”

五分钟后，职业装女子改了合同金额，重新打印。

倩倩脑海里回荡着“仙本那”“杨树林”“二十五岁”“单身‘白富美’”“到处飞”……她的手在平坦的小腹上轻轻抚着，在一份更彻底的合同上签下了自己的名字。

接下来三天，B 市连续放晴。

唐漾和蒋时延谈恋爱的事儿在周一的热搜上待了半个小时，几乎汇商所有人都知道了。

蒋时延这几天住在唐漾房间，偶尔在电梯里碰到汇商的同事，他们便会心一笑，道：“蒋总和唐副处感情真好。”

唐漾含羞。

遇到熟一点儿的，蒋时延会开玩笑：“两个人住一起，只用一盏灯，用一个浴室，节约水电，响应国家号召。”

那人眼神揶揄，蒋时延搂着唐漾笑得舒畅。

回房间后，唐漾可惜道：“之前我还幻想过我俩谈恋爱，其他人不知道，然后一个陌生男人戴着口罩、墨镜悄悄从唐漾房间出去，其他人会议论我一个单身老女人是不是寂寞难耐，叫了那什么，我就把你叫过去，让你摘了口罩、墨镜，跟他们说‘当当当，这是我男朋友’，他们问我之前怎么不说，我就说他们没问。”她啧啧两声，“惊不惊喜！意不意外！刺不刺激！”

蒋时延叉腰走台步，走到唐漾跟前，唐漾站在床上居高临下地抱住他的脖子，憋着笑轻哼一段旋律。

“蒋猛男”表情一僵，下一秒，倏地将“唐总”打横抱起。

蒋时延把唐漾折腾了好久，本以为还能折腾她四天，下周一再回去，结果周五一早，助理就打来了一个加急电话。

《遗珠》已经提前播出，并破了收视纪录，按理说，庆功会开完这个项目就算结束了，但后来，一休和汤普逊的合作愉快，Leo 对蒋时延印象极好，没忍住跟他提了“纪录片成片拿到国外发行”的先例，他就放在了心上。

《遗珠》题材敏感，蒋时延跟唐漾说送审时唐漾拧了眉：“总局会不会拦下来或者不让你去啊？因为内容确实比较——”

她一语成谶。

周五下午，蒋时延要飞帝都出急差。

中午，其他同学在午休，唐漾在酒店大堂旁边的休息区陪着不开心的“小朋友”。

两人并排坐着。

蒋时延双手抱臂，拉着黑脸，皱着眉。唐漾歪着脑袋看他，然后学他拉脸、皱眉。

蒋时延发小脾气转向左边，唐漾跟着转向左边；蒋时延转向右边，唐漾跟着转向右边。

来回几次，蒋时延不作妖了，一脸生无可恋地对唐漾道：“你得跟我说说话，你得说你舍不得我，你得说你会想我。”

唐漾笑了，软绵地靠在他的胸前：“男人认真工作的样子格外有魅力。”尤其是某人，一边在电话里安排事情，一边一副哼哼唧唧闹脾气不想走的样子。

听听，听听，漾漾在夸他！夸什么？格外有魅力！格外，啧！

蒋时延背后无形的小尾巴都快翘上天了，嘴上却不依：“快说舍不得我，不许蒙混过关。”

确实舍不得他，唐漾抱紧他的手臂：“你要走好多天啊——”

蒋时延：“我也舍不得你。”

唐漾想了一会儿，道：“我刚刚说过舍不得你？”

蒋时延肯定道：“说了。”

唐漾不和他计较，仰头悄悄亲他。

蒋时延的心尖痒着，他将她搂得更紧了。

两人亲昵地说了好一会儿话，蒋时延的车到了。

唐漾送他到门口，他拉着唐漾事无巨细地交代，要注意天气啊，注意带伞啊，注意关窗啊，断电啊，一个女孩子要注意安全啊……

“既然蒋总要走了，那我这周是不是就可以继续给唐副处送花了？”一道清亮的声音从旁边传来。

蒋时延和唐漾循着声源抬头，一个男人走至两人身前。他个子不高，一米七左右，一身剪裁合度的黑西服倒穿出了笔挺感。他皮肤白，娃娃脸，大眼睛，戴金属边、酒瓶底眼镜。他笑着走向两人，露出一颗可爱的小虎牙。

肖勤，汇商做战略分析的总监，二十三岁的……小屁孩。

蒋时延心里不屑地“嘁”了一声，面上却没什么表情。他的手不着痕迹地揽上唐漾的肩头:“我以为肖总监已经知道唐副处名花有主了。”他斜睨着肖勤，懒散地扯了丝笑，“男朋友是蒋时延。”

唐漾的喉咙咽了一下，算默认。

肖勤睁着无辜的眼睛望着唐漾:“结婚了吗？”

蒋时延:“没有。”

肖勤再问:“见家长了吗？”

“没有。”蒋时延的神色愈深。

肖勤二十二岁博士毕业，二十三岁年薪可观。蒋时延气场虽然强大，可他和蒋时延都是天之骄子，他不仅不怕，反而轻笑一声:“结婚了还能离婚，见了家长还能悔婚，两者都没有的话，那我们就是同一起跑线。”

唐漾尴尬得想走了，蒋时延用手抚了抚唐漾的肩。

肖勤的视线从唐漾转至蒋时延，他仰脸直视着蒋时延的眼睛:“虽然你高一点儿，老一点儿，看上去是那种招人喜欢的成熟男人，但你马上要走了。”他眉眼弯弯，用那种学生稚气尚未褪尽的嗓音道，“你要走这么多天，我又天天在这里，万一唐副处哪天就改了口味，喜欢我这样的小男生呢？我会陪她看电影，陪她逛街，陪她玩游戏，她和我在一起会变可爱，我会关心她、爱护她。”

肖勤顿了顿，道:“我还会卖萌、撒娇、打滚呢，”他带着“年龄小”的炫耀望着蒋时延，笑眯眯地一字一顿道，“蒋总，你会吗？”

蒋时延的胸口起起伏伏，面上却没有波澜。他斜睨着肖勤，缓缓地扯起嘴角，用一种语重心长又暗藏风骚的语气对肖勤道:“小孩子谈恋爱才会卖萌、撒娇、打滚，大人谈恋爱有大人要做的事儿。”

肖勤笑弯了眼睛，还想说什么。

蒋时延直接用另一只手牵了牵唐漾的衣角，唐漾偏过头。

蒋时延用委屈巴巴又不太高兴的眼神看着唐漾，唐漾前一秒还想遁走，这一秒心软得要命。

“我已经二——”肖勤话没说完。

唐漾自然地接话:“肖总监，您就别逗我的家属了，他嘴笨、脸皮薄，说不过您。”

一个“家属”恰到好处。

蒋时延朝肖勤无声又得意地笑。

肖勤冲蒋时延翻个白眼。

蒋时延腹诽，毛都没长齐的小屁孩，竟敢跟他斗？还卖萌、打滚？看到没，他拉漾漾的衣服，漾漾说的是什么，家属！小孩知道家属是什么意思吗？啧！

蒋时延浑身舒畅，可还是要走。临出发前，当着肖勤的面，他小声跟唐漾说“要亲”。

唐漾怎么可能不知道他在想什么，她很不想配合，觉得很幼稚，又很不好意思，却还是依着他，轻轻吻了一下他的额角。

蒋时延心满意足。

唐漾挥手送别。

蒋时延从后视镜里看着小姑娘变得越来越小，他升上车窗，合了眼眸。

如果漾漾开口留他，如果他多看漾漾一眼，看到她不舍又微笑的模样，别说不去出差，就算一个要垮的一休放在他面前，他大概也会毫不犹豫地回到她身边。如果这样的说法有什么不妥，那就去掉“大概”。

“他追了你很久吧？”方才情侣惜别时，“肖电灯泡”去隔壁便利店买了两个棒棒糖，这时回来，他自己含了一个，又递一个给唐漾。

唐漾推辞，肖勤执意给。

唐漾心里涩涩的，便接了过来：“不算追吧，我和他做朋友好多年，一个偶然的契机就走在一起了。”

正午的阳光沿着酒店台阶投下成“凹”字的阴影，两个人站在凹下去的边缘，吃着棒棒糖。

肖勤又问：“是他表白的？”

唐漾想到当时的场景，弯了弯唇：“算吧。”

“怪不得。”肖勤嘟囔。

“什么？”唐漾没听清。

“他好喜欢你。”肖勤左脚尖贴着右脚跟，一边踩着地砖缝隙玩，一边道，“我看他看你的眼神就觉得他好喜欢你。

“像得到不可能得到的东西一样，”肖勤想了想，道，“就是那种特别特别喜欢，喜欢得很放纵又很小心，喜欢到没办法了。”

肖勤说：“在酒吧，我不知道你有男朋友，之前送花也不知道，我不是横刀夺爱的人，看他那样子，”他忍笑，“就忍不住想吓吓他。”

“有这么夸张吗？”唐漾也笑。她觉得自己和蒋时延走到一起是很自然的事儿，彼此的好感和喜欢也是顺理成章。没什么轰轰烈烈，他也不是非她不可。

“有的，”肖勤眼底出现一抹和年龄不符的稳重，声音仍旧清亮道，“我看人的眼神从来没有看错过，他真的很喜欢你。但我没谈过恋爱，不知道那种喜欢是多喜欢，大概是……”他思忖片刻，认真道，“就算你让他去吃屎，他也绝对眉头都不皱就——”

唐漾扑哧笑了一声：“可好端端的，我为什么要让他去吃屎？”

“也对，就是打个比方。”肖勤扭身瞧了一眼酒店大堂的挂钟，然后回身，歪着脑袋看着唐漾，“还有半个小时就上课，你请我喝杯奶茶吧。”

唐漾：“……”

肖勤眨了眨眼睛，很好说话的样子：“你请我喝杯奶茶，我就不喜欢你了。”像怕唐漾不愿意，他可怜巴巴道，“你想想，我一个有志青年，前途大好，要是你不请我喝奶茶，我就还喜欢你，我喜欢你，我就是破坏人家感情，我求而不得，说不定还会走极端……唐漾姐姐，你请我喝奶茶，你就是在拯救我，把我从歧途拉回正轨，把我从深渊拉向光明——”

唐漾被一声“姐姐”萌化了。肖勤长篇大论的样子让她想到蒋时延家的小外甥，程程骗蒋亚男给他买小火车模型时也是这样。

“好啊。”唐漾轻声道，“你想喝什么，我点外卖送到教室吧，估计我们走到教室，外卖就到了。”她打开外卖软件，找出一家店，把手机递到肖勤面前。

肖勤戳了戳：“波霸奶茶，多糖，冰的。”

唐漾一边按照肖勤的要求加购物车，一边随口道：“单下完了，我东西还没拿，我先上一趟楼，待会儿我把奶茶拿给您的秘书。”

“好的。”肖勤停下转圈的脚步，甜甜地笑着目送唐漾。

唐漾挺直背脊，以干练、精致女强人的姿态上了电梯。

咔嗒，门合上。唐漾立马调出卖家电话，做贼心虚般拨过去：“我是尾号1518，送到汇商的订单，对，波霸奶茶和奥利奥奶盖，奥利奥奶盖在做了吗？没有？”

唐漾庆幸地拍拍胸口：“我想把奥利奥奶盖换成木瓜鳄梨奶昔……奥利奥贵点儿？不用退，钱不用退。”她小脸微热，很小声地说，“可以多加一点儿木瓜和鳄梨吗——”

她不是那种刻意讨好男朋友的人，但在有些事情上，他出一份力，她就出一份力。她的耳根子发热，这样才比……比……比较公平嘛……

蒋时延在B市的时候，B市阳光明媚。他周五一走，周六开始，B市又陷入了连绵的阴雨中。

同学们在第三周进入了学习的疲软期，唐漾也不例外。

蒋时延为《遗珠》制成英文版发行的事儿在帝都忙得焦头烂额。一休A市总部，某直系营销部门，气氛也阴湿如淋雨中。

早在两周前，蒋时延的安排便下来了，一休四月的营销档期全部空出来做征集，就一个指标，大海捞针找到那份投稿，根据投稿人的需求量身定做营销计划，然后把那份投稿推成顶级覆盖量。

他的思路很简单，魏长秋掌控着九江地产，能是什么简单角色，甘一鸣胡作非为的后台是她，那么最有可能玩死甘一鸣的自然也是魏长秋。

蒋时延自认不是坏人，他一不杀人越货，二不送人玫瑰。在他能力范围内，无论安排一休营销什么，想把什么不着痕迹地送到魏长秋眼前，都无可厚非。

先前在咖啡厅约倩倩的人是一休的营销总监彭思。

她每一步都按照安排在走，眼看合同签好了，渠道和资源都铺好了，稿子递过去要发的前一秒——倩倩一个电话打进来，忽然说要毁约。

彭思本来可以不管不顾地把稿子发出去，但出于各种考虑，她还是拦了下来，耐心地问倩倩发生了什么。

电话里，倩倩的声音听上去既愧疚又小心："我知道要有合同意识，也知道算违约，但——"她停了几秒，"我怀了孩子。"

彭思没吭声。

倩倩似是哭过，嗓音如铁片一般沙沙的："我孩子两个月了，我妈说孩子福气薄，三个月之前不能乱来，所以我可能没办法接受那么大范围的曝光，然后我也联系不上我先生，违约金的事情——"她越说越急，说得快哭了。

彭思敲着太阳穴："你别急，先冷静一点儿，我们慢慢说。"

她的声音带着安抚，倩倩的抽泣声慢慢停了。

彭思待她整理好情绪，单刀直入："你还想要这份合同吗？不考虑孩子前三个月稳定期的话。"

倩倩："想。"

彭思道："你知道违约金是多少吗？"

倩倩忐忑地吸了一下鼻子："我看到合同上面写的一串公式——"

"你赔不起，你先生也赔不起，"彭思道，"你先冷静，先别哭，我们见面谈。如果可以，我向上面申请一下，看能不能把这份合同开始的时间朝后延。"

“可以这样吗？”倩倩惊喜。

“不要抱太大希望。”彭思叹了口气。

毕竟，一休所有A批次营销号都为了这份合同空了整个四月的档期，延后一个月意味着再烧一个月的钱，堪比天价。

“她怀了孩子？”蒋时延向助理确认，“甘一鸣的？”

助理点头。

蒋时延在和唐漾聊微信，笑着，很干脆道：“那就延后一个月，等她孩子到三个月——”唐漾给他发了个跳舞的表情包，他一边笑得更开心，一边自言自语，“如果她给的是我们想要的，那她想要什么，我们自然也可以给什么。大人玩大人的，小孩是无辜的。”

以前蒋时延要做什么从来不会考虑这么多。他有做传媒的天赋和敏锐，眼里从来都是流量、热度以及盈利。自从唐副处回了A市，他先是一反常态地做了《遗珠》，然后又说出这样的话。

果然是两个相爱的人在一起久了，就会慢慢变成对方的模样，看看蒋总这人情味……

助理还没感叹完，蒋时延便偏头问助理：“知道时间成本吗？”

助理预感到什么。

“天下没有免费的甜甜圈，”漾漾去午睡了，蒋时延漫不经心地转着手机，“既然我们为王倩倩再延一个月，那就让彭思把合同要求加深一点儿。不对，人在困境里，感情会影响判断，我们答应得这么干脆，”他懒洋洋地打了个哈欠，起身路过助理身边，轻描淡写道，“把要求开到极限。”既然进了局，那他不介意玩大一点儿。

助理一面安排，一面忍不住扼腕，才想着蒋总变善良了，怎么又露出奸商的本性？

助理不免心疼起唐副处来，像唐副处那样软萌、可爱、喜欢请人喝下午茶的女孩子，不知道得被蒋总欺负成什么样……

助理中午才脑补了大灰狼披着羊皮诱拐小白兔的残忍童话，隔天，他飞回老宅给老爷子送新拐杖，蒋妈妈就拉着他问蒋时延的事儿。

三个关键问题：“‘小月亮’到底是谁？”“蒋时延在外面到底有没有女人？”“难道蒋时延喜欢男人，喜欢助理？”

助理下巴差点儿惊掉，他赶紧扶稳。他很想跟蒋妈妈说“您去翻微博”“您问亚男姐”，但他不确定蒋总和唐副处有没有做好见家长的准备。他话到嘴边，讪讪道：“上周好像发生了很多大事儿。”

蒋妈妈只当他在转移话题，兴致缺缺地“嘁”一声。

唐妈妈本来二月要去命题组，结果临时发生变故，她去美国学习了两个月，回来刚好约休假中的蒋妈妈打麻将。

蒋妈妈说：“糖糖乖，还知道要去相亲，我家那个我真不知道他一天到晚在想什么。”

“相什么亲啊，年后就没去了，这个月说是要去 B 市学习，谁知道作什么妖呢。”唐妈妈打个幺鸡，放了两家，颇为惆怅道，“唐漾是以前乖，越大越皮。男孩子晚熟，以前不懂事儿，越大越稳重，时延肯定心里有数，就我家唐漾，我还得愁。”

蒋妈妈：“就怕他俩感情好，一直单着。”

唐妈妈：“赶明儿我得了空去唐漾那儿看看。”

“家里能看到什么，我去时延那儿好多次了。”蒋妈妈越想越心塞，问唐妈妈要什么，唐妈妈说“一筒”，蒋妈妈就打一筒。

牌局散了，夕阳落下，月亮从树梢爬起来。淡色的月华铺进墨般的夜色，钢筋水泥的城市被揉成一幅温和的水墨画，万家灯火，有人哭，有人笑，有人忧，有人乐。

这边，唐妈妈焦虑唐漾是不是喜欢蒋时延，万一蒋时延不喜欢漾漾怎么办；蒋妈妈忧心漾漾不去相亲是不是因为喜欢蒋时延，而“蒋白痴”却没有发现，她要怎么添柴加火才显得没那么刻意？

另一边，蒋大佬温声软语地哄着自家小女朋友睡觉。

蒋时延才从 B 市到帝都那一两天，两人还会因为对方之前在自己身边，现在却不能及时回复消息而感到失落。后来，蒋时延发现两人气氛不对，很主动地跟唐漾解释自己在忙什么，唐漾投桃报李地给蒋时延发了自己的课表和行程，双方在蒋时延“漾漾，漾漾”、唐漾“好啦，好啦”中达成和解。

之后，唐漾看到有什么好玩的就给蒋时延发，蒋时延忙完了回复。蒋时延拍了什么有趣的也给唐漾发，唐漾做完自己的事情就会回。偶尔两人空闲的时间撞在一起，就会说很多。

比如，蒋时延给唐漾发一张会场照。

唐漾：“你在做慈善？”

蒋时延不是什么好心肠的人，吊儿郎当道：“做给上面的人看。”

唐漾：“我竟然在后面的表彰屏上看到了九江，他们是慈善大户？他们有希望工程、希望医院？”她哂笑，“总感觉搜刮民脂民膏才是他们的强项。”她皱着眉头，“九江企业文化和慈善沾不了边，但他们之前递上来的审核材料也是狂说自己给员工的福利有多好。我要是不清楚我就信了，但想想陈张刚——”

“如果是正常做慈善，一方面可能是为了企业结构多元，另一方面可能是打感情牌，”蒋时延分析，“如果九江费尽心思昭告天下他们是慈善大家的话，那他们很有可能是拉了张大皮罩空气。越是心里想的越是不会说，”他延续方才说正事儿的口吻道，“你看我心里想的全是漾漾今天中午吃了烤鸭，和我吃的一样，这就是默契，这就叫默契，我嘴上说了吗？”

“没个正形。”唐漾嗔他。

再比如，现在，唐漾跟蒋时延说“新雷”推行了一个新的学分计划。即一门课程对应一个学分，如果你觉得自己学得差不多了，就可以和老师申请提前考试，考过了拿学分，修满八个学分就能提前毕业。入学满三十天可以开始申请考试，如果没有提前撤退的诉求，就等到计划最后两天和同学们一起参加统考。

唐漾瘫在沙发上，用腿倒抵着墙壁。她抱着手机，得意地眯眼睛：“不好意思，某成熟知性貌美漾要成为第一个考的人了，而且，除了体育，门门第一。”

蒋时延想捏漾漾白白嫩嫩的脸蛋，可捏不到，他好气啊：“你这么厉害吗？”

听到这话，唐漾不敢相信地睁大眼：“蒋时延，你忘了你当初高等数学是怎么及格的吗？”

大一上学期的高等数学有期中考试，唐漾拿到唯一一个满分，瞬间奠定学霸地位。

等到期末，在同一个考场座位随便坐的大环境下，不少临时抱佛脚的同学都想和唐漾做隔一个空位的邻居，无关喜欢或者其他。

考高数的前一晚，不少同学私下找唐漾，问可不可以坐她旁边。

唐漾回答得礼貌又客气：“不好意思，我旁边的位置已经有人了。”她想到什么，补充说，“我空间第一个相册有自己整理的一些错题和重点，密码是YYSJ，你如果不介意可以去看看。”

那人一边想着等明天一定要看看是谁捷足先登，一边千恩万谢地走了。

再来一个，唐漾还是这么回答。

那时候，唐漾和蒋时延在单方面冷战，原因很简单——

蒋时延平常爱去网吧。期末准备周来临时，唐漾把自己的笔记、错题全部且最先发给蒋时延，告诉他忍住这一周，背完、考完就解放了。她还问蒋时延要不要和自己一起去图书馆，自己可以帮他占座位，蒋时延说不用，他可以在寝室复习。

唐漾以为他会乖乖复习，结果备考周某一天，她趁复习间隙和室友一起出校门买橙子，她给自己买了一袋，又另买了一袋。

室友问："你吃得完这么多？放着会坏。"

"给蒋时延买的，"唐漾撇撇嘴，"他懒得出门，经常不吃水果，估计这几天又是窝在寝室靠外卖过活。"

唐漾对蒋时延好，在经济学班不是秘密。

室友知道唐漾和蒋时延是哥们儿，但还是忍不住感慨："蒋时延脑子里装的是水吗？我要是他，早就爱你爱得死死的，然后赶紧追成女朋友。"

"他要是我男朋友，那就该他给我买橙子，他给我画重点，"唐漾笑着做捧脸状，"之前室长不是还说，女朋友就该娇滴滴地使唤男朋友，这样才能激起保护欲嘛——"

这样来看的话，唐漾更像蒋时延的男朋友，

室友扑哧笑了一声，唐漾哈哈哈地笑，两个女孩子走着笑着，路过转角，嘴角弧度不约而同地停在原处。

两个女孩子从这头过马路。

马路另一头，蒋时延从二楼下到一楼，顶着鸡窝头、黑眼圈走到吧台："网管，再开十个小时。"

唐漾和室友站在原地。

第 14 章 小团圆

那是唐漾走过的最艰难的一段路，所幸蒋时延一直在她身边，紧握着她的手。

蒋时延话说着说着意识到什么，忽然把头转向门外。

四目相对，蒋时延脸上闪过一瞬慌乱。

他张张嘴想说什么，唐漾直视着他，面无表情地把手里那袋橙子扔到垃圾桶，然后转过头，头也不回地和室友走了。

室友看唐漾脸色不对："刚刚蒋时延——"

"不提他。"唐漾淡淡道。

唐漾前一秒离开，后一秒，蒋时延几乎是连滚带爬地回了寝室，捞起书包直奔图书馆。

临近期末，图书馆的位子紧张，蒋时延来得晚，只有厕所边上的位子还留着。一向养尊处优、傲气冲天的蒋大少爷赶紧坐下，拍了照片发给唐漾，语气近乎讨好。

t$efvbhu&:"漾姐，我来图书馆了。"

t$efvbhu&:"漾姐，我开始看书了。"

t$efvbhu&:"漾姐，我看了三章了。"

…………

蒋时延等了快两个小时，好不容易等到唐漾来厕所。

他巴巴地笑着叫"漾姐"，唐漾抿嘴，冷淡地点一下头，然后直接越过他进出厕所。

一连好几天，蒋时延都守在图书馆的厕所，至少可以看到唐漾。

也是那几天，唐漾看到他在图书馆，还是没理他。

直到考高等数学的前一晚，蒋时延的室友也去问唐漾可不可以挨着她坐，唐漾回复了相同的话。

室友问蒋时延："唐漾空间的相册密码 YYSJ 是什么意思？"

蒋时延脑海里条件反射般蹦出四个字"漾漾宋璟"，他吃着泡面，嘴里却含混道："不知道。"

蒋时延闭着眼睛吸面，眼睫掩盖住了情绪。

唐漾大概是恨铁不成钢吧。她大概是对他失望吧。她会不会烦了他，会不会以后再也……

第二天，唐漾到考场很早，她自己坐在第三排靠墙的位子，然后把书放在外面与自己一座之隔的座位上。

其他同学陆续来复习，有不懂的抓紧时间问唐漾，唐漾解答得快而详细。

渐渐地，人越来越多。唐漾身边那个人还没到。

唐漾那份笔记和重点流传度很广，同考场的同学受了她的恩惠，自然不可能说她。于是，他们带着几分羡慕地吐槽："那是谁啊？马上要考试了还不来，坐漾姐旁边还要漾姐给占座位，架子可真大。"

"就是，要是我坐在漾姐旁边，肯定一早就给漾姐买早饭，"另一个同学半玩笑道，"简直不懂规矩。"

…………

蒋时延昨晚想着唐漾和"YYSJ"，辗转一夜没睡着。第二天室友叫他，他迷迷糊糊地应了，醒来一看时间，噌的一下从床上弹起来。

他拿了文具一路狂奔到考场，大家正有先有后地把东西放到讲台上。

蒋时延一眼就看到了唐漾旁边的空座位，可他怕唐漾还在生气，看到他会烦，没敢过去，站在门口接着眺望。可一个考场三十个人安排得刚刚好，其他人都坐下了，就只有唐漾旁边剩了个空座位。他放下东西，无比不安地走过去。

蒋时延刚坐下，唐漾就起身借过去厕所。

唐漾连"让一让"都没说，蒋时延一颗心倏地沉到谷底……他果然不该坐在这里，她果然很烦他，早知道他就该缺考挂科，可现在他坐都坐下来了，至少也要开考半个小时才能提前交卷啊。

就在蒋时延心里乱成一团麻时，唐漾回来了。

蒋时延起来，撞见唐漾一脸冷淡，他扯扯嘴角，趁她过去，他一边收拾桌面的笔，一边小声道："我说我去厕所，我马上走，漾姐，我不烦你——"

唐漾一巴掌拍在他的头顶，轻声故作不耐烦地嫌弃道："给你留的，白痴。"她的手软绵绵的，但带了力道。

蒋时延的头顶被拍得麻麻的。他望着唐漾进去的侧影，反应好半天，漾姐说给他留的？漾姐不生气了？

"蒋白痴"脑子里嗡嗡地响，不太敢相信。他趁没人注意，胆大包天地伸过手去扯了一把唐漾的衣角。

唐漾皱着眉头，低声斥他："考试呢！"

蒋时延立马放手。

监考老师给蒋时延发卷子，蒋时延望着监考老师，嘿嘿嘿地笑出声来。

唐漾说这件事儿是为了让蒋时延想起，她成绩是不是很好，学习能力是不是很强，大学时是不是一直专业第一，从未被超越？

蒋时延想到的是唐漾当时拍在自己的头顶的那一下，是她明明心软，又傲娇到死地唤自己“白痴”。

漾漾怎么就成了自己的女朋友呢！蒋时延想着她娇娇小小一团窝在自己怀里，想着她大声喊“蒋时延”，想着她被自己逗得面红耳赤，想着她主动亲自己……他一颗心好似煮在温水里。

隔着山高水长，他忍不住得意地唤：“宝宝。”

“嗯？”唐漾爬上床，轻声应着。

“你是不是，”蒋时延忍笑舔着唇，“那时候就有点儿喜欢我啊？”

那时候的蒋时延有什么可喜欢的？他胖，成绩不好，不会打篮球，也不会其他运动，整个人就是个大白软团子！还爱去网吧！

唐漾反问：“你那时候喜欢我？”聪明的反问句。

蒋时延很膨胀：“请你正面回答。”

唐漾的腿夹着被子滚了滚：“请你正面回答。”

蒋时延：“那我说我那时候就喜欢你了，你就说你那时候也喜欢我？”

这人怎么缠着这个问题不放？自己不过是让他回忆自己那次高数满分，他在作什么妖！唐漾说不过他，轻哼一声，给他发了张自拍。蒋某人可以闭嘴了吗？

蒋时延礼尚往来地给她回了一张自拍，他心情颇好，眸里含笑，薄唇微翘。

唐漾看着好像就看到他在自己面前温柔又妖娆地喊自己“漾漾”。本着斗图要赢的原则，她微笑着把睡裙的领口朝下拉了拉，再拍一张发过去。

蒋时延更厉害，直接解开浴袍，给漾漾摆了一个半遮半露、肌肉线条流畅好看的姿势。

屏幕中，他的腹肌是小麦色，有八块。最末两块下方是清晰的人鱼线，从胯延伸到腹部，然后没入蓝黑色紧窄的布料中……

明明只有模特的尺度，唐漾却看得整个人快烧起来，一边骂他流氓，一边又挪不开眼。

蒋时延的电话打进来：“想我吗？”

唐漾的喉咙不自觉地干咽了咽："我想举报你。"

"我想抱抱你，亲亲你，"蒋时延嗓音带着笑，"摸摸你。"

唐漾威胁："认真严肃举报传播淫秽色情。"

唐漾一把扯过被子蒙住脑袋，小脸涨得又红又烫，整个人快炸了，尖叫道："蒋时延——"

"小奶猫"羞恼地发着小脾气，"金毛"一下一下给她顺着毛。

情人间的低语隐入夜间温柔的云中。

四月中旬，流感的暴发率达到高峰值。

班上请病假的同学越来越多，唐漾端着保温杯，杯子里泡着枸杞、胖大海，每天最早到教室，最后一个离开。

很多人会害怕努力被别人看见，尤其是人在职场，如果努力没有成绩，那就对应着没天分抑或不聪明。

有人议论唐漾勤奋，也有人帮她说话："把作业做完，回酒店就可以早点儿休息了啊，我们是人老了，一定要按时吃饭，在教室里坐不住。"

唐漾倒是无所谓："我回酒店也看书看到挺晚的。"

其他同学向唐漾竖拇指，唐漾温软地笑着，不置可否。

尤其进入下旬那几天，唐漾回房间都还在建模、改代码。蒋时延也在处理文件，两个人就开着视频一起办公，偶尔累了，看对方一眼，又有了动力，抻抻脖子接着做事。

蒋时延原本可以把帝都的事情推给《遗珠》制片人团队，但《遗珠》和唐漾有千丝万缕的关系，蒋时延容不得半点儿差错。

总局提了什么修改意见，他就组织团队改什么；总局说了什么建议，他立马落实，绝不含糊。

年轻一代的互联网大佬大多注重形象营销，比如参加综艺、参加访谈，甚至偶尔会开直播来维持公众热度。

蒋时延自己就是营销一片天，反而低调又务实。他在帝都大半个月跑下来，总局不少领导对他印象颇好，其中一个还邀请他一同吃午饭。

饭局上，领导又带了不少五六十岁的朋友，满脸和蔼地问蒋时延："有女朋友了吗？"

蒋时延恭敬道："有。"

领导挑眉："也是做传媒的？"

蒋时延笑得温柔:“不是，在银行。”

“银行好啊，网上这种贷，那种宝，炒得再热，但银行始终是大厦根基……”领导举着酒杯侃侃而谈。

蒋时延听着，时不时点头。

末了，领导别有深意地拍拍蒋时延的肩膀:“跟着大环境大政策，把方向走对，以后就是你们年轻人的天下。”

“继往开来。”蒋时延前两个字谦卑，后两个字藏着野心。

领导们说完话，他笑着起身，从总局那位开始给席间各位挨个儿敬酒。

饭局到尾声还没散，蒋时延借故去洗手间，然后转到大厅悄悄把账结了。

饭店送了特色甜品，服务员给蒋时延拿了一个木糠盒子。

蒋时延对这种东西无感，随手拆开吃了一口。奶油的浓香漫到舌尖，一瞬间味蕾被惊艳了。

服务员早已料到这一幕，颇自得地解释:“我们做木糠盒子的奶油不是人造奶油，也不像其他普通甜品店里用全脂……”

蒋时延折身回去:“可以再送一份吗？”

服务员又拿了一份出来:“请在四个小时内食用，口感最佳——”

蒋时延跟服务员道谢，回包厢匆匆解释两句，一边朝机场赶，一边在路上买了帝都到 B 市最近的航班机票。

周六，下着瓢泼大雨。

B 市处于一片灰蒙、混沌中，天地茫茫，仿佛没有界限。

唐漾晚上有讨论，白天索性宅在酒店点外卖。

蒋时延给她打电话时，她正在午睡，蒙蒙眬眬地哼着轻音。

“打扰你睡觉了？”蒋时延柔声问。

“还好啦，”唐漾揉揉眼睛，翻了个身，“你不是今天一天都忙吗？中午和谁谁谁吃饭，下午还要开会——”

门铃声略微刺耳，蒋时延怕吓着她，语气放得更轻:“漾漾。”

唐漾:“嗯？”

蒋时延:“开门。”

唐漾“哦”一声，拢好外套。她趿拉着拖鞋，一边慢吞吞地朝门口走，一边轻声吐槽:“难道因为你寄了太多次快递，所以现在都认识快递员了吗？还能实时同步——”

咔，门开了，唐漾没了声音。

面前的男人西装革履，黑色将身形拉得挺拔、颀长。他身上有淡淡的酒味，混着木质香，眼眸深邃地望着她时，眸里含笑。

唐漾的嘴张了张，发不出声音，再张了张，她笑得不可思议，又确确实实看到了他："你怎么……怎么——"

蒋时延把藏在背后的手伸出来，一个包装精致的礼盒变魔术般出现在唐漾面前。他柔声道："中午有应酬，结账的时候饭店送了一个木糠盒子，我尝着味道不错，就想着马上给你带过——"

唐漾的睫毛颤了颤，她踮脚吻退他尚未出口的"来"字。

他从雨中过来，身上好似带着一层水汽，夹着熟悉的气息席卷至唐漾的感官，好似一股暖流徐徐注入她没在被子里焐热的手脚。

唐漾抱住了蒋时延的脖子，他低头弯腰。后来，他进了门，门关了，唐漾把他抵在墙上。

很深、很久，反复且缱绻的一个吻。吻到两人滚热的鼻息交织在一起，蒋时延的气息不稳，唐漾的小脸发热，她攥着他的衣领微微喘气。蒋时延的鼻尖抵着唐漾的鼻尖，时不时吻一下，谁也不肯松开。

嘴角相抵磨蹭间，唐漾被轻轻地摁在墙上。低缓、暧昧的吻声细细浅浅，窗外的大雨哗啦震耳。

又过了好一会儿，唐漾稍微推开他的胸膛。

"你给我带了什么？"她勉为其难地分了一个眼神给不知什么时候放到地上的礼盒。

"木糠盒子，"蒋时延把木糠盒子提到唐漾面前，顺势揉了揉她软软的头发，"拆开尝尝？说是最好四个小时之内吃。"

"有那么好吃吗？这么远送过来。"唐漾嘟囔着，走到小客厅。她嘴上嫌弃，嘴边却偷偷扬着弧度，拆开包装尝了一口。

这家店的木糠盒子大概冷藏了一天，下层的奥利奥饼干碎吸水充足，结实的口感伴着奶油的醇香在口腔漫开，舌尖触到一股恰到好处的甜味，唐漾头顶微麻，睁大眼睛，幸福地呜呜出声。

"很好吃？超级好吃？"蒋时延跟过去把小姑娘搂在怀里，学她的语气邀功般问。

唐漾不言，给蒋时延喂了一勺，蒋时延吃了。

唐漾自己吃一勺，又给蒋时延喂一勺，你来我往，两人都觉得这木糠盒子好吃得不可思议。

温馨的气氛里，唐漾忽然想到什么，勺子一顿："你下午四点不是还有会，不开吗？"

蒋时延抬腕瞥了一眼表，一副运筹帷幄的口吻："开会的那个酒店离帝都机场十分钟，我买了两点半的返程机票，这里开车到机场最快十五分钟，我一点五十五到楼下上车，一点五十三坐电梯下楼，现在才一点五十一，还可以陪你两分钟。"

唐漾站起来："我们慢慢走着吧，我送你上电梯。"

"你边走边吃？"蒋时延当然看出她喜欢这木糠盒子，舍不得放下。

"你帮我看路啊。"唐漾理所当然地眨了眨眼睛。

酒店房间到电梯的长廊窄而曲折。

蒋时延一只手插兜，一只手拽着唐漾外套后面的帽子，唐漾埋头边吃边走。蒋时延把她的帽子朝左拉，唐漾就朝左转；蒋时延把她的帽子朝右拉，唐漾就跟着他朝右转。

临上电梯，蒋时延左看右看没看到人，他格外坦荡地将手绕了一圈，唐漾跟着帽子转一圈刚停下，蒋时延便低头吻了下去。

他尝到甜头，偏偏还笑她："宝贝儿，你方向感真是差得可以。"

唐漾按了电梯键，微笑着看他。

蒋时延捏捏她的脸颊："怪不得这么漂亮。"

唐漾满意了些。

蒋时延为自己撩了小女朋友又完美地哄回来做总结："这世上哪儿有什么十全十美的人呢——"

"你呀！"唐漾弯着大而黑亮的眼睛注视他，眼底是他，仿佛又是光。

蒋时延的心尖一软，嘴角在暖暖的灯光下勾起柔和的弧度。

唐漾朝他笑得甜甜的。

两个人谁也不说话，就戳在电梯口望着对方笑，也不知道在笑什么，就是想笑。

叮咚——电梯到了。唐漾挽着蒋时延进电梯。

两人一路下到酒店大堂，一辆商务车已经等在门外。

唐漾想送他出门。

"外面有点儿冷，下着雨，不舒服。"蒋时延帮她把额前的碎发拂到耳后，当着大堂服务员的面，他克制又温柔地把她揽进怀里吻了吻，然后松开她。

唐漾抿嘴。

蒋时延没打伞，快步到车边，助理下车给他开门，他弓身上车，清俊的侧脸线条一闪而过。

雨确实太大，蒋时延的后背大概淋湿了点儿，车窗也没升起来。

隔着一面玻璃墙，唐漾目送黑色商务车缓缓地驶入雨幕，再消失不见……

她拿着木糠盒子的手指节微微收紧，眼眶不自觉地泛起一层热雾。他怕她淋雨，怕她受冷，连酒店大门都舍不得让她出，自己却跨了几个省飞进 B 市的倾盆大雨中。

他雨里来又雨里去。这人以为他是十几岁的小年轻谈恋爱吗？这人不知道下午有工作吗？这人傻傻的，不知道舒舒服服地午休一下吗？

木糠盒子有那么好吃吗？

唐漾一边朝电梯走，一边搜刮木糠盒子的边角，送到嘴里。先前的甜还在，可甜中好似又夹杂了一股涩涩的滋味。

唐漾回到房间，去了厨房。她很讨厌洗碗，却把这个塑料盒了洗得干干净净，放到梳妆台旁边。她再看时间，蒋时延大概还在路上。

唐漾半合着眼眸，拿起茶几上的手机。

老婆："昨晚骗我十二点睡，肯定又在加班，黑眼圈那么重，在飞机上补会儿觉。四月底可以开始申请考试，我最迟五月一号就可以回 A 市了，蔬菜和我都会乖，会想你。"

蒋时延："我可以把蔬菜扔了吗？"

白白软软的荷兰猪那么可爱，不要扔。

唐漾扑到他刚刚坐过的沙发上，宛如一条搁浅的鱼，扭过来扭过去，小鼻子嗅着沙发上残留的他的气息，好似咬了一口没熟的青苹果，又甜又酸的那股劲儿从牙蔓延到四肢百骸。

老婆："好啦。"

老婆："我会乖……会想你。"

匆匆一别，更为牵挂。

唐漾这辈子有两次飞跃性质的超神。

第一次是高一分科那个暑假，宋璟和常心怡被分去实验班，她闭关刷了整整两个月题。高二开学摸底考试，她的成绩直接从中上跃至前十，然后再没下去过。

第二次是蒋时延打飞的送了个木糠盒子过来，唐漾在“新雷”学习的后半程好似有源源不断的动力。她数着日期等到五月一号，然后顶住众人各式各样的猜测和目光第一个申请考试。

一天考八门，当晚出成绩。

唐漾除了体育刚好及格，一门课的客观题扣了三分，其他六门都是满分。尤其一门关于B市汇商各网点概况的论述题，唐漾答得全面而扼要。条理清晰倒不是重点，重要的是，“新雷”学习计划每周都会有到各支行的实践项目，大部分同学都是管理层，自然不愿意去基层跑理财或者信用卡这样的小业务，代替签到或者请假是常有的事儿，唐漾每次去得不声不响，做了什么也不多说，其间的过程和细节倒是真切地体现在了卷子上。

唐漾年轻、漂亮，专业素养有“BKB模型”打底，业务能力又无可挑剔……这一切把B市高层的心思推向同一个目标。

五月一号那天晚上，“唐小朋友”跟“蒋大朋友”炫耀自己的成绩，被“蒋大朋友”表扬，并承诺礼物。

相隔不远，B市分行顶楼会议室灯火通明。B市分行高层大多和唐漾有过接触，唐漾调回A市也就作罢。可她这次来B市学习，交了这样一份答卷，樊行长和总行那边开视频会议，又和A市分行行长周自省开视频会议，有说得面红耳赤的时候，也有松一口气的庆幸。

五月二号上午，唐漾备齐资料，脚下生风地到了汇商顶楼。

行长办公室宽敞、明亮，樊行长在她的结业证书上签下名字。

唐漾站在办公桌前，礼貌地笑道：“谢谢樊行长。”

樊行长签完名字却没有把证书递过去。他放下笔，双手覆在脸上抹了一把，然后侧身从旁边的抽屉里拿出一个牛皮纸档案袋和一份文件，连同那份结业证书一并推到唐漾面前。

唐漾看着文件上二号加粗标题下的内容，唇边的笑意缓缓凝固。

樊行长看了一眼唐漾：“唐漾，”他斟酌着开口，“我知道这个决定对你来说——”

“所以汇商从来不考虑员工的个人诉求吗？”比起周自省，唐漾和樊行长的关系更近，她轻声打断樊行长。

樊行长没出声。

唐漾接着道：“所以汇商的员工是块砖，哪里有用哪里搬？顾客是上帝，员工就可以随意差遣，完全不考虑主观意愿，还是说您之前就在若有若无地试探——"

"唐漾，你冷静一点儿。"樊行长似乎早已预料到唐漾的反应。他起身去关门，又关了墙角的监控，再次回到座位。

唐漾的唇抿成一条线，脸色并不好看。

"唐漾，"樊行长拿起那份人事调动的文件，目光在上面扫视，"A 市分行机会是多，但你上面有个甘一鸣，甘一鸣不走不降，你就很难上去。你我都知道，每个人的黄金期就几年，过了很难再有，调回 B 市分行信审处做副处看着是平调，但袁处长下周要办停薪留职，所以——"他点到为止，端起茶杯轻轻啜饮。

杯间弥漫的热气模糊了他略微发福的五官，唐漾也从起伏的情绪中抽离。她的睫毛颤了颤，深呼吸，然后道："我的理由和上次一样，我是 A 市人，我父母在 A 市，我朋友在 A 市，我快三十岁了，不年轻了，我想回 A 市，想陪我的父母——"

樊行长福至心灵："上次也是因为蒋时延？"

迎上樊行长直接的眼神，唐漾没了声音。

唐漾上一次站在相同位置是去年十月下旬。

十月上旬，她轮岗去了 B 市南部一个小镇的网点熟悉基层。与其说是小镇，不如说是乡村，四面环山，楼房最高只有三层，一条双车道马路通向外面。

小镇只覆盖了 3G 网络，无线网信号断断续续，唐漾住在窄小的员工宿舍里，每天的乐趣是和邻里唠嗑，以及看那台不到二十寸的小彩电，仿佛回到了二十世纪七十年代。

那个月，一休直播平台上线。凭着前期宣传以及多功能互动的开发，一休直播 App 一经推出，下载量迅速突破千万，日活跃用户数以火箭升空的速度蹿到同行业第一。

那个月，光是一休直播的盈利就让蒋时延在财富榜的位置超过父母进入前十。

那个月，微博、微信、头条各种能刷的界面最热词一定是"一休直播"和"现象级"。

那个月，蒋时延出入各种商务场合，唐漾那边信号不好，但两人还是保持着在朋友圈点赞、一周偶尔聊两句的频率。蒋时延会跟唐漾抱怨"奇葩"的合作伙伴，唐漾听他唠叨，一边看他在电视上满面春风、利誉双收，一边欣慰地撑他。

直到十月中旬，一休直播某主播被曝直播内容出现重大违规，不仅一休直播被要求下架，加上一休早年标题党的习惯，几乎一休所有营销号都被封号彻查，一休高层被相关单位约谈，挨个儿问话。

上周，蒋时延意气风发，这周，电视里，他行色匆匆，旁边跟着破碎的报纸花纹以及“身败名裂”加问号的字样。

唐漾不了解过程，也不敢打扰他，只是给他发了一条微信。

也是那一周，一休股价连续三天开盘跌停，分析师们抱着“泡沫太大”“一休退市”的关键词引吭高歌。

周一，蒋时延和助理被约谈，蒋时延没有回唐漾的微信。

周二，一休员工离职人数从两位数升为三位数，蒋时延没有回唐漾的微信。

周三，一休紧急召开股东大会，蒋时延没有回唐漾的微信。

周四，相关机构处罚令正式下达，蒋时延签字确认，一休四面楚歌。

周五下午，闪着雪花的电视上，一休大厦上空的乌云层层卷卷，压抑得让人喘不过气，各大媒体的记者架着长枪大炮守在门口。

黑色林肯缓缓驶近，停稳。助理从副驾驶上下来，绕到后座开门，蒋时延下车的瞬间，记者蜂拥而上，喧嚣声在话筒里扩大。

“蒋总，请问您确认处罚令是否代表一休传媒将缴纳天价罚款，一休直播将彻底下线？”

“蒋总，请问您对一休股价本周连续跌停有什么看法，明天是否会临时停牌，做出调整？”

“蒋总，虎茶直播和鱼鹰直播否认不良竞争，请问您……”

…………

蒋时延一身笔挺的黑西装，俊脸冷然如雕刻般没有一丝松动。

助理在前面帮他开路：“麻烦让一让，让一让……”

然后，是新闻发布会。

记者们咄咄逼人，蒋时延脸上的表情很淡，有话答话。最后记者们越问越过分，蒋时延直接起身走人。

助理在主席台上应急控场，蒋时延一边朝幕后走，一边大弧度地晃动下颌。他的背影颀长、落寞，眼里含着不知名的情绪，逐渐从光亮踱入昏暗。

他的身形彻底消失的那一秒，唐漾屏住呼吸。

屏幕画面切换间，唐漾紧握沙发扶手，后背早已被汗湿透。

窗外暮色向晚，通往外面的那条马路在一周前塌方，直到今天还没修好。唐漾出不去，回不去，而她面前的泡面也已凉掉。

嗡嗡嗡，手机振动。唐漾看见闪烁的“蒋时延”三个字，很快地拿起手机，很慢地按下接听键。

电话接通了。

蒋时延大概在一个逼仄的空间，安静，有回音。

“吃晚饭了吗？”他问。

唐漾：“嗯。”

蒋时延：“看到你的微信了，太忙了，就没回。”

唐漾的唇动了动：“看到就好了。”

蒋时延“嗯”一声，又问：“吃了什么？”

大概不想让他觉得冷清，唐漾答：“中午是和同事一起吃的，是网点负责人的家属做了送过来的家常菜，有鱼香茄子、红烧排骨、参鸡汤——”

“漾姐。”蒋时延唤她。

唐漾：“嗯。”

“漾姐。”蒋时延第二次唤她。

“嗯。”唐漾第二次应下。

“漾姐。”蒋时延每个字都发得重而难受，但他什么也不说，只是唤她。

唐漾看到新闻，但没问，应下：“嗯。”

…………

那个黄昏，蒋时延身在 A 市、身处风口浪尖，上一秒在发布会上顶着舆论气场全开，下一秒用近乎寻找依靠的语气一遍遍唤她，唤她“漾姐”。

那个黄昏，唐漾身在与世隔绝的 B 市小镇，四下无人，听着蒋时延一声声唤，一声声笑着唤她，她一声声应下。想抱他，抱不到，她心上仿佛攥了一只手，收紧再收紧，紧得她仿佛被别人同时捏住了口鼻，下一秒就要喘不上气。

后来，一休违规的主播被曝与虎茶签了双重劳务合同，蒋时延以肃清界内环境的姿态手起刀落收购虎茶、鱼鹰，其旗下一休金融介入完成直播平台康采恩垄断。紧接着，相关单位提出嘉奖，一休股价连续涨停，一场翻身仗打得漂亮又彻底。

唐漾从小镇回到 B 市分行后义无反顾地要调回 A 市。

那时候，她不清楚自己对蒋时延是什么感情，也不知道蒋时延对自己是什么感情。她只知道她是唐漾，他是蒋时延，她可以接受无数次蒋时延站在风口浪尖而自己不知情，但她不能接受，他一遍遍叫着她的名字，她却没办法出现在他身边。

蒋时延重组一休以来起起伏伏。唐漾以为自己早已淡忘了这件事儿，这时，听樊行长骤然提起，她的心脏仍旧不可避免地缩了一下。

沉默良久，唐漾没否认，她颔首，态度温和，用词却坚定："樊行长，您了解我，我这人眼里容不得沙子，有话说话，性子也直，朋友不多，交心的更不多。尤其蒋时延是我多年的好友，好不容易走到一起。"她淡淡地接着道，"您说我退化也好，说我不思进取也好，说我小女子心性也好，我可能会换很多工作，但恋人只有一个。我可以接受很多银行的薪资待遇，但没办法接受异地恋，所以——"

"B 市分行高层留你的愿望很强烈，我考虑到你的情况，没有签字，"樊行长把调任文件翻到最后一页，道，"所以不会生效。"

唐漾望着文件末端空出来的签名处，话噎在喉咙，足足愣了一分钟，然后道："谢谢樊行长。"她垂在身侧的手紧了紧，说不上感激，但有庆幸。

樊行长也是在试探唐漾，如果唐漾半推半就应了，他自然就签名敲定，如果唐漾拒绝，他就做个顺水人情，虽然这次看似平调实则升迁的安排确实对唐漾有利。

两人再次沉默。

樊行长又喝了一口茶："是不是知道我会心软，所以你态度这么强硬？"

她有一点儿基于对樊行长了解的预感，大概也是情之所至。她站在光影分界线上，没接话。

樊行长舒一口气，把茶梗吐到垃圾桶，换了闲聊的语气："你当初为什么进银行？"

"大学学的是经济学，到银行是最好的选择。"唐漾实话实说。

樊行长问："那你当初为什么学经济学？"

唐漾回忆道："当时经济学最热门，我高考分数不低，报这个最划算。"那份没签名的调任文件让她松了口气，言语间不自觉地少了隔阂。

樊行长把唐漾的回答听在耳里，又问："那你到银行一年多了，有什么体会和看法？"思及什么，樊行长补充道，"监控监听我都关了，你随便讲讲，怎么说我也是你步入社会后的第一个领导，你也是第一个让我想留又放走的管培生。"

这个问题很空，很大。唐漾抛开面对领导的沉稳，诚恳又无奈地笑道：“好像职场和曾经在大学里想象的不太一样，做的事情也不太一样。”

她曾经想着专攻风控，但管培生待遇好、前景广，所以她选了管培生。各种各样的岗位轮下来，比起在工作中所占比重不多的专业知识，更多的是人与人之间的交流，晋升与否、加薪与否、她和甘一鸣前段时间不合的气场……还有很多一半迷茫一半清晰的东西。

樊行长看着她的表情变化，待她缓慢又混乱地说完了，这才语重心长道：“你起点高，路也宽，但我希望你能想清楚，你认真做事，努力工作，你朝上爬的目的是什么。”他停了停，“你要在这个行业得到什么，还是留下什么，你要成为什么，还是要成就什么。”

唐漾恭敬地听着。

樊行长说：“大丈夫，明德于天下，三百六十行，行行成大家。对别人，我常常说走一步看一步，定一个目标，完成了再定下一个。但对你唐漾……”他顿了几秒，“我希望你高瞻远瞩，然后不要回头。”

B 市由于地理限制，庙太小，樊行长放唐漾走，也带着对曾经下属的惜才，唠叨了很多。

唐漾每个字都认真地记下。

转眼到了十二点，樊行长听到钟声，惊了一跳，随后平和地朝唐漾挥手：“我还有几年就退了，也不知道什么时候能再见你，也可能这辈子最后一面就到这儿了，老头人老话多，就希望你好好走，走高一点儿，走远一点儿。”

唐漾动容：“我会常回 B 市，过年过节来叨扰您。”

“那就不用了，我要和我太太出去玩，”樊行长摆手推拒，“按照你的脾气，机票最晚在下午两点，我还要等人，你先下去吃午饭吧。”

唐漾被他戳穿也不恼：“对不起，樊行，我之前语气有点儿冲。”

樊行长：“我年轻的时候比你冲一百倍。”

唐漾：“……”

“行了，行了，别假惺惺了，快走吧，”樊行长揶揄道，“要是我真签了字，估计你得表演手撕老妖怪。”

“哪儿能啊。”唐漾哭笑不得。

两人谈笑间，唐漾退到办公室门口。她的手扶上门把，又放了下来，然后她转过身，面朝樊行长，朝他深深地鞠了一躬，几秒后，直身离开。

咔嗒，门轻轻合上。

樊行长的耳朵动了动，他收起先前的嬉笑，捧着紫砂茶杯，对着杯子里的老头颇为感慨道：“是好孩子——”

从汇商顶楼下来，唐漾把下午两点的机票朝后推，她给蒋时延打电话，蒋时延说他明天回 A 市。

唐漾惊喜：“我还怕你今天回去呢，刚好我也是明天。”

蒋时延问她是几点的机票，要不要去机场接她，她拎着行李。

唐漾皱着秀气的眉毛：“我是大人了。”总感觉某人说得像去接孩子，她说，“范琳琅会接我，我要先回汇商复职。”

“好。”蒋时延忍俊不禁。

虽然唐漾归心似箭，但她还是请了班上的同学吃饭。周六临去机场前，她挨个儿和几个关系要好的人道别。

飞机机翼穿过柔软的云朵，B 市的水泥森林在眼底变作一幅远画。

两个小时后，手机振动。蒋时延低沉、温柔的声音伴着飞机着陆的通知响在唐漾耳边。

那时候，唐漾觉得自己做过的最冒险、最成功、最英雄主义也最浪漫主义的事情是义无反顾地回到蒋时延身边，小心、窃喜地与他相爱和厮守。她也是在那很长一段时间后才经历关于她人生真正的壮烈征途。

那是唐漾走过的最艰难的一段路，所幸蒋时延一直在她身边，紧握着她的手。

绿宝石

Fall into your light

舍不得星星

下

画盏眠 著

北京联合出版公司
Beijing United Publishing Co.,Ltd.

第15章 平和

"我永远不会逃出你的手掌心。"

唐漾从汇商办完复职手续再回家，已经下午两点半了。

暖融融的阳光照进单元楼，唐漾一边从包里摸钥匙，一边走进电梯。她想，蒋时延晚上才回来，她可以先洗个澡，然后订一束花，把家收拾得干干净净，再点个外卖，装到瓷盘，盖好。到时候，他就会看到一个温馨的家以及一桌热腾腾的饭菜了。

叮咚，到达楼层。

唐漾一边拖着箱子一边开门，她刚把钥匙放进锁眼，门就从里面开了。

男人刚洗过澡，穿着浴袍，好看的腹肌若隐若现。他洗了头，半湿的头发乌黑发亮，一滴水珠从他额角淌下，掠过鼻梁、薄唇唇侧，然后再到下颌，最后顺着喉结一滚，滴落。

为什么有的人总在意料之外出现？蒋时延噙笑看着唐漾。

唐漾呆呆地望着蒋时延，余光内，客厅的花瓶被清洗过，插了才买的粉玫瑰。茶几、木地板一尘不染。窗帘拉了一半，明亮的阳光笼罩着他。

蒋时延接过她的东西，柔声道："本来说晚上回来，冯蔚然买了一架私人飞机，我就搭顺风机提前回来了，将家里简单地收拾了一下。知道你吃飞机餐吃不好，我做了你喜欢的排骨煲、炝凤尾，炖了参鸡汤……"

唐漾"呜"一声扑进蒋时延怀里。

他身上好闻的、熟悉的沐浴露的味道，混着厨房飘来的鸡汤的香味，让唐漾舒服得浑身发软。

她抱着他的腰，小狗一样在他身前这儿嗅嗅，那儿闻闻，不安分地蹭啊蹭，柔软的发梢扫过他的胸膛。

蒋时延怕痒，忍笑把她搂进家里，关了门，又把绵绵软软的"小树袋熊"搂到饭桌上。蒋时延拍拍她，她搂着他的脖子不肯下来。

"闻什么呢？这么起劲儿。"蒋时延觉得好笑。

"你不是做了排骨煲吗，我在闻排骨的味道啊。"唐漾说着，把小脑袋更深地埋进蒋时延怀里，小手胡乱地摸着他凸出的喉结、锁骨。

真的是蒋时延，他在 A 市，她也回来了，他们不用分开了。真好，她真的闻到了他的味道。

蒋时延被排骨争了宠，也不恼。他“哦”一声，学她的样子把头埋进她的颈窝蹭啊蹭。

他头发硬硬的，下巴上的胡楂也硬硬的。唐漾痒得咯咯直笑，小手推搡着想让他起来：“蒋时延，你做什么啊？”

蒋时延脑袋蹭得更厉害，话却软绵绵的：“闻漾漾的味道啊。”

他鼻息温热，拂在她光洁的颈侧。她“呀呀”地轻叫，耳根不着痕迹地染上一抹红。

唐漾不肯从蒋时延身上下来，蒋时延怕她饿着，就抱着她吃饭，时不时给她夹菜、盛汤。

唐漾确实不太爱吃飞机餐，她盘腿坐在蒋时延腿上，一边吸溜吸溜地喝汤，一边满足到眯眼，嗲声嗲气道：“以后家里你做饭吗？男主内女主外也挺好的。”她回头，朝他眨了眨眼，“你在厨房里面做饭，我在厨房外面给你加油。”

蒋时延抬手擦掉她嘴旁的饭粒：“挑个日期吧。”

“挑个日期做什么？”唐漾一愣。

蒋时延嘴角拉起愉悦的弧度：“挑个日期嫁给我啊。”见漾漾困惑，他解释道，“你不是说以后家里我做饭吗？‘以后家里’，难道不是想嫁给我？”

怎么突然说嫁不嫁的？唐漾小脸蓦地一热，她瞪他：“你怎么这么会脑补，那你默认挑个日期怎么不说是你想嫁给我啊——”

“好啊！”蒋时延答得爽快。

唐漾见他一脸嘚瑟，反应好几秒才明白自己把自己绕坑里了。

可女朋友会做错事情吗？不会。

唐漾气鼓鼓地咬牙，蒋时延憋着笑捏她的脸。唐漾鼓着腮帮子不让他捏，他偏偏要捏。

他的指腹略带薄茧，捏得唐漾的脸颊红红的、热热的。唐漾喉咙里咕噜一声，恶作剧般在他的嘴角擦自己嘴上的油。擦着擦着，唐漾被他托着掉转了方向。

蒋时延收拾桌子时，唐漾去洗澡。

蒋时延收拾完进卧室，唐漾洗完澡站在门后。她想蒙他的眼睛，没蒙上，细软的柔荑盖住了他的喉结。

灰色遮光窗帘隔开了外面的大好天光。

两人跌跌撞撞地缠着吻着，脚尖相抵，一同落到床上。

蒋时延方才吻她的时候带着急迫感，真做的时候，他的眸色暗沉如夜，一遍一遍吻着她，从足到头，温柔得不可思议。

最后，唐漾连伸手的力气都没了，整个人窝在他怀里细细喘气。

蒋时延用手指绞着她的头发，叫她："小月亮。"

唐漾礼尚往来，玩他的手指，朝他怀里钻了钻："你是小太阳吗？"唐漾想到以前蒋亚男说他小霸王本性，软绵绵地"啧"一声，"日天日地。"

蒋时延眸中的温柔愈深，他勾着笑，重复，"日天日地日……"

唰一下，唐漾像跳进了火坑，把自己烤得如虾米般又红又烫。

这人怎么这么流氓，这么色。

唐漾又羞又恼，用脚踢他踢他再踢他。蒋时延双腿一并，把她的脚夹在膝盖间。唐漾欲拒还迎，蒋时延反手拉了被子。

两人如同缠尾的鱼，滑溜溜地贴在一起。唐漾"我错了""我错了"咯咯笑，蒋时延"嗯""嗯"吐着单音节，在被子里拱来拱去。

唐漾一直给老妈留了备用钥匙。

唐妈妈上次跟蒋妈妈说要来看唐漾，一直忙着没过来。好不容易学校的事情忙完了，唐漾也说她今天回家，唐妈妈就美美地做了个头发，又涂了指甲，兴冲冲地买了一堆菜，开车到了唐漾家楼下。

敲了几下门没人应，唐妈妈看时间快五点了，想着唐漾可能因为办复职手续还没到家，就用备用钥匙开了门。

鞋柜里放了两双男士皮鞋，蒋时延肯定经常到唐漾家，朋友之间照顾也方便，唐妈妈没在意。她把菜放到饭厅的桌上，隐约听到了唐漾的声音。

"糖糖，你在家？"唐妈妈拿着钥匙，一边小声问，一边朝卧室走。

一墙之隔，里面，蒋时延和唐漾在被子里翻来滚去地闹。

外面，唐妈妈一步步走近。

里面，两人才穿好的浴袍再次落地。

外面，唐妈妈的手握上门把。

里面，蒋时延吻住了唐漾。

咔嗒，门开了。

唐妈妈推门进来："糖糖，难道你在家？这个点怎么在睡——"

房间昏暗，衣衫凌乱，地上扔着几团用过的餐巾纸。唐妈妈是过来人，自然明白这一室暧昧代表着什么。尤其女儿床上的被子下明显是两个人。

听到唐妈妈的声音，床上两个人滚来滚去的动作倏然停滞。

几秒后，唐漾的手从被子里伸出来，然后冒出个满脸通红的小脑袋，她怯怯地喊："妈——"

她露出来的肌肤赤裸，上面吻痕斑驳。

唐妈妈目光扫过，心脏差点儿停跳。回神后，她轻咳一声，拿出家长的姿态："衣服穿好，唐漾，你出来。"

五分钟后，唐漾裹好睡衣走出卧室。与此同时，卧室的浴室内响起了哗哗的水声。

唐妈妈在客厅里临窗而站，唐漾手插在睡衣兜里，挪到唐妈妈身旁，小声地喊："妈。"

唐妈妈没反应。她听到了，她当然听到了，但她也听到了浴室里的水声！

唐妈妈从教几十年，身为教辅"屠榜"的名师，她一辈子有两样值得骄傲的事儿。第一是参与权威考试命题的次数；第二便是她和丈夫没怎么管教，但从小到大都特别乖巧、懂事儿的女儿唐漾。

她一直以为女儿太乖，以致单身到现在。她还担心女儿会不会不喜欢男人，会不会不知道怎么和男人相处，相亲会不会找到合适的。

结果，她到女儿家，突然看到大龄单身的女儿和一个不知道哪儿来的男人在床上滚来滚去……

想到之前那个场景，唐妈妈脑仁一阵疼。

唐妈妈不说话，唐漾也不敢吱声。

沉默持续了好一会儿，唐妈妈用手轻抚胸口："唐漾。"

唐漾脑袋低得快抵到胸口："嗯——"

唐妈妈组织好语言，开口道："妈妈不是反对婚前性行为，妈妈也明白成年人之间的需求，可那人是你的男朋友吗？你知根知底吗？他靠谱吗？你们谈恋爱准备结婚了吗？"

唐漾想开口。

唐妈妈深深吸一口气，没给唐漾开口的机会。她说："妈妈是开明的人，你正儿八经谈恋爱，发生什么妈妈都不会多说，可你是谈恋爱吗？你一个每天吃什么都会告诉我的人，谈恋爱会不告诉我？现在一夜情啊，骗色啊很多，妈妈觉得还是要多了解对方一点儿，再进一步发展，要不然为了一时欢愉被不三不四的男人骗财又骗色，你一想不开有个三长两短，让妈妈怎么办？”

见唐漾还想开口，唐妈妈气急：“你能不能向人家蒋时延学学？挑剔一点儿！洁身自好一点儿！他妈去他家找‘小月亮’，连个影儿都没看到。你倒好，直接给我变了个活的男人出来。好！好！好！”

唐妈妈越说越激动：“就算你想发生一夜情，你也别大白天在家里可以吗？你至少别让我看见。眼不见心不烦，我还会以为我有个好女儿——”

蒋时延收拾好自己从里面出来，站到唐漾旁边。

“都说近朱者赤，近墨者黑，怎么人家蒋时延可以自律自爱，你和他关系那么好，现在反而——”唐妈妈说着，把头转向唐漾。

蒋时延迎上唐妈妈的眼神，大气都不敢出。他吞了吞口水，心虚地直搓手：“周……周……周阿姨。”

唐妈妈望着女儿身旁这个长得和蒋时延几乎一模一样的男人，慢慢地定住了张开的嘴。

上一秒，唐妈妈在表扬蒋时延，批判女儿和来路不明的男人。下一秒，男人出现在她面前，㞞㞞地叫她周阿姨，男人的脸十分熟悉……

唐妈妈不明白，两人认识这么多年都没发生什么，女儿上次说到蒋时延还支支吾吾，怎么突然间就这样那样了？

无比尴尬的气氛里，蒋时延喉结上下滑动，他想开口解释。

唐妈妈伸手阻止他，然后越过两人，身形不稳地跌坐到沙发上。

“你们让我缓一缓。”唐妈妈一边沉重地呼吸，一边拉开包包拉链找东西，“我的速效救心丸呢？”她摸了半天没摸到。

“妈。”唐漾垂着眼帘。

唐妈妈迷茫地看着唐漾。

唐漾咬着嘴角，小声提醒道：“有心脏病的是我爸，您没有，他不在家，您包里怎么会有速效救心丸呢——”

蒋时延终于知道漾漾时不时加戏的可爱性格遗传自谁了，他的嘴角忍不住抽搐，又立马收敛。

唐漾见妈妈一脸“你拆我台”的表情，立马认错：“不不不，可能是我记错了。”她合掌讨饶，“您有病，是您有病——”

唐妈妈心口又是一窒。

后来，蒋时延给唐妈妈倒了杯茶，和唐漾一起坐在旁边的沙发上。

唐妈妈调整好情绪，拿捏出几分权威的姿态，端坐在主位沙发上。

唐漾穿的是睡衣，裙摆过膝，坐下时，真丝质地的布料朝后缩，她两个白皙、细腻的膝盖露在外面。

蒋时延很自然地扯了条薄毯搭到唐漾的腿上，唐妈妈余光扫过，又假装没看见。

“什么时候在一起的？”唐妈妈就唐漾一个女儿，头一遭遇到这种事情，也不知道怎么问，她在脑海里搜刮了一下电视剧里的演法，挑了这句打头阵。

蒋时延想回答，唐妈妈瞥了唐漾一眼，蒋时延闭嘴，唐漾答：“三月中旬。”

唐妈妈点头：“是谁提出在一起的？”

唐漾咽了咽唾沫：“蒋时延。”

唐妈妈环视唐漾家里的摆设，又问：“什么时候同居的？”

唐漾心跳得很快，手在薄毯下偷偷去抓蒋时延的手：“三月底，我走之前。”抓到他的手，唐漾一颗心蓦地就安定了。

唐漾是自己的女儿，蒋时延也算自己看着长大的，两人正常地表白、同居，唐妈妈脸上的火辣感也随着问询消散不少。她注意到两人的小动作，叹了口气：“在一起了就要说，我可以理解你们没有做好见家长的准备，但朋友圈或者微博一类还是要发条动态吧，”她端起茶杯，轻抿一口，道，“要不然惦念着你们的朋友以为你们还单着，还想着给你们介绍相亲或者怎样，那就不太好收场了——”

“他们应该都知道。”唐漾嗓音细细的。

唐妈妈顿住了：“……”

唐漾不敢看妈妈：“我和蒋时延之前上过热搜，关键词是‘恋情’的热搜。”

唐妈妈注视着唐漾，手中茶杯晃了晃。

唐漾的声音更小了：“上过两次，当时的浏览量和话题量都挺多——”

哐当一下，茶杯被重重地放在茶几上。

唐漾下意识地朝蒋时延身后躲。

唐妈妈冷笑着看唐漾：“所以你欺负我平时不爱上网？”

唐漾捏蒋时延的手紧了紧。

唐妈妈继续：“就因为我不上网，所以我没办法知晓我女儿的恋情？”

唐漾手掌冒汗。

唐妈妈哧一声笑了：“所以事实就是全世界都知道你俩谈恋爱，就只有我，作为唐漾的母亲，在最后一刻，在无法预料的情况下知道——”

唐妈妈站在讲台上几十年，平常担任的就是“周老师在教室后面”“周老师来了”这样的吓人角色，咄咄逼人的气势一拿出来，唐漾害怕得快跪下了。

蒋时延握紧唐漾冒汗的手。

“不是不是，”蒋时延连声否认，“周阿姨，这事儿是我做得不对，漾漾想告诉您，但我说还早，一来二去就忙忘了。”

蒋时延望着唐妈妈：“如果说什么可以安慰到您的话，”他真诚地救场，“我妈到现在都还不知道。”

半个小时后，唐漾家。

并不宽敞的客厅里，主位沙发上多了一个女人，化着和唐妈妈一派的精致妆容，保养得当，看上去四十岁出头。她肩膀一抖一抖的。

唐妈妈无奈：“易芳萍，你别笑了。”

蒋妈妈耸肩的动作停了一下，她的视线落在薄毯下两人牵手的地方，扶着唐妈妈的后背，身体又开始耸：“对不起，我知道笑不好，但是我忍不住。”感觉就像……自己养了一条畏畏缩缩的废狗，可有一天，她忽然被告知，废狗不仅不废了，还拱了一棵她和废狗都很喜欢的小白菜。喜欢拱白菜的好像是猪，不过这不重要。

唐妈妈本来以为蒋妈妈会和自己一样震惊又难过，结果对方像捡到宝一样嘻嘻笑个不停。她蹙眉，泼冷水道：“糖糖脾气不好。”

蒋妈妈和蒋时延：“嗯嗯，我就喜欢脾气不好的。”

唐妈妈认真地泼第二瓢冷水：“糖糖不会做饭，是真的不会做饭。”

蒋时延点头表示知道。

蒋妈妈：“蒋时延会做饭，我就喜欢糖糖不会做饭。”

唐妈妈遇上两个非正常人，心累地泼第三瓢冷水：“糖糖平常在家特别懒散。”

蒋时延和蒋妈妈：“我就喜欢懒散的。”

唐漾微微红了脸，看向唐妈妈。

唐妈妈的目光在三人身上游移，她分外冷静道：“我不同意——”

三人齐齐愣住，宛如上了发条的娃娃般整齐划一地望向唐妈妈。

唐妈妈话锋一转：“是不可能的。”

三人松了口气。

唐妈妈脸上的高冷没褪，她对唐漾、蒋时延道：“既然易芳萍没什么意见，我也没意见，那你们就先处着。”

唐漾、蒋时延恭敬地答:“嗯。”

唐妈妈继续:“虽然你们年龄都不小了，但结婚的事情不用急，慢慢谈着恋爱，磨合好了再说。”

唐漾、蒋时延再应一声:“嗯。”

晚饭是易芳萍点的悠然居的外卖。

饭桌上，两个妈妈有一搭没一搭地聊着闲话。唐漾和蒋时延你看我，我看你，筷子伸得胆战心惊。

饭后，唐漾和蒋时延送两个妈妈出门。

唐漾抱了唐妈妈，道别，又抱了仍旧笑开花的蒋妈妈，说:“易阿姨再见。”

蒋妈妈摸着小姑娘柔软的头发，笑眯眯道:“还叫易阿姨?”

唐漾偷偷看唐妈妈一眼，赧然收回眼神，声音细若蚊蚋地喊:“妈。”

易芳萍格外大声地应道:“哎。”

唐漾牵着蒋时延的手，呼吸快停了。

蒋时延瞥了一眼唐妈妈，然后，他小心翼翼地喊了唐妈妈一声“妈”。

唐妈妈“嗯”声轻得听不见，她面上没有多余的表情，从始至终保持着教育专家的理性与克制。

蒋妈妈和唐妈妈上电梯后，很自然地讨论了改天聚一聚的问题。

蒋妈妈瞅着唐妈妈的脸色，状似无意道:“虽然蒋时延那张脸长得是花了点儿，但他的个性你知道，我用我这辈子打麻将再也不和牌发誓，至少他人靠谱。”她偏头看唐妈妈，“你就这么不想让他和糖糖在一起?”

“没有啊。”唐妈妈诧异，老伙伴为什么会问这样的问题。

蒋妈妈拿不准:“我看你一整晚都拉着脸，像全班学生都不及格一样。”

“概率为零。”唐妈妈解释道，“难道你不觉得岳母和婆婆一方好一点儿、一方凶一点儿的话，他们会产生危机感，感情更牢固?如果两方都很好的话，他们感情培育的环境太舒适，反而容易夭折?”

蒋妈妈想到了什么:“之前亚男看你那本讲教育的书，就是在说什么家庭均衡法则，就是父母教育小孩需要一个唱红脸，一个唱白脸，大意是说传统中严父慈母的正确性。”

唐妈妈点头:“就是这个道理。”

蒋妈妈竖起大拇指:“还是你们文化人考虑周到，我看蒋时延一副‘我快吓死了，但我不能表现出来’的样子就觉得好好笑，但你也不怕糖糖被吓着。”

唐妈妈：“她知道我是纸老虎。”

蒋妈妈：“第一次见有人说自己是纸老虎还这么自豪。”

唐妈妈不置可否。

两人说话间，叮咚，电梯到了。

两人一起下电梯，出单元楼时夜色正好。

唐妈妈用胳膊肘捣蒋妈妈：“你看到天上的星星了吗？今晚有星星。”

蒋妈妈捧场地抬头：“看到了。”

在楼上极尽矜持的唐妈妈弯着眉眼：“我们去商场逛逛，看看婴儿穿的衣服，好不好？”

蒋妈妈：“我喜欢孙女。”

“我也喜欢外孙女，糖糖小时候很乖的，”唐妈妈脑海里浮现出画面，她挽住蒋妈妈的胳膊，整个人开心得快控制不住，“你想想那些粉粉嫩嫩的小上衣、小裙子、大蝴蝶结，白白软软的糯米团子穿得粉粉的，奶声奶气地要抱抱，叫外婆，外婆……糖糖小时候爱吃糖画，她女儿可能也爱吃糖画，吃得满嘴都是……”

楼下，唐妈妈和蒋妈妈一边商量糯米团子叫什么比较好听，一边愉快地去往母婴天地。

楼上，蒋时延拥着小女朋友玩游戏。

蒋总裁姿势霸道，一开口却懊恼道：“早知道妈要来，我们下午就不着急了，应该坐在沙发上朗诵社会主义核心价值观。”

唐漾忍笑。

蒋时延敲着太阳穴：“我总感觉你妈的脸色变了之后，给我打了负的印象分，我记得以前上学时你就说过她略微强势，她会不会……”

职业水准的蒋大佬频频送人头，唐副处喀声连天，带他碾压全场。

一局结束，蒋时延心不在焉地关掉手机，摇唐漾的胳膊。

唐漾在看战绩，分给他一个眼神。

蒋时延的担忧一敛，转为山盟海誓：“漾漾，我会对你更好的，我会让妈知道我们在一起恰恰好，从一而终，不离不弃。”

唐漾终于憋不住地笑开了：“这种话怕不是该柔弱、可怜的小说女主角说。”

蒋时延噎住了。

唐漾翻身跪到沙发上，给他做示范：“你身为霸道总裁，在这种情况下，应该邪魅狂狷地笑。”说着，唐漾挑了挑眉，然后用食指钩起他的下巴，刻意压低声音道，“谁阻止我和你在一起，我就毁了谁，全世界阻止我和你在一起，我就毁了全世界。”然后，唐漾水润的杏眸凝视着他，一字一顿道，“女人，你永远逃不出我的手掌心。”

蒋时延眼神温顺，表示自己知道了。

唐漾起哄：“你来一遍，你来一遍。”

蒋时延手指微微钩起唐漾的下巴，朝自己身前带。

唐漾满意，他虽然跳了步骤，但举一反三的能力不错。

蒋时延缓缓俯身，在她的唇上烙下轻柔的一吻。

“盖章，”蒋时延用拇指指腹在她的唇上按了一下，他嗓音微哑，注视着她的眼眸幽深，但温柔，“我永远不会逃出你的手掌心。”他的漾漾，全世界最好最好的漾漾，她小小的手掌心。

等等……这话好像是对的，好像又有哪里不对。

等唐漾回过味来：“不正经。”她的脸热热的，她嗔怪地推搡他，心里却是甜甜的，如楼下的栀子，在清凉的夜色中开出朵朵小花。花瓣在夜风中窸窣，伴着情人的低语。

男人附在女人耳侧，发出低缓且富有磁性的声音：“你喜欢我不正经吗？”

女人声音软软的：“喜欢。”

男人轻笑：“你喜欢我不正经，我就不正经。”

“可你无论如何我都喜欢啊。”女人的话未出口，便淹没在缠绵的吻中。

五一长假一晃而过。

四号是周三，唐漾先去了一趟九江地产，中午又回家里拿了一大堆 B 市特产，这才折回汇商。

午休时间，楼里有说话声。

唐漾下了电梯，正要推开信审处的玻璃门，便听到里面有人在议论。

一个同事道：“唐副为什么还要回来上班啊？她那个位子，就算她是特签管培生，奖金无敌高，一年下来充其量也就百来万，她要是嫁给蒋大佬的话，一个月的零花钱都不止这么多吧。”

又一个同事道：“你还记得上次吗？就是唐副在 B 市学习，和蒋总恋情上热搜，甘处请我们这层的人喝下午茶，说是庆祝信审处一个优质的女青年脱单。甘处那时就说，蒋总自己有钱是一回事儿，蒋总爹妈的资产加起来也吓人啊。

蒋总家里好像还有一个老爷子……人家买别墅、跑车和买土豆一样。唐副是蒋总的女朋友，一个月的零花钱才值一个土豆吗？”

“……”

见唐漾进来，同事们不约而同地噤声。

“给你们带了特产。”唐漾以前把MINI开成彩虹糖的时候就习惯了成为话题人物，这会儿听到他们的议论，也不在意，反而一边送特产，一边笑着打圆场，“我闲不住，总得做事嘛。我不是小孩子啦，不存在零花钱。”

同事不好意思地道谢，大家又轻松地聊了一阵。

一个小女生接了楼层的座机，过来道：“唐副，周行让我带你上去。”

“好。”唐漾起身。

小女生叫敖思切，二月到信审处的，平常没什么存在感，偶尔做错什么，唐漾指点两句，她便羞羞地道谢。

方才众人八卦蒋家家大业大的时候，她也在。这时和唐漾单独上了电梯，她好奇道：“我从来没在现实中接触过财富榜上的那些家族，像蒋家那种豪门大户，是不是和小说里写的一样，规矩烦琐又森严呀？”

她越猜越觉得对：“就是那种每天早上六点就要早起给婆婆敬茶，吃饭的时候一定要长辈先动筷子，然后再按照辈分先后到下一辈，什么菜吃几口，不能多一筷子，也不能少一筷子，还有就是媳妇买件衣服什么的都要经过婆婆同意，因为担心会影响公众形象。”

唐漾想着之前在自己家笑个不停的蒋妈妈、他家的蔬菜、可爱得不行的程程，还有拒绝承认自己很老的老爷子，她不仅没否认小女生说的话，反而一本正经地点点头，道：“是这样，不止这些，在他家打嗝、放屁都和我们审件一样，要写申请书，层层上报，层层审批，老爷子批完，他妈妈批，所有流程走完，签字盖了章，说你能放屁了，好了，你才可以放屁。”

“我的天，”小女生的下巴都快脱臼了，“那要是在写申请的时候就想放屁怎么办？都写申请了，肯定想放啊。”

唐漾严肃地逗她：“憋住。”

小女生无法想象：“那要是憋不住怎么办？”

唐漾精准地吐出两个字：“夹紧。”

电梯门打开，小女生被吓在原地。唐副拍拍她的肩膀，格外具有精英范儿地走出电梯。

电梯门合上，小女生一脸“豪门怎么这么可怕”“唐副这人看上去不是会开玩笑的人”“那我到底是要做梦嫁豪门还是要自由放屁”的惊恐、纠结被遮在电梯里。

电梯外，唐漾挺直背脊走到没人的转角，哈哈笑得直不起腰。

之前五一三天假，蒋时延在家换着花样给唐漾做吃的。唐漾每天吃饱喝足心情美，皮肤变好不说，她在 B 市水土不服爆出来的一颗痘痘也消下去了。

到顶楼后，唐漾摸出气垫轻松地补完妆，嗒嗒嗒踩着高跟鞋去往周自省的办公室。

同样是五一三天假，甘一鸣却过得提心吊胆。

四月中旬，倩倩跟甘一鸣提分手，向他索要十万分手费。那时，甘一鸣正和范琳琅打得火热，接到倩倩的电话，他没多想，利落地打完钱就断了联系。

只是他没想到，半个月后，也就是五月初，倩倩会去给营销号投稿。他更没想到的是，那篇过程详细的“包养”投稿被各大营销号竞相转发，借着开春后唯一一个长假的流量直接蹿红。

那三天假期，甘一鸣任何时候点开热搜，几乎都能看到相关话题的讨论——

“如果一个三十岁出头各方面都还行的男人，一个月给你两万块生活费，给你买包、买化妆品，你愿意被包养吗？”

“原博主是知名高校的大学生，现在的女大学生都喜欢不劳而获吗？”

“这属于个例吧，拒绝‘地图炮’，还是有很多人独立、上进啊。我一个师姐读研的时候，每天早上六点起来泡图书馆，某富二代开着兰博基尼载了一车玫瑰到图书馆楼下接人，师姐连个眼神都没给，自己博士读到头，现在的男朋友和她势均力敌，简直是人生赢家。”

“每天早上六点起来？这自制力简直太好了……对自己都这么狠的人，想做什么做不成。不过，我看原博主这描述，金主是某大型前期国有后转股份制银行的中管，除了汇商就是浦西，再去两家的官网上找找三十岁出头的金主。”

“……”

这条评论锁定的目标有十来个，甘一鸣不在意。

他头疼的是倩倩发在投稿里的照片。他送倩倩的礼物有不少是高定，A 市限量不到十个。他用的是魏长秋的副卡，但凡魏长秋起疑心查一查，那就什么都瞒不住了。更要命的是，其中一张照片他露了手，手上戴的是魏长秋送他的表，私家定制，表盘侧面刻着他名字的拼音缩写。

甘一鸣联系知道这些营销号的朋友，可这些朋友在这件事儿上都不买账。

他越是祈祷热度降下去，那张图片就越像催命符一样挂在头条。

假期三天，甘一鸣每天都和魏长秋待在一起，美其名曰思念。四号上班，中午就休息两个小时，他都带着午饭马不停蹄地去找魏长秋。

九江地产，顶楼。

总裁办公室镶金砌玉，装潢奢华，厚重的檀木办公桌后，雍容的女人正在批文件。办公桌前面的小沙发上，男人瘫成一团敲着手机。角落的古董钟一摇一晃，嗒嗒声打破一室安静。

“手机这么好玩？”女人处理完一批文件，合上笔盖，抬眼斜睨男人。

“我看你还在工作，不好打扰你。”甘一鸣坐直身体。

“上午和唐漾聊了一会儿，耽搁了，”想到什么，魏长秋拧眉，“你这几天一直抱着手机不放，我看你什么时候能戒掉。”

甘一鸣状似无意道：“秋秋，你陪我戒吧。”

魏长秋没明白他话里的意思。

甘一鸣起身过去，一边删自己手机上的App做示范，一边道：“我把我手机上所有的游戏、浏览器、微博都删了，你把你的也删了，我们就会有时间多陪陪对方了。”

他眼神诚恳，魏长秋盯着他看了一会儿，道：“好。”然后把手机递给他。

甘一鸣喉咙干咽了咽，他接过魏长秋的手机，删软件的手微微颤抖，时不时看魏长秋一眼。

魏长秋勾唇笑，笑意不达眼底。在她批过的那沓文件下放着一个平板电脑，上面是倩倩发到网上的一张图，图中，甘一鸣那块手表赫然在目。

下午两点，甘一鸣从九江总裁办公室出来，遇见周默进去。大抵心情放松了些，他还对周默笑了笑。

周默脸上没什么表情，进门，关门。

“您上午说唐副态度模糊，让我问问可不可以约个时间出来吃饭，”周默道，“唐副说她今天下午事情不多，可以请您喝个下午茶，刚好周行也在，我看您时间也充裕，”他征询道，“我们去趟汇商？”

“唐副不是才学习完？复工这么快？”魏长秋问。

周默淡淡道：“她一向是个工作狂。”

魏长秋点头：“备车吧，我半个小时后下去。”

九江地产写字楼内，周默通知跟随人员就位，确认携带资料和会面预计用时，相关人员如同运转中的齿轮，有条不紊而恪守规矩。

城市另一端的蒋家别墅，饭厅里。

“霸总一号”蒋妈妈兴冲冲地把炖锅里的佛跳墙舀到保温桶里，“霸总二号”蒋时延背靠墙壁，腿朝廊上伸出一截，懒散地抱着手臂，薄唇斜拉，吐出来的话酸而嘲讽：“不知道是谁在我小学二年级的时候说要给我织一件爱心毛衣，结果织到我高三才织好，给我试，我连半只胳膊都塞不进去。”

蒋妈妈置若罔闻地哼着小曲。

“不知道是谁在我高中的时候说要学烘焙，结果到现在，”蒋时延朝储物室瞥一眼，“那个装工具的快递箱子大概还没拆。”

蒋妈妈把保温桶装进一个布袋，细致地用粉色缎带在汤勺上系了一个蝴蝶结。

蒋时延心不在焉：“再想想你对漾漾，凭什么去年十二月说要给她做佛跳墙，这才小半年就炉火纯青了？”

蒋妈妈捆好布袋，瞟了一眼蒋时延：“你去不去？你不去我去。”她嫌弃道，“磨磨叽叽又碎碎念的，一个大男人像个七老八十的小老太太。”

蒋时延不服气：“明明中午天气这么好，我可以和漾漾吃个午饭，再吃吃甜点，您倒好，把我叫回来，来去一个小时，就给漾漾拎这个？”他撇唇嫌弃，格外有脾气道，“易女士，说真的，您自己想作什么妖时能不能考虑一下小年轻的感受？上一秒我还搂着女朋友，下一秒就孤家寡人地站在这儿，您以为您随便使唤我，我不敢拒绝吗？”

蒋妈妈微睁着眼睛看蒋时延，示意他继续说。

蒋时延迎上蒋妈妈的正脸，话锋一转：“对的，我不敢拒绝。”

蒋妈妈哼个鼻音把爱心佛跳墙递给他，他不耐烦地接过来，很是心累。

蒋时延曾经帮蒋妈妈给唐漾带过一条项链。在唐漾要去 B 市学习前，他故意随手拿出来，但唐漾还是被惊艳到了，连声夸好看，然后和蒋妈妈打了快半个小时的电话，从时尚聊到包包聊到护肤。

那么放在佛跳墙这儿……

香味他刚刚闻到了，所以他送过去，漾漾夸易女士做得好吃，易女士和漾漾腻腻乎乎地说话，他充其量就是个同城闪送，难不成还缠着漾漾让她夸他跑腿又快又好，食物保存完好？幼不幼稚啊？但转念想到漾漾喜欢，漾漾会开心，他心里又好似吹过一阵热风。

从前他生活、工作都只有自己，这儿浪那儿荡，一人吃饱，全家不饿。现在漾漾成了他的女朋友，他给女朋友送餐，感觉就很奇妙，又很美好，好似他以前那些漫无目的的开拓都因为唐漾而有了意义。

午后的阳光顺着茂密的梧桐叶隙落下斑驳的光影，风一吹，一地光影摇晃。

司机把车开过来，给蒋时延开车门。蒋时延坐在后座上，将布袋搁在腿上，他用手轻缓地抚摸着布袋，漆黑的眸子里含着温柔的碎光。

助理坐在副驾上，心下一惊，布袋里莫不是蒋家的传家宝？难道自己又要像知道唐副和蒋总的地下情一样，先人一步知道豪门秘闻？

蒋时延的笑中有成大器之感，助理一个劲儿地绞着手指，偷偷瞄老板，两股战战。

两辆林肯从九江和蒋家别墅一前一后地赶往汇商。

而汇商大楼内，甘一鸣下电梯，范琳琅刚好上电梯。

甘一鸣遮住电梯感应器："唐漾回来没？她跟你说过她在'新雷'计划中的成绩没？"

"没说过，她好像被周行叫上去了，同事们都在二楼大厅听讲座，办公层没人，"范琳琅越过甘一鸣时，压低声音道，"我无意间看到过她解电脑锁，密码是 0901。"

先前，甘一鸣知道"新雷"计划要算在年终绩效里，第一反应是暗骂周自省，怪不得自己说不去，他应得那么爽快，真的是什么好事儿都让唐漾一人占尽了。

他不在乎绩效那点儿奖金，但他在意唐漾捡了自己一个便宜。"新雷"的成绩只有本人和领导层知道，他去看看唐漾不及格，拿不到优秀，大概心里会好受一些。

办公室里没人，甘一鸣从自己办公室里拿了一份文件，走到唐漾办公室门前，装模作样地敲了三下："唐副。"

没人应，他状若平常地推门进去，坐到了唐漾办公桌前，开机，解锁。

屏保是一个穿着校服的高中男生，胖成一个球。他在照片里举着一个黄澄澄的鸡腿，笑得眼睛眯成一条缝，活像画了二次元笑脸的白软包子。

唐漾的初恋？唐漾以前审美这么诡异？蒋时延知道吗？有男朋友的人还用别的男人当屏保？看着她一脸正经，估计背地里也不是什么好人。

甘一鸣在心里"嘁"了声，点开桌面上写着唐漾名字的文件夹。

八门课，唐漾六门满分，一门接近满分，体育及格。

甘一鸣每点开一张 PDF 扫描件，面色就沉一分，直至最后一张，他上下牙轻磕着，眼神飘忽，不知道在想什么。忽然，视线顿住，他将鼠标挪到旁侧“最近浏览文件”下的“陈强”处。

甘一鸣按了按太阳穴，顺势点开，看到里面的内容时，他脸上的神情慢慢凝固了。

几层之隔的汇商顶楼。

周自省问了唐漾“新雷”计划的事儿，唐漾逐一回复。

周自省对唐漾说“新雷”计划会算绩效，她成绩不错，她不卑不亢地应下。

周自省和樊行长资历、位置都差不多，说话的感觉都是为唐漾好。大抵是先入为主，唐漾深感樊行长为人更坦率、可爱，周自省和周默一样，整个人好像蒙着一层保鲜膜，看上去真诚、和蔼，话也好听，但你碰不到，也猜不透。

唐漾没表现出来，一直耐心地颔首，接话。

周自省全程观察唐漾的反应，装作没看见她眼里的波动。末了，他随意道：“之前听说唐副谈了恋爱，打算什么时候结婚，什么时候要小孩呢？”

唐漾谨慎，但诚实道：“考虑的是今年之内结婚，具体还没和男朋友商量，至于小孩，”她顿了顿，轻声答，“今年之内应该不会考虑。”

今年之内这个期限太短。周自省用笔头敲了两下办公桌，又望了一眼唐漾，略有深意道：“按照公司规定，怀孕后期和哺乳恢复期加起来大概有五个月假。你缺席五个月，你的位子不可能空着，无数人想顶上，然后过五个月再回来的话，唐副可以考虑一下结果——”

唐漾抿唇没出声。

周自省又道：“上个月评季度优秀，候选人里有唐副。当时唐副和蒋总上了新闻热搜，蒋总又不是普通的工薪阶层，高层这边出于各方面考虑，把优秀给了甘一鸣……”

唐漾在周自省办公室时保持着清醒与克制，回答也极尽理性。

退出办公室后，大抵是高跟鞋太难穿，她在四下透光的长廊里走了两步，只感觉钝钝的痛感从足心缓缓上升。她伸手扶住雪白的墙，没忍住膝盖颤了颤，好似能听见嘎吱一声。

周自省的话一句句回荡在耳边。

“任何单位女性高层都比男性少很多，唐副可以思考一下原因。

“长足的恋爱必定关联着结婚、生子，生孩子的周期太长，不是编制内没办法等人，而是现实比较残酷。

“唐副，你读了这么多年书，一路走到现在，我不是说结婚、生子不好，我也知道很残酷，但我还是希望唐副有自己的思量，分清楚轻重缓急。分行之后很多方案在负责人的挑选上肯定会考虑到这一点……”

抽丝剥茧，周自省的意思很明确——她今年结婚无所谓，但两年内要小孩的话，她在汇商的路很大程度上就到头了。为了让大家安心，她是不是连婚都不要结？

唐漾毕业和汇商签三方合同时人事经理提过这一点，并表示这是普遍问题。

唐漾当时孤家寡人，觉得无所谓，而现在周自省这么直截了当地提出来，她说不上难受，也说不上不难受，只感觉自己咽下了一团棉花，潮湿的，涩涩的，如鲠在喉。

唐漾扶墙站了一会儿。

秘书室一个秘书路过：“唐副身体不舒服吗？二楼大厅有养生专家举办关于腰椎颈椎健康的讲座，大家都去了，您去吗？”

唐漾直身：“不了，谢谢，你去吧。”

“唐副要一起坐电梯吗？”

“不用，”唐漾浅笑，“我走楼梯消消食。”

秘书先行离开。

楼梯间，唐漾侧身扶着扶手慢慢朝下走。

信审处，甘一鸣逐条删除唐漾私人笔记本里陈强给她的开房记录。

楼梯间，蒋时延给唐漾打了个电话，嬉皮笑脸地说“外卖小哥距您还有七百九十三米”，逗得唐漾扑哧一笑。

信审处，唐漾电脑下方的页面脚标从“10”到“1”。

楼梯间，唐漾下到信审处楼层，推开门。

甘一鸣删完最后一条，推开电脑，飞快地把唐漾办公桌整理成原样，然后起身朝外走。

与此同时，唐漾进信审处，两人正面相迎，视线在空中相撞。

第16章
日照

他抱着唐漾三两下跑出小路，撞进一片光明。

“甘处，你这是——”唐漾见甘一鸣从她办公室的方向走来，犹疑地问。

甘一鸣胳膊间夹着一份文件，手上拿着杯子，示意角落的饮水机：“去接水。”

唐漾朝甘一鸣点头，甘一鸣微微扣紧托水杯的手指，朝唐漾颔首。两人错身而过。

唐漾回到办公室，坐到办公桌前，很快便发现不对了。

她和蒋时延在一起后，两个人的习惯在不知不觉间相互靠拢。比如，蒋时延学她，现在睡前会在床头柜上放一杯水，防止半夜醒来被渴死，虽然这样的情况很少。比如，她学蒋时延，习惯在离开电脑时把鼠标贴紧放在笔记本电脑侧边，然后把鼠标垫紧贴在鼠标旁，恪守强迫症的审美。而现在，她鼠标垫的位置没动，鼠标却是依照正常人的习惯放在鼠标垫上。

其他同事都在楼下听讲座，甘一鸣来过。

唐漾朝门外瞥一眼，没说什么。她打开电脑，用鼠标点了近五个界面后，点开一个隐藏文件夹，重要文件最后的查看时间没变，甘一鸣没找到。然后，她顺着总的文档查看时间，找到甘一鸣看的东西——“新雷”成绩表。

唐漾眼睛微眯，再退到桌面，在回收站里看到了陈强给的文件。

唐漾很清楚，把柄这种东西，如果当事人不知道你有，那只能叫文件；只有当事人知道你持有了，才叫把柄。她和甘一鸣之间的关系不可能缓和，所以她并不介意把牌摊得更开。

唐漾内心毫无波澜，眉头却是紧紧蹙起，她在心里倒数十个数的同时，眼神频频瞟向门外。

饮水机放水时，桶里有咕嘟咕嘟的声音。甘一鸣被噪声搅得烦乱，时不时扭头向后看。

他接完水，路过唐漾的办公室，唐漾数到“一”，恰好碰掉一沓文件。“啊——”她惊讶出声。

甘一鸣心跳一滞，脚步顿住，随后他走到唐漾办公室门口，稀松平常地问：

“唐副处，有什么问题吗？”

将椅子朝后推一点儿，唐漾弯腰捡文件，声音从桌底传出：“没什么。”

甘一鸣松一口气，正要离开，唐漾轻声说：“可能是电脑被傻子碰过，里面有些东西被删了。”

甘一鸣如雕塑般固定在原地。他觉得“陈强”耳熟，但这个名字实在普通，他想不起在哪儿见过。乍一看到开房记录，他第一反应就是删除，一边删，一边思考其他方法，可唐漾快从顶楼下来了，匆忙间，他似乎忘记了删除回收站里的文件……

甘一鸣脸上有一闪而逝的慌乱，但事情已经发生了，他回神后，走进唐漾的办公室，反手合上门，先发制人：“唐副应该知道，在现在的环境下，你做过什么，知道什么，完全透明，无秘密可言。”他言语间搬着靠山显示自己神通广大。

办公桌和门隔着近三米的距离，唐漾直视甘一鸣，故意装不懂：“知道我电脑密码的人很多。”

甘一鸣自己承认：“我本来只想查你‘新雷’计划的成绩。”

唐漾勾唇挑破：“然后删了你的开房记录？”

“表面不争不抢，营造踏实、低调的形象，背地找人调查上司行踪，侵犯隐私，不得不说唐副两面三刀玩得厉害，”甘一鸣满面讥讽地走向唐漾，他把文件放在桌子上，倚着桌角，“如果可以的话，希望唐副可以删除源文件，不管出于维护同事关系，还是其他。”他朝唐漾缓缓倾身，道，“让大家都好过一点儿。”

既然脸面已经撕破，唐漾斜睨着甘一鸣，道：“您不是已经删了吗？”

甘一鸣听出她的嘲讽之意，也不恼，举着水杯轻抿一口，道：“顶楼的人知道唐副谈恋爱，就吓得把优秀给了我，你说要是我哪天不小心说漏嘴，说在妇产科看到唐副做孕检，唐副猜猜顶楼的人会有什么反应。”

“拿性别说事儿，您大概不分性别，只分公母，说什么信审处女青年脱单请大家喝下午茶，”唐漾笑着，一字一顿道，“用不用我也请大家喝个下午茶，庆祝甘处睡遍 A 市主城各大连锁酒店，还有魏总名下的九江酒店……”

甘一鸣面色骤变，脖子涨红。他一段婚姻撑到现在，不过是他解释什么，魏长秋就信什么，而且以往那些都是捕风捉影。但唐漾电脑上的记录……

“唐副难道不知道女人本来就是弱势群体吗？”好一会儿后，甘一鸣额角的青筋慢慢抚平，他微笑着注视唐漾时，眼神犹如热带雨林里缠裹树枝的藤蔓，湿黏而逼仄，“力气悬殊、生理悬殊——”

唐漾瞳孔微缩，悄然伸手拉开桌旁的抽屉。

甘一鸣将水杯放在桌上，握着唐漾的椅子扶手，将她连人带椅子朝自己身前拉，声音清冷：“有人表面清高，背地里却是吃着碗里看着锅里色字当头，蒋时延在一楼，其他同事在听讲座。”他按了下桌角闪烁的监控监听按钮，凑过来说道，“蒋家家大业大，如果他们看到准儿媳私生活混乱，你觉得他们会——”他的身体和唐漾隔着约莫半米的距离，他的手臂和办公桌形成一方禁锢。

唐漾逃不开：“甘处骚扰一次不够，还准备来第二次吗？”她的手胡乱地在抽屉里摸到喷雾，喉咙咽了一下，紧紧握住。

“是不是我骚扰不重要，”甘一鸣倾身压向唐漾，越是离得近，他越能看清唐漾的模样，她眉眼灵动，皮肤细白，睫毛刷得根根分明，她和范琳琅不一样，他靠这么近时，范琳琅会无法思考，而她眼里有压抑的紧张，有清明，还有不加掩饰的嫌恶，他满意道，“重要的是蒋家知道准儿媳婚前出轨，照片不堪，你说如果我们成为一条船上的蚂蚱，唐副，你还会攥着防狼喷雾吗？

“唐副，你说是你喷喷雾快，还是我动手快——”眼镜镜片遮不住眼底的阴鸷，甘一鸣笑着，朝唐漾逼近。

唐漾的身体和甘一鸣隔着距离朝后缩，后背因为处于困境而战栗。

桌边的地板上印着两道影子。

椅子转轮压着一条黑色的地砖缝隙，如拔河般来回不定，男女间的力气差距在越缩越短的距离中体现。

甘一鸣逼近，唐漾后退。

甘一鸣越逼越近，唐漾退着退着倏然停住，然后扬手摔破甘一鸣的水杯。哐当一声，玻璃碴儿四溅，液体横流。

甘一鸣的身体定住，和唐漾隔着一尺的距离。他嘴上说着蒋家，但也是因为忌惮蒋家，他不敢真的动唐漾。如果唐漾态度稍软，他不介意和她上一条船；如果唐漾异常坚决，他顶多算威胁、警告。他关了监控，没人看见，一不违规，二不犯法。但现在……

“对啊，女人本来就是弱势群体。”唐漾笑容温软，眼底却掠过一抹狠厉。

外面响起隐约的说话声和脚步声。

甘一鸣怔住了。

唐漾与甘一鸣对视，不带丝毫畏惧，她笑着将衬衫一角从裙腰中扯出来，解开衬衫最顶上那颗纽扣，然后揉乱了后脑的花苞头。

甘一鸣完全不明白唐漾在做什么。

外面的说话声和脚步声越来越清晰，“蒋总和魏总撞在一起真是巧合”“唐副办公室在这边”。

唐漾举起防狼喷雾。

甘一鸣蹙眉，下意识地挡住自己的脸。

结果唐漾手腕一转，直冲自己的眼睛喷去。

唰唰两下，防狼喷雾被唐漾扔进杂物箱。

咔嗒一下，办公室的门开了。

蒋时延和魏长秋被簇拥在最前面，周自省和周默跟在后面，一行十来人推门的瞬间看到的就是这一幕——

一桌凌乱，玻璃碎地，热水浸纸。甘一鸣两手撑住唐漾的转椅，唐漾头发凌乱，衣衫不整，细白的小脸上满是惊恐与挣扎的狼狈，夹杂着一丝无措。

外面的人看向办公室，办公室里的两人看向外面。

甘一鸣望见魏长秋，脑袋敲钟般狠狠一震，他还没反应过来，唐漾便猛一下踢开椅子，红着眼睛扑到蒋时延怀里。

唐漾没说一个字，只是一直吞口水，一直吞，一直吞，宛如溺水之人浮出水面那一瞬的情态。而蒋时延揽着唐漾，一下一下顺着她汗湿的后背，眸色阴沉。

甘一鸣的手指抬了抬，自己这是被唐漾反将一军？但这已经不重要了。他直起身，讪讪地跟魏长秋解释：“我拿了一份文件和唐副核……核对。”魏长秋面无表情，但他不敢看，稳着混乱的气息，“唐副说周行找她谈话，她情绪不对，拉住了我，我出于对同事的关心——”

“我比您老？比您丑？比您穷？”蒋时延几乎是咬着每个字问出来。

四下无声。

蒋时延把唐漾朝怀里带了带，视线死死地锁住甘一鸣：“我女朋友平常在家掉根头发丝我都心疼，我妈中午午休一个小时都回去给她做佛跳墙，你再跟我说一次她拉住你！”

甘一鸣嗫嚅两下刚想开口，蒋时延环视办公室，哧一声笑了：“我女朋友力气大，想拉甘处，甘处不从，拼死抵抗，还摔了个水杯。”

话是玩笑话，可谁都看得出来蒋时延没开玩笑。

蒋时延平常为人随和，可真当一身凌厉散发出来，甘一鸣不自觉地屏住了呼吸，可越是屏气，领带越勒人，他呼吸越急。

作为相关人员的一方，蒋时延直接表了蒋家的态，毫不遮掩地信任唐漾。而九江地产那边，没人出声。

沉默艰难似拉锯，持续了好一会儿。

周默站在魏长秋身后，推一下眼镜：“我知道这种时候我不该开口，但我还是想说，唐副是我学妹，她一来汇商就是我带的，我看人鲜少走眼，唐副的人品我是相信的。”

周默身旁一个九江的工作人员道：“甘处，说话要有凭据，信口雌黄是丢魏总的脸，我看这儿监听监控都关了，您别动，这边马上可以叫人去采集开关上的指纹。”

唐漾靠在蒋时延胸口默默垂泪，蒋时延胸前的衬衫湿了一片。

零零散散几人站立，蒋时延侧颜如铸，薄唇紧抿成线。

魏长秋指间夹着一根快抽完的烟，烟燃着，她吸了最后一口，表情冷漠得好似与自己完全无关。

周自省的秘书撞见过相似的情形，这时看不过去了，悄悄给唐漾递了一张餐巾纸。

唐漾抽噎着，小声道谢，接过。

场面第三次陷入沉默。

甘一鸣提起一口气，只要魏长秋保他，天大的事情都能压下去。他走到魏长秋身边，也不在乎形象、脸面：“秋秋，这件事儿，我真的——”

刺啦一声闷响，魏长秋和甘一鸣差不多高，反手直接将烟头摁在甘一鸣的额头上。

甘一鸣被烫得五官扭曲，却不敢退后。魏长秋就着他的额头摁了两下，烟灰纷纷坠落，她散漫地松手。

“不好意思，唐副受惊了。”魏长秋笑了笑，转脸温和地跟唐漾道歉。

高层的丑闻放在任何地方都是敏感话题。所幸这个点大家都在下面听讲座，目击者又都是当事人的相关人员，口风很紧。周自省从顶楼派人立案，魏长秋不仅没阻拦，反而直接给魏长冬打了电话。

下午三点，唐漾和甘一鸣分别叙述完事情经过。

下午四点，银监会来人。

下午五点，周自省特批唐漾一周的假期，唐漾没拒绝。

下午五点半，其他同事听完讲座上来，便得知两个消息。第一，信审处那个著名的工作狂副处长唐漾参加“新雷”培训回来，状态不佳，身体抱恙，休假一周。第二，信审处处长甘一鸣被带走调查。

周自省和周默在电话里发生争执，最后，周自省妥协，他亲批——汇商官网上，甘一鸣涉嫌事由为“个人资产状况”。

周默没解释他执意要周自省改甘一鸣出事事由的出发点，周自省很自然地理解为保护唐漾的名声。

其他同事拉了微信小群刷屏。

“甘一鸣是手脚不干净终于被查了？我就说他之前那辆玛莎拉蒂有问题。”

“可人家老婆是魏长秋，买辆玛莎拉蒂不是很轻松的事儿吗？”

“魏总不喜欢把甘一鸣和她的工作联系在一起。而且，魏总送甘一鸣东西和九江的人送甘一鸣东西性质不一样吧。”

“那关唐副什么事儿，我总感觉事情没那么凑巧，听说之前我们都在下面，上面只有甘处和唐副两个人。”

“……”

最开始还会有关于唐漾的议论。

临下班，蒋时延把唐漾安顿在车上，派秘书上来给她所有同事都买了可以带回家的水果礼盒，小而精致，价格不菲。大家很自然地把唐漾休假理解为和蒋总热恋，也就没再把她和甘一鸣关联起来。

先前，蒋时延因为撞破办公室门时看到的情形无条件地相信漾漾。后来，他站在女厕所门口的洗手台旁，陪唐漾卸妆、涂药。再后来，蒋妈妈做的佛跳墙凉了，他在顶楼某间办公室找了微波炉给她热，守着她吃。最后，他派秘书买了礼盒送上去。

蒋时延体贴入微，一副完美男友的姿态，关心，应话，问她“好些了没”“汤的味道还可以吗”“回家吗”“你开车还是我开车”。但只有唐漾知道，蒋时延在生气。

每次蒋时延一生气，就会特别冷静，这种变化别人看不出来，但唐漾感受得分外明显。就像高中时，她摔了他新买的游戏机，她给他带桶装泡面，他淡淡地礼貌道：“谢谢漾姐。”

唐漾忘记自己后来是怎么哄好他的，但按照当时的程度类比推断的话，这次比较严重。

地下车库灯光昏暗，唐漾坐在副驾位上，偷偷瞄驾驶座上的男人，视线从他的额头滑过，落至鼻梁、薄唇、雕刻般的下巴，然后是凸起的喉结……他知道她在看她，却装作没看见。

唐漾知道他在装没看见，秀气的眉毛快皱成两道波浪线了。

蒋时延真的生气了，而且好像特别特别生气。

唐漾转回头，挠了挠软薄发红的耳郭，有些苦恼又心虚地咽了咽口水……那她要怎么办呢？

回去的路上，唐漾时不时瞥蒋时延一眼，他目不斜视。

他稍微转头瞟后视镜，唐漾便像触电一样收回视线，做贼般揣着跳得飞快的心。

进小区后，蒋时延把车停在门口。唐漾提议："我们晚上去喝粥吧。"可以消消火。

蒋时延下车、锁车，淡淡道："嗯。"

唐漾进店后，点了蔬菜瘦肉粥、白灼青菜，满桌绿色。

蒋时延也没说什么，安安静静地吃。

唐漾撒娇："我想吃凤尾。"

盘子就在她面前，她假装夹不到，蒋时延也不戳穿，面色平淡地夹给她。

唐漾撇嘴，吃得有些不是滋味。

出了粥店，唐漾说想回家换衣服。蒋时延应道："嗯。"

唐漾换了条亚麻及踝长裙，问蒋时延："过几天去看电影好不好，好莱坞上了一个魔兽片，你以前不是很爱看吗？"

蒋时延坐在沙发上，抬手给她理了一下发梢："嗯。"

两人陷入一种凝滞的气氛。

唐漾在他旁边坐了会儿，扔了手机，眉眼弯弯地摇他的胳膊："不然下去散散步？天气不错。"

蒋时延任由她摇，还是淡淡道："嗯。"

唐漾脸上的笑意慢慢收住，蒋时延进了洗手间。

唐漾望着男人高大挺拔的背影，不自觉地撇撇嘴。这人怎么这么难哄啊？

小区旁边有个新修的人造湖公园，前方是宽阔的塑像广场，后方是沿湖风景区。

一到晚上，附近的老头老太太们便各组团队，在前方的广场上拉练般跳舞。而后山，灯火从繁盛变得寥落，凤凰传奇嘹亮的歌声也越来越小，化作灌木里的虫鸣、朋友间的闲谈以及婴儿车轧过青石路面的声音。

蒋时延换了身T恤衫、休闲裤，两手插在裤兜里。

唐漾头顶差一点儿及他肩膀，她一只手握手机，一只手被蒋时延牵着揣进他裤兜里。

两个年轻人外形都极好，模样非常登对。

不少同单元的老阿姨认出两人，热情地打招呼："唐漾和这位蒋什么来着，也出来散步哇。"

"蒋时延。"唐漾耐心地介绍。

蒋时延礼貌地点头。

他的手大而温暖，掌心薄薄的茧子覆在她细腻的手背上，触感清晰。两人走路伴有空气流动，他身上浅淡的木质香钻进她的鼻子。天黑透后，昏黄的路灯铺开光亮。两人每朝前走一步，灯下便是两道亲密的影子。

如果蒋时延没有生气，那这样的晚间会让人很享受。可现在，唐漾每隔三秒就看一眼蒋时延，每一个脚步都踩得忐忑。

两人走至一段幽僻的小路，其他人的声响被隔绝在竹林外。唐漾停下脚步。

蒋时延由于惯性朝前半步，亦停下来。

唐漾仰头，望着男人隐在昏灯下的侧脸，眼神闪了闪，道："我知道你要来，周默和办公室的人沟通过，所以我知道魏长秋也要来。我从顶楼下去的时候，你和我只隔了七百多米。"

蒋时延垂眸看着地面："嗯。"

唐漾："我和甘一鸣的关系之前就不好，我在 B 市学习的时候，他打着庆祝我脱单的名义请所有同事喝下午茶，周行把我叫上去说也就算了，可我忍不了他偷奸耍滑翻我的电脑，有恃无恐地让我删文件，还威胁我，说什么要让蒋家看到我混乱的私生活……"她想不通甘一鸣的秉性为何可以这般恶劣，可他动到自己头上，那自己也只有……

蒋时延没出声，唐漾害怕他的沉默，但也认认真真地坦白："他没碰到我，杯子是我自己摔的，头发是我自己弄乱的，衣服是我自己扯的。"

蒋时延仍旧无声，唐漾的声音也越来越小："然后衬衫最上面那颗扣子……也是我自己解开的。"

从始至终，甘一鸣都没料到唐漾会来这一手，他根本没反应过来。

唐漾交代完全部经过，蒋时延还是没反应。

唐漾被他温热的手掌包裹住，掌心稍稍起了薄汗："你是不是觉得我挺，"她顿一下，"不择手段的？"她扯了扯嘴角。

"没，"蒋时延握她的手慢慢收拢，"当时那样的情况，你做的是最好的选择，也是最优选择。”

唐漾做了一次博弈。她和蒋时延相识多年，有着十足的默契和信任。她在蒋时延站队的前提下，赌的是魏长秋的脸面和周自省的底线。

最坏的结果不过是她和汇商撕破脸，另寻出路。而最好的结果，如下午一样，借刀杀人，釜底抽薪。甘一鸣倚仗的是魏长秋，将他连根拔起的也是魏长秋。这和蒋时延最初安排一休做倩倩的营销思路完全契合。

“可你在生气。”唐漾偏头看他，挠了挠他的手心。

蒋时延呼吸紊乱，随后道：“没有。”

唐漾笃定：“你真的在生气。”

蒋时延否认：“没有。”

唐漾不依不饶：“你就是在生气——”

“你别说了。”蒋时延语气加重，脸色变得难看。

这下，唐漾安心了。她不仅不怕，反而更大声地说：“可你整整一下午都没和我好好说话！你以为我没长眼睛没长耳朵，是‘小聋瞎’？你明明就是在生气，还一直说没生气。”

蒋时延微抬下巴，眼睫半垂，喉结滑动。

唐漾想到自己怎么卖乖都没哄好，顿时委屈：“你自己都说了是最优选择，我也是知道你要来才敢乱来，你怎么就生气了？你到底为什么生气——”

“求你别问了，好不好？行不行？”蒋时延每个字都咬得很重，脸色黑如锅底。

唐漾也来了脾气：“话都不准别人说，你明明就是在生气——”

“我当然生气，我为什么不生气？！”蒋时延从下午憋到现在，一肚子火气嘭地炸开，“我气汇商都是些什么玩意儿、什么人、什么破事儿，可我又不能说‘唐漾，你辞职吧，我养你，我养你，我养你’！这又不是写小说，演电视剧。”他越说越来气，“我恨不得冲上去把甘一鸣的嘴皮掀到后脑勺，揪着他的头发把他一下一下朝垃圾桶里磕，可我还要端着形象，满脸温和、淡定地叫他。你满意了吧！”最后几个字几乎是吼出来的。

唐漾听着他嘴里“满脸温和、淡定”，想着他下午冷得和冰窟窿一样的气场，“温和、淡定”怕是不愿意背这个锅吧。她心里发笑，两手却是握着蒋时延的手腕，瞪着眼睛不敢相信道：“你凶我？”

“对，我就是凶你！”蒋时延很不耐烦地甩开她的手，扭头避开她让人心烦意乱的眼睛。

唐漾被甩开也不恼，把身体挪到他偏着的方向，又用脸对着他，可怜巴巴地试探:“那我要准备哭了啊？”

“你哭！你哭！”蒋时延又把身体转回去，唐漾跟着转，他烦得要死，劈头盖脸又是一顿吼，“你快哭，你倒是哭啊，你哭不出来，要不要我拿个防狼喷雾朝你的眼睛唰唰来两下？辣不死你！”他骂得利利索索，大气都不喘一下。

唐漾低头，扑哧一下，没忍住笑出了声。

笑笑笑！有什么好笑的！她竟然还笑？！

唐漾的防狼喷雾还是蒋时延给她买的，专门挑的特辣型。天知道唐漾扑过来抱着他哭的时候，他闻到一股胡椒味，心绞得快痛死了。她随便乱来他都兜着，可她怎么这么作弄自己，她眼睛不难受吗？她不痛吗？她脑子里想的到底是什么？！笑笑笑！竟然还笑得出来？！

蒋时延气得叉腰在原地走来走去，一下一下呼吸，沉重又压抑。

唐漾望着他和鼓风机一样翕张的鼻翼，起起伏伏像喘不过气的胸口。灯光从头顶落下，给唐漾弯弯的眉眼镀上一层柔软。

“背我。”她站在蒋时延身前，甜甜地笑着，朝他张开手臂。

看看，这人根本不知道自己错在哪儿，这人脸可真大，还背？她三岁吗？

“不要。”蒋大佬脾气很大。

唐漾上下挥手臂，笑得更甜了:“背我。”

“不要。”蒋时延眉头紧皱，转过头去。

唐漾瞅准时机，灵活地绕到他背后，两条细瘦的胳膊吊住他的脖子，想往他背上爬:“背我嘛，背我嘛，背我嘛！”

“你太重了，背不动。”蒋大佬发着脾气，什么都敢说。

“我不管，我不管，我不管！”唐漾的声音娇娇软软的。

她想爬上蒋时延的后背，搂紧他的脖子又是跳又是蹭。

蒋时延“哎哟”一声，膝盖一弯，顺着唐漾的力道就朝后仰去。

唐漾一怔，立马停止嬉闹。她不敢完全放手，一只手托着他的脖子帮他稳住，然后绕到他身前，另一只手小心地碰他的腰:“是不是腰闪到了啊？你先不要动。”

她的手小小的软软的，棉花一样贴在蒋时延的颈后和腰侧。

蒋时延微痒，视线定在她紧皱的眉头处，喉结上下滑动。

“我不是故意的，我以为你背得动我，”唐漾懊恼地皱了皱脸，她一边抚着他的腰示意他安心，一边挂着处理突发事件的冷静表情，从他兜里摸出他的手机，“我马上打给你助理，让他把车开过来，公园门口有一个诊所——”

蒋时延的手穿过唐漾的胳膊和膝盖，蓦地将她打横抱起。

唐漾“啊”一声轻呼，柔软的裙摆顺着她纤细的小腿在蒋时延臂弯荡开。

蒋时延抱起唐漾就开跑，一边跑，一边认真地跟她解释：“得快点儿跑，不然我老婆就要追上来了。”

“你老婆在哪儿，在哪儿？”唐漾回神，从他身侧探出个脑袋朝后看，格外严肃地用手机遮住半边脸，“我掏出平底锅把脸挡住，她就看不见我们了。”

“你看得见她，她肯定就看得见你啊。”

石板小路凹凸不平，蒋时延跑得虽快，但每一步都跑得很稳。他抱着唐漾三两下跑出小路，撞进一片光明。

蒋时延停下脚步，抬头望向远处的月亮。

唐漾顺着蒋时延的目光眺望，便看见今晚的月亮满而圆，一圈朦胧的月晕如薄纱笼在表面。她看了好一会儿，配合地感慨：“你老婆……可真大。”

蒋时延以为唐漾要说什么，等半天等来这么一句，他既好气又觉得好笑，假意松手要摔唐漾。

唐漾身形一晃，吓得赶快搂紧他的脖子。

蒋时延偷笑，抱稳小小的一团，又不管不顾地朝前跑。

唐漾也是个能疯的主儿，尤其是她窝在他怀里，路人看不到她的脸，她更是“啊啊”轻叫着嫁祸给蒋时延。她的脸贴着蒋时延的胸口，被他清晰有力的心跳灼得又红又烫。

夜色四合，行人零星，风声在两人耳边呼啸。

蒋时延抱着唐漾一路跑到偏远的小卖部门口，把她放下来。

两人撑着膝盖以相同的频率喘着粗气，蒋时延节约，只买了一瓶水，和唐漾分着喝了，又买了小卖部蒙尘的烟花，两人一同来到湖边一个无人的小山坡上。

坡顶观景台前面有一方空旷的草地。

“为什么放烟花？”蒋时延拆了塑料包装，唐漾在旁边握着打火机时问道。

蒋时延想了想，道：“今天是五月四号，青年节。”

唐漾忍笑：“换一个。”

蒋时延思索道：“庆祝柯南出生。”

唐漾：“再换一个。”

蒋时延苦思：“五月天成立。”

“可你以前明明爱听苏打绿。”唐漾笑着，她眼部的红肿已消，眸子里宛如盛着一湾清泉，亮晶晶的。

蒋时延点燃导火索，攥住唐漾的手腕把她朝后一拉，两人齐齐跌坐在被夜霜润湿的草地上。青草味扑鼻而来，只听刺一声响，烟火蹿上天空，嘭地在夜色里绽开。

“唐——漾——是——坏——人！”蒋时延趁着烟火绽放的声音大喊，嗓音如同温厚的土石。

唐漾当然知道蒋时延为什么放烟花。

高中时，唐漾当过一段时间学习委员，另一个学习委员也是女生，总爱在班主任面前打小报告，说某某任课老师又点名批评唐漾、蒋时延上课讲话，唐漾和蒋时延都特别烦她。每次那个学习委员考试没考过唐漾，唐漾和蒋时延都会在校门口的小面馆豪气冲天地一人加三个煎蛋。那个学习委员高考失误，两人表面上跟大家一起安慰她，当晚就高兴得没忍住在网吧玩了一整晚游戏。

现在她想想，当初真是幼稚得可怕！

如今唐漾作为一个精致的都市女性、银行高管，她面色一哂，随后转脸冲着夜空大喊:“蒋时延是坏人！”

蒋时延喊:“唐漾又傻又笨，是小白痴！”

唐漾喊:“蒋时延又傻又笨，是小白痴！”

“唐漾是二百五！”

“蒋时延是二百五！”

“……”

拉锯到最后，蒋时延瞥唐漾一眼:“唐漾无敌帅气炫酷上天！”

唐漾两手撑在身后，眼睛眯成一条缝:“蒋时延是宇宙无敌超级大蠢蛋！”

蒋时延好气啊。但她高兴了，他气着气着就笑了。

两个人又胡乱喊了很久，如跑完八百米，嗓子像生锈的铁片，沙沙的，但没水。两人又是笑，又是累，白天那些压力和不愉快好似在疲惫中烟消云散。

远天的月亮抓紧时间变了个魔术，一半悬在夜空，一半坠入湖里。

水天相接，两列整齐的路灯照出天上的街市，街市起于水中月心，收于天上月心，静谧间，让人不自知地放轻呼吸。

小山坡上，唐漾的手和蒋时延的手隔着五厘米的距离。

蒋时延的小指摆动，唐漾的小指摆动，两人的指尖稍稍一碰，便钩在一起。窸窸窣窣，是两人的手在草地上摩挲的声音，也似月亮里的涟漪。

唐漾轻轻戳着蒋时延的掌心，示意他看。

“今晚月色很美。”蒋时延语气随意。

唐漾刚想批评他不认真，转头便撞进他漆黑、深邃的眼眸。

蒋时延噙着笑意，神情温柔，他抬手缓缓地将她额前的碎发拂至耳后，低低的嗓音里裹着一丝勾人的散漫：“但总是忍不住看你。”

唐漾眉眼弯弯，蒋时延还能生什么气呢？

两人在公园以小学生的水平吵完一场架，又以中学生的水平放完一场烟花后，变得格外黏糊。

蒋时延背着唐漾朝回走，唐漾趴在他背上唱着跑调的流行歌，两条纤细的小腿在他臂弯跟着节奏晃啊晃。

到家后，唐漾把蒋时延抵在门板上，脚踩在他的脚上，主动又怯怯地钩着他的脖子吻他。

蒋时延目光微沉，翘着嘴角将她反扣在门板上，薄唇顺着她的额角落至她的眉眼、鼻尖、嘴唇，然后是耳郭。蒋时延在她的耳后连连热吻，温热的鼻息宛如夏天走出商场那一瞬，滚滚热气如海浪般扑到全身，惹得她忍不住嘤咛出声。蒋时延低声笑，湿润的唇舌顺着她的脖子一路向下。

唐漾的下巴随着他的动作微微昂起，蒋时延一只手攥着她的双手举过她的头顶，按在门板上，一只手环着她的腰肢。

胸衣不知道什么时候被解开、推高，唐漾的喉咙不自觉地咽了一下。蒋时延嘴角噙着笑意，把头埋在了她的胸前。

之后几天，唐漾休假，蒋时延还要上班。尤其下半年节假日多，一休各种战略提案也多，他显得略忙。

唐漾在家躺了一天，索性去一休陪他。他办公的时候，唐漾就在旁边做自己的事儿，他开会或者外出谈判，唐漾就去外面的秘书室和秘书们聊天。

以前唐漾请吃下午茶就刷了一波好感，秘书们以为唐副是那种高冷的学霸，结果唐副也追剧、纠结化妆品。要说唐副是银行人，偶尔问一两个传媒行业的专业问题，她竟然也答得出来。

一来二去，秘书们和唐漾感情颇深，一休的八卦和唐漾抵着脑袋说，零食和唐漾分着吃。

有秘书带了冷吃兔过来，麻辣鲜香。

唐漾胃不好，蒋时延给秘书们打招呼不准她吃。蒋时延这边刚上电梯去开会，那边唐漾就开始忽悠人：“他小题大做，我胃好着呢……感觉你带的真好吃，比我以前吃的都好吃……你阿姨自己做的？怪不得。”

唐漾伙同秘书们吃得停不下来。

下午四点，叮咚，电梯响了。

一个秘书从外面跑进来：“蒋总回来了，蒋总回来了。”

唐漾唰地把桌上的空袋子拂进垃圾桶，其他秘书手忙脚乱地收着餐巾纸。

“版权问题不可能让步，《遗珠》本来就不走商业路线，十个点咬死不能降——”蒋时延和助理一边说话，一边走过来，到唐漾身旁停住。

秘书们齐刷刷地喊：“蒋总。”

蒋时延斜睨着唐漾。

唐漾的小手朝后背了背，她讪讪道：“我没乱吃东西，刚刚在和她们聊香奈儿的那场秀。我才知道我一直喜欢的一个时尚博主，就是号称‘移动香奈儿’的那个，是——”

蒋时延伸手托住唐漾的下巴，拇指指腹缓缓地擦她的嘴角。

唐漾怔住了。

“下次记得把嘴擦干净一点儿。”蒋时延脸上没什么表情，擦完之后，目不斜视地朝前进了办公室。

明明这个动作也没多暧昧，在周围秘书们揶揄的目光里，唐漾望着某人高大挺拔的身形，影子拉在地板上，还是不自觉地红了脸，然后乖乖地跟上去。

助理一出去，办公室门一关，蒋大佬立马卸下面具。

唐副处又是发誓又是亲，最后还特别“自愿”地手写一份八百字检讨。蒋时延这才满意，把检讨仔细折好，放进胸前的衬衫口袋里。

五点多下班，蒋时延开车，唐漾坐在副驾驶上接了范琳琅的电话。

范琳琅关心唐漾的身体，唐漾答得客套又含糊。

通话结束。

蒋时延倾身给唐漾系好安全带：“我直觉认为范琳琅没安什么好心。”

早在很久以前，唐漾刚调回 A 市信审处没多久，蒋时延载唐漾去南津街找张志兰的时候，蒋时延就很直接地说甘一鸣很油腻。事实证明，他岂止油腻。

虽然范琳琅除了帮甘一鸣开房好像也没别的不好，而且她在其他同事面前帮自己说过话，但既然蒋时延说她不好，那唐漾自然是听进去了。她开玩笑地问：“难道因为范琳琅和甘一鸣一样会在下班时间打电话吗？”

“这是其中之一，”蒋时延一边扭钥匙点火，一边道，“你没发现甘一鸣的名字是‘一鸣惊人’，范琳琅的名字是‘琳琅满目’，一个单位两个人的名字都是成语前两个字，就感觉奇奇怪怪的。”

唐漾还以为他要说什么，忍不住扑哧一笑：“你怎么这么简单粗暴？”

“哦？”蒋时延故意曲解她的意思，再次倾身过去，将食指和中指并拢，轻轻摩挲她的嘴唇，带着朦胧的深意，“我以为漾漾喜欢我的简单粗暴。”

他形状漂亮的薄唇伴着低音越压越近，唐漾以为他要吻自己，软软地哼声牵住他的衣摆。

蒋时延的唇瓣轻轻落在她的眼睛上，像羽毛一样。

好吧，亲眼睛就亲眼睛吧。唐漾眼睛动了动，蒋时延下一吻又落在她的脸颊。

唐漾以为蒋时延亲完左脸要亲右脸，蒋时延又亲上了她的嘴角；唐漾以为他又要吻自己的嘴了，蒋时延的唇又落在她的鼻尖。

两人就像捉迷藏一样，唐漾睫毛微抖，蒋时延唇边含笑。

唐漾羞红着脸想接吻，蒋时延偏偏不遂她的愿，这儿亲亲，那儿亲亲，把漾漾逗得要奓毛了，蒋时延这才心情颇好地把她捞到怀里揉搓揉搓，又是哄又是亲，挠得小女朋友咯咯直笑。

五月十六日，周一，唐漾连着公休假休了快两周才回汇商复职。

一周伊始，大家状态都不错。唐漾从顶楼下来，范琳琅和她打个照面，直夸她更美了。唐漾个子虽小，但身姿窈窕，眉眼明丽，肌肤白皙、紧致，如果不是穿了身黑色衬裙，踩着十厘米的恨天高，根本不像快奔三的人。

唐漾也不扭捏，叉腰扭胯摆了个做作的姿势，大家忍俊不禁。

中午的外卖是唐漾请的，她在楼上和大家一起吃完，下楼钻到蒋时延车里，和男朋友亲昵地吃了爱心甜点。

临近两点再上楼，四下人少，电梯旁边广告屏里的模特在微笑，唐漾拎着想象出来的裙摆转了个圈，也甜甜地朝模特笑了一下，然后进电梯。

她回到信审处，有同事趴在桌上午睡，有同事在小声说话，还有同事在赶上午没做完的报告。

蒋时延今天去的那家甜品店的榴梿班戟很好吃。先前，他跟唐漾说他去那家时，唐漾想到处里有个小孩特爱吃，便叫他多带了两个。这时，唐漾拎着东西转了两圈，最后在休息室里找到敖思切，看到她好像在听歌。

大学生毕业刚进社会不容易，唐漾自己也是这样过来的，只要对方不是眼高手低，脾气还大，她就会忍不住给点儿照顾。比如碰巧看到对方喜欢吃的小零食，她就多买一点儿；比如晚上加班开会，她考虑到小女生租的房子离公司太远，地铁要收班，便默许对方提前走。

唐漾平常对其他同事也不差，倒也没人说什么。

“防弹出新专辑了？看你听得这么入迷。”唐漾走过去，在小孩面前晃了晃甜品。

敖思切忽然听到有人说话，吓了一大跳。见是唐漾，她拍拍胸口，道：“漾姐，没，不是。”

唐漾把盒子放在茶几上，坐到另一个沙发上，给小孩留了隐私。

敖思切打量唐漾，再瞥瞥门外。她舔舔唇，起身去关了门，然后蹲到唐漾身边。

“漾姐，你知道那些人为了说八卦拼到什么程度了吗？”敖思切说。

唐漾关掉手机：“啊？”

“就上周，啊，不，上上周，甘处不是被带走了嘛，你刚好又休假，就有很多人在议论。本来蒋总送了水果上来，大家都不议论了，然后上周好像又有一点儿事儿，大家又开始说了。”敖思切望一眼唐漾，小声道，“外面办公室有几个人拉了小群，怕被截屏，就发语音八卦。然后一个小姐姐是我关系很亲的学姐，你知道是谁就别说出来了。她用平板把群里的语音放出来，用手机录音压缩成 MP3 格式给我发过来了。”

唐漾：“微信和 QQ 都可以直接转文本啊。”

“她们说的是方言，哎呀呀，不重要。”敖思切胆大包天地挠挠唐漾的手背，直接把耳机递给了她。

唐漾狐疑地插上耳机，瞬间明白敖思切刚刚铺垫那么多又那么小心是为什么，因为耳机里议论的话题跟她有关。

因为是重录，声音沙沙的，但唐漾可以听清内容，并且分辨出来源。

一人说：“听说甘一鸣个人资产状况什么的本来是顶楼的人找的借口，没想到银监会一查，真的出事儿了，好像有八位数，不知道要判几年。”

另一人说：“八位数和他老婆的身家比起来也算不了什么啊，传说甘一鸣的界内靠山不就是他那个银监会的小姨子吗？而且有人举报的话，为什么秦月和另一位没有被举报？”

那人补充道：“总感觉甘一鸣是挡了某人的路，那人的靠山比甘一鸣更厉害，甘一鸣的老婆和汇商这边忌惮又没办法，就动了甘一鸣。”

魏长秋以甘一鸣太太的身份来过信审处几次，比起正常平等的夫妻关系，大家感觉甘一鸣之于魏长秋更关乎占有欲一类。这样的假设完全成立。

又一人弱弱道："应该不是，应该是性骚扰，我猜。那天我听讲座听到一半，家里有事儿，我上楼收东西，然后去厕所，我在厕所门口撞见唐副在洗手台一边整理衣服，一边哭。蒋总守在唐副旁边，脸色难看得要死。他们没看见我，我也没敢过去打扰。"

然后是敖思切学姐的声音："唐副人蛮好的吧，而且唐副的水平明显比甘一鸣高，即便有甘一鸣在，唐副上去也是早晚的事儿。"

有人说唐漾"装"，有人附和。

再然后是范琳琅颇为感慨的声音："如果不是蒋时延的话，唐漾可能就是第二个徐姗姗。"

这个名字是忌讳，群里安静了好一会儿，才有转移话题的声音。

后面是无关紧要的内容，唐漾把耳机还给敖思切。敖思切瞄了瞄唐漾，不知道自己做得对不对。

唐漾将食指抵在唇上，朝她做了个"嘘"的手势，然后慢慢点头。

敖思切舒了一口气，放下心来。

徐姗姗，唐漾乍一听到这个名字觉得很熟悉，就像同学或者学长一起吃饭，然后大家做自我介绍，一个人说自己叫"徐姗姗"那样熟悉。可她想了一会儿，又想不起来。

回办公室后，唐漾百度"徐姗姗""徐杉杉""徐珊珊"，出现在最顶上的是全国共有多少个同名同姓的人。

唐漾在脑海里地毯式地找了良久，仍旧没有。正巧同事递一沓文件进来，唐漾说话间也就作罢。

下午四点，办公室的门被敲开。

唐漾从电脑旁边歪个脑袋看，见到来人，眼睛亮了一下："你怎么——"这个点回来了，不是在出差吗？

"好像说内网下午要出人事变动通知，"秦月轻车熟路地在唐漾的桌子上找到一把小剪刀，剪开手里的咖啡袋，还了剪刀，"谢谢唐处。"她半是玩笑半是认真。

唐漾办公室的办公桌被蒋时延换过，秦月倚在桌角，高度正好。

门虚掩着，唐漾顺势聊下去："感觉是你，或者空降吧。"

"我待在副处这个位子刚刚好，我爹妈跟上面打了招呼，顶楼的人也知道我性子不稳，到处出差就是为了到处浪，"秦月从唐漾的温水壶里蹭了杯热水，

"好像没有合适的空降兵吧，或者 B 市那边过来的？但可能性不大啊。"

唐漾敲太阳穴："可如果是我，感觉会一言难尽。"

周自省忌惮魏长秋和银监会的魏长冬，大家都知道，而且到现在也没听到魏长秋和甘一鸣离婚的消息。

唐漾不确定那天到场的有多少人知道自己在装。但如果甘一鸣下去了，她马上顶了甘一鸣的位子，一方面有点儿打他的脸，另一方面，像魏长秋因为九江专案想和她交好，用处长的位子弥补她。

如果魏长秋的妹妹魏长冬给顶楼的人吹吹风，顶楼的人任命唐漾为处长也不是没可能。

"在我眼里，你应该是很自信的那种人啊，为什么会这样想？"秦月颇为诧异。

唐漾没明白。

秦月说："你去年十一月申请调动，十二月过来，现在是五月，十一月到五月刚好是半年周期啊。"

管培生轮岗时间在三个月到两年不等，半年就是个平均数，快而正常。唐漾这么一想，觉得似乎也对。她笑着轻推秦月一下："不思进取。"

秦月杯中的咖啡乱撞。

"小朋友，你不懂，"秦月抻抻脖子，"这人到了三十岁之后，至少我到了三十岁之后，活得懒散又舒服，就不想做任何改变了。"她话锋散漫地转道，"况且我姐那么独立又厉害，我爸妈的金山银山不就是留给我挥霍的吗。"

她说话做事从来都是一副"老子是富二代""钱太多""上班为解闷"的放浪形骸的模样，却又让人觉得直率、可爱。

唐漾忍笑搡她："你就喜欢这种别人看不惯你又弄不死你的感觉。"

秦月突然"呃"一声，定定地看了唐漾三秒后夹着尾巴滚了。

喏，里面那个小没良心的怕是不知道，蒋时延上次知道是她把唐漾带去酒吧之后，自己没动手，让程斯然几个人天天约她组局。她手气差、牌技差，偏偏又好打麻将，半个月下来，她输得哭爹喊娘，然后程斯然那几个人合伙买了架私人飞机，简直残忍。

第17章 唤她

在任何时候，他都愿意匍匐在地，挡住荆棘，让她踩着自己的背脊去摘天上的星星。

秦月回来是作为候选人等任命，唐漾作为候选人也在等。可两人越是等，任命越是推迟。一直到周五，内网上都还没显示。大概会到下周一再出吧。

之前两周甘一鸣不在，唐漾不在，秦月断断续续地出差，信审处靠范琳琅等几个老员工刚刚能正常运作。但范琳琅几个人的能力和权限都有限，还是囤了一堆事儿下来。

唐漾复职这一周，众人找到了主心骨，所有拿不准的都来问她。

蒋时延上周还是有小女朋友作陪的人生赢家，这一周瞬间变成天天朝汇商赶的外卖小哥，回到家之后就是帅气小厨，偶尔还充当清水按摩师。

终于等到周五，唐漾回到家精神不振，没有沾床就想睡。蒋时延心里乐开了花，表面上还是不动声色地做饭，吃完饭收拾桌子。

唐漾是抱着秦月出差带的礼盒回来的，将礼盒拆开后，那些东西花样百出、薄薄透透。唐漾害臊，蒋时延偷乐，两个人都不淡定了。

不可否认的是，这晚，两个人都格外尽兴。

夜色下，灌木叶上的霜露润进土壤，经过的叶脉湿得近乎透明，水声缠绵悱恻。

唐漾脸红红的，耳朵红红的，身子也红红的，羞得像个小火炉，可小火炉浑身软得湿漉漉的，像从水里捞出来的一样。她被欺负得快哭了，脑子里混混沌沌，挠着咬着蒋时延骂他“不要脸”。

最后好像真的有眼泪出来，蒋时延又是心疼又是忍不住，“心肝”“宝贝儿”地哄着，又是怜惜又是用力。

第二天是周六，早上八点，两人才睡下没多久。

唐漾闹钟忘了关，蒋时延的手越过她关了闹钟。他困得要死，但想到什么，还是翻身起来，蹑手蹑脚地去厨房兑了碗谷物羹，是蒋妈妈送过来的，说养胃，然后他给唐漾端进卧室。

床上的“小软猫”哼哼唧唧，睁不开眼睛。

蒋时延一边暗骂自己，一边又止不住地笑，把她抱在怀里，一口一口喂完。

两人再次彻底醒来，已经十一点了。

唐漾躺在床上抱着手机，习惯性地刷内网。

程斯然的表哥今天结婚，唐漾不想去。蒋时延得去露个面，他一边穿衣服，一边皱眉头：“别看了，你才醒，看手机伤眼睛，周末肯定不会出公告。”谁周末上班啊？

唐漾被戳穿了小心思，悻悻地摸了一把鼻子：“你怎么知道我在看什么，我看上去很在意吗，我像那么肤浅的人吗……”说着说着，没了声音，她脸上的表情也慢慢定格。

一秒、两秒、三秒，安静的瞬间，蒋时延扣皮带的咔嗒声显得惊天动地。他被声音吓到，正想唤她。

唐漾慢慢回神，脸上是不敢相信但确实发生也接受的表情，她严肃道：“蒋时延，我要告诉你两个消息。”

蒋时延吸气，呼气，跟着紧张：“先说坏的。”

唐漾“嗯”一声：“一个好消息和一个更好的消息。”

蒋时延怔了一下，随后失笑，很想把这个人捏成一个袖珍小人儿，然后揣兜里，看她还怎么淘气。

唐漾又是一本正经的样子：“好消息是我拿了‘新雷’计划的优秀，叫什么‘新雷标兵’，还有证书，虽然这名字土土的，但我是八科总分第一。”她开心地坐起来，“蒋时延，你能想象到吗，我八百米跑五分三十秒，竟然是女生第一？那些叔叔阿姨的身体素质到底是有多差。

“更好的消息是——”唐漾顿了一下。

蒋时延立在床边，唐漾拖着被子立起身体，她环住男人的腰，仰脸甜甜地笑：“以后要叫我唐处长啦。”

比升职本身更让她开心的是，她的管培生系统积分加了一分。然后任命第一次拟定的时间是在甘一鸣出事儿之前。所以无关甘一鸣，这个位子本就该是她的。

唐漾爱极了这种感觉，自己想要的，自己努力，自己拿到。

蒋时延笑，但没出声。

唐漾望着他，眨眨眼。

这是一个稀松平常的周六，窗外有鸟啼、车声，就连阳光都和以往一样，透过窗户洒落，落在茶几中心多肉圆滚滚的小脑袋旁。

床上，小小软软的一团抱着他，她还没睡醒，眼下有浅淡的青色。她仰脸望着自己，眉眼弯弯，眼里好似盛着清泉，清透、光亮。这是他的漾哥，他的漾姐，然后变成他的漾漾。

蒋时延看进她的眼里。

几秒后，“唐处长。”他顺从而温柔地唤着，低头吻她。

唐处长很乖，抱住他回吻。

在方才那个漫长的反应过程中，蒋时延无比自然地认清一件事儿。只要唐漾想，那么在以后，在任何时候，他都愿意匍匐在地，挡住荆棘，让她踩着自己的背脊去摘天上的星星。就像所有喋血沙场的巾帼英雄，身后都跟着一个着铠甲、手握长戟的骑士。他忠心耿耿。他不看后路。他肝脑涂地。

只是现在，“巾帼英雄”需要解决午饭问题。

唐处长被蒋大佬抱在怀里，声音柔柔道：“我觉得外卖不健康，看不到店家是怎么做的，不如你给我买回来吧，我现在还不是很饿，可以支撑到下午一两点。”

那是因为你懒得拿，懒得开门，哦，不对，是懒得起床。这当了领导的人就是不一样，说话开始拐弯抹角了，但蒋时延不揭穿，摸摸她的发梢：“那你想吃什么？”

唐漾：“冒菜？比萨？干锅？”好像都没什么兴趣，而且要等着煮。

“我吃什么都可以，”她想了想，“不然你吃什么，我就吃什么？”她望着他，提议说，“你把你在宴席上吃剩的饭菜随便给我打包一点儿就好了，我不嫌弃。”

可如果某人真的老老实实地打包一点儿……唐漾想到这儿，轻咳一声，她扯扯蒋时延的衣角，右手拇指抵在小指尖上，很小声地纠正：“打包多一点儿。”

唐漾在想什么，蒋时延一眼就看出来了。他不想笑，也知道自己不该笑，可他憋不住，斜睨几秒小女朋友红红的耳尖，他别过脸，噗一下笑出了声。

笑？他竟然笑？！他竟然在嘲笑自己的食量？！唐漾眼里满是不敢相信，呆了一瞬，她狠狠地推开蒋时延，腾地站在床上：“为什么你有脸笑？为什么始作俑者还能哈哈笑？我以前明明吃得超级少，我以前一包泡面都吃不完，我现在吃这么多不该怪你吗？”

她越说越委屈，眼睛一闭一睁，几近泫然地控告：“是谁早上做早饭，午后送甜点，晚上还要做饭？我说了好多次晚上我不吃，我不吃，我不吃！是谁说不吃会饿，饿了难受？我说没关系，是谁把糖醋排骨端到我面前，用筷子夹着在我嘴边晃啊晃，还用肋排，那么香，那个汁好浓，是番茄酱做的，酸酸甜甜，闻着就……”她哭诉着，没忍住，咽了一口唾沫，咕嘟。

蒋时延怕她摔着，手臂虚虚地圈在她身后，没出声。

唐漾有预感般愣愣地垂眸，果然看见蒋时延咬唇憋笑的样子。她一下跌坐在床上，心态崩了：“那也是你每天都在阻止我减肥！你阻止我变瘦！”她冲着蒋时延又抓又挠，“就是你把我喂胖了还笑我！蒋时延，你个浑蛋！蒋时延，你个大猪蹄子！”男人怎么可以这么坏！这么坏！呜呜呜！

按照电视剧里的剧情推进，“家庭妇女”声嘶力竭地吼道：“我要离婚！离婚！”

只是她没想到，蒋时延根本不怕，反而笑得眉梢都压不住：“好的，好的，离婚，离婚，只是离婚之前我们是不是要先结——”

唐漾温暾又茫然地眨了一下眼睛，等她意识到自己说了什么，一秒、两秒、三秒，她扑回床上，带着被子连滚两圈，格外麻利地把自己卷成一个蚕宝宝，密不透风的那种。

蒋时延觉得好笑：“漾漾——”

“你没听到上一句！”小女朋友大喊，隔着被子瓮声瓮气的。

蒋时延含笑：“可我听到了。”

唐漾：“你没听到。”

蒋时延：“我听到了。”

唐漾：“你没听到！”

蒋时延：“你出来。”

唐漾闷声尖叫：“我拒绝！”

蒋时延拉她的被角，她紧紧地攥住被角。

蒋时延有的是办法治她，他把手一松，干脆坐到她旁边：“你不出来我就只有不走了，要是程斯然他们问我，我就说漾漾还小，舍不得我走，我一走她就哭鼻子——”

唐漾有的是办法反治蒋时延，她将计就计，嗓音拖出哭腔：“你说什么我听不到，你说大声点儿，裹在被子里好难受，我都快热死了，我……我……”她一下一下做艰难呼吸状，“我快要喘不过气了，心口好堵，好堵——”

蒋时延知道她在装，但还是心软了。他拍拍被子：“好好好，我没听到，宝贝儿快出来，别把自己闷坏了——”

唐漾唰地掀开被子，红着耳尖，抬脚蹬他：“快滚，快滚！”她总感觉蒋时延刚刚想骗婚，没安好心！

蒋时延抓起她的手拿到嘴边亲了亲，又俯身亲亲她的额角，把叽叽歪歪的小女朋友揉顺了毛，这才出去。

“待会儿回来给你带奶盖。”蒋时延在玄关一边穿鞋，一边朝里喊。

唐漾本来面朝着门玩手机，听到他说话，格外做作地转身背朝他。

蒋时延在镜子的反光里看到她这个模样，不自觉地勾了唇。这小脾气大得……啧。

唐漾在蒋时延面前再怎么炫耀、高兴，可到了周一去上班，她一身藏青色西服穿得干练，皮肤白皙，妆容精致，表情沉稳而内敛。

她上电梯又下电梯，不少同事向她道贺，她从来不说“哪有哪有”“承让承让”，而是颔首道谢，走路带风。

之前甘一鸣缺席过，唐漾代理过处长，所以这次人事变动并未对信审处造成太大影响。

快十一点时，秦月摸鱼推开唐漾办公室的门，熟练地从她的储物柜里顺了一包餐巾纸，走到办公桌边，挑眉：“怎么样？”看吧，自己说她唐漾上就是她唐漾上。

唐漾往转椅后面坐点儿，笑得放松：“你厉害。”

秦月满意地正了正对方头顶的发夹。

两人又聊了几句，秦月临出门前想到什么：“对了，”她又走到唐漾身边来，低声道，“我姐说魏长秋和甘一鸣正在办离婚，不知道手续什么时候办好。”

唐漾：“离婚是肯定的，就是不知道甘一鸣能拿到什么。”魏长秋会赏他一点儿，还是……

秦月望着唐漾，用嘴型虚虚地吐出四个字——净身出户。

唐漾微微诧异，魏长秋做事这么决绝？

她和秦月的目光在空中交流。

这时，门被敲了三下。

唐漾：“请进。”

范琳琅推开虚掩的门，抱着一堆文件进来：“在聊什么呢？你们好像聊了挺久。”

“秦副在说伦敦的鬼天气，”唐漾半开玩笑地转移话题，接过文件，“这是？”

“信审处这次变动挺大的，负责人在动，外面办公室也走了好几个人，又新进来好几个人，”范琳琅解释道，“顶楼秘书室那边授意让我们搞搞团建，活跃一下气氛，时间定的是这周五。我在网上搜了一下，写了几个备选方案出来，您和秦副看看怎么安排。”

范琳琅和唐漾相处快半年了，知道唐漾看方案看得比甘一鸣细，所以她写出来的方案也比以前写给甘一鸣的详备很多。

唐漾和秦月浏览了预算、时间、具体内容，唐漾又问了其他同事的意见，然后和秦月敲定了其中一个。

这次，伴随唐漾升职变动的还有甘一鸣“终身不得进入银行业”的先决处分，秦月加入九江专案做辅察工作以及范琳琅填补唐漾的空缺，升为副处。但比起唐漾之前作为管培生落岗，担任专业和技术方面的职责，范琳琅主要分管的是党务和办公室事务这块。

她在这层楼待了快五年，未婚未育，临近三十岁才等来第一次晋升，神色间难掩得意。她平常戴的耳钉低调、素白，诸如珍珠一类，今天换了红宝石，整个人的气色提亮了不少。

唐漾注意到了。正事儿说完后，唐漾很自然地夸她：“好看。”

范琳琅顺着唐漾的视线把头偏到一旁，她抬手摸着耳钉，犹疑道：“真的吗？”

秦月认可唐漾：“好看。”

秦月到信审处伊始便和大家显得格格不入，不是撕破脸或者冷战，而是生长环境的差距。比如其他同事讨论存钱买什么车性价比稍高，她拎个包就是一辆车；同事们中午点二三十块的外卖，邀请她一起，她会说自己嘴挑，然后叫悠然居送个下午茶就是一两千。

范琳琅和秦月一起工作几年，秦月和她说的话加起来可能没有秦月和唐漾一天说的多。这时听秦月也夸自己，她略显局促地低头笑，眼里闪过一抹不知名的情绪。

信审处团建搞过不少，但一般在周末，工作日搞团建约等于休息，大家这周好像有了一个盼头。

周五早上，唐漾定了闹钟，七点准时起床。

外面天色还没亮，灰蒙蒙的，她坐在梳妆台前戴好项链，捯饬着那张脸。蒋时延大大咧咧地敞着浴袍站在旁边，一边打哈欠，一边朝她包里疯狂地塞东西——湿巾、零食、现金、雨伞……还有糖。

唐漾无意中瞟见，哭笑不得：“我是去团建，去福利院陪小朋友画画，又不是去春游……”见蒋时延一副“我听不见，听不见”的无赖模样，她边拍脸，边投降，“好好好，你随便装，别太多，我背不动。”

知道她背不动，蒋时延挑的都是必要物品。可全天下都是这样，小女儿要出门，老父亲东挑西拣，还是恨不得把自己拴在宝贝女儿头顶的蝴蝶结上，跟着一起去。

团建去福利院陪小朋友画画，一方面是出于经费考虑，另一方面，临江城福利院在二环城乡接合处，人少车少空气好，可以顺便踏踏青。

范琳琅前几天就和福利院的人做好了沟通。

周五上午，同事们坐大巴车抵达时差不多九点了。

几幢三层的小高楼矗立在半山腰，楼里的窗帘是柔软的彩色布料，楼外涂漆干净，四周的围墙倒有些年头了，“临江城福利院”的“城”字少了提土旁，大门栅栏上覆着一层爬山虎，两旁的地面覆着斑驳的白灰。

十几个小孩排在门口，见来人了，整齐划一地喊：“欢迎哥哥姐姐。”

好些同事都没孩子，顿时觉得这些孩子可爱死了。同事们纷纷拿出给小孩带的礼物，有的同事忘了带，好在唐漾提前安排范琳琅统一买了些。

孩子们稚声稚气地做完介绍后，唐漾和秦月几个人跟福利院副院长和照顾孩子的阿姨们碰头——院长在城里买东西，要下午才回来。这些小孩最大的十三岁，最小的三岁，大多身体残疾或者有认知障碍。其他小孩在学校读书，他们就在福利院阿姨那儿学学认字、画画，倒也过得简单、开心。

唐漾转头看孩子们，这才注意到孩子们旁边站着个十五六岁的少年。他先前没和大家打招呼，现在也是一言不发。

少年个儿头近一米八，一身黑 T 恤衫、牛仔裤破破烂烂，但不脏。他裸露的左臂上盘着一条蜿蜒的伤疤，右臂文着夸张又不知姓名的植物。

唐漾打量他时，他一只手插兜，一副索然无味的表情，放在唐漾中学时代就叫非主流。大抵少年那副皮囊着实好看，唐漾脑海里第一个蹦出来的词是阴郁。

一个福利院阿姨察觉到唐漾在看他，解释中夹杂着厌弃：“他叫时靳，年底满十六岁，脾气不好，在学校成绩是倒数，经常旷课、打架、抽烟、喝酒、摔东西。”她凑到唐漾耳边，小声道，“听说还经常和外面那些混混在一起打架，年纪轻轻不学好，你看他手上那条疤，哎哟哟。”

“乱说什么，”福利院副院长喝住阿姨，转而跟唐漾换了种温和的说法，“时靳来的时候已经十四岁了，确实不太合群。”言语间也有轻微的罅隙。

这种小孩大多经历过变故，没走出来。道理唐漾都懂，可她不是什么慈善家，不负责拯救少年，今天过来也只是团建。

秦月倒是一直盯着那个少年看，唐漾和负责人聊了两句，见秦月失态，她轻轻扯了一把秦月的衣角。

秦月清清嗓子收回视线，唐漾的目光触及少年手臂上的刀疤，心跳不自觉地快了些。好在其他小孩都乖巧、懂事儿，她陪小孩们画了会儿画，脸色也在孩子们的笑声中明媚起来。

临近中午，信审处的员工们搭了架子，烤了两只大全羊。那些小孩就着音乐，手拉手跳起笨拙的踢踏舞。

大概因为之前唐漾零食送得多，她们在唐漾身前多逗留了一会儿。唐漾笑得眉眼弯弯，一只手举着刚洗好的大葱，一只手给蒋时延录视频。

宝宝:“可不可爱？！”

蒋时延给唐漾回电话，唐漾放下大葱，绕到围墙外面接起。

“你喜欢小孩吗？”蒋时延在电话里柔声问。

唐漾想了想，道:“我喜欢长得漂亮又懂事儿的小孩，我不喜欢熊孩子。”

蒋时延:“我也是，我喜欢小姑娘多于小男孩，感觉小男孩小时候都很皮。”

唐漾噙笑:“你小时候皮吗？”

“我应该属于一直特别懂事儿的。”

蒋时延这句话出来，好了，唐漾就知道是假的:“那我应该比你懂事儿。”

唐漾高中也是会翻墙去网吧的主儿，这话一出来，好了，蒋时延也知道是假的了。可谎话有时候会让人心情愉悦，也可能因为开口者是对方，所以谎话都显得可爱无比。

蒋时延问她做了什么，准备吃什么，唐漾一一作答。

两人聊了半分钟，蒋时延忽然想到什么:“之前好像有孕妇在医院出事儿，医院来买营销，生孩子应该很痛吧。”他皱眉。

唐漾说:“我怕痛。”

蒋时延道:“其实我也不是特别喜欢小孩，顺其自……你怕痛，我们不要小孩也可以啊。”

唐漾:“可我是独生子女，你家人也不多，不要小孩总感觉很奇怪。”双方家长肯定都会有意见。

蒋时延像知道唐漾在想什么:“没事儿，”他宽慰她说，“我妈那边我闹一闹就行了。我妈不讲理，我比她更不讲理，她拿我就没办法了。”

唐漾撇嘴：“可我不敢跟我妈闹。”

蒋时延很有担当：“那我去闹，闹完他们要打要骂都冲我来。”

唐漾扯了一片爬山虎的叶子，又忍笑道：“你怎么不直接说上刀山下火海？”

“漾漾会舍不得啊，”蒋时延俏皮话接二连三，“当然，如果漾漾舍得，也不是不可以。”

“……”

东拉西扯好一会儿，唐漾的小脸被太阳晒得红通通的。

挂断电话，她转身走着走着忽然反应过来——她只是随口夸福利院的小朋友可爱，某人在想些什么呢？谁想和他生小孩啊，喂！但如果以后结了婚，真要有了小孩，那她选男孩子，长得像他，模样俊俏，白白胖胖，和年画上的糯米团子一样，笑着扑进自己怀里声音软绵地叫“妈妈”……

半山腰微风拂面，吹得人暖融融又痒酥酥的。

唐漾喉咙不自觉地咽了一下，然后她抬手去挠绯红的耳郭。

里面的空地搭了遮阳棚。

秦月见唐漾顶着苹果脸回来，瞥了一眼棚外：“这么热？”

唐处长点头，努嘴，格外有信服力地道：“你去试试就知道了。”

午饭时间，副院长和唐漾几人坐在一起，讲了很多。

副院长说自己以前是民办小学代课老师，因为心疼这些小孩才来了福利院。这福利院是九江集团投建的，结果她刚来没多久，就遇上全国性的下岗潮，九江那边资金周转不灵，连工资都付不起。

唐漾听到九江，多问了两句细节。可那是十年前的事儿了，副院长记不清，唐漾也就没追问。

副院长喝了两杯酒，说哪个孩子半夜发烧，她背着走了十里地；哪个孩子被烫到，她用鸡蛋清涂了，守着消肿；还说到九江不再给福利院钱之后，有一个好心人每年年初都会给福利院打钱，打一笔够福利院一年的开支。以前是十来万，后来是百来万，偶尔哪个孩子出事儿，他也会给钱应急。

早年企业投建的福利院政府不会管，副院长喝了两杯酒，说到后面，声泪俱下：“如果不是那个好心人，福利院大概早就垮了，这么多孩子将会流离失所……”

酒过三巡，福利院阿姨扶着喝醉的副院长上楼，唐漾拉住其中一个阿姨问资助人的细节。

“他从来不留名字。”阿姨摇头，突然思及什么，又附在唐漾耳边悄悄道，“但我以前见过一次他寄过来的存单还是什么，就是可以去银行取钱的那种，他的名字里好像有个‘Z’，还有个‘X’。”

唐漾在秦月手心写了“Z”和“X”，秦月思忖了一会儿，一脸笃定：“那个资助人姓哲名学，叫哲学。”她一本正经地胡说八道。

唐漾哧地笑出声，抬手打人。

临江城福利院商业味不重，小孩们难得碰到这么多哥哥姐姐来，开心得不肯午睡，阿姨也难得依他们一次。

秦月一反常态地组织同事们和小孩互动，只是她一边若有若无地朝那个在一旁摆弄着羊皮的少年看，一边招呼大家。

秦月做什么事儿心里都有谱，唐漾不戳穿她。

范琳琅几个人拉起跳绳玩，敖思切带着一个小孩捍橡皮泥，老鹰捉小鸡的队伍缺只老鹰。

秦月实名推荐唐漾，唐漾答应了，见同事笑，她摸不着头脑。

秦月道：“大家当老鹰得弯着腰跑，唐处身高刚刚好。”

唐漾蓦地定住了，手一指，利索地拉垫背：“找敖思切！敖思切年龄小，她也没有一米六！”

敖思切大大方方地站过来，和唐漾背靠背。虽然她没有一米六，但她比唐漾高啊。

唐漾看看敖思切，再看看和自己差不多高的十三岁的“鸡妈妈”，“嗷”一声，哭丧着脸认命了。

大家捧腹大笑。

五月虽未入夏，但午后已经有了知了的聒噪，阳光暖暖地洒在福利院外宽阔的草地上。在脱离绩效、远离写字楼的环境下，大家一身轻松，笑声卷进热风，不断回响。

唐漾玩起来放得下包袱。她偶尔会去健身房，今天也听蒋时延的话穿了运动鞋，可战斗力比起小孩还是差了一大截。疯跑了将近半个小时，“唐老鹰”一只小鸡都没抓到，嗓子却快喊哑了，汗水也湿了背。

唐漾把敖思切叫过来让她看着小孩，自己直接灌了半瓶水，然后去洗手间整理一下。

洗手间在大楼后面，离众人所在的草坪有一段距离。

唐漾跑得脸又红又烫，边走边喘气。她先前笑得太久，这时走了快五十米，嘴角还微微翘着。

她以手掌做扇扇风，越朝前走，身后的喧闹越远。路过转角，陷入安静。

唐漾察觉到什么动静，脸上的表情渐渐凝固。她步伐越走越慢，然后在女厕所门口停住了脚步。

在她身后，有人尾随。见她停下，那人紧紧尾随的脚步跟着停下。两个人隔着大概一米的距离，谁也没先动，谁也没出声。

僵持间，唐漾有些怕，却强作镇定。她的胸口起起伏伏，垂在身侧的手心不可控制地攥出一层薄汗。

四下无人，阳光拉出斜长的影子。

福利院就这么些人，唐漾稍稍偏头，便认出了身后影子的主人——时靳。

他为什么会跟着自己？一个文身、打架的边缘少年跟踪自己。唐漾屏息间，脑补了很多，比如抢劫，比如行凶。她甚至想到他是不是拍了自己刚刚疯跑的照片，用丑照来敲诈自己。

唐漾越想脑子越乱，时靳却迟迟没动，仿佛刚才尾随唐漾的人不是他。

唐漾的手伸到挎包里，胡乱地摸到了防狼警报器，她顿时像吃到定心丸，试探着转身对峙："你——"警报器还没拿出包，剩下的话便通通卡在了喉咙。

唐漾转过身时，少年替她挡了点儿光线。他默不作声，一只手插兜，一只手摊在唐漾面前。少年的掌心中央赫然放着一条项链。

项链是铂金的，吊坠用细碎的白钻镶边，多面切割的蓝钻隐匿在白钻间，熠熠生辉，熟悉得……像是自己的。唐漾蓦地抬手，脖子上果然空落落的。她眼神一顿。

这是蒋妈妈送给唐漾的礼物，唐漾只有心情很好或者出席重大场合才会戴。大概是她今早戴得匆忙，项链绞上了头发丝，刚刚玩老鹰捉小鸡玩得又太疯，什么时候甩掉的都没注意。

唐漾看着时靳，大概是勒索吧，但只要他开价不是特别离谱，她愿意接受。她眸色深了些。

少年抿唇，又松开，反复之后，语气僵硬又清冷："捡的，还你。"

"啊？"唐漾愣住。

知道她听到了，少年不愿多说，颇为不耐烦地扬扬手。

蒋妈妈送给唐漾的是个高定牌子，奢侈而极致。唐漾和其他戴这个牌子的大多数人一样，有轻微的洁癖，项链这种贴皮肤的东西，她们不大愿意让陌生人碰。

不知是偶然还是刻意，唐漾这才注意到，少年掌上刚好垫着一层卫生纸，上面是项链。项链从锁扣断开，唐漾那根绞在上面的头发还保存在纸上。这是一次真正完整的归还。

一瞬间，唐漾说不清心里那种感受是自责还是惭愧，温暖又酸涩。

她长长的睫毛颤了颤，就着卫生纸把项链拿回来装进包里，她松开另一只手里的防狼警报器，换成一颗大白兔奶糖，以物换物，放到少年的掌心。

少年嫌弃唐漾动作慢，拿了那颗糖，面色颇为不善地转身离开。

唐漾目送少年离去。

而就在刚才那个转角，有个六七岁的小姑娘站在那儿，她望着这边的两个大人，手背在身后，眼神怯怯的。

少年走近转角，小姑娘身体朝后缩。少年龇牙咧嘴地凶小女孩，小姑娘撇嘴。

少年抬手像要打人，小姑娘怕得眼睛红红的，眼泪都快掉下来了。少年还是一副没好脾气的表情，手一松，吊儿郎当地把那颗大白兔奶糖轻轻地搁在了小姑娘头上。

风吹过，沙沙响。

少年路过转角，身影消失不见。

小姑娘剥开糖纸，含得小心翼翼又满心欢喜。她微眯着眼睛，脸颊柔和而明亮。

唐漾站在不远处望着，脑海里忽然浮现出很久之前在南津街那个下午，张志兰家两个小孩，一个说仍旧想当军人，一个声音稚嫩，但满是认真地唱："起来，不愿做奴隶的……"

两幅场景好似无关，如果非要相连，大概是唐漾心底某个很柔软的角落在这两个下午被同样的力度轻轻戳了一下。

傍晚六点，唐漾一行人临回去前，福利院院长回来了。

院长是个六十岁出头的老头，头发灰白，精神矍铄。他放下采购的东西，邀请唐漾和秦月上去喝杯茶，两人应下。

到办公室后，唐漾和秦月先就今天活动圆满结束表达了感谢，唐漾真心实意地说，如果以后有机会，希望还能过来。

老院长笑着应好，跟两人说了福利院近几年的概况。

聊到后来，不知是谁提了时靳，老院长的脸色渐渐黯下去，门似乎被外面的风吹动了一下。好一会儿后，老院长叹气："这孩子啊……"

时靳的父母是医学院知名教授，从小家境优渥。他八岁那年，一场猪流感蔓延全国，父母在抗疫第一线双双殉职，他跟着奶奶生活。时奶奶是 A 市有名的企业家，企业庞大，几乎能和九江媲美。照理说，时靳应该继续过无忧无虑的少爷生活，但他十二岁那年，奶奶去世，姑父姑母收养了他。他十三岁那年，姑父姑母离婚，企业内乱，姑母出于种种原因把他送到这儿，便再也没有接回去。

"他一直觉得他父母不是简单的殉职，但这件事儿已经盖棺论定。

"他以后想做什么医疗数据图谱，我也不太懂。

"这孩子是真的命不好，来福利院之前一路坎坷，来了福利院上了中学，他参加什么电脑比赛，拿了第一，结果错过了身份确认时间，又因为和医药代表打架，被取消了奖学金。"老院长摘下老花镜，用眼镜布慢慢擦拭镜腿，"这孩子买电脑，交学费，都是自己在外面打零工挣的钱，不问福利院要一分钱，偶尔还会给福利院的小孩买书。他心肠好，心气硬，懂事儿，有轻微的自闭症。"

时靳现在上高一，已经获得几所顶级大学的预录取资格，还拿了一个做智能医疗图谱的互联网公司的预留名额。

老院长慢吞吞地戴上眼镜："他现在偶尔会到那家公司打零工，想高考结束之后直接过去。这孩子和我亲，我就想着让他好好上个大学拿个文凭。互联网这些东西风向一天一变，说不准的。"

话聊多了之后，几个人熟稔不少。

唐漾道："他有自己的思量吧。"

秦月："万一以后又遇到个什么——"

咔嗒，门被推开。

"无所谓，意外已经够多了。"时靳的刘海中分，别到耳边，他端着一盆花进来。夕阳暖黄，镀在少年微扬的下颌上。他五官好看，嘴角勾着嘲讽。

一个十几岁的少年刻薄到了骨子里。

唐漾慨然长叹。

秦月眼神微微闪躲。

从福利院回家，夜色黑沉如墨。铺了漫天的星斗如同一盏盏信号灯，在黑暗中闪烁出若有若无的方向。

那天晚上，甘一鸣和魏长秋离婚的消息登上微博热搜第一。

甘一鸣被判了十年，跟了一大堆处罚，还净身出户。

网友们谴责甘一鸣，对魏长秋这种耿直、利落的富婆抱有极大的好感。

“老公手脚不干净，老婆离婚有毛病？人家身家几百亿，凭什么要到垃圾堆里找伴侣？”

“国内编剧看过来，标准的凤凰男剧本在这里，出身于偏远小县城，有一个一起考上大学的青梅，为傍富婆抛弃青梅，一朝得道作死，富婆反踹，青梅高升。”

“……”

那天晚上，陈强敲定一份八位数的融资，励志的采访视频也上了热搜，在上一条下面。

唐漾累了一天，腰酸背痛，她正享受着蒋时延从自己这里偷师的按摩手法，陈强的电话就打进来了。

“漾姐，”他喊她，“宋——”

唐漾举着手机换了个姿势：“啊？你刚刚说什么？我没听清。”

陈强问：“你和蒋总最近还好吗？那天蒋总说你升了处长，应该蛮忙的。”

唐漾：“挺好啊，是。”

两人开着免提聊了一阵，蒋时延也和陈强不咸不淡地说了两句。

“你最开始要说什么？我没听清。”唐漾想起来。

陈强沉默了一会儿，道：“没……没什么。”

也是那天晚上，唐漾做了一个梦。她梦见自己一个人去爬山，山里分出两条路，就像中学时代课本里那首诗里写的一样，一条平坦而脚印众多，一条人迹罕至。她可以选择人迹罕至的那条小路，但还是跟着前面的人选了所有人都走的那条大路。她走着走着，前面的人忽然全部消失，明媚的天光换成乌云密布。昏天暗地间，高山化作深渊，她孤立无援，脚下一滑，身体如断翅的蝴蝶，直直地朝深渊坠去……

唐漾在下坠的刹那惊醒，浑浑噩噩，一头冷汗。

蒋时延几乎和她同时醒来。

“宝贝儿，没事儿。宝贝儿，我在。”蒋时延一下一下顺着她的背，低声哄着。

等唐漾情绪差不多稳定了，蒋时延这才去厕所拿了条湿毛巾出来。他耐心地擦着她额角的汗，然后是手，一根一根擦着她白皙的手指。

唐漾还没彻底清醒，脑袋里宛如装着糨糊：“如果一个专业对口，但资质平庸的本科生，和一个没有文凭，但天赋极高的高中生同时到一休应聘，你会选哪个？”

蒋时延温声道：“天赋高的。”

唐漾：“所以为什么公司简历准入条件大部分是本科而不是高中，就不怕错失天赋高的大佬吗？”

如果唐漾清醒着，肯定能说出答案，并觉得问题略显愚蠢。但她还在梦呓。

蒋时延将她额前汗湿的碎发轻轻拂向两边：“因为大佬是少数，就一般人而言，本科生各方面能力肯定高于高中生，就像有的单位只要研究生，连本科生都不要，是一样的道理。”

大概是蒋时延的嗓音太温柔，和唐妈妈以前教唐漾认字差不多，“唐小朋友”很快又睡了过去，但抱着他的脖子没撒手。

蒋时延的脖子不敢动，他小心翼翼地反手探到床头柜，小指钩到手机，把屏幕的亮度调到最暗，然后给程斯然发了条短信——帮我查一下临江城福利院。

蒋时延皱眉，他家小孩去了一趟福利院，回来之后情绪一直不太对，夜宵少吃了半碗不说，刚刚还做了噩梦，什么破地儿！

之后几天，唐漾状态一直不太好，会胡思乱想、焦虑，偶尔吃东西还会反胃。

有一两次，她真的跑去厕所干吐。蒋时延拧紧眉毛：“是不是胃病又犯了？去医院看看吧？你肠胃本来就差，万一拖出个什么毛病——”

唐漾擦擦嘴：“没事儿，可能是因为下午在单位喝了一杯冰可乐——”

蒋时延瞬间沉下脸：“唐小漾——”

唐漾怯怯地缩缩脖子：“这不是没忍住嘛——”

操心如老母亲的蒋时延只想扑过去咬人，唐漾赶紧躲。

蒋时延追上去，两人绕着沙发跑了好一会儿，唐漾被他摁在沙发上，咯咯笑着：“我错了，我错了。蒋大哥，我不会再犯了。大哥，大哥，”她娇娇软软地唤着，“求大哥饶小弟一命。”

蒋大哥抓着小弟的两只手，一副主宰黑道帝国的沉稳风范：“大哥得上了小弟。”

蒋时延也就嘴上开开车。

这段时间，比起性爱，他更喜欢抱她，用身体贴着她的后背给她安全感，偶尔真枪实弹，蒋时延也是先考虑她的感受。

等唐漾这段“水逆”差不多过去，蒋时延还没来得及向小女朋友讨要利息，便收到 Leo 的短信，要飞去大不列颠出差一趟。

A 市在亚热带，五月末已是艳阳高照，知了长鸣，地表温度隐隐有了煎蛋的趋势。尤其是中午，室内开着空调，室外热得直泛白光。

周末唐漾没去加班，蒋时延收行李时，她就叼着根棒冰，盘腿坐在沙发上给他加油。

蒋时延一边叠衣服，一边操心地碎碎念：“我妈说她会过来，她手艺不行，但她带的保姆手艺不错，你可以点鱼香肉丝、糖醋排骨，你最近爱吃酸。”

唐漾吸着棒冰：“嗯。”

蒋时延：“零食我在客厅电视柜下面囤了点儿，卧室抽屉里囤了点儿，你办公室我也送了一点儿过去，都是健康的，但有些东西吃多了上火，你要少吃。”

唐漾咂咂嘴：“好。”

心不在焉啊，小朋友。蒋时延转头看着她，严肃道：“这根吃了不能再吃了，冰箱里剩下三根，我上午出去给了楼下李爷爷的孙子。”

唐漾慢慢地停下嘴上的动作，小脸上写着不敢相信，家中重大财产变动都不和女朋友商量一下？

和你商量就变动不了了。“还有，”蒋时延毫不心虚，“我妈每次过来都会检查冰箱，你单位那边我和秦月也打了招呼，我留在你包里的银行卡是我的副卡，你买什么我都看得到，如果你愿意专门跑银行从取款机取现金，那我没办法——”

啪一下，唐漾冷着脸，把没吃完的棒冰丢到地上，汁液四溅。吃个棒冰都管？这人不给她人权。

蒋时延倏地把衣服随手一扔，面色比她更冷。上周是谁半夜睡不着？是谁整天胃不舒服，这也不想吃，那也不想吃？是谁不肯去医院，吃药都吃不下？

上周唐漾睡不着的时候，蒋时延第二天要上班，但还是整晚陪她说话，小声哄她。

唐漾嘴挑得想吃酸酸甜甜的，但酸味和甜味的比例要在一个不可描述的范围内，蒋时延就买了番茄，挨个儿切开，把里面的汁舀出来给她凑一杯。

唐漾以前一个人的时候喝药不眨眼睛，上周她小眉毛皱成波浪线愣是喝不下，蒋时延就买了硬质奶糖，凿成细粉末，给她兑到胃药冲剂里。

有时，唐漾不是喝不下，只是单纯想发小脾气，蒋时延也照单全收，一遍一遍给她用糖兑药。昔日无法无天、遇事儿奓毛的蒋家小霸王好得快没了脾气……她这样想想，他管着自己吃棒冰真的微不足道。

两人谁也没说话，气氛剑拔弩张，仿佛下一秒就是血肉横飞的家暴现场。

唐漾望着蒋时延，蒋时延和小女朋友对视。

一秒、两秒、三秒，唐漾咬咬唇，张开双臂，软绵绵地要抱抱："蒋时延，你对我可真好。"撒娇的小调子跟抹了蜜似的。

蒋时延回抱小女朋友。窗外的阳光偷偷探向屋内一角，他怀里的小姑娘身子柔软，眉眼弯弯，小嘴红润。

蒋时延探身吻了吻她的嘴角。他学她，同样弯着眉眼，道："那漾漾想不想让蒋时延对你好一辈子呀？"

唤他独有的漾漾，要一辈子唤啊，要唤一辈子。

蒋时延这话藏着暗示，唐漾自然听出来了。

身为一个崇尚独立、注重精神契合、绝不肤浅的现代女性，面对男朋友隐晦的求婚，唐漾"嗯"了声，在他怀里动了两下。

"你每次都很不认真啊，"唐漾眨了眨大而黑亮的眼睛，抬手挠他的下巴，"下次请你用一辆豪车把我载到一栋豪宅，带我走过无边无际的玫瑰花海，然后举着超大号的'鸽子蛋'单膝跪下，再说对我好一辈子，可以吗？"

不待蒋时延回答，她想到什么，眉眼弯弯，道："当然，如果你愿意的话，也可以等我攒钱买个'鸽子蛋'，然后用同样的手法把你带到豪宅，说对你好一辈子。"

唐漾一边说，一边探身到茶几下面，果真从格子里摸出一个金色的小猪储钱罐。她掀开猪肚下的橡胶盖，反手抖着，大大小小一堆硬币哐当从里面掉出来。

先前温馨的氛围被脆响打破。蒋时延的表情凝固了。

唐漾一边数自己那些零散的硬币，一边小声念："假设玫瑰、'鸽子蛋'、豪车、豪宅加起来要五千万，我现在已经攒了一毛、两毛、七毛、一块七……共计十六块八毛三，距离五千万还有四千九百……"她扳着手指头算，嗓音无辜又温软。

蒋大佬看着那堆白白黄黄的硬币。几秒后，他气到微笑："我刚刚是求婚吗？"虽然他有贼心。

唐漾脆生生道："我说了你刚刚在求婚吗？"虽然她想说他有贼心。

两人进行完文字上的钩心斗角，视线在空中相撞。

蒋时延沉稳、冷静，唐漾笑得甜甜的。

几秒后，蒋时延丢盔弃甲，撤退前，不忘扯一把小女朋友的头发。因为他在生气，非常生气，气得……要是这儿有十个橡皮圈，他非得给她扎一头花花绿绿的"冲天炮"。

想象一下，漾漾穿着一身黑西装，踩着高跟鞋，顶着一头竖起来的小辫子，一脸严肃地说"给我核对一下这边的行程""你那个不可以""对，我是唐漾"……蒋时延噗一下笑出声。

唐漾狐疑道："你在笑什么？"

蒋时延屈指捂嘴，咳了一声："没什么。"嗓音含满笑意。

蒋时延是晚上的飞机，机场路上车不多。

他临下车前，唐漾说："我看着你进去。"

蒋时延执意道："我看着你开出去。"

唐漾失笑："不是说好我送你吗？"

"你送我来，我送你走，你把我送到机场，我目送你走。"蒋时延满脸认真，他捏捏唐漾的脸，"我们输入和输出等值啊，唐处长不能因为自己特别漂亮而——"

唐漾唇瓣柔软，贴在了蒋时延的唇上。

蒋时延的目光幽深似海，眼里噙着笑，笑里是唐漾。

这天晚上没有月亮，几颗星星孤独地嵌在远天，机场路尽头的路灯将铝棚内的一切照得通明，光下是蛰伏的路虎和蒋时延眼里的唐漾。

回去的路上，唐漾将车开得平缓，舒缓的英文歌回荡在车厢。

好像很久之前，在唐漾惊醒的梦里冥冥中就有了指引，好像也是因为蒋时延方才一句"输出和输入等值"，她听着车胎轧在环城高速上的窸窣声，脑海里格外自然地冒出了一个想法，大胆而全新。

第18章 月夜

大抵就像骑士为巾帼装点红装，
看她盛放，接受众人的喝彩……
而他会一直在她身后、身边。

九江投建了临江城福利院，时靳要进的公司是TAXI，TAXI也投建了福利院，但TAXI的福利院没有时靳。

张志兰欠缺征信和偿还能力证明，而她供职的几家中餐企业和汇商都有业务往来。

如果……唐漾想，如果有一款理财产品打破对公对私的壁障，实现公司和个人等值的输入和输出。

如果能推出一款信贷类理财产品，以银行为中介，实现以个人为主体的贷款方和以公司为主体的第三方等值的输入和输出，那么……

唐漾不是什么好心人，也不喜欢横插一脚，改变别人的人生，倘若真的要给她这个想法附上一个出发点，那大概就是提高资本运作的效率。

银行有专门做理财研发的部门，但对于唐漾这样的管培生，汇商给了很多渠道鼓励并允许创新。比如唐漾之前的“BKB”模型，比如周默曾经推过一个类似随取随用现金宝的理财产品，只在周三发售，但因为放低了金额以及其他优惠条件，一度引起抢购狂潮。

送蒋时延去机场的那天晚上，唐漾脑海里的概念晦涩而模糊。

接下来的一段时间，她除了和蒋时延打电话时撒娇卖萌，其他时间都伏在办公桌上，查看信审处往年的卷宗。遇到合适的案例，就挑出来认真地比对分析。

往前十年时间里，汇商信贷的规定和条理不尽完善，不同人过审记录的习惯也不同，唐漾一边忙着九江专案第一次核查的收尾工作，一边整理自己挑出来的案例。

有的资料详备，她甚至会去做实地回访。一方面，更全面地了解当时的情形；另一方面，作为对贷款案例的回访。

双重压力，四处奔波，唐漾偶尔半夜会发烧，吃东西吃不下，遇油腥会吐的症状卷土重来。

好几次，蒋妈妈见唐漾吃一半便冲去厕所，再看看她碗里的糖醋排骨，想想她这几天的饮食偏好，蒋妈妈追过去，一边心疼地帮她拍背，一边有些期待：“糖糖，你是不是——”

“什么？”唐漾苦着脸擦嘴。

蒋妈妈“哎呀”一声，嘴角翘得放不下来：“你‘姨妈’是什么时候来的？”她用胳膊肘捣捣唐漾，“是不是……有了？”

“有什么——”唐漾懵懵懂懂的，没反应过来。

蒋妈妈一边比画，一边挤眉弄眼。

好几秒后，唐漾微微红了耳尖：“我‘姨妈’这段时间都不太准，估计明后天来，”她柔声说罢，摇了摇头，“应该没有，我们做了措施。”

蒋妈妈有些不信：“真的没有意外情况？”看你刚刚吐得那么厉害。

唐漾当着蒋妈妈的面脸红心跳地回忆一遍，笃定道：“没有。”

蒋妈妈顺着话头道：“你们是完全没有要小孩的准备吗？”

唐漾点头：“没有。”

蒋时延虽然乱来，但糖糖是稳重的性子，既然糖糖说没有，那就一定是没有。

“估摸是中午吃了块西瓜，肠胃病犯了，你肠胃本来就不好，我给你找找药。”蒋妈妈说着便朝厕所外走。

唐漾望着蒋妈妈嘴角的笑容消失，拉住了蒋妈妈的手：“易阿姨，”她抿了一下唇，神情忐忑，“我想过两年再要小孩。”

蒋妈妈脸上的温和消失不见。

唐漾看到了，心跳得很快，可她的想法搁在那儿，正是因为蒋妈妈对她很好，所以她做不到一边乖巧地说“准备要小孩”，一边又避孕。她咽了咽唾沫，声音更小了，说道：“虽然周自省的话说得不好听，但我确实处在一个上升期，我想过两年，等到三十一二岁，稍微稳定了再要小孩。”她心虚，但坚持说完，“您知道我的情况，不管什么时候结婚，我都没实力也没办法做全职太太——”

“唐漾。”蒋妈妈面无表情。

唐漾一颗心悬到了嗓子眼，蒋妈妈是不满了吗？是抱孙心切了吗？要批评自己吗？可无论蒋妈妈怎么骂，她都会认真听，并且不能算婆媳矛盾。因为她确实快三十岁了，和蒋时延同岁，两个人还磨磨叽叽谈着恋爱，蒋时延妹妹的儿子都快上小学了。

唐漾松开拉蒋妈妈的手，低眉顺眼道：“嗯。”

蒋妈妈不为所动：“你想什么时候要小孩就什么时候要小孩，甚至要不要都无所谓，我管不着。”

一般大人说“管不着”的潜台词好像都是“不听话”。唐漾讪讪的，不敢出声。

蒋妈妈说出下一句：“可你怎么能叫我易阿姨呢？！”

唐漾一怔，然后抬眸。

“我是蒋时延他妈，你和蒋时延在一起，我就是你妈，唐漾，你怎么能管你妈叫阿姨呢？”易阿姨，易阿姨，蒋妈妈越想越难过，用手痛心疾首地点着胸口，“还是说你嫌弃我，你在暗示我，我哪里对你不好，你可以说，我可以改。我好不容易当了你妈，你之前明明都叫了，怎么突然又叫易阿姨呢？糖糖，你知不知道，这个称呼是一把刀，在剜我的心头肉啊？”

蒋妈妈发“啊”的感叹时，递进地点了三下心口。

唐漾愣愣地望着对方几乎泫然欲泣的模样，好像明白蒋时延那扯着嗓子号的本事是从哪儿来的了。

一模一样的分贝，各有千秋的可爱。

唐漾心下发笑，抱住蒋妈妈。她一下一下给蒋妈妈顺背，格外乖巧地在蒋妈妈耳边轻喊：“妈妈。”叫的是叠音。

蒋亚男从小独立，最多就喊一声“妈”；蒋时延更甚。蒋妈妈没怎么体会过被人叫“妈妈”，一瞬间，好像踩在了棉花上，又是甜，又是飘。

蒋妈妈打电话跟蒋时延炫耀这声“妈妈”，蒋时延更关心唐漾的身体状况。

蒋时延在英国这大半个月度日如年，他疯狂地想回去，可确实走不开。

汤普逊影业出品的不少电影会经由一休在大陆上映，很多一休出品的影片也会经由汤普逊在欧美上映。

之前蒋时延在帝都跑《遗珠》英文版发行时，和不少领导建立了友好关系。下半年有一个分量极重的优秀影视作品推介，领导给蒋时延透了口风，加上《遗珠》质量能扛，口碑极佳，很轻松便进入第一轮候选。但随之而来的，是《遗珠》在欧美地区的公映时间需要推迟到评选结果出来之后。

蒋时延倾注在《遗珠》上的心血很多，他想要欧美地区的口碑，不愿错过一个季度的黄金时间，便提出让《遗珠》进行长达三个月的点映。这个项目分外任性，并且涉及其他很多影片的处理，Leo 提了反对意见，蒋时延没有让步。

这大半个月里，蒋时延忙，唐漾也忙。双方还隔着时差。随着两人后期日程的紧凑，电话越打越少。

电话里，蒋时延“嗯”“你快睡”“听你声音你好困”“晚安”说得平静。

唐漾眼皮沉得睁不开。

电话外，蒋时延想和她说话怕她累，想问问她吃的是什么，可她忙，想听听她的呼吸，还怕手机有辐射，可他是真的想自己的漾漾啊，隔着该死的江河湖海，憋了一身的思念，想得骨头都微微发起疼来。

六月底，A 市和伦敦同时下了一场大雨，瓢泼般冲刷掉两座城市飞扬的尘埃。晶莹的露珠在绿叶上滚动，偶尔滴答坠地，声音清脆。

《遗珠》点映的细节敲定那一刻，蒋时延马不停蹄地飞回 A 市。

唐漾提前跟他说了有事儿，不能接机，他坐十几个小时的跨国航班落了地，立马朝汇商大厦赶去。

蒋时延手上拎着公文包，前台女孩以为他来办公，虽然奇怪蒋总为什么没带助理，但还是热情道："蒋总，请问您的预约在几点——"

前台女孩话还没说完，蒋时延匆忙地留下一句"谢谢"，便直奔二楼会议厅。

今天是汇商未发行理财的公开宣讲日，汇商旗下各支行负责人悉数到场，四百人的会议厅座无虚席。蒋时延推开后门，脚步很轻地站在了会议厅尾端的人群里。

大厅是拱形设计，红色软椅，金色壁纸、梁柱，所有灯光都打在主席台上。

台上的女子着一身墨绿及膝裙，踩着十厘米的高跟鞋，小腿白皙、笔直。她一只手拿话筒，一只手拿幻灯片翻页笔。第一句自我介绍夹杂着微微的紧张，她用微笑缓解，然后开始。

"五月下旬到六月上旬很长一段时间，我一直陷在一种要做什么事情，但我不知道是什么、自然也没做出什么来的苦恼中，前后折腾了挺久。一直到六月，一个偶然的机会，我生出想法，并着手这个概念，"唐漾点出设计图，嗓音逐渐平缓，跟目光一样从容，"昙信通，'昙'是'昙花'的'昙'，'信'是'信用'的'信'，'通'是'流通'的'通'。"

现场安静。

唐漾不急不缓地继续："自二〇一〇年以后，不少股份银行都推出过资助大学生留学的项目。以我上大学时为例，交通银行就联合交大和伯明翰等大学进行过海选，即交行赞助被选中学生留学期间的所有费用，而该学生毕业之后一定要进入交行工作，期限有十年，也有二十年……

"昙信通就是把这个模式的对标范围扩大，人力需求者的范围从交大扩大到所有信用评级良好的企业，供给者则是从名牌大学高 GPA（平均学分绩点）

的学生变为有贷款需求的特殊人群，并且他们能提供劳动力……”唐漾声音清悦，似山谷的清风，细柔却清晰。

镁光灯从天花板射出，聚在她手里。她展示这款产品可公开的算法和结构，然后停了将近一分钟：“这款产品的核心在于准入条件，达到条件的特殊群体和企业才具有购买资格。对这样的群体和企业来说，昙信通相当于一个中介，企业可以用大额流动现金购买昙信通，个体可以从昙信通里获得最快二十四小时放款的极速贷款，速度是普通贷款的十倍左右。比如，对于一个可以做服务员加入了昙信通的贷款者，一个需要服务员并购买了昙信通的放贷者，系统会自动识别并给出匹配。

“简单来说，企业可以通过昙信通发布招聘需求，并放贷款，而特殊群体用户通过昙信通找工作，并获得贷款。在这中间，企业流动现金享受的是远高于活期利率的贷款利率，特殊群体享受的是征信和保障，而银行获得的是资金间隙以及昙信通五至十年期限的用户黏性……”

“……”

公开宣讲会已经持续了快五个小时。

比起其他中规中矩的产品，昙信通概念很新，但存在的问题也很多。

唐漾阐述完，前排的支行行长举手：“任何产品都是有受众才会有市场，唐处的报告里展示的特殊群体有三个关键词——‘征信欠缺’‘未来具有偿还能力’‘无不良记录’，满足一个关键词的群体就够少了，三个叠加岂不是更少？”

唐漾点头，示意自己听清了这个问题。支行行长坐下，唐漾答：“自二〇〇五年至去年，汇商信审处的进件里，同时符合三个条件的个体有 52739 件，过审的有 2837 件，驳回后重复呈递的次数为 2237823 次。”

数据给得极其精确，唐漾回答完，台下不少人发出赞叹。蒋时延置若罔闻，眼神温和且直接地望着台上的女子。

又一个人提问：“唐处的前期准备工作做得很扎实，但唐处有没有想过，五万多件听上去不少，但相比其他理财产品百万、千万的用户基数，是不是略显薄弱？”

唐漾也不急，淡淡道：“其他理财产品的起购金额是五万，周期大多为三个月到一年。52739 件的平均贷款金额为十三万两千，但周期是十到二十年。”这意味着昙信通的周期也会是十到二十年。

时间在金融产品中显得尤为重要，最典型的例子是期权的出现。

有些行长没有接受过系统学习，不明白唐漾话里的点：“这样来看的话，昙信通和其他产品比，流动的盘子还算小。”

唐漾：“本来就是小众的信贷产品，宣传上甚至可以写‘为特殊人群托底’。”

又一人半认真半玩笑道：“唐处这副感情牌打得很细腻。”

这样的场合没有银行外的人录音录像，旁观人员也是经过了严格筛选的。

“很多因为征信在银行过不了审的用户会被迫走向高利贷市场，比如大学生网贷、个体零售户的一些黑市贷款以及因为家中变故失去稳定收入来源的群体，”唐漾环视会场，学着先前那人用半认真半玩笑的语气道，“换种极端的说法，昱信通可以把高利贷和私下违规的贷款放到合法化的层面，它的意义不在于承载，而在于规避。”

如果张志兰的件没有送到自己面前，如果有暗藏陷阱的高利贷债主找到张志兰，唐漾直觉认为，依照张志兰的脾气会答应。张志兰丧失双亲，时靳也丧失双亲，从知道自己要什么、不在乎别人看法的性格来说，两人有点儿相像。

唐漾那次去了临江城福利院后，又和秦月去过两次。她从秦月口中得知，时靳手上那条蜿蜒的伤疤就是来自高利贷债主，来自让秦月气红眼睛的……一台电脑的钱。

就像暗网的数量远大于明网的数量，地下贷款的数量也远大于正常贷款的数量。

唐漾最后一句话石破天惊，通过繁复的公式和规则显露出挑，稳重且极富野心。她稍微点头示意自己说完。

会场陷入一片安静。

一秒、两秒、三秒，周自省起立鼓掌，其他所有人跟着起立鼓掌，掌声雷动，经久不息。

唐漾在几欲掀顶的声音中九十度鞠躬，起身时，她看到了后方角落的蒋时延。

唐漾望着蒋时延，他风尘仆仆，手里举着手机，拍她独自站在台上，春风骀荡，意气风发。两人的目光在空中交织，那些隔山隔海的思念似倦鸟找到归巢般安定下来。

唐漾将额前的碎发撩到耳后，温柔地轻点一下头。

众人以为唐漾在再次道谢，只有蒋时延知道，她是在对自己点头。他亦轻轻回点一下头，他望着她身上那身自己参考买的衣服，脚上蹬着自己送的高跟鞋，有种无法言喻的暖流浸遍全身，奇妙且满足。大抵就像骑士为巾帼装点红装，看她盛放，接受众人的喝彩。

蒋时延知道他的漾漾会有这么一天，他的漾漾以后会走得更远。而他会一直在她身后、身边。

昙信通和这批宣讲的其他产品一样提前过了审核，准备在 A 市试点发行。

周自省是科班出身，专业性极强，他在前期对昙信通质疑颇多，这里挑毛病，那里挑瑕疵。真到了前几天过审会议的时候，他和总行那位年轻、帅气的战略分析师肖勤几乎是力排众议地支持唐漾。

唐漾走完宣讲会流程，蒋时延从后门离开。

唐漾去了顶楼办公室，提前撤离的周自省坐在办公桌后。

“周行。”唐漾把昙信通完善后的资料推到周自省办公桌上。

周自省没看，手托下巴在转椅上来回转动。

“唐漾，”周自省斟酌一下措辞，“昙信通本来就是小众产品，试点发行的体量会更小。我建议用张志兰案作为文案和宣传的突破口，因为热度高，话题大，然后直接把第一批受众群体定为烈属。”因为烈属在军婚时有严格的政审，相当于为昙信通的准入条件把了严关。

唐漾应下，这也是她的想法。试点发行第一批要保证信用和安全。

唐漾答应得这么爽快，周自省有点儿不相信，他斟酌着说：“《遗珠》的热度是一休营销出来的，如果我们用张志兰案做噱头，肯定会涉及《遗珠》相关热度的配合。唐漾，我知道你是个独立的人，不愿意让男朋友为你的工作——”

唐漾从周自省说第一句话时就开始急。她急啊急，急得耳尖红红的，眼神止不住地朝门外瞟。听到“男朋友”几个字从周自省嘴里冒出来，唐漾很怕他像上次说结婚、生子一样唠叨很久，而蒋时延还等在门口。

“我不是，”唐漾终于忍不住打断，“周行，我可以提前撤吗？”

“啊？”周自省怔了怔，随即指门，“可以，可以，具体细节下周再说。”

唐漾小跑着出去，周自省听着哐当一声，身体条件反射般朝转椅后面一缩。

唐漾刚刚是脸红，还是走神？她打断自己说话？还说提前撤？

周自省揉了揉眼睛，犹疑是自己在做梦，还是唐漾被人偷偷调了包，真的完全不像她。

行长办公室门内。

唐漾前脚走，后脚周自省便接到了电话。“烈属合作部队已经确定好了？负责人下周过来？放心，我们这边肯定招待好。唐漾是个很优秀的年轻人……对方负责人也是 A 市的？叹为观止？哎，不是，”周自省今天遇到太多玄幻的事儿，“老李，你一个快奔六的人，形容一位少校只知道说皮囊叹为观止？好，不笑你了……有机会一起打高尔夫。”

门外。

唐漾出去，果然看见一个男人长手长脚，手拎公文包，以极为懒散的姿势倚在电梯旁。

唐漾出办公室后用跑的，见到蒋时延了，却是走过去，娇声问：“你怎么都不把东西放一放？”

小女朋友明眸皓齿，眼睛黑亮。蒋时延捏了一下她的耳郭：“想见你啊，”他嗓音含着笑，“想得快疯了。”

唐漾心尖一颤，红着小脸搡他：“说什么胡话？”

蒋时延发笑，亲亲她的发顶，顺势揽着她的腰进了电梯。

公开宣讲会还没结束，现在也不是下班时间，电梯里只有他们两个人。唐漾轻轻靠在蒋时延怀里，用精致的鞋尖点地：“我刚刚宣讲的时候，形象是不是很高大？”

蒋时延：“顶天立地。”

唐漾声音绵绵软软的：“那‘蒋嘴甜’我们回家放了东西，然后去哪里？”她想到什么，又说，“冯蔚然他们好像要给你接风洗尘。”

“不去，”蒋时延搁在唐漾腰间的手上下滑了滑，“我得陪我老婆，明天周六，去看电影吧，上次我生气，你哄我说要一起看《魔兽》。”

这人的脸到底有多大，才能面不改色地说“我生气，你哄我”？唐漾腹诽，细软的耳根却不自知地红了，她说：“好。”

即便谈了这么久的恋爱，两人单独相处时，还是可以听到彼此的心跳声，扑腾，扑腾，伴着呼吸。

唐漾找话题：“我第一次做理财产品设计，感觉讲得有点儿混乱，也不知道自己想表达的点表达出来没有。”

蒋时延：“我理解到了。”

唐漾失笑：“你理解到了有什么意义啊？别人不一定理解。”

蒋时延：“嗯。”在漾漾眼里，他不是别人，他很开心。

他每分每秒都想着电梯快点儿，他想早点儿回家亲亲、搂搂、抱抱小女朋友，偏偏电梯爬得比蜗牛还慢。

“对了，”唐漾思及什么，蓦地抬头看他，“我今天涂的口红是你之前送我的，Dangerous 姐妹款，”她的眼睫颤了颤，小声问，“好看吗——”她的眼睫纤长，在眼窝落下秀气的扇形剪影，小脸稍稍泛着一层绯色。她想让他表扬口红，微微启唇，唇瓣小而巧，色泽饱满、红润。

“你介意男人涂口红吗？”蒋时延目光微深，语气却轻淡。

这个问题涉及偏见，唐漾被问得一蒙：“我不……不介意吧，毕竟——”

蒋时延捏住她的下巴微微上抬，无法忍耐也不想忍耐地低头吻下去。他一下一下吻着她的嘴角，磨开口红，抵舐上腭，在透着明亮阳光的玻璃电梯内，吻得深入、缠绵、不可自抑。

电梯在某个楼层被人为按停。五分钟后，才重新缓慢地降至一楼。

叮咚，门开了。

唐漾和蒋时延一前一后从里面出来。唐漾微微低着头，一边捋头发，一边朝外走。蒋时延先是用手拦住感应器，等唐漾出来了，才把手揣回裤兜，迈步出来。

要进电梯的员工向两人打招呼，两人颔首回应。员工见唐处脸颊酡红，蒋总和唐处唇色一样，总觉得哪里不对。员工定睛一瞧，蒋时延是天生的美人骨，五官标致，唇瓣削薄，一层薄薄的绯红润在上面，显出和他容色相配的雅致、倜傥，好像也没什么不对。

唐漾蹬了一天高跟鞋，足底和脚后跟被磨得稍稍发疼。去停车场的路上，她有几步走成外八字来舒缓疼痛。蒋时延看在眼里，也没说什么，把她扶上车后，他道：“我去趟超市。”

唐漾当他要买水：“帮我带瓶冰可乐。”

蒋时延鼻尖哼了声笑，表达不同意。然后，他真的很有决定权地给他家小女朋友买了一瓶常温的果汁以及一双薄底拖鞋。

果汁清甜，拖鞋柔软，唐漾不和他计较。

蒋时延要脱她的鞋子，她乖乖地把脚伸过去。

只是，保姆车门没关，偶尔一两个人路过，能看到蒋时延半蹲在地上给唐漾换鞋。

他们把目光投过来，唐漾知道他们只看得到蒋时延的背影，看不到自己的脸，但还是不自知地红了耳根。

“你起来，”唐漾轻拍蒋时延的胳膊，“我可以自己脱了换，很快的。”虽然她的高跟鞋上有系带。

蒋时延不为所动。

唐漾害怕撞见熟悉的同事，看到她都是小事儿，看到蒋时延蹲在自己脚下算什么事儿啊？

“你先起来，别人看到不好，”唐漾颇紧张地瞥一眼车外，摇着他的胳膊小声道，“万一有信审处的路过——”

咚的一声，蒋时延直接单膝跪在了她的脚旁。

唐漾小脸烧得红红的，小手搡着他的肩膀：“你要不要形象啊——”

蒋时延给她穿好拖鞋，轻淡的嗓音响起：“我要你啊。”

还有司机在前面呢。

唐漾羞恼得想打他，却又舍不得。蒋时延给她换好鞋，下车扔了拖鞋的包装，上车关好车门，噙笑对司机道：“走吧。”

这人真的不在乎脸面吗？唐漾嘟囔着“离你远点儿”，可真当蒋时延懒散地揽过她的肩膀时，她还是乖乖地朝他怀里靠去，小手从他的腰侧徐徐摸到背脊。

唐漾越摸越是皱眉，小嘴也跟着撇了撇，有些不开心。她家蒋时延怎么瘦了啊？

两人到家，外卖刚好送到门口。

两人坐在一个凳子上边吃边亲昵，蒋时延说自己出差做了什么，抱怨伦敦该死的天气；唐漾说蒋妈妈以为她怀孕了，她解释是胃病。两人先前在汇商说好了明天去看电影，这时，他们吃着饭还不忘规划行程，甚至买好了明天上午的电影票……

一顿饭吃了快两个小时。

两人错着脚步去卧室时呼吸都有些急。

很久没做，蒋时延的动作稍显粗鲁，唐漾最开始吃了疼，但没挠他。蒋时延目光幽微，一边喘气唤她全名，一边起伏。后面喊的话略微羞耻，但相爱之人抵死缠绵的时候，任何声响都是助兴。

包括夜风掠过窗帘的“沙沙”声，树梢上霜露润进土壤的“窸窣”声，以及不知哪家屋檐下，小动物细细微微的叫唤声。

那叫唤时轻时重，时而清醒地连名带姓，时而嘤嘤泣泣，缠绵悱恻。

蒋时延和唐漾醒来已经是中午。

计划中，两人应该早起去看电影，中午去一家新开的料理店试水，下午逛街、买菜，路上随便吃点儿小吃，晚上回家，准备一顿稍晚，但精致丰盛的烛光晚餐。

本着公平的原则，蒋时延负责掏钱、拎回家、烹饪食材以及摆盘，唐漾要夸蒋时延三句，然后跟他拥抱或亲吻，完美而浪漫。

事实上，两人睁眼之后，唐漾“啊”地尖叫，蒋时延望着电影结束时间那栏的“11: 45”，再看看手机左上角的“12: 13”，揉了两下惺忪的睡眼，翻身下床:“早饭想吃面条，还是粥？”

面条没有了，粥太慢。

唐漾翻看着手机里的未读消息，打个哈欠:“昨晚的剩菜热一热就好了……对了，明早闹钟响了，记得叫我起床。”

蒋时延边穿衣服，边问:“周日还有事儿？”

“嗯。”唐漾白嫩的脚丫横着蹬在蒋时延的腿上，“昙信通首批试点发行和762部队合作了，他们的负责人明天下午到，周自省让我去接机，我明天上午要先去办公室安排后续事宜。”

蒋时延总觉得762部队听上去有点儿耳熟，但又想不起来在哪里听过。

唐漾两条细长的眉毛纠结成一团:“那我明天去接机要不要穿汇商发的正装啊？主要是这属于公事，按理说，我应该穿，但明天是周日，穿正装会不会显得很蠢？而且汇商发的那套刻板又毫无生气——”

蒋时延捏住她柔润的小嘴:“穿！”

唐漾眨了眨眼睛:“可真的很丑。”

蒋时延一本正经道:“你穿什么都好看，而且你是代表汇商分行去的。如果我是行长，就希望看到你穿着汇商的正装，把汇商的标志亮在别人眼前——”

唐漾想想也是。

蒋时延亲亲她，然后出去。

门内，唐漾忍不住赞扬，蒋时延平常浑归浑，工作上的事儿还是拎得很清。

门外，蒋时延悄然松了一口气，他当然知道汇商的正装有多难看，可漾漾自己那些设计的款式既俏皮又漂亮。他对自己的外形还是很自信的，可让自己的老婆穿好看点儿让别的男人流口水？呵，他脑子又没毛病。

蒋时延把饭做好，唐漾刚好坐在饭厅的椅子上。她穿了条美丽的碎花连衣裙，戴了同色的大红色发箍，嘴里却嚷嚷着:“我好饿，我好饿，我快饿晕了。”

蒋时延在粉色围裙上擦擦手，笑着把蒸蛋从锅里端出来:“你晕一个给我看看。”

唐漾果真站起来拎着裙摆转一圈，偏头枕在他的肩上。

“烫，烫！”蒋时延失笑，举高盘子，正午的阳光掠过阳台、落地窗、餐盘，落在漾漾白皙、精致的侧脸上。

蒋时延低头想亲她。唐漾化了渐变唇妆，害怕被亲掉。她的眼睛睁得大大的，聪明又小心地伸出舌尖去舔蒋时延的唇，她的睫毛长而浓密，宛如扇子般扑扇。

蒋时延心尖痒着，喉结滚着。他想，天气越来越好，自己要不要挑个好时间和他家漾漾试试婚姻的美好？

以后她惹自己生气了，自己不要唤“唐漾”，自己要一字一顿地喊：“蒋——太——太！”听听，听听，三个字，带着自己的姓，威力十足、磅礴大气！

周末的电影院是修罗场。

蒋时延和唐漾捯饬好了出门，还差五分钟到两点，《魔兽》所有场次都是满座。但两人都是随遇而安的性格，唐漾随便找了部人少的国产恐怖片，蒋时延买了爆米花和可乐。

其他小情侣吵吵着“跟你说了周末会堵车，让你早点儿出发”“不是你化妆要一个小时，我们能堵车错过票吗”“我化好了妆，谁叫你又去上厕所”……

唐漾和蒋时延十指相扣，美滋滋地检票进厅。

挺好，挺好，人不多。椅子略硬，没关系，对脊椎好。灯带略亮，没关系，说明电力足。就连前面那对小情侣聒噪的吵架声落在唐漾和蒋时延耳里都觉得生动又鲜活。

两人平时都忙，能有这样的时间显得尤为不易。

很快，影厅变暗，电影开始。宽阔的银幕上，十八岁的女主人公进入外婆家阴森的乡间小屋。

唐漾很少看恐怖片，当真被这个开头吸引了。

蒋时延旗下有点评电影的营销号，他自己阅片也多，几个镜头出来，他基本就能看出这部电影要讲什么，还不如看漾漾。她聚精会神地望着银幕，红唇微启。应急出口的光划破黑暗，她的脸没在明暗交界处，蒋时延喉结滚了一下，有些挪不开眼睛。

两人第一次去看电影是在高一，同行的还有宋璟。起因很简单——那时候，唐漾正跟风喜欢宋璟。

某个课间，唐漾去办公室拿作业本，碰见一个也喜欢宋璟的外班女生，女生拦住她，酸溜溜地说：“说什么不方便递情书，谁不知道你就坐在宋璟前面。

你每天和蒋时延去操场跑步减肥不也是因为喜欢宋璟，可你看看你自己这屄不拉叽的样。我觉得你也很可怜，喜欢宋璟，大概宋璟话都不想和你说吧，毕竟宋璟的同桌可是常心怡。”

唐漾不愿理这个女生。

蒋时延从厕所出来撞见这一幕，立马炸了：“你再说一次！”

那个女生也不怵他：“我说唐漾喜欢宋璟，宋璟不理唐漾。”

蒋时延微笑：“理不理我不知道，我只知道只要唐漾想，宋璟这周就会单独和唐漾去看电影！”

那个女生气得脸色发白。

蒋时延歪着脑袋，格外小人得志地重复：“单——独——哟！”

那个女生狠狠地跺脚，拉着同伴扭头走了。

唐漾好气又觉得好笑：“宋璟会和女生出去看电影？胖子，你说谎都不用圆的吗？”

“你想他就会。”蒋时延完全没了方才护短的气势，他在唐漾面前就像一个白软的大馒头，手悻悻地碰着鼻尖，眼睛却滴溜溜在转。

宋璟不善社交，蒋时延是他初中三年的同学，也是唯一的朋友。

周末，蒋时延开口约宋璟，宋璟当然得出来。蒋时延约唐漾，唐漾当然也出来。于是，唐漾和宋璟单独去了电影院，不过两人座位中间还夹了一个面红耳赤又假装不心虚的胖子。

那次他们看的是青春片。

那时的宋璟十五岁，一身朗月清风。他爱穿白 T 恤衫、牛仔裤，白净、修长的手腕上戴着一根坠着小金锁的陈旧红绳。

银幕上的男主角也十五岁，穿白衬衫，推自行车，在树下逆光缓行。客观来说，男主角的身形、容貌都不及宋璟。

唐漾开始和蒋时延一起吐槽剧情，说女主角有了男主角之后都不爱写作业了，总是找男主角闹。宋璟始终淡淡的，不说话。他有时会笑，唇边弧度很浅。

唐漾时不时瞥宋璟。

后来，男女主角久别重逢，唐漾睡着了，脑袋不自觉地搁在蒋时延的肩上。

十五岁少女的鼻息像羽毛，蒋时延脖子痒得要命，又害怕吵醒漾哥。他不敢动，只能蹙着眉头瞥唐漾。他可以看见她饱满的额头、细长的眼睫、小巧的鼻子和嘴唇。她下巴上有婴儿肥，耳郭贴着他，很软。

蒋时延稍稍定住眼神，视线触及她另一只耳郭上细小的绒毛，又蓦地收回去，然后，他偏过头一个劲儿地喝饮料。

漾哥困了，在自己身上靠会儿，漾哥有错吗？没有！可鬼使神差地，他竟然想……亲。这个念头简直“大逆不道”，有悖兄弟情谊。他当时把理由归结为电影院灯光太诡异。

如今想来，他那时候大概是真的想亲。不过还好，漾漾现在在自己身旁。

这样想着，蒋时延俯过身去，轻轻碰了一下唐漾的嘴角。

“我口红，我口红！”唐漾被他亲了一下，差点儿从椅子上蹦起来。她一边嘘声警告，一边手做软拳捶他的胸口。

知道小女朋友今天化了个极美的妆，蒋时延不再逗她，闷笑两声，把两人座位中间的扶手抬到上面。

恐怖片进入中段，唐漾把剧情猜了个七七八八，显得兴致缺缺。但特效做得惊悚，前面的观影席时不时响起“呀”的尖叫声。

一个妹子喊：“啊……好可怕！”然后朝男朋友怀里钻。

又一个妹子喊：“啊，天哪……好吓人！”然后也朝男朋友怀里钻。

唐漾的爆米花已经吃完了，桶放在地上。

蒋时延学前方的妹子，格外软绵、做作地“啊”一声，身体下滑，然后朝唐漾怀里钻。

前方妹子扑到男朋友怀里就会变得柔弱又安静。这时候，蒋时延就和她们不一样了，他不仅不安分，脑袋还要一个劲儿地在唐漾怀里蹭来蹭去。

唐漾被毛茸茸的发顶蹭得浑身痒酥酥的，耳尖也微红，她拍着他的背，软声笑道：“人家都是小女生，才这样，你也不害臊——”

“我哪儿有不害臊，”“蒋娇妻”声音委屈，说着，他把“唐男友”的手拉到自己脸边，带着她的手摸自己的脸，“我真的害臊，我可害臊了，我脸都臊红了，不信漾漾你摸摸，你摸摸我啊。”

电影音效大，其他情侣在做各自的事儿。蒋时延叫得很浮夸。

唐漾的手被他握着，手心碰到了他的眉眼、唇鼻、脸颊及留着胡楂的下巴，他的脑袋还蹭着自己。唐漾咯咯笑：“你别闹，别闹了，蒋时延，你别闹了。”

“你不摸我吗？”蒋时延忽然停下动作，抬眼望她。

唐漾摆摆手，红着脸喘气：“不摸，不摸，拒绝，拒绝。”

“没关系，”蒋时延语气委曲求全又大度道，“那我摸你好了。”

电影院灯光昏暗，监控也坏了，没有闪烁的指示灯，最后一排只有唐漾和蒋时延两人。

蒋时延伸手，唐漾躲闪，推搡着他的手：“蒋时延，你做什么——”

蒋时延也就是吓吓唐漾，他一脸坏笑。

出电影院时，热风如网般笼到两人身上。唐漾的脸颊红红的，脖子红红的，鼻尖也红红的，她半羞半恼，但乖巧地跟在蒋时延身旁。蒋时延牵着小女朋友的手，回想起之前的场景，他不想笑，又忍不住勾了嘴角。

五点半刚好是饭点，既然计划已经被打破，唐漾和蒋时延也不介意破得更彻底。两人去美食街吃了旋转小火锅，又去花鸟市场观赏了琳琅满目的多肉。

那些花盆小而圆润，弧度与里面的植物一样柔和。唐漾满心满眼都是喜欢，蒋时延看到了：“要不要再买几盆？”

唐漾摇头。

蒋时延问：“为什么？”

“家里有的我都照顾不过来，买了我就得对它们负责啊，”唐漾拉着蒋时延的手，“不要跟我说你可以照顾。”

蒋时延反问：“我为什么不可以照顾？”

唐漾想到什么，小脸一红，却还是借着他手的力道微微踮脚，然后，她附在他耳边，很小声地说：“因为爸爸的爱和妈妈的爱不一样——”

这句话信息量太大，蒋时延被撩拨得浑身一震。

唐漾眼波盈盈地望着他，然后转身跑开。

花鸟市场有很多逗猫遛狗的老头老太太，唐漾拎着裙摆灵活地穿行，露出来的胳膊和小腿白皙、细腻，宛如白雪覆在六月仲夏。

蒋时延的心尖像被猫爪挠了一下，痒痒的，他咬着牙追她。

他先前跑得不快，等唐漾放慢速度细细喘气，这才三两步上前，把她捞到怀里。

四下人多，也有抱着的情侣。唐漾连连拍着他的手背，嗔怪道：“大庭广众下，不要搂搂抱抱。”

“我没有搂搂抱抱，”蒋时延偏头亲她的发顶，“我在‘搂搂宝宝’。”

虽然不知道未来会不会有小孩，也不知道小孩什么时候来，但唐漾只说了一声“爸爸妈妈”，蒋时延一颗心便浸进糖水里，连呼吸都变得甜丝丝的。

两人要去江边看江景，飞驰而来的地铁载着行人和夜色。

蒋时延站在角落把着扶手，唐漾挽着蒋时延的胳膊，两人脚尖抵着脚尖。

唐漾时不时仰脸看蒋时延，蒋时延从车窗里看唐漾，两人视线相撞。蒋时延抿嘴笑，唐漾用手戳蒋时延唇边的小窝，戳住了不放，两人又笑，也不知道在笑什么，只觉得人群的拥挤都显得无比美好。

他们出地铁，上扶梯，机械的女音在广播里循环："请站稳扶好，注意脚下，不要倚靠扶梯，不要看手机……"

唐漾食指在扶手上点出轻俏的节奏，视线扫视墙壁上的广告，有卖房子的，也有关于时尚的。

蒋时延拉着唐漾下扶梯出站，嗓音低沉地重复。

唐漾凑近了听。

蒋时延轻声念："站稳扶好，站稳扶好——"

唐漾没觉得这句话有问题，可蒋时延的眼里蓄着款款深意。

唐漾偏着脑袋与他对视。

一秒，两秒，三秒。

猛然想起某次床前，唐漾耳郭倏地一红，整个人烫得好像要化掉一般。

"流氓！'辣鸡'！"两人来的江边行人稀疏，唐漾娇斥，双脚跳起落下，去踩蒋时延的脚背。

蒋时延根本不躲，顺势把她钩进怀里。

唐漾故作挣扎，蒋时延的手臂圈着她的腰肢。

他的嘴角扬起弧度，满是温柔地吻下去。

夜风习习，江边传来船号。方才那一两个行人过了转角，彻底把安静的空间留给两人。

天地好似被江水撕裂，交错间，一半是深邃的夜空，一半缀着满城霓虹，那些光线好像镀在蒋时延的瞳眸，唐漾又好像在他眼里看到了自己。

蒋时延舌尖轻探，唐漾细细"嗯"了声："有人——"

蒋时延："不会有人——"

唐漾不再推拒。

蒋时延吻了她一会儿，唇瓣又顺着她的眉梢落至她的眼角，然后是鼻尖、唇畔。他细致地描绘她嘴唇的轮廓，舌尖缓缓舔舐。他的手抚着她腰间的布料，掌心的温度好似透过布料传递到她温润、细腻的肌肤上。

这样的碰触，双方感觉都极好。

唐漾和蒋时延放缓了呼吸，路旁灌木里的昆虫也调小了鸣噪。

忽然，嗡嗡嗡，唐漾的手机开始振动。

蒋时延不想停："我帮你挂断？"

唐漾“嗯”一声，蒋时延腾出一只手摸到她包里，看也没看就按了手机。

又过了一分钟，嗡嗡嗡声再次响起。

两人依依不舍地松开，蒋时延下巴搁在唐漾的发顶上，唐漾一下一下喘着气，摸出手机。

是个陌生号码。

蒋时延:“可能是卖假酒的，酒厂的中奖信息——”

唐漾扑哧笑了一声，把手机放回包里:“你怎么这么熟练？”

蒋时延下巴蹭着唐漾细软的发顶。

两人正亲昵着，唐漾的脑海忽地闪过什么，她把蒋时延稍微推开一段距离，再次掏出手机。

唐漾手肘撑着江边的栏杆回拨电话，蒋时延把唐漾圈在怀里，稍稍俯身，凭栏眺望江面。

唐漾抬眸瞥他的下颌，一边开着免提回拨电话，一边无奈地解释:“可能是部队那边和我对接的人，虽说今天不是工作日，但我挂了人家电话，总归要回一个——”

说话间，电话的嘟嘟声停下。

唐漾收了声音，还没开口。

“喂，糖糖吗？”手机里是个男音，音质清冽至极。

他出声时，声音宛如高山尖上那抔映着月色的流水，淌到耳里时，又如深夜电台的声音。他不急不缓的咬字撞击耳膜的同时，窸窣的电流浸过身体，每个细胞都好似微微发麻……距离他们上一次联系，真的整整十年了。唐漾脸上的表情渐渐凝滞。

蒋时延面上本来有不满、有小脾气，听到这四个字，他将所有的神色徐徐收好。

唐漾抬头看蒋时延。

蒋时延目不斜视地看着远处。

手机里，宋璟道:“糖糖，你在听吗？”

其他男人唤“糖糖”时常伴有暧昧，但从宋璟嘴里唤出，多一分显油腻，少一分显疏离。

唐漾的近友都叫她“糖糖”，在这样恪守礼貌的亲昵面前，蒋时延甚至连反驳都做不到。

“在。”唐漾动了动唇，宛如惊醒般，收回看蒋时延的视线，她轻声重复道，

“在听。”

与此同时，蒋时延缓慢地垂眸，望着唐漾……

电话里的这个人曾经是他的挚友，也是唐漾的朋友，是她暗自喜欢过的后桌，也是她后来绝口不提的初恋。

唐漾回答“在听”后，电话陷入短暂的安静。

这种时候，蒋时延觉得按照自己的性格可以插科打诨地说句什么来缓解气氛，可他握在栏杆上的指节慢慢绷得发白，半干半涩的喉咙干咽了咽，却什么都说不出。

电话里，宋璟说：“我明天回 A 市，有退役的打算。”

“嗯，”唐漾声音微颤，“祝福。”

宋璟淡淡地失笑道：“不过这次倒不是退役回来。”

“部队和 A 市汇商分行那边有个合作项目，我刚好休假，就被派来负责了，糖糖，”宋璟唤她，“你之后进了银行？”

唐漾：“是。”

双方又沉默了一阵。

“如果方便的话，你看可不可以出来吃个饭？”宋璟说，“我换过很多次手机号，很久没和其他同学联系了，很冒昧，但也只记得你的号码——”

唐漾半合的眼睫闪了闪：“好。”

蒋时延听到宋璟问“可不可以出来吃个饭”，他看着唐漾，看到她耳尖红着，脸色也不自然，看她没有抬头看自己，听到她很小声却没有犹豫地应“好”。

其实，整个过程挺好笑的，蒋时延想。

第一个笑点在于，宋璟在部队做科研，抛开这茬儿，他高中也近乎过目不忘。自己和唐漾都没换过号码，他说，只记得唐漾的。

第二个笑点在于，宋璟是个什么样的人呢？初中时，室友见他去上厕所，就像小时候以为老师不会上厕所一样，惊叹“宋璟长得跟仙儿似的，竟然也会上厕所啊”。高中伊始，很多漂亮的女同学拿着礼物守在教室门口，宋璟和他一起进出，眼神都不会给半个。

蒋时延当时怜惜道：“你好歹打个招呼啊，她们等了这么久，不得难过死？”

宋璟奇怪道：“和我有什么关系？”

性子孤寂、冷然至这般，从来都是别人看其眼色的宋璟，竟然也会藏着心思，小心翼翼地跟唐漾说“如果方便的话”。

然后，第三个笑点在于，蒋时延费力地扯唇，唐漾是个做事拎得很清的人。高二、高三她无数次卷起模拟高考卷敲打他，他大学犯浑时，她也咬牙扇过他一耳光。她从来都知道她想要什么，她能拿到什么。她和他谈恋爱之前存了十几个相亲对象或者预备相亲对象的联系方式，和他在一起后，怕他不舒服，她悄悄删完了。她会主动跟他说起送玫瑰的肖勤，会汇报“新雷”培训有哪些男同学，她会考虑他的情绪，总是和异性保持得体的距离。而就是这样的唐漾，刚刚回答宋璟问题时真的眼里再没有其他，也真的是旁若无人地……应了“好”。看看，是不是真的都很好笑？

唐漾挂断电话后，没开口。

蒋时延也没出声，目光落在江面上。

夜风习习，天色昏黑，远处的渔船似乎想要泊岸，岸边的指示灯在蒋时延眸底极快地亮了一下。然后熄灭了。

在很多人的爱情中都存在前任。宋璟和其他人不一样的是——宋璟是因为蒋时延才会和唐漾熟识。而唐漾当初在 KTV 里没有推开宋璟，也不知道有没有蒋时延起哄的因素在里面。

三个人相携走过了混乱又清晰的高中三年。三个人知根知底。

江边这条路，他们自然没有走下去。回家途中，唐漾和蒋时延心照不宣地沉默。

蒋时延打车，拉开车门，唐漾拎着裙摆先进后座，蒋时延坐在她旁边。

下车时，蒋时延下去开车门，把手递过去，唐漾和往常一样扶上他的手腕，裙摆翩跹地下车，然后挽住他的手臂。

两人太默契，默契到可以肢体相触而不发一言，接着，进单元楼，上电梯。

两人并排站着，微低头，都在看手机，只是不知道他们的视线是落在屏幕上，还是对方的鞋尖。狭窄的空间里，有窸窣的运行声以及两人克制的呼吸声。

叮咚，到了楼层。厚重的金属门徐徐打开。

蒋时延照例抬手拦住感应器，唐漾下电梯，蒋时延随后出来。

唐漾攥着手机没动，蒋时延站在她旁边。

“我明天早上去汇商吃早饭吧，我才知道汇商的食堂周末也卖早饭，”唐漾说，“吃完刚好有会，你就不用早起去买了。”

会议，关于宋璟。

蒋时延双手插在裤兜里：“嗯。”

两人站得很近，鞋尖抵着鞋尖，没再牵手。

走廊壁灯的灯光从墙面洒到地面，蒋时延的声音好像离得很远。

唐漾抱着手机："然后中午我直接过去接机，不用等我吃午饭，你可以试试新的外卖或者妈不是让你出差之后回老宅看看老爷子吗？"

接机，接的是宋璟。

蒋时延点头，声音很轻："嗯。"

"如果晚上没有其他事儿的话，"唐漾顿了顿，"那我就和他把饭约了。"她解释道，"我答应了他约饭就早点儿约，免得一直拖着，会很——"她做了个不知道怎么描述的手势。

"好。"蒋时延仍旧应下。

不用说这么多，他想，他可以理解的。漾漾和宋璟十年没见了。如果换作他和漾漾十年不见，他大概也会等不及，也会尽早约饭，也会想她想得快疯掉。

好似佐证自己的想法般，蒋时延点点头，又重复一次："好。"有失落的味道。

唐漾嘴唇动了动，手和目光一起寻他："蒋时延，你——"

蒋时延抬起手臂，别开她想牵过来的手。

"我今晚回去睡吧。"他的手顺势指着门道。

"好端端的——"为什么要回去睡？唐漾瞥见他略微发白的脸色，想着自己明天早起可能会吵到他，话到嘴边，却只说出一个字，"好。"

蒋时延大抵也觉得自己这个提议太过突兀，他将手放上她的发顶，缓缓道："我没多想，也没别的意思，就是这两天时差没倒好，有些累。"

唐漾感受着他掌心的热度："嗯。"

蒋时延："我就在你隔壁，你有什么事儿就叫我，或者打我电话也可以，我不关机。"

唐漾双手探着握住他的手腕："嗯。"

蒋时延又道："回去洗个热水澡吧，头发要吹干，睡前少看手机。"

"你也是，"唐漾仰头看他，漆黑的眸子里宛如蓄着抔清泉，"床头记得放杯水，把闹钟关了，不用管我——"

蒋时延揉了揉她柔软的发顶："嗯。"

唐漾："嗯。"

两人一同走向门口，背对背开门。

听到对方开了门。

唐漾回头："晚安。"

蒋时延扯了扯嘴角："晚安。"

他们又同时转回头，进门，关门。

两人的手脚好似被一根绳索缚住了两端，后背被疲惫地牵着抵在门板上，谁也不能动弹。

窗外的夜空好似相同，可他们听不见彼此的心跳，也看不见对方的脸。他们吸气，呼气，良久。

第19章 心事

“今夕何夕，遥月见你。”

唐漾家以前很乱，这里扔一堆，那里放一摞。蒋时延带着强迫症搬过来后，把她所有的东西都分门别类地整理出来：经常用的，不常用的，完全不用的。

唐漾蹬掉鞋子，赤脚踩在地毯上，循着记忆找去书房。她顺着蒋时延贴在书架上的标签找出一个装过往奖状、证书的纸箱。她踩在凳子上，把纸箱拿下来，从里面翻出一个巴掌大的红色布袋，有些年份，天鹅绒质地。

蒋时延以为是她的奖品，没动它。

唐漾把椅子拉过来，坐下，然后把布袋的系扣缓缓地解开，从里面摸出一个雕花繁复的木盒。

檀木有淡淡的香气，通体没有裂纹。唐漾拉开精致的锁闩，从木盒里取出一张字迹泛黄的字条。

宋璟是孤傲、独行的性子。他们恋爱时，快捷聊天已经盛行，打电话都嫌慢的信息时代，宋璟用最快的快递把礼物寄给她，却用最慢的平信把本应该随礼附赠的字条寄过来，字迹清隽，见字如面。

“今夕何夕，遥月见你。”

话写得平平无奇，唐漾回想起当时收信的心情，似乎也有欢喜。

唐漾瞄了一眼字条，又将它重新放回木盒。她的目光无可避免地落在木盒里那根陈旧的红绳上，半合的睫毛轻轻颤了一下，覆住情绪。

一墙之隔，蒋时延也去了书房。他手脚不听使唤地找出一本相册，然后从最后一页的夹层里取出一张三人的合照。

一中每年五月拍毕业照，各班集体拍完后会给学生放半天假，允许他们满操场、满教室疯跑，找同班、不同班的老师和同学合影。

唐漾高三已经进入学霸的高阶状态，拍完集体照，又和常心怡拍了几张后，她便一门心思想回教室刷题，倒不是因为要完成作业，只是因为上瘾。

宋璟性子傲，就连班主任说想合照，他都是淡淡地“嗯”一声，照片里没什么表情。唯独这张照片——圆滚滚的蒋时延站在两人中间，还胆大包天地左拥右抱。唐漾和宋璟都没有不耐烦，唐漾戳着蒋时延的小肚子，笑得眉眼弯弯，宋璟双手散漫地插在裤兜里，对着镜头露出难得的、浅浅的笑意。

蒋时延那时觉得自己是人生赢家，他是宋璟和唐漾的独一无二，足以在其他同学面前炫耀到毕业。可现在来看，如果不是他挡在中间，他用力学着照片上三人的笑容，他们那时候就应该很登对了吧。

不信，看，蒋时延用手捂住照片中间的自己，他的手修长，手两侧两人的笑容都很好看。

他再捂住宋璟，照片里的他太胖了，唐漾为什么没有嫌弃，还能咧嘴笑得那么开心？

他捂住唐漾，好像任何人和宋璟在一起都会变成陪衬。他自初中开始便收到很多情书和礼物，漂亮的女同学们对他满是娇羞地说："蒋时延，你笑起来好可爱……请问你可不可以帮我把东西拿给宋璟？"

漾哥对他的好和其他人不一样，可漾哥好像也喜欢宋璟。

按照排列组合的原理，照片上的三个人可以捂住其中一个，成为三张只有两个人的照片。蒋时延发现新大陆般捂住自己，再捂住唐漾，再捂住宋璟，又捂住自己。抬手，他捂住自己，抬手，捂住自己，再抬手，再捂住自己……

不知何时涌上的眼泪倏地掉出来，砸到照片上，砸向中间碍眼的自己。他们真的好登对，真的很登对，是不是从那时就开始登对了……

蒋时延拨通了程斯然的电话。

程斯然在电话那头不敢出声。他只能听着蒋时延掉眼泪，吸鼻子，小声哽咽，哽咽到最后，每个字都沙哑得像被砂纸磨过，带着脚后跟被鞋帮磨破那种血肉模糊的痛意。

"宋璟回来了，"蒋时延眼泪接连掉落，"宋璟为什么要回来，宋璟凭什么回来？他凭什么当初和漾漾分手，现在又来找漾漾？他凭什么伤害了漾漾，十年不闻不问，现在又巴巴地找到漾漾，要一起吃饭？"

蒋时延越说，胸口越像塞了团湿润的棉花般堵得发慌，又无处宣泄，整个人被撕扯得难受。"他以为爱情没有保质期吗？他凭什么当初没有好好珍惜，现在又反悔，他凭什么对漾漾招之即来，挥之即去，这么糟蹋自尊？"他的眼泪越掉越凶，"他宋璟就是个小人！小人！"

程斯然带着安抚性质地附和："好，好，小人，小人。"

蒋时延哭得浑身失去了力气。他从椅子上跌到地上，抱着书架旁的小漾熊——那只唐漾在游乐场打气球赢来送给他的小漾熊……泣不成声。

直到手机发出关机提醒，蒋时延才止住眼泪，喉结上下滑动着抽噎。

程斯然问了蒋时延一个问题，蒋时延睫毛上挂着眼泪，摇头。

挂断电话，距离蒋时延到家已经两个小时了。他眼睛干干涩涩，好像彻底没了眼泪。

小漾熊脖子上的方领巾还湿润着，蒋时延从地上爬起来，把小漾熊的领巾摊在书桌上。他完全没了方才的难过，整个人木然地去洗澡，把衣服扔到脏衣篓。虽然他和唐漾之前在同居，但老宅的保姆每周都会过来收拾、更换物品，他拆了新的洗发水、沐浴露，可闻到的味道和以前一样，和唐漾的一样，是她身上淡淡的酥到骨子里的薰衣草香。

洗完澡后，蒋时延去厨房，他打开冰箱，里面有很多新鲜水果。他挑了盒圣女果抱在怀里，吹干头发后，躺到床上，撕开盒子上的保鲜膜，挑了最大最红的一颗，咬下去，酸了牙，一下子本已干涸的眼泪再次决堤。

凭什么啊？宋璟欺负他！程斯然欺负他！就连十块钱三斤的小番茄都在欺负他……

程斯然最后跟他说："如果宋璟不知道你和唐漾在一起了，如果宋璟跟唐漾说他这十年没交过其他女朋友，如果宋璟跟唐漾提了复合，你知道宋璟那样的人真的很难让人有抵抗力——"

"宋璟不是唐突的性格，漾漾也有恋爱原则，"蒋时延说，"只要她没放开我，她就不会和宋璟有什么，她和宋璟一根手指头都不会碰到。"

程斯然"哦"一声："可唐漾让你一起去接机了吗？"

蒋时延没出声。

程斯然："唐漾跟你说她和宋璟吃什么，让你一起去了吗？"

蒋时延知道程斯然看不到，但还是摇头。

程斯然："唐漾——"

蒋时延直接挂了电话。

宋璟是坏的。

唐漾是自己爱的。

蒋时延靠在床头吃圣女果，第一颗酸，第二颗还酸，第三颗还酸，第四颗更酸……他一颗颗朝嘴里塞，满嘴汁液，他的眼泪像断线的珠子一样，一颗接一颗地朝下掉。

一颗没吃完，蒋时延又塞另一颗。塞到最后，他不知道怎么嚼，怎么吞，他只能跌跌撞撞地裹着被子躲到衣柜里，一声一声地抽泣。

第二天上午，唐漾给蒋时延发消息说自己去汇商了。

蒋时延还没醒。

下午，唐漾接到宋璟，给蒋时延发消息说了餐厅地址。蒋时延回了电话，声音喑哑："好好吃。"

唐漾拧眉："你感冒了？我马上回——"

蒋时延堵住她的"去"字："没事儿，"他哑然道，"我待会儿吃点儿药就行。"

沉默了几秒，唐漾不放心，道："你过来找我吧，可以一起吃——"

"不用了，"蒋时延学唐漾平时撒娇的温软语气，"Leo 在北区那边有个慈善晚宴，你们在南区吃饭，我到你们那儿一趟再过去来不及。"他补充道，"我答应了 Leo 会去。"

唐漾啰唆又心疼地交代他吃药。

蒋时延一一应下，嘴里发着笑音，面上却没有笑意。

晚饭时间，蒋时延觉得自己很不给她隐私，很小人，很无耻，可他还是没能控制住自己，提前开车去了餐厅。唐漾跟他说了预订的是哪桌，他去了斜对方那桌，把自己藏在了一盆巨大的植株后面。

这家餐厅是地中海风格，装潢精致，人均消费颇高，位置偏僻，来的人不多。蒋时延坐了大概五分钟，便等到了要等的人。

宋璟高中毕业时和他差不多高，现在也是。他没穿军装，一身白衬衫和黑西裤覆在颀长、笔挺的身形上。他绅士地帮唐漾拉开椅子，露出来的手腕白净、好看，容色焕发，面朝蒋时延。

唐漾道谢，抚着裙摆落座。

知道要去接宋璟，她还是听蒋时延的话穿了正装，身段标致，稍显刻板，要说有什么出挑，大概就是她头上戴着的藏青色发带，小蝴蝶结的系法灵动、轻俏。

服务员上前，两人点完菜，服务员退下。

宋璟斟了一杯茶，推给唐漾："你美得一如既往。"

唐漾轻轻颔首："你学会夸人了。"

宋璟在部队也不是严守规矩的兵，他换了长腿交叠的方向，闲散地单手托脸望着唐漾。

"这是个事实陈述句，"他笑起来，"但如果你要理解为夸，那就是夸吧。"

长相太好，声音低沉，男人举手投足间的每个细节都令人赏心悦目。

蒋时延现在的皮囊、气质和宋璟有的一拼，不过，宋璟让人看到的是山间的清风，至多温润。而蒋时延会笑，会闹，会在很多危险的时候把她护进怀里，也会因为她偶尔背贴着他的身体睡，早上醒来先看到窗外的太阳而不是先看到他而发小脾气。他笑起来会半眯着眼，就像唐漾心坎最深的地方那抹小心藏着的人间烟火气。

唐漾笑笑，转了话题："说说项目？"

宋璟从善如流道："我看了《遗珠》，主角的原型是张志兰的先生闵智，也在 762 部队，生前是我的战友。"

"……"

唐漾和宋璟打开话题。

蒋时延摸出耳机戴上，缱绻的英文歌充盈在耳里，他好像真的听不见旁人的交流了。

在这样的屏障下，蒋时延的视野更加开阔。他看到服务员给唐漾、宋璟上菜，看到宋璟给唐漾盛了一次汤，唐漾点头道谢，最开始的生疏稍稍散了些。

宋璟说了什么，唐漾甚至含了笑意。

一顿饭吃到尾声，唐漾起身，似乎要去结账。

宋璟亦起身，拉住唐漾的手腕稍稍一带，把她抱进了自己的怀里。

唐漾推开宋璟。

宋璟同时放开唐漾。

唐漾笑着和宋璟说什么，脸上彻底没了以往的抗拒和晦涩。

蒋时延借着服务员路过，提前撤离。

餐厅在一楼，蒋时延的车停在路旁的梧桐树下。他飞快地躲回驾驶座，视线透过店面的玻璃窗，在眼底映出唐漾站在宋璟身旁嘴角未褪的笑意。

蒋时延呆呆地看，看着看着勾了唇，跟着唐漾笑。有什么好笑的？他并不知道。

蒋时延可以光明正大地说自己不去 Leo 的晚宴，说自己就是过来了，问他们怎么吃完了，然后在宋璟面前朝唐漾撒娇、卖可怜和委屈、要抱抱。他知道唐漾可以猜透他的心思，但还是会无奈、纵容地笑，然后安慰自己，满足要求。

他可以假装没来过，之后也闭口不提。等项目结束，宋璟滚回部队，自己仍旧可以和唐漾结婚，甜甜蜜蜜，相守到老。

蒋时延记得唐漾以前在自己面前哭时，他信誓旦旦地说，如果再见到宋璟，一定要冲上去把宋璟抡到地上。他已经不是那个跑半圈就喘成狗的胖子了，现在的他可以把宋璟揍得鼻青脸肿，不费吹灰之力，边揍边骂，谁让宋璟欺负漾姐。唐漾那时破涕为笑。

蒋时延知道自己现在应该撸起袖子扑过去，而不是懦弱地躲在车里。可一切的一切在唐漾面前，在唐漾笑着推开宋璟面前，好像都显得微不足道。

蒋时延知道漾漾不会放开他，知道漾漾不舍得伤害他，可那是他的漾哥，他的漾姐，他放在心尖尖上守着、宠着的漾漾啊……他怎么舍得让她为难呢？

夜幕渐渐拉下，霓虹点缀着夜色，白领三三两两地走出写字楼，倦鸟栖息在枝丫间的巢里，扑簌簌地抖动羽毛。

蒋时延眨了一下眼，眼泪顺着脸滑下。

唐漾和宋璟出了餐厅，走在前面。

蒋时延想给唐漾打电话，但害怕破坏他们散步的气氛，他笑着抹了把眼泪。

“我晚点儿回去把东西搬出来，物业费已经交到后年。备用的日用品和药品在茶几下的几个抽屉里，小区出大门左转第一家药店有你几次感冒的病历。侧门左边和右边各有两家包子铺，你喜欢的酱肉包是左边第一家，鲜肉包是右边第二家。右边那家面馆上个月换了老板，不要再去了。菜市场门口那家水果店不新鲜，价格也高，要吃水果得去超市，购物卡和会员卡都在玄关抽屉里，超市每个月十八日是会员日，可以用积分兑米、油和零食，我们卡上……”

“我们”删掉。

“卡上已经积了六千多分，可以兑很多，你可以把购物车推到单元楼下。大概还有其他的，我会逐一想好，尽量在你回去之前写给你。”

蒋时延删删减减地敲字，他们一起走过的路，一起看过的云，就连一起逛过的超市都好似刽子手凌迟着他的心脏。

还有，在A市医院里她弯着眉眼说“不好意思啊，我是他女朋友”；在游乐场枪枪命中气球，用枪口对准他的眉心，然后俯身亲了他；在B市楼梯间吃的那碗热气腾腾的桂圆莲子羹是她一路飞奔买回来的……很甜很甜，甜似刀锋，一刀一刀剐着他的心。

蒋时延流着眼泪笑，又笑出眼泪来。他一字一顿很用力地敲着，一遍一遍目不转睛地检查。他点击，发送……

“唐漾，我们分手吧。”

他不知道爱了她多久，但一定比在一起的时间更久一点儿。他不后悔走到恋人这一步，只是他曾经可以起哄，但尝过她蜜一般的滋味后，大抵没办法再笑着祝福。

说好要当一辈子朋友的……对不起啊，漾漾，就到这里吧。

层层卷卷的乌云压在远天，黑得密不透风。近处的路灯嗞嗞地低吼，光线明灭。

屏幕上，进度条显示已经发完。他们好像真的就结束了。

蒋时延不知道自己要做什么，也不知道自己要去哪里，他只是愣愣地望着无人的前方，该找程斯然开个单身派对，还是疯狂地加班缓解情绪？

他把手机扔在副驾上，哆哆嗦嗦地插车钥匙，可他这两天做什么都不顺，钥匙插了好几次都插不进锁眼。

真的分手了，他和漾漾分手了。

蒋时延满脑子都是配角谢幕，唐漾和宋璟结婚，他们给自己发请帖，他满脑子乱窜着唐漾说过的那些婚礼、洁白曳地的婚纱、凤冠霞帔……

他快要无法呼吸，他只是想趴在方向盘上歇一歇，微微张口，眼泪又不管不顾地涌了上来。可他才刚刚开始哭，就听见咚咚咚的声音。有人敲车窗。

蒋时延继续哭。那人咚咚咚继续敲。

他自己哭自己的。那人锲而不舍地敲。

蒋时延倏地按下车窗键，糊了一脸鼻涕、泪痕地抬头，扭头，冲着窗外破口大骂："敲敲敲！敲个鬼！敲一次没人应，里面肯定就没人啊，你没长眼睛，看不出来老子心情不好吗——"车窗缓缓地降至最低处，他噎住了。

窗外，唐漾面色阴沉，双手抱臂斜睇着他。"你再说一次。"她道。

蒋时延对上唐漾气场全开的眼神，吓蒙了。他全然忘了自己刚刚还在闹分手，虽然不知道唐漾是什么意思，他吞了吞口水，仍旧听话地弱弱道："敲敲敲！敲个鬼……"声音越来越小。

唐漾斜睨着一脸狼狈的蒋时延，胸口起起伏伏。

宋璟找她吃饭，她不知道宋璟是出于什么原因，但她要把宋璟当初送给她的红绳还给他。两人互送过其他礼物，那些可以湮没在时间里，但这根红绳坠着宋璟自出生后便一直戴在身上的长命锁。

唐漾收拾东西、发现这个盒子时已经是大四。她当时就想还给宋璟，可他考研去了军校，电话一断，杳无音信，一拖就是十年。

唐漾算薄情的人，分手了就是分手了，她不愿留恋或者和宋璟有任何牵扯，所以答应了他出来，执意要还。

餐厅是宋璟挑的，中规中矩。

两人相对坐下时，宋璟笑，唐漾也笑，笑里难掩感慨之意。他们当初是真的在一起过，分手也是真的仓促……

唐漾和宋璟恋爱时，蒋时延身为“媒人”却同时疏远了两人。

唐漾和宋璟知道这远离的意思，最初那段时间他们也着实甜蜜。唐漾和宋璟每晚都会聊半个小时，讨论一些数学问题或者新闻。唐漾会去看宋璟，宋璟自己虽喜欢吃素，却会带唐漾去吃好吃的，在拥挤的公交车上主动用身高给她圈出空间，给她拎包，买路上的零食。在太阳最好的午后，他问她“要不要牵手”，唐漾轻轻点头，宋璟这才牵起她的手。

更多的异地时间里，宋璟忙导师安排的任务，唐漾就自己刷题；唐漾忙模型，宋璟就自己做项目。

唐漾乖巧、懂事儿，宋璟体贴、温柔，两人的恋爱没有作、闹、任性，和煦得如同宋璟，也如同十八岁漫山遍野的微风。

直到第二年寒假结束，唐漾仍旧每晚跟宋璟发些有的没的，宋璟最开始会回复一两句，后来是“哦”“嗯”。再后来，就是唐漾每天一句“晚安”排成强迫症喜欢的队形。

那时，唐爸爸给唐漾的生活费比较多，唐漾可以在任何时候买票去宋璟的城市。可那时她没意识到这是冷暴力，她只当宋璟在忙，按惯例等到下个月一号，才怀着微微的失落去找他。

北方城市的三月尚未回暖，倒春寒一来，冷风扑簌簌地吹。机场在翻修，唐漾迷了路，她绕了很远一圈出了大厅，霎时冻得身体一紧，阿嚏一声。

唐漾给宋璟打电话，他没接，唐漾坐大巴去他的学校。

大巴里有股沉闷的汽油味，唐漾信了天气预报，穿得很少。她想开窗透气，雨夹雪打到她的脸颊。

一个小时吐了五次，她到了宋璟学校门口，还没下车，便看到宋璟和一个女孩子并肩走出校门。他双手插兜，神色很淡，那个女孩子微微低着头。

唐漾坐在大巴第一排，就这样愣怔地望着宋璟和那个女孩子停在车前，望着那个女孩子把手挽在他的胳膊上，他没推开。唐漾胃里翻江倒海，眼里是越飘越大的雪。

绿灯还没亮，雪花落在那个女孩子的帽檐上。唐漾呆呆地望着，宋璟面上没什么表情，身体却是微微偏转，温和地帮那个女孩子掸掉了帽檐上的雪。

宋璟看到大巴，动作停住，视线探向里面。唐漾倏地把头埋到腿上，眼泪在膝盖处润湿小小的一块。

十分钟后，粗犷的司机大叔问唐漾："我马上又要去机场，小姑娘，你不下车？"

唐漾满脸泪痕地抬头，摇头，又点头："机场，去，去机场。"她出奇地难过。

她当天就回了学校，宋璟还是没给她发消息。

之后很长一段时间，唐漾陷入了自我怀疑。是她不够漂亮，还是成绩不够好？

室友玩笑般开导她："男人表面再光风霁月，但其实都喜欢两种——要么性感，要么会撒娇。"

唐漾双手捧脸，眨着眼睛嗲嗲地叫："老公——"

室友抖着鸡皮疙瘩："得得得，你还是继续做女神，以后做女王好吧。"室友不禁感叹，白长了一张绝美的脸。

唐漾和宋璟断了联系的第十天中午，宋璟发消息问她："吃饭了吗？"

唐漾回："吃了。"

宋璟："我前段时间在忙。"

唐漾："嗯。"

宋璟又道："你要……分手吗？"

唐漾不知道自己这段时间是在等解释，还是在等自己的决定，但无论如何都轮不到宋璟说分手啊。一瞬间，她觉得可笑、可悲，抑或愤怒。但他提都提了，分就分啊。

唐漾是个心高气傲的人，"嗯"字答完，便直接拉黑了宋璟。这段恋爱持续一年，分开总归难过。

蒋时延从台湾回来后，问过唐漾缘由，唐漾自己也觉得莫名其妙，但还是掉了眼泪。

她要说什么？说宋璟劈腿了，她被宋璟甩了，让蒋时延拉着一帮左青龙右白虎的小弟给她找场子？说她不是因为宋璟，大概是出于失恋本身这件事儿在哭？还是说临分手那段时间她正在纠结是考研还是出国，她淹没在很多学长学姐的光环下，每天焦虑、迷茫？她本是个骄傲的人，可宋璟轻描淡写地撕碎了她那时候留存不多的骄傲……

分手时，唐漾觉得宋璟会是自己一辈子的隔阂，可如今再见，项目聊完，她的情绪好像没有太大波动。

宋璟给她盛了汤，她从包里掏出装有木盒的布袋，退还给他。

“好像欠你一个解释，”宋璟接过东西，想到什么，轻声道，“那个女孩子是我的妹妹，同母异父的妹妹。那段时间我母亲在重症监护室，不久离世，然后是葬礼。我的状态各方面都不对，忘了你会去看我，分手后才反应过来。”他顿了一下，“当时晃眼看到的人影应该是你。”

如果他早十年解释，唐漾想，他们的结局大概不会变。她再回想当初的情形，模糊的记忆里，那个女孩子似乎也生了张绝美的脸。

“节哀。”唐漾晚说了十年。

“不必，”宋璟笑，“我和她没什么感情。”

唐漾不知道宋璟有个同母异父的妹妹，但听他说过他的家庭。

宋璟的母亲是个护士，极其貌美，父亲是中学老师，为人朴实、厚道。宋璟的母亲出轨、酗酒，会家暴他父亲。自他记事起，他母亲隔三岔五便会带不同的男人回家，即便他在家，也不会刻意关门。他父亲是受气的性子，但看到儿子茫然的眼神也会心疼，好几次鼓起勇气和他母亲商量“能不能不要带回家，不要让孩子看见，孩子还小”……

他母亲在喝酒，喝着喝着便将一个啤酒瓶冲他父亲头上砸去。血从他父亲的脑门流下。

他母亲在旁边骂骂咧咧:“你管什么？！

“当初要不是你使诈逼我怀上这个孽种，又跪在我父母面前求我嫁给你，我会是现在这样子？！

“你不知道那些追我的人都开小轿车、用手机，你一个穷教书的，自己撒泡尿照照自己——”

他母亲高兴会甩他一耳光，不高兴便甩他两耳光，用极其憎恶的眼神看着他，脸上涂着用父亲一个月工资买的最好的化妆品。在他眼里，蛇蝎大抵如此。

他父亲当初要娶他母亲，父亲家里所有人都反对。他父亲便和家里人断绝了关系。

直到宋璟上高中时，他父亲被他母亲捅了一刀，血流不止，进了医院，他爷爷才知道这些事儿，震怒之下把宋璟接了过去。

他爷爷是军人，肩上挂着衔，想把他母亲告上法庭。可他父亲又打着为孩子好、不要让孩子没有母亲的旗号，带着伤在他爷爷家门口跪了三天三夜，用昏死换他爷爷松口。

高考前夕，他母亲的情夫死了，他才知道自己有个同母异父的妹妹。他父亲心生怜悯，把他妹妹接了过来。女孩子比他小三岁，一身青青紫紫被皮带抽出来的伤。

宋璟那时只跟唐漾说到他父亲为了保他母亲在他爷爷家门口跪下。

当时，唐漾宛如听天书一样听完男朋友家里的事情，不敢相信地睁大了眼睛：“为什么要求情？！为什么不离婚？！应该离婚啊！家暴是犯法的！”

唐漾去找宋璟的时候，两人会睡标间。

那天晚上，宋璟第一次和唐漾睡在一张床上，他穿着外衣汲取温暖般抱住她。良久，他像在评价完全和自己无关的事情：“畸形的爱情罢了。”

那时宋璟也是在笑，挂着和现在他说他跟他母亲没什么感情时一样的笑意，寡淡而凉薄。

唐漾那时只顾着心疼宋璟，现在好像明白他这性子是怎么来的了。

两人陷入了短暂的沉默。

唐漾：“你父亲现在还好吗？”

“提前退了休，在养老院，挺好的。”宋璟看了唐漾几秒，问，“你和蒋时延在一起多久了？”

唐漾诧异：“我刚刚跟你说我和他在一起了？”

“你和他总会在一起的，只是时间问题，”宋璟低头啜了口汤，抬头，笑道，“他很早之前就喜欢你，比你想象中更早。虽然他吊儿郎当醒悟得慢，但终归会醒悟，醒悟了你们自然就会在一起。”

“啊？”唐漾的耳根悄然漫上一层热意，她张张嘴，定格成一个不太敢信又压不下去的笑。听前男友说现男友很久之前就喜欢自己的感觉真是诡异又奇妙。

“第一次认识到喜欢大概就是从蒋时延那儿，”宋璟说起蒋时延，同样笑道，“他以前经常在寝室里夸常心怡，撺你。他夸常心怡温柔、大方、懂事儿，撺你性子野，说叫你一声‘漾哥’，你还真的就像男生一样和他吵吵闹闹。”

唐漾满脸问号：“你跟我说我男朋友夸别的女孩子不夸我？他喜欢我？他这是喜欢我？”

宋璟瞧唐漾下一秒就要冲出去买榴梿的样子，赶紧道：“但他夸常心怡一句，会撺你十句，他就是用常心怡开个头，剩下的都在叨叨你。”他思及什么，忍笑道，“我那时候还特别奇怪，他这么讨厌你又烦你，怎么还要跟你说话，给你买零食，一天到晚找你问东问西？”

唐漾抻抻脖子，面色好看了些。

“而且他只允许自己说你。他可以说你不好，但如果别人敢附和的话，他非得以牙还牙。”宋璟接着道，“你知道他会来事儿的性子，和人打交道如鱼得水，整起人来也是一套一套……”

参鸡汤撇了油，口感温醇、鲜美，宋璟多喝了几碗，看着唐漾脸颊若隐若现的绯红，说了很多……

唐漾和蒋时延周末会约饭。

那时没有外卖软件，宋璟说，蒋时延带唐漾出去吃东西前会先给冯蔚然他们打电话，问哪家好吃，哪家不好吃，说漾哥不喜欢酸不拉几的泰国菜，说他们吃完还得回学校赶作业，不能太远。宋璟就看着蒋时延在寝室把合适的餐厅一一列出来，各个因素考虑得无比周到，然后隔天周日，又跟唐漾吹嘘：“是不是很好吃，是不是时间刚刚好？开玩笑，哥哥我是谁，用眼睛一看就知道那家店怎么样。”

唐漾会笑着搡蒋时延：“谁是哥哥？”

蒋时延又抱头认㞞：“漾哥，漾哥。”

还有，蒋时延周末会带唐漾打游戏。

那时候的手游分区服，宋璟睡蒋时延上铺，周五晚上总会看到蒋时延挨个儿登进去看看哪个是“爆满”，哪个是“火热”“流畅”。等不了一会儿，又听他跟唐漾聊语音：“不是我吹，就我这种全服前十的号一上去，方圆十里的菜鸟……”

宋璟跟蒋时延同寝室六年，平常气质冷清，当他捏着嗓子，倒把蒋时延那股嘚瑟劲儿学了五成。

唐漾对这些场景太熟悉，熟悉到宋璟一出声，她就笑出了声。她没有笑蒋时延，一定是宋璟声音清润、好听，她浑身才会暖融融的。

唐漾礼尚往来，道：“他那时也经常在我面前说你。”

宋璟：“他一定是夸我。”

唐漾笑出两个酒窝，点头，给没有冲出来抡拳头的男朋友留足了面子。

她那时听蒋时延说宋璟习惯极好，除了对他，对其他人都没好脾气。她那时觉得宋璟和他们不是一个世界的人。

十几岁的年龄，很难分清对美色是一时好奇，还是长久的喜欢。很多时候是旁人都喜欢，她也便喜欢了。傻子一把将她推给别人，她也当真觉得傻子不喜欢自己，自己不喜欢傻子，稀里糊涂便和别人走在了一起。

“你好像真的没什么缺点。”唐漾感慨。“折腾”“耍性子”“不开心”这样的字眼好像从来不会和宋璟有联系。他说家庭是淡淡的，说分手也是淡淡的。

宋璟失笑：“有过自私。”

唐漾用眼神问他。

宋璟承认道：“那时候看得出他喜欢你，也看得出你喜欢他，但你们两个人互相看不清，我没提醒蒋时延，过去吻了你。”

“怎么说呢？那种感觉，”他难得词穷，“就像偷了蒋时延的东西。”

唐漾和蒋时延的原生家庭相近，性格互补。唐漾在人前正经，在蒋时延面前嘻嘻哈哈；蒋时延是在外人面前可以嘻嘻哈哈，心里却装着明镜。大概也是唐漾在蒋时延心里的分量太重，十几岁的爱情太轻。

唐漾一本正经地纠正：“我不是个东西。”

宋璟发笑，笑得真诚而用力。

后来，两人再说到项目，唐漾提到陈强，宋璟说到和陈强的交情：“做任务，遇上A级罪犯劫陈强的货车，有过命的交情。”

唐漾心下讶然，但也没问宋璟具体做的是什么工作，为什么这般凶险。她得赶紧吃完饭回去看蒋时延，他还得了重感冒，嗓子哑得连话都说不出。

饭到尾声，“对了，”宋璟擦嘴，扔纸，“你知道他以前乱码的网名是什么意思吗？”

“不就是乱码吗？”唐漾迷茫。蒋时延高一的网名也是他后来的微信昵称，和中学时代那些“紫晶天使之泪”“受过情伤的男人”一比，显得分外正常。

宋璟挑眉示意：“你开一下手机全键盘。”他从桌子旁侧的小木格里拿了一张餐巾纸，又取了一根牙签，拈在修长、白净的食指和中指间，用牙签在纸上划出痕迹。

唐漾礼貌地换个方向起身去看。

“t$efvbhu&，”宋璟一边写，一边解释道，“在全键盘上就是以‘t’开头，以‘y’结尾，画了颗爱心。”

“他那时说他这是和你义结金兰，永结同心，”宋璟笑声低沉，“可谁家一男一女义结金兰，而且还要用爱心？”

最初的那些悸动好像都是藏在乱序里。唐漾和蒋时延在一起后，很清晰地意识到自己密码里那些杂乱无章的“J”“S”“Y”大抵是关于他，自己最初的密码可以追溯到高一，而其他地方，比如相册里的“YYSJ”“YSJ”，所有的所有，把他当挚友也好，喜欢也好，通通关于他。

唐漾以为自己已经足够幸运，和一个自己可能喜欢了很久的人走到了一起。而更幸运的是，无意间得知那个自己喜欢了很久的人可能同样喜欢自己，喜欢了很久很久。

她再仔细一想，蒋时延在她面前也嚷嚷着说常心怡是女神，也吵吵着说他喜欢有女人味的，可他总把她放在第一位，任何时候，任何年龄，都不管不顾、近乎野蛮地将她放在最重要的位置。

一时间，唐漾有种错愕又欢欣的心情。这样的感觉，就像推翻一副多米诺骨牌，她以为自己的骨牌会向后倒向他，结果他的骨牌也同时倒向她，两副骨牌恰好嵌合出漂亮的脊骨状，一股暖流从她背脊经由四肢百骸流至全身。

“他对很多事情都无所谓，但对你尤其小心。”宋璟正说着，有服务员背对唐漾推着餐车过来，宋璟眼明手快地隔着衣服拉了唐漾的手腕，餐车顺畅通过，宋璟余光扫过某处，附至唐漾耳边轻声道，“一点钟方向。”

唐漾眸子里出现被遮挡的蒋时延，泛起轻柔的涟漪。

如果唐漾和其他任何人在一起，宋璟可能都会动不该有的心思，抑或使出浑身解数和她牵扯不清，至少要在她心里占据一席之地，可那个人是蒋时延，宋璟便不敢。

唐漾和蒋时延就是他贫瘠和暗苦的生命里两团很小，但足以照到他的光，如果按照时间来算，蒋时延甚至会更亮一些。

“对他好一点儿。他真的很爱你。”宋璟终究说了这句话。

唐漾敛好神色:“这是自然。”

不是“嗯”，不是“好”，也不是回答别人的托付，唐漾说“这是自然”。蒋时延是她的恋人，以后会是她的先生。她会给他最大的宠爱，也不掩饰她的占有欲。

真好啊，真的。漾哥和胖哥真好啊，真的。他想起自己在部队出生入死，和漾哥分手真好啊，真的。他的手动了动，他终究还是没有再抱唐漾一次。

唐漾拂下宋璟的手，宋璟微收着下颌看她，眼神清澈、澄明。

两人结了账，故意路过蒋时延的桌边，他已经走了。

临近七点，华灯初上，霓虹宛如春天的花开般从点到面燃得如锦如织。

宋璟诚实道:“他那个角度估计看到我们抱在一起了。”

唐漾左顾右盼找蒋时延的车:“有点儿难哄。”

“他经常会吃醋吗？”宋璟好奇，“你会吃醋吗？”

唐漾全然忘了自己以前以为他会和前女友接吻而不开心，自己在盛伲娜面前又冲又傲说的“我是他女朋友”，她小脸一凛：“我怎么会吃醋！”她的脸和脖子都红红的。

宋璟不戳穿，又笑问：“打算什么时候结婚？”

“我不知道，”唐漾偏了一下脑袋，“他每次都会玩闹地求婚，从来不会好好求婚，我也不知道怎么求婚，如果他待会儿撒娇、缠人，可以顺嘴提一句试试，孩子不急着要，但婚还是可以早点儿结的。”

大抵觉得“撒娇、缠人”这样的词会在外人面前损耗男朋友的英勇气概，唐漾又无比稳重地帮男朋友挽尊，道：“他不是那种撒娇、缠人的性子，他只是偶尔这样。他和中学时不一样了，他现在大多数时候都成熟、靠得住，对我也耐心、温柔，不说重话。”她毫无压力地闭眼吹嘘，“就是让我很没抵抗力的那种做事有分寸，有规划，有条不紊。我估计他是去买个什么见面礼给你，空手见你总归不好。他考虑问题很全面啊——”

唐漾一边说，一边摸出手机想问蒋时延去哪儿了，让他买个见面礼塞给宋璟。

结果，她上一秒还在夸蒋时延各种大度、完美，这一秒，蒋时延却神神道道地给她发了一大堆什么鬼话，末了还来一句“我们分手吧”。她手一顿，当即愣在了原处。

宋璟余光瞥到，很不给面子哧地笑了一下。

唐漾和宋璟都了解蒋时延，自然能猜到他在想什么。

宋璟侦察能力强，环视一圈，给唐漾报了个树下的坐标。

唐漾蹬着高跟鞋风驰电掣地赶过去。

宋璟两手插在裤兜，慢悠悠地跟在唐漾身后。

唐漾敲蒋时延的车窗，他不开，唐漾再敲。然后，上一秒在唐漾嘴里“成熟、靠得住”，对她“耐心、温柔、不说重话”的蒋大佬，这一秒冲她劈头大骂“敲敲敲，敲个鬼”，还哭得一把眼泪一把鼻涕。

唐漾脸色难看。

宋璟知道自己这种时候不该笑，不应当，可他肩膀一抖一抖，还是忍不住噗地笑出声。

唐漾让蒋时延再说一次。

这种时候，但凡蒋时延脑子清醒，都得赶紧哄她。宋璟没想到，蒋时延真的像个小媳妇一样幽幽怨怨地又说了一次！

唐漾气得咬牙。

宋璟差点儿笑出眼泪。

蒋时延这才注意到唐漾身后不远处站着一个无比熟悉的男人，他衬衫笔挺，如清风霁月。蒋时延的眼泪倏地止住，他懵懵懂懂，反应不过来。

宋璟指了一下蒋时延，道："你家小孩好像有点儿不开心。"他用含着笑意的嗓音对唐漾道："那我先走了？"

唐漾没办法地"嗯"一声。

蒋时延后知后觉地回过神来。

"宋竹竿，你说谁是小孩？"掩盖尴尬最好的方法就是爆发出气势，蒋时延耍起浑来不管不顾，他从车窗里探出脑袋，"你也就比老子大十个月零十四天——"

唐漾抬手捂住蒋时延的嘴。她看也没看蒋时延一眼，朝宋璟点头。

宋璟没有马上走，而是蓄着笑意走近，蒋时延俊脸紧皱。宋璟停在唐漾身旁，蒋时延紧张地盯着宋璟。

宋璟把手从裤兜里掏出来，蒋时延屏住了呼吸。结果，宋璟的手越过唐漾，轻轻放上了蒋时延的头顶。

唐漾和蒋时延都愣了一瞬。

"好帅。"宋璟看着蒋时延的眼睛，嘴角带着淡淡的笑意。

初中时，有人取笑说蒋时延是"死胖子"。蒋时延嘴上不说，心里却不舒服。宋璟就站在蒋时延旁边，说："胖哥胖着都好看，瘦不瘦、要不要更好看的主动权在他手上，"他微微颔首，对那些人出口极其刻薄，"但脸丑，再怎么瘦也是丑。"

现在看来，宋璟很有识色的本事，只是"帅"这种字眼听上去像在夸十四五岁的青春期男孩。

蒋时延的鼻子里哼了个不屑的音节。

宋璟垂下手，又对他道："好好的。"

蒋时延瞥了宋璟一眼。

宋璟仍是不恼，他俯身至蒋时延耳边，笑着用不大不小的声音道："没抱你女朋友。"

蒋时延眼睫颤了颤，一秒、两秒、三秒，他神情愤愤，忽然一拳冲宋璟的肩胛砸去。力道看上去很重，但其实不大，发出一声沉闷的响动。

唐漾目睹这一幕，被"蒋三岁"气得说不出话。

偏偏宋璟还在煽风点火:“别吵别吵，孩子需要呵护——”

蒋时延的嘴在唐漾手下道:“你又叽叽歪歪说谁是——”

唐漾深呼吸:“蒋时延！！”

蒋时延委屈地收起后面的话，宋璟不再逗他，忍笑离开。

唐漾和蒋时延目送宋璟离开，宋璟背朝两人挥手，越来越小的身影融进闪烁的霓虹灯里。

其实，宋璟还想跟唐漾解释，分手前那段时间他状态不对不是因为久病床前无孝子，抑或伤心，而是小时候积攒的那些负面情绪倏然爆发。那段时间，在无数个深夜，他控制不住地徘徊在他母亲的病房门口，无数次想扯掉他母亲脸上的呼吸机，害怕他母亲被救活，害怕他母亲被治好。那段时间，他是真的不敢联系唐漾。

唐漾家有落地窗，她沐浴着窗边明亮的阳光长大。而他成长的居所潮湿、黑暗，宛如最险恶的雨林，一根根黏腻的藤蔓织成一道密不透风的网，他是寄生在夹缝里的生物，卑劣、变态、扭曲。他会害怕和唐漾有任何交流，害怕她透过字眼看到他满目的赤红血腥。

真见了唐漾，宋璟才发现，时间相隔太久，好像没必要再提。这样就挺好，他看到他们就像吸饱了那股足以亮灯的气。

他们渐渐忘记他，他也渐渐忘记他们……

唐漾在宋璟面前给蒋时延留足了面子。直到宋璟彻底消失，她才肃了神色:“你刚刚在做什么？就你会骂人？骂我？骂宋璟？”

漾漾和宋璟过来时，蒋时延心里隐约猜到什么，但没有胆量确定。唐漾批评他，他想开口，可漾漾香香软软的小手还抵在他的嘴上。他喉咙干咽了咽，偏头克制住自己心里那股冲动……想亲。

唐漾把蒋时延的不确定收入眼底。

蒋时延想开门让唐漾上车，唐漾示意他在驾驶座坐好。他照做。

夜风沙沙响，轻轻拂过两人的脸颊，唐漾居高临下地望着他，一呼一吸调整着情绪。

两人间的沉默持续良久，唐漾叹了口气，低柔的嗓音这才混在夜风里:“很早以前，我感觉自己有喜欢的人，有喜欢的感觉，可那时所有人都把目光投向宋璟，我也不例外。”她显得有些无奈。

所以，自己的猜测到底是对是错？所以，漾漾是不是来认真说分手的？蒋时延缓缓抬头，注视着唐漾。

唐漾与他对视，继续道：“和宋璟才开始恋爱的那段时间好像确实是恋爱的感觉，是一种跟和你在一起类似的相处，很舒心。”她说了一些细节，“但到后来，用宋璟的话说，我和他就像两个世界的人，无关爱情，友好往来。”

唐漾道：“我们就像谨慎地把自己装在保鲜膜里再接触对方，两个人谁也不愿意先撕开，先坦诚，看上去很美好，但也因为美好而不真实。我不知道真实是什么，”她望着蒋时延眸子里清晰、完整的自己，轻声道，“我只知道我听你说常心怡如何好，我嘴上应着‘是我家心怡’，心里却会有失落；我只知道听到你恋爱的消息，我自己也在恋爱，我应该大大方方地祝福，可我连给你打电话都做不到；我只知道我好像没对你坦诚过，听你说分手，一边安慰你，一边约室友出去点了十三香小龙虾。

“至于请客缘由，”唐漾眼底泛起浅浅的涟漪，“好像是庆祝哈萨克斯坦和我国洽谈贸易协定。”

蒋时延不太敢相信自己的耳朵，眼睛慢慢睁大。

唐漾保持着不急不缓的语速：“好像我就是打着朋友的名义，揣着小心又晦涩的心思，然后朋友的借口冠冕堂皇，”她失笑，“冠冕堂皇到我没能认清自己。”

蒋时延仰脸望着唐漾，华灯初上，她逆光站在灯下，妆容精致，眉毛纤长。她的眼睛漆黑、澄亮，她的表达条分缕析。可不知为什么，他总感觉她说的每个字都是棉花，一个字一小团地朝他的胸腔塞，温暖而充盈，让他只能怔怔地望着她，而没有半点儿思考能力。

“其实，我没那么大的瘾玩游戏，我更喜欢看闲书。但你游戏玩得好，我就想去学一学，玩一玩，和你一起玩的时候很开心，不玩游戏的时候好像也会有更多共同话题。”唐漾说。

蒋时延一颗心扑腾、扑腾。

“我知道以自己的分数能考什么大学，对名次也没有太大的执着，但我每次考第一，你都会嚷嚷‘我漾哥好强’‘吊打众生’‘没有对比就没有伤害，呜呜呜’，”唐漾勾着嘴角，“我就总是忍不住想‘虐虐’你，看你一边装模作样地受打击，一边又替我开心。”

蒋时延张张嘴。

唐漾的掌心微微发烫，从他嘴上挪开：“再之后，你在 A 市，我在 B 市，我们会聊天、点赞，我也会在看云、看天气时偶尔想你。那时，你每周五晚上固定会给我打电话……项目日程排得实在满的时候，我会在周四熬通宵。”

那时，全院导师都知道唐漾周五晚上脑袋会短路，没办法接任何任务。而她只是想把自己脑袋放空，只是想听蒋时延在电话里胡侃。

蒋时延呆呆地望着唐漾，发不出一丁点儿声音。

唐漾有轻微的洁癖，此刻，她却捧着蒋时延的脸轻轻用指腹帮他抹掉眼角的残泪。

她动作缓慢，一半是心疼，心疼他小心翼翼地说分手的心境，一半是自责，怪自己昨晚也起了情绪，怪自己想过他敏感，却没想到他这么敏感，怪自己没提前把话说清楚，让他哭成这样，涕泗横流，哭得她心口也隐隐泛了疼意。她的手指满是怜惜地划过他的脸颊。

“人大概都是越来越贪心的，”唐漾继续道，“以前，我们每周一个电话就可以让我得到一个相对稳定的状态。去年我在镇上做调研，你一个电话打得我失魂落魄，我爸形容我是发了疯地想回 A 市。我当时只是想作为朋友离你近一点儿，至少能在你需要拥抱的时候抱住你。

“可陪在你身边，那些复杂的情愫确定为喜欢后，我又想一直和你在一起。你出差我会难过，异地我会难过，就连你偶尔回老宅，我都会觉得时间慢。喜欢大概比确定关系更久一点儿，我想把期限延长到一辈子。”

唐漾从来都是个善于隐藏的人。可现在，隔着一扇车门，她却近乎赤诚地把心底最深的那些地方呈现给车内的人。

蒋时延撞进她眸子里的细碎光芒中，眩晕得魂魄好似抽离。

唐漾就这样凝视着他的眼睛，一字一顿地说：“我想每天早上醒来就看到你，想中午和你在一起，想晚上和你一起散步回家，路过天上不同颜色的云。”

唐漾说：“我想和你一起走下去，想一起朝上走，朝前走，走到一个合适而实现价值的位置。我想把自己全身心地献给你，而同等程度地占有你。我想和你建立生命的联系。”她面上带着惯有的温柔、从容以及仅仅对他一人的爱意，她望着他，以极慢的语速说，“我想和你一起从年轻走到年老，从十七八岁走到七八十岁，想和你一起走过漫长又拥挤的青年、中年、晚年。我想和你从别人的儿孙走到最后白发苍苍，儿孙绕膝。”

蒋时延老了也一定和别人不一样。他可能会用她的卷发棒卷他那几根稀疏的白发，和她一起去参加孙子孙女的家长会还要臭美地喷个香水。他大概会在小孩央求时跟以前和她玩时一样，装模作样地说“哎，爷爷不会打游戏啊，人老了手直哆嗦，玩得菜，你们别骂爷爷，要尊老”，然后反手一个爆头击杀，面对小孩的震惊脸暗自嘚瑟……

画面分明是温馨的，唐漾想着、笑着，眼里竟微微湿润。

“所以——”蒋时延喉结上下滑动。

“嗯？”唐漾回以含笑的目光。

“所以，”蒋时延害怕惊扰栖息的夜鸟般试探着开口，“你可能以前也没太喜欢宋璟，你可能一直喜欢的是我，只是你和我一样没有发觉？”他的语气很小心。

什么叫可能？自己发自肺腑地说了那么多，在他眼里就是轻描淡写的“可能”？他语文是体育老师教的？唐漾嘴角的弧度贴画般凝滞在原处。

“所以，”蒋时延察觉到唐漾脸色的变化，问得更小心了，“所以你不会始乱终弃，不会抛弃我——”

唐漾不敢相信蒋时延说了什么，气得有点儿不知所措。

蒋时延吞了一下口水，很小声地问：“所以你更不会和宋璟复合，不会和宋璟结婚，不会给我发你和他婚礼的请帖——”

所以自己刚刚的话他一个字都没听进去，所以他哭哭啼啼是因为满脑子想的都是自己和宋璟复合，还要结婚，还有请帖？！唐漾气急：“蒋时延，你脑子里全是水吗？！”她倏地气红了眼睛，“你想事情不过脑子的吗？你能脑补这么多，你怎么不去吃屎啊！你去吃屎，好不好！！”

唐漾噙泪那一瞬，蒋时延恍然大悟，自己错得多离谱。他反手一巴掌直接朝自己脸上扇去，想推开车门拉唐漾上车：“漾漾，我嘴笨，漾漾，我傻，漾漾，你别和我计较，漾漾，你别气——”

“我没气，我真没气，”唐漾从外面抵住车门，不让蒋时延下车，她一边翻手机，一边用蒋时延的话捋他，“我哪儿敢生气啊，我可是背着始乱终弃这口大锅的‘渣女’，是谁给我扣的锅来着？我想想啊……”

唐漾用食指点两下太阳穴：“想起来了，是我男朋友。”她眼睛红红的，嘴角却挂着笑，她以一副小区大妈攀谈的口吻对蒋时延道，“你不知道啊，我那个男朋友可厉害了呢，前几天还在说要对我好一辈子，转眼就想着我和别人结婚。我上一秒在人家面前夸他完美、大度，他下一秒就撒泼打滚，是一等一的好手……对了，你知道我想着他咳嗽，想赶紧回去给他买雪梨汤，他做了什么吗？”她翻出蒋时延发的消息，把手机举到他眼前，一字一顿地念，“唐漾，我们分手吧。分手吧。”

蒋时延又是疼惜漾漾又是暗骂自己蠢，眼睛快被手机逼成对眼也顾不上。

他想去握唐漾的手，唐漾也不躲，就用那双泪汪汪的眼睛直视他。

蒋时延的手即将碰到漾漾白皙的手腕时停住了："漾漾，你别气，我吃屎，好不好？"他迎着唐漾的眼泪，想给这心肝跪下，"我再也不提分手了，我是混账。"他没脸没皮没底线，说着双手就举到自己嘴边大口大口地做啃状，"你别气，别气，你快看，快看，蒋混账在吃屎——"

"满足你，"唐漾定定地看了他几秒，很大度地拍拍他的肩头，"你说分手就分手，分分分，赶紧分，我同意了。"说罢，她转身就走。

蒋时延推开车门，没来得及关就追了过去。

唐漾拎着包包在前面走。蒋时延在后面追："漾漾！"

他碰到唐漾的手，又被唐漾甩开。

唐漾步子迈得很急。蒋时延紧紧跟着，又把手探了过去："漾漾！"

唐漾仍是拂开他的手，仍旧是气。她气他想那些乱七八糟的事儿，气他动不动就提分手，气他说着多了解她，却又不知道她有多爱他。她就是要分手，就是要给他一个教训！她一路走，一路想，眼泪在眼眶里打转，却没掉下来。

蒋时延紧紧跟在她后面，不停地唤她"漾漾"，又不停地被她打手。忽然，他不追了。

唐漾也放慢了脚步。

"我们真的分手了吗？"他语气平常。

他才跟十米就跟不下去了吗？先前，唐漾满脑子想着分手，让他长记性，真当他停下脚步，她一颗心却好似被一根绳索吊着，慢慢下移，浸到凉水里。

"分啊，分啊，分啊，"唐漾背对蒋时延，同样认真地哂道，"你蒋大佬说的话，我怎么敢不听？"她不知该如何收拾自己任性作出来的局面，嘴里夹杂着淡淡的酸涩，"也对，蒋总是天之骄子，说一不二，'说三不四'，'说五不六'——"

夜风吹过，吹得两个人的衣摆簌簌响，头发乱舞。

昏黑的灯光铺洒一地，唐漾站在前面，背对蒋时延。蒋时延站在两米后，双手插进裤兜，听着她似埋怨似可怜的嗓音从前面飘来……

"唐漾。"蒋时延开口。

前面的人不说话。

蒋时延眼光柔和地望着她的背影，喊道："我追你一次吧。"

唐漾怔怔地站着。

宋璟没追过唐漾，蒋时延也没追过女孩子。他说："既然分手了，我们就重新开始，不是留了很多退路的朋友变情侣，不是将就，不披陪伴的外皮。”

唐漾回头，便撞见这一幕——男人身后是有人路过的街角，他站在半明半暗的光线里，身形颀长、挺拔。

见她看自己，“唐漾，”蒋时延以专注的眼神注视着她，嗓音裹着散漫但温柔的笑意，他大声对她喊道，“我重新认真、完整地追你一次吧。”

周围有行人看过来。

唐漾被他宣示主权的语气撩拨得耳根一烫，她破涕为笑，那颗浸在冰水里的心浸到了融化的雪糕里，浑身都甜丝丝的。

“神经病啊。”唐漾娇气地翻个白眼，红着耳郭朝前走，“你追人都这么简单粗暴，不用经过当事人同意吗？”

蒋时延依着她，跟在她旁边，语气和步伐一样吊儿郎当：“那你说好不好啊？”

唐漾傲娇地抬抬下巴：“不好。”

行吧行吧，自家宝宝自己得兜着。蒋时延很有耐心：“那我再问一次好了，你说好不好啊？”

唐漾一边摇头，一边拖着清悦的调子甜甜地道：“不——好——”

蒋时延勾了抹痞痞的笑，他倏地侧身上前挡住她的路。唐漾没留意，踩上他的鞋。

蒋时延双手朝身后一背，同时蹲身，唐漾就突兀而“主动”地吻了上去……

车声沙沙，人声窸窣，两个人的唇瓣干干的。温热相触，周遭的声响好似退远了。

这是街头！这么多人！这么多车！这人真是……唐漾触电般后退一步，小脸烧得红通通的。她睁大眼睛，一边捂嘴左右看看，一边骂他“不要脸，你不要脸”，作势要打他。

蒋时延也不闪避，抱着手臂慢悠悠道：“前任之间不要动手动脚。”

这人还记着宋璟拉自己手腕的仇呢！唐漾红着小脸“哦”一声，然后放下手，越过蒋时延朝前走。蒋时延也不在乎车会不会丢，跟着她朝前走。

走着走着，他觉得气氛对了，想牵唐漾。唐漾学他：“前任之间不要动手动脚。”

夜幕低垂，蒋时延轻咳一声。

唐漾和蒋时延都是有头有脸的人物，说出来的话必定笃行。两人说了不动手动脚，那便真的不会动手动脚。

两人在路灯下踩影子，走着走着，唐漾舔了舔嘴角，左手朝后悄悄伸出纤瘦的小指，上下晃动两下。

蒋时延早已难耐，此时瞥见，又巴巴地握了上去……

他带着薄茧的掌心裹着她白腻的肌肤，两人摇着手走着。他偏头看她，她低着头。

她耳尖红红的，他喉结上下滑动。

晚风暖融融地吹着，两人的心尖痒酥酥的，他们不约而同地垂头，荡开笑意。

第20章 融融

身居高位的野心诱人得无法言语。

晚上回家，两人洗漱过后躺在床上。

唐漾直朝蒋时延怀里钻，蒋时延亲她，两人如行走很久的旅人般汲取彼此的唇舌，吻着吻着便缠在了一起。

唐漾心里还憋着点儿气，她一边娇娇软软推说“我们是前任了，蒋大狗，前任之间应该不能做这样的事吧”，一边提着纤细的腰肢跨坐到他身上。

夜色四合，昆虫低鸣。

蒋时延的额头浸着一层薄汗，一条命都在唐漾手里。他说不出话，只能一遍遍粗重地呼吸，手掌反复地摩挲她温软如玉的后背。

唐漾先前气势拿得很足，真当坐上去了，她的脖子浮起一层绯红，撑着蒋时延的胸膛没有眉目地试探。

一股夹杂温热的痒意以她凉软的手心为原点，在蒋时延的身体里扩散、乱窜。他微张着嘴，幽微的眼眸里情欲浓重。唐漾咬唇，犹疑地唤他的名字。

蒋时延倏地将她反压在身下，覆以滚烫的薄唇。

以前做的时候，两人也尽兴。不过那时候，蒋时延会更多地考虑唐漾的体验，带着类似珍视抑或取悦的东西。

今天主动坐上来的是唐漾，蒋时延眸色盖不住深重，唐漾唇间吐出破碎的音节。蒋时延宛如瘾君子，终于遇上解药。他的眼角泛红，舔舐她每一寸肌肤，啃咬着那些漂亮的起伏。他极尽贪婪地占有，又近乎湮没地沉沦在她似糖似蜜的滋味里。

大抵还有唐漾嚷嚷“蒋大狗前任不可以做这些”的刺激。

疯了，是真的疯了。

唐漾觉得自己快要死掉的时候，他又含情脉脉地吻了下来，两颗相爱且明了的心紧贴在一起。

最后，唐漾的脚趾蜷得发酸，连抬手指头的力气都没了。

蒋时延还没累，他抱唐漾去洗了澡，自己却汗湿了全身。他抱着唐漾，一遍一遍辗转着吻她，唐漾用眼神提醒他明天是周一。蒋时延气息不稳，蓦地把头埋在她的颈窝，不甘地蹭来蹭去。

好半晌，他松开唐漾，反手给她掖好被子，这才起身披了浴袍朝浴室走去。

之前，蒋时延在浴缸里给她按摩了手脚。

这时，唐漾浑身每个细胞都叫嚣着舒服。她瞥到蒋时延的背影，借着软枕稍稍腾起后背，忍笑："为什么一定要去浴室啊？"她故意柔柔道，"我上次给你买的两提卫生纸用完了吗？"

听到这话，蒋时延脚步顿住，然后缓缓转过身来。

小女朋友，啊，不，小前女友软绵绵地窝在被子里，露出一张素净的小脸。她嘴角的笑意没压住，一双黑漆漆的眼睛好似蒙着层湿气。她眉毛弯，眼睛跟着弯，细碎狡黠的光藏在荡漾的涟漪里。

这小没良心的。

蒋时延深呼吸。然后，他火气没消，也不遮掩，就大大咧咧地穿着底裤朝唐漾走去。

唐漾羞红了耳朵。

蒋时延越走越近，目光幽深地注视着漾漾，刻意压低的嗓音里噙着低沉而危险的笑音："宝贝儿，你想要可以直接说——"

一秒，两秒，三秒。

唐漾一把将被子拉过头顶，哼哼打两下有节奏的小呼噜。

睡着了。他就猜到是这样。

蒋时延又气又笑，过去想泄愤又舍不得下手，只能隔着被子轻拍她的屁股。

啪啪两声，她觉得略微羞耻。

唐漾捂在被子里的脸红红的，可她睡着了不能反抗，她好可怜啊。

与此同时，A 市另一端酒店的房间内。

桌上，电脑屏幕闪烁，宋璟接了视频电话。

任务下完，对方沉默一会儿，道："你在休假中，又有退役的打算，行动的正式公函还没下来，如果你不想接，我可以让 0287 带队——"

宋璟从凳子上起身，站到桌边，他倏地合脚，利落地并腿，手如钢筋般抬至太阳穴。"0901 休假结束，请求归队。"他神色坚毅，掷地有声。

黎明前夕，灰白的天幕如锅盖般笼罩住零落的霓虹。

直升机嗡嗡地转着螺旋桨，停在行政酒店的楼顶。宋璟半个小时前拨了个电话，半个小时后，蒋时延带着一身倦意赶到。

晨风习习，吹乱了两个人的头发。

蒋时延穿着休闲，宋璟一身笔挺的橄榄绿军装，两人保持着一样的插兜姿势，迎着凉风说了会儿话。宋璟指向直升机，蒋时延摸出手机。

“我不能照相。”宋璟笑着握住他的手机。

蒋时延通过手机借力，顺势抱了一下宋璟，很男人的抱法。

宋璟没料到蒋时延会有这动作，面上闪过惊喜，又不敢相信。

“早点儿办完事儿，办完了赶紧脱了这身皮，”蒋时延拍拍宋璟的后背，和以前一样没个正形，道，“回来大家还能聚一聚，你宋璟想做什么都能成，就你这张脸要是想出道，我拿整个一休捧你，好吧——”

“谢谢。”宋璟轻声对他道。

蒋时延松开宋璟，摸不着头脑：“你和我的脑电波不在一个频道吧——”

宋璟也不解释，笑着迈向机舱。

直升机像只小小的铁鸟，飞进乍破的天光中。云层之下，有早起开铺子的卷帘门声，有公交车排队发车，还有骑自行车上班的工人。

蒋时延在楼顶目送直升机离开，觉得宋璟也不是什么坏人，勉强可以排在程斯然、冯蔚然他们后面，算自己半个兄弟……

等等，蒋时延想到什么，自己这次是不是还是忘了抡他两拳？

“宋璟，你给老子滚下来！老子还有事儿！”蒋时延朝直升机挥动双手。

宋璟想象着唐漾板着小脸去揪蒋时延的耳朵说“蒋时延，你嚷嚷什么，吃了大嗓门丸吗？大清早的，大家都还要睡觉”，蒋时延皱着眉头“哦”一声，旋即想到什么，又高兴地喊“漾漾，快看直升机，宋璟那个小人在上面”……

宋璟忍俊不禁。

直升机消失在平常但因为蒋时延释怀而弥漫着淡淡温馨的黎明。

唐漾以为蒋时延昨晚说追自己只是闹着玩的，毕竟两个人的年龄都不小，折腾不起，也算“老夫老妻”了。结果，第二天早上七点，她跟着生物钟转醒，喊了几声“蒋时延”，没人应。她一边揉眼睛一边磨磨蹭蹭地坐起来，视线触及眼前的场景，她的手慢慢悬停在空中……

蒋时延坐在床边，花束搁在他身旁。一大捧粉色玫瑰花包裹在缎带扎的锡纸里，汇成爱心形。而巨大的爱心中央还有两只柔软的小熊，同样穿着粉粉的衣裳。

如果单是一枝玫瑰，或者一只小熊，唐漾会觉得可爱，可这么大个阵仗，目测得有九百九十九朵……伴着若有若无的香气……她微微有些窒息。

玫瑰之外是蒋时延的脸，噙着深情款款的笑意。

唐漾别开视线，吸气，呼气。她动了动发干的喉咙，弱弱道：“我可以说……比起玫瑰，我现在更想要一杯水吗？”

“可以满足。”蒋时延一只手抱住玫瑰，一只手探到床头，给她把准备好的杯子端过来。

温热的蜂蜜水让胃暖暖的，但唐漾还是不想直面玫瑰：“我可以去看看今天穿什么衣服吗？”

蒋时延指向衣帽间：“你今天上午有例会，我给你找了那套灰色西装。”竖条纹的，既拉身高又提升气场。

唐漾抱着杯子：“那早饭呢？”

蒋时延仍旧含笑望着她，嗓音温润道：“做好了，在桌上。”

好了，所有话题都扯完了。唐漾放下水杯，认命地轻抚一下玫瑰，眼底映出露珠在花瓣上滚动的情态，她眨了眨眼：“你起得多早啊？”嗓音不自觉地软了下来。

蒋时延帮唐漾把额前的碎发钩至耳后，手缓缓地放在她耳旁：“昨晚你在我梦里，弯着眼睛对我笑。你的眼睛会说话，我枕着你的笑语从黎明醒来。”

他突然“尬诗”。唐漾的耳根和心坎都被烫得热乎乎的，嘴里却细声抱怨：“那为什么买玫瑰？后续很麻烦的——要用花瓶插花，插的时候要剪枝，每天还要换水，枯萎了之后还要扔到楼下——”

“我来做这些就好了。”蒋时延理所当然道。

唐漾诧异：“那你为什么还要买？”

送花一个很重要的导向难道不是养花吗？每天养花的时候都会看到花，看到花自然会想念对方。蒋时延低头吻唐漾的耳尖：“我只是想让你体会收花这一秒最大的愉悦。”他的声音温暖、低醇，伴着微热的鼻息拂在唐漾耳后。

这人嘴上大概抹了油，唐漾害臊地想，她不想承认，但又不得不承认自己被这束来自蒋时延但不用养的粉色玫瑰撩拨到了。

她正斟酌要说点儿什么感谢“蒋追求者”能打六十分的心意，蒋时延好像猜到她要做什么一样，推开她起身，然后弯腰，变戏法似的从地上拿出个礼盒来。盒子是镂空的粉色外壳，模拟民国时期的铁皮箱，并做了一把银质小锁。

唐漾摸不着头脑，蒋时延把盒子放在她的腿上，两手覆在她的手上，然后带着她的手慢条斯理地打开锁，掀开礼盒——

一条花纹繁复、极有质感的丝巾静静地躺在盒子里，是唐漾喜欢的那个奢侈品牌，是她想买但一直忘了买的新款，可以配衬衫，可以配波西米亚风长裙。天花板上的灯光顺着礼盒四周爬上丝巾，好像给了丝巾生命般，霎时流光溢彩。

唐漾压根儿没想到有这一出，眼睛睁大，捂着嘴说不出话来。

“一如我看到你的心情。”我只是想让你体会收花这一秒最大的愉悦，一如我看到你的心情。蒋时延一边说，一边从盒子里取出丝巾。丝巾从他修长的指间滑至她细白的颈项，他牵着丝巾两头，虚虚地打了一个结。“喜欢吗？”他边打边问。

发梢摩挲着唐漾的皮肤，有微微的痒意。

蒋时延含笑，耐心地解释说：“周六去看电影那天，地铁扶梯旁有这个广告，你当时多看了两眼。”他失笑，“虽然后来——”

唐漾蓦地掀开丝巾，扑到蒋时延怀里。鼻尖萦绕着他身上熟悉的木质香，唐漾浑身好似陷在云朵里，她小脸热热的，不受控制就唤道：“老公——”声音软绵。

“哎！”蒋时延沉稳地应下，然后，整个早上都处于一种合不拢嘴的得意状态。

唐漾起床穿衣服，他笑得得意。唐漾刷牙，他给她挤牙膏，笑得得意。

唐漾喝牛奶，他坐在她旁边，脸上依然挂着无比得意的笑。

走哪儿都是他的笑，唐漾又羞又恼。

“再叫一声听听。”蒋时延哄她。

“不叫。”唐漾把脸转向另一个方向。

蒋时延轻扯她系好的新丝巾，软声道：“给追求者一点儿甜头嘛。”

唐漾顶着红透的小脸：“不要。”

她不叫他自己叫。他道：“让我回忆一下——”

让他回忆一下？唐漾快疯了。她想尖叫。她知道她错了，她不该主动让他占称呼的便宜，她错了还不行吗？

偏偏蒋时延捏着嗓子张口就学她的语气叫道：“老公——”

“蒋时延，你烦不烦啊！”“唐暖气片”浑身热热的，一脚踹到他膝盖上。

一顿羞臊的早饭闹腾了快一个小时，但 A 市最近推出单双号限行，路况比之前顺畅，唐漾并不急。

她正顶着蒋时延层出不穷的骚扰，检查要带的东西带齐没，忽然手机响起来。是蒋妈妈。

唐漾按了免提。

“糖糖啊，”蒋妈妈似乎在会场，她走几步到了人少的地方，这才道，“糖糖，我这边有个朋友给我送了两张珠宝展的票，蒋时延他爸没时间，我想问问你明天晚上有空没，和我一起去看看？”

“可以啊，我明天不加班，”唐漾问，“我需要几点到哪儿呢？”

蒋妈妈报了时间，说去接唐漾，又欢欢喜喜道：“你李阿姨、张阿姨她们之前几次就是带的儿媳妇，这次我也可以带我家美丽的儿媳妇了——”

蒋时延用口型念“儿媳妇”。

唐漾和蒋时延对视。

蒋时延脸上又浮现出先前在餐桌上的得意笑容。

唐漾亦微笑：“好，那妈，我们到时候见，哎呀——”想到什么，她语气倏然低落，“易阿姨，我可能不能叫你妈妈了。”

“啊？”蒋妈妈紧张，“为什么？怎么了？糖糖，你出什么事儿了？”

唐漾没出声，短暂的沉默将先前愉快的氛围慢慢打散。

蒋时延正在茶几旁修剪玫瑰，忽然生出一种不好的预感。

下一秒，唐漾小嘴一撇，果然委委屈屈地开口道：“就是宋璟，您知道吧，我以前和宋璟谈过一段恋爱。”

蒋妈妈没明白：“我知道啊，都过去了啊——”

唐漾喉咙干咽了一下，她装作极其压抑的状态：“我们银行出了一款理财产品，比较特殊，要和 762 部队接洽。我之前负责这个项目，762 部队来的负责人刚好是宋璟。然后蒋时延也听到我和宋璟说约饭，就只是约个饭，我只是去还宋璟东西，我没想和宋璟再有什么。我是喜欢蒋时延的，我是想和他过一辈子的。”

蒋妈妈一颗心被唐漾这话甜得稀巴烂，她直叹：“好孩子，好孩子——”

“可蒋时延以为我会背弃他，”唐漾话锋一转，她望着蒋时延笑，开口语气却更难过了，“他以为我会和宋璟复合，他脑补了一大堆有的没的，他还跟我提了分手，很认真地提了分手。”她停了一下，似是为难，“所以我和他现在已经是前任关系了。”

蒋时延眼前差点儿一黑。

蒋妈妈那边彻底没了声音。

“所以易阿姨，”唐漾道，“我可能不能陪你去——”

“我还是过去接你吧。”蒋妈妈面不改色。

唐漾发出苦涩的声音："可蒋时延——"

"蒋时延？"蒋妈妈皱着眉头重复，"蒋时延是谁？谁是蒋时延？我听这名字蛮耳熟的，可我不认识这个人。"

蒋时延雕塑般在客厅举着一朵玫瑰花。

唐漾压着笑意和蒋妈妈说话。

这边，蒋妈妈告诉唐漾，她只有两个女儿，一个叫蒋亚男，一个叫唐漾："不管糖糖会不会原谅蒋时延，阿姨都站你这边，你和谁在一起你都是阿姨的亲女儿，阿姨不阻碍年轻人的选择。"然后蒋妈妈说了"再见"，声音温柔得能掐出水来。

挂断电话，蒋时延缓缓回神，故意板着脸想找漾漾算账。

这时，蒋妈妈的电话打进来了。"蒋时延"三个字暴喝出口，蒋妈妈的训斥充斥在偌大的客厅里："人家吃老婆饼，你吃的是傻子饼吗？！糖糖如果想和宋璟有什么还轮得到你？！退一万步讲，要真有什么，你就只知道分手？你脑子里只有分手？你握着那么大个一休，你不知道强取豪夺？"末尾的词语太有冲击力。

蒋时延和唐漾同时怔住。

"你平常不看书丰富自我吗？"蒋妈妈满脸的不敢相信，"你难道不看《豪门天价小逃妻》《娇妻错爱 99 次》《少奶奶带球跑：总裁追妻无限时》……"

蒋时延当场石化，唐漾闷声狂笑。

已经从电话那头的安静中得到答案，蒋妈妈叹了口气，道："年轻人还是要多学习才能进步。以前就叫你好好读书，你不听，现在还是叫你好好读书，等我改天叫秘书去买一本你张阿姨她们推荐的《少爷追妻宝典》——"

蒋时延无奈："妈，您别添乱，我保证给您追回来，好吧……绝对，发誓！"

一个电话打下来，蒋时延嚣张的气焰彻底没了。

唐漾哈哈笑得直不起腰。

蒋时延被他妈训得心口发慌，瞧着漾漾眉眼弯弯的得意模样，他咬牙：不就让你多叫两声老公吗？这小嘴这么会告状！让你打小报告！让你打小报告！

他非得把她拉过来狠狠地亲两下。他这么想着，也这么做了。

送唐漾上班的路上，蒋时延提到宋璟走，自己去送宋璟，宋璟跟他说紧急联系人填的是他和唐漾的名字。他说："他的意思好像是会对昙信通有什么影响。”

“避嫌，害怕我和他勾结，钻产品漏洞洗钱一类，”唐漾轻声解释，“不过，他是我初恋，我是应该避嫌，如果他紧急联系人的列表里有我，那我是一定要避嫌的。”

一休分产业链，然后产业链条下是小团队的运作方式。蒋时延问：“那第一批县信通要让别人来担纲？可以放心吗？”

唐漾想了想，道：“如果是秦月的话，我信得过。”

县信通之于唐漾像个孩子，她因为客观条件要把孩子寄养出去，那养母应该是秦月，她也希望是秦月。

唐漾和蒋时延说话间，车到了汇商楼下。

蒋时延给她解安全带：“有幸邀请美丽的漾女士中午共进午餐吗？”

唐漾：“下午一点有会，我在食堂吃，今晚和明晚处里有聚餐。”

副驾驶的门打开，蒋时延从驾驶座上拉住唐漾的手腕。

唐漾回头，迎着蒋时延藏着很多话的眼神，勾着嘴角甜甜道：“知道啦，知道啦！”她学他的语气道，“如果可以，要午休，吃完午饭过一会儿再喝酸奶。我胃不好，不能一冷一热，坐久了就起来活动一下，包里有你才给我放进去的保湿眼贴和眼药水……”她复述完，回身捏捏蒋时延的脸，“已从脑电波收到‘蒋追求者’今日份的千叮咛万嘱咐——”

“我会想你。”蒋时延低低出声。

唐漾微愣。

蒋时延俯身亲了一下她的手背，抬头用柔和、温润的眼神望着她：“记得想我。”

一秒、两秒、三秒，唐漾回神，然后取下自己脖子上的新丝巾，倾身塞到蒋时延胸口的衬衫口袋里，露出一个松散而漂亮的角。

蒋时延没料到唐漾会有这动作，被勾得心痒难耐，唐漾却起身离开。

她一边朝大楼走，一边取出备用丝巾戴好，低头忍笑时，每一步都踩得甜滋滋的。

先前，蒋时延跟唐漾说过宋璟已经走了，那么宋璟周日中午到，周一凌晨走，在 A 市待了不到一天。

唐漾以为自己和宋璟的关系不会有更多人知晓，结果到了信审处，她在茶水间等水烧开，外面的同事大抵以为她还没到，叽叽喳喳地议论开了。

一人道："你看到范副处朋友圈秒删的那张偷拍照了吗？我看背影就觉得好帅，听说正脸也巨好看，顶级颜的高岭之花，名字也好听，叫魏璟还是宋璟？"

"宋璟，你小点儿声，"另一人拉了拉同伴，"听说是唐处的初恋，会不会念念不忘，想旧情复燃？"

"有可能。"第三人感叹，"唐处应该出个撩汉宝典，宋璟心怀不轨，蒋总霸道'囚爱'，三角虐恋什么的，想想就刺激。"

"不对啊，如果宋璟和唐处有感情纠葛的话，那昙信通……范副还是秦副？"

"……"

唐漾端着茶杯从茶水间出来，外面几个同事神色一收，你搡我我搡你地喊："唐处早。"

"早上好。"唐漾扬了扬茶杯，进了办公室。

敖思切最近在负责唐漾的行程，跟进办公室时，她嘟囔："宋少校旁边那个小哥哥当时说了不能拍照，范副这样偷拍，还在背后乱说你和宋少校的关系……就很不好啊。"

唐漾对敖思切做了一个食指抵唇的手势。

敖思切不解。

唐漾啜了一口茶水，淡淡道："你不知道我和范琳琅的关系怎样。可能你觉得你和我的关系好，但我和范琳琅的关系更好。你在我面前说范琳琅的坏话，我扭头就会告诉范琳琅。范琳琅管办公室事务和绩效，你想想她听我说了之后会对你有怎样的影响——"

敖思切好像有些明白了，唤她："唐处——"

"工作场合不要做私人评价，"唐漾把一沓资料递给她，温和地笑笑，"先抱上去吧。"

汇商上周举行了新产品宣讲，这周的大型例会开得格外冗长。直到十二点，高层们才把信审处几个负责人叫到小会议室。

宋璟的副手很快传来宋璟紧急联系人部分的扫描件。昙信通整个发行计划的负责人仍旧是唐漾，只是第一批试点发行任务由秦月担纲。唐漾和秦月在会议桌上碰头交流了一阵，双方都没问题。

后续进组人员还在拟定中，范琳琅的名字在名单最前面。

周自省叫了几份盒饭，秘书直接送进来，周自省让大家边说边吃。较为轻松的气氛里，范琳琅给每个人用一次性纸杯接了杯茶，众人礼貌地道谢。

周自省也不避讳："唐处的终点不会是信审处处长，离开信审处也是早晚的事儿。"

几个高层附和："前途远大。"

秦月不想朝上走大家都知道，周自省又道："范副处在信审处待的时间久，实操经验丰富，学历和知识储备这块相对薄弱。高端产品设计这种才华可遇不可求，但顶楼这边希望她可以加入这次的试点发行计划，你们这些博士、硕士带一带，让她学着慢慢来。唐漾，你有什么意见吗？"

唐漾当然知道会有其他人加进来，也知道昙信通试点发行的负责人还是秦月。

不知是早上听了一波议论，还是敖思切念叨的缘故，唐漾心里不太舒服，但高层们都看向她。

她面上没什么波动。"好的。"她温和地应下。

唐漾是挨着秦月和周自省的秘书坐的。临散会，范琳琅主动绕了半个会议桌过来，虚心道："我报了一个班，准备考非全日制的金融，现在买了几本书在看，主要是《宏观经济学》《微观经济学》，然后是《商业银行经营与管理》《公司金融学》。唐处，我下午要出差，您待会儿下楼之后可以帮我列个书单吗？"

这种事情不能等散会后再说？唐漾当然知道范琳琅是在做给高层看，她也不戳穿，面不改色地答应。

散会后，唐漾在阳台给蒋时延打电话。秦月也在阳台上，迎着高楼的热风抽烟。

七月，A 市进入酷暑，钢筋丛林被正午的太阳晒得泛白光，两个着西服衬裙的女人躲在建筑的阴影下，借机乘凉。

"你以前不是和范琳琅挺熟的吗？"秦月抽完一根烟，唐漾刚好挂了电话，秦月问她。

"还好吧，"唐漾的心情明显比之前好些了，她半开玩笑道，"我和扫地阿姨也挺熟的。"

玻璃门隔音，秦月和唐漾的关系不错，不由得揶揄："你看上去不想让范琳琅进你的昙信通啊。"

"她不进也会有其他人进，"唐漾转移话题，"正好我得空把九江的案子弄完，只剩最后一次核查了。虽然九江地产那边想把额度提到 60 亿，但小半年也该处理完了，"见秦月还盯着自己看，她拧了秀气的眉头，"我刚刚的不满表现得那么明显？”

“没，”秦月安抚她，“我会处理好计划里的细节，包括范琳琅，这你放心。但估计有些部分需要你帮忙。”

唐漾问了具体内容，答应了。

秦月道谢。

两人聊罢，秦月想到什么，手掌横在唐漾眼睛前做遮挡状，吹了一声悠长、婉转的哨音：“没人说过吗？你的眼睛会说话。”

蒋时延说过吧，唐漾不语。

秦月瞧着唐漾脉脉含情的眼眸，嚷嚷三声“好的，好的，好的，你别说了”，赶紧揣着单身的脆弱心脏先滚下楼。

自己说什么了吗？唐漾站在上下透光的走廊里，有些莫名其妙，又悄悄红了脸庞。

唐漾想蒋时延的时候，蒋时延也在高层会议上走神。

《遗珠》在欧洲片区第一周的点映数据已经出来了，口碑没翻车，但也没有想象中好，刚刚及格。

负责人把理由找得齐备：一方面，国家制度、文化传承不同，欧洲人没办法体会《遗珠》里那种隐隐的家国情怀和民族大义；另一方面，中文直译英文会出现文化壁障。

这就是一次平庸的跨国推广。蒋时延言简意赅：“失败。”

他食指轻敲两下桌面，桌旁的高层渐渐噤声，空调制冷的响动显得尤为聒噪。

一位高层道：“这次推广计划投了一个亿左右，及时止损也不会亏太多，大概会和《遗珠》在国内的影视溢价持平。”

另一位高层道：“已经走了这么远，这也是国产纪录片的先例，就此打住的话，我们会很被动。”

“是否可以转换概念？”蒋时延的助理认同，“现有思维是 IP（知识产权）转化为影视，换个角度，影视也可以转换为 IP，真正意义上的大 IP 不会有国界之分，比如汤普逊旗下 RDC（区域分发中心）之前做的那种宫廷概念，故宫纪录片、卢浮宫纪录片、白宫纪录片……”

蒋时延的助理是蒋时延培养出来的人，说话做事把蒋时延的心思吃得很透。

助理说完，有高层在下面窸窸窣窣地讨论。

蒋时延手指敲了一阵，停在桌面上。

助理调出蒋时延提前吩咐准备的报告。内容显示出来，会场鸦雀无声。

蒋时延就是在这时候毫无征兆地想起唐漾，也想起宋璟。

高层们的视线跟着报告一页一页走，他们面面相觑，却不知道该怎么说，也不知道该由谁站起来说，谁第一个说。因为有些疯狂，带着蒋时延风格的疯狂。

蒋时延想直接把《遗珠》转换为IP概念，相同的架构，相同的核心，然后请国外知名编剧撰写剧本，找国外导演、国外演员，用国外的思维拍下来。

屏幕上人脉和渠道都展示得很清楚，与此同时，高层们也明白了一件事儿——蒋时延不是在会上听他们说《遗珠》口碑遇滑铁卢，然后在他们的方案里挑，而是提前知道了，并根据《遗珠》的问题，拿出自己的解决办法，告知他们并听取意见，如网如织，滴水不漏。

一位持有股份的高层相对辩证："从筹备到成片都是小事儿，关键是后续。成片之后的后续宣传以及整个运作，我们可能又需要分很大一部分额度在上面，并面对可能没有水花的风险。"毕竟任何事情都是一回新奇，二回平平无奇。

"成片都不是小事儿，几个亿的预算小吗？"又一位高层笑道，"要真把《遗珠》做出来了，我感觉我这辈子都够了，因为可能性太小。"

又一位高层道："《遗珠》从某种意义上来说承载着一休的转型，而这样的转型显得没什么必要。"

"……"

一休高层年龄都不大，"嘴炮"打起来一套接一套。

蒋时延听够了："没有代表作很容易被淹没，互联网三个月是一年的规则大家都清楚，"他尽量维持着好脾气，"我们之前也做了很多系列纪录片，《遗珠》的国内评分是最高的，大家的意见我听在耳里，但这个预案我开绿灯。

"我就是想把它做成一个不会被超越的代表系列。《遗珠》不仅仅是烈属，还可以衍生到很多相关群体，可以是任何记录，"他的语气轻淡但坚定，"就是平凡、普通甚至带点儿平庸，但其他人想做任何关于平凡的片子，《遗珠》的本子、成片、后续推广、登顶都会是教科书级别的。"

会议室安静得连针掉在地上的声音都听得见。

蒋时延环视一圈，淡淡道："它会是里程碑，而我有能力。"

之前做这个系列，蒋时延心中有着太多的顺便、将就、不确定。但那天送宋璟离开，看着曾经站在身边维护自己的宋璟穿着一身橄榄绿军装去守护更多的人，还有漾漾对很多细微事情的认真和执着，蒋时延那天清晨看到了天上的云彩，也忽然想在地上寻找一点儿类似根基的东西。

他这个人总是运气好，做很多事情都很容易，《遗珠》遭遇滑铁卢既在意料之中，也在意料之外，他想好好珍惜。

报告只有五页。可在座的大多是跟着蒋时延披荆斩棘的人，自然从里面嗅到了野心。身居高位的野心诱人得无法言语。

会议本来剑拔弩张，不知道为什么开到最后竟有了“蒋总运气好，做什么都不会栽”“那就蒋总说什么都对”“别这样，别这样，蒋总很有能力”的和谐气息。但无论如何，蒋总都不在乎《遗珠》几个亿的改拍成本，想打破一休表面那些娱乐圈营销泡沫的想法都显得清高而令人尊敬。

会议开得断断续续，结束时已经是下午五点。

蒋时延回到办公室，瘫在椅子上颇为疲倦地揉了揉太阳穴。他快三十岁了，不小了。二十岁的时候他想摆脱父母的桎梏，发现新媒体的商机，然后踏浪而上。浪花越卷越大，推力和阻力诸多，但很多事情，他仍旧想走自己的方向。

秦月之前跟唐漾提了一嘴昙信通宣传的事儿，想让唐漾先问问一休，看三个月之后有没有合适的档期。

唐漾知道蒋时延在开会，等到五点多，估摸着他会开完的时候把电话拨了过去。

蒋时延把正事儿安排下去，就想缠着唐漾说话，疲惫的时候就想听听她的声音。唐漾也是。那就唐漾说一件事儿，他说一件事儿。

说完事情之后，唐漾只有在蒋时延面前才会说：“周自省好像有提拔范琳琅的意思，有后台？不像。色情交易？更不像。我没想通这里面的缘由，不敢妄动。”大概是她心胸狭隘，范琳琅在背后说过她有的没的，她有点儿不开心。

“想不通就别想了，跟你说个笑话，”蒋时延安慰她，“之前甘一鸣和倩倩出轨，魏长秋上热搜后，就有很多媒体关注她，想采访巨富的女人。她时不时还能自动上热搜。她想把自己的热度降下来，但那个王倩倩粉丝过百万了，才吃到网络的甜头，自然不肯收手。然后她们就陷入了一种诡异的循环，倩倩想拿甘一鸣、魏长秋和她之间的感情纠葛炒作，炒得越热越好，九江那边的人又经常找过来，哭爹喊娘地求着热度替代，让我们降热度——”

唐漾扑哧笑了一声：“那怎么办呢？到底是升热度，还是降热度？鱼和熊掌不能兼得。”

“为什么不能？”蒋时延奇怪，“就一边升，一边降啊。热度升降本来就有自然规律。热度自然升起来的时候，我们就找王倩倩付款，热度自然降下去的时候就找魏长秋付款。很好笑的就是，我们什么都不做，双方都向我们付款并感恩戴德，”前一刻在会议室视金钱如粪土的蒋大佬这一秒分外理直气壮，“我喜欢钱。”

唐漾认同：“我也喜欢钱。”

蒋时延：“我喜欢很多钱。”

唐漾：“我也喜欢很多钱。”

蒋时延保持着先前的语气：“我喜欢你。”

唐漾小脸一红，害起臊来，她也保持着先前的语气，“哎呀”一声，道：“你这人真是的，好好打电话就打电话，说公事就说公事，忽然表什么白呢——”

“唐漾，”他唤她，“我爱你。”他低沉、含笑的嗓音宛如裹着电流从听筒里缓缓地传来。

当爱意被这么不加遮掩地说出来，好似有暖风吹过唐漾心底，她的耳郭热乎乎的，呼吸不自觉就放慢了。

当晚，汇商有一场不大不小的聚餐，主要是昙信通的相关人员——高层、信审处及风控部等。

唐漾临出发前又给蒋时延打了个电话：“虽然他们都没带家属，但如果是你的话，我愿意带你去。”她不喜欢这样的独树一帜，但她不舍得让蒋时延一个人回家面对冷锅冷灶。

蒋时延倒是想以家属的身份去，却也知道自己不方便出席这样的场合。

“好好吃，”他轻声说，“我也在加班，你吃完了给我打电话，我过去接你。”他淡笑道，“我也想你。”

唐漾软声道：“知道啦。”

直到挂了电话，唐漾才后知后觉地反应过来……自己说过想他吗？不过，看在他这么懂事儿的分儿上，唐漾挠了挠微微发热的耳根，那自己也勉强想他一下好了，就一下，不能多。

下午临下班的前一秒，昙信通第一批试点发行的人员名单正式出来了。

秦月担任组长，范琳琅和风控部的两个负责人担任副组长，然后各个阶段有跟组人员。

大家聚餐的地点定在悠然居的一家新店，离汇商特别近。

大家走去聚餐的路上，范琳琅有意和唐漾这个“失了势”的负责人一起走，唐漾也没推拒。她挽着秦月的胳膊，时不时偏头应一两声范琳琅的话，面色一贯地温和。

等到了包厢，三张大圆桌并排放置。

周自省的秘书伸手引路，周自省很自然地坐在了第一桌的主位上，他的秘书坐在他左侧，风控部部长坐在他秘书的左侧。

按理说，唐漾的级别和风控部部长一样，是其余人当中最高的，应该是唐漾坐周自省右侧，然后是秦月、范琳琅。不知是意外，还是巧合，范琳琅进门时在和唐漾说话，说着说着，范琳琅顺手拉开周自省右边的椅子，一屁股坐了上去。

唐漾面不改色地拉开范琳琅旁边的椅子。

看向这边的人纷纷停了说话的声音。没看向这边的人察觉到不寻常，也跟着看过来。

范琳琅迎上大家的视线，再看看自己两侧，这才意识到什么一般，她腾地站起来，恍然大悟后紧张道:“唐处，不好意思——”

“没关系，”唐漾把范琳琅按回椅子上，轻飘飘道，“不是工作场合，随意就好。”

周自省面带微笑地望着唐漾。唐漾回以颔首。

范琳琅这种长期泡在办公室里的人精会坐错位置？唐漾心里暗哂，她可不太相信。

大抵是看到这群人里面有唐漾，悠然居上菜速度格外快。

酒过三巡，开场这段小插曲湮没在逐渐酣畅的气氛里。

大家聊工作，也聊个人状况。

后来上了银耳汤，唐漾起身，从周自省开始，挨个儿给大家盛汤。唐漾和秦月熟识，所以先给范琳琅盛了再给秦月盛。秦月接过汤，道谢，脸带微醺地问了一个昙信通可公开模型里的细节，关于夏普比率。

唐漾愣了一秒。

范琳琅接话:“我之前好像也看到了这个问题。”

唐漾朝范琳琅点了一下头，然后放下勺子，跟秦月说了一大段流利的英文。

秦月单手托着腮帮子听，边听边点头，然后也回了一段流畅的英文。

唐漾又说了一段英文，那些生涩的专业词汇被她念得如广播般平滑、悦耳。

有风控部的小伙伴也用英文提问，唐漾和秦月用英文讨论，语言好似形成了一道屏障。

屏障里的人，包括周自省、风控人员，连连点头。屏障外，范琳琅和几个老员工边听边微笑。不过，那几个老员工开头没插嘴，也没有范琳琅那么尴尬。

等一大段说完，唐漾脸上浮着一层探讨过后的兴奋之色。余光瞥见范琳琅迷茫的模样，她这才合掌道："我当时学这块看的是原版教材，老师也是全英文教的，不知道中文怎么翻译，有点儿尴尬。"她牵牵嘴角，略带抱歉地说，"不好意思哈。"

真正尴尬的范琳琅讪笑道："英语很重要。"

对面桌有个同事喊："唐处，你雅思裸考 8 分的人就不要虐我们了。"

周自省挑眉："唐处以前雅思裸考 8 分？"

唐漾赧然："好像是。"

其他人纷纷附和"厉害""管培生牛"。

唐漾摆手道："好汉不提当年勇，你们可别折杀我了。"

大家又说说笑笑。但这样称得上锋芒的锋芒在有各种高层的饭局上偶尔露一露，谁也不知道会产生怎样的影响。

从始至终，唐漾的语气都轻描淡写，带着骨子里的不在意，或者说优越感。

范琳琅跟着大家笑，只是她笑着笑着，垂在身侧的手悄然捏紧，又松开，半合的眼眸覆住情绪。

唐漾不动声色地瞥范琳琅一眼，又没什么表情地收回视线。

这边，唐漾拍了各种美食照发朋友圈，配文："在悠然居开心聚餐。"

另一边的一休顶楼，蒋时延说了不去，但看到漾漾的朋友圈，他不介意让漾漾产生些许愧疚感。这么想着，蒋时延三两下把泡面里丰盛的培根、虾仁、蟹肉火腿挑出来吃了，留了半桶清汤寡水的康师傅摆拍，还格外有情绪地加了个灰白滤镜，配文："办公室，就这样，加班。"

两条朋友圈一前一后，对比惨烈。

其他朋友笑着点赞、评论。程斯然看得心下一惊。

大家都知道蒋时延是什么样的人，放荡不羁，浪里白条。可只有程斯然知道，就在几天前，这无法无天的小霸王抱着手机哭成了什么样。

终归是自己兄弟，终归不放心，程斯然盯着屏幕看了几秒，晚饭都没心情吃下去，他放下筷子朝阳台走。

接到程斯然的电话，蒋时延还挺意外的，这人要请自己吃饭吗？

电话里，程斯然语气状若平常：“吃晚饭了吗？”

蒋时延：“正在吃。”

程斯然明知故问：“吃的是什么？”

蒋时延：“泡面。”

蒋时延在程斯然的印象里是个享乐主义者，“泡面”“加班”这样的词鲜少和他联系在一起，大概越是心情差，语气越正常。

程斯然叹了口气，接着铺垫：“昨晚睡得好吗？”

蒋时延：“还可以。”

程斯然顿了顿，终究问了出来：“你和你家那位，”他咳一声，“现在怎么样了？”

沉默几秒后，蒋时延轻笑一声，语气中满是得意道：“我和漾漾分手了。”

程斯然一怔。所以为什么分手了还叫“漾漾”？为什么蒋时延分手分得这么……兴高采烈？

“不是你想象的那种分手，是另一种分手，”蒋时延的声音藏不住笑意，“就是我喜欢她很久很久，然后终于知道她也喜欢我很久很久，可我知道的时候已经蠢得提了分手，漾漾不太开心地答应了，我就想着重新追求她。”说完不待程斯然接话，他自己忍不住继续慨叹，“其实也不是非要这么一个形式，只是当初和她在一起很不正式，时间、地点、理由都很仓促，就总想对她好一些，再好一些……来弥补一下。”

蒋时延说：“我送她东西，她会开心；我送她上班，她会开心；我给她做饭，她也开心。她开心，我就开心。今天早上我给她准备了一个特小的惊喜，她收到的时候还没忍住叫了我……哎呀，不说了。”他还要自己回味呢，他收住上扬的尾音，匆忙道，“她刚刚发了朋友圈我还没点赞，我得赶紧去，我要让她知道我很早很早就在想她。”

蒋时延噼里啪啦不给程斯然接话机会地说完，啪一下挂断电话。

程斯然耳朵里充斥着嘟嘟的忙音，眼底映出另一只手上平板的搜索页“哥们儿失恋了不正常怎么办”“怎么安慰失恋的人”“治愈系音乐有哪些”……

夜风凉凉，程斯然一脸茫然。

第21章 好笑

唐漾撞进他深邃带笑的眼眸，听得脸颊稍稍发烫。

之后几天，蒋时延的加班频率变高，信审处也格外忙碌。

县信通第一批试点发行的具体方案已经确定，范琳琅负责审查和推进，看上去责任重大。

秦月把方案拿给唐漾过目："审查基本等于没事儿做。推进的话，她主要负责在内网查询县信通所归属理财产品种类提交的截止时间，并提交产品，产品内容是风控那边在做，我把关，"她开玩笑，"所以相当于给了她一个科代表交作业的任务，其实没什么用。"类似一根空气做的权杖。

唐漾觉得好笑地推了秦月一下："你这人说话真是，也不怕门没关严。"

"不严就不严，她打我啊，"秦月不屑地"嘁"一声，"我真烦这种在办公室待得一身油腻、满脑子弯弯绕绕的老女人，还坐在周自省旁边，她怎么不直接坐他身上啊？"

唐漾又是失笑。她把秦月拿过来的东西保存好，给敖思切打了个招呼，捞起车钥匙和秦月下了楼。

"你开车，还是我开车？"唐漾问。

"你开吧。"秦月道。

电梯里面只有她们两个人。

徐徐下行时，秦月高跟鞋的鞋跟在地面踏着有节奏的声响，她忽然冒出一句："就该你开，你有男朋友，你开车技术肯定好。"

这……

唐漾眼波潋滟地搡她："好好说话。"

秦月一本正经地反问："好好是谁？"

惹得唐漾忍不住又挠了一下她的腰。

是的，唐漾和秦月这几天频频聚头，在上班时间外出。

唐漾最近把工作重心从县信通转移到九江专案上。她进行最后一次核查时，发现了一个不大不小的财务纰漏——

九江地产财报显示，过去几年，他们每年都会有一笔巨大的慈善支出，主要输出到希望小学、医院以及福利院等。

很早之前蒋时延到北京出差时，九江在同一个会场拿过一个关于慈善的奖。唐漾当时多问了一句，说和九江企业文化有出入。那时，蒋时延若有深意地说："慈善这种东西，越是宣扬什么，往往越是想掩盖什么。"

照理说，九江慈善奖项都拿了，唐漾不该怀疑。可不久之前，信审处碰巧去临江城福利院团建，福利院负责人告诉她们，福利院最初是九江投建的，但九江多年之前就不给运转资金了，福利院的运作资金来自一位化名"ZX"的个人善款。而唐漾在最后一次审查中发现，临江城福利院以及其他很多慈善单位仍旧在九江的赞助列表里。

九江的财报上表明，他们每年仍在给这些慈善单位资金支持，但这些慈善单位，至少里面的临江城福利院并没有收到相关资金。那么钱去哪里了？

唐漾不知道是不是巧合，秦月同时也发现了这个问题。

两人一道暗地走访其他九江写在资助名单里的慈善单位，得到的都是一样的答案——九江投建，但九江在多年之前就停止拨款了。这些慈善单位有的早已关闭，留下几栋长草的危楼，有的像临江城福利院一样收到了来自"ZX"的匿名捐助，还有的归属到了当地政府。

唐漾和秦月一天跑二十来家，匆匆来又匆匆去。随着每一段录音笔的记录，两人相视，一阵胆寒。

这些慈善单位就像一个标着"慈善"的麻布口袋，口袋底部有一个巨大的洞。九江做慈善的那部分巨款表面上流进了这些口袋，可钱一边流进去，一边又从洞里漏走，去了一个无人知晓的地方。

唐漾不可能把这些事情跟蒋时延细说，她每天回去都精疲力竭，只是含混地解释说忙调研。蒋时延也不追问，给她打水泡脚。

有一天晚饭后，两人早早洗了澡，换了宽松的睡袍窝在沙发上。

暮色昏暗，在窗外的远天绘出一幅没有边际的油画。

唐漾靠在"小漾熊"身上，蒋时延盘腿坐在唐漾身旁。

唐漾两条腿懒散地搁在蒋时延的大腿上，蒋时延捧着她的小腿不轻不重地按。他跟着视频学了几次，手法日趋专业。

他温热的手掌覆在唐漾微凉的皮肤上，一下一下地刮、拍、揉、捶。唐漾的小腿肌肉囤积的酸胀好似在他手下化成暖流，以他手掌触碰的皮肤为原点，酥麻麻地蔓延到四肢。

唐漾戴了一只耳机，敲着键盘整理下午和秦月一起去采集的录音。

她敲键盘动作停止的空隙，蒋时延害怕说话的声音惊到她，他停了手，轻轻道："程斯然周五晚上有个私人饭局，你忙得完吗？要不要去？你去我就去，你不去我就在家陪你。"

蒋时延发现洗完澡再帮漾漾捏小腿可不是什么好提议。如果是洗澡之前捏，漾漾穿着西装会不舒服，但他可以眼观鼻，鼻观心，假装是在公共场合，不能起邪念。可洗完澡之后，漾漾身上的沐浴露味道和自己的一样，她小腿的肌肤光洁、白腻，在家不穿打底裤，也不穿内衣，宽敞的睡裙下美妙的弧度若隐若现。

唐漾这几天养成了蒋时延给她安排好日常的习惯。听到问话，她想着事情，便说："你决定就好了，你做什么都好，你做什么都对——"

蒋时延被她心不在焉的小模样气得心口一窒，面上却不动声色地握住她的脚踝，把她稍微朝自己身前一拉。

唐漾微微睁大眼睛。

蒋时延以沉稳的目光注视着她，然后干脆利落地抬手，一把掀了她的裙子！

唐漾眼里满是不敢相信。

蒋时延低笑了声，直接低头覆上了嘴唇。

窗帘哗啦啦轻响，灯光在地上拉出一道极长极长的影子。

唐漾的小脸臊得通红，想扶着他的脑袋起来让他别这样，可蒋时延太重，他不想起来她也没办法。她手在空中浮萍般晃了一会儿……电脑、耳机先后掉地。

"哐当"清脆，但没有打破湿润的暧昧声。

一会儿后，蒋时延稍微撑起身子，嘴角含笑，他伸出舌尖缓缓舐着微润的上唇，"舒服吗？"嗓音哑哑的，宛如从砂纸中磨砺而出。

唐漾两颊红得快出血，撞见他漆黑深邃的眼眸，应得细若蚊蚋："嗯——"

蒋时延朗声笑开，他双手朝上，分握住她细软的小手举过她的头顶。

他伏在她敏感的颈窝，缓慢喘息："我可以让你更舒服——"

唾液相濡时，两人的唇舌纠缠，相贴的身体变得格外敏感，每一下都如覆了猫爪般百爪挠心。

七月的夜晚天气诡谲，前一秒还是和风微暖，后一秒就风雨大作，吹得广告牌噼啪作响，残败的树枝也被卷到空中。那些树枝没了依靠，飘飘荡荡，最后啪一下砸到高层的落地窗上。

电闪雷鸣，却没有打断里面彼此索取的火热，裹着欲望，也裹着爱意。

抵达最深沉沦间，积攒的疲惫好似随着大雨被冲刷得一干二净。

第二天是周四，雨后的空气清润沁人。

秦月养尊处优多年，很少像前两天一样疯狂地奔波，现在腿疼得只想窝在办公室。

唐漾经过蒋时延的各种按摩，腿几乎没怎么酸。她在脚后跟贴了两张创可贴，跟敖思切打了个招呼，又戴着口罩、帽子顶着中午的大太阳出了门。

午餐的外卖是唐漾请的，范琳琅给在同一个办公室打游戏的敖思切和秦月送过来。

“唐处这几天好像经常出去，”范琳琅朝门口瞟了一眼，把饭放在桌上，“有什么事儿吗？”

秦月头也不抬：“周末有个国际贸易的博鳌论坛在 A 市举办，唐漾读博的导师好像和法国的那位经济学家关系特好，”她用法语念了个名字，“唐漾是她博导的得意门生——”

范琳琅悻悻地碰了一下鼻尖，没了声音。她和秦月、敖思切两人岔开话题闲扯两句，便转身出了门。

咔嗒，落锁声音清脆。

秦月抬眸望着那扇门，确定了唐漾怀疑过的一件事儿，周自省或者说汇商高层确实想提拔范琳琅。因为压根儿就没什么博鳌论坛，而范琳琅平常连财经新闻都不关注。

秦月很奇怪，周自省和那几个高层都是学院派出身，范琳琅不过在信审处待了四年，然后被升为副处。信审处还有好些来了两三年硕士学历的同事，为什么不提拔其他人？

越朝高处走，从某些层面来说，专业能力就越是显得基本而重要。为什么高层们想提拔的人偏偏是曾经和甘一鸣有千丝万缕联系的范琳琅？

其他人，包括当时恋爱经验不怎么丰富的唐漾都察觉不到甘一鸣和范琳琅若有若无的暧昧，可秦月不一样。她长期混迹于声色场所，见识的多了。甘一鸣和范琳琅一个眼神、一句对话，她基本就能看出个七七八八。

思索罢，秦月收回视线，问敖思切：“她上午下班之前去了趟顶楼？”

“嗯，”敖思切点头，“范副周一出了趟短差，好像是上去述职的。”

唐漾和秦月亲，敖思切也和秦月亲。说着，敖思切眨了眨眼睛：“秦副，你刚刚说的那个名字不是个乡村歌手吗？”她有些不明白，“难道歌手和经济学大牛同名？这么巧？”

坤包挂在墙上，游戏间隙，秦月从包里摸出一块巧克力，递给敖思切，隐含深意地瞥她一眼：“小孩子家家，多吃糖，少说话。”

敖思切懵懵懂懂地点头。

出办公室后，她后知后觉地在唐漾最近几天外出事由栏上写了指向模糊极其保护唐漾的“项目调研”。

周五，唐漾和秦月基本走完了九江财报上显示的几百家慈善单位。

下午，秦月去唐漾办公室，反手锁上门。

26 摄氏度的中央空调制冷效果好，空气里夹杂着清新剂淡淡的薰衣草香。

蒋时延闪送过来的果盒被解决得差不多了。

两人并排而坐，两台电脑并排放置，秦月手边放着一摞厚厚的财务资料，唐漾手边则是一张打印过的 A4 纸。情况明晃晃地摆在两人面前，九江财报明确写着有一笔数额巨大的流动资金用于慈善，但他们上报的慈善单位几年内都没有收到九江任何的资金支持。

如果唐漾他们上次没去临江城福利院，考虑到九江地产在外界营造的良好形象，她们可能就忽略了这个情况，可他们上次去了，恰恰就去了。

还有电脑上这几天走访慈善单位的调查结果……

秦月眼睛没什么焦距，她把玩了一会儿腕上的镯子，取下，道：“之前几次贷款专案估计也有人发现了这个问题。”她用镯子指着屏幕上的某一处，“你看五年前的这次贷款专案，也是这个时间，停留了特别久，但最后记录上并没有显示这个点，说明大家都在装瞎。”她用手虚虚地圈着镯子，“虽然那些营销号写的职场鸡汤都有毒，但有的事情，较起真来可能确实会很累。累且不讨好，就显得很鸡肋——”

唐漾也看到了五年前这个异常的时间记录，她没说好，也没说不好。沉默了好一会儿，她将垂落的发丝撩到耳后，用叙述天气的语气道：“你知道那天去临江城福利院，我遇到了什么事儿吗？”

秦月思绪飘忽：“啊？”

唐漾：“我去洗手间，时靳跟着我。”

秦月慢慢回神，但没开口。

唐漾接着道：“之前负责人一直说时靳成绩不好，和社会上的混混搞在一起，抽烟、喝酒，还拿刀砍过人，他胳膊上还有一条很深的疤——”

秦月呼吸慢了。

唐漾假装没发觉，自顾自地说：“我当时就很怕，以为他要敲诈勒索或是其——”

“他不会。”秦月很急地打断唐漾。

“他当然不会，”唐漾同样抬了尾音，“我这样猜测他，他却是想还我一条项链。”迎上秦月的视线，她点头，“就是蒋时延妈妈送我的那条，镶钻的。他用纸包着给我还回来了。”

秦月没出声。

唐漾缓了缓，道：“临江城福利院和其他几个福利院还有个不知名的 ZX 在撑，但其他已经倒闭的、马上就倒闭的，他们该去找谁？

“对慈善单位来说，他们冠着九江的名，慈善资助本来就是他们唯一的经济来源，可这笔钱都没有了，他们怎么运作？

“对很多像时靳这样的人来说，甚至很多人都没办法像时靳一样去打零工，对他们来讲，这些福利院和基金会就是他们唯一的庇佑。”

顿了几秒，唐漾道：“我不是什么好心人，也没太多闲工夫普度众生，但我没办法接受九江钻慈善的漏洞，更没办法接受我看到了还熟视无睹。

“这好比走在路上，我看到畸形人躺着要钱，我不会给。他们背后有集团，他们的境遇摆在那儿，我给不给都不会有任何改变。但如果我走在路上，看到一个外来漂泊或者来寻亲的老年人确实饿得奄奄一息，而我手里恰好拎着一袋馒头，如果我不给，我的良心真的会——”

唐漾的话没说完，秦月把镯子搁到桌上，扯过唐漾面前那张纸，拧开笔盖，唰唰地落笔。纸上内容是申请彻查九江财务问题，申请获得九江内网更内部、更全面没给到银行的数据，希望周自省批准。

唐漾一个人申请的话，分量不够。但如果加上秦月，加上一个背后靠着一个庞大家族的秦家二小姐，一个负责九江专案监察部分的副处，可行性就明显大了很多。

秦月字体娟秀，与性格不符，落在唐漾的名字旁。

“唐漾”两个字笔画平直，大气磅礴。“秦月”两个字颇有小鸟依人的意味。

秦月举起来瞧了瞧：“唐处君临天下啊，好像你来了之后我确实随着你合群不少。”

“别贫。”唐漾捞起申请，拍了一下秦月的脑袋。

秦月装模作样地抱头：“壮士，饶命，好运。”

“准备唱 rap（说唱）出道吗？”唐漾笑着出了办公室。

唐漾和秦月查慈善单位的事儿，只有两个当事人知道。

为了安全起见，唐漾在申请理由那一行随手找了九江去年的某处融资细节作为借口，并没有写明真正的原因。

去顶楼的电梯上，她心情颇为明朗。

周自省不批准的可能性极小，而批准的理由可以有很多——一是九江这个项目在汇商已经做了快半年，基本不可能中途转给其他银行；二是周自省当初把这个专案钦点给她，说明对她有一定的偏好，加之秦月签了字，周自省如果找不出合适的理由就拒绝，那他是自己下自己的面子。

周自省是个注重形象的人。冬天冷，不少同事都到了办公室才脱羽绒服，而他下车裹着羽绒服，踏进汇商大楼的前一秒一定会脱掉，在有监控的任何角落，他都是西装革履。

周自省的身体不好，近来瘦了不少。唐漾调回 A 市后经常看见他的秘书买中药，但他的办公室从来都没有丁点儿药味。上次聚餐时，他的秘书解释，周行要在办公室见很多人，担心年轻人闻不惯药味，因此，他每次喝中药都是去厕所里，关着门喝了，等药味散完才开门出来。

综上，周自省基本不会拒绝。

唐漾下电梯后核查了一遍申请的内容，然后勾着笑意轻轻敲门。

咚咚咚。

“进来。”周自省在里面道。

唐漾推门，在门口颔首：“周行。”

周自省周五很少加班，唐漾去时，他正在吩咐秘书把今晚几个无关紧要的安排推到周末。

秘书一一记下，周自省挥手。秘书出去时，停在唐漾身旁，朝她礼貌道：“唐处。”

唐漾亦颔首。

秘书离开并把门带上。

唐漾上前一步，把手里的申请呈到宽阔的办公桌上。她没说慈善漏洞，而是一本正经地扯了个无关紧要的理由：“九江核查收尾途中，我们注意到他们去年商住房融资那部分的数据存疑，想申请查看九江内网资料的权限。如果他们那边允许的话，我们这边还可以配合做彻查。”她指道，“信审处的流程我已经走完了，您觉得没问题可以在这儿签字。”

“那个有问题的融资项目汇商参与了吗？”周自省问。

唐漾的心跳漏了一拍：“没有。”

“其他部分存在纰漏吗？”周自省道，“主要看他们的大体状况以及和汇商的往来，看看流水、贷款偿还这些板块。”

唐漾语速放慢：“正在核查中，已核查的部分没有。”

周自省面色先前严肃，随着唐漾这句话出口，他脸颊上的肌肉几不可察地放松下来：“那就没必要了。”

唐漾的表情凝固成贴画。

周自省端起杯子啜了口茶，放下水杯，状若平常道：“八月放款，本来应该六月底完成，但因为九江那边临时提出修改额度，所以我们也推迟了进程，但最迟七月也要做完。

“我们这边走流程很快，可九江地产那么大个公司，你一个外部人员要看人家内网的加密资料，没半个月批准手续都走不完。”

“如果小于半个月的话就完全可行。即使需要半个月，我这边查看他们内网的细节也只用半天，”唐漾不愿放弃，“半天足够——”

“太耗时耗力，你提的点和汇商无关，而且这样的要求涉及甲乙双方的信任度。汇商和九江合作多年，他们旗下楼盘开盘住户的那些房贷、商铺贷款都是在汇商做的，”周自省把申请推回给唐漾，“没办法签。”

唐漾没接。

周自省打了一巴掌又给一颗糖：“你去年十一月人事变动下调令，今年五月升处长，现在七月，不出意外的话，你把九江这个案子做完，会去风控部待三个月。风控部轮完换零售部，零售部过了，差不多就是顶楼秘书处。”他仔细看过唐漾的简历。

唐漾的面色没怎么变，她的手缓慢地垂到那张申请上，没落下去。

周自省继续说：“你在食堂吃饭，看到其他同学从菜里挑了根头发，你会去要求检查食堂后厨吗？”

唐漾抿了一下唇，又松开：“不会。”

周自省：“你下次还会去食堂吗？”

唐漾：“可能会。”学生时代抑或工作后，食堂都是价廉、安全的代表。

“一样的道理。”说罢，周自省抬头眺望了一眼壁钟，“晚上或者周末有约吗？”

唐漾犹疑要不要告诉周自省慈善漏洞的事儿，思忖良久，仍是没说。“有。”她回答问话。

“那就好好放松一下，”周自省和蔼道，“要学会劳逸结合，女孩的体能本来就不如男孩子，得更加注意健康……”

他以长辈的姿态唠叨，唐漾一一应下。

转眼五点半，同事们陆续撤退。

唐漾等了好一会儿才等到电梯爬上顶楼。

电梯的空间狭窄，四面反光。唐漾平视前方，看不出情绪。

下到信审处，秦月还等着，唐漾用眼神示意她到办公室。秦月跟进去，合门。

“没答应？”秦月已然猜到。

唐漾攥着那张纸：“他说耗时耗力，涉及信任，还提了项目截止日期。”

秦月倚着唐漾的椅背：“很可能前几次也是这样被驳回的。”她以前上班是抱着玩乐的心态，能混则混，不和自己沾边的更是绝不参与。她听唐漾的上上任说过九江，可完全没关心。

唐漾抬手，就着那张纸缓缓地覆到胸口。“我的心跳得很快。”她蹙眉，略微发怔道。

不知何时，窗外聚拢了乌云，堆得层层卷卷，不留缝隙。

天地混沌，灰白的天幕被乌云挤成一道破碎的边。商圈其他大楼刺入黑云，又好似被黑云遏住了咽喉。大厦切颈而断，狂风第一次在黄昏大作，黑幕下的嘶吼好似裹着某种危险的隐喻。

办公室空间宽敞，两个女人的身形纤细、小巧。

秦月垂眸思索。

唐漾望着窗外的黑云。她隔着那张纸按了按胸口，忽地有些喘不过气来。

半晌，秦月捏住唐漾压在胸口的那份申请，一边轻轻抽出来，一边道：“周末好好休息一下，下周再说吧，还有大半个月才到截止日期。”

唐漾语气很轻：“嗯——”

秦月半开玩笑道：“和你走近之后，我都开始认真工作了，周末我俩都放个假？”

唐漾仍旧在出神：“嗯——”

秦月见她这副模样，目光闪烁。她伸出舌尖舔了一下嘴角：“程斯然待会儿有个局，蒋时延应该要来接你吧。”

唐漾不明所以。

秦月撑着椅背朝唐漾倾身：“你说，”她挑眉坏笑，白皙的手亦缓缓地覆上唐漾的脖颈，“要是我在你脖子上啃个草莓印，蒋时延过来看到会不会气得——”

怎么家里有个蒋时延，办公室还有一个不省心的！唐漾腾地拂开秦月的魔爪，格外有气势地从椅子上站起来：“秦大虾，你找揍吗？！”威胁的声音也娇娇软软的。

秦月瞧着唐漾绯红的小脸，身为一个女人都觉得对方可爱得紧。她后退一步，朝唐漾勾勾手：“你来揍啊，来揍啊。”

唐漾作势要打她，秦月连连闪躲。

两个人蹬着高跟鞋围着办公桌绕来绕去。绕了几圈，唐漾淡忘了天边的惊雷，紧绷的神经渐渐放松。

秦月也松了口气。

汇商大楼在柳江西侧，下着瓢泼大雨。

蒋时延把车开过跨江大桥，江东的傍晚干燥、酷热。

程斯然请客的地方在一家私人会所，使行严格的会员制度，一层一个厅，保密性和安全性都极好。

秦月下班后要先去幼儿园接姐姐秦皎的小孩，她让唐漾在大厅等她一起上去，蒋时延自然陪唐漾等，两人闲散地坐在休息厅里玩游戏。

唐漾连连低唤：“蒋时延，我要这块地方……蒋时延撤退，撤退……”

她摸了摸蒋时延的耳朵：“好啦，好啦，把人头留给本宝宝——”她说着说着没了声音。

休息区前面有一卷装饰用的水晶帘，隔着细碎的水晶块，唐漾看到汇商的几个高层，包括周自省，和九江的高层一起从门外进来。

门童似乎经常见他们聚在一起，依次并熟练地给他们递了湿纸巾擦汗、擦手。然后，几人走向电梯。

魏长秋被一行人簇拥在正中间，魏长秋左边是周默，右边是周自省，然后……

一、二、三。唐漾眼神跟过去。汇商 A 市分行四个副行长到了三个，另外还有风控部部长、放贷处处长等。九江地产加周默有五人，汇商有六人。

上次，唐漾飞快地回忆——上次自己和甘一鸣在办公室博弈那一出，魏长秋在场，周自省和其他高层也在场。可那时看上去，汇商高层们和魏长秋就是工作交集。这才过了多久，他们就熟到可以一起出入私人会所了吗？还是说……

唐漾眼神微微凝滞，还是说高层们和魏长秋早已熟识，只不过在工作场合做做样子？周自省没有周五加班的习惯，其他几个行长也没有。这么看来，他们是不是每周五都会来这里？

大堂有六个电梯，基本不用等。魏长秋朝周自省伸手："您请。"

周自省同样谦让："您请。"

周默在一旁遮住电梯感应器，魏长秋点点头，很自然地迈进去。

唐漾早已退出了游戏，不断点着手机相机下方的加号拉近距离，找好焦点，按下连拍。

蒋时延背对着外面，看不到情况。他一只耳朵里塞着耳机，也分辨不出汇商高层的声音。

"漾漾，怎么了？"一直等唐漾放下手机，蒋时延才问。

"如果照片拍得很模糊，可以复原比对出真人吗？"唐漾问。

蒋时延不明所以地点头："所以刚刚走过去的——"

唐漾把手机拿给蒋时延看，他的手在唐漾手机边缘横遮一下。唐漾瞥向电梯，周自省在电梯里站好，两人的目光好似隔着遥远的距离撞在一起。唐漾反身扑到蒋时延怀里。

电梯里，魏长秋偏头："周行在看什么？"

"没什么。"周自省摇头。

电梯门徐徐合拢。

会所外形似古罗马城堡，有地托、尖顶，米黄的涂漆烘托出严肃的气氛。而会所里面有的楼层的人在推杯换盏，有的楼层的人抱着话筒鬼哭狼嚎，还有的放着二十世纪九十年代的艳曲，香烟烟雾萦绕，麻将声此起彼伏。

周自省和九江的人组了两桌牌局。九江的人开心地输钱，汇商高层们沉稳地赢钱。有时候九江高层和了牌都会专门打出去，为汇商高层营造了极好的牌局体验。

汇商高层们每人身边都立着个普通的纯牛奶空纸箱，一摞摞粉红钞票如流水一般淌进牛奶箱里。几局下来，周自省最先装满箱子，周默熟练地上前用透明胶带把牛奶箱封好，搁到门口的置物台上。

出于保密性原则，会所每层楼都设有两个厅，一个是主厅，一个是用于休息的偏厅。两个厅主体墙面都没有窗户，只有两个双位式厕所各有一扇窗。

周自省有些累了，每桌牌局都有替补，他叫了一个九江高层坐自己的位子，然后去了主厅的厕所。

厕所里有人，周自省又去了无人的偏厅厕所，然后迎着风口点了一根烟。眼下是稀疏的霓虹，偶尔有车经过。他后背好似生出一层淡淡的屏障，隔开身后代表各种数字的"清一色""杠上花"。他眯眼，有抬头纹，吐出来的烟圈盖住了脸上的情绪。

几分钟后，有人进来，上了厕所，然后洗手。那个人洗手时习惯先冲五秒钟水，然后有节奏地按三下洗手液，搓手六次，冲干净。

周自省没有回头，低声开口道："唐漾有彻查九江的念头，她跟我说的是融资细节有纰漏，但她最近外出的频率很高，我待会儿就提前撤了，你看看你怎么跟魏长秋说。"

周默垂手走到周自省身旁，声音带着讥讽："你想邀功就得自己说。"

周自省回头，见厕所与偏厅的隔门紧闭着。他的手悬在窗外，面朝周默："阿默，"他唤对方，语重心长道，"唐漾不是秦月，也不是范琳琅，她有野心，也很聪明，最可怕的是她的生长环境好，受的教育好，秉性也很好。她想做什么就一定会做，哪怕我这边拦一下，我驳了她查九江内网的申请，她也会有其他办法。

"阿默，"周自省第二次唤他，"我以为你懂得忌惮。"

周默直视着周自省幽深的眼神，扯扯嘴角道："我以为姗姗出事儿之后你会有一点儿向善的心。"

这个名字太过忌讳。周自省沉默了好一会儿，才道："都过去这么久了，"他似是无奈，"我以为你该走出来了，也该忘记——"

"忘记？"周默像听到天大的笑话般，说，"我为什么要忘记？我凭什么要忘记？！"他抬高语调，目光冰冷，步步逼向周自省。

他每靠近一步，嘴角的笑意便冷一分："姗姗就是一把剑，无时无刻不悬在我的头上。"他又压低声音，咬着牙，一字一顿地砸在周自省的脸上，"我得时时刻刻提醒自己，是我叔叔害死了徐姗姗，是我叔叔害死了二十二岁的徐姗姗，是我叔叔把拿到 offer、前途大好、笑起来特别好看的徐姗姗一步步逼上绝路——”

周自省没动，也没说话。

“对了，”周默想到什么，他的脸和周自省离得很近，眼镜片聚拢着极凌厉的视线，“你有没有觉得唐漾笑起来有点儿像姗姗，你看到唐漾会不会想起姗姗？你知道姗姗到汇商的第一天跟我说的是什么吗？她说她觉得我叔叔好厉害啊，笑着说的。你知道她走的时候——”

周默整张脸痛苦地扭曲。他想把面前的周自省千刀万剐，他每日每夜发疯地想，可他现在想到徐姗姗走的时候，只能双目赤红，嗓子失声般说不出话。

周自省慢慢合上眼。

周默摇头笑。

周自省喉咙费力地干咽着。

窗外的风沙沙作响。两人间的安静似刀片，秒秒剜心。

良久，周默亡命徒一般低喝：“怎么，去跟魏长秋说啊，说啊，说徐姗姗是我——”

“阿默，你冷静一点儿。”周自省慢慢睁开眼睛。

周默：“我很冷静！”

咚咚，两下敲门声响起。两人同时扭头。

九江一个高层进来，他走到标着“男”的那间，没关门，一边拉裤子拉链，一边问周自省：“最后一次核查有什么问题吗？几次约唐处，周助都说她有事儿，也是个大忙人。”

周默没出声。

周自省没提唐漾想彻查九江的事儿，淡淡道：“没问题，等七月底吧。”

“嗯，”九江高层眯着眼睛哼了一段小曲，然后拉上裤子拉链，“你们刚刚在吵什么吗？我模模糊糊听到动静有点儿大。”

周自省挂着长辈式的笑容：“说他高中时我经常管他，他去一次网吧，我就扣他一天的生活费。”

九江高层道：“可越是管，小孩越是叛逆。我儿子也是高一，说什么都不听。”

周自省：“现在的小孩比以前条件好，玩的东西也比以前多。”

“是啊……”

周自省和他聊了好一会儿，他看到周自省指间的烟头，颔首道：“那周行你慢慢抽，周助和你叔叔叙叙旧。”说罢，离开并体贴地帮两人合上了门。

周默望着周自省，几秒后，他亦离开。

厕所门口有个直饮水处，供打扫卫生的清洁工饮用，净水器上堆着几个消过毒的玻璃杯。周默取下一个，接了满满一杯水，他面朝周自省，一饮而尽。

会所的厕所都镶金嵌银，周自省也望着周默，眼里好似有和周围环境格格不入的落寞和难过。

周默没看出来，也不想看出来。他举起空玻璃杯，直直地注视着周自省。

一秒、两秒、三秒。

周自省望着周默，眼神慈祥。

周默直接松手。啪的一声脆响，玻璃四溅。

与此同时，一层之隔的楼上。

一群人围着程斯然，程斯然用镊子夹住一块冰，镊子悬在一个装着冰水混合物的敞口杯上，众人目不转睛。程斯然松开手指，冰块坠入杯中，唰一下，杯口腾起一簇一尺高的火苗。

众人睁大眼睛："这是什么情况？"

程斯然交友广泛。秦皎的老公是个化学老师，大家看向他。他推了推眼镜，一本正经道："如果这是一杯普通的冰水，放进去的也是普通冰块，那肯定不会起火。冰和水的沸点一样，都是一百摄氏度，所以里面不是冰水混合物，只是看起来像冰水混合物的易燃物。"

众人连连点头，程斯然跟着点头。

秦皎的老公接着道："可燃的液体有很多，常见的乙醇、乙醚……所以可能是镊子上类似冰的东西投进去后，发生化学反应，释放热量……"他说了一大堆，最后甚至推出了一个极其严谨而复杂的反应方程式。

在座的男男女女鼓起掌来，程斯然也鼓掌。

待掌声停下，程斯然再次拿起镊子。这次，他的手没有遮掩，拇指按开镊子交叉顶上的一个开关，镊子合拢，喷火，手松，火灭；再合拢，再喷火，再手松，火灭。

众人看得下巴快要掉到地上了。

程斯然憋着笑解释道："这是从剧院里面拿过来的道具镊子，可以用来变魔术——"

众人笑骂程斯然"不要脸"，秦皎的老公一脸茫然。

秦皎捞起枕头就朝程斯然丢过去，他“哎哟”叫着，抱头窜走。

大家说说笑笑，分区分块，包厢里充斥着果味汽水和酒的香味，欢乐又闹腾。

其实，程斯然组这个局是有目的的。

几轮之后，大家又围到了一起，玩真心话。规则很简单：每轮开始之前，上一轮的庄家摇骰子，骰子点数大于或等于四，庄家接着当庄家；如果小于等于三，那就朝左数骰子数位数的人当庄家。庄家提问，做过的喝酒，没做过的随意。葡萄酒度数不高，程斯然作为主人第一个当庄家，一边开酒，一边信誓旦旦道：“绝对不会出事儿，不会醉死人，要是醉死的话——我给你们都买了保险，受益人写的是程斯然。”

唐漾坐在蒋时延旁边，当真小声道：“我给我自己买了保险，受益人是你，你要用这笔钱做什么？”蒋时延喜欢钱，也喜欢唐漾，这个问题颇有争宠的意味。

蒋时延把她搂在怀里，含笑地刮了一下她的鼻尖：“买你平安喜乐。”他先前喝了点儿酒，面上微醺。他眼带桃花，但那双灼灼的桃花眼里只有唐漾一个人。

灯光暧昧，唐漾被这等容色美得心尖一颤，红着脸小声应“好”。

两人很低调。

就近的程斯然听到了，也不觉得“虐”，他暗自啧了一声，待会儿蒋时延就知道什么叫“虐”了。

能坐在这儿的都是老朋友。程斯然问题问得尖锐，大家也不遮掩。

程斯然问：“吃过屎吗？不是骂人，是真的那种，干、稀都可以。”

其他人没反应，冯蔚然弱弱地举手：“我小时候爸妈忙，把我锁在家里，我一个人爬着玩。他们有一天收了铺子回来，发现我把屎拉到了地上，然后我太饿了，也不懂事儿，就用手抓屎吃。我妈回来看我全身都是，嘴上还糊着，”他很心累，“她的第一反应竟然不是抱我去洗，而是叫我爸拿了相机拍照片。而且之后几年逢年过节，一有亲戚朋友到我家，我妈就会跟他们介绍说，我儿子可厉害了，一岁半的时候抓屎吃，特可爱——”

其他人捧腹大笑，蒋亚男眼泪都差点儿笑出来：“我发誓，当时我还在想，他吃的是不是芝士一类，结果他妈妈张嘴就说冯蔚然小时候特可爱……”

第二轮，庄家又是程斯然。他抛出问题：“在女神面前放过屁吗？”

几乎所有同居的、已婚的男性求生意识都特别强，含情脉脉地望着身边的女人，举起身前的酒杯叫程斯然满上。

程斯然倒得兴致缺缺，随口道："我大学时追隔壁工管系的系花，她身材高挑，皮肤白，脸也巨美，就是那种不食人间烟火的类型。徐志摩写的那什么'最是那一低头的温柔'，什么'水莲花不胜凉风的娇羞'，就好像写的是她本人。"

众人起了好奇心。

程斯然接着道："我当时又是朝思又是暮想，连续送了一个月的礼物，终于把她约出来了。我们去吃了烤鱼，晚上我送她回寝室，恰好是月色很好、微风轻轻那种环境。我斟酌着想表白，手去碰她的手。她呃了好几声，大概没憋住，放了一个连环屁。"

程斯然现在想起当时的情形，鼻子动了动："我知道吃喝拉撒是人之常情，我接受。可那屁一股大蒜味，熏得我快要晕过去了。女神问我要说什么，我真的不行了，就问她要不要办张健身卡——"

蒋时延替大家踹他一脚："肤浅。"

大家哈哈笑得不行。

第三轮、第四轮的问题都很尖锐。

第五轮，庄家还是程斯然。他问："因为感情哭过吗？"

怎么突然这么温和？大家诧异。

女性大大方方地举起杯子，包括唐漾。男的也有不少。

秦皎的老公现在说着眼圈都泛红："皎皎第一次怀孕的时候，我们没经验，也没注意，她又太忙太累，不小心流了产，突然一个早上，血流一地。"

冯蔚然也倒了满满一杯："大四吧，一个很用心且投入了很多精力的创业项目差点儿夭折，我赌气说退出，亚男给了我一巴掌。"

"……"

轮到蒋时延。他举着酒杯，犹疑道："半杯吧。"

程斯然："怎么可能半杯？人家冯蔚然他们都倒满了。"

蒋时延忽然有种不好的预感："这——"

果然，下一秒，程斯然一边抱着酒壶给蒋时延一个劲儿地斟酒，一边用状若平常的语气道："蒋时延的我来说，我来说。"他"呀呀"两声，"好像是上周，漾姐和别人去吃个饭，他就给我打电话，在电话里哭。"

蒋时延胸口一窒。

上周，他在车里哭的时候被唐漾撞破，两人吵吵闹闹变成前任后，唐漾在床上问过他，问他哭了几次。当时，他身心舒畅，该死的大男子主义和自尊心同时作祟，他鬼使神差地说就一次。

唐漾抱着他，忍笑道：“怪不得还伤心得哭出了声。”

蒋时延抚着小女朋友温软、细滑的后背，傲娇道：“哭出一点儿声音不是很正常吗？那些‘啜泣’‘抽泣’不都带个‘泣’字嘛！”

这时，程斯然说这话无异于在蒋时延胸前挂个牌子，牌子上写着“我竟然对我家漾漾撒谎了”。

唐漾侧身，眨着漆黑、灵动的大眼睛望着蒋时延。

蒋时延眼神飘忽，手足无措。

偏偏程斯然还在继续：“而且他不是委委屈屈地哭，是一边大哭，一边咆哮着骂对方小人，说什么漾漾是不是不爱他，凭什么小人让她出去吃饭她就出去吃饭，哎哟哟，那叫一个声泪俱下。”他假装没看到蒋时延威胁的眼神，绘声绘色地说，“哭到后来，我们蒋总像个小媳妇一样抽抽噎噎。如果我不聋的话，蒋总好像还哭出了一个响亮的大鼻涕泡呢！”

大家都不想笑，毕竟蒋时延是圈子里叫得出名号的大佬。可唐漾扑哧笑了一声，其他人怎么忍得住？

蒋时延只感觉一口气卡在胸口。他指着程斯然：“你你你——”

程斯然得意地摇脑袋：“我我我，我怎么了？”说着，他还两手翘起兰花指学起蒋时延来，“呜呜呜，我真的不行了，呜呜呜，为什么，为什么，为什么……”

蒋时延这人脸皮厚，就喜欢先发制人，蛮不讲理。经历先前被背叛的震惊，到后面，程斯然学他哭一声，他便笑一声。

程斯然学到最后，被蒋时延嘴边的笑意瘆得闭了嘴。

蒋时延微笑着看他：“我至少有我家漾漾，至少有女朋友让我哭，你呢？”他露出无辜的神色，“你有女朋友吗？你有可以为其哭的人吗？你知道为爱情流泪的感觉吗？”

难道不是㞞包到死吗？怎么还成了……为爱情流泪？！程斯然目瞪口呆。

唐漾嘴角噙笑，口吻认真道：“程斯然，我帮你教训他！”

漾姐是个稳重的人，在这么多人面前，说到一定会做到。程斯然报复心很重，蒋时延这种糗事儿他就是要在大家面前说。如果漾姐可以揪蒋时延的耳朵，或者对蒋时延拳打脚踢，他想，他和看官们会很满意。

“好。”程斯然心里松了口气。

唐漾探身到茶几上，叉了块西瓜喂到蒋时延嘴里，嘴上嗔着："让你不好好说话，让你不好好说话，我替程斯然堵住你的嘴。"

好像女孩子都容易被细节打动。之前在楼下，唐漾把自己偷拍的照片递给蒋时延看，当然她也看着屏幕，蒋时延很自然地把手横到屏幕的边缘帮她挡了一下反光，很小很本能的一个动作，以至当事双方都没注意。唐漾后知后觉地回过味来，被他那只手甜得……想把心都掏给他。

蒋时延纵容地任她喂，待她喂完，他握住她的手，蓄起笑意亲她的手背。

唐漾红着脸搡蒋时延。

蒋时延故意装不懂唐漾的意思，特别赖皮地抓着她的手，道："来来来，下手重一点儿。"

"好啊。"唐漾应得干脆。

蒋时延瘫倒在沙发上，一副牡丹花下死的风流姿态闭上了眼。

唐漾的手撑在他的胸口，左看看右看看，见有人在玩手机，有人在看这边，她脸颊通红，但仍是没忍住地稍稍抬身，轻轻亲了蒋时延一下，若羽毛，一触即离。

蒋时延蓦地睁眼，唐漾含羞，红着耳尖垂头玩手机。

蒋时延被撩拨得牙痒痒，很有占有欲地把唐漾拥进怀里。给别人看漾漾害羞的模样，不可能的。

这个没良心的也就是仗着大庭广众之下自己不敢动她……蒋时延咬着唐漾的耳朵吐气说话，唐漾窝在他怀里欲拒还迎地推他。

虽然和另外几对相处的情形差不多，可在程斯然的想象中，难道不该是大家一起嘲笑蒋时延，独乐乐不如众乐乐？怎么两人忽然就……

他瞪大眼睛，似乎还听到蒋时延逗漾姐小声唤了一句什么。好老公？

沈传等半天没等到下一轮，抬起头："继续啊。"

程斯然宛如喝了一顿假酒，晕晕乎乎地扶着脑袋起身："我得去厕所冷静冷静。"

程斯然去偏厅厕所的同一时间，楼下，周默离开厕所进入偏厅。

偏厅空旷无人，左边墙角堆着一摞杂物，杂物上面悬挂着一台多功能呼叫机。周默单脚踩在杂物上，腾身把墙角的摄像头调到仰对天花板，然后走到多功能呼叫机前，他随手从地上拿了一个空纸箱，拆开长边，把它反手扣在呼叫机上。箱子盖不稳，他左右移动调好重心，把这顶大而拙劣的纸帽子给呼叫机戴稳了，这才摸出手机，点开语音软件，开始输入文字。

时间是一行，地点是一行，事件和其他又写两行。周默输完，核查一遍，用多功能呼叫机拨了一个带区号的号码。

系统音之后，人声被弱化了，嗡嗡地响在纸箱里："您好，这里是南城区公安——"

周默弯腰，把手伸进纸箱，对着麦的位置依次长按时间、地点。

他这边机械的朗读女音响完，对方抱歉道："您所处的位置不在我们辖区，我们马上为您转接江东区——"

周默继续按第三行事件，然后是第四行："虽然你们过来要几个小时，但这可能和你们之前稽查的案件有关。"他模糊地说了案件，然后说道，"希望对电话做匿名处理。"

对方似是捂着听筒在汇报，几秒后，道："好的，我们立即出警。"

周默挂断电话，又拨通了一个九江下属的电话，吩咐他过段时间上来取东西。

两件事情做完，周默淡定地取下纸箱，扔回杂物堆，又把摄像头调回原位，扯了张湿纸巾擦拭双手，回到正厅魏长秋身旁。

楼下偏厅的厕所，周自省靠着风口点了第二根烟。楼上的厕所，程斯然洗完手，也点了烟，把手伸到窗外，眯着眼睛看夜景。

天幕漆黑，霓虹如星点，江风呼呼地吹来，把上下两处烟灰卷拢带走。

楼下的人看到楼上烟灰的同时，楼上的程斯然也闻到了楼下的烟味。

普通人闻烟是一个味，但程斯然这种顶级的享乐主义者可以分清任何细枝末节的差别。楼下那人和他抽的是一个牌子，小众又有内涵。可楼下不是九江的长期包间吗？魏长秋那种土不拉几的暴发户还会有这种品位颇高的朋友？

程斯然感受着江风扑在脸上，吹了一声悠长的口哨。"楼下的小兄弟，要不要上来一起唱歌？"他吊儿郎当地开口，声音顺着风飘荡下去。

周自省也不正经，学着他喊："楼上的大兄弟，我不唱！"

程斯然提高音量："为什么不唱？"

周自省也喊："不会！"

程斯然借着几分酒劲儿吼道："哥哥你坐船头啊。"

周自省闷声大笑。

能来这种地方的人，谁都不简单。两个人东拉西扯，没刺探隐私地聊完一根烟的工夫，同时回了各自的厅。

周自省听出了悠然居少公子的声音。

程斯然觉得老头声音耳熟，却想不起来在哪里打过照面。

酒酣兴尽，程斯然他们散场时已经是凌晨。

程斯然的表哥才拿了影帝，风头正劲。程斯然挨个儿发口罩。

大家一边收，一边嘟囔："和程影帝同框都不能露脸吗？"

程斯然"喊"了声，道："要是你们家属彼此不介意狗仔乱找角度只拍两个人，写什么深夜幽会，举止亲密——"

众人赶紧拿了口罩戴上。

程斯然一副"这才对的表情"："挺好，还能挡风，江东晚上的妖风可厉害了。"

唐漾今天戴了对稍大的耳环，口罩带子没弄好，耳环扯疼了耳朵。

电梯上，蒋时延低头帮她整理好口罩带子。她借着电梯的反光照了下自己，气色还行，发型也还行。

唐处长臭美一会儿，转过头来，发现蒋总还在盯着她看。"怎么了？"唐漾被他看得心口一热。

"你的眼睛倒是挺大的。"他柔声道，"又黑又亮，美得一塌糊涂，像月亮一样。"

他突然尬诗。

他一只手抄裤兜，一只手揽着她的肩。唐漾撞进他深邃带笑的眼眸，听得脸颊稍稍发烫。

"你鞋子上有灰，我给你擦擦。"她找好理由，重新站好，轻声批评，"油嘴滑舌。"

蒋时延瞥着她红红的耳尖："舌灿莲花。"

他又突然开始成语接龙。

唐漾："花容月貌。"

电梯里人不多，蒋时延偏头亲了亲她的发顶，小声道："就是漾漾。"

"你违反规则了。"唐漾嗔他。

蒋时延散漫地勾起嘴角："事实比规则重要。"

"很会甩锅。"唐漾小手搡他的胸口，心底却好似盖了一层棉花糖，沁着丝丝的甜。

一行人陆续下到大厅，蒋时延牵着唐漾，正和她说着话，忽然被挡住去路。

一堆人在看热闹，保安在大堂围了半圈，而圆圈中间分别立着三路人马——九江高层、汇商高层和警察。

唐漾他们站在围观群众的边上，视野开阔。然后，他们看到两方高层每人手上都拎着一个或两个与会所装潢格格不入的牛奶箱。

人群里响起窸窣的议论声。

程斯然从声音中辨认出来，楼下那个抽烟的老头是周自省，但他没说话，也没什么好说的。

会所之前打点过关系，可来的人根本不是会所这个辖区的。

会所负责人匆匆赶来，解释得脑门冒汗："我们是正规经营，所有客人都有证件，并且登记过——"

警察检查完他们给的执照，公事公办地重复："我们接到匿名举报，说这几位携带违禁物品，请立刻开箱接受检查。"

负责人快跪下了："我们会所有安检系统，不会有易燃易爆——"

警察："毒品。"

两个字一出口，人群瞬间变得死寂，一秒、两秒、三秒，再次沸腾。

唐漾与蒋时延对视，眼里交流着信息。

汇商高层每年都会上报个人资产，基金、理财、存款等每一笔都需要具体到日期后面的交易时刻以及金额的小数点后三位。甘一鸣被查的缘由是那辆玛莎拉蒂。而这几个高层之所以财产没问题，是因为他们聚在一起不是钱权交易，是聚众吸毒？有点儿可怕。

唐漾脑子胀胀的，还没理清楚，蒋时延拉了她一把，她迷茫地顺着蒋时延的视线望去。

周默先前和涉事高层都背对唐漾站着，之后，周默假意控场交涉，走来走去和几人说话后变成面朝唐漾。

唐漾抬头，周默和她眼神交会。

唐漾对周默心存芥蒂，疑惑间，却看到了周默比画的小动作。她身后无人，周默是跟她说的？

唐漾定睛一看。周默比了数字 1、2，然后握了两下拳。

一千二百？什么意思？

第22章 事实

只要巷口亮着那盏熟悉的灯，巷路再黑、再暗，他们眼底也只有明亮。

唐漾不明所以。而就在这时，周默抬手搁到他自己耳边，接着，揉了两下耳垂。

唐漾脑子一片空白，她偏头问蒋时延："什么意思？"

蒋时延也不明白，他学周默的动作凭空搓手指："他耳朵很痒？"他也做了两次。

"如果我没理解错，是一千二百万，"唐漾虚声道，"现金。"

搓手指是现金的通俗表示。而一千二百万，十五个牛奶箱，一个箱子装八十万。

所有管培生进汇商的第一项培训都是点钞——只用手点、容错率控制在某个范围内的飞速点钞。那段时间，唐漾吃饭拿筷子手都直哆嗦，但现在，她立马回忆起拿起一沓十万的手感和体积，和三盒纯牛奶并排放置……近似相等。一箱牛奶二十四盒，一个牛奶箱装八十万，数目刚好对得上！

唐漾朱唇微启，有些不敢相信又有些发笑。

周自省下午驳回她彻查九江的申请时，她不是没朝这方面想，只是汇商查管理层资产实在严格，所有能联网的交易都像摆在明面上。她相信这样的系统，以至忘记一件最重要的事儿——现金，看上去体积最大最笨重，但最安全的现金。

如果现金随身携带或者没进入个人资产账户，就算汇商系统把高层们的资产翻来翻去炒出个蛋炒饭来，仍旧是一无所获。

两分钟后，会所高层和九江高层与警察交涉均未果。

魏长秋理了理衣领，上前一步，朝队长伸手："你好，我是魏长秋。"

A市纳税大户之一，魏家长女，队长当然听说过，但没伸手，只是点了一下头。

"就是要周末了，几个朋友聚餐，就吃了个夜宵，什么都没做。牛奶是别人送多了堆在家里的，一箱五十六块，路边超市都标着价，您这样说拆就拆，是不是有点儿……”魏长秋讪笑，“不太好。”

队长：“不好意思，我们也是公事公办，接到举报，涉嫌之前调查的一个走私案，所以一定要拆。”队长给几个警察递眼色。警察围上去，两方高层后退一步。

魏长秋挡在警察面前：“如果我不允许呢？”

队长冷静地把手放在腰旁：“出警遇阻允许采取特殊手段。”

魏长秋横眉怒对：“纳税人纳税就是为了让你们用枪指纳税人吗？”

队长：“我们保护每个合法公民。”

魏长秋冷冷道：“拆牛奶箱的保护吗？！”

队长抬手，并指，压腕，干脆道：“拆！”

魏长秋：“你们拆一下试试！”

队长态度坚决，魏长秋侧身，直接甩了一个小片警一巴掌。

啪的一声脆响传来，所有人都看向魏长秋。魏长秋厉声喝道：“拆啊，你们拆啊，今天你们要是拆不出东西，那你们也别想穿稳身上这件衣服。你们最好问问你们局长，我魏长秋是谁——”

魏长秋胡搅蛮缠，拳打脚踢。警察们岿然不动，利落地掏出刀，划开重新贴过透明胶带的牛奶箱。

第一个拆的是周自省手上的。

刺啦一声，割开胶带，现场所有人的视线都汇于一处。不管表没表露，大家的心都提到了嗓子眼。

警察和群众的期待关于毒品，唐漾的期待是双方高层畏惧的现金。

小片警扯掉透明胶带，掀开，所有人都怔在原地。因为里面就是牛奶，最普通的牛奶。

现场群众不敢相信地瞪大眼睛，双方高层都松了一口气。

魏长秋错愕了一瞬，悄然如释重负，接着，嘲讽意味十足道：“我就看着你们继续拆。”

警察带了扫描仪过来，将第一箱牛奶一盒盒扫描，里面都是牛奶。

第二箱，里面还是牛奶。第三箱、第四箱……整整十五箱，里面全部是牛奶！

唐漾牵着蒋时延的手，手心的细汗浸到了他的手上。她宛如看了一场诡异的魔术般，心脏扑腾扑腾地跳。

周默不可能无缘无故跟她暗示这些。可大堂里这一地牛奶又是怎么回事儿？尽管在这种人均消费几万的会所拎牛奶很奇怪，可有钱人的癖好谁说得清？

事实摆在面前，队长鞠躬：“不好意思，打扰了。”

“下次把我的名字记清楚。”魏长秋道。

队长直起身：“抱歉。”

魏长秋扬唇，然后极其狠戾地一脚踩在队长的脚上。

周默给她披上披风，魏长秋在高层的簇拥下离开。

他们转身时，汇商高层朝蒋时延这边扫了一眼。蒋时延眼明手快地把唐漾摁到怀里，一边虚虚地拍着她的脸，一边略不耐烦地对旁边的人道：“走不走啊，没看到人都睡着了吗？”

九江高层们朝蒋时延点了一下头，然后离开。

待人群散开，蒋时延按住唐漾的裙摆将她打横抱起。

两人出会所时，走在前方的周默好像回头看天上的星星，视线却在两人身上停了一刹那。

停车场先前黑压压一片，随着远去的警笛声，私家车散沙般流向各个出口，程斯然他们也先后离开。

偌大的地方四周环树，两辆黑色林肯分别停在左右，宛如矗立在夜色风声中的两块礁石。周围的灌木中飘出吱吱的虫鸣。

左边那辆车内开着空调换气，车顶的小灯溢出橙黄色的光。副驾驶座朝后放了很大一个弧度，唐漾瘫在上面，眼皮打架。

蒋时延在旁边抱着布袋找东西。

“感觉和看到领导被扫黄差不多，”唐漾揉了揉眼睛，“你反应怎么那么快？”让她假装睡着。

蒋时延认真地说：“小朋友不能看黄色。”

唐漾失笑。她生理上想睡，思维却清晰。

蒋时延看她眉毛纠结成一团，又好气又觉得好笑，他一只手继续翻东西，一只手覆到她的眼睛上。

眼部皮肤细腻，唐漾清晰地感受着他掌心的薄茧。他手掌的温热传入她的眼睛，浸遍她全身。

“你还记得周默找我喝鸡汤那次吗？”唐漾忽然出声。

蒋时延：“我告诉过你视频比对的结果吗？他把东西自己收了，曲奇扔了。”

唐漾拉单杠般把手拢在他的手臂上。

“你好像跟我说过，我想的是，”唐漾思忖道，“周默在我印象里是个有野心的人。他喜欢金融，当时在汇商也是一顶一的风控专家，B 市分行那个樊行长甚至开玩笑说，他以后可能会出现在银行类的教材上。”

就是这样一个人，唐漾想不通：“所以他为什么要去九江，在魏长秋身边做一些，”她不知道怎么描述，“很奇怪的事儿？”她摇头，“我不信薪水对他有那么大的诱惑。”

蒋时延拉出一条小薄毯，盖在唐漾身上。他声音宛如哄宝宝般放轻了：“女人会在意很多，父母啊，小孩啊，离住的地方近不近；男人，我感觉在意的就两点，”他继续，“爱情、事业。”

他一边仔细给唐漾掖毯子，一边道：“我当时为了躲你跑去台湾做交换生，所以有没有可能是他喜欢你，他为了躲你离开汇商？”

蒋时延从来没承认过他去台湾是为了躲自己，第一次提竟然是这么坦荡的语气？唐漾觉得不可思议地笑了：“你都不会吃醋吗？”还轻描淡写，评价周默是不是喜欢她。

“我为什么要吃醋？”蒋时延格外自信又做作地昂了昂下巴，“别人再喜欢你，你也是我的。”并且，你喜欢我很久了。

越想越得意，他俯过身来吻她的额头。

唐漾睁开眼，果然瞅见某人满眼得意：“脸真大。”她耳郭微红，挥开他的脸。

蒋时延的脸在她的手上直蹭，他特别没脸没皮地夸：“手真小。”

“我脸也小。”唐漾骄傲。

“我看看。”蒋时延握住她的手去摸她的脸，然后逐个亲吻她细白的指尖。

唐漾难为情：“我手脏。”

“那消消毒。”蒋时延从善如流地说着，然后伸出舌尖舔了一下。

一股酥麻感从指尖传到四肢百骸，唐漾浑身一震，脑海里蓦地浮现出一幕场景——

某次 B 大校友会，唐漾是志愿者。活动结束后，大家聚餐，作为最年轻校友代表的周默也在。

周默带了个斯文、素净的小女生，有人起哄让她做介绍。那个小女生脸蛋红红地说：“大家好，我是周学长的学妹，徐姗姗。”

周默托着脸看着学妹，懒懒道：“周学长的女朋友。”

徐姗姗纠正：“学妹。”

周默逗她：“女朋友。”

徐姗姗急得直摆手：“周学长，你别这样——”

唐漾记得周默当时拉过徐姗姗的手，亲了一下她的手背。

徐姗姗的脸红得像熟透的苹果。

唐漾那时还在读研，大概是四五年前。后来，她也没关心过两人在没在一起，分没分手。

对……就是这个徐姗姗！也是唐漾被甘一鸣骚扰后，办公室八卦“如果不是蒋时延，唐漾就是第二个徐姗姗”中的徐姗姗！

有什么事情呼之欲出，唐漾却说不出来。

“别想了，睡会儿，一会儿就到。”蒋时延隔着毯子抱紧她，他嗓音低低的，皱着眉头，“你别这样，我快心疼死了。”

唐漾软绵绵地哼道：“那你疼死吧。”

蒋时延：“……”他愤愤地捏了一下小女朋友的脸蛋。

唐漾软软地朝他怀里挤了挤。

右边那辆林肯，魏长秋和周默并排坐在后座。

魏长秋面无表情：“查一下监控和出入记录。”查查钱被换成牛奶的事儿。

周默把眼镜朝上推了推，主动交代：“是我害怕出事儿，所以提前让司机上来，把有料的牛奶换了。有料的牛奶现在在周行他们坐的那辆车里，十五箱，一箱不少。

“我想的是如果没出事儿，他们拎牛奶上车，下了车换拎有料的牛奶，如果像刚刚一样出了事儿，也不害怕。”

车辆启动，车内昏暗。

魏长秋一下一下按着太阳穴：“为什么会出事儿？”

“有些事儿我不知当讲不当讲。”周默做事一直干脆、妥帖，这样的语气还是头一遭。

魏长秋：“你说。”

周默坐在靠门那边，他一边抬手帮魏长秋按着右边的太阳穴，一边报了之前撞见他和周自省“叙旧闹别扭”的九江高层的名字——何征。

魏长秋挑眉重复：“何征？”

何征是九江元老，九江地产执行董事。九江之前几次大的宣传案就是何征在和一休对接。

周默平铺直叙道：“何总自去年开始，两次和一休谈宣传案，两次都没能谈妥。之前您找一休降舆论热度也是何总在谈，热度也是和王倩倩循环往复，花钱没效果。然后您可能没关注到具体账号。”

他停下手上的动作，找到平板上的相关截图给魏长秋看。魏长秋越往下翻，眸色越深。

周默解释道："王倩倩是一休包装走红的。"

魏长秋对这些高管都有一定程度的监管。

周默探手在平板上点开另一组资料："何总最近也在和一休那个美女总监彭思，就是捧红王倩倩的那个人频频约饭。"

整个内容导向两个结果。其一，何征抽了魏长秋降热度的钱中饱私囊。至于其二——

九江地产上市后，财务和股份分配相比以前透明了很多，最直接的影响就是高层薪水和灰色收入大幅降低。九江地产就是整个九江集团为了冠冕堂皇祭出去的门面，上市前高管们信誓旦旦地说愿意追随。

魏长秋的脸色先前难看，此时却收敛好了："你的意思是，他想反水？""跳槽去一休"这句话她没有说出口。

周默没有背着当事人说坏话的急迫或者目的性。他没说"是"，也没说"不是"，只是淡淡地陈述事实："蒋时延想让一休转型的目的很明显，所以才把'遗珠'系列做得这么透、红、正、专。

"但一休成立不到五年，整个企业文化和运作都是新的。他们很需要老一辈优秀企业家的吨位去镇场。泛娱乐这块经济火爆，一休去年联名游戏净利润是两百亿，蒋时延又是典型的野路子资本家。"

一休才成立的时候，蒋时延为了请一个视效大牛加入，又是金山银山，又是程门立雪。这段出现在大牛的自传里，很多人饭后笑说，就该他蒋时延起来坐江山。

魏长秋已经猜到后续。"你直说。"她道。

周默："我当初来九江，您给我开五倍工资，我签的是终身合同。那个视效大牛去一休，蒋时延开的是天价，大牛给了一休自己所有过往周边的版权。

"一休的《遗珠》在海外口碑平平，娱乐营销这几个月也只捧出来一个王倩倩，他们一向是爆款制造者，"周默顿了顿，接着道，"如果明天热搜上出现'九江高层和汇商高层深夜出入私人会所''九江高层聚众吸毒''十五个牛奶箱装一千二百万现金，九江高层疑似卷入洗钱风波'……"

如果蒋时延给何征开了天价，何征必然也会带着诚意过去。最好的莫过于一个可以屠榜的爆款。

更巧的是，魏长秋刚刚看到蒋时延也在现场，甚至好多娱乐圈的人都在。

程斯然的私人聚会她遇到过几次，鲜少来得这么齐，所以会不会就是拿聚会当幌子，他们真正想要的是何征给的诚意爆点？今晚，警察要开箱，她不敢想象开箱后全是现金的后果。

周默平静地说完，她更不能想象这些标题的点击量、热度、蝴蝶效应。

汇商高层的安危是九江要考虑的一方面，另一方面，是九江在售的几十个楼盘以及那个潜藏巨多、贷款未下的临江城商圈。

周默点到为止。

魏长秋也没开口。

一时间，车内陷入了极其安静的氛围。车身宛如一个立体的桎梏，空气被牵扯住，完全无法流动。

周默闲散地看了会儿车窗外飞驰的风景，又望向副驾驶。他五官极其周正，说话做事亦然，如他这个人，未雨绸缪，妥帖、周到。

魏长秋注视周默好一会儿，忽然笑开，脸上的肉挤成一堆："没你在，怎么化险为夷？"她感叹，"我都有点儿嫉妒徐姗姗了。"她在最好的年龄被周默爱过。

周默听到这个名字，后背僵硬。魏长秋察觉到他的不自然。

几秒后，周默茫然地转过头："徐姗姗？"似是不认识，他注视魏长秋一会儿，"哦哦"两声，道，"想起来了，前女友。"一副尤为寡淡的口吻。

他刚刚的异样好似在回想这个人是谁。魏长秋狐疑道："不是初恋吗？"

周默："不是啊。"

魏长秋："那……"

周默太了解魏长秋，了解到她发一个音节，他就知道她想要什么答案："她出身不好，十岁之前一直在福利院，后来被舅舅舅妈接回家，也是寄人篱下，死读书，高考超常发挥考去了交大，一副穷酸的样子，做事畏首畏尾。她大四到汇商 A 市分行实习，我还在 B 市分行，异地，就分了，再没联系过。"他说完，想了想，"可能是她性子太逆来顺受的原因，我和她在一起的那几个月还挺开心的。她是个适合当家庭主妇的人，好管教。"从始至终，他的神情都没有一丝一毫的波动。

周默读博出来，到汇商后年薪百万，舅舅周自省是颇有名气的银行高管，手下经典案例无数。而那时的徐姗姗呢？女大学生，省吃俭用，身世卑微，前途渺茫。周默方才评价时，语气里甚至有一点儿阶层的优越感——就像一把精巧、秀气的小锤子，恰好敲在魏长秋的心坎上，让她舒服至极。

徐姗姗去年年初出事儿，周默去年六月过来。九江高层和甘一鸣都说，周默会不会是太爱徐姗姗，图谋不轨。魏长秋亲自面试周默，她直觉认为这样的男人最爱的是自己，典型名校出来的精致利己者。

周默到九江一年多，每一步都很稳，而且他不掩饰野心。他喜欢豪车、豪宅，也接受魏长秋送过去的女人；他能在事业上成为魏长秋的左膀，也能在私人生活中给予她想要的刚好的暧昧和关心。

魏长秋越来越依赖周默，疑云越来越少。今天，她鬼使神差地提了句“徐姗姗”，而周默的回答让这疑云彻底消散。

前面的司机察言观色地开了一点儿窗，待里面的空气快速换完，又关上。

魏长秋道：“何征那边注意一下。”

周默颔首：“好。”

魏长秋：“汇商专案你也跟进一下，不能有闪失。”

周默：“是。”

“……”

几件正事儿说完，魏长秋的声音缓了些：“你喜欢哪种类型的姑娘啊？魏家有好多二十岁出头的漂亮小姑娘。”

周默被这个问题问得一愣，然后面上露出了少有的腼腆：“不太好说。”

魏长秋见状，心知有戏，嘴上也耐心：“说说，怎么就不好说了？”

周默似是犹豫了一会儿，还是开了口：“我喜欢唐漾那种。”他的眼睫轻眨两下，“大方、漂亮，”他用食指敲敲脑袋，道，“有灵气。”

蒋时延和唐漾也是才在一起没多久啊。魏长秋诧异：“没追过？”不像周默的个性。

“她感觉我没追过，但我准备追过，”周默坦白，“后来因为很小的一件事儿就放弃了。”这件事儿发生在遇到徐姗姗之前。

八卦似乎是绝大多数女人的通性，即便魏长秋身居高位，也不例外。“那为什么不追了，什么小事儿能让你说放弃就放弃？”她无比感兴趣地追问。

到魏长秋身边之后，周默学会了当瞎子、聋子，也学会了指鹿为马、颠倒黑白。

比如，魏长秋对甘一鸣混乱的私生活一直是自我麻痹式地睁一只眼闭一只眼。如果说甘一鸣骚扰唐漾的事儿被捅出来，魏长秋只是想废掉甘一鸣在汇商的职位，那么，压倒甘一鸣的最后一根稻草就是周默查到甘一鸣给别人买过一套私人定制的珠宝，甘一鸣把那套珠宝送给了范琳琅。周默没说，他只是胡乱地杜撰了那套珠宝的喻义，诸如“即便身陷囹圄，我亦视你如珍宝，爱意唯独给你”。

魏长秋给甘一鸣金钱、地位，甘一鸣送珠宝说只爱别人，那她只能不仁不义。

比如，周默帮魏长秋监管九江高层，何征为九江遮了多少劣迹、对九江多忠心他当然清楚，但他不知道自己和周自省的对话何征是真没听到，还是假没听到。他和周自省的罅隙再宽，扳倒周自省的也只能是他周默。既然何征有听到的嫌疑，那他只能这样。他喜欢“万无一失”这个词。

比如，九江在汇商的这个贷款案是最好的契机，他有些等不及。他要用何征这枚棋子，也只能自己报警又自己换牛奶，一手反间计用得利落而又缜密。

周默说过很多假话，但回答魏长秋的这段是真的。

几年前他们都年轻，那时候，衣服都带着太阳晒过的洗衣粉香。唐漾读研，他读博，跟一个导师，在一个研究室。

他们有段时间和其他同学一起做项目，一起吃饭，久而久之，自然就熟了。唐漾专业水平高，性格温和，很多男同学明里暗里都想追她。可能都是学霸，当时，周默和她的关系比跟其他人近一点儿。

某次，两人一起去外面给大家买奶茶。

奶茶店的外面阳光充足，里面有藤蔓、风铃，装饰文艺，空气里是奶香、茶香混合着果蔬的味道，甜而清新，类似唐漾。

唐漾属于那种人，问什么问题都会答，有什么活动都参加。她对谁都温和、可人，可对谁都好像有种隐隐的疏离感。

周默至今仍记得那个下午，尘埃弥散在空中，唐漾和他一起看菜单。

唐漾看得专注，周默忍不住看唐漾。她皮肤白皙，鼻子小巧，樱唇，下巴有点儿婴儿肥，表情清清淡淡的。明亮的光线明明在她身后，她浓密的眼睫上却似镀了层金，扇子般扑扇。

她一只手撑在吧台上，一只手翻看菜单，循着记忆细声念：“陈教授要蜜桃乌龙，江助教要奥利奥奶盖，闻婠婠要柠檬水……”

她一项项找下来，看到某项，手指停下。她眸底盛满了细碎、柔软的光，她用“和现任同学在一起做某件事儿，以前的同学刚好也喜欢做”的语气轻轻道：“蒋时延也特别喜欢喝抹茶。”说罢，她接着点其他同学的单，声音比最开始软了很多。

周默悄悄打量着唐漾的侧脸，看到她微微抿唇，看到她面上有不自知且前所未有的温柔。

那时候，周默还不知道蒋时延究竟是谁，和唐漾是什么关系。那一刻，暖风轻轻吹，他只感觉到唐漾在想蒋时延，一种带着隐喻又说不出口的……她想念他，很想念，很想念。

周默想，如果姗姗没走，他们会不会像蒋时延和唐漾一样幸福？

他跟魏长秋说的都是假话，希望姗姗听到后不要责怪他。不过，怪又有什么关系呢？

他牵了牵嘴角，要是姗姗能听到的话，姗姗一定会无措地望着他，她的眼睛大而清澈……那张他以为自己快要忘记的脸，此刻无比清晰地浮现在脑海里。

周默用力合上眼眸，喉咙干咽了咽，开始想工作上的事情，转移思绪。

那张脸，那个她，在记忆里太真实。他只要稍稍一碰，就像一个不会水的人站在干涸的泳池中央，水从两边的墙上漫上来，逐渐淹过脚踝、小腿、大腿、腰。过了脖颈之后，他开始站不稳，摇摇晃晃地寻找重心。慌乱间，水漫过他的口鼻，他费力地昂起下巴，脚下却因为昂下巴的惯性一滑，整个人背朝后跌入泳池。

咕嘟咕嘟，他睁不开眼，耳膜震动……这是他真的去游泳池体会过无数次类似凌迟的窒息感。

送魏长秋回家的路上，魏长秋又问了周默不少问题。周默半真半假地回答。

魏长秋察觉出他状态不对，很自然地归结为“周默喜欢唐漾，而唐漾和周默绝对抢不过的蒋时延在一起”。同时，她也明白了周默说起唐漾时的那种尴尬，以及她每次让周默邀请唐漾来参加聚会，唐漾都拒绝周默的缘由——避嫌。之前她还奇怪，唐漾收了那么多次礼，为什么一次都不来聚会呢。

到了地方，周默下车，开车门，把手伸到后排车门前。魏长秋把手搭在他的手背上，借力弓身出来。

“今天太累了，你也早点儿回去休息，”魏长秋想到什么，体贴道，“以后唐漾不出来，你就不用一而再再而三地请她了。她的理由也不用跟我汇报，只要她站在我们这边，安安分分的，其他什么都好说。”

早已预料到这个回答，周默面如无波的古井：“嗯。”

魏长秋朝周默挥了一下手，他很有默契地和魏长秋行了临别贴面礼。然后，他站在栅栏门外，目送魏长秋上楼、进卧室。魏长秋站在窗边朝他点头，嘴角的弧度都和他预想中不差分毫。他亦淡笑一下，颔首，直到魏长秋把窗帘拉拢，他才上车离开。

他唇边是笑，又好像只是一个生硬的弧度，周遭气场如同远天最深处的那团星云，渺茫、晦暗，带着无可猜测的距离。

唐漾在车上抱着蒋时延就睡着了，蒋时延怕松开会吵醒她，发了短信叫司机过来。

司机也敬业，对副驾座上抱着的两人熟视无睹，四平八稳地把两人送到楼下。

蒋时延把唐漾抱回家，轻手轻脚地给她脱鞋、脱衣服。她呢喃一声，蒋时延的动作便会立马滞在原处，直到她呼吸均匀了，他才继续脱，小心翼翼的。

把唐漾安顿好已经快两点，蒋时延自己也有了困意，他简单洗漱后躺到床上，把她拥到怀里。唐漾似是闻到了他的味道，小猫一样朝他的胸口靠了靠，而全然无意识。

是的，唐漾在做一个梦，一个光怪陆离的梦。梦里，她和往常一样去上班，她笑着跟前台员工打招呼、进电梯。

她出电梯时，明亮、现代的大楼忽地变成了一个巨大的树洞。这个洞有一个标准足球场大小，阴暗、潮湿，散发着一股朽木的味道。她下意识地回头，可电梯不见了。与此同时，有妖怪拥入，妖怪咬顶楼的领导们，领导们也变成了妖怪。领导们咬下属，下属互相咬，一时间汇商宛如修罗地狱。

唐漾叫天天不应，叫地地不灵。她看到窗外有架直升机，朝她扔出攀援绳索。她毫不犹豫地跃窗跳下，然后，她坐在了会所的包厢里。

程斯然夹着一个冰块，投入冰水混合物，杯口蹿起火焰，众人大惊失色。秦皎的老公一脸认真地解释原理，程斯然嬉皮笑脸地说：“火不是从杯子里起来的，这把镊子会喷火，镊子和杯口离得近，你们就以为是从杯子里喷出来的。”

再然后是会所大堂。

警察包围了九江高层和汇商高层，周默跟她暗示箱子里有钱，警察接到的报警线索是有人携带毒品，魏长秋撒泼耍横，最后拆出来，竟然是牛奶！

扫描仪扫过牛奶盒，嘀的一声，绿色通过。

第二盒，嘀，还是绿色通过。

嘀、嘀、嘀，响得越来越快，唐漾的心跳也越来越快。嘀嘀嘀，她心跳快到极限……

唐漾唰一下掀开被子，腾身朝前坐起来。她满头大汗，心跳仍旧很快。

“障眼法！”她喉咙滚动，满目清明地自言自语，“对，一定是障眼法。”

唐漾回想警察开箱前的情形，被围住的三路人马都很急，但周默只是表面着急，并不走心，甚至能转过头来跟她比手势。所以，牛奶箱里的确装着钱，但周默知道有钱的牛奶箱不是高层们拎在手上的这批，又要让高层们拿着牛奶……

所以，有钱的牛奶箱被人提前换到了一个安全的地方，高层们过去，把普通的牛奶箱和有料的牛奶箱放到一起；高层们离开，拎走有料的牛奶箱，留下普通的牛奶箱。和程斯然那蹿起的火苗的视觉效果异曲同工！

银行战略管理课程里有个经典的部分——“三十六计”。而瞒天过海是第一招！所以，周默的手势是真的，警察什么都没查到也是真的。为什么周默知道有钱，也知道现场的是牛奶而不急，因为换的人就是周默！

是这样，一定是这样！所有混乱的东西瞬间被理清了，唐漾激动地摇蒋时延：“蒋时延，我知道了！蒋时延，你醒醒！虽然不知道周默为什么要这么做，但我知道了过程，那些钱现在肯定也到了高层手上！”

唐漾噼里啪啦地跟他分析了自己推测的整个过程，拽着他的胳膊晃：“是不是？是不是？完全合理！”

蒋时延的眼睛半睁不睁，微哑的声音极其慵懒：“你知道把一个起床气很重的人从美梦中摇醒有什么后果吗？”

“啊？”唐漾蒙了一瞬，后知后觉地抬眼，这才借着窗外微弱的灯光看到墙上的挂钟。

现在是凌晨四点半。要是自己被蒋时延吵醒，肯定会毫不客气地痛扁他！可自己这么可爱，他一定舍不得，对吧？

唐漾心虚地咽了咽口水，收回视线。她把手悄悄从蒋时延手腕上缩回来，然后一边给他重新掖被子，一边轻声哄：“乖……乖……宝贝儿接着睡，姐姐拍乖乖——”

蒋时延就看着她怎么哄自己，感受着她的小手在自己的腹部轻轻拍打。他闭眼哼了声笑，接着，单手格外利落地握住她的两只手腕，反身压在了她身上。

男人结实的身体覆了些重量，唐漾无法动弹。

蒋时延另一只手的拇指放在她的下颌处，他食指修长、带薄茧，在她窄小、干涩的唇缝间来回滑动……他稍稍腾身，低头吻住了她的唇。

他先用舌尖缓缓舐着她的唇，然后轻轻试探。唐漾亦伸出舌尖，不小心碰到了他的舌尖，唐漾想越过，蒋时延灵活地从旁边一绕，深抵而入。

唐漾轻“嗯”一声。

蒋时延的眼睛还未睁开，唾液濡湿的触感在黑暗中放得极大。

他们像两条泊岸的鱼，贪婪地汲取彼此唇舌的湿润，细致地交缠对方口中每一寸柔软和气息……

一个绵长、湿漉漉的吻。吻到后半程，唐漾搂着蒋时延的脖子，眼底泛着层迷蒙的薄光，蒋时延倒是清醒了。

他从她嘴里退出来，一边拂开她面上凌乱的发丝，一边轻吻她的嘴角，低声道："之前你从福利院回来后情绪一直不对，我就让程斯然去查了一下临江城福利院。"

"九江套空壳的慈善单位之一。"唐漾声音软软的。

"嗯，"蒋时延的心也软得不行，他轻轻道，"但在程斯然去查之前，已经有人在查福利院投建初期的账目。回来的路上，你睡着了，程斯然打电话说忽然想起来他朋友跟他描述的长相像周默。"

"应该是他，"唐漾也仰头亲亲蒋时延的嘴角，"想喝水。"

就喜欢听小祖宗的祈使句。蒋时延笑了一声，鼻尖蹭蹭她的鼻尖，翻身起来拿过就搁在床头的水杯，看她咕嘟咕嘟地灌。"慢点儿。"他忍不住出声提醒。

唐漾喝完水，蒋时延接过杯子，试探着问她："要举报你领导吗？"

唐漾摇头。

蒋时延躺上床，关灯。

唐漾倚在他怀里，理智又苦恼道："我做梦并不能成为证据。我不知道他们有多少个这样的周五，也不知道现金在国内还是国外，也查不到九江内网的账目，直接举报就是打草惊蛇送人头……"

唐漾越说越沮丧，她揪着蒋时延的衣领："你说，为什么我不能像小说里的女主角一样，又有天赐的美貌，又能舌战群儒，既会投资、炒股，还能拿个电脑攻入各种程序？"她小手一挥，"别说区区一个九江内网、一个海外银行账户，就算攻破五角大楼都不在话下。"她越想越觉得美好，一双眼睛宛如缀着碎光般亮亮的。

蒋时延扑哧笑了一声。

唐漾立马严肃，仰起头看他："你在笑？"

"没有，"蒋时延憋住，支吾道，"嗯，那个，有想法是好的，我们可以先做梦——"

唐漾小手直接揪住他的两只耳朵，故作凶狠的模样。

蒋时延配合地做出吃痛的表情："哎哟喂——"

他的皮肤光洁，耳郭形状好看，唐漾又舍不得地摸起他的耳朵来。"你这耳朵算硬还是软啊？"她柔声问。

蒋时延："在你手下就是软的，其他时候就是硬的。"

唐漾被喂了一颗糖，偷偷扬起嘴角。

蒋时延想到什么，身体朝上耸了一些，嗓音低哑地和她咬耳朵：“不过还有些地方……在你手下是硬的，其他时候是软的。”

他鼻息微热，伴随咬字喷洒在唐漾耳旁。

唐漾被烫得缩了缩脖子，顶着两只绯红的耳郭发问：“男人总是会想这些事吗？说什么都能扯到一起——”

“不知道，”蒋时延笑意愈深，伏在她耳边悄声道，“不过我看到你时会。”

说着，蒋时延把她朝自己身体的方向按了按。

他太烫了。

烫得唐漾红了脸，浑身酥麻麻的。

唐漾眼眉弯弯，笑得狡黠。

蒋时延被这一下撩拨得有些受不住，他蕴笑磨牙注视着她，一秒，两秒，一把掀过被子盖在两人头顶上。

被子里有男人压低嗓音又无用的威胁，混着小女朋友“咯咯”的笑。

笑着笑着，唐漾小声喊：“蒋时延，你慢点儿，我有点儿痛，为什么啊…”

对方着急：“我看看，我看看。”

“蒋！时！延！”

“……”

一休现在所处的境地稍显紧张，而唐漾所处之地称得上千钧一发，但好像对方在自己身边，是且仅是对方在自己身边，他们就全然不怕。

就像要路过一条很长很长的暗巷，可只要巷口亮着那盏熟悉的灯，巷路再黑、再暗，他们眼底也只有明亮。

一如窗外的灰白，眼看着……越黑越近破晓。

周末一过，又到了微妙的周一。

唐漾假意忘了自己想彻查九江的事儿，无比本分地核查细节，给九江专案收尾。

周自省见她收心，颇为欣慰。

唐漾安周自省的心是一方面，另一方面，没了官方渠道，唐漾进入九江内网难比登天。

秦月的姐姐秦皎是九江的法律顾问，唐漾想到这茬儿，好似看到一丝希望。但两天后，秦月敲开唐漾办公室的门，反手关上。

“你什么时候去开处长会议？”秦月问。

唐漾抬眼看时间，现在两点，她道：“还有一个小时。”

秦月坐到唐漾旁边，动了动唇，把原话带到——

秦皎只是九江的法律顾问，从严格意义上来说，她的编制不在九江，而是在她的律师事务所。虽然她有九江内网的账号，但权限仅限于事故和官司，而且如果她把内网账号给秦月，她不是参与了商战或者其他，而是违背了进事务所时宣读过的律师道德。

唐漾表示理解。

“不过，”秦月顿了顿，话锋一转，“她跟我说了九江内网权限最高的几位。”

九江是网状管理结构，九江地产亦是盘根错节，这个信息同样有效。唐漾看向秦月。

秦月突然闭嘴，望向门外。

吃午饭的人陆续回来，外面有说话声。

唐漾福至心灵，从抽屉里取了 A4 纸和笔，推给她。

秦月挨个儿写名字，每写一个，她就停下和唐漾进行眼神交流。唐漾点头确认，她才接着写。

魏长秋、何征、其他三个执行董事，然后是……周默。“默”字最后一画被秦月拉成一条波浪线。

“我拉黑过周默一次，后来因工作需要，又加上了，但基本没联系，不对，”唐漾纠正道，“就是没联系。”

那晚他的手势比得突然，唐漾不知道他是敌是友。就算敌意化解了一些，她也做不到信任。

秦月慢条斯理地合上笔盖：“螳螂捕蝉，黄雀在后，九江钻慈善的漏洞，我们发现他们钻漏洞，我们以为自己是黄雀，我最怕的是，”她放下笔，缓缓道，“我们身后还有一个捕雀的猎人。”

秦月说不出蛛丝马迹，大抵就是来自女人的第六感。猎人可能是汇商顶楼的人，抑或，九江高层。

唐漾和秦月在不找周默帮忙这点上达成共识，可事情也陷入了僵局。她们想一查到底，可没有路径。就这样算了？那她们之前顶着风雨和烈日跑的慈善单位、取的录音记录就都打了水漂。

唐漾和秦月从小就是顺风顺水的人。除了偶尔犯蠢、幼稚气她的蒋时延，唐漾在别处没试过，也做不到甘心。

大雨过后有一阵短暂的降温，窗台上的绿萝舒枝展叶，惬意地享受着多云天气。秦月瞧着，难得生出一点儿羡慕。看看，绿萝都比自己好过呢。

秦月没出声，唐漾也沉默，空气的流动略显笨重。

时间一分一秒地过去。突然，唐漾托着下巴出声：“我去找我一个朋友问问，他可能会有办法。”

秦月不相信：“你说程斯然？”

他是圈子里的万事通。

“不是，”唐漾深吸一口气，“陈强。”

从陈强给唐漾甘一鸣的开房记录那次开始，她隐约感觉到陈强的手腕。后来，宋璟也跟她提过一两句，陈强学的是经济学，精通互联网，混过社会，交友极广，手腕自然、老辣。

唐漾和秦月都不认为灰色是个坏词，只要没越轨，边缘手段她们可以接受。如果九江真的有大问题，那这些灰色做法就是漂亮的先斩后奏。

秦月舔了舔唇：“我有点儿怕。”

唐漾认同：“我也有点儿。”

秦月：“那怎么办？”

唐漾思忖片刻，在一堆文件下面找到自己的手机。她一边翻某个软件，一边问：“你是什么星座？”

秦月：“摩羯。”

唐漾：“我也是。”她接着问，“你相信宿命吗？”

秦月思及某个小孩，不自然地咳了声：“一半一半。”

唐漾“哦”了声，接着点手机。

秦月丈二和尚摸不着头脑，猜她大概要说“摩羯性子狡诈，普遍大器晚成”“查得出来是宿命，查不出来也是宿命”“因果轮回，天网恢恢”一类的处世鸡汤。

几秒后，唐漾开心地把手机举到秦月面前：“你看，一休星座上说摩羯这周水逆结束，迎来新月，夹杂动能，有意外之喜。”

微博上这么多星座号，敢情这人刚刚翻那么久就是为了翻她老公那家的。秦月微笑：“我有一句——”

唐漾眉眼弯弯：“不当讲。”

秦月：“嘻嘻嘻。”

下午三点，唐漾补了妆，抱着资料出去开会。

秦月走在唐漾身后，心累归心累，但她还是把自己和唐漾交流时写的那张

A4 纸塞进了桌旁的碎纸机里。她办公室那台碎纸机经常满得快溢出来，唐漾这台倒是干净。

秦月望向外面另一个办公室的方向，若有若无地笑了一下。碎纸机嗡嗡嗡地响了一阵。她见彻底碎完了，才转身出去。

上次唐漾被甘一鸣骚扰后，高层虽没公布事情真相，但官网挂出了工作时间不能反锁办公室门的规定。

唐漾离开没多久，范琳琅便抱着一个上午就拿到自己桌上的快递盒进了唐漾的办公室。在门口，她喊："唐处，你的快递。"

自然没人应。

"忘了唐处去开会了。"范琳琅自言自语地说完，朝后看了看。

秦月好像出去买咖啡了，大小姐习惯苛刻，到点必喝。现在是上班时间，几个员工和实习生也在忙自己的事儿。

范琳琅收回视线，虚掩了门，她把快递放到唐漾桌上，然后蹲到唐漾桌旁的碎纸机前。

之前，范琳琅趁午饭时间没人，帮信审处把大厅所有碎纸机里的残渣都倒到了垃圾箱，然后还有唐漾这台。现在，她熟练地取下纸箱，里面有一张纸的残渣。

碎纸机是按照纸的放入顺序碎的，如果里面先前没有任何东西，那纸箱里的碎渣也会在凌乱中遵循一定的秩序。

范琳琅从唐漾的桌上拿了个短小的笔记本，把纸屑按顺序铲起来。她小心快速地拿回自己的办公室，又回唐漾的办公室把自己动过的痕迹隐藏好。她这才重新回去，先拿一张 A4 纸出来，将新的 A4 纸全部粘满双面胶，然后把麦片大小的碎屑一点儿一点儿调整顺序贴上去……

网内权限……不对，是内网权限……她一点点贴完整。纸上扭曲但清楚地写着，九江内网权限大小排序……

范琳琅将纸屑复原后，把那张纸夹进了一沓文件里，然后抱着文件离开信审处，去了顶楼。

之前的会所风波没被曝光，自然也没对汇商高层们产生任何影响。周自省在出差，其他几个副行长也在安然上班。

范琳琅在电梯口看了领导们的日程安排，敲开了一个副行长的办公室。

"涂行长。"她扬了扬手中的文件。

涂副行："进来。"

范琳琅进去，从文件里取出那张纸，放在办公桌上，推到涂副行眼前。

涂副行周五也去了会所，见到纸上的内容，他问："这是谁的字迹？"

"秦副的，但我是在唐处办公室找到的。秦副和唐处前段时间频频外出，我想是不是因为，"范琳琅指了一下纸张上的内容，"她们对九江某些部分起了疑心。"

涂副行没发话。

范琳琅说到这儿也聪明地闭了嘴。

安静中，涂副行抬头打量范琳琅。

范琳琅是魏长秋交代要照顾的人。当时，魏长秋给的理由是听话、懂事儿。现在看来，范琳琅有没有可能是魏长秋早就猜到唐漾和秦月可能会怀疑九江，然后特意安排的眼线？所以，魏长秋在其他部门还有眼线吗？

思绪转罢，涂副行长收回目光，淡淡道："我知道了，下去吧。"

范琳琅垂在身侧的手轻轻握了一下，面上格外恭顺："好。"

楼下，另一位副行长主持的处长会议从三点开到了五点。

散会后，唐漾走到走廊尽头的阳台吹风，并给陈强拨了个电话。走廊这边没人过来，同时也是监控死角，她模糊地描述了事情。

手机里，陈强道："见面详谈？"

唐漾："那我周六和蒋时延开车去B市找你？"正好蒋时延这个周末没事儿。

"不用，我明天就回去了，家里有点儿事儿，"陈强道，"那我明天中午请你吃饭？你们周四应该没有之前几天忙。"

找陈强帮忙，陈强还要请自己吃饭？唐漾失笑："这怎么好意思？"

陈强"哦"一声，调侃道："蒋总喜欢虚伪的女人？"

唐漾哧地笑了一声："他喜欢我。"

陈强："蒋总喜欢客套的女人？"

唐漾："他喜欢我。"

"你和蒋总越来越像了。"陈强揶揄完，问，"蒋总明天中午有安排吗，过来一起？"

"他明天上午有个大会，估计得开到下午一点多，就我们两个吧，说事儿。"唐漾说完，很认真地接了陈强刚才的玩笑，"如果像他的脸，我还是愿意的。"

陈强噗地笑了一声："我要录音告状。"

第23章 诚意

直到他遇到了名叫“徐姗姗”的女生。

唐漾口头答应了让陈强请吃饭，可她哪儿能让陈强劳神还破财。她提前一天在悠然居订了包厢，第二天周四，中午刚到十二点，她就撤了。

唐漾把钥匙扔给泊车小弟，陈强也刚好从另一辆车上下来，唐漾推着陈强的轮椅进到悠然居。

大厅依然人满为患，两人走侧门，绕过了取号排队的大部队。

一个端空盘子的大妈瞥见唐漾，在一片嘈杂中很大声地冲前台女孩吼：“‘矮子姑娘’来了，拿菜单，快点儿。”

唐漾茫然地朝后看：“什么‘矮子姑娘’？”

大妈“哎呀”一声，一边把空盘子塞到推车篮子里，一边道：“你第一次来程总就吩咐我们认你的脸，程总说蒋总说你叫‘矮子’。”

蒋时延说自己叫“矮子”？唐漾满脸疑惑。

大妈吓得朝后一退：“难道你不是‘矮子姑娘’？”难道自己认错了？

唐漾的表情从诧异到平静到微笑：“是我，是我。”她礼貌地点头。

“我就说嘛。”大妈嘟囔着推着车走了。

留下胸口起伏不定的唐漾和闷声狂笑的陈强。

唐漾推陈强上电梯，去二楼。

陈强看唐漾一张黑脸，真的笑得不行了。“你会家暴吗？”他问。

“以前不会，”唐漾认真地答，“但现在说不准了。”

陈强噗一下又笑出声来。

他们到包厢，点菜。

服务员们对这个代号为“矮子”的蒋总女朋友态度极好，很快上完菜后，依照唐漾的吩咐关了监控，出去时给两人合上房门。

唐漾从包里拿出电脑，把自己和秦月去福利院采集的部分资料找给陈强。

陈强速度很快地翻阅。

唐漾在旁边道：“我和秦月感觉九江慈善这块存在隐形漏洞，我们想要九江内网权限查财务。之前我给周自省递了一次申请，他不批。七月三十号专案要完成，现在是二十号，所以我在想，能不能在这几天内用强制手段进去。”比如麻烦陈强在暗网找黑客攻破防火墙。

唐漾是个做事很清醒的人，如果她不信任陈强，肯定不会找陈强帮忙。既然她找到了陈强，那就不会遮遮掩掩。比如说什么你帮我一个忙，但我不跟你说清楚这件事情是什么。

况且，陈强和九江之间也确实存在渊源——当初，受了陈强父亲恩惠还倒打一耙的那个人是魏长秋的亲哥哥魏长春，也就是现在整个九江集团的董事局主席。陈强大学时因为故意伤人罪被退学，接着入狱，他伤的那个人也是魏长春。

陈强在数据和编程方面一直有天赋，他为了帮自己父亲报仇，都能直接动手打魏长春，不可能没查过九江的一些东西。

所以，唐漾找了陈强。而陈强也确实查过。

他越把资料朝后翻，面色越凝重：“九江内网的加密手法太复杂了，”他直摇头，“给他们搭内网的那些人是钻研过五角大楼的。密钥那块就能把人薅成一个秃子，而且他们系统自带警报插件，一旦发现有人想强行进入，就会自动锁定入侵者 IP 进行反追踪，所以只能通过正常渠道进入。”

陈强那时觉得九江内网太森严，严苛得不像一个普通的集团。但后来发生越来越多的事儿，他便没再尝试过。

去年，他还觉得任何关于九江的事情都是自己的死穴，现在居然说得神色自若。他自己说完都在感慨，时间是良药。

唐漾寻求肯定：“只能用内部员工的账号密码进入？”

陈强肯定：“只能这样。”

陈强也没有办法，所以还要另外想办法。可另外又有什么办法呢？唐漾长舒一口气，心情颇为沉重地给陈强盛汤：“待会儿我送你回去吧，正好开了车来，中午也有休息时间。”

“我的司机过来接，”陈强说着，脑海里忽然闪过一幕，“好像——”

唐漾把汤碗搁在他面前，发出咔的轻响。她有些紧张：“好像什么——”

陈强五官拧在一起：“好像我有一个朋友，去年进了一个团队，那个团队在 Pwn2Own（世界黑客大赛）拿过奖，九江的内网维护好像就是他们做的。”他每说一个字，表情就挣扎着舒缓一分，说完最后一个字，他发了一个清脆的弹舌音，确定了，“就是他们！”他想起了具体的聊天记录。

唐漾没心情吃菜："维护的时候不用账号就可以进去吗？"

陈强："我朋友可以发给你一条进去的通道，不过，九江内网一年只维护一次，而且每次时间都不一样。我帮你问问今年的时间，但你要做好今年已经维护过了的心理准备。"他略带歉意地看着唐漾。

这已经是惊喜了，唐漾道："你朋友他们需要保密吗？"

"这个时代最大的秘密就是没有秘密。"陈强半开玩笑地说完，用下巴顶开轮椅把手上的遮盖。他断掉的那只手上裹着带塑料尖的布，他一边用那个塑料尖熟练地在手机屏幕上打字，一边跟唐漾"炫耀"："我一只手敲键盘一只手写程序，效率高得很。"

唐漾竖起拇指："厉害。"

说话间，陈强把信息发过去。

对方回复得很快。

SHIJ："7.30，8：10 am。"语气还是无比冰冷。

陈强又发："可以让我朋友进去查个东西吗？"

SHIJ："嗯。"

陈强和朋友聊完，跟唐漾道："用维护人员给的地址进去有个弊端，就是不能复制拷贝任何界面上的内容，但也有个好处，他们维护是封闭式的，系统运行速度会比平常快很多。一个页面加载的平均速度是 0.002 秒，他可以把九点到九点半这段时间给你，你找得完吗？"

唐漾预想的是朝前查十年，她大概估算电脑能显示的最小字体和自己看的速度，又推测了一下电脑按正常字体显示，自己一直加载页面，然后用相机录下来的速度。

"恐怕不行，"唐漾思忖道，"不过，可以试试，我只想找他们账目上标的慈善拨款去了哪里，万一我随便一翻就翻到了呢。"

菜差不多凉了。唐漾想重新点，陈强阻拦，草草扒了两口冷菜："祝你好运，我这人从来都没什么赌运。"整个约饭过程，他好几次动唇，想跟唐漾说什么，但唇动了动，他掩住眸子里复杂的情绪，还是没有说出口。

唐漾也是没办法了才会赌运气，她勾了勾唇。是，她一直都能遇上一些玄学问题——比如上学时，每次开运动会都会下雨。她中考、高考，逢大考就便秘。再比如，她每次来悠然居吃饭都是大晴天。

唐漾和陈强事情说得快，饭也吃得快。她目送陈强上了车，才开车回汇商。

到银行后，她把车停在露天停车场，顶着烈日走了两分钟，进大楼，还不到一点。

唐漾回到处里，脸色极其苍白。

敖思切在办公格里吃泡面，吓得泡面挂在嘴前：“漾——”开口差点儿被呛到，她忙不迭地吸进去，“漾姐，你怎么了？”

唐漾都没心情笑她，扶着额头走着：“有点儿想吐。”

敖思切巴巴地跟在唐漾身后：“去医院吧。”

唐漾挥挥手：“给我一瓶藿香正气水好了，外面太阳太大了，可能就是中暑。”

“不行，”敖思切跨步上前挡住唐漾的去路，“马上去医院。”

唐漾跟小孩耐心地解释：“下午还有事儿，秦月他们把昙信通小样本的实验数据做出来了，要跑模型——”

敖思切小手朝外一指，她严肃道：“那我马上去拿手机给蒋总打电话。”

唐漾一怔。

敖思切板着小脸：“蒋总上次交代我了，说你有什么事儿让我马上通知他，”她说着就要出去，“蒋总给我们买了那么多水果，我可不能——”

蒋时延还在开会，唐漾赶紧拦住小孩：“我去！”

敖思切垂下手，旋即笑开了：“这就对了嘛。”

唐漾抬手扯了一下小孩发兜上的蝴蝶结，又气又笑：“‘吃外爬外’。”

敖思切本来要陪唐漾一起去，但她走了办公室没人守。唐漾把小女孩按在椅子上，捞了车钥匙一人开车去医院。

中午看西医的病人还是多，唐漾曲线救国，在手机上挂了个中医专家的号。她开车十五分钟到了最近的人民医院。

中医部是一排低矮的平房，唐漾直接把车停在最近的车位上。她打着伞找到诊室，刚好到号。给她看病的是个老头，头发花白，一副带绳的老花镜悬在鼻尖。

他给唐漾把了脉，用食指一个键一个键戳着键盘，慢吞吞地问：“吃东西有什么异常吗？比如不吃以前喜欢的，吃以前不喜欢的。”

唐漾平常觉得自己说话慢，看来，山外有山。“这段时间肠胃有点儿敏感。”她答。

老医生又问：“月事多久没来了？”

唐漾想了想，道：“快两个月了，我以前也紊乱过一段时间，后来去看，医生说宫寒，喝了一阵中药好像调好了，会不会是我最近的作息、饮食这块有问题，然后整个免疫力下降——”

老医生单指却敲得很快，啪啪几下：“我给你转到妇产科了，”打印机唰唰地吐了一张单据，他把单子扯出来，“你拿着这张单子去门诊大楼三楼。”

“为什么去妇产科？”唐漾晕晕乎乎，没回过神来。

老医生挥挥手，慢吞吞地朝门口喊：“下一个。”再慢吞吞地按键。

“请 A03 号到……”

唐漾伴着冰冷的机械女音走出中医部，去三楼，看病，缴费，进 B 超室，直到拿到各种检查结果，坐进妇产科诊室，她整个人还是蒙的。

“已经七十六天了，有轻微的流产迹象，”女医生翻着片子，蹙了蹙眉，“之前来做过检查吗？”

唐漾摇头：“没。”

女医生：“有没有孕吐反应，干哕或者反酸这样？”

唐漾：“有，但之前以为是胃病。”

女医生：“房事停了吗？”

唐漾：“没有。”

女医生被气得呼吸停了一秒，她仔细端详起唐漾来。对方化着淡妆，衬衫价格不菲，大概是职场精英一类。再看她魂游天外的样子，大概是不想要这个孩子。现在职场对女性的压迫很大，她见过很多这样的病人。

想着，女医生利落道：“如果你想做掉这个孩子的话，可以推荐我院的微创无痛人流，这是拿了国际专利的。”女医生一边“咔咔”敲键盘，一边语速极快道：“我这边给你开单子，你直接拿到背后那栋矮楼去缴费排队，半小时做完下地，你还可以回去上班。”医生看到某项，又提醒道：“不过你已经二十九了，恢复肯定不如年轻小姑娘，人流一次对之后都会有很大——”

“啊，不不不，”唐漾恍如惊醒般连连摆手，“我要这孩子的，我要的，要的。”

难不成她刚刚还没回过味来？也是，肚子里揣个东西快三个月还没发现，医生见过挺多的，还是服气。

她飞快删掉做人流的预约单，道：“那我给你开点儿药，你放心吃，都是安胎的。”

唐漾点头：“好的，好的，好的。”

医生又道：“怀孕期间，至少这段时间不能饮酒，忌辛辣生冷，少熬夜，不要剧烈运动，三个月之前忌房事。”

唐漾鸡啄米似的点头：“好的，好的，好的。”

医生手伸到她眼前晃了晃，确定她是清醒的，这才道：“我之前说的你可能没注意听。你有流产倾向，所以建议在家休息一个月。”医生考虑到实际情况，放宽要求，“至少一周，”她正色道，“真的太粗心大意了，工作忙归忙，决定要了就好好养着，不能不当回事儿……”

唐漾连连应好，态度是周自省等人都没享受过的好。

唐漾从诊室出来，面上一会儿是复杂的表情，一会儿又笑。她形单影只，在妇产科显得格外瞩目。

唐漾没有失魂落魄，只是在走神。

她前后忙完拿了药，想到要请假，又去老中医那儿好说歹说多开了份病历，这才回到车旁。

她开门，坐上驾驶座，摸摸平坦的小腹，还是觉得神奇又不可思议。原来，她那段时间反常不是因为做县信通精神压力大，是因为怀孕了，怀了蒋时延的孩子……

唐漾的手停在小腹上，她又忍不住想，里面会不会是只蒋小狗啊？

想着想着，她又忍不住勾了嘴角。

从知道自己怀孕到接受自己怀孕，唐漾用了快一个小时。可一旦接受了，她当母亲的思维就转换得很自然，也很奇异。

比如，她觉得自己不能开车了。万一安全带勒到蒋小狗怎么办？万一方向盘挡到蒋小狗看风景的视线怎么办？万一她踩油门刹车，蒋小狗睡不安稳怎么办？

越想越觉得有道理，唐漾赶紧滚下驾驶座，打了个出租车到一休楼下。

以前她打伞恨不得把脸遮完，现在打伞，她一个劲儿把伞朝下拿，迎着众人异样的目光。她担心的是蒋小狗会不会被晒到。

唐漾第一次当妈妈，她听到“流产迹象”很怕很怕。她觉得自己不是个好妈妈，这是她和蒋时延的孩子啊，她一定要好好保护他。

前台的小姑娘们早就认熟了唐漾，见她从门口进来，殷切地将她引到电梯口。

唐漾和她们简单地寒暄并道谢。

唐漾以往穿正装过来都是走路带风的精英形象。今天她还是穿着规整的白衬衫和西服裙，面上却带着一种说不出的温情。

一个前台妹子问同伴："你有没有觉得唐处和以前不太一样了？"

同伴赞同："是有点儿不一样，但又说不上来。"

唐漾到一休顶楼的时候，蒋时延刚开完会，正在办公室吃盒饭。

他的助理在外面泡了杯柠檬水，正要给他端进去。唐漾嘘声喊停助理，接过助理手里的水杯。

蒋时延一边吃饭，一边看手机，听到缓慢的脚步声、关门声，头也不抬。

这人习惯可真差。唐漾忘了自己也爱玩手机，她一面腹诽，一面站定在他身旁，然后把水杯端到他饭盒边上。

待她放好水杯后，蒋时延看也没看她，直接拉过她白腻的小手，用油腻腻的嘴亲了亲她的手心。

唐漾大惊失色，蒋时延笑着抬头看她。

"你平时都这么亲你助理的手心吗？！"唐漾眼睛睁得大大的，震惊的表情也特别好看。

蒋时延扯了张纸巾擦擦她的手心，把纸巾搁在她手心带着她的手擦擦自己的嘴，慢条斯理地擦完了，这才把她拽到怀里，眉目噙满温柔，跟她解释："每次你靠近我，我的心跳都会变得很快。所以心跳快了，就知道是你来了。"

这是陈述句还是表白啊？这人嘴还挺甜的，唐漾检阅着面前只剩边角的饭盒，没糖啊。她窝在他怀里软绵绵地打了个哈欠，弯了眼睛。

唐漾在信审处的时候，像粉玫瑰，长相没有攻击性，说话办事却利落、干练，如玫瑰花瓣下的保护刺。可在家，或者在蒋时延面前，她便会习惯性地卸掉工作时的气场，不自觉地袒露最柔软的部分，类似一只小猫，被人唤作"小月亮"，在午后的阳光中懒洋洋地舔爪子的那只猫。

蒋时延抱着她，心顿时化成一摊水。他亲亲她的耳尖，忍不住得意地问："想我了？嗯？"

两人的相处模式大多是蒋时延中午去找唐漾，唐漾在工作日中午过来找蒋时延的次数一只手就能数完。

唐漾心里还装着事情，她轻轻"嗯"了声，问："你家有什么遗传病史吗？"有的话，她可能要去做一个基因筛选。因为他们还没正儿八经地商议结婚，自然也没做婚前检查。

蒋时延虽然不知道她为什么问这个问题，但还是认真地思索片刻："没有。"

唐漾："你家有双胞胎史吗？"这次是一个，但如果有的话，下次可能就是两个啦。

蒋时延还是想了一会儿，道："没有。"

唐漾又问："你家重男轻女吗？"

"我家重女轻男，你看我妈都不要儿子，只要两个女儿了。"蒋时延想到自己老妈听说自己和唐漾分手后噼里啪啦地批评的那一通就哭笑不得。

唐漾蹬掉鞋子，把腿盘在蒋时延的椅子上。

蒋时延抱着她的腿不让她滑下去。

"怎么了，乖乖？"他问。怎么忽然问这些问题？

唐漾停了几秒，扭身抱着他的脖子，然后小心地把身体转过去，变成面朝他。椅子说大不大，说小不小，刚好能容纳唐漾和他相对而坐，又离得极近。

唐漾抬头看他："我要跟你说个秘密，你不要被吓到啊。"

她一脸说正事儿的神情，蒋时延也敛好神色，颔首示意她说。

蒋时延提前做了准备，自己现在说怀孕大概也不会产生什么惊人的效果。自己当时都被吓蒙了，他也得被吓吓。她每周都会换一个包，蒋时延周末会帮她换包，她想，不如等他这周换包的时候让他自己发现检查结果。

他肯定当场结巴："你……你，漾漾，你什么时候怀……怀孕了？"

这时，她身为一个知性、淡然的成熟女性，就会轻飘飘地瞟他一眼，然后轻描淡写道："我都怀三个月了。"

唐漾想象蒋时延听到这话的精彩脸色，差点儿没忍住笑出声来。

"乖乖，你说啊。"蒋时延宠爱地抚了抚她的头顶。

唐漾笑，笑得一双眸子荡出涟漪。她就弯着那双大而清澈的眼睛说："蒋时延，你今天好帅啊。"

蒋时延发怔。

唐漾甜甜地重复："秘密就是蒋时延今天特别帅！"说罢，她稍稍抬身，在他的脸颊上留了一个浅浅的口红印，极轻极快，像夏天里最沁人的那一缕风。

蒋时延被吹得浑身痒酥酥的，"哟嗬"一声，逗她："带了口红在身上就这么嚣张吗？"他想吻她。

唐漾轻巧地别开脸，抱着他的脸又连连亲道："对啊，"她心情极好，"所以我得给你留一脸的唇印。"

她的香水喷在耳后，甜美的滋味伴着微热的鼻息直朝蒋时延的鼻尖钻。隔着差不多两拳的距离，蒋时延甚至可以数清她的每一根睫毛，看到她晶亮的眼睛、鼻尖、莹润微启的唇。还有这种……她的腿不知什么时候环上他腰的姿势。

蒋时延心猿意马，快被要了命。他知道门没锁，却不想对现在的姿势做一寸一毫的变动。他拉住漾漾盘在自己腰上的脚踝，朝后并了并，想亲亲热热做点儿什么。

唐漾拒绝了他。

蒋时延当她下午要上班，便宜占了不少，但也没乱来。

两人亲昵好一阵，蒋时延送唐漾回了汇商。

蒋时延再回到一休，已经两点半了。

助理进来汇报了工作后，犹豫好一会儿，还是开了口："蒋总，您脸上有好多口红印。"虽然午休时间公司走动的人不多，几乎没人看到，但待会儿上班了就会有高管上来说事儿。虽然同事们会对蒋总一脸口红印喜闻乐见，但毕竟关乎蒋总的工作形象，他不想当一个失职的助理。

蒋时延听到，"哦"一声，没了下文。

助理清了清嗓子，试探着再次提醒道："您……擦一擦？"

"不擦。"蒋时延干脆地拒绝。

助理："待会儿彭总、纪总他们上来看到——"

蒋时延莫名其妙又理直气壮地反问："我老婆留的，我凭什么要擦？"

助理被问得一噎。行行行，知道你有老婆了，知道你有唇印了，身为助理他选择闭嘴，闭嘴好吗？

而事实上，蒋时延只是逞嘴快。出于对唐处形象的维护，助理离开后，他还是去洗手间清理了一下脸部。

几分钟后，助理再次进办公室，看到蒋总那张脸，心更累了。因为——蒋总不是全部擦完，他擦了其他的，然后挑了其中最大、最好看的那枚唇印留下来。比起最开始满脸唇印，他这张俊美的脸上——右颊映着一抹若有若无的浅红，反而更加勾人。

助理想象着待会儿高层们上来后八卦又不敢说的表情，蒋总也不说，一脸"我就看你们八卦，但又不敢问"的得意，助理的心口猛地一窒。

太阳照得 A 市泛白光。

蒋时延的助理在为唇印焦灼的同时，信审处内，见唐漾回来，敖思切赶紧凑上去："怎么样了，怎么样了？"

"就是中暑，然后胃有点儿毛病，"唐漾边朝办公室走，边道，"帮我把下周重要的事情推到周五，待会儿我写好假条你拿到顶楼秘书处批一下，如果周行回来了，拿给周行过目一下，下周我要休假。”

敖思切不放心：“真的这么简单吗？胃病需要休假？”

“人老了就是这样，”唐漾一本正经道，“女人过了二十五岁，真的就没什么胶原蛋白了，老得快，身体差，全靠勤勤恳恳地护理。尤其是你在二十五岁之前作的话，色素、毒素一堆积，会更严重。”她睁眼说瞎话，“比如爱吃膨化食品啊，油炸食品啊，某人中午吃的泡面啊——”

真的吗？！敖思切吓得缩了缩脖子，出去喝口奶茶冷静。唐漾写好假条后，她赶紧滚去顶楼帮处长请假。

周自省出差回来了，他皱着眉毛看“急性胃炎”的病历，忍不住道：“年纪轻轻就得胃病，以后怎么办……知道我要叨叨，她自己连假条都不上来签了。你下去就跟她说，没有下次了，下次她本事大点儿把自己弄成胃溃疡，我都不批，让她给我痛死在处长的位子上。”

敖思切很怕周自省，瑟瑟发抖地听完下楼。

她走后没多久，几个副行长到了周自省办公室。四人去到行长办公室旁边开加密会议的小会议厅。

范琳琅之前找过的涂副行把那张复原后的 A4 纸推到周自省面前，然后说了自己和其他两个副行长商量之后的处理办法，一个最简单、直接也是最粗暴的办法。

周自省拍案而起：“我不同意！”

周自省是这四个人里面最固执也是最别扭的。涂副行长猜到他的反应，也不急，循循善诱道：“刚刚我路过秘书处，唐漾请了一周假，理由她都自己找好了，我们只是顺水推舟，包吃包住照顾一下病人，然后把她请假的一周时间延长到七月三十一号。九江专案结束，唐处病愈复工，所有事情刚好恢复正轨。”

周自省冷笑：“你们为什么不动秦月？”

理由显而易见。

涂副行道：“秦副这几年可是两耳不闻窗外事，如果不是唐漾，她根本不会想到去查什么九江内网，如果唐漾不在，秦月自然也不会查——”

话说得再冠冕堂皇，本质都一样。

“我不同意，”周自省重复，“软禁和绑架有区别？你们告诉我有什么区别？你们不动秦月是考虑秦家，你们动唐漾就不用考虑一休，不用考虑蒋家？”

涂副行：“我们这边会给唐处安排一个封闭式学习的名目。”

周自省:“你们为什么不给秦月也安排学习项目? ”

涂副行:“因为秦月不参加学习项目。”

周自省:“我说了我不同意——”

“周行,”涂副行略有深意地看着周自省,“离您退休只有不到两年了。”

有过兢兢业业,有过人心不足,有过后悔,有过无措,也有过掌握权势风光无限,但安安稳稳地在位子上坐到退休是他们最后的念想。

涂副行这话一出,周自省没再出声。

四人陷入胶着的沉默。

良久,周自省扶着桌子坐下,似是妥协般听他们说具体安排。

过了约莫半个小时,四人离开办公室。

涂副行跟着周行进了办公室,直接道:“我知道你对唐漾的好是出于周默喜欢唐漾,你之前把九江的案子给唐漾也是出于这层原因,但现在,周默和魏总不清不楚,唐漾和蒋总看上去感情也很好。”

周自省缓缓点头。

涂副行道:“老搭档这么多年,我不为难你,这件事儿我来主导,一切进度和后果都由我来承担,你知情就好。”

周自省还是缓缓点头。

涂副行又说了两句,然后离开周自省的办公室,临走前,帮他合拢办公室的门。

周自省牵牵嘴角,笑得费力。

腰部传来隐痛,周自省伸手按了按。他探手想拿桌上的水杯,眼看着快碰到,他喉咙一紧,忽然咳起来。他赶忙扯了张纸巾把嘴捂上,咯咯咯咳得五脏牵扯,整个人疼得在椅子上蜷成一团。

咳了一阵之后,周自省脸上是不正常的赤色,纸巾亦隐隐透出猩红。他没打开看,直接将纸巾扔进了垃圾桶,接着打开桌下一个隐秘的抽屉,从里面拿出一盒胶囊,打开,剥到手心,一把含进嘴里,然后艰难地拿过水杯,喝水咽下。

鸦胆子油软胶囊,外壳颜色比纸上的血深一点儿。

周自省放下水杯,喉咙一滚,再滚。他手肘撑在桌上,以手盖脸,皮肤上皱纹交错。

周自省很深地呼气、吸气。倏而,滚热的液体顺着他手指的缝隙滑到脸上,越汇越多，无声无息，不知不觉间，他老泪纵横。

他撑不住了。他真的快要撑不住了。他不知道唐漾能不能站稳，小姑娘能不能不要怕，不要怕，不要跌倒？

他不知道自己还能不能熬过这个秋冬，等到来年开春……

因为要休假，唐漾自周四下午便一直在忙。周五中午，她也在办公室批下下周的文件。

秦月给她带饭回去，她囫囵地吃了半碗便接着批。

秦月坐在旁边很无奈："你怎么这种时候要休假？范琳琅把碎纸箱里的纸都翻走了，你跟我说你要休假。"她碎碎念完，自暴自弃道，"我这人很懒散的，你不在我也只有磨洋工——"

唐漾附到秦月耳边，小声跟她说了句话。

"天啊！"秦月一下从椅子上蹦起来，顿时觉得惊喜又不可思议。她眼睛亮亮地盯着唐漾的肚子，用眼神问：真的吗？！

唐漾含笑点头。

没几秒，有人敲办公室的门。

唐漾："没锁。"

范琳琅推开，探个脑袋进来："刚刚在外面听到秦副的声音，有什么事儿吗？"夏天蚊虫多。

"没，"秦月冲唐漾翻了个白眼，"是有的人吃着我带回来的饭还要嫌难吃。"

唐漾装模作样道："又不是你做的。"

秦月抬了抬下巴："我不会做饭。"

唐漾："瞧瞧，这人不会做饭还这么得意。"

范琳琅自觉插不进话，讪笑两下关门走了。

秦月倒是和唐漾杠了起来："秀什么优越感？你也不会。"她不信唐漾做菜能和泡泡面一样熟练。

"我是不会做，"唐漾笑眯眯地冲秦月道，"可我家蒋时延会做。"

唐漾想着，啧一声："我跟你说，他做的菜可好吃了，大菜、小菜、凉拌菜，什么佛跳墙、水煮鱼，还有糖醋排骨，金黄酥嫩、酱汁浓郁、口感巨好——"

好了好了，秦月扑过去捂住她的嘴。

等唐漾吃完饭，秦月离开，顺手帮她把一次性饭盒带到外面的垃圾桶。

唐漾送秦月出办公室，顺路去墙角接了杯水。她带上门，刚坐回座位，手机便开始振动，一串陌生数字浮现在屏幕上。

是 A 市的号码。唐漾狐疑地接通。

电话里传来一道冷冽、沉稳的嗓音：“唐处，是我。”

唐漾用三秒钟反应过来这个人是周默。周默换号码了吗？为什么会给自己打电话？

唐漾收回思绪，礼貌道：“请问有什么事儿吗？”

周默：“快递收到了吗？”

唐漾疑惑：“什么快递？”她这周就一个快递，范琳琅给她拿过来后，她扔在桌角，一直没拆，难道不是网购的加湿器？

唐漾弯腰把快递拿起来，果然看到了周默的名字。

电话里，周默同时道：“里面是一个柚子，老家亲戚带过来的，这次没给很多朋友寄，唐处，你可以打开尝尝鲜。”

周默保持着不急不缓的语速，唐漾面上的表情慢慢敛起来。因为蒋时延查过，她也知道，周默的父母似乎是特殊职业，已经双亡。周默从小跟着他亲叔叔周自省长大，两人的人情关系都极其淡薄……怎么会出现老家亲戚这样的说法？

唐漾想起会所那晚周默跟自己比的手势。“好。”她应下。

隔了几秒，“唐处，”周默又换了闲聊的口吻，说，“最近天气热，但我又经常看到云，你说会下雨吗？”

唐漾猜不出周默这哑谜的意思。“可能要问天气预报。”她客观地答。

周默闷笑一声。

又安静几秒。唐漾还没拆开：“提前谢谢你的柚子。”

周默：“是我谢谢你。”

唐漾觉得这话奇怪，却没再追问。

两人挤牙膏般聊了几句，然后挂断电话。

周默说谢谢自己。周默为什么要谢谢自己？周默……唐漾意识到周默那晚的手势可能不是偶然，她心里一惊，飞快地从抽屉里找了把美工刀，划开快递外包装，里面果然静静地躺着一个柚子。

她蹙着眉把柚子取出来，仔细打量。这个柚子比橘子大不了多少，小巧、精致，表面有一道断裂的纹路。

唐漾把刀尖对准纹路缓缓往下划，刚划到一半，柚子便依照惯性自动分成两半。接着，她便看到里面一半是真正的柚子果肉，另一半被人挖空，然后填了一个长方形的塑料袋！

唐漾喉咙咽了咽，她小心翼翼地将塑料袋拿出来，拆开封口。袋子里有两样东西——一个 U 盘、一张卡片。

U 盘里的内容暂时未知，唐漾望着卡片上的账号“JJDC003”、密码以及 IP，怔了好半晌。

中午，汇商官网挂了下午维护监控监听请大家配合的公告，唐漾这层的监听正在维护中，她直接回拨了电话。

嘟一声，对方接听。

唐漾吸气：“周总——”

自上次一起喝鸡汤后，唐漾便对周默没什么好感，即便那晚收到了他的手势，她也对他保持着戒备。但他确实解了她的燃眉之急，“003”的权限有多高她可以预测，甚至比陈强的朋友更加有效。

无论他是真心帮忙，还是拿自己当棋了，唐漾都受了这份恩情。

“九江那边没有保密规定吗？”汇商有内网，唐漾当然知道账号、密码的私密性。

周默轻声道：“你登进去试试。”

唐漾照做，在页面加载完毕，她看到右上角的名字时，瞳孔微缩，彻底说不出话来。因为这个账号不是周默的，而是何征的！

何征是九江地产的开山元老，如果说周默是魏长秋的左膀，那何征就是魏长秋的右臂。唐漾认识他，那晚在会所也看到了他。

周默大概在家，或者一个能保护隐私的地方。听出唐漾的沉默，他语气闲散道：“那天我和周自省说话，何征进来了，张口闭口就是他儿子。他离异，我脑子都没动就猜到他的密码是他儿子的生日，但九江登录内网实行固定 IP 制，查他登内网的 IP 反倒费了些力气。”

唐漾登录进入，周默对账务熟。她找出之前的笔记，问了存疑的地方，周默闭着眼睛立即答出下拉菜单。

唐漾点开，左手拍照。后来，她试了试拷贝，可以！她便逐条复制慈善部分的关键内容，右手滑动鼠标的速度渐渐慢了下来……

屏幕显示，九江地产所有做慈善的款项都被拨到了一个叫“生态系统”的地方。生态系统收纳慈善资金又不只收纳慈善资金，然后再以将近 300% 的盈利把钱吐出来。这笔巨额盈利一部分用于维持集团正常运作和项目招标，更大更多上百亿的部分则是流入一个“生态王国”，用于王国的构建、修补、扩张。宛如一个永动的印钞机，源源不断……

唐漾满是错愕地浏览那些金额，几乎说不出话来。

她复制完想要的内容，周默还未挂电话。

“生态系统是个代号？”唐漾问。因为真正的生态工程并不赚钱，前两年大学生掀起生态创业热，相关机构给的补贴到了90%，存活下来的生态园区仍是凤毛麟角。将近300%的平均盈利，完全是天文数字。

周默：“U盘上。”

唐漾打开笔记本，插上U盘，里面将近10GB的内容。唐漾边等待，边玩笑道：“不能在工作的地方看大电影。”

周默跟着笑，声音里却没有笑意：“很刺激。”

10GB的内容加载完成，唐漾望着电脑上规整、详细的PDF，倏地失去所有声音。

第一张图片已然触目惊心。越朝下，每一个汉字，每一个数字，每一张图，唐漾都看得嗓子干涩，无法发出一丝声响。

生态系统和王国不只涉及九江地产，还有其他分支，乃至整个九江集团。标着“生态”这样绿色、美好的字眼，里面的交易却分外血腥，很多家庭忽然支离破碎、债台高筑以及更多更残忍的画面。

唐漾想象过九江集团的非正常盈利和灰色交易，但她真的没想到能够恐怖至这般，是最阴暗晦涩，不能想象的……不见天日。

唐漾看了一半，心跳紊乱，她停手，深呼吸，第一反应不是去解放这些人。一个人蚍蜉撼树般去揭露九江，不是当救世主。她没敢往下看，就是害怕，满腔只剩下一种情绪，那就是害怕。

她今年二十九岁，家境优渥，事业小有成就，恋情稳定，即便她不在汇商，也可以去其他金融机构找到一份不相上下并且前途大好的工作。她不是活雷锋，肚子里还怀着她和蒋时延的孩子，她只是想做好自己的本职工作，只是想知道九江钻慈善漏洞的因果缘由，继而喊停九江专案。她只想看到一点点地方，并不想看到这么一个大而沉重的……“王国”。

唐漾对自己的认知很明确，她就是一个稍微努力点儿的普通人，有所有普通人本能的胆怯和自私。

她一只手握着手机，一只手抹了一把脸，出声道：“周默——”她带着犹疑、忽然看到这些东西的无措以及一抹潜藏的拒绝意味。

周默当然听出来了。“唐漾，”他很平静地说，“这份资料我没留底，就这一份，九江的十年在你手上。”

唐漾没出声。

周默淡淡地继续道：“你可以选择马上删除，你也拿到了你想要的慈善数据，翻脸不认人也不是什么大事儿，就当作没有这个 U 盘。我为了保命肯定不会主动说，只是里面有些资料可能再也找不到了。”

唐漾点击右键，出现“删除”选项。

周默：“你也可以匿名交给相关机构，但我不知道机构里面有多少是九江的人或者九江安插的眼线。”

唐漾的鼠标点中“删除”按钮。

周默接着道：“或者拿出你理性经济人的思维，把东西交给周自省或者魏长秋，保你金山银山、富贵满堂。九江不倒，汇商不倒，你一路长虹。”

唐漾蓦地将鼠标滑到一旁，大口大口地呼吸。

电话里，周默说：“我希望的是交给蒋时延。”蒋时延有天生的传媒敏锐力，他是爆款制造机，他懂得在未来一个有其他铺垫和水花的时刻推波助澜，将一切放在众目睽睽下，光天化日、风口浪尖上。可消息有多惊人，风险亦有多大。周默在赌，赌他对唐漾的了解和唐漾的选择。

唐漾明白周默那个账号就是敲门砖，可她偏偏用了。“你为什么不直接给蒋时延？”她问了句废话。

周默：“因为他毫无保留信任的人只可能是你。”

唐漾反问：“你凭什么觉得我会给他出这样的难题？”

周默反问：“你凭什么觉得蒋时延自己不会想要 U 盘里的东西？”蒋时延不过二十九岁，朋友圈、微博幼稚也好，牙尖嘴利也罢，他撑起这么庞大的一休，怎么可能胸无沟壑？

两人说完，不约而同地笑了，可笑里带着难掩的凝重。

唐漾没立马说自己的答复。周默也不急。

唐漾至少知道了周默的立场，周默也知道唐漾在考虑。双方倒带了点儿盟友的坦诚。

片刻，唐漾叹道：“我想彻查九江的事儿，就是那一张纸，范琳琅给了周自省还是魏长秋？”

“她给的是涂臣，但涂臣是魏长秋的人，或者这么说，”周默更精确地表达，“他不是魏长秋的人，但他在九江吃得最多。”

唐漾和秦月留那张纸是刻意的。秦月不想让范琳琅轻松，塞进碎纸机是故意的。

唐漾又问了一个之前思量过的问题："所以魏长秋和范琳琅之间——"她也是临近甘一鸣出事儿才发现甘一鸣和范琳琅的暧昧，可情敌相见不应该分外眼红吗？

周默没有女孩子说起感情八卦的眉飞色舞，他描述得干巴巴的："范琳琅和甘一鸣是青梅竹马，上的是同一所初中、高中。甘一鸣大概受够了平淡的日子，遇见魏长秋后穷追不舍。甘一鸣听话、好养，魏长秋就和他在一起了。魏长秋婚后私生活混乱，甘一鸣也悄悄乱来，魏长秋和甘一鸣是一丘之貉。"

唐漾目瞪口呆。

周默当时也觉得奇异，他继续道："甘一鸣知道魏长秋不少事情。进去前，甘一鸣给魏长秋提了个要求，就是保范琳琅。魏长秋当时'哟嗬'一声，说'真是真爱啊'。魏长秋挺厉害的，我跟着她学了不少。魏长秋这边答应了甘一鸣保范琳琅，甘一鸣毫无怨言地进去，那边魏长秋跟范琳琅说甘一鸣爱着她，委托自己照顾她，自己算是他们之间的绊脚石。"魏长秋张嘴乱说，范琳琅升了副处，对魏长秋感恩戴德。

唐漾不对范琳琅和甘一鸣的感情做任何评价。可出于第六感，她甚至觉得甘一鸣不像是个有真情的人，与其猜范琳琅是他的"白月光"，不如猜范琳琅知道他什么秘密。她管不着，不过，她现在倒彻底明白当初在办公室自己卖委屈，魏长秋直接抬手把烟头摁在甘一鸣身上的那股狠戾从何而来。

唐漾和周默又交流了一些细节。

唐漾忽然意识到："你的手机……不会有监听吧？"不像魏长秋的性子。

"女人对于爱情好像都有一种奇特的宽恕，"周默似是耸了一下肩，解释说，"我在魏长秋面前胡扯说喜欢你，但你和蒋时延感情明显很好。她大概觉得我和你之间会有难以沟通的尴尬，就解除了我手机拨你号码的电话监听。"他似是自嘲，"第一个是给她拨，不用监听；第二个就是你。"

唐漾不知道该笑还是不该笑，扯了扯唇："那你还顺利吗？"

自徐姗姗走后，周默鲜少有这么漫长的聊天，也没觉得倦，带着一点儿平淡的舒心："还好，"他喝了一口茶，"我查证的时候，遇上另一拨人也在留证，对方好像知道我在查，给我留了很多通道。我开始怀疑是九江那边试探我，后来发现不是九江的人——"

"我说的是感情，"唐漾知道自己可能会戳到周默的痛处，但还是问了出来，

“你是因为徐姗姗去的九江吗？如果我看的记录不是同名同姓，徐姗姗的毕业实习就是在汇商信审处——”

周默没回答，唐漾没有穷追不舍。

好一会儿，周默的声音变了，故作玩笑中夹杂着颤意：“你觉得我像是一个为了女人赔上自己一生的人吗？”

从唐漾认知的角度，不像，但如果从徐姗姗的角度……

唐漾还没来得及回答，周默便直接挂了电话。

外面在吹风。

曾经的周默理智、利己、年轻而富有野心，他想成为行业巨擘，想撬动整个银行业的结构层次，想成为立在醒目位置的黄铜塑像，直到他遇到了名叫“徐姗姗”的女生。

唐漾和周默通完电话，攥着U盘去了洗手间。

她拿了两个发兜，先把U盘塞进扎好的发间，然后依次用发兜兜住头发，又别了好几根钢夹子。确认U盘稳稳地放好了，除非自己取或者拔光头发，否则绝对不会掉出来后，她到洗手台冲了会儿手，和之前没有任何区别地走出洗手间。

整整一个下午，唐漾在文件尾部签名时，脑海里时不时就会闪过那些染血的图片和图片上麻木的眼睛。

不知道是不是怀孕的原因，她变得特别敏感，每想一次，心就扑腾扑腾跳得又急又快，肚子也传来隐隐的胀意。她悄悄拿出检查单看了看，温柔地摸着小腹自言自语：“蒋小狗，你乖一点儿，下午你爸爸来接你，我们就告诉他好不好？我们不等周末，我们不吓他了，好不好……”

五点半，唐漾工作没处理完，她给蒋时延打了个电话，让他推迟半个小时过来。

蒋时延嘴上应着，人却是马上下了楼，陪漾漾办公也是一个不错的选择。

信审处的同事们先后过来跟唐漾打招呼，离开。

人越来越少。周自省路过信审处也专门进来看看，见唐漾办公室的门大开着，他敲敲门，唐漾抬头。

几个秘书在旁边站着，周自省提醒道：“周五就别加班了吧。”

唐漾笑笑：“还有一点点，马上就完了。”

周自省：“监控维修通知你看到了吗？好像到你们这层了，注意一点儿。”

唐漾没觉得这话有什么提示的意思:“看到了。”

周自省还没走:“不然你搭我的车,我送你回去吧?”

他对唐漾一直带着莫名的长辈般的关心。唐漾态度也温和:“不用了,蒋时延等会儿过来接我。”

周自省盯着唐漾看了几秒。

唐漾把额前的碎发拂到耳后。

“注意安全,大家都走了你就走吧。”周自省又交代了一句,然后跟着秘书几人出去上了电梯。

唐漾想,如果周自省不拉着她说话,她大概能多处理几件事情。但周自省刚刚的神色,她转念一想,他奇奇怪怪也不是一两次了。

转眼快六点,蒋时延堵在了晚高峰的路上,其他同事悉数离开,信审处只留下了唐漾一个人。

她的事情处理完,又给蒋时延发了条微信。蒋时延说他已经出来了,她随手把手机放在桌下装键盘的抽格上,开始整理东西。

咚咚两声敲门声响起。

唐漾抬眼,是两个穿西装的陌生男人,身材魁梧。她不着痕迹地皱了皱眉,她一边把钥匙放进包包,一边熟练地说道:“个人业务咨询请在一楼前台,对公业务在三楼,信审处暂时不受理对外业务——”

“唐处,您好,”其中一个男人客气地颔首,“我们老大麻烦您和我们走一趟。”

唐漾定睛一看,认出这些人的衣着和以前周默跟自己喝鸡汤时瞥见的男人一样。她故作不知,垂在桌下的手悄然点开了录音:“你们老大是?”

男人不遮掩:“九江地产魏长秋,她下周和您约了饭,想提前到今晚,说说事情,您看可以吗?”

唐漾:“现在是下班时间,不说事情——”

又有两个西装革履的男人出现在门口,四人堵住了唐漾办公室的那扇门。

唐漾看窗外,23 楼。她吞了吞口水,一颗心慢慢地悬到嗓子眼。

最开始说话的男人道:“唐处不要敬酒不吃吃罚酒,希望您能自己出来——”

“我出去,我出去。”唐漾是个听话的人质,她先前是弯腰的姿势,现在一只手扶在桌面上,另一只手按停手机的录音键。

她迅速拨出周默的电话,又一秒挂断,转移话题:“那我需要拎包包吗?”

为首的男人道:“不用。”

唐漾把手机从静音调为振动，小心地把手机放到地上，推进桌底的缝隙:“那我就只用去一个人，是吗？”

男人道:“是。”

唐漾蹲在桌下的时间太长，男人走了过来。

“约饭什么都不带就算了，连鞋带都不让系？”她带着点儿蒋时延式的撒泼耍横，生气地伸出自己的脚，“来来来，你帮我系。”她高跟鞋的装饰鞋带一根松开，一根系着。

魏长秋交代不能伤人，但允许肢体钳制。

男人把唐漾硬拽起来。唐漾极力挣脱束缚:“我自己可以走。”

另一个男人也上前，隔着衣服钳住唐漾的另一只胳膊。

“你们这可就是人身威胁了，魏长秋这态度——”

两个男人擒住唐漾，两个男人跟在后面，唐漾骂骂咧咧地摇来挣去。四个男人明显接受过专业训练，通通不理。唐漾出办公室时，扭头深深地看了一眼桌角……

他们等电梯，电梯到，上电梯。

最早进电梯的男人拿了块黑布挡住摄像头，唐漾还没来得及转身，一只手握着毛巾便直接捂住了她的口鼻。她“嗯”一声，软绵绵地倒在地上。四个男人熟练地把她装进电梯里早已准备好的一个有洞的特大号工具箱。接着，他们打开另一个箱子，麻利地换了维护工人的工作服。

叮咚，电梯到达。金属门徐徐打开。

“维护工人”在电梯内，蒋时延和助理站在电梯外，几人的目光在空中交接。

四个“维修工人”目不斜视地走出电梯，蒋时延手抄在西装裤兜，侧身准备进电梯。

双方肩膀擦过那一瞬，蒋时延忽地蹙眉，喉咙亦不能自已地咽了一下，然后颇为敏感地站进电梯。助理也进去了，按了信审处所在的 23 楼。这个过程中，蒋时延的视线紧紧锁定前面越走越远的四人。

金属门慢慢朝中间收拢，眼看合到了一拳的距离。蒋时延倏地以手挡门，大声喊:“前面几位麻烦等等！”他的心跳很快，有种说不上来的紧张，好像这一关门自己就会错过什么一般。

电梯门反应需要几秒，而四位维护工人已经走到了门口。

蒋时延冲出电梯，边追边喊："前面几位麻烦等一下！拦一下！"

旁人没懂他的意思，而四个工人置若罔闻，速度加快，进入旋转门。

汇商的电梯到大门约莫三十米，蒋时延冲到旋转门这头，几个工人出了旋转门。半圆式旋转门的入口慢吞吞地转到蒋时延面前。他进入旋转门，深呼吸。

而那几个工人越走越快，最后小跑着上了停在门口的面包车。

蒋时延出旋转门，工人关车门。咔嗒，车门闭合。

蒋时延一颗心登时悬到嗓子眼，他呼叫保安麻烦拦停，保安从不远处跑过来。

"拦住那辆车，麻烦拦一下！"蒋时延边喊边朝车追去。

人和车隔着将近十米的距离，车把距离渐渐拉开。

保安想帮忙拦，可面包车进来时拿过临时卡，开到出口把卡一塞，横杆匀速抬升，对方一踩油门，直接冲了出去。

蒋时延反应很快地去开自己的车，他刚拉开车门，便看到那辆面包车没走大道，左拐右拐消失在小路上……

自己为什么要追一辆维修车？像个神经病。蒋时延怔怔地望着那抹尾烟，脑子混沌不清。

这时，助理也气喘吁吁地跟过来："那几个工人看上去是挺奇怪的，体形、气质太硬，像当过兵。"他能理解老板莫名其妙的行为。

"不过，"助理扶着腰，指着汇商门口的显示屏道，"汇商今天确实在维护监控监听——"

助理话还没说完，蒋时延便骤然垂下手，小跑着重回大堂，冲进电梯。

在电梯上，蒋时延锃亮的黑色鞋尖一直类似鼓点般敲打着地面，薄唇紧抿成线。助理紧随蒋时延，蒋时延不耐烦地等电梯跃到 23 楼。

叮——几乎电梯门刚开，蒋时延便夺门而出。

信审处空无一人。

蒋时延冲向唐漾办公室："漾漾，你在——"他的手放在门侧，视线触及空荡荡的办公室，脚步停住。

里面没人，外面没人。只有助理的脚步声和蒋时延的心跳一样错乱而清晰。

漾漾……不见了？漾漾不是说她在等自己？蒋时延愣了足足几秒，然后推开助理飞也似的转身。他去厕所，厕所没人；去洗手间，洗手间没人；去阳台，阳台没人。

助理也意识到不对："其他楼层的人也早就下班了——"

唐漾调来汇商的第一周，蒋时延就熟悉了整幢汇商大楼的部门分布。安防中心在 21 楼，他一边从楼梯间哐哐当当地下去，一边拨唐漾的电话，一遍又一遍，无人接听。

蒋时延又报警描述大概情况，可人口失踪要二十四小时之后才能立案。挂断电话，他疾步走进安防中心，语速极快道："调一下监控，信审处的，还有五分钟前从大门出去的那辆灰色面包车——"

负责人从办公室里出来："蒋总，你好，我们这边调监控需要流程，麻烦您填一下表，然后拿到顶楼秘书处签字盖章……"

负责人递表给助理，蒋时延身后的助理扯过表开始填。

蒋时延的手指咔咔地敲着墙壁。

安防中心到处是大厦各个角落的监控画面，有的是实时，有的画面延迟五分钟，有的延迟十分钟，蒋时延的视线胡乱地扫着。

负责人问："是唐处丢了什么东西吗？"

蒋时延没理。

负责人自觉没趣，悻悻地碰了碰鼻子，提醒蒋时延的助理："需要身份证号码，你和蒋总的都要，对了，还要你们的工作单位和联系地址，然后要填调取的监控区域——"

蒋时延平常是个讲道理的人。可现在他等待的时间太久了，每一秒都太久了，安防负责人的声音像蚊子一样在耳边嗡嗡嗡。他回想着四个行色匆匆的维护工人，心跳越来越快，越来越快，即将逼近临界值的前一秒……

他倏地合上眼眸，再用力睁眼，然后直接拨了涂臣的电话。

涂臣是负责对外合作的副行长，也是收范琳琅那张纸的人。接到蒋时延的电话，他略微忐忑又故作镇定道："您好，蒋总，请问有——"

"我爱人唐漾在工作地点无故失踪，你们调监控需要的流程太多，我这人不会打官腔，"蒋时延先前一言未发，此刻，他直视着满脸错愕的安防负责人，言简意赅，"我需要我爱人的去向、前因后果和你们的说法。如果你们十分钟内未来处理，我作为家属只能全网发布寻人启事。"

负责人听得胆战心惊。

蒋时延眸底深邃如暗海，面上却越发平静。他几天前就知道漾漾想查九江的事儿，也推测出漾漾的失踪可能和魏长秋有关系，直到他看到五分钟前的监控，四个西装革履的男人训练有素且熟悉地进入信审处……

银行部门繁多，即便是 23 楼，信审处旁边也还有一个放贷科。这种熟悉意味着什么……高层？雇用“工人”？并给“工人”提供漾漾的信息？

电话里，涂副行连声安抚。

蒋时延倚在安防中心门边，轻描淡写道：“我们是合作方，我免费给你们最大流量、最大热度。”

涂副行没出声。

蒋时延冷淡的低音响在电话里：“我保证在所有能刷出东西的界面，首页一定是我爱人的名字，连着汇商。”话语带着威胁意味。因为就是威胁。

九分钟后，周五晚上六点四十分，汇商本该沉寂的大楼灯火通明。

汇商有一正四副五个行长，其中一个在外出长差，其他四个全部到位。

安防处在逐层排查寻找唐漾，监控也已经调出，唐漾中午进汇商，之后便一直没有出去。

所有的结果都指向那四个人，他们西装革履带着唐漾进电梯，出来时变成工人模样，拎着两个大号工具箱。

顶楼那间加密会议室，正前方的屏幕定格在四个工人和蒋时延擦肩那一幕。

蒋时延之前在顶楼，涂副行好话说尽：“我们马上去查维修公司工人的情况，一定尽快给您一个合理的解释，稍安毋躁。”

蒋时延离开后，几位行长站在会议室。

涂副行的眼神闪了闪，他斟酌着跟其他三位道：“人是我通知魏总带走的——”

话音未落，周自省直接抡起面前那沓安防资料砸在涂臣身上。

之前，涂臣的安排是他自己找人带走唐漾，暂时软禁。可现在，他把唐漾交到魏长秋手上是什么意思？交到双手不知道染了多少血的魏长秋那儿是什么意思？

其他两位行长想起一段往事，亦神情复杂地望着涂臣。

涂臣自知理亏：“但我特意交代过，要毫发无伤。”

几人的面色没有缓和。

“现在的关键不是魏长秋知道唐漾要查九江把唐漾带走了，是我们怎么给蒋时延一个交代。找回唐漾是小事儿，”涂臣环视一圈，“关键是谁来为唐漾的失踪负责。”

在涂臣的规划里，信审处六点基本就没人了，提前进入汇商的工人带唐漾离开。七点，汇商官网贴出公告，而秘书处也会给蒋时延发信息，说明这是个突然的封闭式学习项目，关于“昙信通”的保密数据。

他们已经提前在一休官网了解到今天是一休的小型股东会议，蒋时延不会提前撤。可他们不知道一休期权池和传统股份制存在差异，一休的股东几乎都是三十岁出头，效率极高地说完正事儿便散了会。涂臣他们更不知道蒋时延会等不及来接唐漾，碰巧就遇上了那几个工人。

短暂地沉默后，周自省撑在会议桌上，面色泛出一层不正常的红：“你说你担全部责任，在我的办公室。”

“周行，”涂臣望向周自省，嗫嚅道，“你和唐处、蒋总的关系比较近，唐处也不是不回来，如果你来担责，我想对双方都能起到一个很好的缓释作用。”

另一位副行长哂道：“涂副忘记当时在我们面前说的是什么了吗？现在推脱责任怕是有点儿——”

涂臣：“我不是推脱责任的意思，问题的核心是蒋时延放了话，就等在楼下，我们一定要给他一个说法，我们要寻求最优解，这个最优解明显是周行——”

周自省淡淡地瞥向涂臣，反问：“如果我不担呢？”

楼下，信审处本来不允许家属随意出入，而且是非上班时间，但事情确实紧急且是突发，对方又是蒋时延，所以就让他进来了。

安防中心和程斯然同时追查面包车的情况。蒋时延等在唐漾的办公室，手机屏幕与顶楼会议室显示的是同一幕。

能把人塞到工具箱里的手法……如果是高层提供消息，魏长秋带走漾漾……这个猜想初到脑海，蒋时延的胸口便宛如被胡乱地塞着浸水的棉花，潮湿、膨大地堵紧，他蓦地有些喘不过气。

窗外的乌云提前描摹夜色般笼罩在城市上空，却迟迟没有下雨。唐漾办公室的窗户被支起来一半，传来猎猎的风声。

蒋时延整理唐漾的私人物品，助理整理唐漾桌上的文件。

办公室里没有打斗或挣扎的痕迹，甚至文件上连个褶皱都没有。蒋时延潜意识里觉得这隐隐带着暗示，尽管他现在没跟漾漾取得联系，他担忧她的处境，却一无所知。

漾漾的包收了一半，说明她准备下楼等自己，但没出办公室就被带走了。漾漾收拾包的习惯是先把搁在办公桌抽屉里的口红、气垫放进包包隔层，然后放钱夹进去。口红和气垫已经放了，钱夹还在桌上，但她把隔层拉链都拉好了，说明当时她足够从容。

唐漾已经失踪半个小时了，蒋时延面上没有任何情绪，他只是无比静默地收拾东西，一个细节一个细节慢慢想，慢慢推敲……假装自己的呼吸是平缓的，假装自己的动作有条不紊且有思考能力。可接下来的一切显得越来越不对劲儿。

蒋时延给漾漾买过一块小毛毯，放在办公室。她之前冬天都不会用，说是如果有人来办公室谈工作看到一块毛茸茸的毯子会显得很不正式。可现在，这块小毯子被她搭在了椅背上。

漾漾不喜欢乱涂乱画，此刻，她桌角那本日历上却圈着几个日期。第一个日期在七十几天前。

漾漾的水杯还是习惯性放在左手边，蒋时延无意间扫过水杯里的牛奶，视线慢慢停在原处。为什么……是牛奶?

唐漾经常吃速食，但对喝的从来都是精益求精。能喝茶的地方，她很少喝矿泉水；能喝奶茶的地方，她很少喝茶。她对牛奶没什么好感，但此刻，她杯子里有牛奶。蒋时延抬眼望向墙边的小储物柜，储物柜里还放着两大盒……

蒋时延微微出神，助理的手挥到他眼前，唤他："蒋总，蒋总。"

蒋时延收回思绪。

助理整理着一沓资料，道："陈强过来了，给我打了电话，他马上上楼。"

唐漾才失踪时，蒋时延就告知了双方亲友，只有深山里的唐爸爸和常年在外的唐妈妈没通知到。蒋妈妈着急、愤怒地安排找人，蒋时延道了声谢，没空安抚母亲的情绪。

他朝助理点点头，示意自己知道了。

助理瞧着蒋时延沉静的模样，犹疑片刻，从那沓文件里抽出了一张纸："对了，蒋总，我还在唐处的资料里看到了这张检查报告。"

"什么检查报告——"蒋时延蹙眉接过来，剩下的话堵在了喉咙里。

他将报告拿近，逐字逐句地看清上面的内容——腹部超声检查，子宫前位，宫体增大，宫壁回声均匀，宫腔内见一……两位数的长宽高显得太大，他越过数字，看到了后面的"妊娠囊"……

一下子，蒋时延的脑子宛如没有信号的老电视，雪花窸窣闪烁，看上去在动，但无法思考。他的眼睫轻颤，接着近乎机械地朝后浏览，有心跳，有回声，也有流产倾向和建议休息……

他微微张嘴，好像忘记了呼吸。他一遍一遍缓慢地浏览着报告单上的每个字，连医院统一印刷的备注都反复看。他鼻息先重，后停，再轻，到最后归于平缓。

“我知道了，”蒋时延的唇动了动，他吩咐助理，“你回一趟一休。”

唐漾的办公室灯光明亮，蒋时延的唇色极淡。助理想说让他吃点儿东西，话到嘴边，还是没有开口。

助理点头出去，蒋时延撑着椅子把手迟缓地坐上唐漾的转椅，然后，他把报告单搁在手旁，端过唐漾的杯子，沿着杯口浅浅的唇印将她未喝完的牛奶抿进唇里。

陈强转着轮椅进来，虚掩了门。

蒋时延听到响动抬头，和陈强对视。

陈强可以想象蒋时延的心情，没寒暄，直接道：“之前唐漾和我一起吃饭，跟我说了她想彻查九江的问题，想让我帮忙……”他一字不差地阐述他和唐漾见面说的话，并提出九江制造意外的可能性。

牛奶冰凉，滚过蒋时延干涩的咽喉，宛如冷水流过生锈的铁片，有钝痛，也有舒缓。

陈强的声音响在空旷的办公室。

蒋时延看起来在认真听，耳边却时而嗡嗡响，时而空白，满脑子都是漾漾昨天去找自己。漾漾那么反常地可爱，漾漾问了自己那么多遗传问题，自己当时怎么就没看出她怀孕了呢？

蒋亚男平时很独立，怀孕的时候都格外黏冯蔚然，瓶盖要冯蔚然给她拧，袜子要冯蔚然给她穿，检查要冯蔚然陪着去。

对，检查，漾漾昨天中午是一个人去医院检查的。她会不会害怕，她会不会难过，她会不会想让自己在她身边，别人会不会对她指指点点……

一想到一道道异样的目光看向唐漾，蒋时延就觉得自己简直该死，愚蠢又令人窒息。他想嘲笑自己，嘴角却扯得极其费力。

沉寂的间隙，程斯然的电话打进来了。

蒋时延接起。

秦月的电话又打进来，蒋时延语速快且逻辑清楚。

然后是蒋妈妈那边，是一休那边。电话接连而至。

陈强靠近，亦看到了桌上的检查报告。

蒋时延坐在桌后，陈强在桌旁，他注视着看上去极为镇定的蒋时延，眼神闪烁，把那天没对唐漾说出口的话说了出来：“你知道我和宋璟很早之前就认识。”

“嗯。”蒋时延应下，起身把窗户开到最大。

陈强在旁边说，蒋时延倚在桌边，夜风吹乱他的头发。

陈强说：“四年多将近五年前，我跑货车拉煤走山路。有一天晚上，遇上一个A级罪犯，劫了大巴车。”

匪徒身形壮硕，面相凶恶，匕首架在一个中年男人的脖子上，要求全车人交出身上的钱。大家赚钱都不容易，可更惜命，哆哆嗦嗦哭爹喊娘地把身上所有的钱都交了出来。

中年男人的老婆和小孩还在人群里，大巴司机把口袋扔到匪徒面前。匪徒手上的刀却一划，登时血光四溅。

宋璟在山里进行军演，作为支援赶到，和警察们一起撞见这一幕。

匪徒似乎习惯了警察围攻的场景，嗤笑一声，拿钱想跑。然而，他没注意到脸上画着迷彩的小队，被狙击手一枪爆头。

场面凶险，陈强平静的声音继续响起：“匪徒流窜时，有个账户每周固定朝匪徒账号里打钱，账户是九江何征的。”

蒋时延攥手机的指节用力、发白。

陈强：“那个中年男人是下海创业的，离职前在汇商上班。”

蒋时延呼吸散乱。

陈强：“是甘一鸣之前的信审处处长邱凯，八月一号离职，三号遇害。那年九江也有个百亿专案，他批了专案，然后离职，所以我在想这里面的关联——”

A级罪犯、何征、信审处处长、遇害，还有那张怀孕报告单，宛如魔音般在蒋时延脑海里回荡。他闭眼想赶走魔音，魔音却越发清晰。赤红从他的脖子漫到脸上，他好似被人扼住了咽喉。

陈强看不下去，拧眉道：“你冷静一点儿。”

蒋时延没回头，手抖着探到桌上的美工刀，抓住，抬起，指向心脏。他喉结滑动，尖刀一寸寸抵向心口，抵到白色衬衫，刀尖将白衬衫抵出一个窝，眼看着要划破时……徐徐停下。

“不冷静就进去了。”他无比冷静地自嘲道，却不敢睁开眼睛。

黑云压顶，夜风呼啸，他爱人失踪了，怀着他们不到三个月的孩子。他不敢想象，如果漾漾有一丝一毫的意外，如果魏长秋动了和上次一样的心思，匕首横在漾漾的脖子上，如果匪徒手腕用力一划……

助理很快抵达一休，蒋时延发出“发”“撤”“嗯”几个字，言简意赅。

一休的员工大多对唐漾怀着好感，蒋时延安排下去，他们还夹带私货。

十分钟内，“汇商年轻貌美女处长无故失踪”“办公场所被人劫持”“汇商安防”等相关内容在社交通信软件铺天盖地，其中不乏员工们的私心，说“一家随时可能在办公室遇害的银行”“要工作还是要命”。由于蒋时延之前和首都总局的领导们交好，甚至官媒上都直接开绿灯插播了唐漾失踪的消息。半个小时不到，“人口失踪”“单身女性安全”等社会关注焦点成为全民话题。

汇商总部召开紧急会议，立刻派遣专案小组连夜赶往A市。总行行长给蒋时延打了慰问电话并承诺问责到底。

涂副行被接连不断的消息震得大惊失色，匆匆下到信审处质问蒋时延：“蒋总，您在电话里说的十分钟我们准时到了，您这样言而无信，先斩后奏——”

美工刀倏地架在涂副行的脖子上。

刀柄在蒋时延手里，他轻描淡写道：“我说什么你就信什么？”

涂副行两股战战。

蒋时延：“那我说如果唐漾出了任何事儿，我立马弄死你，你信吗？”

冷利的刀尖挨着皮肤，涂副行舌头都捋不清：“蒋……蒋总——”

“别信。”蒋时延抬起刀片，微笑着用薄薄的刀片拍涂副行的脸。

涂副行想退后，却又不敢退。

蒋时延笑意愈深：“我是文明人，”他缓缓俯身，附在涂副行耳边，“我只会让你尝试一些美好的滋味，比如真正的众口铄金，”他压低声音，一字一顿道，“身败名裂。”

涂副行脚下趔趄。陈强飞速把一块指甲壳大小的薄片贴到涂臣的手机上。

蒋时延用眼神询问陈强，陈强朝蒋时延轻点一下头。

涂臣的手机屏幕适时地亮起，他瞥见号码，不动声色地用掌心盖住屏幕，道：“高层正在商榷，蒋总，我们一定会给您一个交代，如果可以的话，我们也希望热度——”

蒋时延眉目冷冽，指间把玩着刀。

涂臣识趣地离开，走远后，捂着胸口接起电话。

与此同时，陈强点开不知什么时候握在手上的类似遥控器的东西。

魏长秋也看到了新闻和热搜，颇为头疼：“唐漾被我转移了地方，你顶住舆论到七月底。专案一过，我这边就会想办法和唐处沟通，说成她和我是朋友之间一同游玩。”

一瞬后，陈强和蒋时延都很清楚地听到涂臣说：“好的，魏总。”

一秒、两秒、三秒，蒋时延面无表情，啪的一下把美工刀甩到脚下。

哐当的一声脆响！当，再轻响，很小很小的声音，可两人都听到了。

蒋时延狐疑地弯身，然后不敢相信，但又确实从桌角的缝隙里捡起了唐漾的手机。他熟练地解锁，接着，点开了最近的录音。他听了录音，把音频文件转发到自己的手机上。

蒋时延和陈强都没说话。

蒋时延潜意识里有什么东西呼之欲出，他点开短信图标，最顶上是自己，没有新增信息。他点开通话记录，意料之外也是意料之中地看到了最顶上的周默。

蒋时延动作很快，准备给周默回拨过去。

陈强拦住蒋时延：“周默是魏长秋的特助，是周自省的侄子，听说会所那晚周自省也在。”

他们不知道周默是敌是友，手机是唐漾留下来的，还是带走唐漾的人留下来的诱饵？可如果是诱饵，又怎么会录音；如果是诱饵，怎么会调成振动而不是铃声？

蒋时延稍稍启唇，但他说不出自己和唐漾之间那种在时间里积淀过的心意相通。

他执意回拨，陈强拦不住。

几秒连接音后，两人都放轻呼吸。

“您好，您拨打的电话暂时无法接通，请稍后再拨——”

蒋时延拨第二遍。

“您好，您拨打的电话暂时无法——”

第三遍。

“您好，您拨打的电话暂时——”

第四遍、第五遍……第十遍，嘟了一声，周默那头变成了关机。

一刹那，他们好似失去了最直接的信息。

唐漾办公室的角落放着一座造型简约的落地钟，嘀嗒敲出晚上十点的长音。汇商附近的商场正在打烊，灯光熄灭如多米诺骨牌。

陈强始终无法相信周默，安静间，他道：“我们在明，他们在暗，刚刚嘟的那一下，他们可能已经锁定了 IP——”

唐漾的手机屏幕忽然闪烁起来。来电显示是周默。

蒋时延压在心口的大石头忽然上抬了些。他接通。

对面沉默，他也沉默。两人好像在试探对方的呼吸。无声状态维持了足足半分钟。

“蒋时延，是我。”

声音细柔而熟悉，响起那一刻，蒋时延所有的混沌不安，甚至逼近失控的情绪……尽数缓释。

“漾漾，”蒋时延的喉结起伏一下，开口声音沙沙的，“是我。”

对面传来很细的吞咽声。

半晌，唐漾整理好情绪，语速平稳地接着道：“我被魏长秋带到了一个封闭的地方，周默看着我，他会保证我的安全，然后现在，你听我说……”

外面灯影幢幢，训练有素的队伍辗转于各大酒店，全城排查监控，关于“唐漾、汇商、失踪”的话题热度已经上十亿了，官媒滚动播放，一休、汇商的员工行色匆忙，办公间电话声、说话声，“有消息”“没消息”此起彼伏。然而真正的局面好似在唐漾阐述的这一刻安定下来。

是的，唐漾从来就不是一个喜欢被动的人。她查慈善漏洞遭遇瓶颈，既然有人想要她查九江的把柄，那她便给那个人。然后，她从范琳琅那儿知道一位彻底依附九江的高层——涂臣，负责对公对外合作，也负责跟监听监控公司联系。

如果说周默作为有共同敌人就是朋友的第一个意外，那么蒋小狗是第二个。

四个男人抵达办公室门口时，唐漾有足够的时间拨通保卫处或者蒋时延的电话，至少可以拉响警报，但对方既然把手伸向了她，她等不了也不想等，她不想带着蒋小狗陷入彻夜提心吊胆的等待……她想看清伸手的那个人。

慈善漏洞和生态系统的面目已然足够惊人，而唐漾在对比九江公开账目和内网账目后发现了一个更为惊心的事实——

九江公开账目显示，九江在汇商有过几次百亿贷款，用于购买或承包土地以及商圈建造。商圈投建后，九江按合同分期支付贷款或一次性偿清，并投入巨额流动资金至上百家慈善单位。

九江内网账目显示，汇商贷款进入了生态系统，投入慈善的流动资金也去了生态系统。生态系统的盈利一部分用于集团运作，一部分用于生态王国的搭建、扩张。

自始至终，唐漾复核多遍，发现一个事实，汇商给九江的百亿贷款，九江都无须偿还！这样的“无中生有”很细微，就像连接九江、汇商乃至生态王国的关键翘板!

唐漾被带走。她醒来时眼前是魏长秋，何征、周默等高层候在魏长秋身侧。

魏长秋话说得明白，态度也很好，理解唐漾长期身处象牙塔的好奇，并保证她的人身安全。

唐漾跟魏长秋说了几个生态系统的数字。魏长秋的眸色骤深，她按兵不动，九江几位元老的目光直指周默。而这时，唐漾笑盈盈地叫了何征一声“何叔叔”。

何征脸色遽变:“唐处，乱拉关系可不是什么好习惯。”

说罢，他急着跟魏长秋解释:“我和唐处、蒋总只有工作往来，没有任何私人交集——”

他话未说完，唐漾便开口道:“JJDC003。”然后背了何征的密码和 ID。

何征离异，仅有一个十四岁的儿子。唐漾笑着唤出何征儿子的乳名时，魏长秋看向何征。

“当然，你们要是觉得是周默，也没关系，”唐漾不置可否，“与我无关。”

已经有人上来把何征暂时带下去。

“好像说是周默更划算，”唐漾眼皮都不动一下，道，“蒋时延和我都不喜欢他。”

整个过程，唐漾表现得类似秦月——家境优渥，初出茅庐，一个业务能力强，但心性简单，不知商海险恶的“白富美”。

魏长秋嘴上说得好听，眼底却划过一抹不自知的蔑视。她以前觉得唐漾稳重，真当私人场合看，也不过如此，就是装得稳重。说到后面，魏长秋没什么耐心:“说说 U 盘里的事儿……你知道多少?”

唐漾说了三分之一。

魏长秋面色稍微缓和一些:“你想要什么?”

唐漾:“还没想好。”

魏长秋的心悬着一半:“把 U 盘先给我?”

唐漾进来之前已经做过安检，身上并未扫出任何可通信或可存储的金属物。

她听到魏长秋问话，懒洋洋地打了个哈欠:“可我头有些晕，很困——”

周默抬手便给了唐漾一巴掌，带着魏长秋式的狠戾和不耐烦，极得魏长秋的心。

唐漾的脸部立即出现红印，她眼神愤怒地盯着周默。周默反手又是一巴掌，这下彻底让魏长秋舒心。

一个唐漾不喜欢，可唐漾感觉得出来对方喜欢她的男人，连扇她两巴掌。魏长秋不用猜都知道唐漾的心情，她跟守在门口的人简单交代两句，吩咐周默套唐漾的话后便离开了。

然后便有了这个没有被监听的电话，唐漾躲在被子里。

唐漾自认演技拙劣，所幸魏长秋没看出来。周默的两巴掌看上去很疼，其实没用什么力。

魏长秋走后，周默带着歉意拿了一支软膏过来。唐漾笑着摇头，示意她没事儿。她的鼻子挑剔，不太喜欢闻软膏的味道。

当躲在被子里听到蒋时延那声“漾漾”，她的鼻尖忽地发酸，脸上忽地发疼，很疼很疼，火辣辣地疼。可这样的通话时间很宝贵，她不想让蒋时延担心。她没说乙醚让她的脑袋现在还昏昏胀胀，没说她这辈子第一次挨别人两巴掌，好难过、好委屈，没说她扮演单纯的学院派处长吓得快哭了……

她只是沉稳、分明地跟蒋时延说每件事儿，说她仓促不失缜密的思路。她告诉蒋时延自己身上这个准备给魏长秋的U盘只是普通的U盘，周默给的她藏在了哪里。她跟蒋时延说周默的立场和他们的已知条件。她告诉蒋时延自己要做什么，自己需要什么，自己要给他什么。

唐漾告诉他：“九江提前维护内网的时间是七月二十五号。”

蒋时延：“嗯。”

唐漾：“如果有任何变动，随时联系。你响一声就挂，如果方便我会回拨。”

蒋时延：“好。”

唐漾回忆道：“我之前应该是被带去了一家酒店，当时我没有完全清醒，在箱子里听到有套房服务的声音，中途发生了意外。现在我待的地方只有厕所有一扇高窗。周默来的时候，也被蒙了眼睛……”

唐漾每说一句，蒋时延就应“嗯”。她再说一句，蒋时延便说“好”。

唐漾的声音太轻了，就像盛夏晚上第一滴露珠，透过听筒传出来的声音微微沙哑，含着她骨子里的温柔、坚定。

蒋时延像在沙漠中走了很久的旅人，贪婪地听着她说每个字。他在认真听，可也忍不住想起她的样子。她炒番茄鸡蛋时，会因为害怕油溅到身上而丢掉锅铲；她会害怕噩梦，忽然惊醒，然后软绵绵地抱住他；他周末加班时，她会躺在沙发上玩游戏，用脚轻轻地蹬他的肚子，娇声娇气地拉长调子喊“蒋时延”……

她真的就是小姑娘，他放在心尖尖上宠着的小姑娘，现在却站在豺狼虎豹堆里，在雷雨交加的晚上，只身一人。她害怕吗？她不怕吗？她会敏感、难过，想抱又抱不到他吗……

唐漾说完最后一段，蒋时延如鲠在喉。

唐漾艰难地牵牵嘴角：“很突然，没和你商量就这样强行通知你，”她抚着微疼的脸，轻声道，“如果你觉得我有失妥当，也没关系，因为一旦有疏忽，可能就会牵扯到你的人身安全，还有一休……”

话说完，再次陷入沉默。

这次，蒋时延开了口：“我说过，你想做什么，我都会陪着你。”他嗓音暗哑，带着难掩的心疼和安抚，逐字逐句地说，“朋友也好，男朋友也好，爱人也罢，我都会一直在你身边，一直陪着你。”

从前的从前，他甚至想过，如果唐漾嫁给别人，他也会为她扶着婚纱摆尾，一步步陪她走进婚姻的殿堂，看她挽起其他男人的胳膊，他会笑着且永远地祝福她。

蒋时延用了很大很大的幸运换他和唐漾相爱，他便给她所有她想要的，给她所有最好的，给她所有自己能给的，疼她，宠她，怜她，以一个男人保护心爱女人的姿态保护她。

是的，好像是这样。他从来都是随叫随到，做任何事情都心甘情愿。他是唐漾雨天的雨伞，饭点多了的回收桶，是她的牢骚接收机，是任何时候都可以拥抱现在却没办法拥抱的蒋大狗。

她真的真的很想他，她为什么昨天没告诉他蒋小狗的存在，为什么没有和他一起看那个小小的看上去丑不拉几的深色团子……

眼泪悄无声息地淌下，徐徐滑过脸颊。唐漾的睫毛挂着泪，笑意夹杂着哭腔：“替蒋小狗谢谢爸爸。”

蒋时延：“保护好自己。”

唐漾抹掉眼泪，笑着重复：“替蒋小狗谢谢爸爸。”

蒋时延知道她在哭。他当然知道她在哭，也知道她在笑。她每一个细微的情绪都是铺在他心上的荆棘，也是最柔软的玫瑰花瓣，烫热了他的眼睛，也让他起了笑。

他眼圈发红：“唐漾，我爱你。”夜色与乌云四下合住，远处的商圈只剩下两簇小小的灯火，跳跃在他的眼里，他说，“比你想象中更爱，爱得更久，更在乎，更不能失去——”所以保护好自己。请一定保护好自己。请千万千万保护好自己。

他低沉的嗓音裹挟着温热的力量，字字撞击唐漾的耳膜。唐漾眼眶通红地咬着被角，眼泪滂沱。

他们高中时学《项脊轩志》，语文老师念到最后一句，用了“暗无天日”这个词。那时，老师在台上念叨着枇杷树，一脸感伤，蒋时延在台下嫌弃地说：“不见天日多爽，想玩多久游戏就玩多久游戏，想什么时候睡就什么时候睡。”

语文考第一的唐漾很赞同：“想什么时候醒就什么时候醒，可以握着手机看剧看睡着。”当时她还眯着眼睛幻想，“如果有人送吃的喝的，简直就是人间天堂。”

蒋时延啧一声，用胳膊肘捣唐漾：“求我，我给你送。”

“送你个头啊。”唐漾好气又觉得好笑地偷袭蒋时延的小肚子。

蒋时延格外戏多地把脸皱成一团：“哎哟喂，脂肪疼。”

唐漾噗一下没忍住笑出来。

语文老师扶了扶眼镜：“唐漾，你给我站起来！”

等如今置身此情此景下，两人才明白那时年轻不懂爱。

魏长秋软禁唐漾的地方是套房结构，除了窗户，其他一应俱全。

唐漾开灯是白天，关灯是晚上，一日三餐有专人送饭，伙食良好。她空闲时就翻阅屋里的财经杂志，或者拿张草稿纸胡乱地写、画。看守她的人来检查过几次，看不懂那些复杂的公式也就作罢。

房里有中央空调，唐漾自己倒无所谓，但肚子里揣着只小狗，她经常去厕所那扇高窗下透气。

偶尔肚子隐隐作痛，她一边轻抚腹部，一边温柔地安慰道：“小狗乖，很快就能见到大狗了噢。”

她在厕所里待得久一点儿，就会有人敲门。

唐漾踮脚小心地关窗，按下冲水键。

水声哗哗，唐漾推门出来，面无表情道：“听说过便秘吗？”

果然是女强人……敲门的人悻悻地摸鼻子。

蒋时延也会想唐漾，想周四她来一休找自己时肚子有没有很大，自己是瞎子吗，为什么没看到？想她怀孕会不会不舒服，会不会孕吐、难受。

这时，他便会想起一个更让人惭愧的事实，漾漾孕吐被两个白痴当成了胃病……不对，漾漾是可爱，他蒋时延才是白痴。

周默每天傍晚都会去看唐漾。唐漾跟蒋时延打电话说完事情，总叫肚子里的宝宝“蒋小狗”。

蒋时延听多了，某一次，忽然问：“那它会不会在你肚子里汪汪汪？”

唐漾不相信自己听到了什么：“我想冲回去打你。”

可打不到。唐漾心情低落起来。

蒋时延在电话那头道：“我想抱你。”可抱不到。

两人同时失笑，笑着笑着又沉默了。

更多的时候，唐漾会问蒋时延情况。

他们熬了通宵，会议室昏暗、沉闷，蒋时延面对一地烟头和噤声的高管，声音极其温和：“我好好吃饭，好好休息，你也要。”

对方细细软软地应“嗯”。

蒋时延唤着“漾漾”，整颗心都揪在一起。他想，以前说分手的自己简直太蠢，他真的离不开漾漾。

他十五岁遇见唐漾，如今快三十岁了。从懵懂走到明朗，他不敢想象如果没有唐漾，他揣着一个苍白的自己要如何面对每天的日出、正午、黄昏。

唐漾失踪那晚，蒋时延大刀阔斧地撤了很多营销合作项目。这两天他里里外外地忙碌，每天和唐漾十几分钟的通话时间便是唯一的慰藉，如同肺病患者窒息前汲取的最后一丝氧气。

第24章 落定

“比你想象中更爱，爱得更久，更在乎，更不能失去……”

七月二十二号到二十三号，几方人马均按兵不动。

眼看着“唐漾失踪”的热度就快下去了。二十三号傍晚，蒋时延和程斯然的人筛完全城的监控，一休的官博直接爆出几段视频——

第一段，在汇商，唐漾被挟持上电梯，四个维修工人拎着两个大箱子出电梯。

第二段，是追踪车牌，面包车在小路大道上来回交错，然后停在一家酒店的后门。

第三段，是维修工人拎着两个大箱子进酒店，几分钟后，扶着像是才醒的唐漾出来。

画面时间、地点标得清晰。维修公司隶属九江集团，四个工人隶属九江安防，就连那家酒店也隶属九江地产！

这一系列证据表明唐漾失踪并非偶然。视频直指九江涉嫌蓄意绑架！

一休不是小公司，九江也不是才成立一两天。一休官博径直@“九江地产”，登时激起一片哗然！

而此时，魏长秋也找唐漾进行关于U盘的第一次谈判。

唐漾提要求想下楼走走，魏长秋答应得爽快。

等到了楼下，看到全貌，唐漾才知道原因——工业园区占地宽广，四下空旷，黄昏浅薄的色调镀在四方黑色的栅栏上。园区有四道门，所有访客进园区前都被蒙着眼睛。而进园区后，园区建筑都是一个模子刻出来的白色小三层，左右一样，宛如迷宫。

唐漾环视一圈，园区没有地名，没有路标，每栋楼前都立着一块简陋的木牌，上面标有箭头和两个类似坐标的数字。她喉咙不自觉地咽了咽。

魏长秋在她旁边注意到，说：“记住你是06，从06这栋楼出来的。”她哧地笑了声，“看晕了？”

唐漾的表情说明了一切。然而多走几步，她便恍然大悟，按照十米为一个坐标单位的话，任何人只需要知道自己所在大楼的坐标和方向，便能抵达目的地，方便快捷且避免问路、交流。

唐漾面上没有松动，魏长秋把她带到一个长椅旁坐下。

热风习习，有西装革履的人经过，时不时向魏长秋点头致意。

“想要什么？”魏长秋问得直白。

唐漾捡起椅子旁的落叶：“任何事情都讲究等价交换，我注意到九江的慈善漏洞，你把我拘留在这里，你想要 U 盘，那你能给我什么？”

魏长秋没出声。

“功名利禄，”唐漾不缺钱也不缺名，她漫不经心地旋转叶梗，“不然给我一个分行行长的位子？”

如果是别人问出来，魏长秋不会理，但唐漾手上确实有货，她需要尽快拿回来。

魏长秋从包里摸出一根烟点燃，唐漾不着痕迹地避了避。

“你应该比我清楚，行长由总行任免，我没办法，”魏长秋吸一口烟，吐出烟圈，“但如果你能自己坐上去，我便能保证让你坐稳、坐好。”

唐漾对这个答案不意外，换了话题：“感觉九江不缺钱，为什么会在乎区区百亿？”她把叶子横在眼前朝不远处看，那里有一个停机坪。

魏长秋顺着她的目光看着：“十个百亿就是千亿。”

“九江很多商圈项目显示在建，但建好的是少数，”唐漾问，“不用尽快投入运营收回成本？”

魏长秋偏头盯着唐漾看了一会儿，倏而问：“唐处从小到大成绩都很好吧？”

唐漾成绩最差的时候也是班上十来名，担得起，她点头。

魏长秋转回头：“你知道你把所有事情都写在脸上的样子特别招人疼爱吗？”

唐漾一愣，道：“谢谢。”

魏长秋更觉得好笑了：“我比你大一轮多，姐姐跑江湖套话看人脸色的时候，你可能还被老师表扬着，想着中午吃什么。”

唐漾：“我思考晚饭的时候比较多。”

魏长秋：“想从我嘴里套话，再等十年。”

唐漾：“不敢。”

“想到要什么就告诉我，大家都是明白人。”魏长秋把烟头按灭在长椅把手上，起身。

唐漾把叶子盖在魏长秋的烟头上。

双方初步试探结束。

魏长秋为了表明诚意和控制感，当晚就给了唐漾在园区闲逛的权限。

而唐漾借周默的手机拨给蒋时延时，秦月、程斯然几人都在旁边。

唐漾一一回忆魏长秋的话，总行任免，她没办法……唐漾道：“汇商总行没有九江的人。”

可以保证在位子上坐稳、坐好……可即便是分行行长，也有考核指标，唐漾猜不出。

秦月拧眉：“她的意思是支行放贷给九江分部那些小项目吗？”可以充件？

唐漾摇头：“不像。”

第三点，也是最重要的一点，九江百亿商圈确实是幌子。尽管唐漾之前看过 U 盘已经知道，但真的从魏长秋嘴里说出来，她仍是不可避免地心弦一绷。

七月二十四号早上，九江找到一休的竞争对手下场营销，以“京刊”为代表的对手和一休官媒吵得不可开交。

京刊陈述，唐漾在负责九江专案，她和九江的人走在一起很正常，并用她以前和魏长秋一起考察九江的图片作为佐证。

京刊可以说唐漾和九江有工作往来，但这么明晃晃地写：“信审处处长唐漾负责九江专案……”蒋时延骂汇商高层不要脸，京刊垃圾，吩咐截图留证，一休官媒放出几人架着唐漾胳膊的图片反驳：“有这样去谈合作的？”

京刊：“可能是对方生病或者其他，图片模糊，看不清。”

一休：“媒体讲究事实，请贵司为贵司的语言负责，并拿出唐处生病的确诊病历。”

京刊：“九江社会形象良好，公信力强，这是事实。”

一休：“如果杀人犯以前表现良好，第一次杀人就不算杀人了吗？”

有粉丝为一休叫好，也有人说一休说不过就开撑，和蒋时延一样不讲规矩，成何体统。

双方吵得不可开交，又都没有进展之际，蒋时延摸出烟来，想到什么，又扔到垃圾桶。他从兜里摸出一片口香糖，纸还没展开，一个意外的电话就打了进来。

张志兰的嗓音微微发颤：“闵林好朋友壮壮的妈妈在九江那家快捷连锁酒店打扫卫生，那天她生病了，我帮她顶班。然后我扫过道的时候，碰到了那四个人和唐处。我当时不确定是不是唐处，她当时在挣扎，我连着拍了几张照片。”她哽咽道，“对不起，我不怎么看微博，我现在马上把照片发给您……”

蒋时延立马安排助理把可能被追究的壮壮妈的工作问题处理妥当，又跟张志兰道了谢。然后，他眸色幽深地看着一休放出图片，图片里圈出唐漾明显混沌的脸色和腕上的瘀青。

舆论拉锯，又一次掀起轩然大波！

七月二十四号中午，唐漾被带到魏长秋的办公室。办公桌上摆着围棋，魏长秋和唐漾分坐两头。两人神情肃然，但在下围棋这样的环境下，倒能写成棋盘焦灼。况且，唐漾上周自己请了假，假期和朋友下围棋简直太正常了。

摄像师拍完，收好道具退下。唐漾在椅子上没动：“发生了什么事儿？”她有一双清澈、灵动的眼睛，说出问句时好像真的什么都不知道一般。

魏长秋视线死死地锁住唐漾。半晌，她道：“你家人担心了。”说完，她眉梢一挑，暗携狠辣地开玩笑，“你说，如果我把涂臣的话当屁话，直接把你在这儿做掉……会有什么后果？”

唐漾反问：“就像魏长春对陈张刚背信弃义一样？”

魏长秋面色一凝。

唐漾徐徐道：“陈张刚救了魏长春，魏长春踩着陈张刚上位，拿着厂里采购原料的几百万走私违禁物品，带着千万回来，从此发迹——”

“你要明白你现在的处境。”魏长秋一字一顿道。

唐漾：“我不是在生态王国？”

魏长秋胸口起伏。

唐漾滔滔不绝道：“我只是不明白，按照你们洗白的功力，为什么还要留着九江那个钢铁厂——”

桌上手机振动。魏长秋瞥唐漾一眼，起身去阳台接电话。

监控就在头顶，但唐漾依然趁魏长秋出去之际腾身去看她办公桌上的文件。

魏长秋本来背对办公室，唐漾站起来时，她转过身，直勾勾地望着唐漾讲电话。

而唐漾假意在她桌子上找文件，余光却通过墙角保险箱的金属壁面看魏长秋嘴唇的启合。

“兵神……515……1349 批次……九江专案……”丙申 515 至 1349 批次出了问题，正在被查，九江专案被汇商总行叫停。

魏长秋打完电话回来，唐漾自然、安稳地坐在座位上。

桌面上的文件是魏长秋故意拿给唐漾看的。慈善漏洞而已，弃卒保帅，她要就任她抓。

唐漾也确实看到了，不过这些文件她已经在周默那里看过了。

九江总部在给魏长秋施压。

魏长秋站在唐漾身旁：“你准备什么时候给 U 盘，你看过 U 盘就应该知道我的脾气，趁大家脸皮还没撕破。”

“最迟后天。”这次，唐漾干脆道。

魏长秋站了一会儿，倏地一脚踹上唐漾的凳子，这才好似泄愤般离开。

魏长秋答应涂臣不动唐漾。她本来抱着动的心思，可后来，唐漾更多的资料被周默送到她眼前，唐家老爷子人走了，可副手现在肩上带穗，且和唐家父母关系交好。唐妈妈的公众号召力自不必说，唐爸爸是极有身份的人，门第比有钱的门槛高太多，还有蒋时延一家……

除非万不得已，魏长秋动不得唐漾。

唐漾跟在魏长秋身后离开。到了楼下，她又去摘树叶玩，随手扔叶子，又随手把叶子插进土里，和小孩过家家一样无聊。

魏长秋胸口积郁，骂了一句，吩咐司机开车。

唐漾目送黑色林肯离开。

当天傍晚，她跟蒋时延提到了署九江名的小工厂，蒋时延说了张志兰的事情。

唐漾听着，又报了个地址，脑海里用今天在魏长秋办公室里听见的那两个数字做加减。

七月二十五号早上，唐漾仍是被两个人看着散步。

一辆商务车停在门口，四五个戴口罩、墨镜的年轻人说说笑笑地从车上下来。

唐漾在旁边站着没动，其中一人和她对视，然后快步上去以玩闹的姿态打了一下同伴的屁股。同伴自然想讨回来，那人连连闪躲，追逐嬉戏，手机不小心掉在草地边从左到右数第九块砖正对的地方。

“去啊！”那人搡了同伴一下，嘻嘻哈哈地捡回手机。

一行人进了大楼。

唐漾又摘了几片叶子在手里慢慢撕，然后蹲下系了一次鞋带，原路返回。

中午，唐漾在房间，周默提前过来了。

蒋时延查了A市所有署九江名字的小工厂，514家已倒闭，并注销法人，834家濒临倒闭，1349减去515就是834，可实际倒闭的只有514家，比唐漾推断的少了一家。

515，514，515，514……宛如魔咒。

忽然，唐漾脑海记忆闪现，她忙不迭地让蒋时延把手机拿给秦月，然后利落地报了一串数字。秦月复核，一个不差。可唐漾也只报了514个数字，少了一个。就好比骨牌少了一张，最关键也是最核心的第一张。

隔着手机，几人在无声中思索。

周默突然出声："魏长秋办公室有一个保险箱，只有她的指纹可以开锁，里面是一沓资料。"

秦月："小孩不是在维护系统吗？糖，你拿到他给的东西了？"

唐漾："在叶子那儿拿的，吃了，那时靳现在可以拿到指纹吗？"九江内网最高权限的指纹存档。

那边沉默了一会儿。

秦月道："可以。"

周默："舆论再放大一位数。魏长春他们上午到了生态王国，把话题炒到一个他们撑不住的点，他们就会提前开紧急会议。九江紧急会议的时间一般控制在二十分钟到半个小时，算上撤退，我们可以在魏长秋办公室待十分钟。"

这一切成立的前提是拿出U盘，可这样做的后果只有两个：一、唐漾说自己有U盘是假话；二、唐漾泄露消息。无论哪个结果……

"不可能，"蒋时延态度坚决，"U盘在我手上，一定是你们先撤出来。"

周默、唐漾："这是最好的机会。"

秦月是个不折不扣的享乐主义者，为了唐漾却甘心坐在蒋时延办公室的茶几边。她捣弄一会儿电脑，把显示着一个红点的画面拿给蒋时延看："唐漾进去就是为了1349，为了515，也为了001。时靳也在里面，唐漾也吃了小孩给的定位器——"

"唐漾怀着孕。"蒋时延语气很淡。

此话一出，秦月想起这茬儿，和周默一起沉默了。带着孩子，就如带着一个意外，如果有任何不妥，都可能会造成无法挽回的局面……

时靳他们维护九江内网的确切时间改成了上午十一点到下午一点。

现在已经是十二点。墙上挂钟的秒针一下一下地走着，每一下都踩着四个人的心跳。

唐漾明白某人的心情，也明白他所有的考量。可有的机会错过就没有了，动 U 盘的同时意味着报警，好不容易九江连续几天站在风口浪尖，好不容易魏长春等所有九江集团的高层都在生态王国，好不容易大家万无一失地走到这一步……

中午十二点零五分，唐漾开口轻唤："蒋时延——"

电话那头，蒋时延半合着眼眸，垂低的眼睫扑扇。

唐漾唤第二声："蒋时延——"

蒋时延一只手握着手机，一只手抹了一把脸，喉结上下滑动。

唐漾停了一下，唤第三次："蒋时延——"

蒋时延径直挂了电话。

中午十二点十分，唐漾失踪立案，蒋时延有一次通话。

警方拿到搜查令，汇商总行彻底喊停九江专案，并要求彻查九江和汇商 A 市分行的往来记录。

舆论风浪山海一般压来，九江祭出慈善成绩，九江高层表示"唐漾失踪"可能另有隐情，他们正在排查。

接下来，一休爆出 U 盘第一桩案子。

仅仅一个边角，网友们已然沸腾。"鞭尸""五马分尸""畜生""这和九江地产、九江商圈是一个东西吗"的评论铺天盖地……

九江高层如周默所说召开紧急会议。

唐漾换了双周默备好的运动鞋出门。

看守的人拦住两人。

周默面如古井，毫无波澜："魏总让我带过去。"

看守的人放行。

周默把唐漾带进楼道。

外面的世界，绿色、蓝色、迷彩的整编笛声呼啸，赶往同一个地方。

生态王国内，最高级别警报已经拉响，工作人员纷纷下到每栋楼前，准备大规模撤逃。

周默的手悬在唐漾腰后，护着她左拐右拐抵达魏长秋的办公室。

时靳给周默传指纹，周默熟练地找到一台模型打印机。

唐漾站在窗口，第一次看到那些穿白大褂的研究员遍布每个角落，像最柔软、纯洁的白云，下面掩着血流成河。

楼下，王国边上有几十架直升机轰轰地发动，研究员们开始排队预备上机。

楼上，叮的一声轻响，保险箱打开。周默拿出文件，唐漾飞快地翻阅。翻到一页，周默眨眼拍照，唐漾再翻，周默再眨眼。

一休开始爆第二个案子、第三个案子，关键词创纪录地霸占了整个热搜榜。

周默和唐漾拍完需要的，把文件放回原位，准备离开。

就在这时，三方武装人员进入生态王国监控区域，和想要逃离的研究员发生火拼。魏长秋和魏长春几人得到有人携带定位的消息，脚步仓皇地朝办公室赶，文件！

魏长秋边走边看手上的平板，平板上显示了很多绿点和一个红点。她越朝自己的办公室走，那个红点便越大，显示距离越近。

而时靳也察觉出九江开了反定位装置，他退出维护界面，要屏蔽魏长秋的平板信号。

魏长秋越过转角的瞬间，屏幕上的红点消失。

与此同时，魏长秋一行人和周默、唐漾在办公室门口正面相撞。

定位器在周默那儿还是唐漾那儿？生态王国很大，如果拿掉定位器，可以争取二十分钟时间。

枪声和喧哗好像远在天边，又好像近在咫尺。

双方目光相接，呼吸变重。

唐漾对魏长秋道："我听到声音，不知道发生了什么，想过来问问你。"她也想拖延时间。

魏长春看向周默，还没开口。魏长秋辩解道："我保他，绝对不是他。"

此刻，一串铿铿锵锵的脚步声响起，安防人员将几个大黑箱抬进魏长秋的办公室。

魏长秋、魏长春几人进去，周默亦押着唐漾进去。安防人员开箱，里面整整齐齐地躺着一箱 P 系手枪和匕首。魏长春几人武装完毕，魏长春给魏长秋使个眼色，越过唐漾和周默离开。

魏长秋身后跟着两个人，她示意他们去押唐漾："周默，你配枪。"

周默听话地走到箱子前。

魏长秋从唐漾身上没搜出东西，她飞快地解开唐漾衬衫下面的三颗纽扣，冰冷的匕首尖贴着唐漾的胃部和腹部游移。

"定位器吃下去多久了——"魏长秋咬字很慢。

唐漾眼神飘忽："我不知道你是什么意思。"

"或者就朝下划一点儿，涂臣说你可能怀了孩子，那把孩子一起解决了，"魏长秋的声音温柔，表情却狰狞，"不然活剖妈妈，宝宝还在，那就很残忍。"

唐漾鼻尖溢了声笑，她想说什么，又什么也说不出。

那两人接收到魏长秋的眼神把唐漾按到办公桌上。

魏长秋过去，匕首还没来得及再举起，整个人便过电般滞住……

周默不知何时站过来，双手举枪，黑洞洞的枪口直指魏长秋的太阳穴。

押唐漾的两人想动。

"枪比刀子快。"周默侧身，枪口慢慢靠近魏长秋的后脑勺。

魏长秋脸上出现一瞬的不可置信，随后她沉声道："阿默，你在做什么——"

周默第一次在魏长秋面前没有冷静，没有服从。他舔舐嘴角，眼睛如充血般盈满了复仇前压抑的肆意。他的声音宛如阴郁、扭曲一点点收拢的手，道："你说，姗姗走前的滋味是和你现在一样，还是比你痛苦一万倍——"枪口抵住魏长秋的后脑勺。

魏长秋的办公室偌大而安静。五个人的呼吸宛如开着扩音。

空气安静得落针可闻，却迟迟不见那根针。

无声间，枪口的温度与魏长秋的体温达到一致。

"所以你这两年都在骗我，"魏长秋下颌抖动，自嘲道，"你说喜欢钱是欺骗，和周自省关系闹僵是欺骗，不爱徐姗姗也是欺骗。"

周默抵紧枪口："我没想欺骗你。"

话里好似藏着转机，魏长秋保持之前的语气："阿默，你有没有想过当初姗姗的事情可能存在什么误会——"

周默置若罔闻，一字一顿接着道："我每日每夜、每时每刻都在想如何弄死你。"他跟了魏长秋太久，久到他发狠时冰冷的声音比魏长秋的更透寒意。

第二次安静。

周默出声："先放了唐漾。"他和魏长秋的恩怨是他和魏长秋的事儿，唐漾无辜且怀着孩子。

唐漾微微皱眉。

押唐漾的两人没动。

周默扣动手枪保险，发出咔嗒的脆响。

魏长秋小幅度颔首，押唐漾的那两人一只手松开的同时，另一只手探向腰侧。

唐漾慢吞吞地朝周默那边挪，周默朝她伸手。她的鞋尖和周默的越挨越近，两米、一米、半米……

周默的手覆上唐漾的胳膊，他把唐漾拽到自己身后的瞬间，旁侧两人同时拔枪，一个枪口正对周默，一个指着唐漾！

哐当的破窗声、嘭的开门声响起。与此同时，特勤拥入。“不许动！”“不许动！”突击小队迅速制伏旁侧的两人，井然有序地分列两旁。

周默是污点证人，他想对魏长秋出手的意思也很明显。

周默的枪仍抵着魏长秋，唐漾站在周默身旁。先前两人已经被押下，特勤的目光汇聚在三人身上。

三人都在调整呼吸。

魏长秋假意稳住周默：“阿默，你别冲动。”她余光四下扫视，生态王国已经被包围，出去的方法只剩下一个——挟持人质。

周默戴罪立功。唐漾喉咙发紧，也试探着说：“周默，你别冲动，警察已经到了。”

魏长秋：“阿默，这一枪下来，我完了，你也得完。”周默肯定不能作为人质，她开始思量自己和唐漾的距离。

唐漾的声音很小，她害怕惊动周默般说道：“周默，你冷静一点儿。”

枪身漆黑，周默扣在枪上的指节用力、发白。

魏长秋嘴唇开合，唐漾嘴唇开合。

周默很想开这一枪，也明白他开这一枪就是万劫不复，可他有什么需要留恋的吗？没有。

魏长秋的脸色没怎么变，唐漾起了焦急之意，似乎想拉他。周默脑子嗡嗡嗡的，什么也听不见。

直升机以略高的高度悬在办公室窗外的不远处，螺旋桨发出噪声，舱门大开。

魏长秋仍在劝周默：“阿默，你还年轻。”

唐漾的心跳得很快，垂在身侧的手犹疑地抬了抬。

宋璟嘴里含着块硬物，他把枪搁在观察员的肩头，调整随直升机摇晃的准星。

魏长秋站的角度在周默和唐漾中间，没有露出任何关键部位。

窗内，魏长秋心里理好劫持唐漾的大概步骤，趁周默没注意，倏地攥住唐漾的手腕，把她朝身前一扯。

窗外，嘭的一声！宋璟打掉周默手上的枪。弹壳滚热，落在宋璟指节修长、白皙的手旁，他长指拉上保险。

特勤预备行动，所有人都朝窗外看去。

魏长秋保持着挟持唐漾的姿势，亦朝旁边探头。而她露出正脸的一刹那，宋璟长指扣下，嘭的一声脆响！

所有人呼吸一窒。

魏长秋眼睛睁大。

直升机合上舱门飞远。

魏长秋的身体摇晃两下，攥着唐漾的手徐徐松开。

接下来，是有序的抓捕，各路媒体也在指引下迅速赶到。

上午还是一片寂静的生态王国此刻人头攒动，快门闪烁，说话声、跑动声、呼喊声、鸣笛声此起彼伏。一个个冷藏柜或金属箱从各个大楼运出，被装上车。

唐漾录完口供，去上了个洗手间，顺便透口气。

她对血腥味很敏感，偶尔一个箱子经过，气味飘进她的鼻子，她便扶着树干呕，呕完朝指挥中心走，一边走，一边用周默的手机拨出电话。

“蒋时延，你在吗？”她的声音在喧嚣中响起，带了哭腔。

她没注意到自己正经过媒体区域的走廊，旁边忽然伸出一只手，将她拥在怀里。那个胸膛宽阔、温暖。她被紧紧抱着，贪婪地嗅着那缕久违且熟悉的木质香。

人声嘈杂。蒋时延两手帮她捂住耳朵，心疼地吻着她的头发。

旁边，各方记者语速极快，字正腔圆：“观众朋友们，大家好，我现在在‘7·21九江特大专案’现场。据悉，九江集团董事局主席魏长春靠走私发家，目前已被抓捕。九江高层身负多起命案，其中，魏长秋和原汇商信审处处长邱凯的命案有直接关系，目前已被击毙，其他高层均已被抓获……”

“九江地产股票已被证监会紧急停牌。据知情人透露，九江高层与A市部分单位相关高层有不明交易，目前均已立案调查。”

“……”

声音很多，很杂。唐漾贴在蒋时延的胸口寻求一方安定。

唐漾将计就计，只是想拿魏长秋九江专案百亿未偿还的证据。蒋时延受不了，放了她失踪的消息。

唐漾进去后，才发现自己被带到了生态王国。她需要刺探情况，蒋时延刚好踩着第一波热度发布九江绑架她的消息。

唐漾得到大概情况，想用假 U 盘换证据，想方设法把证据送出去，然后叫停九江专案。魏长秋是个很懂得取舍的人，一定会答应。可在蒋时延逐波带起舆论后，唐漾亲眼看到那些楼，而九江比想象中更敏感，所有计划都被打乱。

之前魏长秋抽烟，唐漾第一次扔叶子玩，她记下叶子和烟的相对位置；第二天看时，位置没变，说明生态王国如她所料没有专门的清洁工，至少不是天天来。

唐漾提前从魏长秋嘴里听到了那几个诡异的数字，她让蒋时延去查署九江名的相关小工厂。同时，她用树叶标记，告诉蒋时延标记的位置。第二天时靳进入生态王国维护内网，假意掉手机，把定位器放在叶子上。唐漾找到并吞下定位器。

那时，蒋时延已经和宋璟取得了联系。他们本来的安排是先救唐漾和周默，然后找证据，但随着魏长春抵达生态王国，三方武装人员收到线人的情报提前行动。唐漾在魏长秋销毁文件的前一步赶往办公室拍照，出来正好撞上魏长秋。之后她被魏长秋挟持，周默反戈，魏长秋二次挟持唐漾，宋璟在直升机上一枪击毙魏长秋。

很多事情既像顺其自然的安排，又像蒙着眼睛的巧合。唐漾身在生态王国时没有感觉，当王国一夕崩塌，她才后知后觉地害怕，害怕那些西装革履的研究员张嘴闭嘴及他们的眼睛；害怕实验室的窗口无意间露出脸的小孩；害怕魏长秋抵在自己肚子上的匕首；害怕蒋小狗出事儿，蒋小狗很小很小，她说过会好好保护他，却总是没保护好他，他甚至还没出来，甚至没有看到他不称职的爸爸妈妈。

蒋小狗经常闹腾，但唐漾也知道他乖乖的。万一蒋小狗有什么意外……

大抵是怀孕之后变得敏感，唐漾伏在蒋时延的胸口，忽然就掉了眼泪，一颗接着一颗。旁边的声音嘈杂，她先是呜咽，哭着哭着变得大声而用力，充满了后怕。

蒋时延把她稍微朝旁边带了带，捂她耳朵的手变为一下一下抚着她的头发。他合眸，颤动的眼睫盖住发红的眼眶。

蒋时延身形颀长，裹在衬衫下的线条性感、细长。不少媒体听到动静，转头见到是大老板，纷纷违背职业八卦精神背过身去。助理给两人拿了几张报纸过来，铺在一楼低矮的隔台上，也赶紧溜走。

蒋时延圈着唐漾坐在隔台上，小心翼翼地用指腹给她擦眼泪，再用纸擦自己的手指。

唐漾抓着蒋时延的衣摆，一下下啜泣。

温情且无人打扰间……一双军靴停在两人身前。宋璟："喂。"

蒋时延抬头。

宋璟没管蒋时延，把手掌朝唐漾眼前送了送："吃糖？"他手上是几颗草莓味硬糖。

唐漾当然认出了宋璟，哭得不成样子遇见前男友，前男友还问她吃不吃糖？看戏还是当她是小孩？她没抬头，有点儿凶："不要。"

宋璟微抬下巴示意蒋时延："吃不吃糖？"

蒋时延起了一下范儿，然后学唐漾软声软气道："我不要！"

唐漾表情一怔，随后反身捏住蒋大狗的鼻子，板着小脸挠他。

蒋时延半护着唐漾的腰身，不仅不生气，反而笑着把脸送上去："挠了左脸没挠右脸会不平衡，乖，右边也挠一下。"

唐漾依言照做。

蒋时延虚虚地带着她的手："挠多不来劲，来来来，打我，打我，打我脸，冲着脸打。"

身后是一休官媒，唐漾跨坐在蒋时延身上发脾气，蒋时延配合得没脸没皮。

宋璟叹为观止。这人总是这么不害臊吗……

唐漾挠两下也意识到不远处是一休的人，大概是舍不得了，她咬咬唇，一下抱紧了蒋时延的脑袋。

"现在开心点儿了？"

宋璟就听着曾经不可一世的"蒋霸王"声音温柔得不可思议。

唐漾从蒋时延身上下来，绵绵地"嗯"了一声。

这下，宋璟是真的要窒息了。

唐漾和蒋时延坐在矮台上，宋璟蹲在蒋时延旁边。

宋璟迟疑一瞬，还是面色复杂地问出来："你们家家庭地位这么悬殊？"

唐漾也不否认："少数服从多数。"她和蒋时延就是二比一。

蒋时延点头，宋璟不明所以。

有人来跟蒋时延汇报情况，蒋时延简单地吩咐两句。

风吹起三人的衣角，头顶的叶子发出窸窣的脆响。

蒋时延问宋璟："准备退役？"之前不是说要退吗？

宋璟摇头："张志兰她老公闵智在桥边出事儿后，战友在临时宿舍找到遗物。闵智留了张草稿纸，当时被洪水冲塌的大桥是九江承建的，他记录了部分勘测数据，九江设计、用材这块都有问题，上面从那时就开始关注九江。我上次出任务也是冲着生态王国的其中一个分支，”他淡淡地笑，笑里没什么波动，他道，“在缅甸，战友帮我挡了一枪殉职了，小队现在正缺人，我走不了。”他们是把命系在国旗最尖上。

魏长秋之前说了数字“515”，唐漾回忆出汇商贷款记录里514个小工厂的贷款。她因为那个缺失的001冥思苦想，现在轻松又清楚地穿成一条线——001号是闵智记录的那个大桥，剩下514份小工厂的贷款记录，加起来就是515个案子。

唐漾没说话。

蒋时延道：“紧急联系人还是填我吧，担心叔叔吃不消。”

“是你，”宋璟含笑抡了蒋时延一拳，“你都不想我好吗？万一我不会孤独终老呢？万一以后再遇到我喜欢的漂亮姑娘呢？万一以后漂亮姑娘成了我太太呢？”

蒋时延和宋璟聊天的时候，唐漾没有插嘴，她靠着蒋时延的肩头乖乖软软地玩他的手。

蒋时延逻辑清晰地拎出“再”字，然后把宋璟喜欢过的漂亮姑娘和漾漾画上等号。他心里有一万个小人儿叉腰开骂，手不自觉地把女朋友朝怀里揽了揽。他面上却还是不动声色，“哦”一声，尤为淡定：“那你一定要提前做些准备，准备得周全一点儿，不要像我一样。”

宋璟自然地接话：“准备什么？”

蒋时延叹了口气：“就是说好要重新追唐漾一次，结果忙着事情，也没好好追，想着要求婚，结果总是没有合适的时间、地点，也想不出惊喜。”

宋璟：“不着急，慢慢来。”

“怎么能慢？”蒋时延做作地苦笑，“我得抓紧时间好好想想，漾漾肚子里还有孩子，要是孩子出来了还没个婚礼什么的，别说我一辈子不会原谅自己，就是我妈都得弄死我。”

宋璟：“……”

好像看不到宋璟愣怔，蒋时延越发自责：“说起来也是我太笨，漾漾才怀孕那阵吐得厉害，但她工作忙，我以为她胃病犯了，都没逼着她去医院检查。她那时候特别喜欢吃酸的东西，番茄啊，柠檬啊——”

宋璟把糖朝蒋时延身边一放：“那个……我那边还有事情，就先过去了。”

蒋时延奇怪："没人叫你啊。"

宋璟起身，合掌边退边走："有的，有的，我们回聊，回聊。"

蒋时延嘴上怨自己，言语间那番炫耀盖都盖不住。宋璟喜欢漾漾又怎样？他没家庭地位又怎样？漾漾是他的女朋友！漾漾怀了他蒋时延和她的小公主呢！

现场没处理好，所有在场人员都不能离开，媒体接连不断地报道。

蒋时延目送宋璟离开。直到宋璟的背影消失在人海，他才收回视线，颇为轻蔑地哼了个低音。

唐漾自然猜得出蒋时延心里的小九九，先前却也纵容地没有戳穿。这时，她终于忍不住扑哧笑了一声："蒋时延，"她眼眸晶亮地望着他，"你知道你刚刚说话，太阳从树叶间隙里落下，亮光就在你手边，你逆着光动唇的样子特别像谁吗？"

漾漾描述的画面很美好，大抵会说像她喜欢的男明星或者某部小说的场景。虽然蒋时延不喜欢和别人做类比，如果是蒋妈妈这么说他像谁谁，他得炸。不过，这是漾漾说的……他耐心又细致地抚着她的头发，低声道："嗯？"

唐漾眉眼弯弯，声音清悦："像单元楼下特可爱的李大妈。"

蒋时延所有的表情瞬间凝固。

唐漾还叉腰学起来："哎哟，小唐，听说你去相亲了，对方条件怎么样啊？父母是不是健在？有房有车没？有五险一金没……哎哟，小蒋，你长这么俊，怎么没有女朋友？来来来，阿姨给你介绍一个……"她越学越来劲，"哎呀，张妈，你去新世纪没？十八号会员日可以换东西啊！别打麻将了，赶紧回去准备准备，要不然去晚了，卷筒纸被抢完了，你都不知道找谁闹……"

唐漾越学越和蒋时延之前的台词接近。

蒋时延石化又清醒，他微微垂头，就看着自家小姑娘眉飞色舞地"呀！""哟！""啧啧！"，他微笑着亲了一下她的额角："宝贝儿，皮痒欠收拾吗？"

"对啊，对啊！"唐漾根本不怕，他能怎么收拾自己，不外乎摸一摸，亲一下。想到这儿，她还噘起红润的唇，一双水灵的大眼睛分外挑衅地望着他。

漾漾啊漾漾，怎么就这么可爱……蒋时延哧地笑了一声，下一秒，他朝着媒体区域某个拥挤的方向把手恣肆地一挥，嗓音懒洋洋地喊："搜酷和星闻你们两个娱乐频道就别和官媒抢了，把镜头转过来拍拍场记，这边有人要接吻。"

什么镜头转过来？什么接吻？唐漾眼神一滞。

蒋时延长指钩住她的下巴微微上抬，一脸“宝贝儿，你索吻哟”，笑得得意，接着，低头，直接吻了下来。

唐漾耳根倏地一烫，推他胸口的小手却没用力。

蒋时延本来就是逗她，见她一副羞得不行还故作淡定的模样，他含着她的唇停下，手掌抚着她纤细的后背，将她的身体朝自己身前轻轻一压。

这个动作风流又带着调情意味。

天光开阔，媒体区域的掌声和笑声愈烈，唐漾听着清脆、悠长的口哨声，想藏住自己的脸。她稍稍偏头，撞见蒋时延一双深邃、噙笑的眸子，登时想挖个地缝钻进去……

闹闹腾腾地直播了亲吻，唐处长顶着一张红得快滴血的小脸望着蒋大佬，语气分外严肃：“虽然这里没有汇商的同事，但我也是有形象包袱的。我以女朋友的身份警告你，下次要进行什么突发行动之前，请先和我商量。”

漾漾怎么连害羞都这么与众不同又可爱呢？蒋时延捏捏她气鼓鼓的脸颊，笑道：“宝贝儿怎么都漂亮，丢了包袱也漂亮。”

唐漾板脸纠正：“包袱不能丢。”

蒋时延“嗯嗯”地点头：“没播，骗你的，我没点头他们不敢播。”

“啊？”唐漾怔了一下，随后僵硬地拍拍胸口，好像松了口气，“没播就好，没播就好。”想她唐漾中规中矩这么多年，要是真的因为和蒋时延直播接吻上个热搜，她大概真的会……好像没什么关系。

蒋时延一直观察着她，见状，问：“失望了？”

“没有。”唐漾摇头。

旁边有人把警察核查完的普通 U 盘还给她。她接过来，道谢。

蒋时延憋着笑又道：“不用失望，上一句是骗你的，播了。”

唐漾原地顿住。

蒋时延坐在她面前的矮台上，笑得得意又宠溺。

唐漾含情脉脉地抓起蒋时延的一只手。蒋时延一副“不用这些虚礼啦，不过你想亲就亲”的表情。

一秒、两秒、三秒，唐漾下嘴咬住，故作恶狠状瞪他：“啃猪蹄。”

“我的天，好痛。”蒋时延夸张地配合一声，满心满眼都满足得不行地把小女朋友拽到怀里揉啊揉。

日薄西山，相关机构的核查工作进行得如火如荼。

唐漾在蒋时延面前是“唐三岁”，喜欢和他无意义地拌嘴。但有工作人员过来咨询细节时，她逆光站着，手无意识地轻抚腹部，回答得扼要又清晰。她语速不急不缓，带着让人信服的、阳光的温度。

蒋时延牵着她的手仰头看她时会忍不住想，如果她任性一点儿，自私一点儿，怯弱一点儿，她都不会把她和蒋小狗置于一个危险的境地。他甚至想说能不能辞职安心养胎，他养她，他养得起，他愿意养一辈子。可这样，大概就不是漾漾了。

养她一辈子有困难的话，蒋时延笑笑，那就爱她一辈子。

出于隐私考虑，唐漾和九江专案负责人接洽后，对方同意在央广官媒上给她的照片打码并做化名处理。

办妥一切，蒋时延和唐漾朝停车场走去。

蒋时延忽然停下，用眼神问她：汇商和九江的事情还没理清，你受害者的角色难道不会让他们更有愧疚感？

唐漾昂头看他，用小指挠挠他的手心，汇商和九江的事情该怎样就怎样，她反而怕汇商高层直接承认他们在这个专案上作梗，甚至直接承认绑架她以模糊大众焦点。事实上，汇商高层和九江之间的牵扯绝非只有今年这个专案，可能还涉及之前很多年的案子。

两个人默契到对视便可以交流。

傍晚的风暖融融的，他的手热烘烘的，夕阳洒在唐漾心尖，变成蜂蜜。她垂头忽然笑了。

蒋时延问：“你在笑什么？”

唐漾：“我不告诉你。”

蒋时延做威胁状：“你说不说！”

唐漾噙着笑：“我不告诉你。”

蒋时延手朝她的胳肢窝探：“你说不说！”

唐漾忽地甩开他的手快步朝前走。

蒋时延也加快。

唐漾更快。

蒋时延快步追上她。

唐漾跑。

蒋时延也跑。

两人忽然竞跑！

蒋时延有意让她，又担心她肚子里的孩子。

唐漾想让他追上，也记挂着肚子。

两人一心二用跑到车旁，瘫到后座，唐漾气喘吁吁地娇声骂他："白痴啊，你。"

蒋时延亦用口型骂她：小白痴。

唐漾挤出一个做作的笑："你再说一次。"

蒋时延一股嘚瑟劲儿："我老婆特漂亮！"

两人在车上撑来撑去，气氛轻松，车开到蒋家别墅，该面对的还是得面对——

家庭医生早已等在客厅，唐爸爸还在山里，常年在外的唐妈妈到了蒋家。

唐漾见到长辈刚想打招呼，便被蒋妈妈和唐妈妈推给医生做了检查。

唐漾被绑走时吸入了少量乙醚，所幸对胎儿影响不大。

性别大家都没看，拿到胎儿各项指标健康的检查报告后，所有人都放下心来。后来，家庭医生交代"需要调养"，两位妈妈也说好话把医生送走。

咔嗒，关门。

唐妈妈和蒋妈妈扬起的嘴角齐齐放平。

唐漾和蒋时延坐一个沙发，三位长辈坐一个沙发，两方人马目光交接。唐漾和蒋时延紧张，长辈绷着脸都没说话。

安静间，蒋时延握着唐漾的手紧了紧，他主动道："整件事情的责任在我，漾漾很早之前就有反应，可那时我什么都不懂，以为是她胃病犯了，就没在意……"

唐漾看看蒋妈妈，再看看自己的妈妈，眼睛睁了半分钟。酸胀的感觉上来时，她开口声音微哑，言辞间却很有担当，道："这件事情责任在我，我周四去检查了，一时糊涂，想着周末给大家一个惊喜，结果后来发生那么多事儿，是我一时鲁莽，我在九江那边清醒后就后悔了，"她说着说着就哽咽了，"他们把我软禁在一个没有窗户的房间，昨天还是前天，肚子突然就痛——"

唐漾一滴眼泪挤出来，两个妈妈心肝一疼，赶紧围坐过来，什么责备的话都没了。

唐妈妈和蒋妈妈都是吃软不吃硬的人，蒋时延知道漾漾这哭有卖可怜的成分，但还是心疼得不行。

蒋妈妈想起了唐漾总是吐那一阵，唐妈妈也想起亲家给自己打的电话。面对真的受了苦还哭着的亲闺女，两个妈妈殷切地问东问西，"糖糖"长"糖糖”短，宝贝得不行。就连平时严肃的蒋爸爸都抱着手机给唐漾念了几个尴尬的笑话。

蒋时延怀疑自己有两个岳母、两个岳父，心累了一瞬，瞧唐漾鞋子还没换，又巴巴地去玄关拿了拖鞋，蹲在旁边给她换。

平时在家这样也就罢了，现在在蒋家，唐漾不好意思，看蒋妈妈、蒋爸爸都熟视无睹，唐漾就没好意思矫情。倒是唐妈妈多看了蒋时延两眼，这女婿脾气好、性格好、包容、成熟、有担当，还体贴，挺好，挺好。

后来，唐漾眼泪止住了，蒋妈妈多问了两句关于九江的事情。

唐漾答："应该收尾还要收一段时间。"

蒋妈妈犹疑："那你请假——"

唐漾乖巧道："我再请一周，八月初回去。我回来的路上打了电话，总行那边已经批了。"

唐漾说的是总行批的请假条，没说分行秘书处，这里面包含的信息量太大，两位妈妈都没多问。

七七八八又啰嗦了一会儿婚礼的事儿，保姆把夜宵端到饭厅。

唐漾连喝了三碗酸梅汤，蒋妈妈看得欢喜："我和你妈妈昨天又去看了好些小衣服呢！"

上次在唐漾家碰面仓促，两位亲家已经去看过一次。蒋妈妈自那天起就让秘书磨收购合同，昨天终于把那家母婴商场工商注册的法人信息换了名字。蒋妈妈笑眯眯地问唐漾："你喜欢男孩子还是女孩子啊？"

唐妈妈一直喜欢外孙女，这时，她却插嘴："当然是男孩子啊，"她拿着腔调，"男孩子晚熟，像你家蒋时延，越大越拎得清；女孩子早熟是好，可越大越不会做事。"她意有所指，"就像有的人，明明知道自己肚子里揣着个孩子还乱来，也幸好没事儿，要是——"她收了音。

唐漾觉得好笑，侧身吧唧亲一下唐妈妈。

唐妈妈嫌弃地擦脸："这都多大的人了，见婆婆也不注意形象。"

几人笑。

蒋妈妈和唐妈妈本来就是感情极好的朋友，唐妈妈表了态，蒋妈妈也违心地附和道："我也喜欢男孩子。不是重男轻女的意思，可能我带男孩比较有经验。"蒋妈妈吐槽自己的亲女儿，"亚男也被我带成了男孩的脾性。"

蒋爸爸听蒋妈妈的。

唐漾倒是真心实意，托着腮帮，眼睛亮亮的："当然是男孩子。"她语音清悦道，“男孩多好，可以光明正大地上房揭瓦，下河摸鱼，翻墙去网吧打游戏……”

迎上几道目光，唐漾说着说着话锋一转：“这些是不好的行为，我一定教育他不要这样做，”她憧憬，“想想小男孩白白软软帅帅的，还能穿小西装弹钢琴——”更重要的是，她朝旁边悄悄瞥一眼，像蒋时延的小男孩。

所有人都表了态，轮到蒋时延。

“当然要小姑娘啊。”蒋时延正在给唐漾卷千层蘸抹茶粉，他脱口而出，“男孩贼皮，一天到晚只知道玩，不好好学习，不好好写作业，只知道打游戏——”

唐漾眨着眼睛望着男朋友，蒋妈妈越过唐漾拧了一下蒋时延的胳膊。

“妈，你做什么？”蒋时延蹙眉，扭头瞥见自家小女朋友含笑的神色，他的话在喉咙一卡，生生转成，“生男生女都一样。”他拧巴的脸上写着一万个不满，嘴上却是扭扭捏捏地重复，“小男孩确实挺可爱的，胖爪子，啊，不，胖乎乎的小肉手弹钢琴——”

唐漾眉眼弯弯：“蒋时延，你真好。”

蒋时延慢动作点头，一想到有个贼皮的小恶魔装乖、卖萌、打滚、撒娇和自己抢漾漾，他整个人都有些崩溃，还穿西装，男孩子要穷养，穿抹布就好了。他朝漾漾的肚子瞄一眼，眼底写满了复杂。

当晚，唐妈妈开车回去了，唐漾留在蒋时延家。

蒋妈妈老早就给宝贝儿媳妇备好了各种睡裙和衣服，粉粉白白的一片，霸占了蒋时延大半个衣帽间。

大学时，唐漾给蒋时延送学生证或者学校里的材料来过几次蒋时延的卧室。黑白搭配的装修风格，有一个书桌，上面放着顶配的……游戏装置。

唐漾洗了澡，把自己一头埋进他的大床，“啊呀”一声，只觉得缘分奇妙又不可思议。

蒋时延半拥着她给她吹头发，毫无征兆地唤她：“漾漾。”

唐漾半眯着眼：“嗯？”

蒋时延：“我们这周末去普陀寺烧香吧？”

“好啊，”唐漾在他的腿上找了个舒服的姿势，“可我们要去求什么呢？”

保佑蒋小狗千万要是个乖乖的小公主，不要是和他抢漾漾的小屁孩。

蒋时延捏一下小女朋友的鼻尖，无比温柔地睁眼说瞎话：“当然是安胎，保佑母子平安、健康。”

漾漾起身，开心地奖励蒋大狗一个香吻。

之后几天，蒋时延的助理帮他们把必要的用品搬过来或购置齐，唐漾住进了蒋家安心养胎。

唐漾回来那晚，大家商量了婚礼。唐漾挑了草坪的基调，说不要太多人，光亲友就好。

九江和汇商这段时间都处于风口浪尖，唐漾的位置又敏感，两家人都体谅。蒋时延带唐漾去量过一次尺寸，婚礼其他细节便交给了两个妈妈去操心。

蒋时延特别喜欢唐漾休假的时候。

唐漾高兴，就在书房捋捋九江和汇商贷款那块的具体细节，然后写报告。唐漾更高兴的时候，就去一休陪蒋时延上班。一些涉及商业机密该保密的条款，他不会跟唐漾说，但一休大部分地方，唐漾都可以随便进。

从唐漾被绑至九江专案，一休以霸屏的姿态收割了近半个月的顶级流量。工作人员整理资料跟进热度时，唐漾意外地发现当时秦月的姐姐秦皎也在生态王国，并且和宋璟碰了几次头……

线人，周默调查时帮他开绿色通道的第三方。两个关键词在脑海中形成，唐漾越想越觉得对。

秦皎，一个法律系高才生，体格却异常健美。唐漾第一次在程斯然的乡村聚会上见到秦皎时，她才去九江没多久，留的是平头。唐漾当时只觉得她性格洒脱，对她多了几分欣赏，甚至拉了微信群后常跟她闲聊。

唐家老爷子身份特殊，唐漾对这些事情也有简单的概念。现在想想，秦家家世显赫，这保证了秦皎的基本安全。法律顾问的身份可以挂在多家公司名下，眼观六路，耳听八方。还有那个微信群，可能是试探自己的态度。而平头大概是安插前的特训留下的。

关于宋璟和任何特勤的镜头，蒋时延吩咐全部删除。唐漾就是在工作人员剪画面的时候看到这些原始图像的。

她心里装着块明镜，嘴上却没说，笑吟吟地把拿上来的果盒分给大家，又温和地对大家说“机房温度高，注意休息”后便离开了。

第25章 长卷

那就爱她一辈子。

唐漾休假期间，敖思切给她打过几次电话。小孩大概躲在某个地方，小声地说汇商高层包括秦副和范琳琅都被带走问话了，她担心唐漾。

唐漾故意吓小孩："我现在在一个完全陌生的地方，被限制了人身自由，走到任何地方都有人知晓或者看着。你现在跟我打电话，我都被一双眼睛直勾勾地盯着——"

敖思切快被吓哭了，但坚强道："唐处，你说我该怎么办？我吃了你那么多零食，我一定会救你的，上……上刀山下油锅，在所不……不……不——"

唐漾扑哧笑了一声："我在蒋时延家里养胎。"

敖思切："……"

唐漾朝骨碌转着大眼睛直直地盯着自己的荷兰猪招招手，笑道："蔬菜，过来。"

秦月也给唐漾打过几次电话。

这位"白富美"的嘴巴就是一把钢枪，噼里啪啦地吐槽："你不知道，监察委上面的人还好，下面有些办事员真的毒得很，追着我的资产情况问，还要我的花费明细，具体到分。我一个包七位数，一顿饭五位数，黑卡就是给我家狗狗玩的，我怎么知道眼屎那么点儿工资去了哪里？"

唐漾想象着秦大小姐一脸的不耐烦，忍笑问："那办事员有没有想打你？"

秦月回忆了一下，认真地摇摇头："好像没有，她问我家里有没有哥哥、弟弟，或者堂哥、表弟也行。"

唐漾闷声大笑。

秦月接着吐槽："还有范琳琅，真的牛，就是找喝茶这种事儿她好像没遇到过一样，把监察委塑造成了妖魔鬼怪，一副可怜、委屈的样子，说人家监察委让她什么都别说，要监听她的电话，监控她的出行，连她买多少钱的口红和包都要管。"

秦月越说越忍不住吐槽："你知道范琳琅是哪种人吗？就是其他同事说什么她都能插嘴，拐弯抹角地说自己去过监察委。比如同事吃午饭，她说，'你们知道吗？我那天被请到监察委，中午也有青椒土豆丝……’比如另一个同事给自己男朋友买了块表当礼物，她说，‘你们知道吗？我那天被请去喝茶，审我的人也戴着这块表……’还有敖思切从家里茶场给我带了一桶茶过来，那‘范事儿妈’都能叫住敖思切，说，‘哎呀，你这是什么茶，绿茶？那天监察委叫我过去，给我端的就是绿茶……’”

唐漾狂笑。

“我是真服气，你赶紧回来镇场子，”秦月仔细想了想，道，“对了，好几次她说得正起劲儿，我和敖思切路过提到你，她听到你的名字就㞞了……你是不是有她什么把柄啊？”

听到秦月这话，唐漾脸上的表情徐徐定住。沉默了半晌，她才颇有深意道：“大概……”

唐漾扯扯嘴角，眸子里却没有笑意。

如果说一开始唐漾对范琳琅的态度是初出象牙塔的学生对办公室熟稔的欣赏，甚至唐漾还将范琳琅当过字面意义上的朋友，那么后来，经历生态王国事件，听周默说起徐姗姗，第一次对一个男人心生同情后，唐漾明白，周默不可能放过范琳琅。

唐漾一向讨厌被利用或者被威胁，但奇怪的是，她不介意自己成为周默为了动范琳琅而借过去的那把刀。

七月底，唐漾写好关于九江和汇商过往记录的分析报告，整整 29 页。她打印出来，给监察委和周默各寄了一份。

八月初，唐漾假期结束回汇商复职。

汇商高层们虽在接受调查，但职位还在。

十来天没见，周自省看上去苍老了许多。他以往喜欢跟唐漾叨叨很多长辈意见，这次却没有。他只是在唐漾的复职申请上签字，望着她笑。他的抬头纹很深，笑容里含着类似欣慰的情绪。

唐漾没有马上走，她和周自省对视片刻，皱眉道：“周行，你是不是身体不舒服？要不要去医院看看？”

周自省摆手，想到什么，他问：“听说你怀孕了？”

唐漾以为他又会说影响晋升一类，脸上的关切消散，正想打个招呼离开，便听到周自省的声音从桌后传来：“你和蒋时延都老大不小了，是该要个孩子了。”

唐漾脚步顿住，略微诧异地抬头看着他。

周自省满目和蔼：“我和我太太没孕育过小孩，也不能给你传授这方面的经验，反正你按照自己的规划来，该来的都会来，是你的总会是你的，但你自己各方面都要注意一点儿。”

唐漾嘴唇动了动，却组织不好语言。

周自省笑着挥挥手：“下去吧。”

唐漾迟疑片刻，轻轻颔首：“嗯。”她总觉得周自省有些地方和以往不同，但又说不上来。

唐漾进信审处，正好撞见范琳琅出去。

两人打个照面，唐漾递过去一个疑问的眼神。

范琳琅目光落在唐漾的小腹上，有一瞬的不自然：“我有事儿，去秘书处请个假。”

唐漾猜到范琳琅要去哪儿，但没表露在脸上。

五分钟后，范琳琅从汇商大楼匆匆地走向停车场，开车锁，点火。

酷夏的上午日照充足，光线照在大厦的棱角上，折出白光。唐漾穿着无袖黑色衬裙，端着杯牛奶，身段袅娜地站在办公室窗边。

她望着范琳琅车灯闪着转弯汇入车流，无比平静地拨通监察委的电话，报了时间、地点，几声“嗯”后挂断。

唐漾不算一个有大抱负的人，只是真相搁在手上，她觉得自己有责任也有义务把它推向该去的地方……

与此同时，A 市南区监狱，一百来号犯人排在休息厅等待半个月一次的亲友探访。狱警每隔十五分钟吹一次口哨，上一批打电话的人被吆喝着退场，下一批有序地进去。

二十来个窗口一字排开，每个窗口间隔着一块形同虚设的隔板。甘一鸣在指引下走到最边上，透过玻璃窗看到了外面的范琳琅。

她精心打扮过，丝巾系成了一个漂亮的结。其他窗口响起话音，她定定地注视着甘一鸣。他明显瘦了一圈，颧骨变高不少，他也在看自己……

直到狱警过来催促，范琳琅才恍然大悟般擦一下眼睛，坐下来。

“你……还好吗？”甘一鸣迟疑道。

“嗯，”范琳琅应得很轻，“那样到处说真的有用吗？秦月对我的意见好像很大，我不知道她知不知道我们，毕竟她在信审处待了这么久。一鸣，我有些怕。”

甘一鸣相对冷静:“监察委约谈后一般会有一周的监听监控和同事回访,你这样比较安全。”

监察委只约谈党员和一定层级的官员,范琳琅被约谈后到处张扬,一方面有才晋升的炫耀,一方面带着进大观园的小市民气,既有掩饰作用,又符合甘一鸣了解的范琳琅式的狭隘。

甘一鸣收回思绪,看向范琳琅的眼神带着温情:“瑞士银行那边的钱处理好了吗?”

范琳琅点头。

甘一鸣:“我们前几年放在你奶奶名下的几套房产和十来家商铺卖了吗?”

范琳琅点头:“前两个月陆陆续续都办好了,但有一家要这个月月中才过完户。我想实在来不及就算了,毕竟我们这边比较重要。”

甘一鸣认同并再次安抚她的不安:“你对汇商和九江的高层来说,只是一个可有可无的小角色,他们牵扯再多都不会在意你,等九江的事情一过,你就马上辞职,先去摩洛哥,我这边会揭发魏长秋戴罪立功。”

监狱探视电话有监听,但每天那么大人流量,甘一鸣并不觉得狱警会闲来无事挨个儿听。他眼底闪过一抹阴毒:“我会尽量多说点儿,反正九江已经黑透了,魏长秋死了,死无对证。”

范琳琅唤他:“一鸣。”

甘一鸣的神情又变得柔和:“我争取减刑到三年,”他看着范琳琅,“三年一到我立马去摩洛哥找你,那时候没人管得了我们,我们有那么多钱,我们可以买几座庄园。”

范琳琅动容。

甘一鸣不知道是在看范琳琅,还是在看自己躲过各方视线藏好的巨额财产:“然后结婚,生小孩,长相厮——”

范琳琅闭上眼,甘一鸣没了声音……因为他看到范琳琅身后是五个戴着袖标的监察委成员。

他的手倏地一紧,范琳琅顺着他的视线回头,瞳孔蓦地放大。

监察委组长手一挥,几人上前。

三天后,汇商官网挂出公告。

谁也没有想到,“7·21九江特大专案”开庭审判的第一起案件不是汇商高层,也不是九江高层,而是信审处一个名不见经传的小人物——范琳琅。

她被起诉的理由是涉嫌使用非法手段进行九江、汇商商业间谍活动，伙同汇商A市分行前信审处处长甘一鸣处理现金赃款，经魏长秋副卡洗钱，挪用九江公款，等等。

除了周默从九江角度给出的部分资料，法院收到的证据还有范琳琅奶奶名下的房产证明，与她收入极度不匹配，但她日常佩戴的红宝石、粉钻等照片，各项总价估值高达九亿。

甘一鸣从魏长秋手里敛的这些钱本就来路不明，即便九江发现了，也不敢自己捅出去。范琳琅案作为整个“7·21专案”的第一案，开庭是全网直播。甘一鸣一边盯紧屏幕，一边祈祷范琳琅咬死不认罪，自己想办法联系魏长秋以前的管家，跟他许诺一些好处，可能还有转机。但出了两件事儿，完全在他意料之外——

第一，魏长秋一死，九江大势已去，即便是何征那样的元老都想戴罪立功，争取减刑，更别提魏长秋的管家作为污点证人站在了范琳琅的对面。第二，秦皎担任法律顾问，论述张弛有度，不急不缓。

旁听席上有汇商的同事、媒体和范琳琅以前只能在报纸上看到的大人物。她心底最后那道防线大概在三天前就已被攻破，她对秦皎和法官说的每个字都供认不讳。审判员落锤那一刻，甘一鸣脑子里嗡嗡响着，“完了，一切都完了”，他眼前一黑，昏倒在屏幕前。

屏幕另一端，庭审现场。

范琳琅提前退场，临上车前，她要求见唐漾一面。法院后台的通道还算宽阔，她穿黄色马甲，戴着手铐，身后跟着两个武警。

唐漾一只手挽着蒋时延，一只手拎着坤包，相距大概一米，站在范琳琅面前。大抵因为个子不高，她背脊一向挺直，肩膀舒展。她喜欢穿及膝裙，露出半截纤细的小腿。她神态很淡，带着一贯让范琳琅羡慕的从容、得体。

网上曾经有段时间流行“天鹅颈”，范琳琅也会努力抻抻脖子做操，后来发现这个词适合唐漾这样的人，性子柔和，与生俱来。

范琳琅想见唐漾的原因很简单，那些圈出首饰的信审处日常照片出自唐漾或者敖思切的角度，而敖思切是唐漾的人。

范琳琅牵了牵嘴角：“你是什么时候意识到我可能和他——”

唐漾坦率道：“你升副处的时候。”

甘一鸣和范琳琅有不正当关系，甘一鸣入狱，而范琳琅由于甘一鸣等多方原因反升副处的时候。

“看不惯我得志吗？”范琳琅垂在身前的两只手绞在一起，声音中有讥讽之意，“我以为唐处多清高呢，原来也会对升迁这些小事儿在意——”

唐漾不否认：“能力和职位不匹配。”

范琳琅眼底的唐漾面如古井，她蓦地红了眼睛：“以前一鸣对你有偏见的时候，我帮你在他面前说话；其他同事议论你的时候，我帮你说话。我承认你才来的时候，我嫉妒过你，可你问问你自己，我对你不好吗？甚至浦西那边出一个亿让我带着昙信通全部初始数据跳槽，我都毫不犹豫地拒绝了。我只想安分地待到年底就走，和一鸣不碍魏长秋不碍你，可你唐漾呢？”她哂笑，步步逼近，“你怀疑我，防备我，监视我。我真心对你，你却把我当傻子一样玩我，还夸我……这就是你唐漾？！”

范琳琅升副处时，唐漾和秦月都看过她的档案。她小时候家庭形态不健全，唐漾当时没在意，此时一想，这大概就是她爱甘一鸣还能帮他开房的缘由。她很容易由细小的点滋生畸形的情感。

而唐漾并不觉得介绍外卖或者一起喝下午茶就算友谊，也不认为不参与八卦就是护短，遑论那句“如果不是蒋时延，她就是第二个徐姗姗”。

至于范琳琅拒绝浦西一个亿的邀约，唐漾有些想笑。浦西出一个亿想挖的是她范琳琅，还是昙信通？可最终唐漾没有笑，她只是淡淡道：“人情尚有余地，法律不可触碰。”她替周默和徐姗姗闷着一口气，对范琳琅再说不出多余的话。

落在范琳琅眼里……唐漾她凭什么这么轻描淡写？凭什么在背后捅人刀子还这么高姿态？凭什么她永远都是这样不费吹灰之力就得到一切？

范琳琅越想越陷入死胡同，她头脑一热，朝唐漾扑去。只是她还没接近唐漾，蒋时延反身就将唐漾护在怀里。

同时，武警上前制伏范琳琅。

范琳琅一案就像火苗点燃绳索。

随着媒体描述A市天气从报道中的地板煎鸡蛋到煎牛排，九江专案也在不断推进。盘根错节的集团关系捋到后面，自然而然披露出九江高层和汇商高层早在九江集团创立之初就存在钱权交易。

最开始九江董事局的主席是魏长春他们四兄妹的父亲魏贤勇。随着去年魏贤勇因病离世，汇商高层和九江的勾连关系挪到九江新任主席魏长春身上。

汇商A市分行一正四副五位行长，除了常年出差、较为年轻的一位，其他四位尽数下马。

监察委过来带人那天，汇商楼下停了三辆顶灯闪烁的公车，汇商各层窗口挤着密密麻麻的人头。

周自省他们几人直接被戴上手铐从顶楼押下来。

汇商安防中心拒绝媒体拍摄，控制场面。

汇商大楼门口到停车场不过十几米的距离，可喧闹间，众位同事只觉得几个行长走了很久……

“其他三个我还信，可周行人真的特别好，感觉不像啊。”

“涂行小孩读书，学区房十万一平方米，涂行买了三套。汤行也是，听说他太太一条钻石项链就是一百多万，之前没敢说……但周行真的，他脖子上的那条领带十年前我就看到过，一直开帕萨特，他太太以前是大学老师，人品、口碑也极好，人家老两口儿现在还住在大学宿舍里，简朴得不行。”

“对啊，而且周行也没有孩子，受贿这种罪名怎么也安不到他头上啊，他图什么？”

“……”

同事们议论纷纷，高层弓身上车，监察委的人员在后面关门，发动车辆，警笛长鸣。

周自省在位十多年，口碑和人脉极好、极广。他和几位高层上午被带走，下午就有同事发起千人联名书，要求监察委重查“周自省与九江高层勾结、接受贿赂”一案。

夕阳藏了一半在地平线下，另一半橙黄宏大而磅礴地晕染着整座城市的钢筋森林。

签名书递到唐漾这里，唐漾眺望着夕阳，抿着唇没说话。良久，她没签字，把纸和笔推还给同事。

同事顿时愤怒拍案：“唐处，周行平时待您可不薄，现在周行出了事儿，全行都记挂着，结果到您这儿，您是什么意思——”

“说了自愿啊，我也没签啊。”敖思切看出唐漾心情不好，起身轰那个同事。

那个同事骂骂咧咧地拉住门不愿走，敖思切直接把他朝外搡。

要是平时，唐漾肯定会跟同事道歉，面上责备实则疼爱地让敖思切“有礼貌”，可今天，她真的不想说话，也发不出声音。

咔嗒，门合上，留下一室安静。

宽阔的漆皮椅背对着门口，唐漾头靠椅背望着天边的夕阳，夕阳一点儿一点儿沉下去。

周默……徐姗姗……ZM……XSS……首字母是 ZX……

周行长……周自省……ZZX……姓名的拼音缩写是 ZX……

周自省在顶楼办公室跟她说的每一句话都响在耳边，关于仁慈，关于人心，关于职场，关于婚姻……他算个亲切的老人，可那时唐漾对他从无好感，他眯眼笑着又正经地喊“唐漾”“唐副”“唐处”……

唐漾太久没眨眼，眼睛略感酸胀。她用力又艰难地闭上眼眸，最后一寸夕阳没入地平线，天色灰黑，茫茫一片。

当天晚上，汇商同事们的联名书还没递上去，包括周自省在内的四位行长便齐齐认了罪。因为比起某些罪名，受贿显得很轻。

案件未进入庭审，监察委官博并没出相关声明。但第二天零点，汇商总行在内网上发布了周自省等行长级领导接受贿赂的具体数据。公告下面还有几个白天没被公开带走的处长和科长。

中高管栽倒近半，一时间，汇商人心惶惶。

周自省他们在周一被带走。周二，内网没有任命消息。周三，内网没有任命消息。

周四。

“唐处竟然干干净净？”

“唐处真的是家里有钱，不是有小动作？”

“不想想唐处男朋友是谁，怎么可能没钱？”

“那天小王说上去找唐处，唐处没签联名书，会不会是唐处早就知道这次风波要波及分行行长？”

“……”

就在类似言论甚嚣尘上时，任命通知千呼万唤地出来了。

B 市分行行长樊胜紧急调至 A 市分行担任代理行长，A 市信审处处长唐漾在原职基础上临时接管顶楼秘书处，以及 C 市调来几人填补 A 市分行处级、科级空缺。

按理说，秘书处应该由樊行长一并管辖，总行却把秘书处单独拨出来给了唐漾。秘书一职自古以来就敏感，由着秘书帮主位安排一切、处理一切，所以往往主位走后，最容易升上去的便是秘书。

现在，唐漾只是处长，但汇商 A 市分行整个秘书处都归唐漾管。这意味着什么，这代表了什么……

这几天，汇商内部舆论陷入空前的高峰，就连清洁大妈休息时讨论的关键词都是“高层重组”“樊行和唐处谁会上位”“唐处不到三十岁啊，这次至少升副行，太厉害了”。

这几天，唐漾很本分地做着属于自己的双倍工作。蒋时延每天晚上都给漾漾写怀孕日记，写着写着便忍不住摔笔。漾漾腰围以毫米为单位膨得越来越大，她的体重却越来越轻。

汇商那点儿破事儿蒋时延当然清楚。他一方面气汇商那么大一家银行找不到其他人了吗，一方面也知道是漾漾优秀，这对漾漾来说可能是个很好的跳板和机会。

蒋小狗还不到四个月，唐漾好几个晚上都是八点多才打电话让他接她回家。到家后，她在楼下扒两口饭又匆匆地到书房办公。

蒋时延不放心她，又不敢打扰她，便蜷在书房边上的小沙发上轻声敲键盘。他好几次听到她键盘声响着响着就没了，探头一看，漾漾竟然累得趴在书桌上直接睡着了。

最让蒋时延生气的是漾漾懂事儿。她知道要为蒋小狗考虑，所以她白天两顿，尤其是早上吃得很多。

偶尔蒋时延把夜宵端上来，盘子磕在书桌上的轻微声响吵醒她，她便揉揉眼睛抱他。

蒋时延问:“累吗？”

她点点头:“有一点儿。”然后抱着碗喝她不喜欢但很有营养的羹。她大口大口地喝，本就巴掌大的脸快要被碗遮完了。

蒋时延轻轻地抚着她的头发，听着她细软的吞咽声，一颗心拧毛巾般疼成一团。

所幸樊行长在 A 市分行待过，他和周自省、唐漾都熟。两周过去，汇商 A 市分行剩下的三个副行位子也从其他城市陆续调来替补，职位如齿轮般进行磨合。

A 市分行的同事们又开始在背后议论:“为什么唐处没上？”“唐漾非议多，但她的办事效率和能力没的说，学历、水平都在线，这次没升上去好可惜。”

大家有的幸灾乐祸，有的单纯诧异，总的来说，除了前任行长们的案件还未开庭审判，汇商的一切好似正在重新迈入正轨。

八月下旬，处暑。除了在日历日期底下用红色标记，这天和以前的日子好像也没别的不同。同事们挤着摇摇晃晃的地铁或者堵一波高峰来上班，疲困地过完上午，中午点外卖，玩手机。唐漾得闲的时间比之前稍微多一点儿。

一休旗下有个三行情话营销号，每天中午十二点准时发布内容。网友们以为是营销号，唐漾看到最后一张“点赞 + 关注”的字样上配的是家里的小漾熊图片，便明白这是蒋时延给她的小惊喜。

蒋时延不说，她就装不知道。

营销号以前发的内容贴心又浪漫，大概“处暑”这节气比较燥热，今天就八个字——想你。想你。好了，没了。

唐漾盯着屏幕看了一会儿，扑哧笑出声。

离午休结束还有一段时间，她一边拎起车钥匙朝外走，一边给蒋时延打电话，嗓音细细软软的：“你今天好敷衍啊。”

电话那头，蒋时延挺高兴地“哇”一声：“我终于引起唐处长的注意了吗？你果然还是爱清纯的帅哥，不爱妖艳贱货！”

“这都是什么和什么啊？”唐漾忍俊不禁，“你在办公室吗？我过去找你。”她走到楼梯口，按下电梯按钮。

蒋时延“哎呀”一声：“很不巧，”他声音含笑，带着一脸“终于是我忙了”的得意，“我准备去见一个很重要的人。”

虽然还没办婚礼，也没领证，但唐漾和蒋时延的相处已经成了老夫老妻的模式。

唐漾听到这话，很自然地认为他要去见大客户，她一边嗔他“痞劲儿收一收”，一边再按一下电梯键，关掉下行指令。电梯数字还在不断变化。

蒋时延嘚瑟：“你今天上午、下午都没有会，我猜你已经站在电梯口准备来找我。”

“我像那么急的人？”唐漾轻哼一个笑音，“不瞒你说，我也就是给你打个电话，如果你方便，我可能才会犹豫三秒找找车钥匙，然后慢吞吞地起身——”

叮咚，电梯到了。

唐漾站在电梯旁还没走，听到声音她下意识地抬头，意料之中也是意料之外地撞见蒋时延两手拎满东西站在电梯里。他满眼温柔地凝视她，薄唇旁微翘的弧度好似在叽里呱啦：说好的在办公室呢？说好的慢吞吞呢？我就知道！

谎言被当面戳穿，唐漾耳尖红红的，第一反应是转身遁走。

蒋时延快步从电梯下来，趁着拎东西的时候把她揽在怀里：“还真是个小骗子！”

“骗你个头。”唐漾轻轻搡他。

“好啦，好啦。”蒋时延越看漾漾越觉得可爱，偏头亲亲她热烫的耳郭，拥着她进了信审处。

唐漾细弱地“嗯”一声，微垂头，脸红红的。

信审处的同事和蒋时延早已熟识，见蒋总拎着东西进来，毫不客气地围上去接过东西。几份需要唐漾处理的文件他们也没急着送进去，人家小两口午休时间好不容易说说话，他们得成人之美。

同事们吃零食的吃零食，玩游戏的玩游戏。唐漾没关办公室的门，蒋时延坐在会客的小沙发上，唐漾靠在他怀里和他有一句没一句地说话，他让她靠着自己睡会儿。

窗外空调挂机嗡鸣，知了聒噪，信审处内氛围融洽，有谈笑，亦有温馨。

一个重磅消息就是在这样的情况下，宛如石子投入平静的湖面，顿时激起千层浪花！

七月底的时候，唐漾给监察委和周默递过一份细节详尽的报告。经过大半个月的审查复核，监察委终于揭露，汇商涉嫌越权授信、套用数个空壳企业的信用报告参与九江经济犯罪板块。

下午一点到两点是流量高峰期，几乎所有能刷出来的界面，包含“唐漾检举”的内容无出其右。

同一时间，周默也交代了汇商几位前行长在九江专案的运作过程中抽取的具体比例。

网友们在感叹天文数字和报道中出乎意料的信息提供者，总行亦在迁怒，让唐漾分管临时成立的风控小组。

总行长讽刺道：“唐处胆识卓越，我相信你能处理好这些舆论，和汇商风雨同舟，即便怀着孩子。”

唐漾扯扯嘴角，安静中，她顶着其他高层各式各样的眼光站起来：“我尽量。”

她当然知道总行长给了自己一个烫手山芋，当然知道信用问题对任何一家银行来说都是致命打击。可事实摆在她眼前，她真的没办法说一半藏一半。她自认不是善良的人，但尚存最基本的公德心。

傍晚六点，顶楼散会。

唐漾交代了一件在心里搁置很久的大事儿，稍稍缓一口气。可她刚出会议室，还没上电梯，监察委的人便来到顶楼拦住她："涂臣等人就越权授信一事录了口供，有迹象表明您参与过'曲奇'事件。"

唐漾脚下轻晃："我提前写过报备书。"

监察委："九江的何征等人列出的涉案名单里都有您。"

唐漾喉咙咽了咽："你们是不是弄错了？我的报备书上写得很清楚，八月初连同今天下午这份报告一起送去了监察委。"

监察委提醒："玛莎拉蒂。"

唐漾想起周默请自己喝乌鸡汤那次，恍然大悟。

"你们是怎么把我带走的还得怎么把我送回来，辛苦了。"她半开玩笑半认真道。

监察委都是看证据说话，不会因为唐漾提供了汇商高层越权授信的报告而对她网开一面，但考虑到她是个孕妇，动作和态度着实温和不少。

电梯门徐徐合拢，唐漾和监察委等人下至一楼。

方才顶楼的行长办公室内，总行长和樊行长并排而立。总行长这几天头发白了不少，他眺望着窗外："不把报告给总行，直接捅到监察委，再随手给总行一页纸报备，先斩后奏，她胆子真的大。"

樊行长和总行长是老同学，颇为感慨："汇商能把这道坎儿迈过去是命，迈不过去是天意。我见唐漾第一面就很喜欢她，做事拎得清，眼睛很干净，没有沾染半点儿办公室习气。"

总行长看在眼里："她来汇商第一年推出 BKB 模型，第二年提了昙信通。"还都是在基层岗位上提出来的。

樊行长："现在这样的年轻人实在少。"

蒋时延接到秦月电话赶到汇商时，唐漾已经被监察委带走了快一个小时。

蒋时延听完前因后果，桌上的水一口没动。

"我去悠然居。"他攥着手机起身。

秦月："你还要去吃晚饭？"

蒋时延："去找程斯然拿原件。"

秦月相信唐漾没事儿，所以不急。可蒋时延的担心不一样。

监察委、一休、汇商等多方势力盘踞局中，稍微有点儿动静出来，可能又是风起云涌。唐漾真到了监察委还好，蒋时延担心她牵扯了太多人的利益，如果那些人不择手段一点儿，趁她在监察委那里动她，她肚子里还怀着一个大家都已知晓的蒋小狗……

蒋时延不敢推测意外，马不停蹄地从汇商赶往悠然居，敲开程斯然办公室的门说明来意。

程斯然顺着时间点找出一堆视频原件。

蒋时延状态平稳地坐在程斯然的位子上，握鼠标的手却不自觉地发抖。谁老婆怀着三个多月孩子去了生态王国还去监察委？下午落在报告上的唐漾一出来，不知道有多少双眼睛盯着漾漾，他怎么就没想到九江和汇商落网的高层会反咬她一口，他怎么就这么马虎……

窗外天色已黑，蒋时延的侧脸映在窗户上，喉结上下滑动一次、两次，越来越疾。

程斯然轻拽一下鼠标线，于心不忍："你稍微冷静一点儿……我去楼下给你叫个饭？"

"我很冷静，"他的手指越点越快，"我和她午休的时候还在一起，只是几个小时没见——"他说不下去了。

他拿到视频，匆匆赶往监察委。城市华灯初上，监察委里灯火明亮如白天。

办事员过来从他手里拿了硬盘，不到十分钟，给出反馈："视频可以作为佐证，唐处牵扯的有玛莎拉蒂和黑金卡。玛莎拉蒂后来被周默给了甘一鸣，所以现在只需要核实黑金卡里两千万的去向就可以了。"

蒋时延去看了周默。

周默在那次之后把两千万汇入了其他现金流，他很抱歉："我当时没有考虑到把这两千万完整地留下来。"以致分流后蒋时延可能会很难查。

"没事儿。"蒋时延仍旧跟周默道了谢，然后在办事员的带领下离开。

路过一个楼梯口，办事员说道："唐处在三楼，就在楼上。"

蒋时延摇头："不用。"他不敢去见唐漾，害怕自己看见她会绷不住。

办事员没再说什么。

走到楼外，身后是明亮，身前是黑暗，蒋时延停步，转身，高大的身形逆着光。他确认了唐漾的安全，仍是没有忍住啰唆："麻烦你们照顾一下我爱人，我会尽快来接她。她怀着小孩，晚饭请不要让她碰辛辣、油腻的食物，水尽量温一点儿，如果可以的话，她晚上要喝牛奶……"

办事员是二十岁出头的小伙子，逐句应好。

蒋时延满是感激，握手连连道："谢谢你们，谢谢你们。"

都是不足挂齿的小事儿，办事员受宠若惊。

蒋时延合眸，盖住眼中的血丝。他的眼眸深邃，藏着早已刻进骨髓的隐忍和深情。

周默给蒋时延预估的时间是三天，他明显低估了一休的渗透力和人脉网。

三个小时后，深夜，唐漾揉着眼睛从监察委出来，遥遥地便看见蒋时延倚在门口的柱子上。他身体的每个线条都很好看，西装裤包裹下的长腿修长，双臂环抱的姿势赏心悦目。

就知道他会来，他大概担心了，看看，看看，蒋大狗脸上都没什么表情。唐漾倒是笑了，小跑两步被他腾空抱起，然后才落到地上。

"有蒋先生可真好。"她仰脸望着他，声音甜甜的，眼睛黑白分明，缀着碎光。

蒋时延不顾监察委里还有人在办公，他怜惜地亲亲她的额角，亲亲她的头顶，然后又没忍住重重地揉了一把，这才搂着她朝车边走："回家洗洗睡？今天累了？"

"我刚刚在上面睡了快一个小时，"唐漾收起笑意，"你回家帮我拿床毯子吧，我回信审处。"

蒋时延看她。

唐漾道："樊行刚刚给我打来了电话，他让我回家休息。但现在这个节骨眼，汇商刚好是信用这边出了问题，我刚好负责这块，事情堆得很多，其他同事都在加班，我走不开——"

蒋时延当然知道，又没办法，最后轻拍两下她的手心，愤愤道："家暴。"

家暴就家暴吧，唐漾已经养成了摸肚子的习惯："我会照顾好蒋小狗。"

蒋时延叹了口气。

他送唐漾回汇商的路上，助理的夺命电话打来，主题就一个，需要压九江越权授信的事儿吗？

如果说下午已经在流量上掀起了第一波高潮，那深夜无疑会有第二波。如果蒋时延想强压肯定可以逆着风浪压下来，但压下来的后果……

蒋时延沉默。

唐漾的手轻轻覆上他的手："你没必要掺和汇商和九江的事儿，我做什么是因为我和汇商签了用工合同，我该做什么。蒋小狗的奶粉钱，你还是要赚的。"

她明白，蒋时延很想也很可能会为了她不管不顾地压下来，所以她提前一步说明自己的立场，不让他为难，带着唐漾式的理性、客观。

蒋时延这次反常地不想听唐漾的话，可见到她疲惫带笑的模样，他什么话都说不出来，只能借着手上的力道将她带向驾驶座，在路边，在昏暗中，轻轻抱住她……

汇商和九江的专案查归查，可儿媳妇还怀着孙女就住到了办公室？蒋妈妈好几次想冲过去讨说法。

蒋时延拧眉拦住她："漾漾这段时间本来就忙，你不要再过去多事儿了。"

蒋妈妈气不过，支使蔬菜去挠蒋时延。

蒋时延一休的事情也多，他每天中午去一次汇商，下午去一次，一直陪唐漾到晚上。每隔两天唐漾要回家洗澡、换衣服，他便载着她一起回来。这时他见到毛茸茸的蔬菜，难得觉得这荷兰猪可爱得紧，那他下次去看漾漾把蔬菜也带去，逗漾漾笑笑。

唐漾脑海里的那根弦确实一直绷着——

秦家老爷子意外离世，大头股权留给了秦月，秦月没办法带着整个秦家蹚汇商和九江的这摊浑水。素来无法无天的秦家小姐给唐漾递了辞呈，第一次在工作场合红了眼睛。

秦月抱着唐漾，良久，附在她耳边轻轻说："对不起。"秦月将她当真朋友，陪她走了个开头，却没陪她走到事情结束。

反倒是唐漾安慰秦月："千亿身家的女人是不是就像小说主角一样，掉的眼泪都是钻石？"

秦月破涕为笑，轻捶唐漾的肩头。想起对方肚子里还有孩子，秦月抹一把眼泪，半弯腰对着她的肚子道："叫干妈。"

唐漾想起蒋时延偶尔犯傻，也会故意板着脸，戳着她并不明显的肚子，喊"叫爸爸"。她无奈，不是说一孕傻三年吗？怎么她这个孕妇才是最清醒的那个？

秦月一走，唐漾失去一道助力，更加忙得昏天黑地。

唐漾的报告放在监察委，监察人员正在和汇商落网的四个行长逐条核对细节。

汇商和九江这场大案没有定论的每一天，汇商的日贷款进件率便会减少一个分段，客户流失量便会增加一个层级。各方压力笼在头顶，汇商大厦内的员工们行色匆匆，不敢抬头。

八月底，汇商总行董事会撑不住天天跌停的股价，不止一次找唐漾谈话，给她施压，希望她承认报告系她杜撰，然后总行领导想办法帮涂臣几位把越权授信归到操作失误上。

唐漾咬死不松口。

九月一号，本该在 A 市分行试点发行的昙信通因为汇商信用问题被央行点名，要求提到汇商总行进行审核，然后全国发行。

总行发行的审核标准比分行高出一段天堑倒是其次，关键两点：第一，昙信通本来就带有慈善性质，汇商现在的股价不允许汇商出这样的产品；第二，总行长话里的暗示很明显，如果不是总行“保人派”的高层们把昙信通送到央行面前，央行会在汇商成百上千款地方发行产品里独独挑她这一款？

汇商“保人派”的高层恨不得抓住唐漾的小尾巴。

昙信通如果过了审，然后走流程，接受总行发行委员会投票的话……唐漾想象出那个场景，大概就是否决，然后公开羞辱。

敖思切对于这个通知很气愤，唐漾只是笑了笑，在给总行长回复时仍是坚定立场，不退一步。

唐漾以为自己撑得住，昙信通是她付出过心血的东西，还带着差点儿夭折的蒋小狗，她不断给自己心理暗示，她撑得住……

昙信通提审通知出来是中午，唐漾端着温牛奶回到办公室，牛奶入喉，满腔的苦。

她已经很累了。她想不通，为什么很多事情都会指向她，针对她？所以是她做错了？所以她就该把千亿越权授信的事儿朝自己肚子里吞？所以她就该让涂臣他们握着那么多中产阶级可能一辈子都赚不来的血汗钱在高位逍遥法外？还是说她一开始就该明哲保身，把周默的 U 盘交给汇商高层。她不该走出第一步，不该眼高手低开这么大一盘局……

从报告公开那天起，就有同事议论唐漾“手段繁复”“心计颇多”“最后却连个副行都没混上”“给其他人白白做了嫁衣”。

还有一休以外其他的媒体堵在汇商门口等着采访唐漾。

唐漾站在风口浪尖照常工作，偶尔监察委需要补充证据，她便拿出在会所拍到的周自省他们和九江高层同行的资料。她把每件事儿都做得滴水不漏。

九月有秋老虎，二号是周二。唐漾最后一次去监察委录口供，从下午一点一直录到晚上八点。

临出去前，唐漾去了一趟厕所，然后在纸上看到了血。

中央空调噪声轰鸣，她的脑子一片空白。她没敢告诉蒋时延，她收拾好自己，无比平静地给敖思切打了个电话。

敖思切有驾照，唐漾平静地让她送自己去医院，平静地去检查。

胚胎发育正常，由于孕妇情绪波动较大……

晚上做超声检查的人不多，女医生看到熟脸，啪一下重重把鼠标摆在桌上："第一次见你这么厉害的孕妇，你是在烟花爆竹集团上班当窜天猴？！工作就是上天入地？！"

女医生像说单口相声一样噼里啪啦，唐漾喏喏应下，不敢反驳。

敖思切把唐漾送到蒋家别墅外，见唐漾脸色不对，她指着手机："我打电话叫蒋总下来接？"

"不用，就几步路，你把车开回去吧，明天开到信审处就行。"唐漾下车，隔着车窗交代，"路上小心。"

敖思切点头，乖巧地跟唐漾挥手告别。唐漾温柔地目送她离开。

蒋时延当唐漾是回来洗澡、换衣服，唐漾洗漱完却留在了书房。

蒋时延心里涌上一丝暗喜，面上却没表露。他翘着嘴角去厨房热了杯牛奶，处理完白天没处理完的文件，牛奶差不多温了，他给漾漾端上去。他轻手轻脚地推开书房的门，走到书桌旁。

书房转椅宽敞，唐漾听到玻璃杯磕在桌面的声响，手还在敲键盘，身体却是朝旁边挪了挪，给蒋时延留出一方空处。

蒋时延眉梢抬了抬，心领神会地坐下。

唐漾手上的动作逐渐放慢，越来越慢……然后停住。她关了桌角的台灯，偌大的书房顿时只有电脑的那方荧光在闪烁。

蒋时延靠着椅背，把小女朋友朝怀里拢了拢。他知道唐漾想和他说话，他没出声。

唐漾也没出声。

两人的沉默同呼吸一起发酵在昏黑里。

良久，唐漾在蒋时延的心跳声中安定下来。

"回来之前我出了点儿血，"唐漾明显感受到蒋时延身体的僵硬，"敖思切陪我去做了产检，宝宝和我都没问题。"蒋时延没放松，她接着说，"我这段时间经常思考一个问题，思考要不要辞职。"

蒋时延搁在唐漾肩头的手微微收拢，他低头，将薄唇落在她的头顶，没再移开。

触感柔软，不知是蒋时延的吻还是唐漾的头发。

唐漾发出一道细细的吞咽声，声音不急不缓。她说：“我喜欢汇商的企业定位，我愿意在汇商工作，我愿意把最宝贵的上升期留给它。可前提是它是和谐的、稳定的汇商。”

即便在这种时候，唐漾仍能保持清醒：“我知道换作其他银行闹出这种事儿，可能控场能力还不如汇商。可我真的想不通总行高层那些‘保人派’脑子里到底在想什么，釜底抽薪再整合重塑明显是汇商现在最该走的路，他们为什么总觉得是我的错？我把自己知道的事实说出来我有错？他们为什么针对我？为什么？凭什么？”她谨遵医嘱，克制情绪，最后还是微扬了音调。

再开口时，她嚅动嘴唇，声音带了些许哭腔：“我可以不进银行了，我安心养胎，生完蒋小狗我可以去公募，去私募，去对冲基金，或者去保险公司。哦，对了，券商也可以，我专业对口。”她抱着蒋时延的腰，撇嘴问他，“你说好不好啊……”

舆论的枪口指向汇商，汇商总行高层的枪口指向唐漾。

腹背受敌，唐漾自认不是什么英雄，她真的尽力了，她对不起蒋小狗。总行高层不想想她唐漾也是人，她唐漾拼死拼活也会心寒……

漆黑的空间里，怀里的人轻微的呼吸好像落在了蒋时延的心头。她的呼吸微微颤抖，他的心尖微微颤抖。

毫无疑问，蒋时延是最想让唐漾辞职的人。这段时间漾漾太累，压迫感让他无数次想扛着大炮去轰了汇商总部，最后仍只是轻轻地给她盖上毛毯。

漾漾说出这样的话，他浑身上下几乎每个细胞都叫嚣着：“让漾漾辞职，让漾漾辞职，你养她，你可以养她，说你愿意，说你想要！”可他太了解唐漾了。他和唐漾从十五岁走到三十岁，他了解她的喜怒，了解她的哀乐。和他转发她感叹烈属那条微博、第一次将她送上热搜一样，他了解她的每种心情、说话的语气和停顿的句点。

“她喜欢汇商的公司定位”“她知道换作其他银行闹出这种事儿，可能控场能力还不如汇商”，她遭到前后夹击，可她说的不是“蒋时延，我要辞职”，她说的是“蒋时延，我辞职好不好”……

蒋时延知道漾漾现在很脆弱，他说的话她能听进去。他想说心声，发疯一样舍不得让她站在扑腾的狂澜里。无数话到嘴边，他薄唇动了动，说出口的却是：“你现在的处境是其他银行可能想挖你，但汇商很大概率不会放你，你可以选择和汇商彻底撕破脸皮跳槽，但其他银行也会担心你会不会和他们撕破脸皮。

“你无意挑起风浪，但风浪因你而起。你辞职是‘保人派’想看到的结果，你之前做的那些努力也是为其中的得利者做了嫁衣。你可以缓一缓，看看能不能踩着风浪上去。当然，你也可以辞职。”蒋时延的食指轻缓地刮在她又白又软的耳郭上，声音似风般轻柔道，“只要你做好决定，不会后悔，你想做什么我都支持。你想跳槽就跳槽，你想创业我给你注资，你想当家庭主妇，我就当每天拎着公文包回家的丈夫……”

蒋大狗难道还幻想他在玄关高喊“老婆，我回来啦”，她会在围裙上擦擦手，过去帮他脱外套、拎包吗？别说，画面感还挺强。

蒋时延温热的气息顺着唐漾的发丝拂至她的皮肤。唐漾后背贴着他，先前激动的情绪逐渐缓和下来。

她当然知道蒋大狗说的是真心话，她人还在抽噎，却忍不住逗他：“蒋总这么优秀，难道对太太没有什么要求吗？比如貌美如花，身价几何。”

奇怪的是，蒋时延这次没跟唐漾插科打诨。他稍微将她推开一段距离，然后弯身从隔板拿出自己的笔记本，放在她旁边。

“如果不是不要蒋小狗对你身体不好，我甚至都不会关心蒋小狗，”蒋时延缓慢道，“比起其他所有的一切，蒋时延真正关心的只有唐漾过得好不好。”

从前蒋时延甚至都不在意唐漾爱不爱他，他不自知地爱着唐漾就好了。自他很开心地知道漾漾爱他后，他变得贪心了一点儿，希望漾漾一直爱他，以后比爱蒋小狗还爱他。

一股温流淌进唐漾的心里，暖暖的，好像暗苦中夹着一丝丝甜。唐漾抬头看蒋时延，盈着水光的眼睛大而黑亮。

蒋时延一只手握鼠标，一只手覆上她搭在桌沿的手。他修长的手指嵌进她的五指，将两只手不疾不徐地变成十指相扣的姿势。

他点开一个隐藏文件夹，看到自己以前胖子时期的照片似乎有些不好意思，羞得耳郭红了红，但为了哄她开心，他还是义无反顾地将图片放大：“这是我们的第一张合影，高一运动会，那个时候我好胖，你也不瘦。

“这是我们的第二张，还有宋璟，我们去爬山，爬到一半在树下躲雨。”

“……”

“这是我们刚上大学，第一次到交大，你难得一次疯狂地晃我的胳膊让我帮你拍一张。你当时挑了一张没闭眼的让我发给你，可这几张我都没舍得删。

“这是大三，我从台湾回来，你说你要去发男朋友，啊，不，男闺密颜值逆天的投稿，拉着你室友给我照的，”蒋时延看向唐漾，“可我等了十年都没等到你给营销号投稿。”

因为蒋时延的照片都被唐漾藏得好好的。唐漾咬唇搡他，示意他翻下一张。

还有小脾气呢。蒋时延钩钩她的下巴，从善如流地点鼠标。

然后是两人大学毕业，毕业旅行。唐漾身着学士服，然后是硕士服，再高高地抛起博士帽，后面还有她第一天到汇商穿的笨拙的汇商套裙，越来越美，最后是前几天她睡着了，他偷偷拍的。

“这只爪子是什么？”唐漾故作生气道。

蒋时延亲亲她的指尖：“爱抚。”

唐漾柔声道：“不正经。”

蒋时延想吓她，忽然紧紧地将她抱在怀里。可她并没有被吓到，两人隔着衣服完全相贴，感受着彼此身体的温度。

蒋时延突然闷闷道：“抱紧一点儿，让蒋小狗从小就学会在夹缝里生存。”

初秋夜雨敲窗，不远处灯火零星。

唐漾反身枕在蒋时延肩上，无声地勾了嘴角。

她想，真的是十年，不止十年……她要有多幸运才能遇到一个蒋时延，从始至终陪在她身边，从来都毫无条件地护她，然后爱她，一直懂她想要的，然后给她他能给的。

不记得这是第几次，但好像只要有蒋时延在，唐漾便不会害怕。

夜晚再黑暗，蒋大狗也会陪漾漾等到黎明，不是吗？

窗外雨急如泼。唐漾想，这是不是夏天彻底告别的最后一场大雨？她是不是再撑一会儿就会等到一个新的季节？

第26章 大结局

爱上正好爱你的多年挚友是什么感觉？

九月第一个周末到来，唐漾等到县信通过了总行审核、进入总行组委会投票流程的消息。她提前设想了最坏结果，只觉得略略有些遗憾。

这个周末看起来稀松平常，但也不平常——

蒋时延靠着前几个月延续至今的顶级流量身价翻番，在青年财富榜的位置从第八跃至第三。

还有就是汇商高层的案子临近开庭，魏长春却在狱中畏罪自杀了。

第二条新闻一经发布，本来快要偃旗息鼓的“保人派”再次燃起希望。这次，他们提到把责任推给在九江操作下被A级罪犯刺死的汇商前信审处处长邱凯。因为公关原则就是这样，任何有舆论关注的事件，法律裁决是一方面，减少汇商涉案人员，让更少的人承担更大的责任是另一方面。

可这次，卸磨杀驴着实触到了人心的底线。包括总行长在内的几个人都来了火气，总行长摔杯子放话：“让我变成前行长再来说这个问题。”

接着，这个周末还没过完，周日晚上，一个更猛烈的消息便经由监察委官媒揭露出来——周自省手书长篇自检信，揭发涂臣在拘留处利用亲友探访时间伙同不法分子加害魏长春。

周自省言简意赅，落笔清醒。他写道，自己是一个彻头彻尾的坏人，最后且唯一的一点儿良知大概就是说清所有真相。他是学院派出身，逻辑清晰，将那些不清楚的款项逐一罗列。

就是这封长达五千字的自检信，周自省交代了他们越权授信、非法审批的每一起专案，操纵过的每一个项目，魏长秋请他们去会所聚头的每一次，还有千亿坏账的具体数额，小工厂的具体明目。汇商A市分行全体员工因为坏账这一栏在总行年度评审中少了多少绩效奖金，顶楼一直都压着没说。最末，还有一个不可言说的名字。

也正是这封长达五千字的手写信将包括周自省本人在内的汇商四位行长的罪名彻底定稳。

唐漾心里那块大石头稍稍上抬些，她和大多数人一样，直觉认为等到周一开庭这件事情大抵就算完整地落下帷幕。

等周一到来那天，四人被带上法庭，均被判处卸职、警告、罚款、终身不得进入银行业以及无期徒刑。

周自省被查出肺癌晚期，缓刑一年，准许住院治疗。

四个行长曾经都是业内的风云人物，旁听席来了很多业内大牛。媒体亦蜂拥而至，一直到四人认罪被押下法庭，闪光灯都没有停过。

让所有人都没想到的是，周二上午，汇商高层被判刑的正式公告出来，却只排在了热搜第二！

而热搜第一同样发生在昨天——英国汤普逊国际电影节！经过 IP 改编的《遗珠》狂揽三大奖项，成为首部国外制作的大满贯作品，获央广点名表扬。蒋时延曾经为了《遗珠》在帝都逗留过一段时间，和领导们交好，这时合适的机会一来，总局一路开绿灯，直接把《遗珠》送到了挂着国徽的表彰台。

周二上午九点，这条新闻在热搜第一。

九点半股市开盘，一休开盘即涨停。一休旗下几家上市的子公司也陆续涨停。

作为唯一一只和《遗珠》挂钩的银行股，随着《遗珠》IP 彻底爆发，即便汇商先前连绿一个多月，也在这个周二上午实现了一个小时的涨停。

整个周二全天，热搜一半是《遗珠》，一半是汇商高层审判。《遗珠》和汇商的关联放在那里，《遗珠》和县信通的关联放在那里。

周二晚间会议，总行产品发行组委会对其他产品投票只用了十分钟，在关于县信通的表决上沉默了整整一个小时。然后，总行长第一个按下绿灯。绿灯一盏接一盏，最后，创下汇商创立以来首个信用产品全票通过的纪录！

唐漾对县信通的通过率是真的没抱希望。看到《遗珠》大热，樊行长让她和蒋时延请吃饭，她答应了，并认为这是在感谢樊行长当初在 B 市对自己的照顾以及庆祝自己男朋友身价暴涨。唐漾带着蒋时延和守口如瓶的樊行长吃完了一顿汤锅，甚至都没想起《遗珠》和县信通的灵感原型相同。

周三早上，唐漾和往常一样到办公室，温了半杯牛奶。

敖思切过了三个月的试用期，已经正式入职。唐漾一边喝牛奶，一边听敖思切跟她核对今天的行程安排。敖思切汇报完离开办公室，唐漾把杯子洗干净，放在隔板上，重新坐回座位，开始检查邮箱，处理待办事项。

外面的办公室里响起一声尖叫。

有蟑螂？唐漾皱了皱眉，点开顶部飘红的全内网通知。网速很快，一秒加载，她的视线落在第一栏的内容上，整个人宛如被劈中般怔在原处。

手机里接二连三地跳出恭喜、祝福的消息提醒，她就这样呆呆地望着屏幕……半晌，她不敢相信地笑了。

没有回复其他人，她第一个电话拨给蒋时延。

蒋时延也很高兴，听漾漾叽叽喳喳地说了一大串，他咳一声："我能说句'霸总'台词吗？"

唐漾忍笑。

蒋时延故作深沉地学电视剧男主角："在我可以只手遮天的范围内，请你尽情为所欲为。"

台词羞耻得不忍直听。唐漾噗的一声破功："滚吧，你之前也不知道。"

蒋时延也笑了，他确实不知道。这对两人来说都是一个惊喜，很大很大的惊喜。

唐漾压抑了这么多天，因为昙信通的峰回路转而感到惊喜。而蒋时延的惊喜则是漾漾的笑，比看财富榜还令人开心。

两人"啊呀""咿呀"地在听筒里咂嘴，也不多说，就用两个人都懂的默契感叹，叹着叹着，突然——

"等等，"唐漾看到这份全内网通知的后半部分，脸上表情顿住，"这是什么——"

樊行长的正职在B市分行，他来A市分行担任代理行长只是暂时维持工作。半个月过去，他卸下代理行长一职重回B市属于正常调动。但唐漾和蒋时延都没猜到一份标有绝密字样的任命会直接落到唐漾手上。

她不到三十岁，执掌权杖。一切都显得那般不可思议，好像又在很早之前冥冥之中就有了安排。

在唐漾把政审资料提交给总行准备奔赴汇商顶楼之际，周自省病入膏肓。

唐漾和蒋时延去医院看过他几次。

从前周自省微胖，后来是正常身材，而现在，他瘦得好似一张皮包在骨头上。医院的仪器、用药都是最好的，可治疗速度终究没抵过癌细胞的扩散速度。到后期，他几乎吃不下东西，仅靠输人体蛋白维护基本体征。他也说不出话，只是用一双仍旧清明的眼睛望着唐漾，望着她的肚子，望着她和蒋时延牵着的手。他时不时会费力地偏过头，余光探向空荡荡的病房门口。

"九江特大专案"已经进入收尾阶段，周默戴罪立功，被判了五年。唐漾去看他时，在他面前若有若无地说周自省缠绵病榻，心里似乎还有什么期盼。

周默也不装糊涂："有的事情真的没办法原谅，"他笑着摇头，"即便他死了，即便不瞑目，我也真的没办法。"

每个人有每个人的不容易，唐漾不再多劝。

徐姗姗就像一把利刃，狠狠地捅进周默的心脏，霎时鲜血淋漓，然后命运再将那柄带着周默的血的利刃刺入周自省的心脏。

一个无法弥补，一个无法愈合。因为在成为利刃之前，"徐姗姗"这三个字很美好。就像周默第一次遇见她的那个下午，她在操场上，刚跑完步，汗水顺着她额角、耳前汇到下巴。她抬手擦掉汗水，向同伴笑出两个酒窝，皮肤白得发光。

同学搡了周默一下，轻轻道："左边这个漂亮。"

周默看过去。好像也没什么特别，唐漾也有酒窝。这个学妹还没唐漾漂亮，他又多看了一眼，如是想。

那时，周默是博士在校的最后一年。他个子高，气质斯文，拿到了汇商万里挑一的 return offer（录用通知），靠着炒股和做投资身家已达百万。而徐姗姗刚入学，是大一新生，长相、衣着都很普通，靠助学贷款才交上第一笔学费。

周默换手机和电脑的速度都很快，倒不是发烧友，只是为了追求稳且快的性能。徐姗姗用的是二手智能机，她和室友的关系并不融洽，去打印店写期中论文的时候被老板骂得很难听。

周默有轻微的洁癖，不管四位数还是五位数的衣服，沾了洗不干净的东西说扔就扔。徐姗姗穿脱线又缝好的盗版衣服，牛仔裤的脚边裂成缕状，会因为一两块钱和小商贩讨价还价。

周默平常去图书馆、研究院，周末偶尔开车和朋友去踏青，或者飞去邻近的城市听一场演唱会。徐姗姗平常的去处是教室、校外，一个月的最高纪录做了十五份兼职。

周默在学校的状态闲适自得，走在路上会有女生红着脸偷看他，转而和同伴指指点点。徐姗姗骑着破烂的自行车风驰电掣，手上偶尔还会拿着一个没啃完的馒头。

两人在这所百年老校有着最大的学识、贫富、年龄差距，因为建筑翻修住到了相邻的宿舍园区。

两人第二次见面是在周默的寝室楼下，各家外卖小哥对来的每个人喊"2873 是不是你""9223，重庆小面"……徐姗姗和一个男博士疯狂对掐。

徐姗姗："电话里 8789 是个男低音，你明显不是，电话号码还背错了，我凭什么把饭给你？”

男博士：“我帮室友拿。”

徐姗姗：“你让他马上下来。”

男博士：“我在微信群里说刚好在楼下，他让我给他带上去。”

徐姗姗：“那你把微信记录拿给我看看，而且要证明微信是这个订单的主人。”

男博士不耐烦道：“你烦不烦啊，就一份二十来块的饭谁会冒领？这么大的太阳，我赶着回寝室写报告呢。”

徐姗姗冷笑：“你背错号码我让你证明我就烦了？要真是你室友，你不会把手机摸出来看看号码？照着念我也认——”

“8789。”周默在宿舍门口看了一分钟，走过去，压低嗓音道。

徐姗姗麻利地把饭拿给周默，嘴朝旁边努：“这人说是你室友。”

周默跟徐姗姗道谢，然后莫名其妙地看那个男博士一眼，越过男博士走了。

方才人不少，这时男博士悻悻地摸了摸鼻子。

“不道歉吗？你刚刚算辱骂。”徐姗姗好整以暇道。

男博士转身就走。

徐姗姗也不计较，一直等男博士快走到宿舍门口，她大喊：“哦，对了，室友，刚刚那份饭二百五十元！”

周围有人噗地笑出声，徐姗姗哼了个鼻音，骑着自行车奔赴下个园区。

一串叮叮当当声响起，周默立在楼梯转角，垂头瞄一眼自己手上总价为五十三元的外卖，嘴角勾了个轻微的弧度。

两人第三次见面是在校门口。周默航班延误，回来已经是深夜，校门口烧烤摊有流氓寻衅滋事，徐姗姗又泼又辣，把体形是自己两倍的女生护在身后。

两人第四次见面是在校园大道上。徐姗姗帮离校的同学搬行李。

两人第五次见面是在废品回收摊。徐姗姗卖书，有个食堂大妈的小孩卖废报纸。小孩趁徐姗姗没注意，从她那摞书里拿了两本旧书，装进自己的编织袋，精明如徐姗姗，转头看见了，又把头转回去，假装没看见。

周默路过，是的，只是路过。

徐姗姗这样的人在学校还有很多，她们努力地挣扎、生活、学习。周默和小说里的男主角一样，会觉得这个女孩子不一样，但他不会喜欢。他是个起点和目标都很高的人，他喜欢的也只是唐漾那样优秀、自信、落落大方的女孩子。他们三观契合，阶层相近，不会因为你送我一千块的礼物、我送你五十块的礼物而有落差感，不会不知道那些很日常的牌子、餐厅，更不会担心劈腿啊，出轨啊。他是理性的经济人，要计算自己还算昂贵的时间成本。

直到第六面，在研究院，徐姗姗来送本科生的作业，周默和教授在讨论数据。

徐姗姗和教授打了个招呼，又朝周默点了一下头。周默回以颔首，徐姗姗没多话，离开了。

咔嗒，落下门锁。

教授轻声道：“这小姑娘命挺苦的，从小没爹没妈，又是福利院，又是寄人篱下，上大学一个人负担全部学费，成绩还特别好。”

周默没出声。

教授接着道：“我跟她提过要不要大二开始跟我做项目，以后直接跟我到直博，不用考研。她问我研究生学费是多少，我说一万多，但有很多奖学金，不用担心。”

周默插话：“她应该可以拿国奖吧。”他刚刚看了排名，她是专业第一。

教授说：“我当时也是这么说的。”

当时徐姗姗回道：“国奖还没下来，我也不知道会不会有变故。任何事情发生之前都不知道会不会有变故，”她苦笑着说，“可能以后我会改变主意，但现在我还是想毕业直接找工作。我想有钱，有很多很多钱。”她没有父母，也不知道爱是什么，钱是她唯一的安全感，偏偏她没钱。

教授只是随口一提，周默也只是随便一听。

后来，徐姗姗那门课的助教请病假，周默代替助教把同学们的作业返还给徐姗姗。两人加了微信。她很忙，从不说话，倒是周默大概很“闲”，偶尔会找她聊一两句。

再后来，周默撞见徐姗姗穿外卖制服给汗流浃背的外卖小哥们发水。她挨个儿把瓶盖拧开再递过去，外卖小哥们直接昂头牛饮。他看见徐姗姗作业的字迹清秀、纤细。他听见徐姗姗在课堂上很正经地发言，和清洁大妈聊天时包袱颇多，惹得大妈捂嘴笑：“你该去说相声。”

再再后来，他在寝室看到室友们在看视频：“校门口发生工闹，带头的好像是我们学校一个兼职的学妹，被人一脚踹飞，摔在玻璃堆上，听说浑身是血，被救护车拉去了医院——”

话没说完，周默直接捞起车钥匙冲出寝室。

他没走到医院，在隔壁女生宿舍的外墙墙角流浪猫狗会待的地方看见了徐姗姗。小姑娘身形瘦小，坐着，远远望去是一个点。走近了看，她浑身上下露出来的地方都裹着白纱布，像一块人形棉花。有些地方没包好，浸着血色。

周默缓步过去。

一双鞋停在徐姗姗面前。她认得这番茄鸡蛋的颜色，是周默。她偷偷查过价格，被价格吓得差点儿把手机砸在脚上。

换作平时，徐姗姗会友善地打招呼，可今天她真的连抬头的力气都没有。

周默抬手，犹疑道："你不是——"

"医院贵，医保只能报一半，伤口包完我就回来了，送半年外卖的钱都没了。"徐姗姗扯了扯嘴角。

周默的心上宛如攥着一只手，慢慢收拢："那边……没赔偿吗？"他喉结滑动。

"对方没弄死我算我命大，"徐姗姗浅笑道，"医药费还是辅导员垫的。辅导员本来叫我不用还，可他一个月的工资也不高，师母挺凶的。"

周默眼睫半合，如鲠在喉。

沉默中，徐姗姗轻轻地说："我猜你是看了视频觉得我挺惨的。其实还好啦，好多同学都给我发微信，我生日都没收到过这么多关心呢。难得的体验，还挺幸福——"她声音甜甜的，眼泪却啪嗒一声掉到地上。

周默想抱她，又怕碰到她的伤口不敢抱。

徐姗姗眼泪一颗接一颗。

周默嗓音喑哑地问话，徐姗姗一句接一句地答。

父母走的时候，她五岁，装作什么都不记得，其实什么都记得。然后，她住在亲戚家，辗转了三家福利院。

她不知道依靠谁，也没人愿意让她依靠。其他小孩担心作业和成绩时，她担心有没有书读，尝遍冷暖，看尽脸色……

她早就应该学会泼辣地应对社会，早就应该刀枪不入的。刀枪不入多好啊，被玻璃扎了就不会流血，不会流血就不会进医院，不进医院就不会花钱。

答到最后，她哽咽道："你能不能不要问了……我不知道，我真的不知道，我什么都不知道……我当然难过……我当然痛……可有什么用呢……难过不能当饭吃，痛又填不饱肚子——"

周默徐徐弯身，很轻很轻地把她虚拢在怀里。"可以让我难过，也让我痛。"他的嗓音喑哑。

周默理性、冷淡，看上去高高在上；徐姗姗永远活力无限，像在夹缝里求生的野草。他们像两个极端，可他们又极其相像。

后来，周默追徐姗姗，耍宝赖皮，浑身充满了精力。徐姗姗总是被他逗得又羞又恼，想拿出气势打他骂他，又舍不得，耳根默默发烫。

周默借给徐姗姗两万块。徐姗姗证券投资技术与分析这门课拿了 99 分，她第一次实仓操作股票很紧张，一个月之后，账面有了……两万零五百。

换作其他人，周默看都不会看一眼。可那是徐姗姗，他比赚几百万还开心，低头亲小姑娘的额头："我家姗姗很棒！"

徐姗姗在他怀里红着脸嘟囔："亏了我可赔不起，穷。"

周默含着笑意附在她耳边轻声说了什么，徐姗姗脸唰地爆红，她推开他起身，一边扇脸，一边嗔道："你很烦啊！"

再后来，徐姗姗有了上万的积蓄，上十万的积蓄。她给周默的礼物从几十块的水杯到上千块的领带。她学了德语，做第二外语，她拿了国外的全奖 offer。她希望读研就好，在投行待几年，攒更多的钱，然后和周默结婚，生小孩。身体恢复之后，她把四证考齐，然后就可以做分析师，因为时间比较多，她喜欢带孩子、陪孩子。

因为周自省，周默还是想进银行，想深入风控这块。他做实证确实厉害，以后说不定会成为雕塑，立在交大的男人，徐姗姗的男人，他和姗姗孩了的爸爸。

徐姗姗很开心，在两人不算宽敞但温馨的卧室床上蹦："我要和雕塑合照！"

周默笑着揽着她的腰把她抱下来："真人在这里，先亲一下预定？"

"不要，"徐姗姗皱着眉头拒绝，"我在给口红试色。"然后还是乖乖地亲了。

周默得意地笑。

徐姗姗大三那个寒假需要实习经历充实简历。周默在 B 市分行，但那时 B 市分行没有实习空缺，A 市分行有，刚好周自省是 A 市分行行长，可以照应徐姗姗，她便到了 A 市分行信审处。

唐漾是年底去的，她在同年年初。

和周默在一起一年多，徐姗姗早已不是大一刚入校的样子。她做事稳重、干练，长相惹人爱怜。她笑着说："没爸爸妈妈，但有个男朋友，他很优秀，我们感情很好。"她的腿又白又直又细，甘一鸣看得挪不开眼睛。

徐姗姗想跟周默说处长看她的眼神让人不舒服，但她知道周默和周自省感情很好，周自省甚至为了他没要孩子。

阿默跟她说他叔叔会照顾她，但阿默的叔叔肯定不会为了她炒掉处长。如果她跟阿默说这些，阿默会不会觉得他叔叔没有照顾好她，还是会觉得她娇气、挑拨离间……

徐姗姗做事再精明，关于感情也终究是张白纸。她唯一的感情是阿默给的，碰上和阿默沾边的事儿，她总是举棋不定、小心翼翼。

犹豫几次，她想，就三个月，忍一忍就过去了。可她终归是在校学生，遇到“难题”总会出现工作失误。甘一鸣把她留下来训话，给她倒了一杯水。

徐姗姗在外面跑了一天信用卡实在渴，便喝了一口。甘一鸣说着说着，在徐姗姗眼底变成了两个甘一鸣，三个、四个、五个……

徐姗姗醒来时是躺在甘一鸣办公室沙发上的。她的脑袋里仿佛装着沉铁，眼前是甘一鸣油腻的笑脸。她瞳孔蓦地一缩，然后在地上看到自己全部的衣服。

甘一鸣道：“我划了一万块到你卡上，学生应该没什么钱吧……”

徐姗姗没有哭闹，没有多话，她一件一件地穿好衣服，冷静地离开，冷静地打车去医院，冷静地上网搜索，冷静地到妇科取了甘一鸣残留在她身体里的体液。她想报警，三个数字冷静地按下去，拨通的前一秒，她忽然摔了手机。

她靠在厕所的门板上，身体徐徐下滑。滑至蹲姿，她把头埋进膝盖处，温热的液体流到腿部的皮肤上，流着流着有了呜咽声。最后，她无措、难过，一下一下抽噎，哭得泣不成声……

阿默是个什么样的人呢？是她男朋友，一个很好的人，一个让她觉得自己曾经受过的所有苦都是为了遇见他的一个人。可为什么要让她在有了阿默之后遇到这样的事情呢……

徐姗姗在厕所里待了整整一夜。

第二天一早，她拨通了周默的电话，强撑淡定地叙述完整个过程，忐忑地道歉：“阿默，对不起，”她的声音很小很小，“对不起，我不知道水有问题……对不起，我当时没有想起带走那个杯子……是不是我报警也是没有证据？阿默，真的真的真的对不起……”

眼泪再次淌到脸颊，她该早一点儿告诉他，她该辞职。她不知道怎么会这样。她一拳一拳砸向自己的脑袋……

电话里，周默一句话也没说。

他买了最快的机票过来，被人骂变态，还是闯进了女厕所，挨个儿敲门，找到他的姗姗。他抱住她，一遍一遍失而复得般吻她的额角、鼻子、唇、头发。他眼眶微红，一遍一遍地呢喃：“没关系，会过去的，会过去的……”

徐姗姗含泪咬住周默的肩头，哭得后背痉挛。

周默拧碎了心肝。

甘一鸣动徐姗姗是周五，徐姗姗下周一就办了离职手续。

她的房租还有两个月到期，周默便在 A 市陪她，出去买菜，给她做饭，和她一起窝在沙发上看电视、听雨声。面前的炉中放着红腾腾的热炭，房间和他的身体都暖烘烘的。

徐姗姗不想事情还好，一想事情，一想到甘一鸣的脸，她便浑身骤然发冷，宛如掉入冰窖。

随着天气转暖和周默的陪伴，徐姗姗的状态渐渐好转。

甘一鸣和魏长秋结婚几年，约过很多次“外围”，可没有一个像徐姗姗一样年轻、鲜活，让他无法忘却。

徐姗姗离职后，甘一鸣又给她发了很多条短信：“姗姗，我是真心欣赏你”“姗姗，我可以给你很好的物质条件，我知道你才来的时候周自省亲自把你的简历给我是什么意思，我比周自省年轻”……

甘一鸣的短信如石沉大海，范琳琅把这些看在眼底。

直到第二个月月末，徐姗姗清楚地记得自己当时在地上看到了套，却开始有了孕吐反应。周默陪她去医院检查。

医生见两个人的脸色都不是很好，便把周默叫到办公室，语重心长道：“我知道你们可能不太想要这个孩子，想着还年轻，没什么经济基础，但你女朋友以前生病没及时就医，身体很差，流产不仅是恢复慢或者不能生育的问题，对她本身的伤害可能会很大，还有一些流产事故……”

周默点头，出去，坐在诊室外的走廊，目光暗沉而幽深。

不一会儿，徐姗姗从旁边的厕所出来，声音轻轻地说：“阿默，我决定了，打掉这个孩子吧。”

她知道孩子是无辜的，可对不起，她是人，她也有坏的一面。她坏的一面让她无法容忍这个孩子——这个甘一鸣的孩子，他为什么要来到她肚子里……

周默圈着她的腰把她抱在怀里。“留下吧，我愿意养。”他的语气很温柔，像对待一件易碎的瓷器。

徐姗姗的眼泪倏地淌出来：“我不愿意，不是怕你不愿意的不愿意，是真的，”她一下一下戳着胸口，“我心里受不住，阿默，我心里受不住！”

周默抱紧徐姗姗，不再开口。

徐姗姗在他怀里泪如雨下。

那天，范琳琅刚好也在医院，刚好在同楼的妇科。徐姗姗看到以往带自己的小姐姐，不想理，但欠她的是甘一鸣，不是范琳琅。她拉着周默的手，朝范琳琅点了一下头。

范琳琅也朝小女生点了一下头。

徐姗姗和周默回家的路上决定给彼此一周的时间冷静一下。

当晚，范琳琅和甘一鸣抱在一起，她跟他说了徐姗姗去做孕检、男朋友是周行侄子的事儿。

“我老婆是魏长秋。”甘一鸣不在乎裙带关系，他在乎的是魏长秋不能生育，魏长秋也不允许他有私生子。他和其他女人，大多数时候都戴套，唯独徐姗姗。

他本来只想做一次尝尝鲜，可小女生的滋味太美好，后面几次他没控制住……

甘一鸣出生于县城，仍旧残留着传宗接代的观念。徐姗姗的出现、怀孕都让他觉得是命中注定，这一个月的时间里，他甚至都想过要不要为了她和魏长秋离婚。

范琳琅跟甘一鸣说这个消息的第二天，甘一鸣辗转找到徐姗姗和周默的住处，在小区门口和徐姗姗发生争执。

徐姗姗回去后告诉周默，她嘴唇直打哆嗦，但仍旧坚持有条有理地叙述完全过程。周默一颗心跟着她的睫毛颤，跟着她的嘴唇颤。他心疼得无以复加，给周自省拨了电话。

这段时间甘一鸣的状态一直不对，魏长秋派人跟踪他。那人给魏长秋发了甘一鸣和徐姗姗争执的视频，视频可以听清全部对话。

魏长秋对甘一鸣的态度与其说是要求老公的坚贞，不如说是要求一条走狗的忠诚。走狗想背叛她，那她自然……

天下没有不透风的墙，周默的婶婶听说了徐姗姗的事儿，约她到家里做客，顺便帮侄子劝侄媳妇留下孩子。

徐姗姗不敢去，周默说他婶婶人很好，她便答应了。

那是一个周四，天气晴朗。临近中午十二点，周默开车到汇商接周自省。他本来害怕徐姗姗不愿意去汇商，想先送她过去，但她笑说：“没事儿，我不下车，没人认得我。”

周默想着车就停在汇商楼外，周自省下来、上车，三人就去周自省家。他和徐姗姗都没想到，同一时间，魏长秋正在大闹信审处，不管不顾地骂“实习生勾引有妇之夫，不知廉耻，不要脸皮”。

周默把车停在汇商外面，下去买包烟。

魏长秋从二十几楼闹到了汇商大厅，正好瞥见徐姗姗坐在副驾驶位！徐姗姗还没反应过来，魏长秋一行便来势汹汹。九江安防的人直接打开车门把徐姗姗拽到车下，那些人扯住她及腰的长发。魏长秋面色阴狠，抬手就是一耳光。

围观的人越来越多。

魏长秋拳打脚踢，一顶接一顶的帽子扣上来。徐姗姗发蒙，脑子嗡嗡响。

围观的员工指指点点，周默听到议论“小三”“正室来闹”“还怀孕了”以为是在说别人。等他付完烟钱，人群散去，他一转头，看见徐姗姗长发披散，无比狼狈地蜷在垃圾桶旁。他瞳孔骤缩，飞也似的冲过去，叫着“姗姗，姗姗”，抱起她奔向医院……

徐姗姗嘴微张，双目无神，没有发声。

周默双目赤红，整个人处在崩溃的边缘。

下午，周默安顿好徐姗姗，攥着一沓孕检报告单，带着她拨给自己的电话录音，奔到汇商顶楼。

周自省正在打电话，看到他进来，整个人愣了一下，然后捂住了电话听筒。

周默满脑子就一个念头，他要甘一鸣身败名裂，他要甘一鸣比千刀万剐更难受。他哆哆嗦嗦地跟周自省说了过程，激动地指着楼下，说魏长秋如何如何不可理喻。周自省是汇商分行最大的领导，他向周自省寻求公道。

周自省没有反应。

周默很急，绕到叔叔身旁，然后意外地在屏幕中看到正在播放的监控画面——光线颇暗，角度颇偏，但依然可以看到徐姗姗喝了那杯水，甘一鸣靠近徐姗姗，然后……周默满脑子没有背叛，只有姗姗被欺负，他只能看到甘一鸣堪比禽兽的嘴脸。

这段监控就像黑暗中的一簇火苗，温暖地亮在周默眼底。甘一鸣迷奸，魏长秋诽谤、殴打，好像一切的一切都找到了突破口。

“省叔，我要这段——”

周默话没说完，周自省便点击右键。

“删除”两个字太重，他不敢让周自省按下去。他说：“省叔，你拷贝给我。

“省叔，姗姗是我想共度一生的人。

“省叔，我和姗姗都不介意事情曝光，我们想让甘一鸣坐牢。”

“……”

周自省不为所动，鼠标箭头放在“删除”旁边。

周默扑通一声跪在周自省脚旁。他从小性子就硬，青春期也经历过叛逆。周自省将他视如己出，只要是合理要求都依他，把他当小少爷疼。他在家连腰都没弯过，此时跪在周自省身边，几乎是当即就红了眼睛：“省叔，我很爱姗姗，我很爱姗姗，我真的很爱姗姗……”

周自省眼眸半合，点击删除。

周默回不过神来。

周自省深深地看了周默一眼，手从听筒上松开，他对电话那头道：“魏总，我这边的监控内容已经删了，您远程应该看到了，对，删的是唯一一份，没有留底……”

周默缓缓地抬头，不敢相信地望着周自省。

周自省挂断电话，端起茶杯，垂眸：“魏长秋把事情闹大的目的就是看汇商的态度，汇商不可能动她，九江那边的情况很复杂。我知道你爱姗姗，姗姗也是个好孩子，我这边存了一点儿养老钱，你们可以出国念书，或者移民……”

而另一边，医院。

徐姗姗一个人躺在病床上，魏长秋居高临下地看着她，一只手捏着连着远程的平板，一只手握着开着免提的手机。

整个过程，周自省恭敬的声音响在电话里，周默的声音被遮了一大半，只有徐姗姗察觉到电话里焦急的声响。周自省给魏长秋的回复响在电话里，最后，周自省挂断的忙音也响在电话里，响在偌大的病房，响在徐姗姗耳旁。

“孩子你想留我不拦你，但你要考虑清楚，”魏长秋转着手腕上的玛瑙镯子，“听说周行侄子是你男朋友？他在B市分行？你们分手了吗？他知道你的事儿吗？”她想了想，又漫不经心道，“他和他叔叔的感情如父子，周行好几次不肯帮我的忙，我一报周默的名字，他考虑两天就会松口，不然你也试试？”

窗外天光大好，一只鸟翅膀扑棱棱地停在树梢。

徐姗姗转为侧躺，一行温热的液体从眼角滑落，慢慢地淌到枕头上。

舅妈以前爱骂她“克父克母丧门星”，她会想，星星那么可爱，每一颗星星都那么可爱，为什么会有人不喜欢星星呢？现在，她想，好像有点儿道理。

如果她没遇见阿默，大概还奔波在街头，做着一个小时十块钱的兼职，匆匆上课，匆匆送外卖，劳碌得像尘埃。

如果阿默没遇见她，他大概会遇见一个和他一样温暖的女孩子。那个女孩子家里有落地窗，阳光从窗边洒下；那个女孩子笑起来眉眼弯弯，说话轻声细语；那个女孩子优秀且自信，不会像她一样，学会了动不动就哭，学会了无助，学会了不停地给他添解决不了的麻烦，给他叔叔添解决不了的麻烦，给他家带去源源不断的麻烦。

魏长秋说得没错，舅妈说得也没错，她就是丧门星——一颗永远、永恒的丧门星。

那天下午，周默去看徐姗姗，没有说周自省删了监控内容。他紧紧抱着小姑娘，安慰她说：“正在慢慢想办法，会找到突破口，一定会让他们给你道歉，把他们送进监狱。”

姗姗心情似乎不错，给周默喂了一勺他婶婶做的肉羹。

“好，”她甜甜道，“我等你找到办法，找到突破口，然后我们把他们送进监狱。”

周默满腔怜惜地吻吻她的额角。

徐姗姗把头埋在他的肩头，轻声道：“阿默，我好爱你啊。”

“姗姗，我也好爱你。”周默的手轻轻抚着小姑娘的背。

徐姗姗的喉咙宛如堵着一团湿润的棉花，她对着医院雪白的墙壁费力地扯了扯唇。

当天晚上，周默回家拿东西。

徐姗姗在他之后打车去了江边看江景。

霓虹如带，星火点点。晚风真是凉。

周默出医院后，心里一直有种隐隐的不安。车开到一半，他忽然掉头，在医院门口的水果摊大叔口中问到“病号服女孩子说去江边”。他将油门踩到底。

徐姗姗沿着江畔的台阶慢慢地走。

周默数不清闯了多少红灯。江水起伏，荡漾在徐姗姗腰间。周默找到那段护栏失修的台阶，一颗心提到嗓子眼：“姗姗！”

大概听到了周默的声音，徐姗姗站在江水中央回头。回头后又听不见声音，她只能看见阿默不管不顾地朝自己奔来……可真的对不起，她很累，很累很累了，她觉得笑好累，眨眼好累，连呼吸都好累好累……她开始听到水啸，也听到很多过往。

阿默亲她，笑着说“我叔叔会照顾你”；周自省见她第一面，和蔼可亲地说“你是姗姗啊”；甘一鸣的手摸上她的大腿；魏长秋骂“实习生勾引有妇之夫，不知廉耻”，当着很多人的面，扯着她的头发把她一下一下地朝垃圾桶上撞；还有周自省说“魏总……已经删了”；阿默说“我也爱你”……

周默眼睁睁地看着姗姗走到分流口，随着奔流的江水去了另一个方向。他拼死地游，徐姗姗如浮萍般卷在江水里。

周默一直游，一直找，他看到水里一团渔网都会欣喜若狂地游过去。可他没找到，还是没找到。他游了整整八个小时。

凌晨四点，有人报警。

警察在另一个街区的江边拉起警戒线。周默浑身湿透，跌跌撞撞地拨开人群，找到了身体发肿、睡着的姗姗。她躺在一块块鹅卵石上，身旁有一座大概是孩童高度的彩色鹅卵石城堡。

周默不敢过去，可脚像不听使唤一样，拖曳着千斤重的步伐，一步步过去。

民警过来阻拦："这位先生请不要越过警戒线，现在正在调查……"

他听不见声音般一步一步走过去，然后蹲下，跌坐在地上，他抱起浮肿的小姑娘，眼泪一下砸在徐姗姗的脸上，啪嗒一下，看上去就很痛。

"姗姗不痛，不痛……"周默手忙脚乱地擦她鼻尖的泪，眼泪却越擦越多。为什么擦不完，为什么擦不完？他的手缓缓地拂过她的鼻子、嘴唇、额头、眉眼……

民警停下靠近的脚步。

夜幕四合，浑身湿透的男人坐在地上，抱着穿病号服溺亡的女人，他的脸贴着女人灰白的脸，号啕大哭。

天色未明，人群里，周自省偏头悄悄抹掉眼泪。

阿默爱徐姗姗，可他作为叔叔，他只关心阿默，只关心自己，他只关心魏长秋心狠手辣。魏长秋和他聊起阿默，聊起和汇商的一笔笔款项……

他阴错阳差走错了第一步，没办法回头。

徐姗姗火化那天，邻居是个九十九岁的老人，四世同堂，几十个子孙黑压压地跪在火化窗前哭天抢地。徐姗姗身边只有一个人。

周默给她扣上衬衫最顶上的两颗扣子，给她理了理衣领，甚至细致又温柔地给她描了她最爱的口红色号，俯身轻轻烙下一吻。他抬头，又定定地看了她良久，然后朝旁边的工作人员点头："嗯。"

工作人员把徐姗姗推进去，合上阀门。周默在工作人员的带领下绕到后面的控制台。

他坐稳，透过狭小的窗口看到喷枪吱吱两下把油洒在姗姗身上，焚化炉嗡声一响，火苗笼着女人的身形蹿起三米高。他就这样安安静静地看着姗姗躺在火海里，看着她的皮肉一点点被焚尽。

火化时间为一个小时零三分。

飘在天上的是云烟，留在手里的是一个檀木盒。然后，周默在工作人员的带领下去买好的墓地。

男左女右，他把盒子放在了右边。

“刻碑石的师父现在在国外，您看您是下周过来一趟，还是现在可以把字留了，到时候，我们给您直接处理好，您以后清明或者过年再来就可以。”工作人员对出手阔绰的人态度友好。

“现在吧。”周默接过纸和笔，就着檀木盒落笔。

他写了四个字，颤抖着停住。

——吾妻姗姗。

没有仪式，却好像用尽他这辈子所有的温柔和力气。

周默感谢周自省的养育之恩，也感谢婶婶的慈爱、关怀。

九江覆灭，和徐姗姗沾边的一切都结束后，他对周自省没了最初那般入骨的恨意，但也做不到重新叫叔叔。而周自省没能等到开春，甚至连秋天都没熬过。

周自省直到走都没能等到周默。

周自省下葬那天，狱警特许周默在跟随下前去送行。以往关于周自省的很多画面浮现在周默脑海里。周自省带他去科技展，周自省去校门口接他放学，周自省给他讲题，周自省脱了西装，系上围裙，给他炒一碗热腾腾的蛋炒饭……

周默对着墙壁平静地摇头："去那么多人做什么，有个人收骨灰就行了。"

周婶婶听到这话几欲昏厥，唐漾在旁边扶住周婶婶。

葬礼流程简单，烟纸燃作灰烬，弥散在风中。

按理说，周自省落了马，大家都该避嫌，意外地，界内高层来了很多。唐漾和蒋时延站在第一排边上，帮忙主持局面。

仪式结束后，高层们相继驱车离开，唐漾几人还在收尾。

很多很多唐漾之前以为是另一拨的陌生人来到周自省墓前——因为那封周自省手书的自检信，因为他一半清醒一半糊涂时落款的“ZX”。

周自省这些年的受贿金额为三点六亿，银行流水去向福利院的金额却高达三点八亿。

九江不停地挖空福利院，周自省不停地填。他要汇款的名单从一个、两个，到一页、两页，至最后厚厚一沓……甚至他自己的工资也只留了基本家用，其他尽数捐了出去。专心做慈善不是一件容易的事儿，他偶尔会出格，比如资助山区的学生。

对周自省来说，这是他应该做的，随死亡终止。而对来到墓前的人来说，

ZX 是他们曾经的一切。

ZX 打款的时候，福利院会难得做一次粉蒸肉，一大群小孩围在一个大桌子前流口水。ZX 写信的时候，他们会乖乖地坐在下面听院长或者老师念。他们想，这个人一定是菩萨心肠，像一道隽永而和煦的阳光。

ZX 出现在“九江特大专案”中时，他们愣怔在原地，随后跟身边的朋友解释，大抵存在什么误会。ZX 真的是个善人，不是伪善，是见字如面的真挚。

他们从城市最深处的破旧楼房走到明亮的大学校园，从孤独无依走到事业小成；他们有的很普通，有的很优秀；有的在美食街卖五块钱一个的煎饼，有的站上过科技界最高的领奖台；他们有的开跑车，有的骑电动车，有的搭公车过来……

周自省的墓在第三层，阶梯狭窄，他们没有挤，没有抢，平和有序地排队去献花、悼念。

网络上，无数网友说一切皆因汇商高层而起，周自省恶贯满盈，死得太便宜。陵园内，各种年龄、各种身份的人从墓地排到了陵园门口。后来，人实在太多，他们有的甚至都没走到墓前，远远地，在能看清那抹烟云的方向默哀、肃立、鞠躬，抑或红着眼圈叩三声响头，长跪不起，黑压压一片。

唐漾看一眼便匆匆地收回视线。她紧了紧和蒋时延相牵的手，眼底流淌着情绪。

再后来，下了小雨。大家撑起伞。

唐漾看到了周默，他安静地站在最角落。

蒋时延偏头看唐漾。唐漾点头。

唐漾的肚子已经显怀，蒋时延小心翼翼地搀着她下梯子，缓步走到了周默身旁。

细雨拂在脸上，衣服在风中发出扑簌的声响。

“你还是过来了。”唐漾轻轻道。

周默的目光落在那些人身上，看不出喜怒：“监狱太闷了，出来走走。”

唐漾没急着说话，周默也没开口，两人陷入沉默，凭吊者来来去去的脚步声响在耳旁。

半晌，唐漾道：“之前和秦月去临江城福利院，第一次听负责人说 ZX，秦月开玩笑说是哲学，后来我以为是你……”周默和徐姗姗的名字拼音缩写。

“我自私狭隘，没那么大的胸怀，”周默发了个极淡的笑音，“我也没想过是他。”

唐漾顿了顿，状似无意道：“你想过周自省第一次和九江扯上关系的原因吗？”

周默将目光投向唐漾。

周自省把自己当行长这些年的工作笔记留给了唐漾，而她帮周婶婶整理遗物时看到了周自省的日记——

周自省和太太为了周默没要小孩，周默是知道的。但他不知道的是，周婶婶以前怀过一个孩子，意外流产了。流产之后，两人担心以后会控制不住地把重心偏向亲生小孩，便决定不再要孩子。

周自省第一次和九江发生关联是周默八岁那年。

那时，周自省还是汇商农村合作信用社社长，魏贤勇是九江钢铁的采购主任。魏贤勇想通过汇商冲一笔账，操作略微欠妥，周自省拒绝了。

那是一个夏天，周默打翻开水瓶意外被烫伤。

唐漾说到这一段，周默一点儿一点儿敛住脸上的神色。

唐漾接着道：“小镇医疗条件不好，周行连夜把你送到县城。

“二十年前医院还不太规范，加急手术要两千块，那时你婶婶才做完流产手术没多久，周行一个月工资两百块。”

周自省焦头烂额之际，魏贤勇送来了一张治烧伤名医的名片、一篮鸡蛋，还有两千块现金。

周自省知道自己不能收，不该收，可他给同事们打了电话，大家手里积蓄都不多。他动了心：“名片算我欠您的人情，钱我会慢慢还给您。”

“要么不收，要么不还。”魏贤勇给的选择很明确。

当时是在医院的走廊上，前面还排着好些急诊病人。阿默那么小，蜷在病床上疼得嗷嗷叫。周自省知道自己再等等，再等一两天肯定会凑到钱。可夜色下，阿默那么疼，一声声唤他“省叔”，疼得直哆嗦……

他错了第一步，便没有回头路。

周默不是安分的性子，十来岁也会上房揭瓦，下河摸鱼。他摔断过腿，也得过急性阑尾炎。他进医院的次数很多，多到这次烫伤在他的记忆里显得微不足道。

周自省删监控内容是事实，待周默好也是事实。

“姗姗出事儿后，他想过送你们出国，拉下脸联系了他的一个老朋友，”唐漾眼睛胀胀的，不知如何表达，“就是……有些遗憾。”

周自省直到闭眼脸都朝着病房门口。而周默从始至终都没给过他解释的机会，一句话的时间都没给过。

周自省对不起姗姗，周默承了养育之恩，却没能尽到送终之孝。

周默想，当时姗姗本来就要出国，他也有出国的规划。如果之后甘一鸣没有找姗姗闹，如果没有魏长秋那一出……可是没有如果。

“是挺遗憾的。”周默扯了扯嘴角，无关原谅，只是释怀，一切尘埃落定后的释怀。

唐漾看到周默笑，克制不住地红了眼眶。整件事情明明甘一鸣和魏长秋才是罪魁祸首，为什么受惩罚最重的是姗姗和周行？

唐漾轻抚肚子：“那你之后有什么打算吗？”声音沙沙的。

“在监狱里多看看书，出来后到处走走吧，姗姗还没有出过国。”说后一句时，周默的声音变得很温柔，他垂眼看向唐漾的肚子，又看向她和蒋时延相扣的手，“很遗憾不能参加你们的婚礼了……”

三个人都沉默了。

细雨如牛毛，在周默牢服外的西装肩头浸出一层深色。

唐漾眼里泛着泪花，很想抱抱周默，可她作为异性显得不妥当，现场也有记者。

蒋时延懂唐漾每个眼神的意思，他走过去，代替唐漾，动作轻缓地抱了周默一下：“节哀，”他的手轻拍了一下周默的背，停了一瞬，再轻拍，“节哀。”第一声为周默的爱人，第二声为周自省。

周默合眸，微微颔首，目光搜寻周婶婶。

蒋时延把手里的伞递到周默手中，和唐漾一起离开。

雨落在头发上，像童谣里的白砂糖。蒋时延解开西装纽扣，把漾漾拢在怀里走。

“我是不是很残忍？”唐漾停下脚步，忽然问。好像不说这些，让周默恨着周自省，周默会好过一些。

“这样对周自省不公平。”蒋时延也停住脚步，回身轻轻拭掉唐漾眼角的泪。

蒋时延的车停在稍远的位置，细雨把浅灰的地面淋成深灰。蒋时延和唐漾并肩而站，唐漾微微仰头，蒋时延深邃的眸子里是完整而清晰的她。

姗姗走了，周默“卧薪尝胆”几百天，终于笑得坦然。

唐漾和蒋时延怜惜并庆幸，他们相爱，然后真真切切地站在彼此面前。也没什么多的话可说，蒋时延就这样深深地望着漾漾，然后低头吻她的额角，吻她的眉心，吻她的鼻尖，又吻她的嘴唇。再然后，他从裤兜里摸出一个随身携带的丝绒盒，单膝跪地。

蒋时延打开丝绒盒，取出里面的戒指，拉过唐漾的手，接着……直接把戒指套在她左手的无名指上。然后，他就着拉她手的动作轻吻她的手背。

方才两人停下时，蒋时延怕唐漾淋雨，脱了自己的黑西装外套，像戴头巾一样盖在唐漾的头顶。唐漾想想也知道自己现在有多狼狈。

在陵园门口，色调灰白，前不着村后不着店，下着雨，路边还堆了一摞废弃的建筑材料，这人就在这里跟她求婚？

蒋时延不说破。唐漾也装傻："这是什么啊，你做什么啊？"她扬扬左手，嗓音细细软软的，"你先起来吧。"

蒋时延站起来，一本正经地逗她："一个铁环，给你戴上，可以保平安。"

唐漾"哦"一声："你在我身边，你可以保我平安。"说着，她把戒指从手上撸下来，直接扔到了地上。

蒋时延笑，从地上捡起来，在自己的衣摆上擦干净，再给她戴上。

唐漾再扔，蒋时延再捡。

唐漾耍小脾气般扔了第三次，蒋时延真的想不出什么情话，只能满目温润地望着她，再捡起来。

凉凉的金属嵌进指间，就在蒋时延以为漾漾会再扔把手伸在她手旁时，唐漾沉默三秒，笑开。

"事不过三，我不会取啦，"她弯着眉眼，满心欢喜地凑到蒋时延耳边悄悄说，"一辈子。"

小女朋友的情态动人，蒋时延忽地将她紧紧搂在怀里。他蒋时延真的就栽在漾漾身上吧，为她做饭，为她吃醋，为她发飙，为她收了一身放肆，开始按规矩办事，甚至为她抱了一个男人。可为什么，他觉得栽也栽得这么幸福呢？

自己欺负过蒋大狗吗？没有吧……唐漾略微蹭蹭他的肩头，抬手反抱住他，虽然没有玫瑰，没有豪宅，可谁让他是蒋大狗呢？她叹了口气："你不要这么紧张，我答应嫁给你，答应嫁给你啦。"

"我说了要娶吗？"蒋时延忍笑。

唐漾的笑意倏地滞住，她推开他朝前走。

蒋时延皮过头了，连忙补救："要娶的，要娶的。"他忙不迭地跟上去。

唐漾哼一声，不理他。

蒋时延死皮赖脸地握紧她的手。

唐漾头低着，没忍住偷笑一下。

蒋时延一直在偷偷瞄唐漾，见状也悄然勾起嘴角。

路过一个十字路口时，窗外人潮涌动，蒋时延忽然道："以后蒋小狗叫蒋惟唐好不好？"他好像被淋感冒了，声音有些哑。

"'微糖'？万一是男生怎么办？"唐漾伸手去试他额头的温度。

蒋时延刮了一下漾漾的鼻尖，忍俊不禁道："蒋——惟——唐。"

"蒋"是蒋时延的"蒋"，"唐"是唐漾的"唐"。"惟"是唯一的"唯"取了右边，珍惜的"惜"取了竖心旁。

随着周自省的档案从汇商撤走，周自省的前秘书辞职，一切好像都归于平和，带着战争结束的百孔千疮。

汇商因为越权授信被央行罚款五亿，客户信任出现前所未有的危机，周自省的自检信爆出高层运作的内幕，新一季度的员工辞职率居高不下……

唐漾在风雨飘摇中完成交接，正式坐上汇商顶楼的交椅。

有人说她城府极深，为了晋升给汇商的高层们层层下套。

有人说她善用美色，和蒋时延是典型的商业联姻。

还有人说她心狠手辣，最后那份报告将整个汇商置于刀刃锋口。

…………

唐漾左耳进右耳出，大刀阔斧改革的第一项便是收束高层的权力，跨部门式以下监上，拒绝越权和人情操纵。

跨部门以下监上意味着一个副行长分管零售，监察他的部门可能是安防，可能是风控。唐漾又对监察部门做了加密处理。也就是说，高层们知道有自己分管外的部门监察自己的行为和资金动向，但并不知道是哪个部门。

这对下面的员工来说是一种公平和权利，但对高层不太友好，他们颇有怨言。紧接着，唐漾成立专项小组起草预案，放宽对员工副业的管制。

以前，银行员工有明确规定，不能买某些特殊类别的金融产品，买某些产品又有额度限制。唐漾保留了逐条逐笔汇报的规定，废除了禁止购买的条目，希望从"纵"的角度要求内部廉洁。

高层们心里舒坦，员工离职率也达到了七月后的最低值。

就在大家以为这样已然足够时，唐漾做了一件更大胆的事儿——她直接在总行拿了权限，为女性员工增加了两周的孕初假期，将产假从九十天压缩到八十天，但为产后收假的女员工提供二十天自愿适应调整阶段。

从字面上看，假期多了两周，少了十天，没什么变化，但后面二十天的自愿就很耐人寻味。如果想重返职场获得晋升，拥有适应阶段无疑是个好消息；如果只是想恢复工作，那相当于多了二十天休假时间。

有同事说唐漾是因为自己有身孕，方便自己，结果被女同事们的唾沫星子喷得抬不了头。

蒋小狗在四个月到五个月的这个阶段长得飞快，唐漾已经穿不下衬衫，便选择了宽松的秋裙。她裙子长度及膝，颜色柔和；她手段果决，做事雷厉风行。

汇商的人经常看见这样一幕，唐漾踩着三厘米矮跟鞋被一群人簇拥着出入会议室时背脊挺得笔直。她的后脑勺根据蒋时延心情和发挥系的蝴蝶结却轻巧、精致，带着一点点唐行长的俏皮。

唐漾上任之初，跨部门式以下监上的制度已经在界内掀起一轮热议。而她改革女员工假期后，十月底，员工离职率直接降到了平均线之下。

汇商风波后，人事变动很大。曾经和唐漾有过接触的南津街支行的申行长调到了汇商分行，管理产品营销这块。

唐漾三把火一烧，申行长想到当初那个午后小姑娘淡淡地念的汇商标语。他理解了一下唐漾决议的意思，试探着给孕假调整这块加了个“女性职场关怀”的标签，送到一休做包装。

同月，汇商新增客户率爆炸般飙到了三年内的最高峰。

从接手烂摊子、收拾烂摊子到局面彻底稳定，唐漾只用了一个月的时间。她把稳舵位，汇商面目一新。

怀着五个月身孕，不到三十岁，名校博士，最年轻的行长，一时间，唐漾带着事业成绩频频出现在各大媒体。末尾才稍稍一提，哦，原来还是一休的总裁夫人。

有营销号说她是“带刺玫瑰”，有博主评价她是“信仰式女人”，央广官方号写的则是“刀尖上的软香膏”，里面配的内容是她出席活动的照片：唐漾代表汇商 A 市分行就征信问题对大众、对媒体做出承诺。

视频里，唐漾的语速不急不缓。她望着镜头，笑容温和，目光坚定。

尽管唐漾的营销是汇商高层讨论出来的结果，目的在于覆盖汇商之前涉案的余热，但不可否认，她是一个现象级人物。而上一个称得上现象级人物的是——三年前改组一休的新媒体第一人蒋时延。

一休高层们讨论唐漾话题热度时，蒋时延就跷着二郎腿，一脸“你们快夸，快夸，这是我老婆”的表情。高层们商讨决定把总裁赶出会议室。

蒋时延也不恼，回家后开开心心地给一拖二的大宝贝做饭、洗澡、吹头发、讲睡前故事。

他无意间提到自己真的被一休的高层轰出了会议室，唐漾笑得乐不可支。

“小没良心的，”蒋时延揪揪漾漾又白又软的耳朵，刻薄道，“不知道是谁以前上个热搜都要吼人，说什么‘蒋时延快撤，不撤我要怎么怎么你’，现在霸屏都淡定得不行——”

唐漾朝他怀里钻，甜甜地叫：“老公！”

“好好。”蒋时延举双手投降，而后环住她笨拙的腰身，眼底无奈的纵容比月光更让人沉溺。

十一月中旬，唐漾在敖思切的陪同下飞去汇商总部出差。

总行的高层们见是唐漾来，一个个笑脸相迎。

唐漾说明来意后，那些人同时拉了脸：“在新岗位上做出成绩是好事儿，唐行应该再接再厉，骄傲自满可不是什么好习惯。再者，”高层顿了顿，“私以为县信通是唐行的心血，唐行会比我们更希望看到县信通顺利发行……”

汇商各方面都在逐渐恢复，这种时候，县信通作为一款自带情怀和话题度的产品进行发行无疑是一场及时雨。唐漾身为设计者，却以她在发行书上签字作为条件给总行提了个要求。

总行长苦口婆心道：“女性安全这块是公安和政府应该呼吁关注的问题，我们是商业银行，我们好不容易摆脱信任危机，没必要自己再爆自己。”

“与其让别人以后发现这个细节，再把汇商推到风口浪尖，不如主动坦白，”唐漾道，“私以为这样做是为了推翻重塑，真正重新建立信用体系。”

她补充道：“况且，公众对于主动阐明真相的态度会有一个包容分，如果收获正向反馈，那就是锦上添花；如果得到负面评论，县信通就会起到一个缓冲作用。”

高层们动摇了。

而这时，唐漾递上去一份相关决定的应急预案书和一份基金会启动计划。

唐漾的档案走完流程，行政级别正式定档在“行长”那天，恰逢县信通举行首次发行发布会。

界内大牛齐聚八百人厅，各路媒体在厅内架起长枪大炮，人头密密麻麻，镁光灯和快门一起闪烁。

在发布会之前，媒体把县信通的意义鼓吹得很大，类似促进再就业，宣告信任体系的革新。真的等到发布会开始，主持人的措辞却很谨慎。

发布会的第一项流程是唐漾作为县信通的设计者，上台介绍产品内容。唐漾肚子里的蒋小狗已经六个月大，肚子在聚光灯下凸成一个圆润的弧度。

第二项流程是主持人介绍发布情况。

县信通从分行发行扩展到全国发行，参与单位也从 762 部队一处到涵盖悠然居等 198 家知名企业。这些企业的部分代表上台介绍相关情况。

第三项是签约。县信通的第一批发行书在斟酌和层层挑选后选择签给挂名九江，但实际非九江控股、受九江波及下岗的工人。这批工人经由县信通引渡到了悠然居控股下的一个建筑公司工作。

唐漾再次上台，礼仪小姐把第一份文件和笔递给她。

大屏幕上，唐漾手势标准地握笔，写下点、横，现场观众的呼吸也随着她的动作屏住、放松。

所有人都猜到唐漾会为第一份县信通签字。唐漾签完字，退到主席台边上，蒋时延等一休高层上台。因为流程表后面还有一个基金会的成立仪式，所以记者们并不意外。可大家都没想到，唐漾退过去站稳后，全场灯光骤暗！

尖叫和窸窣的议论持续了大概一分钟，屏幕上出现亮光，主持人低缓的声音在偌大的厅堂响起。

“1999 年，王琴正式入职汇商合作信用社星河镇分社，因不堪社长许有为骚扰，两个月后提出离职，离职原因档案记载为病退。

“2002 年，汇商与浦西合作期间，审贷处女员工常笑意外死亡。汇商 A 市分行赔偿常笑家属五十万私了此事。

“2007 年，有人举报汇商白沙街道支行行长性侵女下属，汇商分行并未对此做出处理。”

“……”

“以及，徐姗姗。”

周自省的自检信提到了徐姗姗，周默的供词里也有徐姗姗。而在经过周默和总行同意后，唐漾授意披露了关于徐姗姗的一切细节，从医院检查报告，到周自省和魏长秋的电话录音，魏长秋在汇商门前聚众殴打徐姗姗，徐姗姗的死亡证明，以及一份交易记录，关于最初甘一鸣通过九江的何征拿到并放到徐姗姗水里的三唑仑片！

一条年轻、鲜活的生命因性侵及后续而死，汇商和九江却帮忙掩盖？

屏幕定格在徐姗姗的笑脸上，现场一片死寂。半分钟后，响起混乱的啜泣声、议论声以及调整三脚架的声音。

说不清是愤怒还是同情，也猜不出唐漾的意思，现场的记者，尤其是女记者们，持着极快的语速彻底炸开。

“唐行，请问您这是在为王琴以及徐姗姗她们翻案吗？请问汇商总行知晓您方才授意曝光的内容吗？”

“唐行，请问方才的内容与昙信通或后面将成立的基金会有何关联？”

“唐行，您来汇商不到三年，请问您为徐姗姗翻案的动机和目的是什么，这是否意味着什么大的动向？”

“……”

一句接一句地抛上主席台。

唐漾置若罔闻般和徐姗姗对视。看见照片中徐姗姗的笑眼，唐漾红着眼睛，跟着弯了嘴角。

炸锅的现场逐渐趋于平静。迎着所有人的目光，唐漾重新回到主席台正中央。她纤瘦的身形独自撑起宽阔的舞台。

“大家好，我是汇商 A 市分行行长唐漾。”她完整地介绍自己，“首先，我谨代表汇商总行、分行全体高层，向上述同事以及公众致以歉意。”对同事是因为没有营造安全的上班环境，对公众是因为隐瞒事实。

说罢，唐漾将话筒变为单手握着。她的肚子很大，弯腰艰难，但仍旧九十度鞠躬，坚持整整一分钟才重新站直。

媒体只见过各种各样的危机公关，没料到这般残忍、坦荡且忍有泪意的主动揭底。

然后，唐漾开始回答第二个问题：“汇商 A 市分行自成立以来，内部案件总计 46 起。汇商已在半个月前与公安机关取得联系，逐步重新立案。”

有记者在台下叫好。

唐漾有条有理地继续道：“而选择在这个时机公布，一是因为汇商与一休联名成立的‘昙信通’基金会将在今天正式挂牌运营；二是基金会关注的内容有烈属、残障人士就医、老年人抑郁症以及女性职场保护。基金会将不分公司地为遭遇职场性侵、因怀孕被解雇的女员工提供免费的法律援助。”

女性安全、职场歧视一直是舆论焦点，很多公司会在出事儿后致歉或者整顿，但像汇商这样直接翻案并成立基金会的绝无二家，好像因为新行长是唐漾，而唐漾绝非泛泛之辈。

一片安静中，有记者再次提问出发点是炒作还是其他。

唐漾环视现场，视线掠过蒋时延时停顿了一下，再收回来："我算是一个比较幸运的人，高中时期就遇到了我先生。在我迷茫、无措的时候，他都陪在我身边，陪着我毕业，陪着我参加工作。接任行长的那段时间，汇商不甚太平，也是他一直鼓励我。我每天早起可以看到他，也可以看到清晨第一抹阳光和雾霭。当我感受到平和与温暖的同时，我忍不住会想，"她回头看大屏幕，"如果王琴、常笑……姗姗她们不走，换种说法，她们本该和我们现在一样坐在明亮、宽敞的办公室，有一段稳定而幸福的感情和一个值得憧憬的未来。"可她们已经不在了。

现场安静。

唐漾握紧话筒："我对我现在拥有的一切感到庆幸，所以我希望我站在一个稍微有话语权的位置可以去关注很多半明半暗的板块，可以为那些渴望发声的群体发声。

"我被人托着，从而希望成为别人的依托。我希望女性、老人等弱势群体得到相应的保护；我希望以汇商、以基金会作为原点，可以将很多曾经被掩盖的问题真正摆到台面上，并提出解决方案。

"我希望越来越多的人相信始终有那么一些东西，没有虚伪，没有掩盖，没有好大喜功，没有粉饰太平，相信始终有人会撑在风浪里，不作秀，不浮躁，真的在改善，真的在进步。"

唐漾语速适中，极富质感的嗓音透过扩音器传到会场的每个角落，也仿佛裹着细微的电流，酥酥麻麻，浸到每个人的心底。

樊行长坐在台下最中央的位子，刚好和台上的唐漾相对。

曾经樊行长问唐漾想成为怎样的人，想得到什么或给予什么，唐漾没有回答。但现在，他觉得欣慰，小姑娘大概有了答案。

唐漾发言完毕，掌声稀疏。

基金会的法人代表是蒋时延，主持人按照手卡请他上场。

唐漾退到边上时，蒋时延准备到中间去。两人错身的刹那，顶着无数闪烁的快门，蒋时延借着身形的遮挡轻轻捏了一下唐漾的手，偏头低声道："你美得让我挪不开眼。"

唐漾失笑，用眼神瞋他，手却是反捏了一下他的手。

然后，蒋时延站在了唐漾先前站的位置。他参加过很多类似的发布会，可从来没有一场让他刚拿到话筒唇边就有了笑意："大家好，我是一休传媒董事局的主席，也是昙信通基金会的法人代表，蒋时延。"

有个词叫三十而立，站在台上的蒋时延刚好三十岁。比起曾经轻狂的一休创始人，如今他的身份更多，西装笔挺，意气风发间带着一种安于家庭的独有魅力。

唐漾看得微微出神。摄影机位适时地对准微微出神的唐漾。

蒋时延注视着唐漾出神的模样，深邃的眸子里噙满温柔的笑意：“首先，我谨代表个人向唐漾女士表达最真挚的敬意和爱意。”

敬意可以理解为合作伙伴，可这是重大场合，这人后面一个词是……爱意？唐漾装傻，耳根一烫。

这是不动声色地秀恩爱？台下的记者们后知后觉地回味着唐漾的话，又遭受蒋总的暴击，掌声雷鸣般响起。

蒋时延低缓的嗓音在掌声之后响起：“其次，我要纠正一点，自始至终都是唐漾女士陪伴我，引领我，鞭挞我。”

第二句说完，又是一阵热烈的掌声。

蒋时延：“我能从一个熊孩子成为一个勉强称得上成熟、有些许事业、有幸和汇商合作成立基金会的人，其根本原因在于唐漾女士的优秀品质对我的影响。”

又是一阵掌声。

蒋时延又说了一个字：“我——”

又是一片掌声。

蒋时延每说一个字，台下就响起一片掌声，宛如孩童的恶作剧。

台下的媒体记者和嘉宾在笑。唐漾在笑。

蒋时延说不下去，身体侧到一旁，也在笑。他被掌声堵在台上，开不了口，也下不去。

这是正式场合，漾漾交代过他不能乱来。可被现实所迫，他等了半分钟，掌声不仅没停，反而有人起哄：“蒋总能不能不要学唐行说话，能不能有点儿诚意——”

“昙信通基金会是一休成立的首个基金会。在后续的运作过程中，基金会将采用上市公司的公开标准公布财务数据……此外，我们也接受社会各界人士来自各方渠道的监督。”蒋时延趁那人起哄后的片刻安静噼里啪啦语速极快地说完必须要说的内容后，他正对先前起哄的记者说道，“唐行说的是重要内容，我说的也是重要内容，怎么就没诚意了？不要以为我没看到你们八卦的眼神，是，是，”他点头，拿出唐漾在家教育他的气势，“唐行是我太太，但这是重要场合，不是小孩子过家家，难道你们非得让我连喊三声唐漾我爱你，唐漾我爱

你，唐漾我爱你，才能不鼓掌放过我？”

蒋时延气势逼人：“年轻人你是哪家媒体的？是一休的下午拿着简历到我办公室；不是一休的，回去收拾收拾东西到一休来。”

那个记者高声喊：“蒋总，我是看出来您很想表白，但害怕被唐行罚跪搓衣板儿。”

台下哄然大笑，央广的领导和汇商总行长都没忍住勾了嘴角。

瞧着蒋大狗一脸被戳穿快要恼羞成怒的样子，唐漾接过敖思切从后台递过来的话筒，笑着喊：“蒋时延。”

轻柔的三个字传遍大厅。

现场倏然陷入安静，落针可闻。

蒋时延偏头望着唐漾，唐漾的睫毛还带着泪，她亦含笑望着他，声音轻轻地说：“我也爱你。”带着无奈，但未退后的从容、温柔。

一秒、两秒、三秒，蒋时延和唐漾相视而笑。

会场口哨声、掌声震耳，经久不息。

漾哥，漾哥，我是胖哥。

蒋时延，蒋时延，我是漾漾。

蒋时延有且仅有一个唐漾，唐漾也有且仅有一个蒋时延。

他们从课堂上“长太息以掩涕兮，哀民生之多艰”走过筚路蓝缕，也走过摧枯拉朽。他们不掩饰站上高位的野心，他们追逐传统意义上的功名，他们希望成为有影响力、公信力的人，也希望看到更多被人忽视的角落，为所有值得尊重的微弱小发声。

他们富有年轻一代的张力和默契，坚定而笃行。

“我希望越来越多的人相信始终有那么一些东西，没有虚伪，没有掩盖，没有好大喜功，没有粉饰太平，相信始终有人会撑在风浪里，不作秀，不浮躁，真的在改善，真的在进步。”

——爱上正好爱你的多年挚友是什么感觉？

她手指向的方向也是他手指向的方向，他的手覆在她的手上，掌心贴着她的手背，经由时光山海、朝晖夕阴，最终以十指相扣的姿态完整且妥帖地嵌进她的指间。

番外一

总有玫瑰生在骑士心口，鲜衣怒马，策前程远大。

蒋小狗六个月的时候，蒋时延说民政局附近有家旋转小火锅不错，问漾漾要不要试试。

唐漾欣然答应。

两人自然而然顺道领了证。

蒋小狗七个月的时候，蒋时延装修好了属于他和漾漾的小别墅。

设计是唐漾喜欢的风格，阳台放了她喜欢的秋千。她虽然不下厨，但她喜欢开放式厨房。蒋时延亲自画图，最后出来的效果和她口中描述的相差无几。

唐妈妈觉得蒋时延太惯着唐漾，唐漾皱皱眉头，不敢反驳。

蒋时延甩锅给蒋小狗："漾漾肚子大着，据说心情好一点儿宝宝会漂亮一点儿。"其实，他有些懊恼自己当初没控制住。二人世界多好啊，结果被自己不小心破坏了。可孩子这种东西……有了就有了吧。

他没见过漾漾小时候，如果小公主长得和漾漾小时候一样，白白软软，脸圆圆，奶声奶气地叫"爸爸要抱抱"，他光是想想，一颗心便软得不像样。

唐爸爸是基建工程师，长期在深山做项目。直到唐漾婚礼前一天，他才乘坐傍晚的飞机匆匆地赶回来。

以前过年的时候，蒋时延和唐漾会轮流去对方家拜年，但唐爸爸过年也忙，蒋时延只见过一两次。在他的记忆里，唐爸爸和教科书上戴金属边眼镜的铁路专家一模一样，话少，刻板，带着一种工科男典型的不苟言笑。

蒋时延当学生时有些怕唐爸爸，现在他身居高位，加持了丈夫和准父亲的身份，已然成熟、稳重。

唐妈妈临时有事儿，被学校叫去开会。蒋时延的父母和小两口趁饭后散步，一起到街区门口接唐爸爸。

晚上七点，出来遛弯的人很多，蒋时延陪唐漾坐在长椅上。

偶尔有熟人打招呼，蒋时延头点得心不在焉。

唐爸爸发消息说快到了。

蒋妈妈瞧着蒋时延目光飘忽，提醒道：“第一次正式见岳父，你自己该说什么不该说什么，注意点儿，尤其漾漾还是未婚先孕。”蒋妈妈拧着眉头，总感觉儿子让漾漾大着肚子穿婚纱很减分。

唐漾一半揶揄，一半维护老公：“他是高屋建瓴，害怕我三十岁以上当高龄产妇有危险，早点儿生完恢复快。”她就是这样，无论她和蒋时延内里感情深浅，在外人面前，她总是维护蒋时延。

蒋妈妈越看唐漾眼神越慈爱。

唐漾拍拍蒋大狗的肩膀，宽慰他：“我爸这人看着比较冷，实际很可爱，没想象中可怕，你按你平时的状态和他交流就行了。”

蒋时延把脸凑到唐漾面前：“你是说内敛、迷人吗？”

唐漾含笑推开蒋时延的脸。

蒋时延在唐漾和自己父母面前演练了好几种见到唐爸爸的开场白。

掌控大局款：“唐叔，好久不见，要待几天？明天的流程我稍后发给您确认一下？”

中规中矩款：“唐叔，我是蒋时延，我样子变了？您看上去变年轻了，听说您这次跟的项目是……”

“……”

至于称呼，蒋时延觉得叫“唐叔”很见外，自己和漾漾都是合法夫妻了。

“你不懂，”蒋妈妈教育儿子，“你还没得到糖糖爸爸的认可，你得让他纠正你，让他让你叫爸。矜持，懂吗？”

蒋时延在蒋妈妈面前答应得好好的，结果，黑色商务车停到门口，唐爸爸刚从后座下来，蒋时延安顿好唐漾，便控制不住双腿般快步上去，俊脸堆满笑意：“爸，您行李在后备厢吗？我帮您拿。

“爸，您这箱子和上次我到家里来看到过的一样，没换过吧，我们营销号说念旧的人心肠好。

“爸，您坐的是国航？国航飞机餐不怎么样，我买了很多食材堆在家里，待会儿给您露两手，”蒋时延殷勤道，“我手艺还行，漾漾前段时间连悠然居都嫌弃，但就夸我糖醋排骨做得好，听说您也喜欢吃糖醋排骨……”

唐爸爸看到了蒋时延过来之前搀扶唐漾的小动作，也注意到唐漾想起身，蒋时延的目光立马条件反射般扫过去。

唐爸爸对蒋时延是满意的，面上却没表露出来。

而蒋时延父母和唐漾早已目瞪口呆，说好的沉稳如山，一休董事局主席……面前这个一脸讨好的人是谁?

唐爸爸过去跟两位亲家寒暄，唐漾轻拽唐爸爸的胳膊起身，蒋时延想帮唐漾摆正裙腰处的蝴蝶结系带。

唐爸爸停步，偏头问蒋时延:“你很紧张?”

“没……没有，爸，没有。”蒋时延舌头打结，努力让自己看上去很淡定。

唐爸爸“哦”一声，面无表情道:“你的手搂在了我腰上。”

“……”蒋时延想找块豆腐闷死自己。

其他人愣了几秒，随即放声大笑。

唐爸爸也悄然勾了一下唇。女婿大概很爱女儿吧，爱到连带对自己这个岳父都能这般小心翼翼……如搂某个孕妇一样揽着自己的腰。

唐漾和蒋时延的婚礼就在楼下举行。

婚礼规模很小，布置温馨，粉色的玫瑰、彩带、气球铺满了整个会场。碧空如洗，和煦的阳光洒在四季常青的草坪上。

唐漾挽着唐爸爸的胳膊进场，唐爸爸把唐漾的手交到蒋时延的手上。唐漾婚纱的曳尾很长，她转身时，唐爸爸和蒋时延同时弯身帮她整理裙摆，两个男人相视片刻，眼神里是默契和了然。

唐漾这辈子能遇见蒋时延存在一个概率；在高中遇见蒋时延存在一个概率；她和蒋时延成为朋友存在一个概率；她和蒋时延互相搀扶走过十年存在一个概率；她发现自己爱上了蒋时延存在一个概率。而蒋时延刚好长久且热度不减地爱她的概率就是亿万分之一。

而唐漾对蒋时延来说亦然。

念誓词时，两位新人都激动得有点儿控制不住。

接吻时，所有人都期待霸道蒋总唰一下掀开唐行的头纱。而众目睽睽下，蒋时延单膝跪在了唐漾面前。他先吻了吻唐漾的肚子，然后牵过唐漾的手，吻了吻她的手背。再然后，他徐徐起身，薄唇落在唐漾的脖子上，他的脸也被罩在了头纱里。

蒋时延一只手轻轻地揽着唐漾的腰身，一只手捧着唐漾的脸，沿着她修长的脖子优雅的线条缓缓朝上。他眼眸噙笑，凝视她，然后深情款款地将唇覆至她的唇上……

宋璟穿藏蓝色伴郎服，身形挺拔，容色清俊，举手回眸间带着民国名士清风霁月的气质。秦月和程斯然他们赌五毛宋璟会惊艳全场，结果让涂发蜡、梳大背头的蒋时延占了上风。

仪式过后，蒋时延满脸春风挡不住。

宋璟挤对他："四舍五入，我也算和漾哥一起迈进了婚姻的殿堂。"

本来是蒋时延邀请宋璟当伴郎的，结果这下他心塞得不行。

唐漾停在桌前，咽下嘴里的食物，对宋璟道："四舍五入，你也和蒋时延一起迈进了婚姻的殿堂。"她四两拨千斤。

蒋时延瞥宋璟一眼，炫耀般喊"漾漾"，唐漾朝蒋时延招手。

宋璟简直拿这两人没办法，人前都人模人样，人后大概就是……一个间歇性闹小孩脾气，一个宠得乐此不疲。

后来，大家和新人拍照留念。

轮到宋璟时，他和蒋时延一左一右站在唐漾旁边。

秦月举着长焦相机眯眼喊："一、二、三，茄子——"

宋璟头朝唐漾偏，蒋时延以为他要亲漾漾，吓得赶紧伸手挡他的脸。

宋璟本来就是恶作剧，干脆一不做二不休直接亲一口蒋时延的手背。蒋时延吓得朝后一避，谁知竟撞到一个侍者，他径直碰翻盘子里的三层蛋糕！蛋糕比人先落地，被人当了靠枕。

所有人都睁大眼睛望向这边。

蒋时延自己也不敢相信："我是新郎，我今天是新郎，命运对我这么残忍吗？"他摔蒙了，站起来，一边从头发上捋奶油，一边将眼神投向唐漾。他一脸迷茫、委屈，漆黑的大背头上稳稳站着一颗红红的小草莓。

唐漾忍俊不禁，最先笑出声来。

随着冬天到来，时间好似放慢了步伐，曾经的那些动荡和风浪也被安置在了厨房与昼夜间。

婚姻和恋爱是两种完全不同的状态。虽然蒋时延的厨艺和唐漾作为业余美食家的追求让夫妻两人的矛盾比其他人更少，可也免不了分歧。

比如——唐漾坚信肚子里的蒋小狗是个小男孩，坚持胎教内容要和科学探索相关。而蒋时延总叨叨老父亲和闺女有心灵感应，漾漾肚子里一定是个软糯、可爱的小公主，但他并不敢反驳漾漾。

伴着两人时不时的拌嘴，蒋小狗在唐漾肚子里越长越大，夫妇俩的胎教形式也从音乐和简单的句子变成睡前读故事书。

蒋时延喜欢《安徒生童话》《爱丽丝梦游仙境》，而唐漾喜欢《海底两万里》

和《昆虫记》。蒋时延先在床边读《海底两万里》，唐漾上班很累，听得迷迷糊糊，合了眼皮。蒋时延见她快睡着，眼明手快地把《海底两万里》换成了封面粉粉的印着蓬蓬公主裙的童话书。

他移花接木好几个晚上，终于被唐漾发现。

夫妻间最重要的是什么？信任！蒋大狗的行为是什么？欺骗！唐漾很生气，她揉揉睡眼，困倦的脸强撑出严肃的气场。“蒋时延，我们得吵一架！”她一字一顿道。

蒋时延也受够了：“嗯，好。”他反手将童话书扔在墙角的沙发上，然后腾身，一只手撑在漾漾身旁，一只手捏住她的下巴微微上抬，他的唇碾上她柔嫩的唇瓣，微微摩挲两下，用湿润的舌尖滑开她的唇缝。

唐漾不让他进去，态度坚决：“我们要吵架，不是要接吻。”

“吵架是动嘴，接吻也是动嘴，有区别吗？”蒋时延很耐心，嗓音低缓。

他幽深的眸子好像笼罩着烟雾的迷宫，唐漾的耳郭酥酥的，在他眼里迷失了自己。“好像……没区别。”唐漾软软道。为了表达自己的歉意，她主动轻轻地去碰他的舌壁。

蒋时延的舌尖轻探至唐漾的上腭，慢慢舔舐。唐漾的唇启开一些，蒋时延细致又深入地吻了下去。

唐漾被蒋时延吻得七荤八素时想，蒋大狗果真没骗自己，吵架要动舌头，接吻也要动舌头，这可能就是传说中的等价无差别？

经过“吵架”那晚，蒋时延暗喜，漾漾好像终于进入了一孕傻三年的状态。

而蒋时延总能找到各种各样的理由让书读着读着被甩到沙发上，而他则是亲亲漾漾的脸蛋，亲亲漾漾的锁骨，偶尔内容不可描述一些，他还会怀着很复杂的情感遮住漾漾的肚子……

而在蒋大狗占尽漾漾便宜的某晚，唐漾状若迷糊地钩住了他的脖子。

童话书一半在沙发上，一半悬在空中，夜风进来，把书页吹得簌簌作响，床也吱吱的。

唐漾怀孕之后皮肤越发好，她的耳尖红红的，巴掌大的脸上一双眼睛黑白分明，好似含着盈盈波光。她的嗓音似江南早春的笛音，绵绵又婉转，一声声的轻喃让人脸红心跳。

偏偏蒋小狗已经八个多月了，蒋时延不敢乱来。

唐漾格外黏他，他好似偿还了之前几天吃豆腐的债般被撩拨得不知所措。他的额头冒着细汗，一下一下喘着粗气，闭着眼睛摸遍她全身后，手忙脚乱地从她身上下来，裸身披睡袍。

男人的肌肉线条美好，在光下展现出薄长的弧度。

唐漾很轻地笑了一声，小指若有若无地滑上他的背：“你知道我第一次来你房间，想的是什么吗？”

不待蒋时延回答，唐漾柔声接着道：“想的就是你这床软不软——”她的尾音弯弯绕绕地勾人。

蒋时延浑身憋得快要爆炸似的，终于明白她今晚绝对是故意的，绝对是！

蒋时延浴袍的带子都没系好便着急地躲开唐漾的手。

他去往厕所的姿态近乎落荒而逃，终于跑到厕所门口，他在背光玻璃里瞥见唐漾举手比胜利的姿势，咬牙切齿地放狠话：“等着……看我以后怎么收拾你。”

他好凶啊。

她好怕怕啊。

唐漾把自己蒙在被子里，顶着绯色未褪的脸，咯咯咯咯怕得笑出声来。

大抵感应到美人妈妈怀自己的时候受了很多苦，蒋小狗在后期并没有怎么折腾。

痛肯定是痛的，但生产过程总的来说还算顺利。

蒋时延在手术室陪产，见唐漾的脸皱成一团，他毫不客气地把蒋小狗的爸妈连带祖宗十八代都骂了个遍。唐漾呻吟一声，他又忙不迭地低声哄，手忙脚乱地给她擦额角的细汗。

医生、护士从业这么多年，第一次见准爸爸自己骂自己还骂得这么利索。

等手术结束了，他们在办公室笑得不行，同时也感叹：“蒋总和唐行不像商业联姻啊……联姻能联成这样？不过，蒋总那张脸真的好看，那揪着心肝的小眼神——”

“大家看到的事实被推翻两次往往就是真相。”另一个医生想起前两天看到的新闻——汇商涉案高层周自省罄竹难书，受贿近四亿，然后是他受贿款项尽数用于慈善项目，再然后是他很早之前便匿名为相关机构提供过线索，功过相抵。

如果同样的定律放到唐漾和蒋时延身上，推翻一次是“两人相爱”，再推翻一次，便是两人爱了很多很多年。

医生看蒋时延牵蒋太太时手总忍不住摸两下太太的手，医生笑得不行……几岁啊？

蒋时延对蒋小狗本就不太友好，尤其知道是臭屁孩不是小公主后，他甚至抱都不想抱。

几位长辈围在单间病房，目光齐齐地望向蒋时延。

蒋时延略不耐烦："你们抱就行，反正他还小，假装我抱过好了。"

蒋妈妈怎么劝他都不听，他得专心给漾漾冲蛋白粉。

蒋时延冲好热水把杯子端到唐漾身边，唐漾没接，也没张嘴，淡淡的目光落在他身上……

蒋时延和唐漾对视三秒，颇为无奈地把杯子放到一旁，伸手去接蒋妈妈怀里的小东西。

除却刚出生时哭了一阵，蒋小狗其他时候都很安静，困了就睡，没困就用尚未张开的眼睛好奇地打量周围的大人，模样乖巧，受尽宠爱。

蒋时延没什么抱孩子的经验，小心翼翼地刚接过来，方才在蒋妈妈怀里还吐泡泡的小不点忽然大声哇哇叫。

蒋妈妈急忙纠正道："你得让他贴着你，他太小，脊椎没发育好，立不稳。"

"好丑。"蒋时延抻长脖子，嫌弃得不敢看蒋小狗的脸。

唐漾一巴掌打在蒋时延的腿上，蒋时延"啊呀"一声，在蒋妈妈的指点下换了正确的姿势。结果，蒋小狗哭得更凶了！

蒋时延是个不接受威胁的人，蒋小狗哇哇哭，他也跟着哇哇叫！蒋小狗声音大，蒋时延声音更大。

父子俩拉锯般较劲十分钟，蒋小狗软绵绵地打个哈欠，蓦地收了声。

"这浑小子！"蒋时延愤愤地拍一下蒋小狗的屁股，力道不重。

蒋小狗哇哇又哭。

长辈们指责蒋时延，蒋时延又赶紧揉揉蒋小狗的屁股，蒋小狗的脑袋搭在蒋时延宽阔的肩上。所有人都批评蒋时延的时候，他睁开小眼睛望着美人妈妈，然后轻轻扯了一下唇，露出一个疑似笑容的神情。

这么小就会欺负爸爸了，真是……可爱得紧。唐漾扑哧笑了一声。

蒋时延恰好特别委屈地看向漾漾。

虽然蒋小狗出生时蒋时延是最嫌弃的，之后，他却是照顾蒋小狗最多的。

蒋时延害怕蒋小狗哭会打扰漾漾睡觉，练就了儿子嗷一下立即翻身爬起来的技能；漾漾上班本来就辛苦，蒋小狗提前断奶那段时间，蒋时延每天早上六点钟起来把蛋羹和米羹打成糊状喂给蒋小狗，然后给漾漾做丰盛的早饭。

唐漾化妆收拾好自己，蒋时延差不多做好早饭。饭后，他送唐漾去上班，他偶尔把蒋小狗送去早教班，偶尔送去蒋妈妈那儿，偶尔带到一休顶楼。

蒋时延和唐漾都是皮相极好的人，蒋小狗继承了父母的优点，眼睛长开后，唇红、眼睛亮，像极了年画里粉雕玉琢的白娃娃。

员工们开玩笑说："抱走可以吗？"

蒋时延分外开心："是不还回来的那种吗？"

"……"员工们瑟瑟发抖。

助理悄悄拨通唐漾的电话告状，唐漾哭笑不得。

很快蒋小狗满周岁，蒋妈妈在悠然居摆了几桌。尽管来的都是亲朋好友，"蒋惟唐"这个名字仍是不可避免地上了热搜——蒋妈妈给孙子送了一个游乐场；陈强履行当初的承诺，给蒋小狗让渡了30%的原始股份；肖勤在唐漾上任之初与总行的拉锯战中发挥了不可或缺的作用，也拎着玩具来道贺。还有一大群把小狗宝贝得不行的叔叔阿姨出手大方。

网友们直呼"霸总初期""人生赢家"。

唐漾刷着评论区一堆"妈妈粉""老婆粉"的表白，乐不可支地对秦月道："你和你家小孩要是再不在一起，我儿子可能就要先找媳妇了。"

"那也要小孩上道啊。"秦月也气愤，"老娘这姿色，就算是块石头都能把它焐得面红耳赤，可小孩是什么？"她用筷子重重地敲着碗沿，"陨——石！"

其他人纷纷看过来，唐漾连忙打哈哈帮秦月做掩护。

忙碌一天，晚上，唐漾跟蒋时延说起这件事儿，很纳闷："时靳都能去机场接秦月，难道还不是喜欢？"

两人都洗了澡，香波味道缠在一起。

唐漾窝在蒋时延怀里细声细气道："还有上次，秦月病得迷迷糊糊，号码拨到时靳那里，时靳宿舍都关门了，还翻墙去找她，这能不是喜欢？"

自家小姑娘什么时候操起了做媒的心？蒋时延的长指钩起她耳旁垂落的碎发，嗓音低缓道："每个人对喜欢的理解不一样，喜欢的层级也不一样。"他耐心解释道，"可能在时靳心里喜欢有一百个层级，六十分以上他可以说出口，然后他对秦月的喜欢刚好卡在五十九分。"

唐漾两手抱着他修长的小臂："那你对我的喜欢是什么时候达到表达层级的？"

"一定要这么严格？"蒋时延问。

唐漾点头。

蒋时延认真想了想，没回答。唐漾当他没想过这个问题，也不追究。

蒋小狗被蒋妈妈接走了，两人难得亲昵地过了个二人世界。

后来，夜幕将云霞染成灰黑的暗色，虫鸣和灯火散落在草丛中，窗帘留了一丝缝隙。

蒋时延又抱唐漾去洗了个澡，再回到床上时，唐漾眼睛眯得只剩一条缝隙。蒋时延把小姑娘朝自己怀里搂了搂，觉得不够亲近，他又带着小姑娘的手环到自己腰上。

“如果真的要分层级，那每个层级都有你。”他说。

唐漾哼了两个柔软的音节，蒋时延脑海里浮现出她穿着西装套裙站在汇商顶楼的模样，她赤脚站在毛毯上抱着蒋小狗哄睡小孩的模样，还有她穿校服、学士服和婚纱的模样。

“不过，你也得背锅，”夫妻共同承担的原则，蒋时延摸得很清楚，他吻了吻唐漾的发顶，嗓音低缓、温柔道，“为什么要藏在我所有心动的时间里？”

总有玫瑰生在骑士心口，鲜衣怒马，策前程远大。

他们共享昼夜、厨房、雾霭、流岚，走过明亮的天光，终在深夜结发依偎，手足相抵。

番外二

十七岁那年喜欢的人现在怎样了？

1

微博上，有营销号组织话题：“十七岁那年喜欢的人现在怎样了？”

唐漾坐在梳妆台前敷面膜，蒋时延暗戳戳地上小号：“她现在和我在一个房间，我可以感受到她的呼吸。”

下面一堆人问“兄弟是怎么约的初恋”。蒋时延完全忘了自己㞞得不像样，还哭鼻子的样子，他粗略地瞄了眼评论，轻描淡写地回复：“不是约，她是我太太，我们结婚三年了，感情特别好，她很漂亮、优秀、温柔，做事有主见……”他不带重复地夸了五百字。

冷场了。偏偏蒋时延还故作不知地继续：“怎么？难道大家都没和十七岁喜欢的人走到一起吗？”

互关的人拉黑的拉黑，网友们举报的举报。

蒋时延啧了一声，也是庆幸。

2

蒋小狗五岁的时候上逻辑辅导班，去了一天便不再去。

唐漾柔声问蒋小狗原因。

蒋小狗背着手，皱眉头：“那些小孩子都只会哇哇哭，还会流鼻涕，笨笨的，脏兮兮的。”

蒋小狗和唐爸爸很像，话不多，爱一个人钻研模型，有轻微的洁癖。

唐漾了解完情况，没有说好，也没有说不好。晚饭后，她带蒋小狗和蔬菜去楼下散步。

街区不大，邻居间彼此熟识。蒋小狗家教好，不用唐漾教就主动叫张爷爷、李奶奶。母子俩走了一会儿，在街边的长椅上等蒋时延回家。

夕阳浸染了整片天，唐漾看着小不点玩随手携带的魔方。

蒋小狗转齐六面，眼睛晶亮地抬头望唐漾，脆生生道：“妈妈！”

这是想要表扬。唐漾笑着摸小狗的头：“很棒。”

蒋小狗又玩了一会儿，唐漾轻声问：“惟唐，张爷爷、李奶奶会玩魔方吗？”

蒋小狗认真地想了想，摇摇头。

唐漾：“张爷爷和李奶奶会滑滑板吗？”

蒋小狗还是摇头。

唐漾又问：“那你喜欢张爷爷和李奶奶吗？”

张爷爷教过惟唐写书法，李奶奶会绣很好看的图。虽然不明白唐漾的意思，但蒋小狗仍旧点点头。

唐漾探手把蒋小狗抱在怀里，低声温柔道：“张爷爷和李奶奶不会惟唐喜欢的东西，但并不妨碍惟唐喜欢他们。惟唐不会做饭、洗衣服，同样不妨碍他们喜欢你。”

蒋小狗没出声。

唐漾接着道：“我们生活的环境中有很多人，小孩、中年人、老人，每个人年龄不一样，境遇不一样，做的事情也不一样。就像有的人是老师，有的人是出租车司机，有的人建漂亮的房子，有的人和爸爸妈妈一样在办公室……大家分担的工作不同，但都同样重要，少了任何一类，都不会完整。每个人都是从小孩到成人到老人。成长的过程就是自我选择和职业选择的过程。”

蒋小狗似懂非懂：“妈妈是想说逻辑班的同学以后会开酷酷的出租车，要我和他们团结友爱吗？”

城市的出租车彩漆统一，随处可见，对这个年龄的蒋小狗有着很大的吸引力。

蒋小狗的眉头皱在一起。

唐漾帮他抚平。“不是，”她道，“妈妈是想告诉你，我们要对差异抱以包容和尊重，得到很多的时候也要懂得给予、肩负和平等，比如爸爸。”

蒋小狗对这个例子不太服气：“蒋时延经常欺负我，”他撇撇嘴，“吃饭的时候我想坐妈妈旁边，可他说坐妈妈旁边吃饭会长不高，让我坐对面……幼儿园亲子活动的时候妈妈演公主，他就要演最帅的王子，可我也想做王子，他就吓我……不过，他也好笨。”他嫌弃道，“明明西瓜中间最甜，可他每次都会吃边上的，让我和妈妈吃中间的……他剥虾剥得很好，自己又不喜欢吃……而且……”他眨了眨眼睛，小声说，“上次去旅行，他跟我说，漾漾是他喜欢的女同学，让我保护好漾漾。”

蒋小狗极帅地说了“当然”，挠挠头顶的鬈发，道：“可妈妈你明明不上学了……他是不是傻？”

“是。”唐漾抿着笑意，刚想说什么，余光便瞥见熟悉的人从不远处下车，把行李箱扔给助理，朝自己和小狗这边走来。

唐漾望着熟悉的身形，望着望着就笑得不行：“你怎么出个差剪了个小平头回来，哈哈哈……”

蒋时延单手抱起蒋小狗，另一只手摸了两把头发：“怎么？不好看？不是你那天说没看过我剪平头吗？”

“没有没有，特别帅。”唐漾挽住老公的胳膊，一边走一边真诚地夸赞，“怪不得说平头是检验颜值的标准，真的好看，和之前很不一样，整个人看上去特别有精神，特别硬朗，特别符合我的审美，当然你以前也很符合。”

蒋小狗听惯了父母的商业互捧，觉得不如仰着脑袋望路过的飞机。

唐漾眉眼弯弯，望着蒋时延说话时好像蓄满清澈的光，颊边有小酒窝，若隐若现。她柔声道：“不过，我猜你明天回一休大家也会笑，但你要相信大家那是善意的微笑——”

蒋时延忽然低头，唐漾蒙了。

他薄唇轻轻落在她的唇上，亲了一下。见蒋小狗没注意，他揽着她的腰，噙着笑又偷亲了一下。

“特别甜，”他附在她耳边，眸子盛满柔情，低声笑道，“我也特别喜欢。”

出版番外

陪在唐漾身边就好。只要能陪在她身边，以什么名义都可以。

关于哄人

唐漾和蒋时延的新家在鹭湖别墅，朝南一公里就是远近闻名的鹭湖景区，唐漾和蒋时延下班时常经过，但一次都没去过。

很偶然的周三下午，蒋时延按惯例接唐漾下班。

唐漾上车后，蒋时延接过她手上的包放到后排，俯身帮她拉安全带："老婆，今天怎么样？"

唐漾微仰脸亲了下他的唇："还好。"

安全带落扣清脆的咔嗒声掩盖了她的心虚。

其实不太好。

自汇商大换血事件后，唐漾和总行，或者说总行某些领导的关系就很微妙，对方在分行无人可用的情况下不得不用她，但又忌惮她，一年多以来，夹枪带棒的安排不在少数，无伤大雅，但总归让人心里不快。

起初她会和蒋时延说，事无巨细，是分享，也是吐槽，蒋时延总能及时安抚她，或建议，或陪她说，实在不行还能以"资"鼓励，总归蒋时延有用不完的办法哄她开心。可次数多了，唐漾自己都烦了，不舍得真将蒋时延当情绪垃圾桶，说得就少了。

好在蒋时延没发现，和往常一样说了不少一休的事情——

市场部某某和准未婚夫彩礼没谈妥，谈了七年，临结婚分手了，说分手那瞬间不觉得遗憾，只觉得解脱。

唐漾觉得分手既是结果，也是新开始，有些底线不能让，让一次就会让无数次。

蒋时延很赞同。

他又说到营销部某某最近新晋奶爸，张口闭口就是自己家小豆丁这怎么了，那怎么了，频繁得稍显夸张，引得同事们调侃。

唐漾抿嘴笑了声。

蒋时延道："我刚做爸爸的时候没这么夸张吧……我个人感觉还是很有分寸、很矜持的。"

唐漾敷衍："嗯嗯，非常矜持。"

唐漾说完，和蒋时延趁着红灯停车短暂地牵了下手。

蒋时延视线直直地看着前方，却如同唐漾一样弯了唇角。

他又说到下午见的季总和老婆是青梅竹马，真真是从小就认识，而他只能说自己和漾漾是同学，再朝小了说，有点儿理不直气不壮。

唐漾表示，青梅竹马有局限性，同学就不一样了，可以前期苦大仇深，后期缠绵相爱，可以一见钟情，暗恋多年，可以很早就在一起，分分合合，还可以我把你当朋友你却……

"我把你当朋友你却……"唐漾重复了遍，和蒋时延对视一眼，都绷不住笑了。

蒋时延忽然道："要不要去鹭湖看看？"

这话题转得很突然，唐漾一时没接上："不是回家吗？家里还有个小朋友……"

唐漾语气并不确定，蒋时延看看她，她看看蒋时延。两人眼神交流。

几秒后，蒋时延俊脸蓄着点儿笑意，心领神会地打转向灯变道。

鹭湖景区分两部分，前面是鹭湖古街，后面是鹭湖。

古街建筑是高低错落的绿瓦白墙，长街两边摊位鳞次栉比，人头攒动，热闹非凡。

好似把琐事、烦恼都抛在了脑后，唐漾和蒋时延拉着手埋进了小吃街。

章鱼小丸子酥香软嫩，蘸着咸甜的酱汁，裹着滚烫的肉松；什锦炒酸奶清爽糯滑，层次丰富的水果调和出极致的口感；烧烤小串简直是人间至味，花生碎和黑胡椒糅出的香味直朝人的鼻尖钻……

唐漾和蒋时延会买不同的味道，交换，然后唐漾解决不完的交给蒋时延，蒋时延通通处理掉。

两人遇到卖花的摊位要停一下，唐漾不贪心，要了一朵，蒋时延执意给唐漾买两朵，寓意好事成双；遇到卖手工艺品的摊位也停一下，离开时，两人手上多了两条手链；遇到卖明信片的摊位也停一下，走时两人手上各拿了一张明信片，蒋时延想看唐漾的，唐漾不给蒋时延看，唐漾想看蒋时延的，蒋时延也不给唐漾看，你争我夺间，恍如回到了高中时代。

蒋时延笑："你有没有觉得我们这样……真的很像高中生。"

唐漾认同："快叫漾哥。"

在一起之前，蒋时延漾哥长漾哥短，漾哥有事他来管；在一起之后，他倒是很少喊漾哥，唐漾已经很久没听到了。

蒋时延紧了紧拉唐漾的手："老婆。"

唐漾："叫漾哥。"

周围人来人往，蒋时延在鼎沸的人声中低头飞快地亲了唐漾一下。

唐漾颊边晕了点儿绯红，左右看看，抬手轻搡蒋时延一下。

在茶摊等茶的时候，唐漾和蒋时延把手腕并在一起看刚买的手链。唐漾手上戴的是"金风玉露"，银琢的一轮圆月和酒壶并不精致，蒋时延戴的是"鹊桥相逢"，一座两厘米的细桥和两只但凡偏差一点儿就看不出形状的"鹊"。

唐漾有点儿后悔："怎么看都是两元店水平，怎么刚刚这么不清醒，非要当韭菜？"

蒋时延小指去钩唐漾的手指："换个角度想，买的不只手链，老板刚刚一个劲地说我们是天作之合，永结同心。"

也对，情绪价值也是服务的一部分。

蒋时延说的话总能让唐漾高兴。

喝完茶，两人又骑了双人自行车。蒋时延在前唐漾在后时，两人骑得稳稳当当；唐漾在前蒋时延在后时，两人骑得歪歪扭扭。

唐漾心怯："不然还是你来，我控制不好方向。"

蒋时延鼓励："你来。"

唐漾问："摔了怎么办？"

蒋时延道："那就摔。"

唐漾盯着蒋时延看了好一会儿，倏地笑开了。

最后证明唐行长只是缺乏经验，稍加尝试，驾险车亦如履平地。

两人骑完车已经六点半，还车的地方后面是一家度假酒店，蒋时延提议："不然今晚在这儿开间房，别回去了。"

唐漾道："回去很近，十分钟。"

蒋时延劝说："在家和在外面感觉不一样，我们偶尔也需要不一样的。"

唐漾道："妈和小朋友怎么办？"

蒋时延再接再厉:“我们上班时怎么办现在就怎么办，再说，还有阿姨，怎么都忙得过来。”

唐漾有些动摇。

蒋时延指着:“前面就是鹭湖，我们晚上可以来划船，这边夜景很漂亮，冯蔚然带亚男都来过好几次，我们一次也没来过——”

唐漾点头:“那你给妈发个信息。”

蒋时延笑:“已经发了。”

这人到底是临时起意还是蓄谋?

唐漾问:“你什么时候发的？”

蒋时延指了个方向:“刚刚等茶的时候。”

如果说到这儿，唐漾还没反应过来蒋时延有什么目的，那就白和他认识这么多年了，分秒之间，唐漾把两个人生日、在一起纪念日、结婚纪念日、求婚纪念日筛选了一下，都不是。

她试探性地开口:“今天是什么特殊的日子吗？”

蒋时延反问:“今天周三……今天是什么特殊日子吗？”

唐漾见蒋时延比她更不确定，这才放心。

两人去酒店开了房，把买的东西放了，换了身休闲便捷的衣服，又蹭了酒店据说非常有特色的流水晚宴，这才心满意足地去鹭湖划船。

斜阳在山头剩了一小块将尽未尽的圆面，水天之间混若一线，湖面澄澈如镜，华灯初上，岸边人影幢幢，光影亦幢幢，在波光粼粼的水面上缀出璀璨的金色亮尖，无边无际。

蒋时延和唐漾坐在小船两端，蒋时延在划船，唐漾抱着船桨当吉祥物加指挥官。

唐漾说:“你向前划。”

蒋时延向前。

唐漾说:“你向后划。”

蒋时延向后。

蒋时延力道很稳，桨面不疾不徐地拨开水流，前后行船。

唐漾惊叹:“哇！蒋时延！你感受到桨和水之间的作用力和反作用力了吗？”

不待蒋时延回答，唐漾又惊叹于夜景之美，留下来是绝对正确的选择。

而在每一帧都可以裁下来当壁纸的画幅中，蒋时延眼里只有唐漾，他愿意认真地回答她一切不需要答案的问题：“感受到了。”

唐漾兴起：“我想试试。”

“好，”蒋时延道，“你说朝哪个方向划，我配合你。”

唐漾朝前划，蒋时延配合。

唐漾朝后划，蒋时延也配合。

唐漾潜意识觉得有蒋时延在就很安全，于是产生大胆的想法：“我可以站起来划吗？会不会不稳？”

蒋时延把了下左右船沿找重心：“没关系，我稳着。”

唐漾和蒋时延素来是一个敢说一个敢做，这厢，唐漾当真撑着蒋时延手臂慢慢站起来，她面露惊喜，开始站着划船，起初两下她找平衡不敢下力，颤巍巍的，后来就很自如了。

唐漾透着昏光看到湖面下游过的鱼群，指给蒋时延看：“老公，你看！”

蒋时延笑着拿出手机给唐漾拍了张照。

唐漾道：“看鱼！我让你看鱼！”

蒋时延应：“好好好，看鱼。”

他又给唐漾拍了两张，唐漾重新比“耶”，他转身拍自己和唐漾的合照。

咔咔拍了两张，蒋时延收起手机：“我老婆真好看。”

唐漾攀比：“我老公也帅。”

这种争论永远没结果，两人都忍俊不禁。说时迟，那时快，两个中学生的船以岸为支点控制不住地朝唐漾和蒋时延的船撞来。唐漾下意识地想避开，但忽略了自己站着，猛一下划桨用力后，错开船的同时船骤地重心失衡朝唐漾那端压来，蒋时延朝自己这端的船尾踩了一下，船骤地朝他这端倾斜。唐漾坐下，船朝唐漾那端倾，蒋时延半蹲身，船堪堪平衡，唐漾和蒋时延反复调整，船彻底平衡。

电光石火间，中学生的船已相隔甚远，唐漾和蒋时延随波荡舟。

平息之后，山水之间，唐漾心里绷着的某根弦逐渐松了下来：“挂轻帆，飞急桨，还过钓台路。盘根究底于我而言就像双刃剑，用刃之锋，受刃之伤。我有时候会想，是不是我睁一只眼闭一只眼，我和上面的关系就没有那么紧张，那些默认的条款我是不是真的该抬手，是不是我不顾大局。”

唐漾自嘲地扯了扯唇角：“说是身居高位，可四周都是黑的，看不清人，也看不清路。”

蒋时延握着唐漾的手，掌心的温热源源不断地传到唐漾掌心。

他说：“恐惧是人的本能，所以很多人在面对未知或者疑点时会选择平和、逃避，或者所谓大局，相对而言，勇敢和较真反而珍贵。”

唐漾道：“你对我有滤镜，漾哥滤镜、漾漾滤镜、老婆滤镜。”

蒋时延鲜少没接唐漾的笑茬：“我不在你的处境，没资格说你什么事都要勇敢、认真，我想说的仅仅是，漾漾，”他认真道，“你的所有决定，我都理解，你做的所有事，我都支持。马前张保，马后王横，你想稳中求进，我就陪在你身边；你想一往无前，我就是你的底。”

社会的本质就是承担角色，而承担角色的本质就是要求和责任。

唐漾懂事得早，父母又忙，她总是尽量扮演好自己的角色，乖女儿、乖学生、乖上班族，以及合格的妈妈。

但好像在蒋时延这里，她什么都不用扮演，她可以只是唐漾，仅仅是做她自己的唐漾。

唐漾觉得感动，又好像说什么都矫情，某个真相在嘴边脱口而出：“所以……你今天只是带我来散心？”

“嗯，你的开心最要紧。”蒋时延语气平缓，眼眸深邃如湖般，好似把唐漾的魂魄吸了去。

唐漾无法反抗，也不想反抗，只觉得心上覆着只手在捏，轻一下重一下，呼吸之间，酸酸麻麻。

“不语两相知，我们之间不用说这么多的。”她说。

蒋时延温柔地注视唐漾：“上学那阵你教我的，不要模棱两可，要确定。”

唐漾道：“当时是当时。”

蒋时延说：“我说的是此时。”

登岸的时候，船进河湾，鸣笛长响。

唐漾还是收到了蒋时延买的明信片，“to”后面是“此生最重要的人唐漾”，重新起行，“Este es un puerto”。

大学时，唐漾学过一段时间西班牙语，但非常塑料：“这是一个——”

蒋时延接道：“船港，这是一个船港。”

唐漾觉得耳熟。

“聂鲁达的诗。”蒋时延道。

唐漾问：“下一句是……”

蒋时延道：“我在这里爱你。”永远虔诚，永远热烈，永远珍视。

唐漾倏而抬头看向他。

明月半轮，人影半束。

唐漾与蒋时延在路灯下长久相拥，如船归港，如鸟投林。

关于双标

勤快的父母往往养出懒惰的小孩，而甩手父母常常养出勤快的小孩。

唐漾、蒋时延和蒋惟唐小朋友的关系明显属于后者。

蒋惟唐很小开始便不哭不闹，不是按自己的作息喝奶粉，而是等大人冲好。

他两三岁开始，想要什么便会明确地表达，要就是要，不要就是不要。再大点儿他就会自己穿衣服，自己泡奶粉，自己收拾要去幼儿园的书包，等爸爸妈妈送。

大人们每次见到小朋友都要夸奖一番。

蒋惟唐小朋友对此很自豪：“爸爸说自己的事情要自己做。”

而这句话的适用范畴显然因人而异。

某天傍晚饭后，蒋时延想拉着唐漾去散步，消消食，唐漾还有好些资料没看，拒绝了老公，蒋时延有些遗憾，但还是自己出门了。

唐漾起初在书房看资料，看着看着觉得腰痛，便坐到按摩椅上按了十五分钟，按完后觉得需要舒缓，就躺到床上看落下一大截的电视剧。

看剧当然要配零食，床边刚好就有一大桶坚果。

唐漾找了个最舒服的角度，抱着平板和一大桶坚果边吃边看，跳集的间隙，她收到了快递的到货提醒，给蒋时延买的生日礼物到了。

蒋时延刚出门十分钟，就接到了唐漾的电话。

唐漾道：“我躺在床上看剧。”

蒋时延故意道：“某些人宁愿看剧都不和我出来散步。”

唐漾道：“我掉了颗山核桃在地上。”

蒋时延道：“捡起来。”

唐漾说：“我好不容易躺好的完美姿势，不想动。”

蒋时延笑：“那你等我回去捡。”

唐漾拖了点儿绵软的语调：“可我现在看着那颗山核桃孤零零地躺在地板上很不舒服，我有强迫症。”

明白了，这是让蒋时延马上回去捡的意思。

蒋时延试图商量：“我刚出门，我把一圈走完就回去，”怕唐漾生气，又道，“好不好？”

唐漾沉默。

蒋时延道：“先挂了。”他语气硬邦邦的。

三秒后，跟蒋惟唐小朋友说自己事情自己做的蒋时延转身回去，给躺在床上看剧的唐漾捡不小心掉到地上的山核桃。

可哪有什么山核桃？

蒋时延快步赶回去，到家刚开门，便看到老婆笑盈盈，将一个包装精美的礼物盒捧向自己。

关于宣示主权的谣言

唐漾和蒋时延从来不存在 AA 或者谁花钱多谁花钱少的问题。

第一，蒋时延的身价大多存在于一休的市值和大笔置业中，他日常生活消费水平和唐漾相差无几，所以不需要特别说明。

第二，唐漾还在靠生活费和奖学金过活的学生时代，就能把全部家底掏给蒋时延创业。蒋时延赚第一桶金的时候，给唐漾买车、买包、买一堆女孩子都喜欢的东西眼睛都不眨，给自己愣是连一件二十块的 T 恤都没买，两人之间没有公平，只有对对方的在意。

所以蒋时延结婚的时候不顾投资人反对给唐漾转股份很正常，蒋时延生日，唐漾拿整整半年工资加奖金买了块表送蒋时延当礼物也正常。

不低调的钻款，戴别人手腕上可能显得浮夸，戴蒋时延手腕上刚好把他的明朗、矜贵衬得淋漓尽致。

唐漾当时一看就觉得适合老公，付款付得毫不犹豫，蒋时延却心疼自己老婆赚钱不易。

“生日，那不年年过嘛，瞎糊弄糊弄我就得了，怎么买这么贵重的东西？”蒋时延躺在床上捧着盒子左看右看。

唐漾坐在梳妆台前敷面膜：“见客户戴合适，刚好我加薪了嘛，”她扭头问，“你不喜欢吗？”

蒋时延俊脸掩藏不住喜悦之情："我要是说喜欢，你下次是不是还得送贵的？我不喜欢。"

唐漾没有半点儿威胁的意思："你不喜欢？"

蒋时延在唐漾面前永远不硬气："主观上很喜欢，我就是觉得太贵了，老婆，真的太贵了，你半年工资哎。"

唐漾起身要回床上："那你多戴几次，分摊一下次均价。"

蒋时延道："万一你下次还买这么贵的……"

唐漾回身上床。

两人意见不统一，但蒋时延还是把唐漾搂进怀里，伸手帮她掖紧被子。

唐漾朝远离蒋时延的方向扭头，蒋时延怕唐漾生气。

唐漾则是亲了亲蒋时延修长好看的手。

第二天早上，唐漾临上班前交代蒋时延："多戴戴。"

蒋时延道："好好好。"回答并不诚心。

蒋时延表不少，不缺这一块，唐漾心里失落了下，倒也没留意。

两小时后，一休传媒总裁办公室。

冯蔚然来之前，蒋时延调高了空调温度，又把遥控器放在抽屉里。

两人聊了几分钟公事，冯蔚然想找空调遥控器："感觉你这边温度有点儿高，有点儿热，空调遥控器呢？"

冯蔚然自然没找到。

"回头再找，先说正事。"蒋时延脱了西服外套。

冯蔚然也没多心，跟着脱了西服外套。

蒋时延自然而然地挽了点儿袖口，继续说事。

冯蔚然也挽了袖口，视线终于注意到蒋时延的手腕。

冯蔚然："你买了块新表？"

"不是我买的，老婆送的。"蒋时延不以为意地朝下拉了拉袖口，却根本没挡住。

冯蔚然凑近了看："不便宜吧。"

蒋时延故作不满："花了她半年工资，我说不买，太贵了，她非说买，非说适合我。"

冯蔚然眼神藏不住羡慕："是不错。"

“你说买就买吧，还非让我戴，”蒋时延显得有些苦恼，“我不戴她还要和我急，我能有什么办法？你知道的，家庭和谐第一。”

冯蔚然起初信了蒋时延的说辞，直到和季礼季总见面，蒋时延“无意”地露出那块表，季总问起，蒋时延无奈地解释道：“老婆送的生日礼物，一定要我戴，唉，自己老婆自己顺着，有什么办法呢？”

和沈醉沈总见面，蒋时延“无意”地露出那块表，沈总没问，蒋时延上赶着夸沈总的表好看，沈总自然注意到蒋时延的表，蒋时延状似不经意道：“这块表啊……好像是我老婆送的生日礼物，我平时的衣服、表什么的都是我老婆搭，我也没注意。”

和黎嘉洲黎总见面，聊起银行业变动，蒋时延对分行行长年薪的具体数字显得分外熟悉。

黎嘉洲揶揄：“蒋总，你别告诉我你家是你管财政大权。”

蒋时延摆手：“当然是唐行长管。”

黎嘉洲道：“那你怎么对唐行长的年薪这么熟悉？”

蒋时延状似编排地露出表：“刚花了半年工资给我买的生日礼物，我说随便送就好，她非说我的生日不能随便，我们家都是唐行长说了算，唐行长最大。”

冯蔚然跟老婆蒋亚男说起蒋时延的行为时，蒋亚男道：“贵重礼物，开开屏情有可原。”

冯蔚然直觉认为有哪里不对，但说不上来。

直到他看到蒋时延在大办公室和同事们聊天，打趣实习生小情侣的情侣手链，实习生对大总裁的平易近人诚惶诚恐，却见大总裁手上也戴着一条差不多的！

蒋时延道：“在鹭湖买的，情侣手链。”

第一遍。

“我戴的是‘鹊桥相逢’，我老婆戴的是‘金风玉露’。”

第二遍。

“老婆喜欢，没办法，我听老婆的，男人听老婆话会发达。”

“……”

后来，唐漾买的领带，唐漾买的衬衫，唐漾买的公文包，唐漾买的钱夹……唐漾送的所有礼物都会被蒋时延颇为“无奈”地在公司展示。

隐约传出了老板娘爱吃醋的流言。

关键是蒋总身边也没别的女人，老板娘吃谁的醋？

公司同事讨论一番，觉得老板娘是未雨绸缪地宣示主权。

冯蔚然把状告到唐漾那儿时，唐漾正坐在蒋时延的腿上。

冯蔚然叭叭叭地一顿输出，让唐漾管管蒋时延。

唐漾敷衍地说了几句，挂了电话。

唐漾一个字一个字喊名字：“蒋时延。”

蒋时延上赶着把唇送到唐漾唇边：“老婆，你是不是生气了？不要生气，以后我收敛一点儿……”嘴上先说着，怎么收敛还不是他自己说了算。

唐漾严肃了三秒，装不下去了，回吻蒋时延：“我爱你。”

明目张胆的合法爱意总能换来爱意。

两人对视，都笑开了。

关于友情

关于唐漾和蒋时延当了很多年朋友这件事，唐漾的说法是蒋时延还没毕业就开始创业，一路忙碌辛苦，没有考虑感情的时间，自己一路硕博，进汇商轮岗，也少有空闲，自己和蒋时延属于先做朋友陪伴对方变成更好的人，时间到了，缘分到了再相爱在一起。

蒋时延则想到刚上大学的时候，唐漾漂亮、成绩好、温柔，不管走到哪儿，都是亮眼的存在，总有人问“那女生是谁”“哪个专业的”“你认识吗”。

起初，蒋时延因为经常和唐漾一起走而传过绯闻，说他是唐漾的男朋友，两个人很早就在一起了，约定了考同一所大学。

蒋时延从不否认，他在脑子里构建出无数通往这条绯闻的路径：比如假装情侣帮唐漾挡追求者，比如假装情侣帮自己挡追求者，比如好玩……

只是他找不到提出的契机。他怕唐漾生气，怕唐漾觉得他儿戏，怕唐漾真的把他们的感情定义为工具。

蒋时延从不觉得自己瞻前顾后，可但凡和漾哥有关的问题，他一向考虑再考虑。

直到有一次，他和唐漾在校门口吃饭，偶遇好事的室友凑过来问：“在一起多久了？”

唐漾明显愣了下，示意蒋时延和自己：“我和蒋大狗吗？”

蒋时延的室友：“不然呢？”

唐漾在那一刻忽然觉得和蒋时延在一起似乎也挺好，两人能更亲密地逛学校、吃饭、看电影、去图书馆占座。

他们彼此了解，就算有矛盾也会很快化解。他们真的很适合在一起，真的很适合。

可唐漾不知道这算不算喜欢，而蒋时延好像也从没说过喜欢自己。他喜欢的好像是那种清冷、美丽而遥不可及的女孩，比如常心怡。

唐漾偏头看蒋时延，对方好像很紧张，怕她承认，但如果她真的承认在一起，他应该也不会反对，毕竟她是他漾哥。

几秒时间，唐漾心绪百转千回，而后，她回过头，淡淡地笑道：“你们误会了，我和蒋大狗是很好的朋友，真是纯朋友，不可能在一起。”

在那几秒的时间里，蒋时延用尽自己能想到的所有许愿方式期盼唐漾能承认。

几秒后，他心愿落空，给唐漾递了张纸，对室友道：“真就是好朋友，你们乱传什么呢？”

室友说：“这么重要的消息你怎么不早跟我们说？”

蒋时延：“你们也没问啊。”

唐漾当然听过自己和蒋时延的绯闻，她不太想否认，想看看蒋时延的反应，蒋时延的反应果然是……从前懒得否认，他不在意。

蒋时延回宿舍后，被好几个寝室的男生问着要唐漾的微信，微信不行 QQ 也行，实在不行电话号码也可以，他们愿意请蒋时延吃贵得离谱的大餐。

蒋时延烦不胜烦地拒绝。

室友不理解：“不是朋友吗，朋友难道不该为对方脱单考虑吗？”

蒋时延噎了片刻：“要是漾哥知道我随意泄露她的隐私，会打死我的。”

这个理由合情合理，室友不疑有他。

这次之后，唐漾确定自己想和蒋时延在一起的想法是天方夜谭，蒋时延坦荡荡，她不能长戚戚。

这次之后，蒋时延宛如在沙漠里走了很久的旅人，嘴唇皲裂，想找一滴水，就一滴，找唐漾对他不一样，找唐漾和他的友谊并不单纯，找唐漾喜欢他，哪怕一丝一毫，哪怕吉光片羽。

唐漾一直是个头脑清醒的人，清醒地提醒自己和蒋时延的友谊，不露出半分破绽。

蒋时延找不到不做朋友的证明，那就做朋友。

他们都不是生来就懂爱的。他们都在努力学习，做最好的朋友，也做最沉默的暗恋者。

那个时候的蒋时延想——

陪在唐漾身边就好。只要能陪在她身边，以什么名义都可以。

后记

《舍不得星星》算画画第一次深入尝试现实性题材。

开文之初，是毕业论文审稿期，第一次查重的数据很吓人，家里又传来两位老人病危的消息。

过年连载前期，爸爸不理解为什么大年三十还在撸纲，和他在饭桌上发生争执。

三月，陪伴我长大的老爷子走了，享年九十八岁。

六月完结，外公也走了。

《舍不得星星》之于我好像是一本书完成的距离，也好像是一些生与死的距离。

三次元的生活混混沌沌，相比之前的允哥、甜姐，蒋大狗和漾姐完成的思路倒还相对清晰。

最初写的时候，想写唐漾从一个初出茅庐的高校精英升级打怪走上职场巅峰的故事。创作过程中，张志兰加入进来，甘一鸣加入进来，周默披着利益至上的自私、伪善加入进来，然后是周自省……伴随人物越来越多，我已然没办法控制走向。比起一个操控者，我更像一个旁观者，在记录他们的血肉和风度。从张志兰家的小孩在破旧的居民楼底起身唱国歌，到周自省在办公室就着暮色吞下抗癌药，再到周默在江边抱着被水泡得发白的徐姗姗仰面恸哭，以及唐漾怀着孩子在风雨飘摇中扛起汇商的大旗，我时常会觉得他们真实地存在，时常又会觉得他们活在一个我强加的理想主义的套壳中。

好像是有那么一个胖哥。

高一、高二两年，我们都是同桌或者前后桌，反正逃不开前后四人以内的范围。我们学校分成绩好的本部和缴纳择校费的分部，但考试试卷是一样的，排名是拉通的。我和胖哥、同桌都属于初中成绩挺好，中考失误流落分部型。第一次月考，大家等着雪耻，结果排名下来，我和同桌一个四百多名，一个五百多名，心态崩塌得不行。胖哥全年级一千一百名，非常会自我安慰：“除开本部一千名，我排一百多，挺好挺好。”

不看自己在三千多人中排一千多，看自己在两千多人中排一百多。我当时就觉得胖哥心态真好。

有一个闺密，上大学之后很少联系，但仍旧是很要好的闺密。

高三的时候，父母工作忙，没时间来看我，她妈妈住在学校旁边，我常常去蹭她带过来的水果和鸡汤。

好像也有一个初升行长的月亮阿姨，类似漾漾。

案例略敏感，数据略敏感，剖析和桥段设置略敏感，唯一不敏感也值得我们发现的是，身边真的有很多很多人，他们或许是普通行业，或许是特殊行业。他们认真地对待自己的工作，认真地对待自己的生活，认真地对待自己眼前的每个人、每件事。他们“希望越来越多的人相信始终有那么一些东西，没有虚伪，没有掩盖，没有好大喜功，没有粉饰太平，相信始终有人会撑在风浪里，不作秀，不浮躁，真的在改善，真的在进步”。

愿我们都能成为自己想成为的人，愿一切顺遂或在黑暗的夜色后窥得大好天光。

跌跌撞撞地写着跌跌撞撞的故事，感恩所有恰逢其时的相遇。

画盏眠

图书在版编目（CIP）数据

舍不得星星 ： 全 2 册 / 画盏眠著． -- 北京 ： 北京联合出版公司， 2024.8. -- ISBN 978-7-5596-7677-1

Ⅰ. I247.5

中国国家版本馆 CIP 数据核字第 2024S72M18 号

舍不得星星：全 2 册

作　　者：画盏眠
出 品 人：赵红仕
出版监制：辛海峰　陈　江
特约监制：殷　希　穆　晨
产品经理：谢佳卿
责任编辑：李艳芬
特约编辑：王苏苏　丛龙艳
营销支持：肖　瑶　祁　悦　陈淑霞
特约印制：赵　明　赵　聪
版式设计：芳华思源　载酒以渡
插画授权：柠檬漫游
封面设计：kyrja　吴思龙 @4666 啊

北京联合出版公司出版
（北京市西城区德外大街 83 号楼 9 层　100088）
北京联合天畅文化传播公司发行
天津中印联印务有限公司印刷　新华书店经销
字数 618 千字　880 毫米 ×1230 毫米 1/32　18 印张
2024 年 8 月第 1 版　　2024 年 8 月第 1 次印刷
ISBN 978-7-5596-7677-1
定价：69.80 元（全 2 册）